譚嗣同

彭晓玲 著

上部 萌動

山東文藝出版社

图书在版编目（CIP）数据

谭嗣同 / 彭晓玲著. —济南：山东文艺出版社，2023.8
ISBN 978-7-5329-6902-9

Ⅰ.①谭… Ⅱ.①彭… Ⅲ.①长篇历史小说—中国—
当代 Ⅳ.①I247.5

中国版本图书馆CIP数据核字（2023）第103075号

谭嗣同

TANSITONG

彭晓玲　著

主管部门　山东出版传媒股份有限公司
出版发行　山东文艺出版社
社　　址　山东省济南市英雄山路189号
邮　　编　250002
网　　址　www.sdwypress.com

读者服务　0531-82098776（总编室）
　　　　　　0531-82098775（市场营销部）
电子邮箱　sdwy@sdpress.com.cn

印　　刷　山东临沂新华印刷物流集团有限责任公司
开　　本　710毫米×1000毫米　1/16
印　　张　64.75
字　　数　990千
版　　次　2023年8月第1版
印　　次　2023年8月第1次印刷
书　　号　ISBN 978-7-5329-6902-9
定　　价　149.00元

目　录

第一章：葬兄

1

光绪十六年（1890年）二月初十。一大早，谭嗣同醒来，斜靠在病榻上，默默地注视着窗外天井，雨声急促。

自大年初一以来，天好像破了，雨淅淅沥沥下个没完。也晴了那么一两天，人们还没来得及高兴，转眼间雨又下来了，偶尔滚过几声雷，雨势更大了。

嗣同已病了上十天了，今天才感觉略微好点，老管家徐继扬将房里的炭火盆烧得旺旺的。徐继扬是母亲徐五缘远房亲戚，已六十多岁了，在谭家的这座浏阳城北门三进宅第待了很多年。

直到此时，嗣同依然不能接受仲兄嗣襄已然离世的现实。寒气弥漫，密密绵绵，和他内心深处的伤痛扭在一起。他十二岁时，因京师流行白喉病，母亲徐氏夫人、伯兄嗣贻、姐姐嗣淑五日内先后去世。从此，他与仲兄嗣襄相依为命，嗣襄一直真心爱护着他。没想到，十四年之后，长他九岁的嗣襄也走了，嗣同咬着嘴唇，热泪如注，猛烈地咳嗽起来。

"七少爷，好些吗？我让厨房李妈熬了些白粥，趁热先喝了吧。你瘦多了！"徐老伯端着碗冒着热气的白粥，眼里满是期待。

嗣同欠身接过碗，等徐老伯退出后，又将碗放在床边的小几上，想了想，又端起来，连喝了几口。李妈的手艺就是好，晶莹的白粥，漂了几瓣葱花几丝榨菜，极为爽口。

嗣同索性掀开被子起床，刚套上那件深灰色棉袍，徐老伯又端着碗中药走了进来，见他微微皱起了眉头，忙说："七少爷起床了？还有两服药，熊医生说，吃了这七服药，人就会轻松多了。"

徐老伯刚出去，师中吉走了进来，见嗣同起床了，脸有喜色："七爷今天气色好多了，大爷会你来了。我已安排在隔壁书房里等。"嗣同一怔：大兄莫不又是商量安葬仲兄之事？赶紧让师中吉帮他理好发辫，将几上那碗中药喝下，就往隔壁书房走去。见大兄谭嗣棨正坐在火缸前烤火，他忙上前行礼，问道："莘畬兄，这么早就来了，不知有何吩咐？"

嗣同叔伯兄弟十人，嗣棨居长，酷似他父亲谭继昇，高大魁梧，却生性严肃。此刻，他关切地看了看嗣同，说道："七弟身子恢复得怎么样？昨晚南台书院主事邹明沅来我家，再次说起泗生下葬之事，故今天我特地赶过来。"

嗣同心一沉，只得按下心中不快，问道："谢谢大兄关心，不知大兄可有什么要特别提醒小弟？"

却说嗣同的祖父谭学琴，当年因家道中落，只得放弃举业，去浏阳县衙做了一名管理簿记的小吏，直到四十多岁才成家。谭学琴靠着省吃俭用，家境才渐渐宽裕，得以在浏阳城外道吾山下天井坡安家。他自奉俭约，独喜儒术，常与读书人往来。道光八年，他留下"我死勿令儿子废学"的遗言，便撒手人寰，抛下夫人毛氏和儿女七人。眼看家里连吃饭都成问题，十三岁的长子谭继昇只得弃学，子承父业，挑起了维持全家生计的重担。

嗣同父亲谭继洵小时体弱多病，后来又得了咯血症，谭继昇对这位三弟极为看重，为他求医调药，百般呵护；到了三弟入学年龄，又为他延请塾师，严格督促其功课。谭继洵不敢懈怠，二十七岁时考中举人，咸丰十年（1860年）以三甲八十六名赐同进士出身。待户部学习期满，谭继洵得以补授户部广西司主事，乃移居京师懒眠胡同。也就在这年，谭继洵令徐氏夫人购得浏阳北城这座柴氏宅院，从天井坡迁至浏阳城。随着谭继洵的升迁，浏阳谭氏从此一跃成为浏阳第一大家族，在浏阳四大家族"谭、宋、刘、黎"中排名首位。

自当了京官，谭继洵不时在浏阳买些田产，委托伯兄谭继昇管理。兄弟情谊深厚，谭继昇全心全意打理，年年都有盈余。四年前谭继昇撒手人寰，长子嗣棨接手家族事务。嗣棨为县学附贡生，现在他完全接了父亲的班，凡事料理得井井有条，只是有些傲气，平日里都板着一张脸。

眼见嗣同眉头紧皱，嗣棨也就不再绕弯子："还有九天，就是年前确定的泗生下葬的日期。冷水井虽说是块好墓地，但岳生先生已经讲过今年还是向山不利，不宜安葬，为何七弟非得要在年初办丧事？岳生先生和我明说了，如今年非葬不可，将有损'小丁'啊。还望七弟三思！"

嗣同不日即将外出，不忍心仲兄的遗棺孤存在庄屋，更担心旁人照顾不周。念及这些，嗣同眉头皱得更紧了，猛地站了起来："谢谢大兄提醒，但我已反复想过，没必要再推期了。硬是要损小丁，就损我的兰生吧！"

嗣棨脸色变了，忙止住嗣同的话头："七弟，兰生还是出生不久的嫩崽，你可不要乱说。今年无葬期，明年又何妨？将泗生灵柩放在茶山庄屋里，派专人看着就是。"

雨声又猛烈起来，哗哗作响，嗣同望了望窗外天井里几盆青翠的春兰，陷入沉思。嗣棨以为他有些动摇了，忙跟上一句："谭家小丁多，我们不能不慎重对待，担待不起呀。"

嗣同回过身来，坚决地说道："大兄，人们都说入土为安，不然逝者不会安宁。至于其他，实在无暇顾及，我马上让鉴吾去道吾山兴华寺请和尚来为仲兄做七天七晚佛事，就正好到了安葬的日期。"

嗣棨知道嗣同执拗的性格，摇摇头，气呼呼地推开门走了。

嗣同也没挽留，将候在门外的师中吉叫了进来："鉴吾，辛苦你赶紧去道吾山上找兴华寺释性照法师，派最好的和尚来为仲兄超度。"

道吾山就在浏阳城外不远，山峦重叠，群峰竞秀。相传唐代僧人宗智曾在此开山讲法，从此宗风大畅，兴华寺庙宇规模宏伟，远近闻名，每逢初一十五信众纷纷前去烧香拜佛。虽此时天气还很寒冷，上山有些困难，但师中吉没有半点犹豫就答应下来。临走时，他怜惜地看了看嗣同，说道："七爷，这段时间你太伤心了，人都瘦多了。你交代的事我都会办好，你只管放心。等天气好了，我们还是一起来练拳吧。"

师中吉刚出了书房门，又不放心地转过头来说："我已叫你巧嫂子特意炖了只鸡，给你补补身子，等会儿可要好好吃了。"

师中吉比嗣同大九岁，实名师襄，嗣同惯于叫他的字——鉴吾，浏阳西乡人，为人质朴忠诚，还有一身好功夫。谭继洵当年升任巩秦阶道道员时，赴任前请假回乡安葬夫人徐五缘，二十岁的师中吉经人推荐前来应聘卫士。谭继洵见他武艺高超，很是满意，便让他担任贴身卫士，一同去甘肃天水赴任。少年嗣同很喜欢师中吉豪爽侠义的性格，与他一见如故。师中吉干脆连道署卫队长也不当了，情愿长年追随嗣同，陪他奔走南北应试，闲时还陪他练功夫。谭继洵也乐得儿子有个好伴，干脆让师中吉将其老婆巧姐、儿女连带老母宋妈都接到浏阳谭府，拨两间房子给他们一家，让他老母、老婆在厨房里做饭。此举令师中吉感激万分，从此少了后顾之忧，更是全心全意跟随嗣同。

嗣同想着从明天起安排和尚念经超度，忙让徐老伯去前院唤二嫂黎氏。不一会儿，黎氏就抱着儿子传炜来了，传炜还不到两岁，看见嗣同就朝他伸出双手："抱，抱，叔叔抱。"嗣同忙将传炜抱了过来，瞧了瞧他酷似仲兄的脸庞，心中黯然。一说起丧事，黎氏就只是哭，哽咽地说道："凡事由叔叔做主，凡事听叔叔安排。"她这么一哭，又将嗣同拉进了绵绵的痛苦之中，也知道无法和她商量，就讲了讲接下来一连七天的法事及二月十八日晚上的打祭、二月十九日的安葬事项。临了，又交代黎氏通知明天、十八日晚上及十九日一大早黎家舅舅等眷属必须到堂。

2

雨越下越大，天色也暗了下来，嗣同回到书房，瞧见墙上母亲的画像。徐氏夫人一脸娴静的微笑，正静静地看着他。嗣同站在画像前，默默地看着母亲脸上的微笑，说不出地难过，泪水缓缓地滑过脸庞。

父亲谭继洵入户部第二年纳直隶蓟州女子卢氏为妾，卢氏比父亲要小二十三岁。在谭继洵的眼里，小妾远比发妻徐五缘漂亮动人，他的爱心几乎全部转到卢氏身上。而卢氏心计颇深，不时要些小手段争宠。徐五缘因此委屈和不甘，夫妻之间更为冷淡，原本和谐的家庭埋下了多事的种子。

光绪二年（1876年）春天，京城白喉流行。出嫁不久的二姐嗣淑染上此病，母亲徐氏和伯兄从通州赶到城里看望，也染上了白喉。灾祸突降，五天之内，母亲、伯兄和二姐先后离世。十二岁的嗣同也感染了，在床上昏死三天三夜，仲兄嗣襄此时也染病，却守在他床边照料，为他伤心流泪。嗣同竟然苏醒过来，留下一条命，谭继洵因而给他取了个"复生"的字。这段家庭惨故对嗣同打击极大，也使他更懂得嗣襄对他的怜惜。不久，仲兄嗣襄护送母亲及伯兄的灵柩回浏阳安葬，并留在浏阳主持家务。嗣同仍住京师读书，没有嗣襄在旁庇护，他更为孤独，卢氏姨娘则将他视为眼中钉，想方设法为难他，甚至责骂他。

嗣同正沉浸在悲痛之中，徐老伯端着一杯热茶走了进来，见他怔怔地看着墙上先夫人的画像，便轻轻地咳了几声。嗣同闻声转过头，徐老伯忙挤出几丝微笑来，说道："七少爷，喝口热茶，你的病还没好，不要太伤神，好生休养吧。"

"老伯，你放心吧，我病都好了。"嗣同接过热茶，喝了几口，心里暖乎乎的，便在书案前坐下，却瞧见他昨晚铺放在书案上的那副挽联，刚刚好转的心情霎时又跌入谷底。

嗣同昔日在京城得到仲兄嗣襄的噩耗，一路跌跌撞撞奔往上海，决计乘船前往台湾料理后事。一路奔波一路伤痛，到了上海，却接到姻亲唐景崧电报——唐景崧时为台湾布政使——得知仲兄灵柩已运往上海，便在洋泾浜码头附近的长发客栈住下来等候。当在上海轮船码头接到仲兄简陋的灵柩时，嗣同内心剧痛，差点摔倒在地，慌得身后的师中吉赶紧扶起他，将他挽到客栈房里，为他推拿了好久，他才哭了出来。就在那一晚，嗣同就着客栈昏黄的灯光，含泪写下了一副长长的挽联：

> 空回首三十三年，盖世才华，都被艰难磨折尽。为君计较大端：以妙理启深思，君善于学；以滑稽演文理，君善于词；属怵目惊心，处家庭非常之变，君又善于行权。卒至窜身孤岛，委命穷乡。倘泉壤有灵，应悔壮游万里。吞声怕念家山，寂寞琴书，藐藐遗孤尚文祷。
>
> 荓伤心五月五日，蓬沅风色，竟教噩耗远飞来。顾我犹深隐痛：当平居失弟道，我负其生；当含殓未躬亲，我负其死；值盘根错节，非缓

急可恃之才，我尤负其期望。徒然翘首天涯，羁留沪上。忆汉英语谶，真成一别千秋。衔石谁填恨海，苍莽烟水，飘飘何处著冤魂？

嗣同一行护送仲兄灵柩回到浏阳，已是秋风扫落叶之时。嗣同与嗣棨商量后，决定将灵柩暂时放置在城外筱水塅茅坪茶山庄屋里，他亲爱的母亲就葬在这里。嗣同专程请来浏阳最有名的地生邹明沅看地，计划择吉日安葬仲兄。邹明沅，字岳生，是浏阳南台书院主事，也是谭嗣襄的好友，自是尽心尽力。谁承想，嗣同带着师中吉，陪同邹明沅将谭家在浏阳东乡、南乡、西乡各处田庄跑了个遍，甚至还去了祖居地城外天井坡，最后还是勘定南乡冷水井一处更为适合。左看右看之后，邹明沅强调：冷水井这块地是好地，可不光当年没有下葬日期，就是明年也没下葬日期，怕要等到后年才能下葬！嗣同从来对鬼神谶纬等一套不太相信，并不将他的话放在心上，依然做着年后下葬的准备。

正在这时，邹明沅随着徐老伯气喘吁吁地走进了书房，嗣同惊愕地迎了上去："岳生先生，何事如此匆忙？快快请坐，我也正好有事向您请教。"

还未等他俩说上话，嗣棨也匆匆来了，上午刚来过，这会儿又来了，且与邹明沅前后脚，嗣同顿时明白了他俩的来意，耐下性子招呼两人坐下，让徐老伯奉上热茶。

"复生兄，不管你爱不爱听，我还得再说清楚。冷水井那块地是好地，但嗣襄灵柩得等到明年才能下葬。"邹明沅道。

嗣同脸色一沉："岳生先生此话怎讲？既然是块好地，怎么还讲究下葬日期？要不就按下葬日期另找块地如何？"

一旁的嗣棨有些不高兴了："既然这里是块好地，去年都跑了两三个月才找到，地就不用换了，明年下葬就明年下葬。放在自家庄屋里不碍事。"

嗣同却不同意："地可以不换，去年没有下葬日期，且当时正是年底，寒冬之时诸事不便，开春后就好办事。可今年整整一年难道还找不出合适的日期？"

邹明沅见嗣同脸色一时红一时黑，心知他真的动怒了，只得说道："待我再看看。"说着，他沉思了起来，伸出右手，掐算来掐算去，好大一会儿，才犹豫地说道："复生仁兄，今年一年确没好日期，上次定的今年二月十九日为观音圣诞日，勉强可以，但我建议最好三思。倘硬要在这个日期下葬，的确有损'小丁'！"

嗣棨闻言脸色一沉，赶紧表态："可不能鲁莽从事，还是择定明年的下葬日期吧。"

嗣同脸色更难看了："逝者早日入土为安吧。至于阴阳五行、风水、壬遁、星命等谶纬诸说，我向来都不相信。请来岳生先生也是顾及浏阳本地风俗罢了！"

这下邹明沅脸上就挂不住了，嗣棨也甚为生气，两人就不再说什么，先后告辞而去。嗣同心绪繁乱，一旁的徐老伯见此，就温和地劝道："七少爷，依在下看，也没必要赶时间。您看大少爷和岳生先生都生气了，还是听听他们的意见吧。"

嗣同摇摇头说："不妥，不妥，我不会留仲兄独自待在庄屋里，还是入土为安好。离二月十九日还有九天时间，你也早些去安排，鉴吾已去道吾山找兴华寺住持释性照法师确定念经超度的事情去了。"

终于将下葬日期确定下来，嗣同长长吁了一口气，打起精神来整理嗣襄的文稿，这些文稿还是年前让嫂子黎氏搜集起来的。在他生病的这些日子，一旦精神好点，他就坚持整理这些文稿。读着仲兄的文字，感念仲兄的才华，想起他英年早逝，泪又滚滚而下。

徐老伯生怕冻着嗣同，早已将书房里的火缸烧得旺旺的。天快黑了，徐老伯端着一碗药进来，见了嗣同神情黯然，摇了摇头，禁不住又唠叨起来："七少爷，人死不能复生，还是等你身子完全好了再看这些文稿吧。你看你，这病还是没断根，都是你太伤心的缘故。等会儿就吃晚饭了，快将这碗药喝掉吧。"

嗣同笑笑，也不反驳，见徐老伯站在跟前不走，赶紧将桌上那碗药端起来一饮而尽。徐老伯这才满意地退了出去。

天已然黑了，师中吉端来了一大碗鸡汤，见嗣同静静地坐在黑暗里，忙放下手里的碗，点亮了灯，问道："七爷，怎么不点灯？身子可好利索了？道吾山法师已经请好了。"

"身子好得差不多了，刚刚在想如何安排仲兄葬礼，都不知天已黑了。"嗣同一脸平和，闻了闻碗里的鸡汤，说道，"好香！是不是放了板栗？"

"嗯，快趁热吃吧，你巧嫂子特意为你炖的。"师中吉忙将碗推到他跟前。

嗣同实在饿了，竟然将那一大碗鸡汤都吃完了。

嗣同已然打定主意坚持二月十九日举办葬礼，心里踏实了，这晚睡了一个好觉，还梦到了闰娘和兰生，还抱了兰生呢。只是，总看不真切兰生的面容，又令他有些怅然。

就在去年快十一月时，天气冷了起来，天也时不时下雨。这天上午时分，嗣同正在书房里专心整理嗣襄的诗文稿，徐老伯走了进来，递给他一封信。嗣同一见信封是甘肃兰州来的，心里一动，莫不是闰娘生了？赶紧拆开来，是父亲写来的，闰娘真的生了，生了个男孩，取名传择，字兰生，母子皆平安康健。徐老伯见嗣同笑了，试着问："是少奶奶生了吧？生了个少爷还是小姐？恭喜恭喜！"

见他满脸关切，嗣同不忍拂了他的好意，忙告诉他，闰娘生了个崽！徐老伯听了，喜上眉梢，拍拍胸脯笑道："夫人保佑，夫人保佑，恭喜七少爷当爹了，我得赶紧去放挂鞭炮，还得交代巧嫂子中午加几个菜，煮些红蛋。"

前院门口很快就响起了热烈的鞭炮声，眼见窗外金色的阳光，嗣同的心里也亮堂了起来。不一会儿，家人纷纷都来贺喜，嗣棨也带着众兄弟赶来了，中午就在家里摆了三大桌。到了晚上，贺喜的人更多了，小孩子在院子里追着跑。众位兄弟就聚在嗣同书房里聊天，嗣同兴致也上来了，摘下墙上的七星剑在厅堂里舞弄了一番。许是多时没拿剑，身子也没好利索，一套剑舞过来，嗣同还有些喘气，惹得众兄弟调笑一番，将多日来笼罩在谭府的阴翳一扫而光。

当爹的欣喜令嗣同的心情渐渐好了起来。二嫂黎氏则张罗着为兰生做虎头鞋做棉袍，惹得传炜吵着也要新鞋，甚至告状告到了嗣同这里，那吃醋的模样令嗣同忍俊不禁。

眼见着要过年了，那天嗣同正在书房里与师中吉商量过年的采买事项，徐老伯又举着一封信进来了。嗣同随手接过，见又是父亲自兰州寄来的，急切地想知道兰生的情况，赶紧拆开来看，原来是一则大喜讯：父亲谭继洵于十二月初一升任湖北巡抚。父亲在信里告知，遵从慈禧太后、光绪皇帝的旨意，他计划在兰州过年后，三月即赴京陛见。他还吩咐嗣同尽快料理好嗣襄的安葬事项，再赶往武昌巡抚署打理家眷安置之事。

真是大出意外，父亲竟升任为湖北巡抚，成了独当一面的大员。一旁的师中吉见嗣同特别的神情，惊讶地问道："七爷，老爷在兰州还安好吧？"嗣同笑了："岂止安好，父亲大人已升任湖北巡抚。这下好了，离家近了，我们今后奔波在路上的时日也少了。"

"啊，这下轮到我来打鞭子了。"说完，师中吉就兴冲冲地往外跑，边走边呼喊徐老伯："赶快拿鞭炮出来，老爷升为湖北巡抚大人了！"一时间，谭府外院门口又响起了震天的鞭炮声。

巨大的喜讯很快在小小的浏阳城蔓延开来，知县唐步瀛带着县衙一班人前来贺喜，嗣同强打精神应酬。知县一行刚走，团总、族长等人纷纷前来，更有亲戚友人前来打探情况，嗣同实在没心情应酬，干脆将大兄嗣棨搬来当救兵。嗣棨乐得出面，凡事料理得当。

3

第二天一大早，嗣同在哗哗雨声中醒来，心绪轻快多了。念及梦里的情形，他是如此期盼早日见到兰生，见到闰娘。

他不由想起远在汉口的岳父李寿蓉，岳父早就盼着他和闰娘生个孩子，而今有了兰生，肯定会开心得不行。转而又想起，去年秋天，他和师中吉及传简一行护送嗣襄灵柩至汉口，因轮船到汉口就得雇船换船，不得不略为停留。岳父李寿蓉身为汉黄德道道员兼江汉关监督，其道署正好在汉口，嗣同趁换船时特地去看望他。嗣同十九岁那年，从兰州千里迢迢赶到武昌迎娶闰娘，一转眼六年过去了，闰娘终于有喜了。李寿蓉膝下无子，就拿嗣同当儿

9

子疼，见嗣同神思恍惚，且如此消瘦，甚为担心，硬拖着他在汉口道署住了一晚，让家人给他炖了鸡汤，还劝他道："闰娘已有身孕了，你也是快当爹的人了！嗣襄的归葬事宜要办好，你也不能一味悲伤，今后你的担子还不轻呢。"看着岳父温和的神情，嗣同的心慢慢安定下来，郑重地说道："岳父大人但请放心，小婿记住您的话。我会爱惜自己的身体，善待闰娘和她肚子里的孩子，也会善待嫂子和仲兄的三个孩子！"

转眼间二月出头，人终于精神了，这天吃过早饭后，嗣同又坐至书案前阅看仲兄的诗文。

"复生，听说你病了好些天，今天身子好点吗？"嗣同刚刚在书房里坐定，忽然从外面厅堂传来爽朗的问候声。一抬头，只见徐老伯领着一高一矮两个年轻人走了进来，是好友唐才常和贝允昕，嗣同赶紧站起来相迎。

原来贝允昕听说嗣同病了，心里担忧，急急从船仓家里赶了过来。他中等个子，国字脸，身穿灰色长棉袍，外套蓝色团花缎子夹袍，大眼睛里满是关切，朝嗣同作了个揖。高大魁梧的唐才常早已疾步向前，握了握嗣同的手，略为放心地说道："复生，你今天看上去气色不错，手也不凉了。郎中开的药还在喝吗？"

"佛尘，喝了上十天的药，我的病早就好了。"唐才常的号叫佛尘，这是嗣同和大家喜欢的称呼。

徐老伯端着托盘送茶和点心进来，嗣同转过身来交代："徐老伯，贵客来了，你赶紧再泡两杯我从京里带回来的祁门红茶吧。"

十二岁那年，嗣同第一次随父亲回到家乡浏阳，就和虎头虎脑及爱说爱笑的唐才常相识，二人一见如故，还一同拜从内阁中书任上返乡的举人欧阳中鹄为师。二十岁时，唐才常初试童子试，以县、府、道三试第一，获小三元及第，一时名满湖南。至前年年初，唐才常入岳麓书院学习，且附课校经书院。嗣同为父亲谭继洵所督促，只得一次次参加科考，唐才常则图谋借科考以改变家境，也不得不去应考。两人都苦于八股辞章空疏浅陋，禁锢思想，消磨志气，而不屑用心研习。两人一旦在一起，则精研经史，相互切磋经世致用之学。

三人在火缸旁坐下来，浏阳还是很冷，到处湿漉漉的。很快，书房里热闹起来了，不时响起唐才常爽朗的笑声，三人说话声越来越大。

嗣同奇怪地问道："佛尘，这个时间你早该到书院去了，今年怎么还不去？"

唐才常微微一笑："我在年前就特地和斋长请假了，我要帮你料理泗生的安葬事项！"

一旁的贝允昕可急坏了，插嘴道："复生，抚台大人什么时候到武昌上任？我们计划什么时候去打前站？"

贝允昕，字元徵，与嗣同年龄相仿，性格沉稳温纯，二十四岁就喜中举人，可谓少年得志。贝允昕见嗣同对科考不怎么上心，还时常规劝他，甚至直言批评他。嗣同在浏阳读书时与他同学，佩服他经学造诣深厚，有许叔重、戴侍中之风，曾经赠他一副联语，还特地让友人书写好送给他："解字九千三百；坐席五十余重。"后来，嗣同的浏阳三先生之一、京官刘人熙招贝允昕为女婿。贝允昕跟随他习船山之学，由此受刘氏思想影响颇深。

嗣同想了想说："父亲先得进京陛见，估计现在已经出发了，待安葬好仲兄后，我们就得出发了。"

唐才常问道："明天和尚来念经超度吗？二月十九日下葬不错，我父亲说正好是观世音菩萨的生日。"

见嗣同脸色略为开朗了些，唐才常又凑近他，笑道："你家兰生都两个多月了，真想早日看到他，我想他长得肯定像你。不过男孩就是调皮，你看我家圭良快三岁了，到处乱爬乱走，吵得不行。"

嗣同受了他的感染，感叹道："兰生还在他妈肚子里，我就离开了兰州，还真想看看小家伙的模样。闰娘来信说，兰生眼睛特别像我，哭起来声音特别大，是个大嗓门。"

贝允昕在一旁打趣道："和你一样的大嗓门？那你家今后可热闹了。"转眼又看到嗣同书桌上的七弦琴，问道，"听说你和佛尘父亲唐寿田先生学琴，最近可有什么长进？"

嗣同摇摇头："没心情弹琴，此次回浏阳都没摸过琴。你呢，你家丈人是个大琴家，你又新学了什么曲子？"

贝允昕兴致来了，站了起来，说道："我最近专门练《潇湘水云》，很喜欢此曲，让我来弹给你们听听。"

贝允昕坐到琴前，扯起衣袖，凝了凝神，就熟练地弹了起来。潇潇的雨声里，飘逸的琴音轻盈而来，步入碧波荡漾、烟雾缭绕的意境。宽阔的湘江展现在眼前，渺渺的江水，天上的白云，各自奔腾。随之，江水之声一波波涌来，云也一波波涌来，交织出一幅天光云影、气象万千的图画。最后，水云之声渐渐弱了，余波袅袅消散，一曲终了。

余音温暖地抚慰着嗣同内心的伤痛，他双眼泛红，仿佛卸下万千重担，脸上的阴翳一扫而光。唐才常见此，会心地朝贝允昕一笑。

"七少爷，午饭已备好，有请佛尘、元徵两位老爷至膳堂用餐。"徐老伯仿佛受嗣同的感染，笑眯眯地说道。

嗣同如梦初醒，招呼两位友人去膳堂。嗣同端起徐老伯为他盛的蘑菇肉汤，听着两位好友说起当年三人一起在欧阳中鹄家里读书的趣事，一股暖流涌上了心头：也不知瓣姜师在京城好不好，得抽时间写信问候才行。

待吃过饭，雨已经停了，天仿佛亮堂了许多。三人重回书房，火缸里炭火烧得正旺，不知谁在书桌上的花瓶里插了几枝白梅，淡淡的幽香绵绵而来。嗣同想起花园里那棵白梅，转过头来说道："佛尘，元徵，我们去看看花园里的白梅吧？"

见他有如此雅兴，唐才常心里暗喜，对贝允昕说道："元徵，你也好久没去复生家的花园了吧，还记得那两棵梧桐树吗？"

二人跟在嗣同身后，来到谭家花园。园子不大，正中一座木亭，古朴精致，东南角上一丛苍翠的修竹甚是打眼，旁边那树白梅冰雪动人。许是天一直下雨，地上已飘落了点点白色花瓣。唐才常走上前瞧了瞧，朗声诵道："冰雪林中著此身，不同桃李混芳尘。忽然一夜清香发，散作乾坤万里春。"

贝允昕赞道："佛尘好记性，王冕这首《白梅》诗，我最喜欢'忽然一夜清香发'，往常梅花开得早，今年迟些。"

嗣同抬头瞧了瞧花瓣上的点点雨水，将滴未滴，再低头看看树下的点点白梅，伤感道："之前仲兄最喜欢这棵白梅，物也通人性呀，仲兄已故，梅花都没有往年茂盛，打不起精神。"

唐才常道："复生，你看那两棵梧桐树倒是长得高大，记得还只是小树苗时，还是你让花匠不要拔掉，一转眼都长成参天大树了。可惜现在太冷，过些日子再来看，树叶都长出来了，那可真是英姿勃发呀。"

嗣同转头瞧了瞧那两棵高大笔直的梧桐树，枝枝丫丫皆向上昂扬，心里一动，趋步向前，摸了摸光滑的暗绿色树干。

贝允昕由衷赞道："真是两棵好树，再长长，就是斫琴的好料子。复生，你不是一直想有床好琴吗，这两棵树斫两床琴没问题。"

嗣同摇摇头说："它们长得正好，等几年再说吧。"

三人在园子里转了转，那些樟树桂花树竹子虽绿得深沉，可蓑草枯黄，花事还寂寥。只有满树的白梅，令整个园子暗暗涌动着勃勃生机，冬天快过完了。

三人感叹着回到温暖的书房，师中吉已经等在那里了。细细听了接下来几天的安排，三人商定好布置道场的细节，直至夜色深沉才散。

4

转天一大早，嗣同就起床了。待他走出房门，但见厅堂里已经灯光通明，师中吉、徐老伯早就起来了，正在准备带到灵堂去的供品，后面厨房里巧嫂她们也在做饭。见他们全都一副蹑手蹑脚的样子，嗣同好一阵感动。

这会儿，二嫂黎氏牵着传炜来到了厅堂里，瑜英、裕英则默默地跟在后面。瑜英已经十二岁，裕英已十岁，已知晓世事，不时宽慰母亲。借着昏黄的灯光，嗣同看着二嫂红肿的双眼，心想她大概一夜没睡，心里一阵酸涩，忙上前招呼："二嫂，你招呼孩子们吃早饭吧，雨小了些，我们早些出发。"

难为巧嫂子一早就做了一大桌子菜，但嗣同没有胃口，喝了几口粥就离席了。众人匆匆吃完，今天传炜也特别懂事，不吵不闹，由他妈喂着吃了一碗蒸鸡蛋。

天完全亮时，大家都聚到大门口，师中吉已雇好了轿子，安排黎氏带着孩子们坐下。下雨天也不好骑马，嗣同决定步行，也就五六里路。正要出发时，唐才常及父亲唐贤畴匆匆赶来了，大兄嗣棨带着族里的几位兄弟也来了。嗣同忙上前行礼，心中甚感温暖。徐老伯拿着件深蓝夹袍追了上来，硬要嗣同穿上："你病还没好利索，别又着凉了。"嗣同只得穿上，撑起油纸伞，一行人就急急出发了。

一出城门，路就泥泞不堪，雨又滴滴答答地下了起来，一行人步履艰难地赶到茶山庄屋时，灵堂已布置一新。白色的挽联挂满了灵堂，嗣襄的遗像周围围满了白色的纸花，和尚们也在灵柩后侧安顿好，满脸虔诚地喃喃念经。从容而虔诚的念经声嘤嘤嗡嗡，弥漫着悲凉和慈悲，如水般在灵屋内荡漾，如清凉的风拂过人们的心坎，惹得泪水不知不觉就淌了出来。黎氏一迈进灵堂，就不管不顾地大哭，身后的孩子也都哭了起来，有人随即将他们扶到了棺材一侧，低声地劝慰。嗣同在灵堂前前后后查看了一番，见一切井井有条，心里大为宽慰。

嗣同肃立在灵堂正面，目光停在了嗣襄的遗像上，那是多么英俊的面庞多么年轻的面庞多么亲爱的面庞啊，正静静地满面含笑地看着他。遗像两侧是自己所写的挽联，左侧则是岳丈李寿蓉所写的挽联：海东盐荚，新试才华，遽沦淡水羁魂，万里漂零无限恨；江上石榴，黯销颜色，为念陇山亲舍，九原凄切竟何归。

一时间，重重的伤痛又碾压过来，这时有人扯了扯嗣同的衣袖，他转过头来看，是邹明沅来了。他忙将泪水压了下来，郑重行礼。邹明沅在灵柩前行过礼后，重新与嗣同相见："复生兄，你要节哀，多多保重贵体。知县唐步瀛要我转达他的问候，他将于十八日那天亲来悼念。"

嗣同平日最不喜欢官场上的迎来送往，迫不得已才会硬着头皮去应付一下。一旁的大兄嗣棨见嗣同的神情，忙上前对邹明沅道谢："十八日晚上的追悼事宜，还拜请岳生先生主持。也拜请代为感谢唐知县，待料理安葬事宜之后，我和复生一定前去拜会答谢。"

令嗣同始料不及的是，接下来几天时间里，除了来往密切的亲友前来吊孝外，许多原本并不相熟的人，县衙门的人、南台书院的生员、不怎么来往的远房族人等，都纷纷而来。他只得打起精神应酬。雨总是淅淅沥沥地下着，天阴冷阴冷的，他担心孩子们着凉，每天不待天黑就打发二嫂带着孩子们先回家。而他自己就干脆在灵堂里守夜。唐才常、贝允昕，后来涂儒翯也来了，三个好友轮着陪他守夜。涂儒翯，字质初，嗣同在浏阳师从浏阳名儒涂启先读书那几年，他就在侧陪读，学问极好，人极质朴诚恳。虽嗣同整晚整晚不怎么说话，沉浸在自己的悲伤里，他们几个也不去打扰，任他沉默着。守到第四天，嗣同又开始咳嗽，一到晚间，唐才常和涂儒翯就将嗣同拉至轿子里，硬是将他送回家里。见他面容憔悴，急坏了徐老伯，忙端来热姜汤让他喝，又打来热水让他泡澡，两位好友更是劝他早早去休息。

已是第七天了，天依然阴阴的，却没有再下雨了，知县唐步瀛果然率一干人于这天上午来了，后来人越来越多，中午开了五十来桌，好在大兄嗣荣早有安排，宴席极为体面。到晚上，追悼活动由邹明沅主持，极为隆重得体，嗣同心里颇感慰藉。

夜深了，鼓乐声终于停下来，念经的和尚也走了，灵堂里安静异常，陷入了一片虚空。嗣同坐着不动，唐才常、贝允昕、涂儒翯、师中吉等一干朋友陪坐，全都沉默着。灵柩内侧搭着一张简陋的床，孩子们都睡下了，二嫂默默地坐在一旁。

今晚是最后一晚，过了今晚，他亲爱的仲兄嗣襄就要独自躺在青山之中了，虽心已痛了又痛，但此恨绵绵无尽期。嗣同干脆站了起来，在灵堂里走来走去，时而停下来摸摸灵柩，时而停下看看嗣襄的遗像，泪光盈盈。蓦地，嗣同回过头朝师中吉扬扬手，哑着嗓子说了声："拿笔和纸来！"师中吉备好笔墨纸张，一一摆到了供桌上。嗣同拿起笔，略为沉吟，挥笔就写：

漆灯昼暝白玉釭，殡宫长掩金扉双。深夜怪鸱作人语，白杨萧萧苦月黄。残魂悄立冷露坠，酸风掐脸吹红泪。山萤一点照青磷，翁仲稳藉莓苔睡。秋花陨草覆虫声，鬼车魅魅人不行。梦烟愁雾织幽径，惨歌啼怨凄寒更。人生穷达空悲慕，金碗荒凉同古墓。君不见深林哀唱鲍家诗，晓来魂气迷江树。

泪水滴落，洇开了笔墨。嗣同写完最后一笔，力气用完，将笔一丢，又猛烈地咳嗽起来。唐才常甚为心痛，忙上前相劝："复生，去坐会儿吧，喝杯热水，烤烤火，明天还得忙出殡呢。"嗣同也不作声，随唐才常去坐下，但一直到天亮，他的眼睛都直直地盯着灵柩。

第二天天放晴了，随着一阵猛烈的鞭炮声，嗣襄的灵柩被八个大汉缓缓地抬出了庄屋大门。

嗣同走在一大群送葬的队伍前面，唐才常、贝允昕、涂儒翯等人都陪在他左右。这真是漫长的路途，嗣同只觉得步步惊心，眼前灵柩上大红的布如火焰般在不停地晃动。他沉入他的世界里，根本听不到一路炸响的鞭炮。也不知那两班人换了多少次肩，终于爬上一座斜斜的山坡，灵柩放了下来。墓穴无情地袒露在眼前，如猛兽张开的血盆大口，很快就要吞噬他亲爱的仲兄。嗣同此时好像清醒了些，正想上前去看个究竟，却被唐才常扯了回来。

嗣同泪流干了，他知道自此彻底地失去了仲兄。母亲生下五个子女，就剩下他独自一人了。

5

嗣同一回到家，就昏昏沉沉地躺下了，待醒来时，已是第二天上午。他刚坐起来，徐老伯就走进来，一脸关切地候到床边。嗣同长吁了一口气，温和地对徐老伯说："徐伯，不用担心，这次我倒没生病。"

"好，好，你赶紧起来，我去叫巧嫂子把热在锅里的银耳莲子羹端出来。"徐老伯放心了。

嗣同穿好衣服走出房门，看到天井里那几盆兰草绿得炫目，再凑近一看，竟然绽放了几枝兰花，今年春天来得早啊。兰花那么娇嫩羞美，幽幽清香更是沁人心脾，他深深地吸了几口气，让兰香沁入他的肺腑。

接下来几天，嗣同继续整理仲兄的诗文，打点着去武昌的行装，安排二嫂及侄女、侄子在浏阳的生活，还让师中吉陪着大兄嗣棨查看了几处田庄。

到头七那天，春光明媚起来。嗣同骑着一匹白马，让小侄子传炜坐在他怀里。一路上，小传炜对一切都很好奇，叽叽喳喳问个不停，嗣同心中的伤痛莫名地淡了些。

到了冷水井仲兄坟前，圆圆的黄土堆，与周围泛绿的田野形成巨大的反差。嗣同郑重地带着传炜拜祭，跪在坟前时，发觉往日火烧火燎的心竟平静了下来，他默默地说道："二哥，你放心吧，我会好好照顾嫂子和孩子们。"

就在此时，一只灰色的小鸟落在坟墓旁边的一棵樟树上，朝他啾啾地叫着。他凝神望去，小鸟圆圆的小眼睛正盯着他，他愕然了，难道仲兄已变成了一只飞鸟吗？

他走下山坡，猛然见到地里菜花开得一片灿烂，传炜跑着去看花。他呆愣了一下，叹了口气："年年岁岁花相似，岁岁年年人不同！"

第二章：得琴

6

这天一大早，嗣同吃罢早饭，收拾好包裹，将墙上挂着的七星剑细心佩带在腰间。嗣同自小痴迷剑术，这么多年来，他都是闻鸡起舞，这把七星剑与他形影不离。

七星剑剑身较长，镶嵌有七颗铜星，北斗七星状布列。嗣同握了握剑把，精神倍增，跨步走出房门。嗣同虽然皮肤黝黑，但长身玉立，目光灼灼，面庞英俊，俨然一个风流倜傥的伟丈夫。近来他消瘦了不少，却更添英武。

师中吉也收拾好了行李，惯常使用的牛皮鞭已系在黑色的对襟棉袄上，万一有紧急情况方便使用。他还会使暗钉，连嗣同都不知道他藏在身上何处，只见他使用过几次。

嗣同站在屋外看看天色，天已放晴了。天井里石墩上那几盆苍翠的春兰开出几枝嫩绿的花儿，好似要翩翩起舞。这时，院子里传来朗朗的说话声，嗣同不看也知道，肯定是贝允昕和涂儒翯来了，就在前几天，师中吉已经雇好了前往长沙的船，说定了今天吃过早饭就出发。

嗣同迎了出去，果见贝允昕和涂儒翯满面春风地走了进来。贝允昕高大结实，大眼睛炯炯有神，涂儒翯则瘦削精神，灰色的棉袍穿在他身上尤为得体。嗣同更喜欢穿棉袍，但师中吉今天硬让他穿那身玄色缎袍，外套黑色团花夹袍。嗣同苦笑着摇摇头，也就随他了。

"复生兄，昨晚睡得可好？你看老天爷都关照我们，知道我们今天要出发，天都晴了。"贝允昕高声地笑道。

嗣同也笑了笑，他很喜欢元徵的爽朗大方，说起来话嗓门又大又亮。

此次谭继洵升任湖北巡抚，已官至一品，不能拿之前的天水、兰州偏远之地来比，武昌是南北交通的重地，得尽可能网罗各类人才以为幕僚。好友唐才常还在岳麓书院，贝允昕早在两年前中举，经学功底深厚。而涂儒翯颇有其父涂启先的风采，已为优廪生，即将被保举为训导。嗣同向父亲推荐了这两位好友，得到了父亲首肯。念及能到巡抚署大展身手，两位年轻才俊自然乐意，约定一起去武昌迎接谭抚台。

嗣同与二嫂黎氏告别时，二嫂流泪了，身后的瑜英、裕英也流泪了。嗣同眼眶发红，劝道："嫂子，孩子们还小，你多辛苦。巧嫂子会帮你，徐老伯也很贴心，你就放心吧。我安排完父亲大人上任之事就会回来，说不定也将闰娘和兰生接回来住上些日子。"

二嫂擦了擦眼泪，挤出笑来："七叔，你只管放心去吧。瑜英、裕英都挺懂事，现在他们的父亲走了，还拜托七叔好好操心她俩的婚事。"

嗣同点点头，转身疼爱地看了看两个侄女，叮嘱道："瑜英、裕英，好好照顾妈妈和弟弟，除了跟着妈妈学女红，还要念书习字。"

徐老伯依依不舍地将嗣同一行送至城外周家码头，早就雇好的船已泊在岸边等候。船主是一位结实的中年汉子，老蓝色短棉袄上缝着几块深浅不一的补丁，见嗣同一行个个气质不凡，忙上前招呼："老爷，小人姓周，船舱里已备好各位的座椅。"随后，接过贝允昕、涂儒翯手里的行李，奔至船舱里放好，又来接徐老伯手里的竹篮，里面是他们路上的吃食。

这是一艘浏阳河上常见的乌江子船，中间位置的船篷漆着亮亮的桐油，船舱里也布置得清清爽爽，靠舱口放着一张小方桌，四周摆着几张小靠背椅，靠近舱尾处则为晚上睡觉的地方，铺着木板，师中吉将带来的被子一一铺好。船舱后面蹲着一位十七八岁的少年，帮着掌舵。嗣同四处看看，脸上浮起了满意的神情。师中吉放下心来，他知道嗣同对衣食住行颇为讲究，不求奢华，但一定要整洁干净。

周船家立在船头，双手拿起一支长长的竹篙，轻轻往岸边青石上一点，船就缓缓转过头来。船家从容地撑起竹篙，船就稳稳地行了起来。

乌江子船的船主大都来自宁乡，一般都是夫妻、兄弟或父子一起在船上，多是跑客的船，也运些零碎货物，往下跑长沙，往上也跑东乡。

　　金色的阳光铺展在清澈的浏阳河之上，嗣同站在船头，和暖的阳光洒在身上，他回望着青色的城墙，城墙已有些败落，那些在城墙缝里冒出来的绿草和小树，都格外亲切。自从第一次随父亲回到这座安静的小城，他的根就在这里了。很快，他看到岸边那一片高大茂密的大樟树，这是城外樟树湾。他蓦地转到左边，一条小河静静地跃入视野，河口停泊了不少乌江子船，那就是青枫浦。还在十五岁时，他送别仲兄嗣襄去天水父亲所在的巩秦阶道道署，留下他独自在浏阳家里随涂启先先生学习，顿觉无比孤独，一口气写了五首诗。现在想来，恍若隔世，一时之间，内心无法克制的伤痛又泛起，他喃喃地念道："一曲阳关意外声，青枫浦口送兄行。频将双泪溪边洒，流到长江载远征。碧山深处小桥东，兄自西驰我未同。羡煞洞庭连汉水，布帆斜挂落花风。"

　　贝允昕、涂儒翯均为多年好友，特别喜欢嗣同这五首组诗。这时，贝允昕接口道："潇潇连夜雨声多，一曲骊驹唤奈何？我愿将身化明月，照君车马度关河。"末了，他赞叹道："复生兄，你当年这五首诗真是令人叹服，你看'我愿将身化明月'，实在妙得很，连我家岳父大人都称赞不已。"

　　"是呀，复生的才情，我辈望尘莫及。你从十五岁开始写诗，到现在已有不少，不如整理成诗集。"涂儒翯道。

　　"质初兄，你这个建议好，等谭抚台正式走马上任后，我们就一起帮着复生兄整理。我的诗就不如复生兄的神韵灵动，趁旅途漫漫，复生兄就和我们讲讲作诗的紧要处吧。"贝允昕道。

　　嗣同笑了笑，指着涂儒翯说："这个不要问我，当年涂师就教我读魏晋诗文，说写诗要写出沉郁之气。"

　　"真是惭愧，父亲大人也常常如此教导我们兄弟，但我就是写不好。"涂儒翯面露羞愧。

　　三人交流写诗的心得，嗣同的心境也好了起来。中午在蒜州码头停靠了一会儿，几人上岸走了走，岸边只有几家茶铺子。好在一路上春色迷人，田垄里油菜花开了，黄澄澄一大片，有人在田里忙碌。

到了下午，天却阴了下来，风也寒了，三人都缩在船舱里，拥着被子躺着。缓缓的水流声，吱呀的摇橹声，如催眠曲般，主仆几人迷迷糊糊地醒了又睡，睡了又醒。至傍晚，风呼呼地吹着，船停在了镇头，从浏阳县城去长沙的水路，到镇头刚好是一半。今天码头边停的船不多，老街上也安静，偶尔有人家传来小孩哭声，还有狗叫声远远地传来。嗣同几人在船上吃完饭，正在聊天，突然一个面容黝黑的壮实汉子跳到了船上，坐在舱门口的师中吉忙迎了出去："兄弟，久违了，想不到在这里见着你。走，我请你到街上茶馆里喝几杯。"说着，朝嗣同扬了扬手，就拉着那汉子跳上了岸。

师中吉一直都跟随自己，这个汉子从来没见过，嗣同看着师中吉隐入夜色里的身影，有些疑惑。想他是知道分寸的人，也就任他去了。贝允昕倒提议跟着师中吉去瞧瞧，三人忙蹑手蹑脚地下了船，朝老街深处跟过去。可能是天太冷了，今天只有几家茶铺开了门，厅堂里灯光扑闪扑闪的，偶尔有几个驾船佬聚在一起喝酒，也喝得斯文，低低而语。快到街尽头，在一家小小的酒馆里，才隐约看到师中吉与那汉子靠窗坐着，正喝得热烈。嗣同拉住贝允昕，摇摇头，也不说话，带头朝回走。

一回到船上，嗣同就张罗着躺下，没多久，师中吉浑身酒气回来了。嗣同也不理他，他凑到跟前说："七爷，刚才那位是会里的兄弟，他平日在省城时日多，今天来此地走亲戚，他眼尖看见舱门口我的侧面，就上来看看。我不想他来打扰你们，就引他去喝酒，也叙叙旧。"

嗣同隐约听师中吉说过哥老会的事情，湖南湖北沿江沿河都结成了帮，也没多追问，忙让出一块空地说："快睡吧，明天还要早起，我们争取尽快赶到长沙城，今后会里的朋友还是尽量少往来。"

7

转天一大早，风住了，天还阴着。师中吉招呼船主开船，倒是走得快，未到中午时分就到了㮾梨镇有名的陶公庙。陶公庙名气很响，每年农历正月十三和八月十七有盛大的庙会，此地官府历来重商，渐渐形成了"三仙街"，直至汇成了一方集镇。

还未上岸，便听见庙里传来热闹的鼓乐声，三人闻声都走出了船舱，贝允昕一脸向往。周船主笑道："这段时间有戏班来唱戏，整天整夜连演连唱。今年年岁不算好，往年还要热闹些。"

嗣同自小最喜欢看戏，什么戏都爱看，抬头看了看不远处的陶公庙，但见庙宇巍峨，笑了笑："既然元徽兄想去看戏，那就看看吧！"

几人上得岸来，随着众多朝拜的香客进了山门。穿过戏台底角，但见戏台正对着前方坡上大殿，内坪里站满了人，正在聚精会神地看戏。几人转过身一瞧，迎面一座古色古香的大戏楼，楼台上正在上演湘剧《单刀会》。戏楼大概有十来米高，翼角高翘，翼角下飞龙舞凤，微风吹拂，风铃叮当。戏楼正脊中为五色葫芦宝顶，两端正吻为丹书铁剑，正脊堆塑北向为"蟠龙"，南向为"狮戏球"。戏楼额枋、吊檐、栏杆、隔扇到处都有精美雕刻。嗣同赞叹了一会儿，却很快被戏台上的关羽吸引了。《单刀会》他看过多次，剧情都很熟悉了，却百看不厌。

戏唱到了第三折，正是单刀赴会途中，但见台上高大威武的红脸关羽慷慨激昂地唱道："大江东去浪千叠，引着这数十人驾着这小舟一叶。又不比九重龙凤阙，可正是千丈虎狼穴。大丈夫心烈，我觑这单刀会似赛村社。"

台上关羽壮志凌云，豪情奔放，一副英勇无畏的英雄气概。嗣同内心涌起了对关羽的无限崇敬，正自激越，舞台上的关羽又在唱："水涌山叠，年少周郎何处也？不觉得灰飞烟灭，可怜黄盖转伤嗟。破曹的樯橹一时绝，鏖兵的江水犹然热，好教我情惨切！这也不是江水，二十年流不尽的英雄血！"

台下嗣同被高亢的唱腔打动，禁不住热泪盈眶。正待看下去，师中吉却来了，悄悄地说道："七爷，我们还是去庙外吃东西吧，早点赶到城里，还得临时去租船，不然会耽搁我们的行程。"

嗣同三人只得依依不舍地随师中吉往外走，来到他早已订好的小饭馆，匆匆吃了碗米粉就又登船了。到下半晌，就赶到了长沙城外水陆洲，也不靠岸，他们三人在船上等候，让师中吉雇一只划子去找跑湖北的船。也算运气好，到晚边就找了一只专跑汉口的船，船主很精明干练的模样。谈好价格后，他们就将行李搬过来安顿好。

第二天辰时开船，天气虽未完全放晴，但风已暖了。贝允昕、涂儒翯难得在水上航行，不时跑到船头上去看风景。嗣同坐惯了船，也为他俩所感染，尽情观赏着两岸风光。两岸春意正浓，白的李花粉的桃花黄的油菜花，已有不少农人在田地里辛勤地劳作，一切看上去都那么令人舒畅。

到第四天下午，他们的船就停泊在了洞庭湖畔。他们决计在此过夜，接下来航程还很辛苦，还得奔波好几天呢。

师中吉得去采买些点心，贝允昕提议去登岳阳楼："复生兄，我们去登岳阳楼吧，领略一下范仲淹'先天下之忧而忧，后天下之乐而乐'的情怀如何？"

师中吉连连附和："好，贝老爷，您领着七爷先去登楼，我买好东西就赶过来。"

岳阳楼最早是三国时东吴大都督鲁肃在此操练水兵的阅兵台，居岳阳城西，临洞庭之水，前望历历君山，北倚浩浩长江。又因岳阳地处南北通途，商旅往来众多，文人墨客多登临此楼，凭栏抒怀。

待三人登上岳阳楼，已是夕阳西下。倚栏眺望，但见夕阳浮在湖水之上，八百里洞庭烟波浩渺，点点白帆更是动人。涂儒翯叹道："可惜还只是三月初，今晚没有月亮，如果有月亮，景色更是妙绝。范仲淹道'而或长烟一空，皓月千里，浮光跃金，静影沉璧，渔歌互答，此乐何极！'"

"复生兄，你这个大诗人，不如你来一首吧？先念来我们听听，等会儿回船上再写下来。"涂儒翯道。

嗣同眺望着暮色渐浓的洞庭湖，夕阳已然沉陷到湖水之中了，沉思了一会儿，朗声吟哦道："放棹洞庭湖，湖空天欲无。登楼望落日，暖暖远村孤。水气昏渔浦，南风长嫩蒲。君山渺何许？青入《十眉图》。"

"好一句'湖空天欲无'，还有'君山渺何许'，真是万千意境在其间。"贝允昕赞许道。

嗣同微微一笑："元徵兄，就是平常一首诗，值得你谬赞？你看，鉴吾来了。"

远远地，师中吉在苍苍的暮色中走来，三人忙迎了上去。师中吉在楼前汴河街找了家安静些的酒楼，前来召唤他们去吃饭。一路行来，踏着错落的青石板路。沿街挂着的点点灯笼映照，挑着各色旗子的酒楼茶楼跃入眼帘。不时飘来的悠扬琴声和暖暖的湖风，使几人不觉有些沉醉。待走进酒楼，一位年轻的伙计将他们一行领进偏里的包间，但见陈设雅致，灯光透亮，还飘着幽幽檀香，桌上早已摆好饭菜。嗣同回过头来，朝师中吉笑了笑，忙招呼大家坐下，伙计又提了一壶温好的酒走上前来。

贝允昕最先咧开嘴笑了："哦，酒来了！好，好友遇上美酒，定要喝一杯！"

嗣同的兴致也被他们调动了起来，连干了好几大杯。待他们步出酒楼时，都有些醉意蒙眬。

8

一入湖北境内，船在广阔的江面上行驶，沿岸景色迥然不同。视野开阔，处处平畴，草木萌发，仿佛一个全新的世界在他们眼前次第生长。江面上，船只来来往往，更有洋人的大小火轮驶过，掀起阵阵波涛。对木帆船而言，这不啻一场灾难，船家非常紧张，要么早早避到一边，要么赶紧稳住船只不动。

贝允昕早忍不住嚷开了："这些洋人真讨厌，竟然跑到我们长江里来撒野。"

嗣同缓缓地反驳道："有什么办法，人家就是比我们先进，早已是船坚炮利，好多人就看不到这点，还在做天朝上国的美梦。当年胡林翼大将军就是因为见识了洋鬼子小火轮的厉害，急得吐血，没几天就去世了。"

这么一说，众人都陷入了深思，涂儒翯说道："人家船坚炮利，我们也可以学，不然今后遭欺侮的日子还多呢。"

嗣同叹息道："不是那么容易学的，要有懂西学的人才。你看我们科考都是四书五经，还有制艺文，人家却学格致学、算学、光学、化学、电学呢！"

一连串新鲜名字，从嗣同嘴里蹦了出来，贝允昕、涂儒翯都惊讶万分，之前都没听他聊过这些话题。嗣同继续说道："其实我也是听他人说起，也不知格致学到底讲些什么，应赶紧找来学习！"

　　三人商定，到了汉口就找格致学相关的书籍来读，总不能人家洋人懂的学问，我们一点都不明白。

　　毕竟是木帆船，时快时慢，到第五天下午，武汉三镇就遥遥在望了。长江和汉水在此处交汇，三座城市都坐落在平原之上，仅高出江面数丈。特别是汉口，位于长江西岸，南面隔汉水与汉阳相望，已被辟为通商口岸。最先在汉口强设租界的是英国，英法两国迫使清廷在咸丰八年（1858年）签订《天津条约》，增辟汉口等十个通商口岸。至咸丰十一年（1861年），英国派人来汉口与湖广总督官文立约，划定租界范围，一下就划了四百五十多亩地。随后，俄国、法国、德国、日本，甚至比利时，都纷纷进驻。租界一天天扩大，临江一线总长一千余丈，总面积达两千八百多亩。自此，汉口成为巨大而繁荣的贸易中心，众多店铺和仓库格外庞大和气派，往来贸易的人非富即贵，各个商会实力雄厚。

　　贝允昕、涂儒翯两人惊讶地四处张望，禁不住啧啧称奇。江汉关上游是中国的码头，下游是外租界的洋码头，沿江集聚大大小小各类船只上千艘，桅杆林立，参差不齐地连成一条线，形成了浮动的商铺、饭店和娱乐场所。其中，各国商船、大轮船、小火轮甚至威严的军舰格外扎眼。

　　嗣同的心绪波澜不惊，他来往武汉三镇多次了。这次他们一行得先去汉口岳父李寿蓉家，李寿蓉为长沙望城人，现署理汉黄德道。李寿蓉是个有趣的老头，且极爱嗣同。他估摸好嗣同一行到达汉口的日子，早就派老管家前去码头上迎接。

　　李寿蓉以文章诗词出众，为有清一代超一流的对联大师，中进士后，用为户部主事。后谭继洵亦任职户部，两人既为湖南同乡，又为同僚，在京寓所也相距不远，交往甚为密切，两家很早就约为婚姻。嗣同十九岁那年，谭继洵升任甘肃按察使，乃与时任汉黄德道候补道员的李寿蓉相商，定下良辰吉日，为嗣同与李闰完婚。于是，嗣同奉父命从兰州专程奔赴千里外的汉口，迎娶李闰。看着一对青春年少的新人，李寿蓉喜上眉梢，特赠一副对联给嗣同，字作颜体，笔势纵横：两卷道书三尺剑；半潭秋水一房山。语意含蓄，实则也在规劝嗣同稍敛锋芒，养气定心。

嗣同一行乘坐的木帆船直奔大王庙码头，但见码头上人来人往，搬运工最忙碌，挑担子的，扛包的，抬箩筐的，一个连着一个。也有装扮华贵的商人和身着洋服的外国人，步履匆匆，分外打眼。嗣同一行由小划子渡到岸边，一位精瘦的老家人就迎了上来，嘴里高兴地嚷道，是亲切的长沙话："姑爷，姑爷，我在这里等候多时了。"原来是岳父李寿蓉派来的管家李维汉老头，已在此守候两天了。

嗣同一行开心地随在李维汉老伯身后，走过米厂街，一拐便上了正街。这是老汉口最繁华的一条街，街道狭窄，店铺林业，各色招牌很讲究，人来人往，轿来轿往。来到一十字路口，见四官殿跟前围着一堆人，正在倾听站在台阶上的洋人演讲。那洋人五十来岁模样，身材矮小，目光犀利，花白胡须，面色健康而有光泽，披着黑色的斗篷，正在慷慨激昂地讲着什么。贝允昕、涂儒翯好奇地停下了脚步。嗣同当然知道这是传教士在街头传教，但这个老头与众不同的气势打动了他。见他立住了脚，李维汉悄声介绍道："这是汉口有名的传教士杨格非，他在汉口几十年了，对中国人还算友好，最喜欢在街头传教。汉口和武昌都建有教堂，还有给人看病的洋医生呢。"

杨格非的中国话说得非常好，是带汉口口音的官话。嗣同抬头看去，但见杨格非坦荡地站在人们面前，脸上的表情仿佛是与上帝一同站在山顶上，他布道时，有人在下面低声地附和。最后，他开始吟唱圣歌。

"爱是死亡不能夺掉的……"嗣同闻听为之一振。贝允昕、涂儒翯则疑惑地看着周围的人群，惯常吵闹的中国人，在大街上怎么能专心倾听这位洋人布道？嗣同还想听听，李维汉却扯了扯他的衣袖，一行人走出人群，朝江汉关监督署走去。

远远地，只见一个年轻人站在大门口往这边眺望，一见嗣同他们，竟转身朝门里跑了。很快，一位身穿玄色便装的瘦高老头就出现在大门口，嗣同心里一热，忙趋步上前，恭敬地作揖道："岳父大人，小婿来看您啦，您贵体可好？"

李寿蓉一把扯住了嗣同，眼睛亮闪闪地打量着他，心疼地说："复生消瘦了，一路累了吧？快进屋坐，你高妈妈今天早上起来就在厨房里忙开了，我们也跟着你享享口福。"说完，牵着嗣同的手就朝后院走，人还没迈进后院，就嚷开了："高妈妈，复生他们到了。"

矮胖的高妈妈脸上堆着笑，颠着小脚跑过来，吓得嗣同赶紧用双手托着她的肩膀。高妈妈搂住嗣同，样子实在怪异和好笑，在场的人都忍俊不禁。笑声里，人们来到厅堂，高妈妈才放开嗣同，又朝厨房走去，走了几步，回过头来说道："姑爷，你们歇一会儿，就来吃饭呀。"

这边嗣同将两位友人介绍给岳父，他俩早就听说了李寿蓉的学识才华与传奇的故事，一一上前恭敬地见过。李寿蓉一一回礼，又说已接到谭继洵从兰州发来的信，年后已顺利交任，已于二月初踏上了赴京觐见的路途。因地冻天寒，只好走陆路，所幸一切顺利，兰生也未受半点风寒。后来，家人干脆在通州等候，谭继洵带着几个随从进京。现谭继洵正在京里，很快就会携家人南下，这里的巡抚署宅院得赶紧布置。

说到兰生，李寿蓉朝嗣同开心地笑了笑："复生，真想早日看到兰孙，我猜想他肯定像你，又结实又聪明。"

嗣同也受了感染，喜道："是您的外孙，肯定聪明，将来长大了就跟着您学诗文学写对联。可闰娘辛苦了，我都快一年没在她身边了，想来真是惭愧。"

正在说得热闹，李维汉走进来，对大家拱拱手说："老爷，姑爷，厨房已备好了饭菜，请大家用餐。"

在船上待了八九天，都没好好用过餐了。高妈妈用心准备的晚餐甚是丰盛，有红烧肉，有武昌鱼，有莲藕炖猪骨头，还有香菇炖小鸡，一大桌子菜，都是嗣同喜欢吃的。李寿蓉还陪大家喝了几杯酒，这餐饭真是吃得畅快又舒心，尽兴而散。

嗣同将岳父送回睡房，随高妈妈走进为他准备的卧房，嗅到了隐隐约约的檀香味。高妈妈将油灯放在床前小几上，指了指床上的被子："姑爷，你看，这床新被子我早几天就换好了，还晒了几天好太阳，又暖和又软绵，保你睡了舒服。"

嗣同正自感激，高妈妈又指着窗前桌上的一只藤箱说："姑爷，告诉你，听说闺娘生了，老爷兴冲冲派人到正街买了些小棉被、小衣服，你看都放在这箱子里呢，只待小外孙来汉口。"

嗣同晚上喝了些酒，虽有些困意，但也乐得听高妈妈絮絮叨叨："姑爷，我是年纪大了，不能为外孙少爷做衣服了，但我给他做了两双虎头鞋呢！我已想好，等外孙少爷来了，我再托人给他打一对银手圈子。"她苍老的脸上满是笑。

"高妈妈，您对闺娘和我恩重如山呢。之前闺娘告诉我，她六岁时生母去世，幸亏高妈妈您尽心抚养闺娘三姐妹，让她们学诗文礼节，真是太感谢您了。"嗣同情真意切地说道。

"姑爷，您说到哪里去了，那是老爷和夫人看得起我老婆子，照顾好小姐们是我应尽之责啊。"听到嗣同赞扬她，高妈妈笑得眼睛眯成了一条缝。

这时，师中吉端着洗脸盆进来，招呼嗣同洗脸。高妈妈笑道："姑爷见笑了，我真是老了，只顾着高兴，都不知道该让你早些安歇才好。好吧，我走了，你早些睡觉。"

高妈妈走了，嗣同躺到床上，被子很暖和，他却久久未能入睡。闺娘自和他成亲以来，二人聚少离多，闺娘该是多么孤独。此时，他是多么渴望早日见到闺娘和兰儿。迷迷糊糊中，他又忆起传教士杨格非那犀利的目光和新奇的话语。他讲到了人的"灵魂"，就是人的魂魄吗？灵魂永生是什么意思？

9

第二天一大早，嗣同就带着贝允昕、涂儒翯、师中吉出门，李寿蓉不放心，就让自己的师爷汤佑成一起跟着。汤师爷平日与各府衙有来往，认识不少人。头两天还是艳阳高照，今天却大雨滂沱。从汉口到武昌得过河，雨大风浪就大，李寿蓉本想劝嗣同今天不要过河了，明天再去。但嗣同却劝岳父放心，他们昨天就雇好了船，毕竟是春天了，水还没涨起来，没事的。李寿蓉也只得任由他们了。

一行人各自举着一把新伞来到江边，果然风大浪急。行到江中心，狂风大作，冷雨横飞，船有些飘摇不定，顺着江水向下急驰。船主吓得脸都白了，指挥船头船尾两人一齐奋力朝对岸划。浪比船还高，时时跃入船中，船摇晃得厉害，他们几人就蹲在船舱里。嗣同若无其事，涂儒翯则暗暗祈祷不要翻船！

费了好大的劲，船终于摇摇晃晃地在武昌汉阳门码头靠岸了，船主和水手们浑身湿透，都是一副惊魂未定的样子。而嗣同早已沉浸到昔日的回忆中。两年前的深秋八月，他和仲兄嗣襄第二次湖南乡试皆不第，甚是失意。至初冬，嗣襄欲自谋创业，渡海去投靠姻亲台湾布政使唐景崧，嗣同也得回甘肃侍亲。兄弟俩自浏阳一同北上，先至时居武昌的岳父李寿蓉家。也是这样一个浊浪滔天的天气，兄弟俩同船过江，突然狂风骤起，暴雨倾盆，船中人衣履皆湿。船夫大惊失色，兄弟二人却泰然自若，相视而笑。

兄弟俩于汉口作别前，在码头一角落遇一个道士，主动为他俩算卦，得了一卦"牛衣对泣"。道士再三告诫他俩，千万不要远行，否则凶多吉少。但嗣同兄弟不信命数，嗣同当时还作了一首诗为兄长送行，誓言不怕牛衣对泣，甚至还要马革裹尸，为国效命：

> 茫茫天地复何之，怅望西风泪欲丝。
> 悲愤情深貂拌肉，功名心折豹留皮。
> 一朝马革孤还日，绝胜牛衣对泣时。
> 各有桑蓬千里志，不劳辛苦寄相思。

嗣同哪里能料到，江边之别，竟成了他们兄弟的永别。

在武汉三镇中，武昌城北临长江，东北一带乃码头所在地。从明朝万历二年（1574年）起，汉阳门就开设了直达汉口的渡船，称之为"扬子江渡"，为武昌最繁忙的码头渡口。而蛇山就像武昌城的脊梁，横亘城中，历代军、州、府、县四级衙门环布蛇山四周。山之北，自汉阳门至忠孝门，一条长街呈东西走向铺展于蛇山北麓，沿途有武昌府署、湖北布政使署、湖北巡抚署等衙门，是武昌城的中心地带。但湖广总督府却在山南，离文昌门不远，有长街通往蛇山，止于蛇山南麓。明末挖通蛇山，使长街延长到藩司衙门的大门口，山北一段街道为司门口。由此，司门口一带衙门云集，文庙、贡院也都在附近。

嗣同一行登上码头，站在汉阳门前，哗哗作响的雨声将他从伤感中拉了回来，等会儿还得拜见前任抚台大人奎斌。

雨竟然小了，一行人便沿着汉阳门街前行，但见店铺林立，人来人往，书铺、字画店、古董店等鳞次栉比。嗣同的目光不时停驻在店铺里的字画瑶琴上，惹得另两位同伴发笑。涂儒翯笑道："复生兄，心动了吧？哪天我们办完正事，是不是要在这条街上泡几天几夜？"

嗣同也笑了："质初兄，你别笑话我，只怕你现在恨不得跑进哪间书坊看书吧？我呢，也想买书，但我更想买张琴，到现在我还没有一床中意的琴呢。"

说笑间，就来到了巡抚衙门前，大门边站着全副武装的卫兵。师中吉持着嗣同的名刺前去通禀，门房一听是新任谭抚台的公子来了，赶紧将他们一行引至二堂西厅奎斌抚台签押房。

抚台奎斌为蒙古族镶白旗人，身材高大，已调任察哈尔都统，但奉谕旨待谭继洵接任后，再往京陛见。奎斌正穿着便服在处理公事，见嗣同一行进来，赶紧站了起来，笑着让座吩咐看茶，随后在嗣同旁边的椅子上坐下来，亲切地询问："谭公子一路辛苦了，我可盼着谭大人早日到任，本部堂也急着赴任！"

见奎斌没有多大架子，嗣同有些意外，站起来告谢："谢奎帅抬爱，父亲大人已然进京，待陛见后即速来武昌。但路途遥远，特地派晚辈前来接应，以不误奎帅大事。"

奎斌爽朗地笑了笑，将巡抚衙门总文案李文才唤了进来，让他协助谭嗣同打理巡抚署家眷安顿之事，不得有误。嗣同再三致谢后，带着众人退了出来，随李文才前往后院。

父亲的信里曾介绍过奎斌，岳父也谈起过他，奎斌谨于职守，在任期内实诚干事，治水赈灾都有佳绩。但昨天晚上岳父又讲了另外一件事，在光绪十四年（1888年）秋，醇亲王通过李鸿章，向一些沿江海省份的总督、巡抚授意，筹资报效皇太后，修建颐和园。但为颐和园筹资无法摆上台面，醇亲王便想出了以筹建海军的名义募资。各省督抚认捐踊跃，共集得白银二百六十万两之巨，时湖北总督裕禄、巡抚奎斌认筹高达四十万两。不久，李鸿章、奎斌及所有参与募资的督、抚、藩、臬、运司共二十五人受到奖叙。

到底该怎么看这位巡抚大人呢？平日里父亲有时也会和他谈谈官场之事，但嗣同不感兴趣，从来没往心里去。此时他也不想多去琢磨，急着将后院房屋打理好，让家人到了能住得踏实安稳。

来到后院，嗣同惊讶地发现，巡抚署大院后面竟横卧着一座矮山，令他们尤为惊讶的是，此山名胭脂山。

李文才解释道："公子可不要误会！胭脂山为武昌城北最高山，但实际不过五十米高。山脊石色赤如胭脂。传说观音路经此处，见湖光山色甚美，遂停下梳妆，不料贪看美景打翻胭脂盒，山石尽染，才有此景。"说完，他看了看山上的树，已然萌发了新枝，吟道："传说仙人到此游，湖山如画醉凝眸。岂知翻倒胭脂盒，尽染层岩佳话留。"

嗣同闻听是观音路经之处，忆起小时母亲徐氏在家里设有观音的牌位，每逢初一十五及观音生日，都会虔诚燃香礼拜。一时间，伤感莫名而来，心想：母亲要是还在该多好，她要是知道观音曾来此地，肯定会非常安心！

李文才带着大家朝东角月亮形的拱门走去，门后是一座花园："快看，这巡抚衙门的花园就叫胭脂坪，园里树绿了，花开了，桃花开得特别好，小池塘里的鱼只怕游得正欢！"

雨已停了，花园里花木扶疏，有青石小径通往后山，山上有座古朴的六角攒顶木亭，名六虚亭。站在亭台上展望四周，视野开阔，近前都是青砖碧瓦的屋顶，远处便是白练般的长江。此时，江上满是白雾，似有艄帆出没。

一一查看了前后院及花园，嗣同就拿定了主意，告诉师中吉妥善布置，让老父、卢氏姨娘、魏氏姨娘住前院，大嫂黎氏、侄子传赞夫妻、自己和闺娘、兰儿就住后院。说完，嗣同略为失神，自从伯兄嗣贻过世后，父亲就将伯兄留下的血脉传赞一直带在任所，用心教养他成长，而他这个季叔却未曾多加关心，想来真是惭愧。晚上，李文才受奎斌抚台所托，在巡抚衙门为嗣同一行接风，他们就在巡抚署的客房住了下来。

接下来几天，嗣同留贝允昕、涂儒翯在巡抚署和师中吉一道张罗整修、布置家眷住所，自己则前往布政使司拜见邓华熙藩司大人，到按察使司拜见觉罗成允臬司大人。嗣同平日最不喜欢官场上的往来应酬，但父亲大人有吩咐，他只得打起精神做事。藩司衙门很近，就在司门口，投上名刺后，很快就有人领了进去。邓华熙为广东顺德人，思想开明，在湖北政声颇佳。嗣同刚在客厅里坐定，邓华熙满面含笑地走了进来，一眼瞧见他腰间佩带的七星剑："谭公子，今日一见，果然相貌堂堂！谭抚台大概什么时候到？我可盼望多时了。"嗣同赶紧站起来拜见，恭敬地答道："父亲大人已至京师陛见，大概四月初就会出发来汉。"

随后，作为翰林院出身的饱学之士，邓华熙还询问了嗣同所读之书，见他对答如流，甚为满意，欣赏之情表露无遗，两人相谈甚欢。

按察使司却在蛇山之南，靠近平湖门，从司门口过南楼，在学府口右转，过武昌府文庙就到了。臬台觉罗成允是宗亲，高大而严肃，很客气地接待了嗣同，客套了几句，就端茶送客。嗣同赶紧告退，走出威严的臬司大门，如释重负。

10

来来回回约半月，前后院都料理妥当，只差前院的家具未购置完备，等巡抚大人到位后再说。

天气好时，嗣同就会带着贝允昕、涂儒翯回汉口道署，李寿蓉还会陪几位年轻人喝几杯。来来往往走过司门口一带，此处都是些经营书籍、字画、文房四宝、珍宝古董、陈年旧货的店铺。那些木头招牌的字体或飘逸或庄重，有些还烫了金。崇文五铺在青龙巷口上，最为打眼，同治六年（1867年）时任湖广总督李瀚章在武昌候补街正觉寺内开办湖北官书局崇文书局分店，经史子集最为齐全，不少读书人特来此店购书。嗣同更喜欢那些小书坊，时有令人惊喜的收获。

天又开始下雨了。嗣同特意寻访这条文宗书海之街，他抬头望了望一家店铺的匾额——飞鸿阁，这是他自今天早饭后寻到的第九家书坊。虽然下雨，但天气暖和，来买书的读书人多了，一个个脸上带着由衷的喜色。飞鸿阁的年轻掌柜正在摆放新书册，一眼瞥见门口这个浓眉大眼的生面孔：嗣同头戴深蓝色缎帽，身穿深蓝长袍，外罩湖蓝色团花马甲，佩着七星剑，仪容魁伟俊美。

"请问这边有没有《邯郸记》的谱子？"嗣同走至掌柜身旁。

"曲谱有是有，头几天姑苏到的新谱都在那几格，我没记住那些名字，不过大约也没几册了。今天来找谱子的人可多，您找找看吧。"

嗣同谢过掌柜，便径直走向书架，正兴致勃勃地翻找，忽闻书架另一头有窸窸窣窣的声音，后又听见喃喃低语："旺财，我帽子没戴歪吧？我弟这身衣服还是大了些，鞋子也大了，真不好穿……"声音如黄莺般婉转，特别好听，他探身望了眼，却见一削肩细腰的年轻男子正在整理自己的帽檐和辫子，似乎对自己的这身行头有些不满，随后俯身将鞋跟又拉了一下，这才安心地四处张望。

"帽没戴歪，既然鞋不舒服，我们就快些回去吧？已经找了好几家了，在开饭前要赶回家！"他身边的随从轻声回应。

"等我找到那本工尺谱就回去。"斯文秀气的年轻男子说完又搜寻起来。嗣同无暇顾及这等闲事，埋头寻找《邯郸记》。所幸在叠着《荆钗记》《桃花扇》《单刀会》的下方找到了他冒雨寻觅了一上午的谱子。崭新的题签和深靛色书皮令他爱不释手，正翻看谱子，方才整理帽鞋的年轻男子靠了过来。

"这里的《邯郸记》也已经没了吗？"嗣同听见他的唏嘘，这才回头定睛细瞧。见他面目清秀，忽闪着大眼睛，戴着黑色缎帽，穿着一身质地名贵的酱色长袍，外套枣红色马甲，虽不高大，但也丰采逼人，眉宇间更添几分英气。

"这位仁兄，这儿还有一本，你先拿去吧。"嗣同将曲谱递过去。年轻男子惊讶地凝视着嗣同，见嗣同佩着宝剑，英姿勃发，脸上飞过一道红晕。

"这是仁兄先寻到的吧，我们不该夺人所爱。"随从开口道。年轻男子却望向曲谱，目光里满是不舍。

眼见他对谱子如此执着，又不加掩饰，嗣同暗暗发笑，也不由生了几分好感，便胡乱扯了个谎："无妨，我的一位友人也存了这谱，原是我偷懒不愿誊抄一遍，现下也是成人之美。"

年轻男子颔首取过曲谱，鞠躬向嗣同致谢。嗣同爽快地笑了笑，正等出门，年轻男子又回过身来，拱了拱手说道："感谢仁兄成人之美，我乃武昌人士，姓包，名世贞，字晓澜。敢问仁兄尊姓大名？"

嗣同颇为意外，见年轻男子满脸期待，顿了顿回复道："我姓谭，名嗣同，字复生，浏阳人氏，新近才来武昌，今日幸会仁兄，改日再谈。"

但见包世贞拱拱手，转头就走，那个叫旺财的随从慌忙替他撑起伞，嘴里嘟哝着什么。嗣同笑着摇了摇头，回头买下《荆钗记》《桃花扇》《单刀会》，这才离开飞鸿阁。

雨依然下得密，迎面的风却温暖，还润了隐约的花香。抚台奎斌在嗣同来后没几天就已离开武昌，眼看都三月底了，昨天总督府派人来告知，巡抚谭大人已经从京师出发了，最多还有十来天就会到任。湖广总督张之洞是很有作为的洋务派人物，等父亲大人来了就有机会去拜见了。想到这里，嗣同仿佛看到闰娘抱着兰生笑着朝他走来。

嗣同带着愉快的心情回到巡抚署后院时，见贝允昕他们正坐在膳厅里等他，他忙扬扬手里的曲谱道："抱歉，抱歉，让你们久等了。"

"复生兄，还是温习功课要紧，抚台大人说不定会询问你的课业呢。"贝允昕一眼看到曲谱，朝涂儒翯眨眨眼，笑了。

"两位仁兄，等父亲大人上任了，有你们忙的，我看你们不如和我一起四处走走看看，饱览武汉三镇的大好风光。"嗣同笑了，大家都笑了。

11

一大早，嗣同带着贝允昕、涂儒鬻、师中吉将前后院又看了一遍，已觉井然有序。嗣同在后院东厢房自己的书房里看了看，长排书柜里已摆上新近添置的书卷，书桌上也摆放了砚台、毛笔架，架上挂了几支他精心挑选的毛笔。只是觉得花几上还少了盆兰花，书桌后面墙上还少了幅画。尤其遗憾的是，师中吉没替他买张琴桌，浏阳家里有一床松雪琴，但体格小了，音质也不怎么样，他早就想买床新琴了。

隔天，嗣同带着众人早早在汉阳门码头等岳父李寿蓉，师中吉与李文才去采买花花草草，花园也还得好好修整。没等多久，李寿蓉就到了，坐着绿呢大轿，四位轿夫及师爷随身。听说岳丈要去拜访学政赵尚辅，嗣同就忙表示："岳父大人，您去办正事，我们几人就不去了，就在外面横街头一带走走。"

"好，等会儿中午我们找个安静的地方吃饭。"李寿蓉知道他这个女婿的性格，扬扬手上轿走了。

今天天气好，街上的人多了起来。嗣同他们走至新街上，发现这一带偏静，古董店倒多些，店里也有字画。

嗣同对古玩不感兴趣，随意看看，只觉得眼花缭乱。

来到博古阁门前，店面并不大，一抬头就看到几幅山水画，嗣同走了进去。他被中间那幅画吸引住了，高高的青山上满是参天大树，就在山脚下，有一栋农家院落，院落前是青翠的农田和清澈的小溪。这不正是老家天井坡的模样吗？

坐在角落柜台前的老板，见有客人来，忙起身打招呼，又吩咐店伙计泡茶。身材瘦削的老板，小小的眼睛看人犀利，见嗣同衣着讲究，腰佩宝剑，猜想他身世不凡，试着问道："看来老爷能舞剑，在下这里有把好剑，还有一床好七弦琴，不知老爷可感兴趣？"

嗣同见四周货架上摆满了坛坛罐罐，或高或低，或花或素，间或也有些玉器摆件或青铜古剑之类，但他没看到琴。

老板见他疑惑，忙在前面引路，打开后门，是一间库房："随在下来吧，在下把琴和剑都放在库房了，一般人都不给看呢。"

库房里光线有些暗，四周木架摆着些坛坛罐罐，当中一张方桌上摆着一床琴，旁边搁着把剑。古琴黑漆漆的，琴弦全无，剑也没鞘，剑体黑沉沉的，剑把倒是黑檀木，剑首、剑格包裹着银片，上有凤凰图案，银片色泽已暗，看得出年代久远。库房可能很少开门，空气有些污浊，嗣同皱了皱眉头。

老板察觉到了，忙对店里伙计说："赶紧把琴和剑搬到外面桌子上去。"

一行人站在桌子前等，桌上铺了红布，只是有些旧了。伙计一手抱琴，一手持剑，老板小心翼翼地接过琴，轻轻地放在桌上。说来奇怪，琴和剑放在红布上之后，似有隐隐约约的光芒闪现。嗣同不由走近细细察看起来：但见此琴形制颇为周正，应是三尺六寸长，六寸阔，琴面黑色，琴之两侧断纹细碎如毛。

嗣同弹琴多年，知道古琴要五百年以上才出断纹，还得灰胎特别好。自北宋以来，琴人对于断纹愈加珍视，孜孜以求，纹路越细碎琴的年代越久远，龟背断、梅花断是千年古琴才可出现的断痕。牛毛断，一般在漆胎较薄而琴体坚实的古琴上会出现，明琴中较多见。

再看看琴面，承露、焦尾做得很漂亮，都是花梨木，可惜的是琴弦全无。他压抑着满心惊喜，面上却不动声色，让老板将琴翻过来观看：篆书体"蕉雨"二字跃于眼前，下面琴铭却用行书，总共五行，书法劲秀。正暗自赞叹时，两枚印章令他大为吃惊：一曰"文天祥印"，一曰"文山氏"。琴腹还镌刻有两行行书，曰"宝祐二年甲寅九月，庐陵山人剖腹重修"。雁足却是小叶檀，雕着花纹。

"文天祥！庐陵山人！宝祐二年！还有断纹，琴人多以古琴的断纹为美，且琴音松透古雅！"贝允昕在旁边急切地嚷道。

涂儒嚣瞪了他一眼，不满道："声音那么大干什么？你以为上面刻的字和断纹都是真的？"

贝允昕猛然意识到自己的鲁莽，不再吭声。嗣同只管看着琴铭、印章发呆。老板耳尖，看了涂儒翯一眼，不高兴地说道："这位老爷，在下倒要问您，清清楚楚，上面刻的字有假吗？"又转头对嗣同说："在下看这位老爷最通情理，告诉你们几位老爷吧，说起这琴这剑，也是去年腊月底的事。那天天冷得很，快要过年了，客人也稀，半下午时，我正坐在店里烤火。突然，一位年轻公子神色慌张地抱着长蓝布包侧身进来，他浑身哆嗦着将布包放在我面前的柜台上。我看他衣着虽单薄，却也是读书人模样，脸色苍白，八成是个鸦片鬼，只怕是偷拿了家里的宝贝来卖钱。不敢去司门口显眼的地方，就到我家店里来了！或是他之前去贡院赶过考，曾经路过我的店，也就找来了。"

　　见嗣同他们几人全都专心听他讲，老板继续道："怎么，不相信？还真让在下猜着了，那位年轻公子祖辈父辈都做过京城翰林，咸丰年间英法联军攻打京师时，就匆匆携家眷想逃回江夏乡间。京师一切都乱套了，无意中，他们遇到王府太监在兜卖偷出来的物品，就一眼看中了这床文天祥的七弦琴和这把凤矩剑！一路上颠沛流离丢了不少东西，就舍不得丢这琴和剑，都精心保存了几十年了，实在无奈才来卖。那公子说着说着竟然流泪了。"

　　没想到遇上这么个能说会道的老板，嗣同他们几个被他的故事打动了。嗣同弯下腰来，细细地观看赏玩，又用手轻轻地在题款上摩挲着。庐陵人盖文天祥之自号，其曰重修，则此琴应早于文天祥数十百年，到现在当八九百年了。八九百年前的琴，不管能不能弹奏，都是极其珍贵的，何况他一直以来非常钦佩文天祥的气节。

　　嗣同轻轻抚摸着琴侧的断纹，又拿起剑，认真地观赏，博古阁老板将这一切都看在眼里，忙说道："这位老爷真正目光超群，文文山算是遇到知音了！"

　　老板说得动起真感情来，眼圈都红了。他擦了擦眼睛，继续说："那位贵公子也是无奈染上恶习，缺银子用，只得悄悄拿出来变卖。在下问卖多少银子。他说两件两千四百两，低于此数不卖。在下说，我武昌城常有雅好古琴古剑之人，倘若遇上知音，是否可以降价卖给他。年轻公子说，若果真有这种人，他愿半价出售。"

嗣同已在专注地看古剑剑刃，听了老板的话，抬起头来说："这床琴，这宝剑，不管是不是文文山用过的，都是好的。只是一千二百两银子，却难以筹措。"

听这口气，嗣同是想买下来了。贝允昕转头对老板说："我这位兄弟打小就弹琴舞剑，家里也有几床古琴，他想把这琴剑买回家，细细修复，也算是遇上知音了，老板再让些价如何？"

老板看了看贝允昕，又看了看嗣同，说："在下一家三代经营古董，多少懂得点行情。说句实话，文文山的琴剑摆在这里两三个月了，若这位老爷买回去，将古琴修复好，能重新弹奏，将宝剑打磨一新，让它有用武之地，也是一大功德。既然这位老爷愿意买，在下愿代出三百两，这两件宝物九百两卖给您了。在下就是容易心软，当初也没和年轻公子多讨价还价，就认了一千两百两银子，先期就给了他七百两银子，约定了卖出后给第二笔款子，他流着泪走了。"

嗣同暗暗思忖：九百两银子买文文山的一琴一剑，真是太值得了。若带回去好好访一个斫琴师将之修复，另外给宝剑配上剑套，岂不是美事？但是，九百两银子上哪里去凑齐？嗣同犹豫着，目光却在古琴古剑上流连。

嗣同对古琴的喜爱，毫无掩饰地写在脸上。这情景被博古阁的老板看在眼里，喜在心头，他拱手向贝允昕、涂儒翯说："听这两位老爷的口音像是长沙一带的人，不知几位是来武昌求学的，还是来武昌办事的，或者就是来做生意的？"

嗣同马上说："我们是来武昌求学的，带的银子不多，这一琴一剑虽然好，却买不起。"

老板说："请问老爷您能拿得出多少银子？"

嗣同思忖一会儿说："大概能凑四百两吧。"

老板为难了，顿了顿，不甘心地说道："看得出几位老爷都是实诚君子，又是真正的识货人。给几位老爷说句掏心窝的话吧，我们开古董店的也是商家之列。不是小人夸口，我辈虽不能称为儒商，却也不是奸商，我们做的是风雅生意。"

嗣同几人都笑了起来。涂儒翯不以为然："风雅生意，这四个字好。不止是你们古董业，其实整个司门口，卖字画、文房四宝的，还有开书坊的，都应做风雅生意，不以牟利赚钱为唯一目的。"

"说得好！"老板脸上堆满了笑，"这位老爷，您真是我辈的知音。看在您的这份情义上，只要您几位再拿出四百两，八百两是最低价，小人就把这明代的古琴古剑交给您了，这就是在下方才说的半卖半送。希望借几位老爷的口传出去，使大家都知道，我博古阁做生意半卖半送不是一句空话。"

涂儒翯心里琢磨：从两千四百两降到八百两都愿意出手，但依然比一床新琴要贵上二十倍！再看看古琴的造型古朴浑拙，仅从漆色上看，也像是年代久远，尤其是上面的题款。如果真是文文山用过的琴，应不止这个价呀。宝剑黑乎乎的，连剑鞘都没有。再看看嗣同欲罢不能的神情，一时也不知如何是好。

正在此时，师中吉走了进来，原来李寿蓉已经办好了事，在巡抚衙门后院没找到他们，就让师中吉来找，好一起去酒楼喝酒。

贝允昕一见，仿佛见了救星一样嚷道："快来，鉴吾兄快来看看，复生兄想买这一琴一剑，说是文文山的宝物，要八百两银子呢！"

师中吉何等精明，他审视了一下店内陈设，但见老板衣着得体，只是那双眼睛一忽儿看着桌上的一琴一剑，一忽儿只管盯着嗣同看。师中吉心里已明白大半，忙上前来故意说道："七爷，怎么就认定这琴这剑是文文山用过？有些宝物买回去常常会发现有问题，还是看看再说吧。道台大人在等我们去喝酒呢。"

嗣同点点头，正要转身离开，老板忙道："这样吧，在下看这位老爷与这一琴一剑有缘，这琴剑即使放在在下店里，怕也难遇如此诚心的知音。在下不如再让一百两，就七百两吧！"

嗣同忙抬头看看师中吉，师中吉却悄悄地朝他递了个眼色，依然朝着店外走。嗣同一脸无奈，贝允昕、涂儒翯则已然走出了店外。

老板是何等人物，见嗣同已走出老远，追上去扯住后面的师中吉，面露难色道："这位仁兄，在下看你家老爷真心喜欢这琴和剑，也是难得的奇缘。不如在下半文不赚，就六百两，半分也不能少了！"

师中吉知道家里这位爷的性情，不动声色地转过身来，拜了拜说道："既然老板如此承让，那我恭敬不如从命，辛苦您把琴剑用绵纸包好，今天傍晚送到巡抚衙门侧边牙厘局门口。我在那里等你，到时一手交钱一手交货。"

"这位仁兄倒真是个会办事的人。"博古阁老板脸上暗露喜色，"傍晚时分，我一定亲自送来。到时一手交钱一手交货，小人还送几本好琴谱给老爷。"

12

喝酒时，李寿蓉得知嗣同淘到了文天祥的一琴一剑，听着嗣同爽朗的笑声，也开心起来，忙举酒相祝："复生贤婿托在座各位的福，淘到了文文山的宝物，我今天就不过汉口了，待晚上好好和大家一起赏鉴。来，来，我先敬酒三杯！" 慌得嗣同也一一敬过大家。

觥筹交错，满是欢愉，李寿蓉有些醉意了，满脸慈祥地看着嗣同笑。

贝允昕几个趁机起哄，嗣同开心地听，渐渐地被他们感染了。嗣同又端起一杯酒，朗朗而言："今天能买到文文山用过的一琴一剑，我甚是惬意，让我敬在座的一杯！在中原板荡、危急存亡的紧要关头，文文山知难而进，以百折不回的精神抗击蒙古铁骑，是何等的气魄！实非常人所能企及。连南宋皇帝都投降了，而他坚决不投降，这'君降臣不降'的高昂气概简直顶天立地！"

一语惊四座。贝允昕见他脸上满是慷慨之色，自是暗暗佩服，但又为他容易激动而担忧。

喝酒，说话。说话，喝酒。一桌人热热闹闹，尽欢而散。李寿蓉放下了平日严肃的面容，成了一位可爱的老头。师中吉扶他上轿时，他还不肯，说还要喝酒，好久没有这么痛快地喝过酒了。

暮色四起，当嗣同、师中吉站在约定的牙厘局门前等候时，远远地见博古阁老板夹着小包缓缓走来，身后的伙计抱着一个长长的蓝色布包。双方相见后，师中吉接过布包，打开检查了一下琴和剑，确认无误，才恭敬地递给嗣同。

老板从手里的小包里掏出两本书，恭敬地递给嗣同说："感谢老爷关照，在下，这是广陵派徐常遇的《澄鉴堂琴谱》和徐祺、徐俊父子的《五知斋琴谱》，还有这幅《深山秋居图》，一并送给您，还望今后多来关照生意。"

嗣同开心地接了过来，他没想到老板如此细心，他自然知道这两本琴谱都很好，特别是《五知斋琴谱》，近三百年来在琴坛流传最广。此谱以虞山派之清淡和雅为基础，融入吴派、蜀派、中州各派的优点，最终形成跌宕细腻、恬逸洒脱的风格。

老板接过师中吉给他的六百两银票，见是两张银票，有些惊讶，但也没有多言，拱手告辞了。

嗣同向来不太在意银钱，平时所有银两都交给师中吉，让他只管去安排。师中吉对嗣同的信任很感激，不过也常常得为他打算，有时甚至得拂逆他的一时性起。今天见嗣同实在喜欢此琴此剑，手里存银虽不到三百两了，也决意成全他。为难之际，李寿蓉随手将今天学政赵尚辅付给他的课卷酬金二百两银子全给师中吉了，真是雪中送炭，解了他燃眉之急。

嗣同来到后院时，大家早就聚在书房等候，李寿蓉还特地请来了当地最有名的斫琴师徐云俊。嗣同在油灯下打开蓝色布包，众人皆目光灼灼地盯着琴和剑。李寿蓉先查看琴背，篆书"蕉雨"令他眼前一亮，琴铭行书于黑底上，那些涂成松绿色的字体，如清凉的风抚慰着他的眼眸。再细细察看那两枚印章，他满意地笑了笑："云俊兄，您来看看，确凿是文文山'蕉雨琴'无疑？"说完，他兀自吟哦吴锡麒的《文丞相琴歌》："上弦谡谡松风鸣，下弦泊泊乃作崖山之海声。当时一弹再鼓处，山石欲裂天为惊。永嘉道出清原寺，雨黑镫昏不成睡。手挥行箧七条弦，诗写孤臣两行泪。泣山鬼兮云沉沉，感君恩兮波深深。哀哉丞相琴，即是丞相心。糁羹尚记板桥道，麦饭谁哭冬青林。景炎时事可知矣，空抱壮怀犹不已……"

苍老的声音吟来，字字惊心动魄。徐云俊小心地察看琴背，再看琴面，朝嗣同拱了拱手说："看这琴侧之牛毛纹，还有这琴铭、印章及落款，应是文文山的遗琴无疑。复生兄在茫茫天地间，觅得文文山之琴和剑，真是有福了！"

嗣同原本悬着的心此时安然了。他转过头来对师中吉说："鉴吾，赶紧去备些酒菜，不如到后花园天香轩里喝上几杯！"

一行人又转至花园天香轩坐定，直喝得夜风冷了才散。徐云俊当晚就抱琴回家去了，他得为琴配上琴弦，调好音，以慰嗣同抚琴之心愿。嗣同睡了个难得的好觉。

自从得了这床古琴、这把宝剑后，等候的日子顿时充实起来。嗣同还让师中吉找了朋友重新打磨宝剑，剑首、剑格上的银凤凰焕然一新，配上崭新的黑檀剑鞘、短的玄色剑穗，剑鞘上也包上银质剑眼，与之前的剑柄相得益彰。令嗣同大为吃惊的是，当剑打磨好后，剑刃上寒光凛凛，不怒自威！他挎好凤矩剑，连师中吉都连连称赞："七爷，这把剑真买得值，今后佩带着它走南闯北，自是虎虎生威，对付四五个人没问题呢！"嗣同开心地笑了。

春意日渐浓郁，这天清晨，嗣同穿着练功服来到后花园空地上，足足练了一早上剑。好久没练了，刚刚开始招式还有些生涩，到后来，那剑尖熟练游走，如一道道流星划过！

贝允昕、涂儒翯闻声赶来，远远地站在台阶上观看，大声地喝彩。嗣同收了剑，师中吉递上布巾让他擦了汗，又张罗着让他们几人吃早饭。师中吉喜滋滋地跑来跑去，嗣同都快一年没练拳练剑了，今天早上练剑，眉梢上的阴影也没有了，他怎不高兴？

就在吃饭时，嗣同高兴地说："元徵兄、质初兄，父亲大人拍电报来，说已经到上海了，大概还有三四天就到武昌了，你们的公事都忙了快半个月了，今天我想请你俩一起去大关帝庙戏楼看戏。四月初四文殊菩萨生日，好多庙里都唱戏！"

他俩却苦着脸摇了摇头。抚台奎斌走后，一般公文自有各科吏目照例办理，紧要的则直接送到巡抚署签押房，都堆在那里呢。他们得留在衙门里办公事，抚台大人马上上任，之前已来信交代，他们得赶紧整理近几年全省钱粮刑名，将重要的挑出来，甚至得做好摘记。

真是奇怪得很，早上还朝霞满天，到中午就小雨纷纷了，嗣同撑着油纸伞和师中吉出了门。他倒喜欢细雨潇潇的天气，天气暖和了，就在玄色的长袍上加了件月白色长马甲，挎上那把凤矩剑，活脱脱一个英武公子。走过司门口，走进户部巷，远远地就听到大关帝庙方向传来悦耳的丝竹之声。这是在武昌，要是在上海，好多茶楼晚上也唱戏，更是热闹。走至府后街关帝庙前，人来人往，还有不少小吃摊。

　　大关帝庙共有三进院落。第一进是庙门和庙门后的戏楼。关帝庙的庙门是一个双层楼阁式建筑，戏楼与庙门连为一体，门洞从戏台下穿过。走过深深的门洞便豁然开朗，正面为关帝殿，殿前有宽阔的看台，两侧有长廊。下午的戏是《封金挂印》，刚刚开演，已有不少人或坐或站地在看戏。嗣同收起了伞，悄然来到看台前，但见台上红脸关公手执青龙偃月刀和红马鞭，头戴绿色盔头，身着绿蟒，慷慨运嗓。唱腔激越苍凉，嗣同被打动了，万幸角落里还有一两张长条凳没有坐人，忙走过去坐下，有滋有味地看起来。在浏阳随涂启先读书的三年时间里，他在城隍庙、包公庙、财神庙里看了不少湘剧，也就是在那时迷上了看戏。今天看的是汉调，倒觉耳目一新。

　　正在看得入迷，身旁有声音传来："复生兄，没想到你果真来看戏了，你看看你肩上都让雨淋湿了。"嗣同回头，就看到包世贞清澈的双眸，正在关切地看着他，嗣同甚是意外，慌忙站起来拱手，往旁边让了让。两人坐下一起看戏，台上已演到关羽从曹营里出来，唱得字字铿锵：良辰佳节秋八月，荒郊外掌玉辔车不停歇。来清去明休弄舌，挂印封金辞曹别。哪怕千军并万马，曹操弄巧反成拙。遥望一派巧云泻，虹光霞气闪叠叠。

　　嗣同为关羽的气概而感叹，转头朝包世贞一笑，不想包世贞白皙的脸上却有了红晕。耳边又传来台上的唱腔：丹桂飘香中秋节，阵阵香风透鼻穴。仁兄在河北多欢悦，哪知某千里寻兄意切切！光耀闪闪云霞照，凄凄切切好心焦。耳听得呀孤鸿雁不住哀哀叫，哪知某千里寻兄辞了曹。

　　戏唱完时，雨已停了，天还阴阴的，已差不多申时。庙门两侧摆了几担卖馄饨的担子，货架上依次摆放着馄饨皮、馅料、辅菜和碗筷，摆摊的老汉正翘首盼着庙里烧香听戏的人出来。嗣同和包世贞随前行的人流缓步走出大门，迎门而入的暖风也将馄饨摊上的香气吹来。包世贞站住了，赞道："这馄饨味真香呀。"

嗣同瞧了瞧，上前买了两碗馄饨，可仅有的三只板凳已坐满了，两人便捧着碗立于摊前。勺中馄饨热得烫嘴，包世贞迫不及待地大口吃了起来，与旁边凳上被父亲抱在怀中喂食的孩子一个模样，嗣同嘴角牵起了笑意。

馄饨皮有些硬，汤碗是粗坯的蓝花碗，也有个不小的缺口，但包世贞仍觉这是他吃过的最美味的馄饨，将碗中的蛋花紫菜也一扫而空。两人吃完仍立于原地，想等人少些再走。旺财却不知从哪里冒了出来，急慌慌地说："少爷，你怎么在外面吃东西，让小人好找！"见包世贞一脸紧张，嗣同有心逗逗他，忽然字正腔圆地唱了句："马骑赤兔行千里，刀偃青龙出五关。忠义慨然冲宇宙，英雄从此震江山。"

包世贞惊愕地转头凝视着他的侧脸，真诚地赞道："复生兄，你竟然会唱汉调，真真英雄从此震江山。"语毕与他挥手告别，嗣同爽朗一笑，扬扬手走入了人流。那笑如夜空的星辰绽放，包世贞愣愣地立在原地，盯着嗣同的背影渐渐消失在人潮之中……

13

晚间，嗣同几人正坐在书房里喝茶，是师中吉特意买来的赤壁羊楼洞茶叶，人称"洞茶"。几人品着茶，涂儒翯就感叹："这茶我不爱喝，还不如我们浏阳清明茶喝起来清新爽口。"正说着，师中吉却领着斫琴师徐云俊进来，但见徐云俊依然穿一身灰色长袍，抱着一床琴，套着崭新的白绫琴囊。

嗣同忙迎了上去。徐云俊小心地将琴放在桌上，缓缓地将琴从琴囊里抽了出来。

"复生兄，别那么紧张，害得我们跟着你一起紧张。要知道云俊先生斫琴的技术一流，修琴术更是没的说。你看，你看，这琴经他一打理，已焕然一新呢。"贝允昕故意不满地说道。

蕉雨琴静静地躺在琴桌上，闪闪的油灯光亮里，通体泛着隐隐的光芒，七根琴弦已安好，完美而又清爽。嗣同郑重坐至琴桌前，正要将琴移至自己跟前，又起身至窗前洗手，在书柜抽屉里拿出几枝檀香，点燃后插在新买的香炉里，这才重新在琴凳上坐了下来。

"复生就是调子多，弹琴就弹琴，还要燃香。"贝允昕悄悄地嘀咕道。涂儒翯瞪了他一眼："元徵兄，别看我们几人就你是举人，你简直就是个土包子，连弹琴要焚香都不懂。亏你家岳父蔚庐先生还是个大琴家！"

曼妙的琴音如水波婉约而来，大家凝神静气地听嗣同弹琴，仿佛在烟波浩渺的洞庭湖上，就他们一叶小船，悠然地漂浮。

许久，见嗣同已全然进入自己的世界，涂儒翯朝其他几人摇摇手，都一一退了出来。师中吉将徐云俊送至门外，抱歉地说道："我家七爷是琴痴，还望先生见谅。"徐云俊笑道："无妨，无妨，琴痴我见得多了。"拱拱手，转身隐入夜色之中。

一整夜，嗣同就沉浸在琴的世界里，琴声如淙淙的泉水，从书房里漫溢而来，大家在琴声里沉沉入睡。到后半夜，竟然雷声大作，下起了瓢泼大雨，师中吉从睡梦里惊醒了过来，他侧耳听了听，书房里的琴声如金戈铁马，携带着肃杀之声，奔涌而来。他想劝七爷去睡，可琴声那么执拗，怕是半个字也听不进去。但他也无法安睡了，在琴声里辗转反侧。琴声忽而激昂，忽而幽咽，忽而温和，忽而奔放。他仿佛可以看见七爷百感交集的脸庞，甚至看见他的泪水缓缓而下。直至天明时分，琴声才停了。

师中吉再次醒来后，急急地赶至书房，蕉雨琴静静地躺在琴桌上，贝允昕、涂儒翯两人正在看书桌上嗣同写下的两幅字。第一幅，龙飞凤舞，以大字书写蕉雨琴琴铭：阴沉沉，天寂寂，芭蕉雨，声何急；打入孤臣心，抱琴不敢泣！再看第二幅，却是密密的小楷，名曰《文信国公蕉雨琴记》。他正想看看都写了些什么，贝允昕缓缓地念了起来。

"别念了，别念了，让你那东乡官话一念，复生兄的气势让你念歪了！"涂儒翯不满地打断他。贝允昕气呼呼地反驳道："你念念试试，你上东乡的东乡味更浓呢！"

就在他俩争执之时，师中吉来到庭院中，一眼瞧见通往花园的门开着。雨停了，嗣同正在花园小径上缓缓而行。

接连两天，嗣同也不怎么理人，独自待在书房里，也不弹琴，这天又倒腾着刻起了印章，竟整整刻了一天，至晚还不消停。师中吉走进书房，嗣同闻声回过头来，朝他招招手，脸上倒没有疲惫之色："快来看看我刻的两方印章如何？这可是我特地为蕉雨琴刻的。"

师中吉凑了过去，嗣同又说："鉴吾，你看，为了与蕉雨琴相配，我刻了篆书，这块为阳文'勇猛精进'。"说着，嗣同又拿起另一块，指点着说："这块为阴文'芬芳悱恻'！漂不漂亮？"

师中吉怎么认得，嘿嘿地笑了，夸张地称赞："真是好，真是好！我家七爷治的印比得上名家！"

嗣同听了，很受用地笑了。师中吉劝他去睡，嗣同点头，站起来朝睡房走去。师中吉见他步履不稳，忙跟了过去，侍候他洗漱好，等他安然躺下，才放心地回自己房里。

第二天天刚刚亮，嗣同却不练剑了，钻了书房，全神贯注地在蕉雨琴上刻字，吓得师中吉送茶送点心进去都轻手轻脚，生怕吵到他，一不小心刻坏了琴。到了傍晚，嗣同刻好了，贝允昕、涂儒翯见了一致称赞：焦尾琴铭用篆书，填上从徐云俊师傅那里弄来的绿松色漆，与文文山之前的琴铭相得益彰！嗣同听了，得意地笑了，高兴地和大家一起去吃晚饭，还喝了几杯酒，早早就睡下了。

谁知接下来几天，他仍不消停，明知家人就要到了，仍待在书房里，忙着抄写《文信国公蕉雨琴记》。到下半晌，他才放下笔，但见长条宣纸上，密密麻麻的楷书错落有致，落款则欣喜之情跃然纸上："光绪十有六年春三月，获兹琴于江夏，因为之记，以志余之幸。浏阳谭嗣同复生撰兼书。"钤上"勇猛精进"与"芬芳悱恻"两枚印章，煞是雅致。

第三章：迎父

14

是年（1890年）四月十八日上午九点多，谭继洵一行乘坐的小火轮慢慢靠近汉阳门码头。

轮船还未停稳，嗣同再也等不及了，一脚跨了上去，师中吉也紧跟其后。身着官服的谭继洵趋步出了船舱，嗣同一眼瞧见老父亲高大的身躯略有些前倾，消瘦的面庞上胡须花白。他抢上前，俯身便拜，轻唤一声："父亲大人，一路辛苦了！"眼眶微微红了。见嗣同前来，谭继洵脸上闪过难以察觉的温和，但很快满脸严肃地说道："复生，你就留在船上吧，一大家子等你招扶着下船，特别是妇孺你都要照顾好。"说完，也不等嗣同答应，就朝岸上早就列队欢迎的同僚走去。

湖北布政使邓华熙、按察史觉罗成允、学政赵尚辅带着湖北各大衙门的官员们，早就来到江边热情候迎，总督张之洞虽没亲自来，特地派督抚总文案梁鼎芬代表他来了。一时间，鼓乐声声，一行径往巡抚衙门而去。李文才、贝允昕、涂儒翯等早已在西辕门列队迎接，准备在巡抚衙门举行隆重的接风酒会。

卢氏姨娘、大嫂黎氏指挥仆人搬抬那些箱笼行李。卢氏姨娘脸色红润，神采依然，秀气的魏氏姨娘则手足无措地站在一旁观望。嗣同忙上前见过两位姨娘和大嫂。魏氏、黎氏都开心地笑了，卢氏姨娘则把头一扬："七公子来得正好，这里就交给你了，我们收拾收拾自己的行李，就带着孩子们先回巡抚署了。"

"少爷，少爷，恭喜你当爹了！快来抱抱你儿子吧！都快半岁了，当爹的还没抱过呢！"嗣同闻声一喜，但见杨妈脸上堆满了笑，怀抱着一个小小的人儿颤颤巍巍地走了过来。他忙迎了上去，那个小人儿正睁大眼睛望着他，咧开嘴笑了，如涟漪微微荡漾，触动了嗣同内心深处最柔软的温情。杨妈嚷嚷道："这个小人儿，真是精得很，知道自己的爹来了，竟然还知道笑，快，快，当爹的快抱过去！"

嗣同小心地接过儿子，儿子温暖柔软的身体安静地躺在他的怀里，他低头看了看，儿子微眯着双眼，一副享受的神情。

"看你笨手笨脚的，儿子竟然不吵，真是怪事。"闰娘从后面舱里出来，看了他们父子俩一眼，眼眶红了。

一年多未见闰娘，闰娘瘦多了，嗣同忙走上前，悄悄地对她说："闰娘，你受苦了！"

闰娘的泪顿时滚滚而下，杨妈赶忙过来安慰说："好了，好了，都和少爷团圆了，一切都好了。"

嗣同真想上前拉拉闰娘的手，谢谢她为谭家受了这么大的苦。不过，这时有谁在扯他的衣袖，一看却是结实的弟弟嗣圎。正想开口，嗣圎已然嚷开了："七哥，你怎么才来接我们，我好想你。从通州上船起，我们都坐了十多天船了，还转了几次船，都坐得不想坐了。快告诉我，你给我买了什么好吃的？"说完，大眼睛扑闪扑闪地望着他，一脸坦荡的喜悦。嗣圎都满十岁了，从小就喜欢黏着他。嗣同忙从口袋里摸出几粒水果糖，还是前两天走过司门口买的，当时就想着给嗣圎和传赞尝尝新，是外国人的糖果呢。

嗣圎大叫着接了过去，传赞早已不声不响地站在嗣同身边，一年多不见，十六岁的传赞又长高了，玉树临风，和昔日大哥嗣贻简直是一个模子里刻出来的，但依然一脸孩子气。嗣同也摸出几粒给他，传赞害羞地接了过去："谢谢七叔！"

就在这时，师中吉进船舱来，恭敬地对卢氏作揖："卢夫人，接夫人们少奶奶们的轿子都来了！"

卢氏点头致意，扶着服侍她的丫环秀儿的肩朝船舱外走去，师中吉转身到前面领路去了。

嗣同朝闰娘笑了笑，问道："都收拾好了吧？我们也走吧。"

师中吉一一安排女眷们坐好轿。嗣同见闰娘坐好后，才将怀里的兰生交给她抱着，兰生已呼呼大睡了。

等一家人草草安顿下来，夜已经很深。嗣同一家与大嫂一家住后院，他让大嫂一家住东院，他们一家住西院，西院靠花园，也方便他来往花园练剑，靠花园一侧有他的书房，师中吉住在他书房侧边。而前院连排三个院子，中间正院是父亲大人、卢氏的住房，魏氏住东院房，西院为客房，还专门为父亲大人布置了一间会客室一间书房。如此安排，嗣同与师中吉反复商量过多次，既不能超支，又得令卢氏、魏氏、大嫂满意，不然说不定又掀起什么风波。魏氏居小，性情懦弱，在大家庭里从来不争输赢。卢氏姨娘、大嫂当家，卢氏则被谭继洵宠坏了。徐夫人在世时，她就常常争宠，闹得全家人不得安宁，对嗣同兄弟也不友好。后来，徐夫人过世了，嗣同尚不懂得掩饰自己的情绪，卢氏则看他不顺眼，常在谭继洵跟前告状哭诉，闹得谭继洵不责骂嗣同一场不罢休，父子之间因此矛盾不断。嗣同结婚以后，闰娘常劝他学会忍耐，他怕闰娘担心，才渐渐懒得和卢氏对着来了，平日凡事漠视。大嫂呢，因嗣同对她们母子很照顾，倒还敬重他这个小叔子，有时又免不了好传小话。

折腾一天，大家都累了，这一晚相安无事，全府上下睡得安宁。

第二天一大早，武昌府知府李有棻、抚标中军参将宝麟恭恭敬敬地赍送湖北巡抚关防并王命旗牌文卷等件，谭继洵恭设香案朝北方礼拜，正式履行巡抚职守。

谭继洵从小恪遵圣贤之教，刻苦攻读四书五经，五十五岁才外放甘肃巩秦阶道，直到六十一岁时仍只是一个四品衔的中级官员。他是一个谨守为官本分之人，有时也颇为自足，天天起早摸黑勤于政事。本以为仕途坎坷，不料老来吉星高照，官运亨通。短短七年的工夫，他升为一省的封疆大吏，由苦寒边远的西北调到鱼米之乡湖北。今年他已经六十八，是两鬓苍苍的老者了，对朝廷自是十二分地感恩戴德。在他内心深处还有一股道义感和责任感，他决心用自己的政绩报效朝廷的看重。

武昌是湖北省会城市，谭继洵顾不上旅途劳累，每日天未明即起，半夜方睡，中午也不上床休息，实在累得不行了，则闭着眼睛靠在椅背上养一会儿神。他在衙门里轮流召见湖北各级官员，从两司到道府，基本上都见了。他还没日没夜地查阅近几年来的文书档案。钱粮刑名他都在行，他在甘肃先后任职按察使、布政使，湖北是鱼米之乡，但湖北情况复杂，水旱灾害频繁，且对岸汉口就有英、俄、日、意等国租界。他不得不硬着头皮钻研，不放过每一个细节。

但那些密密麻麻的字，在微黄的灯光下，如只只蚂蚁扰得他心绪纷乱，他晃了晃头，扶正眼镜，努力让自己坐得更端正。恍惚中，他的眼前闪现出翁同龢苍白而又憔悴的脸，谭继洵与翁同龢同年，此次进京还特地去拜访了他，两人在一起很是坦诚。翁同龢慨叹国事已岌岌可危，光绪皇帝尚且年轻，未经锤炼，醇亲王、潘祖荫接连去世，虽有慈禧太后尽力经营，但这大清朝真的经不起折腾了。面对湖北的形势，谭继洵深深叹息。可他现在已是一方巡抚，说什么都得打起精神。

谭继洵知道总督张之洞曾经在湖北担任过学政，兴办了经心书院，为此他抽空到书院去拜访山长，与他恳谈了大半个上午，又看望了在书院里的生员们。见书院斋舍整齐，众生员苦读圣贤书，放心不少。他偶尔也打扮成一个普通人的模样，穿绸衣戴凉帽，手里还摇着小蒲扇，如街上随处可见的店铺管账老先生。谭继洵在武昌城里的大街小巷溜达，还特别去长江边察看了防洪大堤。跟在谭继洵身边的年轻人叫余昭常，字华禄，也是浏阳人，断文识字，体形魁伟，臂力过人，有一身好功夫，拳棍刀枪样样能行。听说谭继洵要从浏阳招聘一批有武功的人协助办理厘税，他经人推荐来到武昌，比谭继洵还早到几天呢。谭继洵见他长得孔武有力，说话又彬彬有礼，让他先当跟班。他俩饿了则随便找一处小饭铺吃饭，渴了就近到小户人家讨口水喝。趁着吃饭喝水的机会，谭继洵询问百姓的日常生活，听取他们对官府的议论，倒也收获颇丰。

武汉三镇，有长江有汉水，到处是湖泊，一到夏天就热得不行，谭继洵这么多年一直生活在北方，突然遇上这么火热的夏天，实在受不了。但二十余天下来，谭继洵对湖北省的官场士林、民情世风有了一个大致的了解。湖北土地肥沃，江河湖泊众多，气候温暖，他反复思虑，认为莫如从桑麻抓起，做足鱼米之乡的文章。

张之洞要在湖北办铁厂，谭继洵是知道的，他心里很不赞成。一来他对洋人有深刻的成见，并不认为洋人的那一套就是富强的不二选择。中国是礼仪之邦，还是得遵循历朝历代行之有效的清吏治、厚风俗、奖农桑、薄赋税等办法，那才是一条利国利民的康庄大道。洋人只重强权，不要义理，只能胜人之口，不能服人之心，终归不是长治久安之策。二来在甘肃时，他深知左宗棠创办的兰州织布局、机器局、制造局等洋务，耗资大而收效微，管理混乱，连年巨亏。左宗棠是中兴功臣，又为朝廷收复了新疆，厥功甚伟。他不敢公开批评，只是私下里对同僚们说，洋务这码事，只能由洋人在他们国家办，我们办不成。为此，他决计不盲从张之洞那一套，倘能让域内老百姓有饭吃有衣穿就不错了。

15

头年（光绪十五年，1889年）十一月二十五日，张之洞在湖北巡抚奎斌率领的各大衙门官员的迎接下，踏上了武昌的土地。

张之洞，字孝达，号香涛。当时人称总督为"帅"，故时人皆称他为"张香帅"。他在两广总督任上四年，洋务运动开展得有声有色。他认为修筑铁路乃当务之急，但必须自造钢轨，造钢轨必先创办新式钢铁厂，于是上奏言明铁路修造应尽量用中国材料和中国资本，须大规模开采矿山，并建立炼钢厂。

今年年初，张之洞两次上奏朝廷，申请将他在广州筹办的铁厂、枪炮厂和织布纺纱官局都搬到武汉。清廷本来就有意在武汉建立新的洋务根据地，也就很痛快地批准了。他还没来得及高兴，朝廷却将他到两湖后所要办的头等大事——修筑卢汉铁路，生生地叫停了。

原来，李鸿章对朝廷否定津通铁路方案赞同卢汉铁路方案，一直大为不满。就在张之洞刚刚到达湖北的时候，俄国派遣一支军队进驻朝鲜，引起满朝亲贵大臣的不安。李鸿章抓住这个机会，联合总理各国事务大臣奕劻一道上奏，请求缓建卢汉铁路，集中全力先办关东铁路，万一战火烧到满洲，可用铁路迅速调兵遣将。朝廷立即接受这个建议，下旨停办卢汉铁路，而将兴建关东铁路一事交给李鸿章全权处理。

张之洞深感不满，但他很是无可奈何。恰好一部分原本在广东订购的机器，已从美国运到武汉，办理铁厂一事迫在眉睫。于是，张之洞摒弃一切杂事，将满腔心血全都投入这件大事上来。

谭继洵到位前后，已是春末夏初的温暖季节，张之洞亲自任命毕业于总理衙门同文馆、曾任朝廷驻美公使馆翻译官、精通洋务的蔡锡勇为湖北铁政局总办，在他的陪同下，花了整整一个月的时间，亲到大冶及广济、荆门、当阳等地，实地考察铁矿和煤矿的开采情况。湖北丰富的煤矿蕴藏，更加坚定了张之洞筹办炼铁厂的信心。

机器早已运到武昌，但铁厂的厂址却一直没有定下来。矿务局的意见是铁厂的两大主要原料是铁矿和煤，故毫无疑问，地址应当依这两大原料产地而定，或就铁矿或就煤矿。

蔡锡勇较为倾向于在大冶建厂。大冶铁矿含铁量高，冶铁的历史也很悠久，他已派人化验了前朝大冶出产的铁，质量不错。从前是土法冶炼，尚且能炼出好铁，倘现在采用新式的洋法冶炼，一定会更好。至于荆州、当阳的煤，论煤质来说是很好，但没有炼过焦煤，不知道焦煤的质量如何。

张之洞却坚持要将铁厂建在武汉三镇。蔡锡勇对总督的这个看法不敢苟同，认为武汉既无铁矿又无煤。但张之洞还是坚持自己的意见，且振振有词："铁厂乃百年大计，眼光要放远一点，当建在武汉三镇某处。且不必说江汉舟楫之便，还有铁路之利。莫看眼下卢汉铁路让李少荃的关东铁路取代了，但过几年总是要兴建的。等卢汉建好后，我们再建粤汉铁路。待卢汉、粤汉两条铁路建好后，武汉的铁便可以四面八方地运出去。"

早在广东时，蔡锡勇就亲眼见识过张之洞是个与众不同的官员，他真心诚意办洋务，脚踏实地干事情。蔡锡勇感觉到自己多年所学有了用武之地，热情万分地在粤督洋务局没命地做事。现在，看到总督居然有将湖北铁厂办成神州第一的想法，蔡锡勇怎能不为之兴奋万分！为了给张之洞节约时间，也为了给铁厂的筹建多尽一份力，蔡锡勇带领湖北铁政局的一批人马先行在武汉三镇踏勘厂址。一个月后，他请张之洞看看由他们初定的几个地方，再做最后定夺。

　　就在武汉的高温酷暑时节，五十四岁的湖广总督张之洞每天戴着凉帽穿着绸衣麻鞋，在蔡锡勇、亲信幕僚杨锐等人的陪同下，亲自察看铁政局选定的几个厂址。这一天清早，他对蔡锡勇说："你们所选的武昌、汉口几个地方，都不算太好，今天我们一道去汉阳看看。"

　　于是，一律便装简从的督署官员们，静悄悄地渡过天堑长江。来到汉阳城时，已是午后三点多钟，大家由临江门进了城。张之洞一行路过归元寺时，实在口渴，又下起大雨，趁机走进去讨口水喝。张之洞也知道归元寺名气很大，但他走进寺里还是吃了一惊，寺院规模宏大，殿阁佛像金碧辉煌，且清一色的黄绿琉璃瓦，配上朱红色的楹柱、窗棂，显得分外庄严肃穆，气势宏伟。再走走看看，却见信徒往来络绎，香火隆盛。寺里知客僧得知湖广总督张之洞大人来到归元禅寺，赶紧去报告方丈虚舟法师。方丈一听，急忙出来将张之洞一行迎进一间幽静的茶室，安排人泡来好茶，端来茶点。在得知张之洞的来意后，虚舟法师暗自心喜。

　　虚舟法师说："本寺有一块寺产不知合不合适，在龟山脚下，有两千亩左右，是开山鼻祖白光法师当年购置的。他还说两百年以后有仁人会在此炼乌金。"

　　张之洞一听，想到现在正好两百多年了，欧洲不是把钢铁、煤矿称为乌金吗，真是机缘巧合，当即就应道："那好呀，这雨越下越大，今晚我们一行就住在贵寺，等明早雨停了就去实地察看！"

　　待第二天一大早，已然雨过天晴，张之洞一行在虚舟法师的陪同下前往龟山。龟山坐落在汉水与长江的汇合之处，从高处看来，犹如一只巨大的石鼋伏在江汉两水之间，因此俗称龟山。

　　登上龟山顶，但见武汉三镇风物尽收眼底。随着虚舟法师的指引向东看，那座直冲长江形如船头的大石块，就是有名的禹功矶。禹功矶上有一座亭阁，就是大名鼎鼎的晴川阁。

　　"晴川阁！"众人不约而同地叫起来。杨锐已轻轻地背诵出崔颢的诗来："晴川历历汉阳树，芳草萋萋鹦鹉洲。"

张之洞转向山之北麓，极目远眺，但见虚舟法师所说的这块两千余亩的大平川，约有一半属于河滩，上面布满沙砾，几乎不能种植树木庄稼。另一半虽是黑黄色的泥，却大部分长着蒿草杂木，只有五六百亩地被辟为田地，上面生长着庄稼和蔬菜，也有数百上千株果木。在田地与果林之间，可见稀稀落落的农舍，间或传来犬吠鸡鸣。张之洞虽看不出它的风水佳妙之处，但这里南枕龟山，北滨汉水，东临大江，水路极为方便，且地势辽阔坦平，为今后建世界一流的铁厂提供了足够的条件。

"香帅，地倒是蛮大，只怕离汉水太近了，容易被水淹！"一旁的蔡锡勇看了又看，终于说出了内心的顾忌。

"那不算什么大问题，只要筑起一道坚固的石堤就解决了。放眼汉阳，到哪里去找这么宽阔这么平整的地方。"虚舟法师忙接过话头。

"那么大的河岸，筑堤只怕要花不少钱吧？"蔡锡勇不顾虚舟法师难看的脸色。

张之洞摇摇手，什么也没说，带头朝山下走去，但他已经在心里做出决定：铁厂就建在这里，有这么多圣贤神灵聚集，龟山亦为风水宝地，铁厂借着它的雄魂精魄，今后必将兴旺发达，震撼中外！

办铁厂、枪炮厂，这都属于洋务事宜，从曾国藩咸丰十一年（1861年）在安庆创办中国有史以来第一座兵工厂算起，到现在亦不过二十几年历史。其后不论李鸿章、左宗棠，还是沈葆桢、丁日昌等人创办的各种机器局、制造局，几乎都是为军事服务的，由朝廷颁下专款，通过户部拨给总署，再由总署拨给办洋务的督抚。海军衙门成立后，总署的这个差事便移交给了海军衙门。

在初步勘查完成后，张之洞就给海军衙门发了一封电报："今择得汉阳龟山下有地一块，长六百丈，广百尺，宽绰有余。南枕山，北滨汉，面临大江，运载极便。"不仅如此，张之洞还向朝廷详细禀报了选址汉阳的六条理由：原料便于运输，产品便于销售，人才便于通用，工程便于督查，用款便于监督，废渣便于处理。之后，张之洞向朝廷上折，请求由海军衙门尽快拨下一百万两银子的专款。他知道掌管户部的翁同龢不是一个好说话的人。军机处里，堂兄张之万这些年也年老多病，长期在家休养，大权已逐渐落入最善逢迎又最喜揽权的孙毓汶的手里。孙毓汶身为军机大臣，却一向置个人得失在国家利益之上。张之洞不愿意去走这种人的门子，所以估计这一百万两银子要批复下来不是件顺畅的事。

但龟山下的地要立即买下来，这迁移、填土、筑堤都得抓紧时间进行，买炼铁炉的订金也得汇，这几项至少得二十万两银子；大冶铁矿和新近确定的江夏马鞍山煤矿也必须尽快开工，眼下非得有四十万两银子不可。若坐等朝廷的专款，不知要推延到何年何日。张之洞性情急躁，素来办事只争朝夕，从来不能也不愿坐等，更何况兴办神州第一大厂的巨大成就感，更是强烈地鼓动着他那颗好大喜功的雄心。他决定先要湖北巡抚谭继洵拿出四十万两银子来。

按照朝廷的制度，总督对所辖省份的民政刑事虽有管理之权，但偏重于军事。至咸丰朝期间，因为战争的缘故，用兵打仗成为压倒一切的大事，所有举措都得服从战争这个大局，故而当时的湖广总督、两江总督、闽浙总督乃至两广总督、云贵总督都拥有调动一切、指挥一切的权力。战争进行了十多年，朝廷过去的定制在江南各省无形中被破坏了。张之洞做两广总督时，所面临的第一桩大事便是在越南的中法战争，这又是一场用兵打仗的大事，广东、广西的巡抚不能不听凭他的调遣。来到武昌后，张之洞自然也以这种心态对待两湖的抚、藩、臬三司。他一旦确定下来，回到总督府，以先前两广总督召见广东巡抚的架势，将湖北巡抚谭继洵请到了督署。不料初与这位湖北地方大员打交道的张之洞，却碰了一个不硬不软的钉子。

16

听说总督有要事相商，谭继洵放下手中的公事，很快就赶到了总督衙门。张之洞在那间布置得十分精致的小客厅等候。谭继洵见过总督后，就谦恭地说："不知香帅叫下官来有何要事？"

"谭大人，"张之洞见他一副恭恭敬敬的模样，心里很受用，脸上有了笑，开门见山地说道，"上次我们已经谈过建铁厂的事情，现在铁厂的厂址已选定了，就在龟山的脚下。我看那地方很宽阔，以后在旁边还可再建一个枪炮厂。"

来到武昌，谭继洵听说张之洞要在湖北大办洋务，颇不以为然。本想给头脑发热的总督进言，但转念一想，张之洞立过赫赫战功，又倔强自信，且甚受太后恩宠，一定听不进去，于是打消了这个想法。他在心里暗自决定：他张之洞折腾让他去折腾吧，只要不损伤湖北就行了。我一个老头子，既犯不着与他唱对台戏，更不能与他同台共演一出明知要砸台的戏。

谭继洵一愣，没想到他行动这么快，暗自揣摩张之洞今天叫他来的用意，嘴里却应道："好啊，香帅真是雷厉风行！何时开工？"

"离开工还早哩！地还在归元寺的手里没有买过来，买来后还要筑堤，还要平整，还要买机器安装，一年后能开工就不错了。"

久为藩司的谭继洵心里立即清楚今日张之洞的真实用意，嘴里则虚应道："好，到开工的时候，下官率湖北司道们都来祝贺。"

"祝贺是以后的事，现在说来为时尚早。"张之洞与僚属说话一向不喜欢兜圈子，因为他要办的事太多了，不愿意在这种虚与委蛇中浪费时间，遂直截了当地说道："眼下鄙人有急事要求助于谭大人，特叫谭大人过来商量。"

"什么事？香帅只管吩咐。"

"实不相瞒，鄙人要向谭大人求助银子。"张之洞摊牌道。

望着张之洞热切的眼光，谭继洵的心悬了起来，慌得很，只得打起精神应付："不知香帅要多少银子？"

张之洞早已看出了谭继洵的为难之色，心里有些恼怒，正想直接说出所需数目，但转念一想，谭继洵的年纪比自己长十多岁，中进士又早两科，是真正的前辈，不能当寻常巡抚看待。他顿了顿，一一说来："铁厂当前有几大项工程都急着要开工，一是买地，要付二万三千两；二是筑堤，要费五万八千两；三是填平，要费四万六千两；再是大冶铁矿和马鞍山煤矿开采，各要十万两，外加炼铁炉订金六万两。这五笔款加起来共三十八万七千两。鄙人万不得已，要向谭大人求助四十万两银子。"

数目如此巨大。谭继洵的心直往下沉。谭继洵一到武昌，第一件事便是查看藩库的银子，他原以为到了湖北，情况总比甘肃要好，可谁知账面上尚余五十万，还不是白花花的纹银。一则账目上的银两有一半还在各地税卡、牙行和县衙门里，根本还没到藩库里来。很长时间以来，各省拖欠中央的银子，各府州县拖欠省里的银子，已相沿成习。二来存在藩库的二十几万两银子，已是八方伸手，立即就得拨下去。如洪湖水灾的救济款，德安干旱的救济款，施南、宜昌瘟疫的医药款以及从监利到嘉鱼段长江防洪堤的加固款。这些都应早两个月前就发下去，只因奎斌已卸任，藩司黄彭年又病重不能理事，眼巴巴地等着谭继洵上任后处理。如此一来，藩库仅存的二十几万实银都是救命的专款，不能再拖了。

当下救人总比办铁厂重要！但怎样来回绝这位雄才大略正在兴头上的总督大人呢？一时间，谭继洵急得脸上、背上热汗直淌，恨不得在客厅的地上突然冒出一个洞，他好借此一走了之。

既然无计可施，他决定实情相告。他干咳了几声，缓缓地把湖北藩库的实际情况进行了详细禀报。见张之洞面无表情，谭继洵只得硬着头皮继续说下去："香帅办铁厂、枪炮厂，都是富国强兵的好事，湖北应全力支持，下官也应当全力配合。可湖北只是名声响，实在太穷，灾害又多，不是洪水就是干旱，实在拿不出一两多余的银子来给大人办厂。下官明天就叫藩司衙门一并送来账簿和各地请求救济的紧急禀帖，请大人验看。下官若有半句假话，甘愿受罚。"

湖北藩库只存五十多万两银子，这与当年张之洞就任粤督时，广东藩库所存银数差不多。这点张之洞相信。但有一半银子没入库，以及各地急需拨银的情况，张之洞却将信将疑。他当然不便去亲自验看，只得摆摆手说："账簿不要送了，想必谭大人不会说假话。至于湖北的银钱出入，鄙人过段时间也会清楚的。"

张之洞咄咄逼人的气势，使年迈拘谨的湖北巡抚异常窘迫，但谭继洵深谙官场规矩，素来遇事息事宁人，犹豫再三后，终于打定了主意："香帅说的是，铁厂办在湖北，也是件给湖北大挣脸面的事。藩库里现存的实银，各地救灾款和防洪款我先照半数拨下去。余下的一半，估计不会少于十万，就全部给大人吧！再多也暂时腾挪不出来。"

张之洞还以为这位保守的巡抚大人会一两银子都不肯拿出来，没想到转眼之间竟同意出十万，也的确是倾力相助。他转怒为喜，脸色也和缓了："谭大人，那便谢谢你了。"

正值酷暑，武汉三镇热得像个大蒸笼。谭继洵从督署出来后，便欲去拜访老藩司黄彭年，一为看望，他已重病大半年了，二为将张之洞办铁厂求助湖北的事告诉他。他坐上轿子，过细一想，便惴惴不安起来，忙让轿夫停轿，掉转头回巡抚衙门了。

原来，翰林出身的黄彭年是个死硬的洋务反对派，当年曾国藩、李鸿章等人大办洋务，黄彭年一直持反对态度。但黄彭年为人方正刚直，操守清白，三十年来历任数省司道，政声甚好，令官场士林钦佩。万一黄彭年知道张之洞要拿湖北的银子办铁厂，以重病之躯前往督署，不惜以死来谏阻这个任性使气的张制台，到时虽然卡住了这十万两银子，只怕张制台也会迁怒于他谭继洵。还是拿出十万两银子吧，不然来日如何相处？张制台可是朝廷内外拥有好名声的清流，也是太后眼前的红人，何况张制台也是实心干事之人。

谭继洵虽一夜没睡好，第二天上午，依然早早地来到签押房，等候张之洞派人送十万两银子的调拨单，却左等右等都不见来人，都下半晌了，谭继洵在签押房内等得坐立不安起来。他自然巴不得调拨单不要来，可左思右想之后，赶紧让贝允昕将嗣同叫来。

嗣同很少参与父亲的公务，今日父亲却让他前往签押房，意外之余便急急赶来了。来到偌大的签押房，见父亲的脸色不好，嗣同心里忐忑，忙关切地问道："不知父亲大人叫孩儿有什么吩咐？"

"复生，你平日不是挺佩服张制台吗？为父刚上任，千头万绪忙不过来，还未能上制台家拜访。这样吧，今晚你就带上一封我的信和礼物代为父去拜访一下吧。"谭继洵交代道。

嗣同早就听说这位香帅极看重洋务事业，且极重才，是有名的清流，很想能有机缘认识。迫于父命，嗣同长年来不得不奔波于甘肃、湖南及京城三地应试，就在多次南来北往跋涉奔波、风餐露宿的日子里，他深深地体会到国家的贫弱、官场的腐败和百姓的艰苦，萌生了强烈的济世救民理想。想想真有机会去拜访这位大名鼎鼎的清流，他却有些忐忑，犹豫着答应了下来。

吃过晚饭，张之洞正在和梁鼎芬、杨锐等人在书房商谈如何筹措铁厂经费之事，心里正在烦闷，门房拿了一张名刺过来禀报，却是谭抚台之子谭嗣同来访。张之洞自然知道此为谭抚台安排，他今天故意没派人送去调拨单，不想他竟派自己的儿子过来，想想此君虽不喜洋务新政，但也是实心任事之人，便决计不与他多计较。他转头对梁鼎芬说道："星海，谭抚台特地派儿子来拜访，应是为那十万两银子之事。你去好好接待，我就不和他见面了！"

梁鼎芬没过多久就一手提着一只蓝布包，一手拿着一封信，急急地回到了书房，笑了笑，说道："制台大人，谭抚台的儿子英俊得很，言行也很得体，您要是见了，肯定会心生好感。"

张之洞不以为然地笑了笑，让梁鼎芬先拆开信，谭继洵果真在信里言明十万两银票已备好，只等制台大人派人送来调拨单。再看那蓝布包里，却是一袭漂亮的上等虎皮，说是特地从兰州带来，送给制台大人御寒。张之洞见了，笑话谭抚台大热的天送虎皮，真是思虑周全，但脸色到底好看多了。梁鼎芬暗地里松了口气。

张之洞没有接见他，嗣同有些失落，也有些庆幸，松了口气。而谭继洵听了嗣同的回复，悬着的心才踏实了。第二天上午，张之洞果然派梁鼎芬专程送来了调拨单，还谢他精心备下的礼物。谭继洵知道梁鼎芬不仅是张之洞倚重的人物，且学问好，有傲骨，硬是留下他好好款待了一番。

可区区十万元，实在是杯水车薪！万般无奈，张之洞只得打起军饷的主意来。他叫负责这项事情的总署吏目将账簿拿过来，整整盘算了一个晚上，好不容易从湖北宜昌镇绿营中挤出十二万两银子。第二天召来湖北陆路提督程文炳，跟他谈起这事。程提督叫苦不迭，满肚子委屈，迟迟不愿明确表态。张之洞很是窝火，但他知道程文炳确有苦衷，便再三保证海军衙门的银子拨下后立即给绿营补上。程文炳这才极勉强地答应了。

付出二万三千两银子给归元寺，把龟山的地买过来了。再付六万两银子给驻英国公使刘瑞芬，把两个炼铁炉订下。剩下三万多两银子，一万留给筑堤和填土，一万给大冶铁矿，一万给马鞍山。三处虽可以开工了，但对铁矿和煤矿来说，实在远远不够。张之洞稍稍松了口气，他不能放弃新政，再苦再累也得坚持下去。

17

谭继洵为公务忙得团团转，也没怎么过问嗣同的课业。前年顺天府恩科他没考，明年又是大考之年，嗣同实在不愿赴试，但他知道逃不脱。

谭继洵到任那天，李寿蓉特意将为外孙兰生准备的新衣衫都带过来，例行公事结束后，就赶紧来到后院看他的外孙。这是他第一次见外孙，当兰儿安静地躺在他怀里时，他的心都要融化了。兰儿有些消瘦，脸色也苍白。闰娘的奶早就没了，兰儿就吃些米糊糊，李寿蓉心疼了："闰娘，孩子这么小就没奶吃，得想办法让他多吃点，这么瘦怎么得了？"闰娘叹了口气，安慰父亲道："好多小孩都吃米糊糊长大，都长得健健康康，您就放心吧！"天气还不是很热，兰儿也很天真活泼，他就不再多说什么，只管逗着兰儿咯咯地笑。天色向晚，他才恋恋不舍地过河。

转眼半个月过去了，闰娘由杨妈帮衬着照顾兰儿，兰儿一切都还好，只是吃东西少，胖不起来。闰娘有些着急，嗣同总是安慰她："孩子还小，天气又热起来了，再长大点就好了。"闰娘想想也就开朗些。一到晚上，嗣同就弹琴给兰儿听，兰儿一听琴声就乐得手舞足蹈，听着听着，就乖乖地睡着了，且一觉睡到大天亮。

快到端午节了，李寿蓉特地派李维汉过河来传信，说想外孙了，接外孙过汉口去住几天。嗣同忙去父亲签押房里禀报一声，他平时都不怎么到父亲办公的地方来。他知道父亲公事繁多，父亲原本想请涂启先来担任幕僚长，但涂老师却因家有老母，不肯前来。谭继洵很恼火，只得又写信去江西南昌请欧阳中鹄来，他正在江西学政龙湛霖任上，有些犹豫。谭继洵幕僚人手不够，他年纪也大了，正是为难之时。嗣同刚禀明事由，谭继洵头也不抬地回道："也好，我已经上奏了，朝廷规定姻亲任职要回避，你岳父很快就得调往其他地方，就离得远了。"

嗣同听了很不开心，也不敢和闰娘提起，两人就带着兰儿过河去了。远远地，嗣同就见高妈妈站在道署后院门口等，还隔了好远，就欢天喜地地出来迎。高妈妈脸上堆满了发自内心的笑，闰娘是她带大的，现在兰儿也半岁多了，盼星星盼月亮，娘儿俩回外公家来了。

住了四五天，闰娘不想走，高妈妈也不想让兰儿走，李寿蓉更是想外孙在家里多待几天。多待一天，就多一天快乐。李寿蓉也知道，按照官府规定，他很快就得调离湖北，到时想看看女儿外孙都难。

当嗣同带着闰娘娘儿俩回到巡抚衙门时，都快天黑了，比大白天凉爽。刚刚安顿下来，师中吉就进来唤他："七爷，老爷叫你去他书房，他今天吃晚饭时就脸色不好，你可要经心呀。"

果真，当嗣同匆匆来到前院书房时，谭继洵正黑着脸坐在书桌前，卢氏姨娘站在他身旁。嗣同只得硬着头皮走了进去，上前请过安，垂手站在一旁，师中吉则站在门外不敢进来。谭继洵抬头看了看他，哑着嗓子说："终于舍得回来了，家里的事就放手不管？我问你，你买文文山的琴和剑花掉了多少钱？你如今是巡抚公子了，出手阔绰，就不怕有人叫你纨绔子弟？"

嗣同一愣，又是谁在父亲跟前嚼舌头？抬头一见卢氏脸上隐隐的得意，心里就清楚了。这么多年了，卢氏还是如此和他过不去，而父亲依然不辨青红皂白地来斥责他，内心不由酸涩万分。他只得强抑内心的痛苦，答道："父亲大人，您平日里也非常钦佩文文山的气节，孩儿有福遇到他留下的两件宝物，实在不想错过。至于买琴和剑的钱，岳父替儿出了大半，剩下的钱，父亲从我那份用度里扣除就是！"

"文文山是读书人最有气节的，他可是状元出身，人品高洁。你既喜欢他的琴和剑，也得学学他在科考上扬威！"谭继洵听他说得明白，就不再追究了，却又扯到科考上来。卢氏听说钱大半由李寿蓉出了，脸色也好看了些，忽听得嗣囵在房里哭，就自顾自走了。

一说起科考，嗣同就没底气，他这段时间哪里还记得温习课业。

"明年又是大考了，上次因为泗生过世，你考都没考。"见嗣同不吭声，谭继洵就来气，但一说起嗣襄，眼泪就下来了。这是他赴任以来第一次在嗣同面前提起嗣襄，不想却惹得自己伤心。

谭继洵想想自己命真苦，五个儿子，只剩下徐氏所出的嗣同及卢生所出嗣同，四个女儿，也只剩下卢氏所生嗣嘉一人。再看嗣同一副委屈模样，又觉得自己有些过分，嗣同操持嗣襄的丧事，为自己打理赴任的事，人都累瘦了，自己从来没关心过他到底在想些什么、身体怎么样。再开口时，他语气就温和多了："复生，你都是当爹的人了，现在兄弟姐妹中你为大，这个家还得靠你撑起来。府里人来人往，太过嘈杂，你过些日子就回浏阳好好温习课业，争取考个功名才对得起列祖列宗，才对得起你早逝的母亲，也为你故去的两位兄长长长脸。"

"父亲大人教导得是，我会用功的，您就放心吧。"见父亲有些伤感，嗣同不想再惹他伤心，就顺着他的意回话。

谭继洵又说起他之前读书如何艰难，但始终念着要为家族争光，最终还是考中了进士。又聊起湖北政事的艰难，还有张之洞一心兴办洋务新政，如何咄咄逼人，说得连连叹息。嗣同一眼触到父亲满头的白发，心里既无奈又心酸，只得劝道："父亲大人，您也辛苦一天了，早点休息吧。从明天起，我就在书房里好好温习课业，也会督促秦生和潞生温书。"

谭继洵点点头，嗣同上前扶起他，将他送至房门口。嗣同回到后院书房，一眼瞧见琴桌上的蕉雨琴，再看墙上挂着的凤矩剑，一种无力感席卷而来……

第四章：斫琴

18

还没到六月，武汉已热得一塌糊涂。路边的石头热得烫脚，连家中的桌椅板凳摸上去都是温热的。别的地方白天热，晚上较凉爽，武汉这地方，夜晚之热丝毫不亚于白天。每天只在凌晨时伴着一丝儿拂晓的凉风，才可勉强睡一两个时辰。

谭继洵一大家子在甘肃待了十来年，突然遭遇如此炎热的天气，都热得受不了，无处可逃，只得晚上到花园里乘凉，但蚊子又多，实在苦不堪言。嗣同这么多年走南闯北，适应性强，并不觉得热得那么难受。但他心疼兰儿。兰儿原本体质不太强壮，现在身上起了密密麻麻的痱子，从早上一睁眼起就哭闹不止。闰娘和杨妈两人轮流不停地为他打扇，怎奈那热却沾在身上，令人无处可逃。近些天，兰儿有些发烧，还咳嗽起来。嗣同赶紧去有名的老药店叶开泰请老中医来诊治，老中医姓熊，长长的胡须都白了，用心地给兰儿开了些中药。吃过几服药，见兰儿活泼起来，全家人揪着的心略微放松了些。

嗣同偶尔会去父亲签押房里帮忙，现在虽有贝允昕、涂儒翯，人手依然不够。非得有个能干的贴心人实心帮衬不可，谭继洵转而又写信去江西催请欧阳中鹄。龙湛霖是姻亲，欧阳中鹄又是多年好友，料想必能体谅自己的难处。两人果真架不住谭继洵的一再邀请，欧阳中鹄终于答应尽快来湖北巡抚衙门。听到这一好消息，众人都高兴，谭继洵才松了口气。

很快又要见到欧阳老师了，嗣同暗自欣喜，这么多年来瓣姜师比父亲还要关心他，懂得他。

兰儿却又发烧咳嗽，嗣同急急地将熊老中医请来。熊老中医诊过脉，看过孩子的舌苔，脸色有些凝重："半岁小儿，水土不服，有些麻烦。先将这张单子的几服药吃了，再观效果吧。"一旁嗣同、闰娘的心悬了起来。熊老中医是武昌最有名的老郎中，尤擅儿科，嗣同对他有信心，安慰闰娘："闰娘，孩子在三岁前都会有些小病小痛，你放心吧。我们的兰儿很快就会好起来。你自己多吃些东西才能照顾好兰儿。"闰娘擦了擦眼泪，点了点头，就转头给兰儿喂米糊糊。

这天一大早，天气依然炎热，李寿蓉派人过河送信来，他已改派安徽，任安庐滁和道道员，现在谕旨已下，他不日将赴安庆，希望嗣同闰娘带着兰儿过河去团聚一二天。闰娘一听，眼泪就下来了，急着要带兰儿过河陪陪老父。嗣同也舍不得岳父调离，但朝廷制度如此，也是没办法的事。兰儿这段时间一直生病，时好时坏，经不起奔波，他只得劝道："闰娘，你在家好好带兰儿吧，我会为岳父大人打理离任事宜，你放心。"杨妈怀中的兰儿刚刚睡着，小脸因为发烧而红通通的。

嗣同带着师中吉赶到汉口江汉关监督署衙门，岳父见只有他独自一人，很是失望："复生，闰娘和兰孙怎么没来？我后天就要起程了，安庆和武昌隔得远，到时想见一面都难呢。"复生忙赔礼道："岳父大人，真是对不起，兰儿有些发烧，天气太闷热了，闰娘不敢带他过来。待他再大一点，就带他来安庆看您，让她娘儿俩多住些日子。"李寿蓉听说兰孙发烧，面露忧色："兰孙发烧了，真是遭罪。请了郎中吗？吃了药吗？"复生怕他着急，忙宽慰他："岳父，您放心吧，请了最有名的熊老郎中，吃了一服药就好多了，还转了一张单子呢！"李寿蓉略略放心，嗣同吩咐师中吉赶紧去雇船，请好搬运工。

嗣同跟着李寿蓉去书房，见除了书桌上的两大摞书外，所有书都打包了。李寿蓉笑了笑说："你父亲大人一到位，我就知道我得改任他地了，就开始整理藏书，高妈妈则整理衣物零碎。这不，前前后后都一个多月了，我又没什么多余的物件，早就整理得差不多了。"嗣同知道岳父是个性情淡泊之人，素来看轻钱财，生活俭朴，行装容易打点。他正想去找高妈妈，李寿蓉却拉住他的手说："来，来，我这里给你留了些书，还有一方砚台、一些好墨给你呢。"嗣同上前一瞧，是《御纂七经》十八函及《唐宋文醇》十六本，书的品相很好。他一直想买这两套书，不想岳父都给他准备好了，不由喜形于色。李寿蓉见嗣同一脸兴奋，也开心地扯着他坐下来，说道："我们翁婿情如父子，现在却不得不分别，实在伤感。咱们让高妈妈给炒个香干子，来一盘花生米，先来喝一杯如何？"说话间，李维汉就将酒杯、碗碟、筷子、一碟花生米摆上小桌，高妈妈炒了香干子。翁婿俩你一杯我一杯地喝起来，嗣同忍住泪，不时地给岳父夹上一筷子香干。

第三天一大早下雨了，天气凉爽了很多，嗣同、师中吉将李寿蓉、高妈妈、李维汉送至大王庙码头，好在所有行李提前装上了船。见所雇的船很整洁，船主也很精神，嗣同感激地看了师中吉一眼。临别时，高妈妈哭得一塌糊涂，嘴里喃喃地念叨着闰娘和兰孙，李寿蓉也满眼含泪站在船头，嗣同的泪禁不住滚滚而下。

船离开了码头，渐远渐小。

19

嗣同心情沉重地渡河回武昌城，路过横街头时，眼见麟书阁门外立着一块木板，上面列着一大堆新书名录，心里一动，踱步上前。跟在身后的师中吉笑了，知道他又发了买书瘾，他手里可还提着李寿蓉大人送他的一大包书呢。

走进店内，见已有不少人在挑书，嗣同也凑了上去，突然眼前一亮，就在最显眼的位置上，他看到一摞线装书静卧在那里，黄色封面上隶书体的"格致汇编"格外引人注目。格致汇编？他曾经听朋友谈起过，说是外国人在上海创办的书刊，专门推介西洋格致学。他拿起一本《格致汇编》，这时身着夏布长袍戴着眼镜的店老板走了过来："公子真是好眼光，这是刚刚到的新书。英国人傅兰雅创办的《格致汇编》，都是新鲜学问呢。"嗣同看了看封面，见上面写道："是编补续《中西闻见录》，在上海格致书室发售，英国傅兰雅辑，第五卷第一期。"

仿佛茫茫黑暗里，前方有了隐约的光亮。嗣同翻开目录：格致汇编序，钦差出使英法意比四国大臣薛福成。他大吃一惊，出使四国大臣薛福成亲自写序，这是怎样的一本书呢？他急急地浏览目录，一连串新名词冲击着他，他已听不见周围的声音：《格致杂说》《虫说略论》《开办铁路工程说略》《算学奇题》《格致杂说：美国极大天文镜图说》……看着看着，他只觉燥热无比，什么铁路什么算学什么天文镜，觉得自己都成了一个傻子，什么都不懂。他茫然地抬起头，眼前一双熟悉的灿烂的大眼睛正盯着他，他惊醒过来，忙作揖道："晓澜兄也在此，我刚刚只顾看书，失敬失敬！"

嗣同一走进店里，正在找书的包世贞一眼就看见了他，心不由狂跳起来。今天出门时下雨，旺财不情不愿地跟在他后面。他知道嗣同喜欢逛书铺，说不定今天能遇见，竟真的遇见了。他高兴地拉了拉嗣同的袖角，瞄了一眼他手里的书，问道："复生兄，在看什么书？这么用心？哦！原来是《格致汇编》。"

"晓澜兄也知道《格致汇编》？你读过吗？我是第一次见识。"

"读过，我家里藏有《格致汇编》，此刊可以说是我大清国上海地区最早的科学杂志。由傅兰雅于光绪二年初创刊，对算学、格致、化学、生物、医学等都有介绍。之前为月刊，今年起改为季刊，这家店时常自汉口代销店进货，故新刊上市不久就到了，很快应会有第二期。"见包世贞说来头头是道，嗣同不由对他刮目相看，原以为他只是尚喜读书的富家公子，谁知竟懂这么多新学。而此刻，这个学识渊博的俊朗公子正目光灼灼地盯着他，目光里有喜悦有自豪，竟然还有怨气。

嗣同心下不解，但他的注意力很快又被《格致汇编》吸引住了。包世贞又给他推荐了上海格致书室刻印的《化学鉴原》《化学鉴原续编》《代数术》《声学》《电学》等书。嗣同喜出望外，全都买下来。新一期《格致汇编》他一下买了好几本，他要送给朋友们。

包世贞笑了，提醒道："自开张第一天起，格致书室就陆续在《申报》刊登售书广告，也在《格致汇编》上多次刊登售书广告，有时还设专页开列销售书目。我家里有不少格致方面的新书，复生兄想读什么，只管告诉我，我给你找。"

嗣同忙答道："太好了，到时少不得麻烦晓澜兄。我看雨要停了，我先告辞。"

包世贞随着他来到店外，悄悄地问："复生兄，你之前相约去湖南会馆看戏，还有端午龙王庙看戏，都没看到你呀。"嗣同一愣，他没想到包世贞竟然去找他了，抱歉地笑了笑，说："拙荆带着孩子到了武昌，孩子时不时生病，竟然忘记了和仁兄的约定。"

包世贞一听，脸上红一阵白一阵，急急地朝嗣同作了个揖，就转身匆匆朝巷子深处走去。嗣同愕然地立在原地，正准备转身离开，包世贞又回来了，关切地建议道："复生兄，你刚才说起孩子的病，倘中医无效，我可介绍你带孩子去英国伦敦传教会设在昙华林的仁济医院看看，我认识那里的欧文医生。"嗣同感动地致谢道："谢谢晓澜兄美意。"两人拱手告别，嗣同抱着新买的书，朝不远处的巡抚衙门后院走去。

包世贞独自急走在前，旺财吃力地紧跟其后，小声地嘟哝道："小姐，走那么急干啥子？我都快跟不上了。"包世贞放缓了脚步，旺财赶上去悄声地说道："小姐，你那个复生兄都是有妻室的人了，你还和他接近？不怕夫人得知一顿好骂？"包世贞脸一沉，又加快了脚步，也不理旺财了。她心里波澜起伏，因为伯父的缘故，父亲也早早入了基督教，与汉口英国领事馆接上了头，当上了商号的买办，在司门口开了门店，生意一直顺风顺水，就在戈甲营对面崇府山麓修了大宅院。

刚从侧门走进院子，包世贞被父亲包鼎新叫住了："晓澜，怎么才回家？都等你吃午饭了。过来，有好好的女孩衣裳不穿，穿什么男人衣服！"

父亲和后母坐在厅堂里，十四岁的弟弟包世嘉正倚在母亲身后，笑嘻嘻地朝她做鬼脸："姐姐，你穿我这蓝色长衫热不热？"

包世贞也忍不住笑了，她早已汗流浃背了，抬头看了父母一眼。父亲满脸慈祥，后母却一副恨铁不成钢的模样："晓澜，闺女就要有闺女的样，先前我就反对你去欧文医生那里帮忙，女孩子经常抛头露面，又没裹脚，看怎么嫁得出去！"包世嘉不满地看了看母亲，反驳道："姐姐这么漂亮，又读了书，还会照看病人，怎么嫁不出去？不嫁天天在家里才好！"

包世嘉天真的话语，惹得父亲哈哈大笑："不用担心，都有人提亲了。没裹脚才好呢，少遭了多少罪。走吧，吃饭去！"说完朝膳厅走去，仆人早已摆好了饭菜。

包世贞的脸色沉了下来，包世嘉走过来问她："姐姐，你在外面逛，看到了什么新鲜事？先生今天表扬我了，你给我带了什么好吃的？"

包世贞从口袋里掏出几颗糖递给他："只记得吃，傻小子！"

包世嘉接过糖，欢天喜地地跑了。包世贞想起自己还没换衣服，忙转头朝后院自己房里走去，对守在门口的旺财说："你去告诉老爷，就说我回房换衣去了，很快就去吃饭。"

回到房间，包世贞的眼泪流了下来，嗣同英俊的模样不知何时已然印在她的心坎上，可还没开始就已结束，她该怎么办呢？她狠狠地将泪压了下去，换好了衣服，也换上了一副笑脸，朝膳厅走去。

兰儿平常玩的厅堂里，只有杨妈在忙。见是嗣同回来了，杨妈忙开心地说："七少爷，兰生好多了，这会儿他妈正抱着他在花园亭子里，你去那里找吧。"

远远地，天香轩里传来兰儿咿咿呀呀的声音。闰娘抱着兰儿，指着轩外的几朵月季花让他看。兰儿听到嗣同的脚步声，朝他看来，开心地咯咯笑，涎水都流了下来。嗣同甚是高兴，从闰娘怀里抱过兰儿，喃喃地说道："这几天我可担心坏了，兰儿的病见好，真是谢天谢地，闰娘你受苦了！"闰娘疲惫的脸上也露出了开心的笑容。

吃过晚饭，余昭常来传话，让嗣同去前院书房。走进书房，嗣同见父亲独自坐在窗下的椅子上，缓缓地摇着扇子，忙上前请安。谭继洵点了点头，嗣同将送别李寿蓉一事简单讲了讲。谭继洵上任都快两个月了，天天忙得团团转。今天卢氏和他嘀咕，兰生的病也好得差不多了，不如让复生回浏阳去清静清静，才有心思温习课业，应付科考。

人生七十古来稀，他谭继洵今年都六十九岁了，却还得奔波劳累。令他伤感的是，大兄谭继昇四年前故去，他觉得再也无人真正疼惜他了。嗣同不喜举业，不喜俗务，如云中之鹤，自由自在惯了。对卢氏，嗣同不再如从前一样当面顶撞，总归是好事。此次为他打理赴任之事，都办得很妥帖，诗文也作得好，可科考总是不顺，看来还是嗣同用心不够。此时，看看嗣同灼灼的目光，谭继洵一时百感交集，既爱他是至亲的骨肉，又恨他不专心课业。念及此，谭继洵柔软的心又硬了起来："复生，如果我猜得不错，你至少有一年时间没怎么温习课业，明年大考在即，你总归得取个功名，才对得起列祖列宗，才对得起你死去的母亲！"

"是，父亲大人，我会好好温习功课。"母亲是嗣同的软肋，提及母亲，嗣同眼里便隐约有泪。

"你过几天就起程，回浏阳去温习课业吧。"谭继洵语气坚决。

"父亲大人，兰儿的病刚刚好，您又忙于公事，我得过些日子再回浏阳。"嗣同的心为之一塞，不放心兰儿，也不放心闰娘。

"男人应以大事为主，你走了，府上不是还有闰娘，有卢姨娘？退一万步说，还有我在这里顶着呢。"谭继洵不容分辩地说道。

"父亲大人训教得对，武汉天气太闷热，要么我带闰娘、兰儿回浏阳，要么我留下来照顾兰儿。"嗣同不甘心地争取道。

"你回浏阳安心读书，还得协助嗣棨管理家里的产业，那些田庄也去看看。兰孙太小，经不起颠簸了。"谭继洵语气强硬起来，"倘没有特别的事，你年底再回武昌。"

眼见嗣同愤愤地退下，谭继洵心知儿子并不乐意，不由怒火滔滔：复生都二十六岁了，竟然还不知自己的良苦用心，自己真是太失败了。他陷入了思索和回忆，直至夜深卢氏找来，他才颤巍巍地站起来回房休息。

20

回到后院，闰娘已哄兰儿睡下了。嗣同气恼地告诉闰娘，父亲让他尽快回浏阳专心读书，少至三天多则五天，他不得不出发。闰娘当即就哭了，嗣同就是她的天就是她的依靠，这些年她不得不打起精神在这个复杂的大家庭里小心翼翼地过日子。嗣同在身边，就担忧他和卢氏姨娘闹矛盾，会被父亲责骂；不在身边，则担忧嗣同来往路途上的安危,没人好好照顾他。婚后多年没怀上孩子,吃了数不清的中药调理身体,也让她受尽了卢氏姨娘的脸色。现在兰儿半岁多了,不时生病,她也是担惊受怕地走过来的。她真舍不得嗣同离开,可嗣同和她除了顺从父亲大人,又有什么办法呢?

见嗣同坐在床边盯着兰儿消瘦的脸发愣,她便知道他的难受,忙打起精神问道:"复生,既然父亲大人决定了,也只有听从安排。你什么时候能回武汉来呢?"

"父亲让我年底再回来。"嗣同满脸苦涩。

"你就放心回浏阳吧,我会用心带好兰儿。等你回来时,兰儿说不定能喊爹了呢。"闰娘努力隐去眼泪,默默地替他去收捡衣箱。

"闰娘,早点睡吧,冬天的衣服,浏阳家里还有,没有必要再带。"嗣同心疼闰娘累了一天。

嗣同去了书房,他得将要读的书挑出来。今天买的几套格致新书,他真想带回浏阳好好阅读。但想来想去,此次回浏阳读书是为了明年的科考,自不能随性。除应考之书,他只挑了《船山遗书》《几何原本》《代数术》《瀛环志略》《海国图志》等,都是他特别想读的,这就满满一箱了。

第二天晚上,嗣同让厨房多备了几碟小菜,煮了一大锅武昌鱼汤,叫上贝允昕、涂儒翯,还有余昭常等人,在天香轩喝酒聊天,算是告别吧。喝得兴起时,嗣同有了微微的醉意,他让师中吉将蕉雨琴搬过来,兴致勃勃地弹了一首《酒狂》。激昂的曲调感染着众人,离别在即,大家都伤感起来,一个个醉意蒙眬,喝到深夜,连嗣同、传赞都在旁边流连,不肯去睡。

一大早,兰儿就醒了,躺在床上咿咿呀呀。嗣同赶紧起床去抱兰儿,兰儿咧开嘴朝他笑了。他心痛,兰儿太瘦了,比他还苦,一出生,他这个当爹的就没在他身边,现在父子俩又得分别,得到年底才能相见。他将兰儿紧紧地抱在怀里,舍不得放下。

不得不出发了,师中吉、余昭常挑着行李走在前面,贝允昕、涂儒翯几位朋友都来送别。嗣同将兰儿交给闰娘,就佩好凤矩剑背上蕉雨琴,转身朝外走。不想兰儿却大哭起来,伸着手要他抱。嗣同狠狠心,挥挥手,便去追赶师中吉。他不敢回头,兰儿的眼泪,闰娘的眼泪,他都不忍心看。直到踏上船，他仿佛还听见兰儿在哭，无奈地长叹了一声，暗暗地对自己说：回浏阳就好好读书，争取顺利中举，将来好带着闰娘、兰儿及嗣襄仲兄的骨肉一起赴任，好好照顾他们！

站在后院门口，眼见着嗣同渐渐走远的背影，直至隐入拐角不见了，闰娘才抱着哭闹的兰儿回到院子里。天气又闷热了起来，兰儿已哭得满头是汗，闰娘边为他洗澡边和他说："乖崽，别哭了，爹爹回浏阳了，很快就会回来带崽。你好好吃东西，等你长大一点，就带你回浏阳，浏阳是我们的老家。"

兰儿睡下后，闰娘走到嗣同的书房，人去琴去剑去，书房显得空荡荡的，墙上那幅《风雨深山图》也弥漫着伤感。转回卧室，也不见嗣同的翩翩身影，闰娘更是惆怅。转眼看到兰儿躺在小床上，空落落的心才不那么难受了。小孩也真有趣，他一忽儿哭样一忽儿笑样，更多的时候一脸恬美地睡。

一连几天，闰娘都在庆幸，好在有兰儿，兰儿虽是不能说话的小人儿，但有他在身边，便没有了忧伤没有了烦恼。但闷热天气又来了，热得人无处可躲。闰娘的心又吊起来，她担心兰儿抗不住闷热。前院魏氏姨娘都病了上十天了，也是发烧咳嗽，一直在吃药。父亲大人也患头痛，但还是坚持去签押房办公，有时甚至还带着余昭常去城东北公桑园工地。之前，闰娘就听嗣同念叨过，父亲大人到任不久，就决定在湖北大兴种桑养蚕，已派幕僚黄得胜前去料理。嗣同还说，湖北气候适合种桑养蚕，总督张之洞要兴办缫丝厂，蚕丝就不愁没销路。

这天一大早，天气格外闷热，杨妈举着一封信进来，是嗣同来信了。信上说他已安全回到了浏阳，特地到传简坟前去拜祭了一番。传简一直伴着嗣同读书，性情宽厚从容，眼见考中了秀才，正铆足了劲去奔功名，却年轻轻地就离世了。闰娘知道嗣同肯定很伤心，也为此担忧不已。就在这天晚上后半夜，兰儿开始哭闹不止，闰娘焦急地抱着他在房间里走来走去。到天亮时，兰儿只睡了一会儿，醒来依然哭闹不止，开始发起烧来。闰娘吓坏了，忙让杨妈到前院告诉卢氏姨娘，派人去请熊老中医过来。

卢氏也急了，作为一位母亲，她太懂得闰娘的心情了，当初她的大女儿生病夭折时，她伤心了好几年。她也快五十了，从十六岁以来，她就和谭家捆在一起了。何况闺娘出身书香之家，性格温和，知道进退，卢氏一直对她甚是满意。她赶紧派老管家卜三去请郎中。

卜三带着熊老郎中匆匆回来了，熊老郎中给兰儿号完脉，沉思了一会儿，才缓缓说道："孩子天生营养不良，身子弱。武昌天气闷热无比，反复无常，大江还涨水，湿热逼人，孩子就受不了。这样吧，我先开一张单子，三服药，吃完了烧退了就会好。倘不退烧，倒是麻烦！给孩子额头上放一条冷手巾散热，随时换。"

卢氏接过单子，让卜三送郎中回去，顺带赶紧捡药回来熬。闺娘则让杨妈去备冷手巾过来，给兰儿做冷敷。卢氏见郎中说不是特别严重，交代几句后，也就回了前院。

闺娘一连几天都睡不好，眼看着兰儿烧退了，不怎么吵闹了，她的心才轻快些。这天中午时分，兰儿睡了，她打起精神坐在小床边，轻轻地为兰儿摇扇。杨妈走了进来，见她那副疲惫样，心疼地说："少奶奶，你先去躺一下，让我为兰儿打扇吧。你看，七少爷又来信了。"

信写得很简单，就问她好吗，兰儿好吗，告诉她，接下来一个月他受浏阳籍长芦盐道李兴锐侄子李昌洄邀约，将去古港筱墅垄李家度暑读书。信虽不长，但字字句句读来都很温暖。

就在闺娘为兰儿的病松了一口气时，兰儿又发烧了，请来熊老郎中再次开单子。谁知一张单子吃完，兰儿的病不但没好，反而加重了，不时咳嗽，一咳脸色就变。这天晚间回到内院，谭继洵听说了兰儿的病，忙令卜三去请当地另外一位名医。这位瘦瘦的杨老中医细心地为兰儿号脉，脸色凝重地说道："孩子底子弱，现在病在肺部，有些麻烦呀！"他斟酌来斟酌去，慎重地开了一张单子。

郎中走后，闺娘凑到谭继洵跟前小心翼翼地请求道："父亲大人，兰儿太小了，经不起折腾。嗣同回浏阳前交代我，万一兰儿生病，可以去请仁济医院欧文医生来看病，听说他治小孩的病特别在行。"

谭继洵沉吟了一下，说："先吃了这副单子吧，万一不行再说。"

见闺娘抱着兰儿回后院了，谭继洵让卢氏、黎嫂都回房去。他活泼可爱的兰孙，竟然瘦成那个样子，心痛之余不由后悔，真不该让嗣同回浏阳，万一孩子有什么三长两短，闰娘会倒下的。正在他忐忑时，卜三走了进来，站在他面前欲言又止。谭继洵瞪了他一眼："有什么事就直说，晃得我头昏。"

卜三忙压低声音，恭敬地对谭继洵说："老爷，刚才郎中让我告诉您，孙少爷的病他不敢担保，只怕，只怕……"

谭继洵顿时心里一沉，忙朝他摇摇手："你也累了一天，回去歇息吧。"他自己却坐着未动，不多时，卢氏找过来，他才颤巍巍地随着她回房歇息去了。

眼见着兰儿虽不咳嗽了，呼吸却有些急促，甚至不吃米糊。杨妈端来新煎好的药，和闰娘尝试了好几种办法，兰儿挣扎了几次硬是不喝，也不哭，也不睁眼，闰娘惊恐地哭了起来。杨妈摸摸孩子的手，又摸摸孩子的额头，竟然凉凉的，也惊恐起来，与闰娘哭成了一团。

郎中已经告诉卜三了，孩子怕是得了百日咳，凶多吉少。如果今晚他不吃药，就没有挽回的余地。卜三听到后院闰娘和杨妈的哭声，慌忙叫上余昭常一起去查看，眼前的情景，让他俩手足无措起来。卜三走到闰娘身边劝道："少奶奶，孙少爷没事的，你别摇他，让他睡会儿。"他试着拉闰娘到外面厅堂里，但闰娘说什么都不肯站起来，就跪在兰儿床前，握着兰儿渐渐冰凉的手。

余昭常将杨妈拉出睡房，悄悄地对她说："杨妈，你可别添乱，别让少奶奶太着急，会急出毛病来的！"

如此一闹腾，卢氏、黎氏大嫂都过来了，一看兰儿已呼吸微弱，俩人吓得浑身颤抖起来。黎氏大嫂会意，赶紧定了定神，上前用力抱住闰娘，杨妈也上前去帮忙，两人将闰娘带至前院客房。闰娘早已昏了过去，眼泪却不停地流淌。两人好不容易才让她躺到床上，黎氏大嫂守着闰娘，杨妈则跑回后院去守着兰儿。

真是黑暗的日子。卢氏、杨妈、卜三、余昭常眼见着兰儿呼吸渐渐弱了，到快天亮时，头一歪，离开了这个世界。几个大人哭声凄厉。闰娘好像有感应，在前院客房哀哀地哭。谭继洵虽然躺在床上，但一直没有睡着，前后院响起的哭声令他的头嗡嗡直响，泪水夺眶而下。

真不知闰娘那些日子是怎么过来的，清醒时就流泪，不清醒时就胡乱说话："杨妈，兰儿今天怎么这么乖，一点都不哭！""兰儿他爹怎么还不回武昌？"杨妈寸步不离地守着她，劝她吃饭喝水，劝她上床睡觉，劝她凡事看开点。留得青山在，不怕没柴烧，少奶奶还年轻，还会生很多孩子。

兰儿离世那天，谭继洵伤痛万分，没去签押房，默默地待在书房里。魏氏找了个机会，小心地劝谭继洵说："老爷，我看还是让复生回武昌吧，闰娘的日子难过呢！"谭继洵毫不通融地摇头："他好不容易才安静下来，正在李家读书，再等段日子吧。"魏氏不好多说什么了，悄悄地退了出去。

21

嗣同带着师中吉回到浏阳家里，打起精神攻读儒家典籍，他知道自己的毛病多在八股制艺，但对此实在讨厌至极。前几天，他正在书房里读书，李昌洮前来拜访，两人之前就认识，相见自然高兴。李昌洮知道他为明年的科考而用功，他自己也要参加科考，提议嗣同去他家温习，伯父李兴锐买了不少书，让子侄们用功。嗣同听说李家藏有一部《知不足斋丛书》，就留师中吉在家里料理，自己随李昌洮去古港筱墅垄李家温习。

《知不足斋丛书》足足三十卷，也不好带回家中，嗣同便铆足劲地读，时不时记记笔记。足足四十天的时间里，他很少如往常一样和李昌洮他们高谈阔论，也不外出游玩，竟然读完了。这天一大早，天气凉爽，他俩又来到书房，嗣同不由感叹："浏阳天气真是比武昌舒服多了，真该把兰儿带回来。"李昌洮却打趣他："复生读书真是一目十行，走马观花呀！我就不吃不喝不睡，都赶不上你的速度。"

二人正在说笑，师中吉给嗣同送来了谭继洵的信。嗣同展开一读，无非是询问八股制艺可有提升，只是在信末说了一句：吾儿倘读书顺利，不如早些回武昌。见师中吉满眼关切，嗣同笑了："父亲大人说武昌府里一切都好，我可早些回武昌。正则，我在此都打扰一个多月了，我看得回浏阳城家里了。要不你随我一起回城里散散心？"

说走就走，三人回到城里时已过午饭时分，徐老伯赶紧让厨房多加两个菜，几人就先坐在嗣同石菊影庐书房里休息。

到了傍晚，二人正坐在书房里聊天，嗣棨也来了，外面落下雨来，屋顶瓦片上簌簌地响。李昌涧提议道："复生，你一直在说蕉雨琴，趁今天天气凉快了，来一曲如何？我想听《平沙落雁》。"

"今日我倒想弹一曲《渔樵问答》，以抒胸怀。"嗣同至铜盆前洗了洗手，郑重地燃起一支香，这才坐至琴前。随着他雄浑的歌声，他的双手在琴弦上婉转起伏，美妙飘逸的琴声如水漫延……

靠丹崖，整顿丝钩。入山濯足溪流。驾一叶扁舟，往来江湖里行乐，笑傲也王侯。但见白云坡下，又见绿水滩头。相呼相唤，论心商榷也不相尤。宠辱无关，做个云外之叟。

长江浩荡，举棹趁西风，箬笠蓑衣，每向水云深际侣鱼虾，湖南湖北是生涯。只见白蘋红蓼，满目秋容也交加。放情物外兮堪夸，橹声摇轧那咿哑，出没烟霞。

曲终之时，书房里一片寂静，大家依然陶醉在心中的歌声琴声里。嗣同坐着没动，已然陷入了沉思。

"君子乐不去身。我看复生是真正的君子，我辈望尘莫及。"李昌涧带头鼓掌。嗣棨则眼神复杂地看了看嗣同，欲言又止。

"说起操琴，我倒有一种忧虑。浏阳不少人会操琴，但受琴派传统的影响，将琴视为独奏乐器，操琴只能独乐乐，而不能与众乐乐。以至于浏阳每年逢孔庙祭祀，几乎无人可操琴。我蔚庐师写《琴旨申邱》一书，旨在唤醒世人操琴应以庙堂'雅乐'为重，而勿偏向于独奏自娱。也因此，应将琴视为道器，我将办一个雅集，顺便说说此事。"嗣同说着，脑子里冒出了一个主意。

几人正说得热闹，徐老伯端着酒菜进来了，嗣同忙招呼大家喝酒。有酒助兴，大家聊到很晚才散。嗣棨临走前将嗣同扯到一旁，郑重地说道："复生，弹琴归弹琴，应试归应试，叔父大人对你期望甚重呢。"说过，未等嗣同回答，就转身走了。

雷声隆隆，大雨瓢泼。只是弹了一曲《渔樵问答》，大兄就不高兴，要是他不赴科考又如何？嗣同摇摇头，转念一想，不知闰娘和兰儿还好吗？他的眼前闪现着兰儿明亮的圆圆的眼睛，思念滚滚而来。突然，一连串炸雷响起，隔壁花园里轰隆一声，看来有什么树让雷劈了，待明天早上再去看吧，他今天累了，这会儿实在想睡。

第二天是一个艳阳天。一大早，嗣同叫上李昌洵一起去花园看看，花园西南角上那两棵高大的梧桐树，被暴雷劈倒了一棵。这棵梧桐的梢顶往下，约有三分之一的树干被烧焦，正冒着丝丝青烟，而下部三分之二的树干却完好无损。想这两棵梧桐树，一到夏天就枝繁叶茂，叶片硕大碧绿，直插青天，枝叶之间，鸟雀欢叫不已，给静寂的大院增添勃勃生机。嗣同在梧桐树旁惋惜了很久。

这时，唐贤畴老人来到花园，他是浏阳城里有名的操琴高手，兴奋地建议道："梧桐木，还是雷击木，真是斫琴的好材料，可遇而不可求，复生，这可是上天的恩赐。"

李昌洵、师中吉都围过来，一人拿起一块桐木细细地看了起来。被雷劈过的桐木略带褐黄色，木质细密，纹路清晰。李昌洵虽不是操琴高手，却也喜欢琴瑟管弦，他叩了叩木板，木板发出一种幽深绵渺的声音来。他又闻了闻，除开淡淡的桐香外，果真有一丝焦味。他对嗣同说："真是制琴的好桐木，寻常不易得到啊。"

嗣同开心地问唐贤畴："世叔，您和礼乐局那些乐师很熟悉，可知谁擅长斫琴？"

"贤侄你放心，这事包在我身上，我去找礼乐局首师掌教邱先生帮忙推荐。"唐贤畴胖胖的脸上满是笑容。

当天下午，邱掌教就带着一位手艺极好的斫琴师来到了谭家。斫琴师也姓邱，仙风道骨，为人谦逊，嗣同很喜欢。邱师傅看过花园里的梧桐木，对嗣同说道："真是天赐良木，我看制两床七弦琴没问题，你喜欢什么式样呢？"

竟然可以制两床琴，嗣同很是开心，与邱掌教商量琴的式样。三人一商量，不如一床为"仲尼式"， 一床为"落霞式"，底板所需陈年的梓木则由邱师傅带来。

"我看一床名'残雷'，一床名'崩霆'，合起来就是遭暴雷劈崩的意思！我于斫琴是外行，拜托邱师傅好好帮我斫琴，邱掌教多多指点。" 嗣同又交代师中吉，"就在家中后进厅堂里斫琴吧。"

第二天吃过早饭后，邱师傅就在厅堂里忙开了，嗣同则在书房里读书，那些叮叮当当的声响听来都如悦耳的乐曲。嗣同读书之余，偶尔会去厅堂里瞧瞧，每次嗅到桐木的清香，看着两床琴渐渐有了模样，所有疲劳都不翼而飞。

十多天后的下午时分，师中吉笑眯眯地走进书房说："七爷，琴快斫好了，你快去看看。是不是叫几个人来贺贺？可惜佛尘公子在长沙，正则少爷也回乡下了。"

嗣同一喜，边朝外走边对师中吉说："去叫上寿田大叔、邱掌教，还有大爷、岳生先生，一起来家里吃晚饭。"嗣同走进厅堂，但见两床崭新的琴摆放在大厅八仙桌上。优美而修长的琴身，造型精致，散发着幽幽的木香，不由满心欢喜。斫制古琴自古就有"面板桐木，底板梓木，通体髹漆"之说。他想，他要好好为这两床古琴上漆，刻上琴铭。

晚饭时分，众人如约而至。席间，嗣同喝得有些兴奋，酒杯一丢，就奔向书房："新琴甚合我心意，我现在要去写琴铭了。"众人都好奇地紧随其后。

众人围到书桌前看他写琴铭，邹明沅大声地诵读起来："雷经其始，我竟其工，是皆有益于琴，而无益于桐。"顿了顿，又高声念道，"破天一声挥大斧，干断柯折皮骨腐。纵作良材遇已苦。遇已苦，呜咽哀鸣莽终古。"

诵念到此，嗣同站了起来，见大家都不吭声，自顾自地说道："头一条为崩霆琴而作，后一条为残雷琴而作，寿田世叔，你以为如何？"

唐贤畴迎着嗣同坦诚的目光，委婉地说道："后一条琴铭，是不是修改一下？'呜咽哀鸣莽终古'太悲观了，有不祥之气！"

嗣同不以为然地笑了笑，解说道："只是说琴，不关人事，世叔多虑了。"

众人再看这两条琴铭，只觉字里行间弥漫着肃杀之气，都知嗣同是怎么也不会修改的，也就不再吱声。听唐贤畴弹了几曲琴，众人便纷纷告辞。

　　几位朋友心下都记着这两床琴上的铭刻。这两首琴铭就是嗣同一生的写照，如同谶语般预示着他早已为自己设计好的结局。很多年后，朋友们还记得，嗣同一生就如同背负着世间苦难的凤凰一般，投身于熊熊烈火当中，以生命美丽的终结换取世界之新生，只留下这两床被他命名为"崩霆""残雷"的梧桐木七弦琴。

　　嗣同原计划把琴放上两三个月再开始髹漆，却接到父亲的信，说已入秋了，武昌天气没那么闷热了，不如回武昌吧。嗣同一直在想念兰儿，这些天晚上时常梦见他，梦里兰儿痴痴地看着他，伸出手来找他抱。他心里有些不安，让师中吉打点行装，雇好船。至于两床新琴，不如带到武昌去找师傅髹漆了。

第五章：桑园

22

七月，正是武昌最热的季节，欧阳中鹄终于来到了武昌巡抚衙门，一同来的还有他的学生王信余、吴小珊、张憩云，不光谭继洵高兴，贝允昕、涂儒翯几人都高兴。就在那天晚上，谭继洵特地在巡抚署里为他们一行接风，喝得兴尽才散。

第二天一大早，谭继洵就让余昭常将欧阳中鹄请到签押房。余昭常跟着谭继洵也有一段时间了。到了这年年底，谭继洵派他至武昌、汉口一带查核税厘，不想他性情刚直，行事公正廉洁，不接受任何贿赂，得罪了不少人。他们在谭继洵面前诉苦，说长道短。谭继洵劝余昭常最好还是学会通融办事，他觉得很委屈，且目睹官场、商场黑暗腐败，愤而辞职回乡。后来，他做起木材生意，往来于长江一带，广交会党徒众。此是后话。

几天前，见欧阳中鹄进府来，谭继洵特意站到门口迎接。自谭继洵去甘肃任官以来，两位老友多年未见，都已两鬓斑白了。谭继洵瘦削的脸上满是皱纹，头发、胡子都已花白；而欧阳中鹄刚过五十，倒是富态多了，胖胖的脸，短短的胡须，颇有几分精神。一见面，谭继洵就紧紧握住了欧阳中鹄的手，两位老友对视一眼，伤感地一笑。

"瓣姜仁兄，我早就盼着你来，你能来帮我，真是令我开怀。"谭继洵是真的高兴。二人入座畅谈。

"敬甫仁兄，你升任鄂抚，也是咱浏阳人的荣幸。你是实诚干事之人，我们是多年老友，蒙你不弃，自当尽力。"

"瓣姜仁兄，我乍到湖北这个地方，实在是千头万绪，不知从哪里着手，总文案一职就拜托你了。"谭继洵诚恳地说道。

"敬甫仁兄抬爱了。"欧阳中鹄致谢。

谭继洵长叹一声道："我这个湖北巡抚不好当呀。这第一个问题，便和香帅相关，他探花出身，当年又是赫赫有名的清流，在广东任上打败了法军，那双眼睛就只管看天上，尤为喜欢洋务那套。五月时成立了湖北铁政局，随后就在汉阳江边龟山下开办汉阳铁厂，不久前又成立大冶矿务局开办大冶铁矿、大冶王三石煤矿及兴国锰矿。前些年，左中堂在兰州也新办了不少局厂，每办一个局厂，就增加一个衙门，培植一批官吏，徒为百姓增添负担，办成了什么事？古人早就知道橘迁淮北而为枳，好端端的橘，为什么变为枳了呢？就是因为水土不好的缘故。今日中国就好比淮北的水土，外国好比淮南的水土，洋务这东西在外国是可口的橘，一到中国来就变成酸涩的枳了。"

欧阳中鹄知道谭继洵凡事讲求稳妥，过于谨慎保守，自然看不惯张之洞的种种洋务。他倾向于朝政要改变，倒没想到张之洞动静如此之大。一个巡抚，一个总督，两人意趣大相径庭，将来只怕难处。他试探着对谭继洵说道："香帅愿意弄洋务，就让他弄吧。仁兄是务实之人，只管去推行你的教养之方，为老百姓踏踏实实做些事情。"

"知我者，瓣姜也！我已设立了蚕桑局，派黄得胜去浙江购桑苗并发放到各县。接下来，我计划在东北隅建一个公桑园，专门培育桑苗。而这第二个问题，是初来乍到，对湖北官吏的贤庸智愚不清楚，县令以下的人几乎还没有见过面。就是见过面的府道两司，即便布政使邓华熙、按察使觉罗成允，也还谈不上有什么评价。"谭继洵忧心忡忡。

欧阳中鹄笑了，连连称赞："敬甫仁兄，您设立蚕桑园这一步棋走得好，湖北气候好，河流湖泊众多，适合养蚕。而从来识人辨人是最棘手的事，也是最高深的学问。有的人面善心却不一定善，有的人能言并不一定能干，有的人又恰好相反。常言道'路遥知马力，日久见人心'，说的是识人辨人要有一段长时间的观察，敬甫兄在甘肃任上想必已经体会很深了。虽然各种事情都需要立即着手办，不允许花长时间让您去从容做一番识辨功夫，但还得慢慢来。"

这时黄得胜进来汇报关于公桑园的问题，谭继洵对欧阳中鹄说："瓣姜兄先去了解一下湖北的大体情况，我已让元徵他们为你准备好了案卷，过一两天我们一起去察看一下城里东北隅公桑园的选址吧。"

23

这天午后，嗣同和师中吉刚下船，余昭常便迎了上来。就在搬运行李时，余昭常悄悄告诉师中吉兰生已不在了，得先给七少爷透透口风。师中吉一听，眼眶立马红了，为嗣同难过，更不知该如何开口。

嗣同早已归心似箭，仿佛看到兰儿可爱的笑脸，不知长胖了没有？他在船上一大早就起来了，只管心不在焉地站在船头张望两岸风景。午饭也不吃，船一靠汉阳门码头，他就急不可待地跳上了岸。

走过司门口时，师中吉提议："七爷，我们都还未吃午饭，此时回衙门让厨房弄也太麻烦了，就近找家小饭馆如何？"

嗣同一心只想早些回府，但念及师中吉、余昭常两人都没吃午饭，就点点头同意了。在司门口附近找了个小馆子，师中吉用心点了几个菜，味道还不错，嗣同吃了两碗饭。师中吉大大松了口气，他太知道嗣同的性格，倘陷于悲痛之中，他会什么也吃不下。余昭常朝他递了递眼色，师中吉却无言地摇摇头。

吃过饭，嗣同急匆匆往巡抚署赶，师、余两人默默地跟在他身后。进了后院，嗣同惊讶地发现，府内竟一片安静。之前，不是兰儿的哭声或吱呀声，就是闰娘说话的声音，间或也有嗣同的吵闹声。可现在却安静得出奇，难道都睡午觉了？院里也不见晾晒的尿布和小衣服。

嗣同疑惑地走进厅堂，不见兰儿的摇篮，不祥的预感席卷而来。嗣同变了脸色，高声地唤道："闰娘，闰娘，你在哪里？"杨妈闻声从内室走了出来："七少爷，你终于回来了！兰儿……兰儿……他……"杨妈再也说不下去，不管不顾地大哭起来。

嗣同快步走进内室，却见闺娘呆坐在床上，原本丰满的脸颊瘦得露出了尖下巴。一见嗣同，闺娘就无声地哭，嗣同霎时什么都明白了，又好似什么都不明白，仿佛掉入了冰窟窿，连打了几个寒战。他紧紧地搂住了闺娘，什么话也说不出来，闺娘终于哭出声来。"兰儿，兰儿，你都不等见爹最后一面就走了！爹不该把你和你娘丢在武昌，自己回浏阳，都是科考害我父子分离！"嗣同紧紧地抱着闺娘，内心痛苦地呐喊着，满脸的悲痛和愤恨，浑身上下都透着寒气。

闺娘的哭声引来了黎氏大嫂进来探看，乍一见嗣同，眼眶就红了，叹了口气说："七弟回来了，一路辛苦了！你们还年轻，还会有孩子的。自从兰儿走了，弟妹就天天哭，劝都劝不了，再这样下去，人会垮掉的。"

一语惊醒梦中人。嗣同闻言轻轻地拍拍闺娘的背："是不是今天还没吃什么东西？杨妈，你给少奶奶准备了什么吃的？"

杨妈应声端上来一碗燕窝："少爷，老爷见少奶奶如此瘦弱，就交代我为她炖些燕窝，她总不肯吃。"

嗣同将内心所有的伤悲都压了下去，接过杨妈手里的碗，对闺娘说："闺娘，你受苦了，但你得好好活着，不然兰儿也会不安生呀。"

躺在嗣同的怀里，闺娘仿佛有了力量，吃了几口燕窝，一丝活力渐渐回到她的身体里。

晚间，欧阳中鹄等一帮师友知道嗣同回来了，全都涌到了他的书房。嗣同知道欧阳中鹄领着兄弟们来看他，赶紧打起精神，看到欧阳中鹄关切的目光时，一股暖流涌上他的心头，忙上前拜见："瓣姜师，早就盼着您来了，学生还没去拜见老师，却有劳老师前来。"

欧阳中鹄见嗣同脸色不好，忙上前紧紧握住了他的手，千言万语尽在不言中。随后，欧阳中鹄向他介绍了王信余、吴小珊及张憨云，几个人文质彬彬，含笑看着他。王信余年龄略大，拱手向嗣同致意："复生仁兄，在下常听瓣姜师和兄弟们夸你诗文好，琴也弹得好，还练得一身好功夫！今日一见，果然风采逼人。"

嗣同谦虚道："哪里，哪里，幸会各位师兄弟。"

贝允昕瞧见琴案上那两床还未上漆的新琴，嚷嚷道："复生，你此次回浏阳竟然斫了两床琴，为何还没上漆？"

欧阳中鹄笑了笑，趁机将话题扯开："上漆可复杂呢，一床琴上漆至少有披布、上漆胎、打磨、走水等环节。光上漆胎就很不容易，一般要依其粗细程度反复敷抹四层以上。每道工序之间要等它慢慢地干燥，一床好琴往往要经历一年之上的慢干过程，才能保证漆面优质。"

汤儒鬻朝贝允昕瞪了一眼："元徵，你不懂琴，哪能说上漆就上漆。每层漆胎干燥后，都需要用特制的石头将其细细地磨平。最后一层，要求更高，用大漆调和细灰粉制成的腻子补平漆面的毛孔与砂眼，再以牛角通体刮涂漆胎，这道程序也称为走水。待到漆面磨平之后，再髹几层表漆，令琴面润泽光亮，如玉如丝，手感舒适。"

贝允昕不服气地说："质初兄，你也只是不懂装懂，我岳丈蔚庐先生才是行家。复生去年在北京时，也跟着我岳丈学操琴呢。听说你们还在浏阳会馆举办了一次雅集？"

欧阳中鹄明白他两在转移嗣同的伤感，忙接着他两的话头说："复生，这上漆很讲究，你将琴带到武昌来是对的，我替你去访来好斫琴师，你只管将琴交给我，你们看上什么颜色最好？"

这下可热闹了，有说老红色的，有说红木色的，有说黑色的，各说各的理。欧阳中鹄和蔼地望着嗣同："复生，你想漆什么颜色？"

"黑色。琴铭我都写好了。琴铭填上石绿，唯黑色最相称。"

"好，你只管交给我，包你满意。"欧阳中鹄忽而转过话题说："我来武昌快俩月了，天天在巡抚衙门忙碌，有时还得随抚台大人下各州县办事，难得有清闲。复生，你回来得正好，我们几人早已计划这几天趁秋高气爽出去走走，要不后天就去？你们看到哪里游玩好？"

这下又热闹了起来，有要去黄鹤楼的，有要去鹦鹉洲的，有要去汉阳归元寺的，有要去汉口的。欧阳中鹄摇摇头："真是众口难调，我看还是去武昌城外洪山吧，那里有宝通寺。前段时间抚台大人派人为乡贤朱文沐修好了墓，我们正好去踏访一下。"

于是，大家就定后天吃过早饭出发，一起去洪山宝通寺。见时候不早，欧阳中鹄提议道："都散了吧，复生今天刚回来，也累了。"众人才纷纷告辞。欧阳中鹄特地落在后面，看看嗣同说：“复生，留得青山在，不怕没柴烧。多多保重！”嗣同鼻子一酸，点点头，又摇摇头。

可到了第三天，天降大雨，只得作罢。欧阳中鹄见嗣同精神也不济，就与众人商量：“我看复生心事重重，闰娘也精神不好，干脆等他多休整几天再说吧。”

24

雨下了四五天，天终于放晴了。这几天，嗣同努力压抑着自己的伤悲，不时地宽闰娘的心，眼见着天气转凉，他甚至还去谦祥益布店扯了几块布，让闰娘叫来裁缝为他们夫妻及嗣冏、传赞做夹衣。闰娘忙起来，不再坐着发呆，精神略微好了些。嗣同这才稍稍放心。

吃过早饭，欧阳中鹄、王信余、吴小珊等一帮人在后院凑齐，嗣冏、传赞也闹着要去，嗣同笑着答应了。一行人向东出忠孝门，远远地，但见南面广阔的田畴之上，苍翠的洪山突兀而起。凉爽的秋风吹来，令人精神为之一振。欧阳中鹄提议：“不如先去山脚下的宝通禅寺吧。”

一路上，欧阳中鹄一直走在嗣同身侧，聊起了龙湛霖学政重新修改制订了书院章程，注重经学及格致。说到这里，欧阳中鹄强调道：“当初郭嵩焘着重从整体上认识西方，他认为英国富强之业皆出于学问，而西方之所以强盛，其源皆在学校。郭嵩焘后来在长沙主讲思贤书舍，把重点放在输入西方的学理上，以开启民智。”

王信余也响应道：“郭嵩焘曾于光绪二年出使英国，是中国走出国门、担任驻外公使的第一个人，提出了要以夷变夏的大胆设想。因为郭嵩焘颂美西法，所以遭到一般顽固保守派的攻讦。”

听到这里，嗣同心里一动，他上次买的《格致汇编》《几何》等书，都还没好好地读。夏天在李昌洵家读了《知不足斋丛书》，那些空洞、说教的内容，实在令他厌烦。他想，接下来不如好好读些有用之书。

说话间来到了宝通寺山门前，有知客僧迎了上来，听说湖北巡抚公子来了，忙恭敬地将嗣同一行让了进去，热情地陪同参观。此庙倒与众不同，山门开在平缓的斜坡上，站在山门往里看，放生池上的圣僧桥挡住了视线，后面的弥勒殿半隐在红墙绿柳之中。进得山门，走过圣僧桥，沿着层层台阶往上爬，才来到弥勒殿。

出得弥勒殿，眼前又是一个陡坡，大雄宝殿就在这坡上。一路上香客众多，贝允昕叹了口气："这么陡，真难爬。竟然还有这么多香客！"王信余皱了皱眉头说："贝少爷，人家瓣姜师都没叫苦，你倒叫苦了，真是无病呻吟。"众人都笑了起来。

坡是真陡，大家一阶一阶地朝上爬，一阶一抬头，大雄宝殿好似永远在顶上，让人感到佛殿的庄严。嗣同赶紧拉起了欧阳中鹄的手，一块儿往上爬。终于爬上来了，知客僧、嗣同之外，其余众人都气喘吁吁。知客僧朝众人摇了摇手，压低声音介绍说："大雄宝殿为正殿，供三位主尊，释迦牟尼佛居中，身后左右为文殊、普贤两菩萨，两厢为十八罗汉。"他特地走到殿内右边角落，指着一口大铁钟说："这口铁钟有七百多年历史，还是嘉熙四年孟珙迁寺时铸造的，铁身铜缘，形体庞大，重约万斤，号称'万斤钟'。其声雄浑，可传数里。"众人一瞧，大钟钟身高大，通体黑乎乎的，造型古朴。这时，知客僧还指点着告诉大家，钟身上刻有"皇帝万岁，重臣千秋，风调雨顺，国泰民安"的铭文，大字十分清晰。

参完大雄宝殿，却见后面又有一殿，原来是著名的玉佛殿。玉佛殿并没有后门，宝通寺的轴线在此戛然而止，院子两厢设有方丈室、客室、茶室等。左边有一道长廊，沿着长廊直行，尽头却又见步步石阶，顺山而上。众人连跨几级台阶，站在台阶上，顺着知客僧的指点，但见祖师殿、罗汉堂、洪山宝塔由远及近一一呈列在山坡之上，苍松翠柏、山风阵阵，庄严肃穆中透着天然的野趣。

众人一见宝塔便来了精神，直奔宝塔。知客僧解说道："元代时兴建了洪山宝塔，原名临济塔，为七级八方，坐北向南，砖石叠成。"嗣同不等知客僧说完，早已迈步朝宝塔走去，朝上遥望，更觉宝塔巍峨壮观。他由小圆门入内，拾级盘旋而上，众人赶紧跟上，待他第一个到达顶层，众人才陆续气喘吁吁地上来，神情狼狈。登高远望，众人陷入了沉默，武汉三镇景色尽收眼底：脚下红墙黄琉璃瓦的寺庙，掩映在绿树丛中，错落有致；近处南湖似镜，九峰蜿蜒起伏，堆青叠翠；远处黄鹤楼似黄鹤翱翔，还有烟波浩瀚的长江，从容淡定的汉水，奔流不息；偌大的武昌城，大片大片青色的屋舍铺陈在眼前，气势磅礴，尘世的烟火气息滚滚而来。

嗣同看着塔下的景色，陷入了深思，知客僧指点道："如果把长江、汉水、东湖、南湖以及星罗棋布的湖看成是连绵的水域的话，武昌、汉口及汉阳三城则是点缀在水面上的浮岛。在这个宽阔的水面上，有一条中脊显得格外突出。从西向东，依次分布着梅子山、龟山、蛇山、洪山、珞珈山、磨山、喻家山等，这一连串的山脊宛如巨龙卧波，是三城的龙脉。第一峰喻家山是龙头，在月湖里躺着的梅子山则是龙尾，洪山恰好位于巨龙的腰上。骑龙在天，乘势而为，宝通禅寺的选址颇含玄机。"欧阳中鹄的视线随着知客僧的手势走，他通晓堪舆，心想洪山宝塔建在此地，当初的地理先生还是有些本事。

嗣同不以为然："武汉三镇除了长江、汉水的天险，便没有什么屏障，现在外国轮船、小火轮在这两条江上横冲直撞，更是一无所恃，光一座塔又怎震得住妖魔呢？更何况外国人，他们想来就能来！"一石激起千层浪，想起见识过的外国轮船，众人都默默无言。

下得塔来，寺里已备好午饭，知客僧谦逊地说道："一切众生都是未来的佛。佛家弟子平日食素，本寺备得素食席，还请各位施主入席。"一听素食席，众人不由好奇，至待客室一瞧，一大桌素菜，有的还做成鱼肉鸡鸭等模样，新鲜的蔬菜，清淡的汤，更配有各种点心。走了大半天，也是饿了，见众人都看着他，欧阳中鹄带头夹了一块煎豆腐，刚咬一口，连连招呼道："味道不错，大家快吃。"众人不客气地吃了起来，菜肴味道鲜美爽口，不多时，一桌子素菜都让他们吃得差不多了。嗣同竟胃口不错，吃到了他最喜欢的香菇，是回武昌以来吃得最多的一餐，欧阳中鹄见了，也舒心地笑了。

就在众人纷纷离席时，知客僧又走了进来，朝欧阳中鹄和嗣同拱了拱手说："方丈智慧法师听闻谭抚台公子及瓣姜先生来了，特地请众位先生至茶室一叙。"

众人随知客僧来到茶室，茶室设计古朴典雅，一色的红木家具，摆有一张长茶台，墙上还挂有几张洪山寺的画作，异常别致。众人环茶台坐定，便有三四位小和尚为每人奉上一杯茶，简单的青花小茶碗，淡淡的清香幽幽而来。嗣同平日喜喝红茶，端起茶杯品了一口，口舌生香。这时，瘦瘦的方丈智慧法师缓缓走了进来，朝众人点了点头，在首位坐了下来："谭公子、瓣姜先生等贵客今天光临本寺，有失远迎，特地请诸位先生尝尝本寺泰和合茶庄施主送来的宜红茶，此茶出口英、俄等国，不知味道如何？"见方丈如此客气，嗣同忙站起来致谢："感谢方丈盛情，此茶味道真是好极了！"

智慧法师含笑看了看嗣同："听闻谭公子文采了得，今天攀登洪山塔，一览武汉三镇风光，可否为本寺留下墨宝？"

见智慧法师期盼的目光，嗣同虽有些意外，但也爽快地答应了："甚谢贵寺盛情接待，得以一登宝塔，能否借用法师纸张笔砚？"

智慧法师哈哈一笑，指了指茶室另一头的屏风："料得谭公子大气，哪能纸张笔砚都不备好，屏风之后就是书案哩。"

众人纷纷转到屏风之后，果真是一个小隔间，书案上早已摆好了纸张笔砚。嗣同走至书案前，略为沉思，便挥笔写下《登洪山宝通寺塔》：颓乌西堕风忽忽，吹瘦千峰撑病骨。半规江影卧雕弓，郊原冷云结空绿。

就在众人琢磨诗句的意味时，嗣同又写下一阕：楚尾吴头入尘壒，一铃天上悬孤籁。凭栏俯见寒鸦背，余晖驮出秋城外。

字字句句里都是孤寂和落寞，法师目光里有了疑惑，试着问道："诗句甚好，只是有些孤清。敢问谭公子近来是不是有什么心结？脸色不太好，得好好调养调养呀。"

欧阳中鹄赶紧接过话题："今日我等登上了洪山宝塔，一览武昌、汉口及汉阳三镇景致，又喝到了如此清雅的宜红茶，于我等是一种福缘，于贵寺却是一种叨扰。改日再来请教！"

众人纷纷起身告辞，智慧法师站在茶室门口目送大家，欧阳中鹄、嗣同却特意走在后面，不想方丈握了握嗣同的手，说："公子骨相清朗，日后自有大出息，但微嫌英脱，还得自加修持，平时待人处事宜忍耐为上。"

嗣同闻言大为意外，脸色为之一沉。欧阳中鹄忙上前作揖道："谢谢方丈指点，我等当铭记在心。"说完，也不等嗣同回话，就催着他匆匆走了。

回到巡抚衙门，天色向晚，众人都很辛苦，欧阳中鹄都有些步履蹒跚了。草草用过晚餐后，众人各自歇息去了。嗣同精神还好，便来到书房，师中吉已帮他理好从浏阳带回来的书籍，他心里一暖。念及接下来得在署里读书，他忙动手检书，白天站在洪山宝塔上所见的景致又浮现在眼前，他停下手中的活坐了下来，拿出纸笔，陷入了思索：时下局势严峻，英、法、俄、日等在中国各自分割势力范围。湖南、四川、云南、贵州等省当为中国根本重地，武昌实无天险可据，但也有它的重要性。他心里一动，凝神思索，乃提笔将《记洪山形势》一气呵成。再默默地看了一遍，不觉夜已深沉。

自此，嗣同居于巡抚署中，每日黄昏都会登临后花园胭脂山上六虚亭，眺望远处的长江。江上波涛翻滚，船帆时隐时现。嗣同久久凝立，每每忆及仲兄嗣襄，则怆然泪下，寥寥天壤，一死一生，魂魄有知，犹当聚此尔。

第六章：见张

25

马鞍山北距武昌城八十里，属于江夏县地面。江夏县没有县城，县衙门就设在武昌府城里。马鞍山乃秃岭，树木不多，自古以来便是一座无主的荒山。二十多年前，李鸿章做湖广总督时，曾聘请三位英国矿师在湖北境内踏勘矿务。英国矿师在马鞍山的仙女岭脚下发现了煤矿，并组织人员开采。半年后，李鸿章离开武昌，他的哥哥李瀚章入主湖广总督衙门。李瀚章对洋务不感兴趣，英国矿师因此离开马鞍山，刚刚开始的湖北采煤业半途而废。英国矿师临走前，指着井边剩下的几座煤堆，对前来看热闹的乡民说："你们把这东西拿回家去吧，可以当木柴用。"

乡民们半信半疑地挑回家去，按照洋人教的办法去做，果然炉子里生出熊熊的火焰来。这黑家伙真好，比木柴经烧又没有烟，也好搬运储藏。乡民们大喜过望，纷纷来此搬取，井边的煤堆很快便被挑尽烧光。脑筋灵活的乡民大着胆子下到煤井里去挖，居然也挖到了煤。煤挖多了，除自己用外，就卖给别人，住在仙女岭附近的十几家农户就这样发了些洋财。消息传出去，引来不少前来淘黑金的人。马鞍山的山前山后，岭脚山腰，布满了用锄头铁锹打井挖煤的庄稼汉。到后来，那些本钱大、能力强的人便将煤井越开越大，越开越多。没几年，马鞍山一带便形成周、张、沈三大集团。三家分割地盘，各自发展，俨然成了马鞍山的主人。

江夏县衙门见马鞍山挖煤有利可图，便在此地设了一个税卡，一百斤煤炭收十文钱。三家老板本不情愿，但一想到既向官府纳了税，也就取得了官府的认可，今后可以名正言顺地占据这块地盘，子子孙孙传下去，也便接受了。江夏是个穷县，这几年有了煤税这笔收入后，从县令到衙吏，个个都得到厚薄不等的好处，故而都希望马鞍山的现状能长久维持下去。不料张之洞要办汉阳铁厂，城门失火殃及池鱼，马鞍山的好梦被搅乱了。

蔡锡勇带领包括两个洋匠在内的一批人马来到马鞍山，映入他眼帘的是一大群忙碌而杂乱的挖煤运煤的乡民，不由得双眉紧锁。他为这个场面而痛苦万分：这哪是在采煤，这简直在暴殄天物，是胡作非为！必须立即制止乱挖乱采！

蔡锡勇代表湖北铁政局，与周、张、沈三家当家人商量，要他们立即停止一切采煤行为，以便对马鞍山做全面的探测、评估，选定机器采挖井点。三家当家人断然拒绝。蔡锡勇见直接找挖煤者行不通，便去找江夏县衙。县令吕文魁明知道理上说不过铁政局，但马鞍山煤窑是县衙的一个金库，于是他嘴上答应调解，实际却按兵不动。两三个月过去了，马鞍山一切照旧，县衙的税卡也照常收税。

这段时间里，铁政局只得在仙女岭以外的山岭上勘察，但勘察的结果显示蕴藏量不大，从煤层的走向分析，大量的煤埋在仙女岭地下。蔡锡勇无法，只得具函禀报张之洞，请两江总督出面。因为牵涉到江夏县的纠纷，按理当由巡抚衙门出面敦促武昌府去处理，于是张之洞叫文案拟文咨询湖北巡抚衙门。

湖北巡抚谭继洵接到由督府总文案梁鼎芬起草的咨文，匆匆看了一眼后，略为思索，便果断将它置于往来函件柜里。咨文在柜子里冷冷地躺了十天，这天一大早，欧阳中鹄走进签押房，见谭继洵心情不错，委婉地提醒道："敬甫大人，前不久总督衙门关于制止仙女岭胡乱采煤之事的咨文，是不是该拿个主意了？这事也拖了十来天了！"

谭继洵听了，点点头。欧阳中鹄忙将咨文从柜子里拿出来，恭敬地递给他，说道："敬甫大人，毕竟是总督大人吩咐下来的事，还得谨慎为上。"

谭继洵振作精神，重新将咨文看了一遍，无奈地说道："瓣姜兄，我何尝不明白其间的利害关系，但香帅实在太会折腾了。好吧，毕竟是总督衙门来的公函，是我这位抚台应办的公事，劳你打发人将武昌知府召来商议吧。"

欧阳中鹄点点头,赶紧派人去召武昌知府涂炳昌,谭继洵则看着咨文陷入了思索。

26

之所以一搁便是半个月,倒不是谭继洵公事多,而是因为他对张之洞的这一套主张和作为不感兴趣。但张之洞是总督,又得到朝廷的支持,谭继洵奈何他不得。何况继任藩司王之春、臬司陈宝箴也都附和张之洞,于是谭继洵在三大宪台中便显得有些孤立。

谭继洵虽不公开反对张之洞,但他一再叮嘱他的两个助手:张制台所办的事,也不全是我们湖北应办的事。他要办,我们不阻挡,但要守定一个原则,即湖北不能为他的事拿银子。当然,湖北应当上交的银子若户部公文明言转给他,还是照给,只是湖北不能再为他筹银。张之洞也不苛求谭继洵,只要他不阻挡王之春将户部明文规定的银子转过来就行了。因为有陈宝箴从中斡旋,张之洞与谭继洵虽然主张不合,却也相安无事。

武昌府衙门设在武昌城里,就在司门口藩司衙门旁边。抚台大人有令,知府涂炳昌不敢怠慢,坐着蓝呢大轿匆匆出发了。举人出身的涂炳昌是个六十出头的老头子,做了二十多年的知县、同知,终于在须发皆白时熬到了四品衔的知府,自然十分珍惜这顶闪着宝蓝色光泽的顶子。

涂炳昌来到巡抚衙门,欧阳中鹄马上引他进了会客厅,没坐多久,谭继洵就过来了。谭继洵是个和气的人,一向不对下属摆架子。彼此客气一番后,涂炳昌挺直腰板问:"敢问抚台大人唤卑职过来有何吩咐?"

欧阳中鹄忙将总督衙门的公函递给涂炳昌说:"涂知府,你先看看这个。"

马鞍山煤窑的事,涂炳昌听江夏知县说起过,那是一件很小的事情,他听过也就没放在心上……现在看来,此事竟然与总督办的铁厂联系起来,那就成大事了,要格外慎重,遵循上司的意旨认真办理。

"大人，这桩事如何处理，您下个命令，卑职照办就是了。"也是官场的老江湖了，涂炳昌边说边双手将公函递给谭继洵。

欧阳中鹄接过公函，将其郑重地放至抚台大人一侧的茶几上。谭继洵缓缓地说道："这是件棘手的事情，吕县令也有禀帖给我，说煤窑已由当地乡民开采二十多年，养活了近三百户人家。不让开采，断了他们的生计，情理上说不过去。香帅要办铁厂，铁厂是朝廷批准办的，铁厂要烧煤，煤得由马鞍山出，也在情理之中。如果不让铁政局来包揽，香帅那里也不好交代。这事难着哩！"

"是的。大人说得对，这是件难事。"涂炳昌附和道，却不表态。

谭继洵露出少有的犀利目光看了他一眼，不动声色地说道："但再难也得解决。涂大人，今天把你请来，为的是马鞍山煤窑的事，是要请你这个知府来出个两全之策，既不拂香帅的意，又不伤江夏百姓的利益。你想想看有什么好主意吧。"

涂炳昌搔了搔干枯的白发，想了好长一会儿，却实在未想出个两全其美的法子，但总得说话呀。

"大人，卑职以为最好的办法是让铁政局到另一个地方去采煤，马鞍山这个地方维持老样子不变，如此两方都不得罪。"

"这算什么主意？"谭继洵苦笑了一声，"你以为两方都不得罪？这不明摆着得罪了香帅吗？"

"哦，不错，会得罪香帅。"涂炳昌仿佛此时才意识到自己的错误，眼珠子转了几圈后说，"要么这样，把乡民已挖的煤全由铁政局买下，然后马鞍山交给铁政局来经营。"

"这可能也不行，煤窑老板们会不同意。再说，拿钱的是老板，几百名乡民从此丢了饭碗。"

抚台大人又一次否决他的主意，涂炳昌只得为难地说道："大人，卑职一时想不出好办法，容卑职回去后细细想想。"

见涂炳昌那个窝囊样，谭继洵脸色难看极了，心想这个涂知府大概想当缩头乌龟，语气也严厉起来："香帅可是出名的清白人，可不是随便就能打发的。涂大人，你倒是切实想个办法出来。"

"大人，还是您的办法多，您说出来，卑职照办就是……"但涂炳昌抬头瞧见谭继洵的脸色，赶紧打住，小心翼翼地说道，"要不马鞍山煤窑还是交给铁政局，沈、周、张三个老板给铁政局当小头目，所有在煤窑上做事的乡民通通留下来做事。至于具体事宜，由他们双方去商谈。抚台大人您看如此可好？"

"涂大人既然如此说了，这事就麻烦你去办。"谭继洵心里烦闷，气不打一处来，语气里满是不耐烦。

"大人只管放心，卑职马上就去落实，保管办得熨熨帖帖的。"涂炳昌见抚台大人生气了，忙连连保证，心却依然悬着，匆匆告退。

"敬甫大人，只怕涂大人犯糊涂，应付了事。"见涂炳昌狼狈而去，欧阳中鹄忧心忡忡。

谭继洵按了按太阳穴，疲惫地说道："先让他们去办吧。一个个都不省心，真是脑壳痛。"欧阳中鹄同情地看了谭继洵一眼，心知他内心的矛盾，也就不再作声。

回到知府衙门后，涂炳昌忙派人召来江夏县令吕文魁。吕文魁倒是来得快，坐着一顶黑呢轿子，摆起全套排场来到知府衙门。涂炳昌把谭抚台的话传达了一遍，吕文魁听后，心里很不情愿：马鞍山煤窑三位老板和乡民的财路虽未断，但县衙门的财路却断了。只是这话他不能说，因为县衙暗中向煤矿抽税，他是瞒了上面的。知府不知，巡抚更不知。可吕文魁说不出反对的理由，只得勉强答应照办。

吕文魁第二天就把三家煤窑老板召来，传达知府的命令。谁知，三家老板都不同意这个处理办法，因为他们压根儿就不想让总督派来的铁政局在马鞍山落脚。

吕文魁心中暗喜，但他又不能怂恿三家老板公然抗拒巡抚大人的命令，说了句"你们看着办吧"，便打发他们出了衙门。三家老板从吕县令的言语中揣摩出省府县的态度并不是那么坚决，心里便有了底。于是，三家老板决定同意与铁政局合伙，但得把价码抬高：三家老板都做铁政局所辖煤矿的协办，在煤窑上做事的乡民一个都不能裁掉，全部进官办煤矿，每人最低收入每月不得少于二两银子。这个方案铁政局显然不能接受，那么责任就在铁政局一边。如果谈判不成，马鞍山自然一切照旧，他们的目的也就达到了。

蔡锡勇原以为湖北官府会全力支持铁政局，不料三家煤窑老板竟然神气十足地来铁厂临时办事处找他谈判，并将他们的方案抢先公布。面对气焰嚣张的三个煤窑老板，蔡锡勇气得一句话都说不出来。

蔡锡勇曾出使美国近十年，追随张之洞办洋务多年，深知科学技术所带来的巨大力量。他认为中国不如西洋各国，关键是在科技上不如，中国的出路也唯有在引进和发展西方科技上。他并没有真正步入官场，得以保住心灵的宁静，但不太懂得人情世故，更不懂得官场有多复杂。眼见总督大人竭力兴办洋务厂局，却处处受牵制，他总是异常气愤，却又深感无力。

在蔡锡勇看来，这其实是件很简单的事：山是朝廷的山，煤矿是朝廷的煤矿，马鞍山小煤窑的乱挖乱掘完全是一种目无朝廷的行为，更是不遵从科学的行为。二十多年的开采，江夏各方已非法获利不少，不处罚已是很宽容了，现在铁政局代表朝廷来此采取机械挖掘，完全是行使应有的权利。乡民的小煤窑，理应无条件地立即停办。哪有什么合伙的道理？何况还要提出如此苛刻的条件，岂不是荒唐至极，无理取闹！

27

蔡锡勇气呼呼地一口拒绝，谈判破裂，三家煤窑老板暗自高兴，扬长而去。蔡锡勇一面向总督衙门禀报情况，一面决定对仙女岭下的煤层分布情况做采样调查。实在是时间不等人，汉阳铁厂一旦开工，就急需大量焦煤。但他还是担心采样受阻，到时惹出事端也不好交差。

当三家煤老板再次上门来谈判时，蔡锡勇还是耐着性子在会客厅接待了他们。他还未曾开口，周、张、沈三家煤老板就再次高声嚷嚷他们的方案，一个比一个激动。

见蔡锡勇稳稳地坐着不吱声，周姓老板年纪为长，此时腾地站了起来，如一堵墙般高大结实，走近蔡锡勇，咄咄逼人地问道："蔡总办，周某等人诚心诚意地前来商议，你却不把我等放在眼里，根本不搭理我们的要求。成与不成，你总得有句话！要成，今日就成交；不成，你们铁政局就休想动我们的煤矿。"

蔡锡勇倒不为他的气势所迫，却为他们的无理而气愤，他真是恨不得请香帅将这些蛮横的人绳之以法。他不想因此闹起纷争，定了定神，才缓缓地说道："三位老板，你等开价太高，恕蔡某不能接受。"

"此山是我等所开，现在你们说要收回就收回，哪有那么容易的事！"胖胖的张老板是个蛮汉，此时也来帮腔。

蔡锡勇也不瞧他，只从容地回了一句："这天下是大清的天下，你我都是大清的子民，所有的山水田土都是朝廷的。现在朝廷要收回，可以给予你们补偿，但容不得你们如此漫天要价。"

"朝廷不是拨了几百万两白花花的银子给香帅办铁厂吗？难道所有的好处都让香帅得了，我们这些小民就活该吃亏？"瘦小的沈老板悠悠地来了一句。

如火上加油，周老板脸上的神情更加难看，他又往前跨了一步，逼近蔡锡勇厉声喝道："你们这些狗官，只知道吃里扒外，见了那些洋鬼子就眉开眼笑。对我们这些自己辛苦赚钱的老百姓，你们就恨不得搜刮干净。"

蔡锡勇何曾见过这等架势，骇然地看着眼前三个面目狰狞的老板，一时不知如何作答，站起来说道："原本蔡某是诚心和三位老板合作，但三位如此强硬，看来没有谈下去的必要。江队长，送客！"

站在一旁的江队长忙上前劝道："三位老板，不如回去商议商议再来谈吧。"

"我们既然来了，哪能随便叫我们走！今天我们还得好好切磋一番！"周老板边说边朝门口的一位矿工挥了挥手，但见那矿工转身一呼，很快就涌进来一群手持棍棒的年轻矿工。这些矿工也不言语，纷纷抢起棍棒和锤子就往会客室的桌椅上砸去。刺耳的打砸声冲击着毫无准备的蔡锡勇，他蒙了，呆呆地看着满屋子狼藉一片，江队长赶紧护着他退到一角。说时迟那时快，那群人早已簇拥着三位老板喧嚷离去。

所幸他们未伤人，也不恋战，但此等行为实在恶劣。蔡锡勇气得浑身颤抖，交代江队长加强防卫，急急过江直奔总督衙门禀报。张之洞满脸铁青，一掌拍在茶几上，骂道："这些个目无王法的刁民，全部给我抓起来，严惩不贷！"

蔡锡勇说："煤窑老板口口声声说合伙办矿是巡抚的命令，倒不知真假，若谭抚台真的下了这样的命令，倒是助长了他们的威风。"

张之洞闻言喝道："把谭敬甫喊过来，我倒要问问他说过这样的混账话没有。"

蔡锡勇听到这句话吓了一跳，谭继洵到底是一省之巡抚，怎么可以叫他过来当面责问？蔡锡勇生怕因此造成督抚不和，后悔自己说话未曾深思，忙劝慰说："大人请息怒，事情并不明朗，暂时不要请谭抚台过来。不如让我先去巡抚署，向抚台禀报此事，顺便问问煤窑老板所说是否属实。"

张之洞冷静下来，想了想说："也好，你去向他禀报也是应该的。不过，此事我得有个态度，铁政局毕竟是我在办理。"说完，他抽出一张信笺来，挥笔就写，也许心里依然有愤怒，信写得极快，也极为狂放。蔡锡勇心神不宁地站在一旁，匆忙间瞥见了最后一句：

盼速查清此事，严令煤窑限日撤除，并惩办打砸者。

张之洞将这封信递给蔡锡勇说："本想给谭抚台一个面子，让他去办理马鞍山之事。不料此公识见不明，敷衍塞责，恐怕今后会酿成大错。现在再不能给他余地了，就叫他这样办。"

蔡锡勇虽觉张之洞措辞如此严厉有点过分，但一想到谭继洵的敷衍，煤窑老板的嚣张，又觉得非如此行不通。他接过信，向张之洞投以敬佩的目光，心想：办大事还真得要香帅这样的气魄才行！

看了张之洞的信，听了蔡锡勇的禀报后，谭继洵当即变了脸色。他竭力装作出一副平静的模样，但内心早已掀起滔天巨浪。他略微调整下自己的情绪，客气地说道："都是谭某未能好好管束手下，乃至酿成如此事端。请蔡总办转告香帅，我定严督此事，还请放心吧。"见谭继洵如此表态，蔡锡勇也不好多说，也知他无心与香帅作对，便起身告辞。

蔡锡勇走了好久，谭继洵仍坐着一动不动，手下谁都不敢吭声。此时，谭继洵内心真是恼恨至极。他既痛恨马鞍山乡民的野蛮无礼，更埋怨涂炳昌和吕文魁办事推诿，对张之洞信函中的不客气也很是不快：论年龄、论科名我都在你张之洞之上，你张之洞怎么可以就凭着品衔高一级，信里没有半点恭敬呢？

内心的郁闷久久不能消散，也无法发泄，谭继洵黑着脸回到后院，晚饭也没吃就早早躺下了，整夜辗转，第二天上午便觉得有点头重脚轻。他仍强打起精神，把武昌知府涂炳昌再次唤进巡抚衙门。谭继洵阴沉着脸，以少有的严厉口气对涂炳昌说："你看看香帅这封信吧，这都是你做的好事！"

涂炳昌看完信后，才知马鞍山煤窑老板闹大了事，张之洞为此发了大火。谭抚台一向都是和颜悦色的，今日第一次如此严厉，知道抚台大人也着实大为生气了。他颤抖着双手将信函还给谭继洵："马鞍山刁民竟然敢上门闹事，卑职实在是不知道。江夏县出了这等事，卑职有责。大人看此事如何处理？卑职一定照办。"

谭继洵跺了跺脚，愤愤说道："都怪你们无能，真是成事不足败事有余，辜负了我的一番好意！"

"是，是，卑职无能，卑职无能！"涂炳昌忙低下头，检讨不迭。

"事情到了这般地步，再没有合办的余地了。你去告诉吕文魁，叫他亲到铁政局找蔡总办道歉，主动赔偿铁政局的损失。涂大人，你要他心里放明白点，除开作为县令责无旁贷这点不说外，要知道煤窑老板倘打伤了人，或者说如此嚣张下去，哪天打伤了洋人，惹怒外国大使馆，告到朝廷那里就不得了啦！不光他吕文魁的县令做不成，只怕你我也不得安宁。"谭继洵越说越恼恨，脸色更加难看。

谭继洵字字句句如利箭，令涂炳昌恐惧起来。这几十年里，与洋人冲突的事还少吗？本来是一件芝麻大的小事，一下子就闹成大患。本来是洋人理亏，到头来都是中国人的不是，洋人可真是惹不起呀。何况这事明摆着是马鞍山的煤窑老板不对，这次虽没打铁政局的洋人，倘是不及时处理，下一步怕真是会打洋人了。涂炳昌不由阵阵后怕，连连告罪道："大人指教的是，卑职不但叫吕文魁去，卑职也陪同前往，一道去慰问受惊吓的蔡总办。"

"事情出在江夏，吕文魁去赔礼就行了。"谭继洵语气依然严厉，"还有，要吕文魁尽快通知马鞍山撤除煤窑，将地盘全部交给铁政局，才可以大事化小，小事化了。"

"是，是，卑职一切照办。"涂炳昌早已满头大汗。

江夏县令吕文魁听闻也害怕了，第二天亲自赶到铁政局，代表江夏县衙向蔡锡勇连连赔不是，再三表示三天之内一定将马鞍山煤窑撤除，并查办肇事者。蔡锡勇气也不是怒也不是，只说了句"在下就等吕县令的好消息"，就端茶送客。

可张之洞却不知从何得知吕文魁收取马鞍山煤窑税银之事，恼怒之余，立即派衙役去江夏县传令，命吕文魁第二天一早来督署听候训话。吕文魁诚惶诚恐赶到总督衙门，不待张之洞多说，就坦白交代了马鞍山三家煤窑每年交江夏县衙门三千两税银之事，还支支吾吾地想抵赖，说那些银子大多数用在修路补桥、赈灾恤贫等事情上。张之洞却毫不客气地揭穿了他的老底，并命令他："吕县令，你着实胆大。现在你给我速速回江夏，将历年来所得马鞍山税金报一个明细账单来，听候核查。另外，罚三大煤窑一万五千两银子，一家五千两，限半个月内交齐。这一万五千两银子，全部交给铁政局用于开发马鞍山煤井。若半个月内钱不到位，明细账单交不来，你吕文魁摘下翎顶来见我！"

谭继洵听闻此事后，气得七窍生烟，当晚就病倒在床，高烧不已。张之洞本来对谭继洵很是不满，但听说老头子为此而生病，心里顿时对他宽谅了许多。谭继洵虽说是个保守平庸的官员，但平时职责所在的事还是尽心尽力，也算难得了。沉吟片刻，张之洞忙派儿子仁梃准备几样精致瓜果糕点，代他去看望谭抚台。

28

得知总督公子来访，谭继洵硬是挣扎着起床，在后院会客室亲自接见了他。他见张仁梃长得一表人才，举止也很恭敬，心知是张之洞交代的缘故，甚是欣慰。

为了答谢总督的心意，待张仁梃走后，谭继洵将嗣同叫了过来，吩咐他明日到督署代他致谢。上次未曾见到这位大名鼎鼎的清流，随着对他在武昌兴办厂局的日渐了解，嗣同更想一睹张之洞的风采。他忙痛快地应承下来，这让谭继洵甚是意外。

张之洞听说谭继洵又派谭嗣同过来答谢，倒不觉得奇怪，很想见见这位不寻常的后生辈。上次谭嗣同来总督府求见时，他正在气头上，也就拒绝了。张之洞知道谭嗣同，还是听杨锐说起的。杨锐有次听朋友说，当今天下有四大名公子，武昌城里就有两个。杨锐怀着极大的兴趣问这四大公子分别是谁，却是前福建巡抚丁日昌之子丁惠康，淮军名将吴长庆之子吴保初，时湖北按察使陈宝箴之子陈三立，另一个便是湖北巡抚谭继洵之子谭嗣同。陈宝箴虽在武昌，但陈三立暂时还在长沙，而谭嗣同却近在咫尺，怎能失之交臂？于是，他托人介绍认识了嗣同。嗣同也很欣赏杨锐品行高洁，才华横溢，彼此印象颇佳。

一次闲聊时，杨锐和张之洞说起了谭嗣同，说谭抚台的这位公子书读得如何好，诗文作得如何好，尤其可贵的是豪侠仗义，武艺出色，琴艺了得，堪称文武双全。张之洞听了心里一动，会读书会作诗文不奇怪，会弹琴也寻常，难得的是抚台公子而有武功。时至今日，连八旗子弟都不习骑射了，一个汉家高官的公子居然习武，实为罕见。想不到平庸保守的谭继洵，竟有如此卓荦不凡的儿子。

张之洞吩咐安排在小书房接见。张之洞与人相见通常安排在客厅或茶厅，倘若为他所喜欢或愿与之深谈的人，则安排在小书房。与他关系特别密切的人，他有时也会在签押房里直接交谈。

张之洞来到小书房时，嗣同已在此等候。听见脚步声，嗣同立即起身，恭敬地垂手肃立。张之洞定睛看了看他，但见他二十七八岁模样，修长瘦削的身材，宽额头，清癯的面容上略为凹陷的大眼睛，灼灼的目光里藏着淡淡的忧伤。张之洞暗暗地赞叹嗣同的风采，也丢掉了素日的倨傲，主动打着招呼："谭公子请坐，请坐。"

"香帅，晚生向您请安。"嗣同操着一口纯正的京腔，向张之洞深深鞠躬，落落大方地坐下。

"哦，你的官话说得真好，在北京住过几年？"张之洞从小在贵州长大，父亲说的又是一口直隶南皮话，他的官话自然说得不好。常与他打交道的人官话都说得不好，尤其是衡阳人王之春、江西义宁人陈宝箴，都是一口带着浓厚家乡腔的官话，既难听又难懂。在武昌听到这样纯正的官话，他仿佛突然饮到甜润的清泉般舒畅。

"香帅，我出生在北京，一直长到十二岁才第一次回浏阳老家。"嗣同恭敬地回道。

"哦，怪不得。"张之洞点点头，用父辈慈爱的目光望着这个名气不小的年轻人，"你排行老几，今年多大了，成家了吗？"

"我有两个亲哥哥，还有几个堂哥，也有弟弟，在族中排行第七。十九岁就已娶妻，岳父李寿蓉署理过汉黄德道，现已奉调去了安徽。"

"哦，七公子，你还是李道台的女婿。你岳丈可是个有气节有操守的好人，写得一手好对联。"张之洞随口问，"令堂身体健朗吗？"

"家母已去世十多年了。"嗣同一提起母亲，便想起当年家里同时摆着三口棺木的惨景，话里就有了伤痛。

这孩子天性纯良。张之洞心里想着，又问："令尊的病好些了吗？"

"好多了！"嗣同由衷地致谢道，"家父深谢大人遣公子问候的好意，特意命晚生答谢！家父明天就可以办理公务了。"

"不要那么急，令尊高龄，多休息几天，待痊愈后再办公也不迟。"

"香帅，家父说，昨日公子送的厚礼，他却之不恭，受之有愧。特命我回赠一架鹿角，这是家父做甘肃藩司时一位朋友送的。西北梅花鹿角养精提神，胜过他处所产鹿角。"嗣同说罢，从椅子背后提起一个大布包来。他打开布包，露出一架二尺高、长满绒毛的黑褐色梅花鹿角，双手奉上。

张之洞面对这份贵重的礼物，颇觉为难。他平生不喜欢别人送礼，尤怕送重礼，绝大部分礼品他都婉拒了。上次收了谭抚台送的虎皮，此次实在不能再收，可他真的不便推辞，如果拒绝巡抚的好意，今后督抚共事更难了。想到这里，他微微一笑道："令尊的这番厚礼我也不能拂逆，我收下了，你回去后代我多多致谢。"

"谢谢香帅赏脸，家父肯定打心眼里高兴。"

"七公子，杨叔峤多次在我面前提起你，说你豪侠仗义，不光武功了得，书也读得尤其好，我为谭抚台有你这样的儿子感到高兴。"张之洞和蔼地望着嗣同，目光里满是赞赏。

"香帅过奖了。叔峤是个实诚君子，前两天我还收到他从两湖书院写来的信，他说您让他过段时间去北京，但他更愿意留在武昌。在武昌虽忙碌，但能跟随香帅前后，长见识和学问呢。"

提到读书，张之洞听杨锐说过，谭嗣同在浏阳名儒欧阳中鹄、涂启先、刘人熙的指导下，已经研读完毕《船山遗书》，忙问道："七公子，叔峤过于抬举我了。我曾听他说，你用整整一年的时间，通读了王船山的遗著，有什么特别的体会吗？"

"香帅，船山先生的著述体大思精，晚生自以为尚未能入其门槛，不过也有点体会。晚生以为，船山先生隐居衡阳著述四十年，无非是要向世人阐述他的一个信念，即人当与时同行。"嗣同谦虚地回道。

张之洞读书，除经史外，偏重于诗文。曾氏兄弟在江宁刻印《船山遗书》，他当时作为湖北学政，也蒙金陵书局赠送一部，但他只读过其中一小部分。常听人说船山之精华在于"气""理""道""器""知""行"方面的辨析，最终首在伸张民族大义。

嗣同说船山学说的宗旨是阐述人应与时同行，倒还是第一次听到。这是船山的本意，还是这位公子的自我见解？王船山有副名联：六经责我开生面，七尺从天乞活埋。王船山可以在六经中别开生面，年轻人也可以从船山学说中别开生面，且听他的解释吧。张之洞微笑着说："你的领悟力真是过人。王船山数百万言殚精竭思的著述，让你一句话就概括到位了。"

嗣同不好意思地笑了："香帅，晚生读书以五柳先生为榜样，好读书而不求甚解，很可能概括的不是船山的玄机，不过我以为当如此去理解船山的学说。"

张之洞读书，历来最重"通"字，而千千万万的读书人恰好不懂这点，变成迂腐不通。倘若迂腐不通，读书再多也无用。这就是孟夫子所说的，尽信书，则不如无书。

"七公子，你给老夫说说你对与时同行的认识吧。"张之洞想考考眼前这个年轻人，便换了个话题。

"香帅，晚生以为，与时同行共进，不仅仅是船山学说的宗旨，而且是古往今来一切英雄豪杰成就事业的根本之途。一个人，不管你有多大的本事，倘若与天作对，与时势作对，则必然碰得头破血流，一事无成。"嗣同直言不讳。

张之洞为官几十年，敢于在他面前如此大胆放言的年轻人很少。是身为巡抚公子一向自大惯了，还是初生牛犊不怕虎，不识深浅反而放言高论？抑或是真正的不同流俗？张之洞边听边默默地琢磨。

"就拿眼下来说，我们正面临着一个巨大的变化。李合肥相国虽然有些事做得不惬人意，但他的头脑还是清醒的。他有一句话说得最妙不过，他说中国正处在三千年一大变局之中。一个'变'字最是深刻地概括今日国家的局势。既然时势变了，一切也应随之而变。有句话不知晚生当讲不当讲……"说到这里，嗣同抬头看了看张之洞，不再吭声。

"什么话，你尽管直言。"张之洞对这位年轻人的观点产生了兴趣，和蔼地鼓励道。

"香帅，以晚生所见，当今中国最大的问题便是因循守旧，而不知与时同行，更不知变革维新。"说到这里，嗣同双目灼灼。

"变革维新！""变革"与"维新"本是两个古老的旧词，现在由年轻的嗣同放在一起大胆说了出来，让年过五十的湖广总督为之一振，他不由对眼前这位公子另眼相看了。

"这一点在官场最为突出，湖北官场尤为典型。不瞒大人说，家父便是一个因循守旧的人。这句话，晚辈也曾当面对家父说过，家父也承认这一点，还说像他这年岁的人，还是因循守旧最为保险。"

张之洞笑了起来，说："足下父子能这样倾心交谈，实不容易。"

"这种交谈太难得了，只有在家父心情极为舒畅时才可偶尔言之。家父一生很少舒畅，他总在忙碌忧虑中度过。不是晚生祖护，像家父这样的人，当今官场还不太多见，他守旧，但他敬业，也爱护民众。最多见的是武昌涂知府和江夏吕县令一类人，他们真的是曾文正公五十年前所说的推诿式官员。大人要在湖北办洋务大业，依晚生愚见，最主要的还不是缺资金，最主要的是如何应对一大批昏庸无知的官吏。倘若大部分官吏能如大人一般头脑清醒，与时同行，大清国自然大有希望！"

作为二十多岁的子侄辈，这年轻人竟然当着他的面说这种话，叫他情何以堪？拘谨重礼的谭敬甫，怎么生出这样一个不知天高地厚、胆气纵横的儿子来！张之洞转念一想，这个年轻人说得也有道理。近来令他气闷、愤慨甚至沮丧的两件事，的确都是因为官吏的昏聩和懒政造成的。可他哪里知道，嗣同这些大论，既来自王船山，更是他自己近来埋头阅读《格致汇编》《申报》的体会与收获。

一时间，张之洞心绪复杂，抬头触到年轻人大胆的目光……

张之洞稳定心绪，温和地看着他："七公子，你说得有道理。依你看，老夫来湖北办铁厂、办矿务局，湖北官场和民间究竟是支持的人多，还是不支持的人多？"

嗣同没有立即回答，思索半晌后，坦率地说道："香帅若要听晚生讲实话，则湖北省无论官场和民间对大人办的事，理解和支持的都是少数，大部分人都在观望，甚至不以为然。"

张之洞没有吱声，心里却在细细掂量这几句话。

"不过，香帅不必因此而有所顾虑，自古以来雄图伟业都是由少数几个先知先觉者做起，然后再得到多数人的襄助，最后才有普天之下的响应，蔚成大举。晚生完全赞同大人这番事业，也特别敬重大人的能力和魄力！"说着说着，嗣同干脆敞开胸怀对张之洞说，"香帅，您文韬武略，令晚生仰慕不已。跟您说句心里话，要使老百姓富裕，国家强大起来，第一位的还是要变革维新。"

"变革维新！"再次听到这个词语，可这不是能随便谈论的话题。张之洞不动声色地转换话题："老夫常听叔峤说，你文思敏捷，为文下笔千言，吟诗七步成篇。"

张之洞虽然有引领风尚的举措，但毕竟还只是承袭洋务运动那一套，不敢轻言变革维新，说到底还是因循守旧一辈罢了，只是比父亲略微超前而已。嗣同何等聪明，也就不动声色，顺水推舟地笑了笑道："香帅，那是叔峤夸奖了。"

"老夫就考考你如何？"张之洞指了指对面书架上的西洋座钟，"你就当着我的面，用一刻钟的时间吟一首七律。"

"请香帅赐题。"嗣同毫不含糊地说。

张之洞略思片刻："就以眼前之景为题，吟一首《登黄鹤楼览武汉形势》吧！"

"晚生领题了。香帅，晚生能借您用的纸笔吗？"嗣同前不久刚刚和欧阳中鹄等师友登过洪山寺，领略过洪山形势，当时就感触颇深，现在再写诗倒是胸有成竹。

"好，好。"张之洞也跟着起身，指着书桌上的文房四宝说，"别太拘谨，你请用。"

嗣同来到书案边，略为沉思，提笔蘸墨，在一张铺好的宣纸上龙飞凤舞地写起来。

黄沙卷日堕荒荒，一鸟随云度莽苍。
山入空城盘地起，江横旷野竟天长。
东南形胜雄吴楚，今古人才感栋梁。
远略未因愁病减，角声吹彻满林霜。

嗣同放下笔，拿起诗笺，双手递给张之洞："香帅是诗界巨擘，晚辈献丑了。"

张之洞接过诗笺，读罢由衷赞叹："这首七律通篇颇有气势，尤其首联两句最好，接下三联略嫌伤感了些。年轻人嘛，虽有点坎坷挫折，毕竟年富力盛，前途远大，宜乐观激扬为好。这种忧思重重的风格，大概也是受曹植的影响吧！"

嗣同颇有同感："香帅所论极是。我在吟诗的时候，仿佛觉得自己就是一只孤立无援的大雁，随着浮云在莽莽苍苍的天空飞翔，只觉前路茫然。"

张之洞用心地看了看眼前的年轻人，一时无语。他做学政多年，遇到有学识有胆识的年轻学子无数，像这等身处富贵之家而忧心忡忡的年轻人还是第一次遇到，想抚慰几句，又不知从何说起。这时，梁鼎芬急匆匆地走进来，附在张之洞的耳边悄悄说了几句话。张之洞脸色陡然阴沉下来，回头对嗣同说道："七公子，老夫有急事要办，对不住了。回去后烦请转达对令尊大人的谢忱，请他多休息几天，待病愈后再办公务不迟。"

嗣同赶紧恭敬地告退。张之洞点了点头，自送嗣同出门。

第七章：识陈

29

转眼就到了年底。除夕当天，谭继洵让欧阳中鹄、王信余、贝允昕等众幕僚休息，还盛情邀请众人晚上一起到巡抚衙门团年。

傍晚时分，厨房里菜香扑鼻，膳厅里已摆了满满当当几大桌。客人也陆续到齐了，坐在谭继洵大书房里聊天。菜快上齐时，大家至膳厅坐好，谭继洵坐主位，嗣同和众位幕僚环绕而坐。余昭常也来了，他去武昌、汉口等地巡查了一番厘税。每逢佳节倍思亲，除夕了，虽然身在武汉但满眼都是浏阳人，桌上都是浏阳菜肴，还摆了浏阳的谷酒，大家还未端起酒杯，心里就满是温暖。

谭继洵这天兴致颇高，带头端起酒杯敬大家，众人一饮而尽。气氛就此热闹起来，欧阳中鹄带头先敬谭继洵："抚台大人自任湖北巡抚以来，日夜操劳，仅仅半年功夫，就吏治清明、政通人和，种桑养蚕更是造福于普通百姓，让我先敬您一杯！"如此夸赞，甚合谭继洵心意，他笑着饮过杯中酒。众人都前来敬酒，嗣同担心父亲不胜酒力，就劝父亲每次只饮一口。气氛很喜庆，主宾尽兴。席罢，众人又纷纷来至谭继洵书房。

书房里早就燃起了大红蜡烛，一片通明，桌上还摆满了水果和点心，待众人坐定，王妈、郭妈奉上热茶。众人皆有些醉意，话题纷纭，回忆着浏阳过年的风俗和趣事。热闹到很晚，众人才告辞而去。

夜深了，待谭继洵、卢氏、魏氏各自坐好，嗣同就第一个上前磕头，给父亲及两位姨娘拜年，嗣同、传赞也一一上前拜年，最后才是黎氏大嫂和闰娘。谭继洵从书案下摸出一札红包，满脸喜气地道："明天就大年初一了，给每位都发一个红包，全家都高兴高兴吧。鉴吾、卜三、王妈他们的也都准备了，就明天早上发。"嗣冏到底还小，叫嚷着接过红包就跑回自己房里去了，嗣同接过红包也和闰娘回后院了。

很快，偌大的湖北巡抚署安静下来，整个武昌城也安静下来。

时光已步入光绪十七年（1891年），大正月里，一连好多天，巡抚衙门拜客纷纭，谭继洵忙于官场应酬，家里高朋满座。嗣同只管躲在后院书房读书，欧阳中鹄会不时来指点他，但他一想起要去应考，就烦闷不已。

正月十五日元宵佳节这天午后时分，嗣同叫上欧阳中鹄、贝允昕、涂儒翯、王信余等，让师中吉备上些点心和美酒，一同登上后花园六虚亭。寒风依然，但阳光正好，亭外那棵老梅已经花儿朵朵，一行人就在亭子里喝酒谈天赏花。

说着说着，就说到应试之事，嗣同听到这便闷头闷脑只管喝酒。早在光绪十年（1884年）十月，因在甘肃新疆粮台效力，嗣同经前新疆巡抚刘锦棠奏保，奉旨俟补缺后以知府仍留浙江省，归候补班前补用，先换顶戴。说到今年秋试，嗣同眉头紧皱，他先后师从欧阳中鹄、涂启先及刘人熙"浏阳三先生"，喜谈经世之学，可平时作诗写文最不愿受条条框框限制，非常讨厌八股文的僵化和呆板。欧阳中鹄见了，心里为之一涩，忙宽慰道："复生，所谓科举考试是正途，也最受人重视，你诗文好，博览群书，近来又用功于《知不足斋丛书》，应是成竹在胸。"

在座王信余、贝允昕已是举人了，也附和道："复生，论才情，我们几个远不如你，书也没你读得多，我们考上举人是侥幸过关。去考吧，这次没问题！"

这时欧阳中鹄兀自笑了起来，说道："前几天到布政使衙门拜访陈右铭大人，说起他的大公子陈三立伯严，我看他和复生性情很有相似之处。陈右铭乃纯厚之人，咸丰十年入都会试，落第后，留在京师。正值英法联军侵入北京，火烧圆明园。一日，陈右铭与友人饮于城中酒楼，遥望火光冲天，拍案大号，尽惊四座。之后，他入曾国藩幕府，以军功擢知府，后任道员、浙江布政使。其子伯严少年时代落拓不羁，我行我素，酷爱唐宋古文。光绪八年，他回南昌参加乡试，乡试题目为'岁寒然后知松柏之后凋'。因他平日非常讨厌八股文，认为八股文已经腐朽僵化，乃大胆地采用了古散文体，写了洋洋洒洒数千言。他的考卷原本被考官打入了另册，可就在宣布考试结果的头天晚上，内阁学士陈宝琛调来落第考生的答卷翻阅，读到陈伯严的考卷时不禁大吃一惊，此文气势恢宏，思路严谨，文采飞扬，可谓句句精炼，字字珠玑，当即决定破格录取他为举人。"

众人听后，惊叹不已，王信余感叹道："这是陈伯严运气好，遇上了内阁学士陈宝琛。陈宝琛时以敢于上谏太后而崭露头角，与张之洞、黄体芳、宝廷、张佩纶同为名倾朝野的'清流派'代表人物。倘换了其他人来主考，陈公子就没有这个好命了。"

众人纷纷赞同，欧阳中鹄看了看大家说："伯严公子真有个性，光绪十二年他赴京会试，因他平日习黄庭坚体，而殿试兴馆阁体，他的字不合潮流，就未应殿试。当时他家寄居长沙，硬是在家练了三年字，至光绪十五年补殿试后始中进士。原本他已被授予吏部主事考功司行走，因见吏部弄权，积重难返，深感自己纵有经世大志也是难以施展，干脆辞职回长沙侍亲。听说过些日子就会来武昌，到时定会成为藩司大人的好帮手。"

听罢，嗣同对陈三立有了十二分的好感，听说他将来武昌更是欣喜："如此俊才，我倒有心结交，何况他还是陈世叔的公子！陈大人勤政务实，清廉公道，朝野上下早已有口皆碑，我对他甚是敬佩。正值腊梅花盛，听此好消息，令人甚是惬意。来，我敬大家一杯！"说完，嗣同干脆利落地喝掉了杯中酒，众人也纷纷响应，人人都有了酒意。

晚上，嗣同躺在温暖的床上，想起白天所看到的腊梅花，眼前便浮现出满树梅花典雅的风姿。他毫无睡意，遂披衣而起，伫立木格纱窗下，张望夜色里的胭脂山。

四周安静极了，只有花园里小溪的汩汩响声，这响声益发衬托出巡抚署里的静谧。皓月的清辉透过树叶和枝丫，在地面上绘就一幅斑斑驳驳的图画。

似有花香传来，淡淡的，幽幽的，用力去嗅，又好像什么味道都没有。才一眨眼的工夫，仿佛另一股香气又从远处飘来。嗣同喃喃念起王冕的名句："我家洗砚池边树，朵朵花开淡墨痕。不要人夸好颜色，只留清气满乾坤。"这寒冬之夜的袅袅香气，似乎也跟早春的草色一样，在有与无之间。

大约半个月后，这天下午，嗣同正在书房，但见欧阳中鹄带着一位身体瘦削、气宇轩昂的年轻人进来了。此人身着黑色棉袍，头戴黑缎帽，目光锐利。欧阳中鹄忙给嗣同介绍："复生，这位仁兄就是你一直渴望认识的藩司大人的公子伯严兄！"

"久仰，久仰！原想伯严兄来武昌后专程去拜望，未承想却劳仁兄先来。"嗣同一喜，赶紧上前作揖相认。

陈三立比嗣同长十二岁。此时，他锐利的目光在嗣同身上扫过，笑道："幸会幸会，今天得见复生兄，果然英俊爽朗，一表人才！"

"听说伯严兄一到武昌，连香帅都亲到府上去拜会你，聘你阅经心、两湖书院课卷！"欧阳中鹄也在一旁夸赞。

嗣同招呼陈三立坐下，陈三立却一眼瞧见墙上的白绫琴套，问道："听闻复生兄极擅操琴，来一曲如何？"

嗣同忙上前取下琴，褪下白色琴套，洗手焚香，笑着对陈三立说："今日得识伯严兄，我就弹一曲《流水》为贺吧。"见陈三立颔首微笑，嗣同凝了凝神，如水的琴声便响起，仿佛穿越寂静的山林而来，时而浅如坠玉，时而亢似龙吟，时而清冷缠绵，时而澎湃浩荡，随着阵阵松风，汇入山泉，漫入岚岫，潺潺切切。陈三立安静地立于琴声里，垂目凝神，直听得物我两忘。琴声停了，陈三立脱口赞道："洋洋乎，志在流水。"

欧阳中鹄笑了："二位公子皆洒脱之人，自是高山流水有知音。伯严兄，复生所操之琴就是你江西文信国公的遗物蕉雨琴呢。"

"文信国公是我极为景仰之勇士，复生兄竟得到了他的琴，真是有缘。"陈三立忙趋至书桌前细细观赏，又立起身来，慷慨而歌："辛苦遭逢起一经，干戈寥落四周星。山河破碎风飘絮，身世浮沉雨打萍。惶恐滩头说惶恐，零丁洋里叹零丁。人生自古谁无死，留取丹心照汗青。"

声情并茂的歌唱令在座之人都甚为感动，陈三立更是泪光闪闪，他环顾四周，慷慨而言："我最为佩服文信国公的民族气节和舍生取义的精神！现在我大清国被坚船利炮打开了大门，已陷于列强环伺的局面，但国人却依然酣睡未醒！当初赴英途中，郭嵩焘将沿途见闻记入日记《使西纪程》，盛赞西方的民主政治制度，主张大清国应研习效仿。后该书寄到总理衙门，不料遭到顽固派的攻击、谩骂，直至被销毁。"

"光绪五年郭嵩焘黯然回国，称病回籍。他乘船抵达长沙时，连他用小火轮拖带木船到省城都受到长沙、善化两县秀才们的阻止，大街之上贴满了大骂郭嵩焘'勾通洋人'的揭帖。事实上，郭嵩焘颂美西法，倡言洋务，也是为大清国不受欺侮！"欧阳中鹄游历四方，言及当前形势，很是愤慨。

嗣同原本就是激越之人，他没想到陈三立如此直率坦诚，相见恨晚，拍掌道："伯严兄所言极是，郭公颂美西法，就是告诫那些守旧官员，西方各国之富强在于循习'西洋政教'，大清国不仅应注重造船制器，更应振肃纲纪，刷新吏治。"

从文天祥说到郭嵩焘，三人竟越说越激动。倘大清国官员继续因循守旧，列强只怕会贪得无厌，日后索取更多。直至师中吉来请三位去膳厅用餐时，他们才意识到竟然谈了整整一下午。嗣同和陈三立不由相视一笑，两颗心已悄然靠近。

30

二月十三日这天，嗣同一大早来到花园，但见春色已至，草木萌发，不觉心情大好。他忙至书房取来凤矩剑习练，虽说满头大汗，却感觉特别爽快。回到房里换衣服时，闰娘端来一碗寿面，还盖着两只荷包蛋："复生，今日是你生辰，快趁热吃了这碗寿面。父亲大人已吩咐下来，今晚请瓣姜师一起吃晚饭。"

嗣同接过那碗面条，心里一暖，心想父亲多少年都不关心儿女的生日了，今天竟然还安排晚餐，也是难得。

刚刚吃完，师中吉进来告诉他："七爷，瓣姜先生在书房等你呢。"

嗣同来至书房，见欧阳中鹄满面春风地站在琴案前，案上放着两把七弦琴。"复生，复生，你快来看，你那两把新琴，为师已请人上好漆了，特地趁你生日时送来，你来看看如何？"

嗣同眼睛一亮，但见两床新琴线条流畅，浑身黑亮如镜，静如处子。他爱怜地摸摸这琴，又摸摸那琴，抬起头来感激地看了看老师，欣喜地说道："瓣姜师如此有心，学生万分感激。"

欧阳中鹄笑了笑说："凤凰非梧桐不止，非练实不食，非醴泉不饮。你有缘得到梧桐雷击木，做成两琴，甚是难得。此斫琴师是江夏县内最为杰出者，上漆之外，还特地配了最好的琴弦呢。你试试音质如何？"

嗣同只管看琴，但见琴身龙池之上他所刻的魏碑体"崩霆"二字，还有其下题款均用心填上了金粉，金色的字与黑色的漆相配，雅致大气。"残雷"二字，还有其下所刻行楷题款均填以石绿，黑色与石绿相配，又是一番沉静的风情。

他喜滋滋地坐下试弹起来，"崩霆"声声清越隽脆，"残雷"则高亢雄浑。

嗣同抬头触到了欧阳中鹄关切的眼神，忙站起来致谢："两琴一仲尼式一落霞式，一金色一石绿色，一大气一优雅，都甚得我心，甚合我意，感谢老师成全！"

见他如此开心，欧阳中鹄舒了口气说："今天抚台大人要去巡查近郊桑树栽培情况，等晚上我们几个来听你弹琴呀。"

到了晚间，天都黑了，欧阳中鹄也未回来，派人送回来一张纸条，说是武昌府知府公事后安排聚餐看戏，会回来很晚。嗣同觉得很无趣，独自在书房弹琴，两床新琴各自不同的音色令他流连不已。后来，又让杨妈从房里拿来一面铜镜，顾镜自怜，竟提笔修正了十八岁那年写下的《画像赞》：

噫！此为谁？嶙嶙其骨，棱棱其威。李长吉通眉，汝亦通眉。于是生二十有七年矣，幸绯衣使者之不汝追。天使将下，上帝曰咨。其文多恨与制违，然能独往难可非。放之人世称天累，海枯石烂孤鸾飞。

31

汉口开埠后，优越的地理位置、便利的交通条件和本已形成的商贸重镇，使得汉口成为洋商眼中的逐利沃土。一时间，洋人纷至沓来，设立租界，汉口出现了"万国交通"的局面。从江边花楼巷往东，滨江依次为英租界、俄租界、法租界、德租界和日租界。随后，迫使清政府签订条约来汉口通商的国家，还有葡萄牙、丹麦、荷兰、西班牙、比利时、意大利、奥地利、巴西、秘鲁和瑞士等十多个国家。各国沿江建设泊船港口，沿江大道上仓库林立，码头云集，有王家巷码头、武汉关码头和粤汉码头等等。

二十七岁的马尚德到达汉口那天，正是寒冬腊月，已是下午时分，凛冽的北风呼啸而来。他已在大洋上航行了五十天，当他提着笨重的行李跨上粤汉码头时，甚至有些站立不稳。他正东张西望时，一位年轻的英国绅士迎了上来："阁下可是马尚德先生？我是伦敦会汉口分会的施伯珩，受敬爱的杨格非派遣前来迎接您。"马尚德大为感动，随他来到一辆人力车跟前，施伯珩告诉他："纪立生医师回国度假去了，汉口教会医院正缺人手，杨格非博士正着急呢，您来了真是太好了。"

"施伯珩先生，可伦敦会是派我驻武昌行医呀，怎么现在改为汉口？"马尚德疑惑地问道。施伯珩笑着回复道："到汉口只是暂时的，等纪立生医师度假回来，您再去武昌。"马尚德这才舒了口气，转头去观看沿途的风景。人力车拐进了一条石板巷，一路行来，他吃惊地发现，沿街店铺林立，叫卖之声不绝于耳，人们或步行或坐轿，轿夫在狭窄的街道上竟然穿梭自如。他哪里知道，有汉口竹枝词如此吟唱花楼街："前花楼，后花楼，直出歆生大路头，车马如梭人似织，夜深歌吹未曾休。"

马尚德生于英格兰北部小镇霍尔科克，三岁时父亲去世，由母亲抚育成人，虽然家境清贫，但他自小勤奋向学。马尚德进入爱丁堡大学攻读医科期间，萌生到海外传教的念头。之后，他前往伦敦继续进修医学研究院课程，且申请前往中国传教，成功地被伦敦会聘为传教医师。

还在英国时，马尚德就听说杨格非博士非常了不起，当年到达汉口后，仅用两年时间就在汉口大夹街太平巷创建了首恩堂，之后又在大蔡家巷创建了恩光堂，在土垱建了救恩堂，在后花楼街花楼巷建了花楼总堂。后来，他在花楼总堂旁买了块地办了一家医院，取名汉口伦敦会医院，又名汉口仁济医院。他还规定医院诊所不收病人一分钱，无论是门诊、开药还是住院手术。医生们起初都很反对，觉得这样经费太过拮据。杨格非说："如果一开始就想着赚钱，以后就不会再愿意做没钱的工作了。"

到达花楼总堂时，仰望着屋顶上那大大的十字架，马尚德有些激动。这时，教堂里传来高亢的布道声，施伯珩将马尚德带至旁边医院，穿过一个大病房，内侧一间卧室已收拾整洁："马尚德先生，这是您的宿舍，旁边是您的工作室，穿过大病房，对面就有两间小病房，很方便的。您先整理一下行装，等会儿去吃晚饭。"马尚德四周看了看，房间宽敞透亮，就一床一柜一桌一椅，床上已摆好简单的铺盖，还有小小的壁炉，正燃着木炭，简洁而又温暖。一切都比他想象的要好，他满意地笑了。

马尚德打开行李箱，从容地整理自己的衣服、书籍、行医工具及生活用品。最后，在书桌上那排书籍一侧，他特意摆放了母亲的相片，母亲静静地看着他，温柔的双眸泛着动人的光芒。他心潮起伏，对着母亲喃喃地说道："母亲，我已来到遥远的中国汉口，将在这里开启新的人生之路，祝福我吧！"

马尚德随着施伯珩走进膳厅，一位白胡须的小老头站在前面，身后立着几位高大的男士，全都笑眯眯地看着他。不用介绍，马尚德知道那位瘦矮的小老头就是杨格非博士，他趋前恭敬地说道："感谢先生看重，新人来报到了。"他伸出的手被杨格非紧紧握住："欢迎马尚德先生加入我们快乐的大家庭，一路辛苦了，来，让我们一起就座吧。"

杨格非特地拉着马尚德坐在身旁，长形饭桌上除了火腿、面包等西餐外，还摆了两三样中式菜，人人面前摆了一杯葡萄酒。欢迎晚餐洋溢着和谐而快乐的气氛，众人脸上挂满笑容，马尚德深切地感受到了大家庭的温暖。

从第二天开始，马尚德就忙碌起来了，不时有人来看病，虽说不收一分钱费用，但来看病的大都为男人，女人很少，孩子也不多。他有些惊奇，中国助手小马告诉他，这是因为在中国，女人不能随便抛头露面，且男女授受不亲，医生是男的，一般女人就不敢来看病。马尚德耸耸肩笑了。

又一天，马尚德穿戴好了白色大褂，戴好了白色帽子，却一上午几乎没有病人，他很疑惑。小马告诉他，今天是中国人过小年，等几天就会过大年，中国人过年就如英国人过圣诞节，病人会更少，正好趁机休息休息。他才豁然明白。午饭后，一位头发蓬松的中年男子扶着一位衣着单薄的婆婆来了，那婆婆一见马尚德，硬是不肯进来，中年男子急得手足无措。助手小马忙上前劝说，马尚德只能听懂简单的几句中文，见婆婆坚决地摇头，心中不明所以。小马便告诉他，婆婆腰上生了大疮，痛得坐立不安，却不想让他这个外国男人看病。可她儿子是码头搬运工，家里孩子多，吃饭都成问题，没钱去买药。

他这些天已接治过好多个生疮的病人，他想可能与武汉三镇夏天天气酷热有关。而这位婆婆虽然衣着单薄，甚至打着补丁，却干净整洁。她很痛，但只是皱着眉，没有呻吟。一个有尊严的婆婆，马尚德对她满怀敬意，令他想起了自己的母亲，母亲也是一位伟大的女性，容忍而坚强，全身心地爱着他。

终于，婆婆在小马和中年男子的扶持下，走进了病房。马尚德面带微笑地迎上去，指指墙边那张小病床，要婆婆躺上去。许是马尚德目光的和善打动了她，婆婆平静地躺下，任儿子撩起了她右边的棉衣，露出腰上的疮。小马说得对，人家外国医生跑到中国来，给中国人治病，又不收一分钱，是受主的召唤实心帮助中国人呢。当然，她并不明白主是什么人，至少是个善心人吧。

婆婆听见外国医生叽里咕噜地对小马说了一串话，小马轻声地转述说："婆婆，马尚德医生说，您的恶疮很严重，得用手术刀划开，将脓挤掉再敷药。现在没有麻醉药，会有些痛，您受得了吗？"

有什么受不了的，婆婆想，苦日子过够了，这疮已折磨她半个多月了，先前也找了些土单方，但硬是没用。她点了点头，紧闭上眼睛。

她先觉得马医生用什么在擦她的疮，凉凉的，突然阵阵刺痛袭来，她不由想蜷起腿。但小马拉住了她，她的儿子则按住她的肩头。她睁开了双眼，触到了马医生和善的目光，目光里有鼓励有安慰，只听见小马说："婆婆，会痛一会儿，您忍忍就过去了。"终于，痛渐渐减弱了，疮口凉丝丝的，她只觉得多日来火辣辣的痛终于被赶跑了。

马尚德目送着母子俩渐渐走远，他刚刚特意送了婆婆外敷药粉，告诉她，不出十天她就会好，能过个开心的大年。

到了大年除夕那天，见没有病人，马尚德就安心地坐在书桌前学习中文，所有传教士和传教医生都得经过中文考试，他也想早日学会中国话。他正在用心看书，突然有人在外面大喊"马医生"，他闻声走出来一看，竟是那婆婆的儿子。他梳着整齐的辫子，身穿蓝衣对襟旧棉袄蓝色旧棉裤，胡子也剪过了，精神焕发，稳重而又质朴，仿佛换了一个人。他从手里的蓝布袋里掏出四只鸡蛋，感激地说："妈妈好了，妈妈让我送来，谢谢马医生。"他其实说了一大串，马尚德艰难地听懂了最为关键的几句话。他接过那四只鸡蛋，热乎乎的，看来是煮熟了。

过了年后，病人渐渐多了，马尚德有时忙得连吃饭的时间都没有。马尚德和小马约定，得找机会去河对面的武昌崇真堂看看，那是他所在的教堂。小马告诉他，崇真堂在武昌城戈甲营44号，是一座拉丁十字形造型的单层哥特式建筑，可容纳四百人做礼拜。而武昌城是湖广总督衙门、湖北巡抚衙门所在地，一到乡试，全省的读书人都会云集于此，热闹得很。马尚德听了甚为向往。

32

已是春天，天气暖和了。这是细雨纷飞的日子，用过早餐，嗣同、欧阳中鹄、王信余相约一起去踏春，嗣同特地鼓动闰娘也一起出去走走。闰娘听说后山关帝庙菩萨很灵验，也想着去拜拜，祈求府上清静，祈求她再怀上孩子。

从巡抚衙门后院门出发，经胭脂山山间小道，来到山北麓的关帝庙。嗣同让闰娘、杨妈自己去拜神。看到旁边的乌桕寺，嗣同想此寺必有棵乌桕树，和欧阳中鹄、王信余一起走了进去。庙很小，院子里果真有一棵高大的古树，粗壮的褐色树干，恣意、狂放的枝条，向人们宣告着它的桀骜不驯。雨已停了，光光的树枝上挂了些白色的果子，淡淡的雾气缠绕着古树，树杈顶上的鸟窝里隐约有鸟的啾啾声传来。嗣同记起老屋天井坡后山上就有不少乌桕树。秋冬之时的乌桕树十分绚烂，那些或金黄或火红的叶子，与绿叶一起，在蓝色的天幕上渲染出一幅五彩斑斓的画面。那年他和传简一起回天井坡，就为那些彩叶而惊奇，不想传简离世都快一年了，仲兄离世也快两年了。他不敢再看乌桕树一眼，就匆匆地走出小庙。闰娘已站在庙前坪等候，双眼红红的。杨妈过来说："七爷，少奶奶想回家。"嗣同猜想她又想起兰儿，就点点头："既然不想再去其他地方，你们就先回家吧。"

见闰娘坐的轿子走远了，嗣同征求欧阳中鹄的意见："老师，我想去戈甲营崇真堂看看，听说英国传教士医师在免费替人治病。"欧阳中鹄突然想起："复生，你不说戈甲营我还忘了，抚台大人早前几天交代我，说今年是乡试之年，要抽时间先维修一下贡院。这几天学政赵启霖大人在贡院，正好顺路，我得去看看。"

于是一行人沿粮道街往西而行，又沿着正街往北，欧阳中鹄和王信余转往贡院，嗣同和师中吉则继续往北走。走过两个街口就到了戈甲营，很容易就找到了崇真堂，屋顶上有大十字架。诊所就在教堂旁边，嗣同走进去一看，却是只有里外两间的大房子，外间摆有几张病床，医生工作台就在角落。

工作台前坐着一位年长些的洋人医生，还有一位年轻的高个子洋人医生站在他身旁，两人都穿着白大褂戴着白大帽，甚至连旁边年轻的中国助手都穿着白大褂。三人对面坐着一位年轻女子，抱着一个小男孩，小男孩不时咳嗽几声，年长的医生边将一只圆形小听筒在男孩胸前移来移去，边认真地听诊。病室里一片安静，嗣同与师中吉也安静地站在不远处观看。年长的医生取下听筒，安慰道："女士，放心吧，你儿子是感冒引起的发烧咳嗽，没什么大问题，吃几粒药片就会好。"

这时，那位一直呆望着嗣同的年轻中国助手走进了内室，出来时手里多了个小纸包，他将纸包递给了年轻妈妈，告诉她："用温开水送服，一天三次，每餐后吃一粒半就行，吃三天。"年轻妈妈抱着孩子千恩万谢。

嗣同见了那人，惊喜万分："晓澜兄，你怎么在这里？"

原来年轻助手确是包世贞，去年一别，她已经大半年不见嗣同了，她也曾想去找他，却无从找起，无功而返。刚才眼见嗣同走进来，她有些慌乱，但又不敢打扰欧文医生看病，现在好了，可以好好说话了。

包世贞上前施礼："复生兄，今天怎么到了这里？来，我给你介绍介绍，刚才给孩子看病的是欧文医生，他已在此服务多年，很了不起！这位传教医生是马尚德先生，来自汉口花楼总堂。"

嗣同忙上前与两位医生行礼，平日看多了中医诊脉，今天第一次见识西医借助工具来看病，他有太多的问题想请教："欧文先生，刚才小男孩咳嗽，倘不及时治疗会有怎么样的后果？"

"小男孩刚刚感冒发烧，及时治疗就没事。但一旦拖久了，发展成百日咳，就有生命危险。"欧文耐心地解释道。

"哦，中医能治好百日咳吗？"嗣同想起了兰儿的离世，心里一阵刺痛袭来。

"在有些疾病面前，中医也是无奈的，百日咳用西医来治效果更好。"欧文医生直率地说道，"晓澜，你带这位谭公子去参观参观吧，又有病人来了。"

嗣同随着包世贞来到里间的工作室，房间不大，但整齐干净，诊桌上摆着台灯，还有些医学书籍、笔记本、点水笔、蓝墨水之类，靠窗的桌上整齐地摆放着高低不一的玻璃瓶，或装着白色的、黑色的、绿色的药片，或为紫蓝色的碘酒，或为无色的酒精。随着包世贞的指点，嗣同惊愕地看到了他未曾见过的西药片，点水笔也令他惊叹。他心里在想：西药片是由什么制成的呢？点水笔写字应该更快更轻松吧？

包世贞打开桌上的小木箱，嗣同看到里面躺着大大小小长长短短的剪刀、小刀、夹子等。"难道就用这些工具动手术？病人要是很痛怎么办？"包世贞微笑道："事先打麻醉针，病人就不觉得痛苦。"

"靠墙边的小木床比普通床要高些，有些病人得躺在床上让医生检查。整个诊所里弥漫着的是福尔马林的味道，用来消毒，杀死有害细菌。"包世贞耐心地解说道。眼前这位俊朗的公子，一口标准的官话，随意的三言两语就透露出他满腹的才华，还有他淡淡的忧郁，这些都令她时常怀想。但她知道，她只是他的世贞兄弟。

嗣同沉浸在意外的收获里，他第一次亲眼看见西医治病，他们给病人吃些药片药丸，甚至还给人动手术。晓澜兄还说，倘是在条件好的手术室，西洋医生还可以剖腹摘除坏死的人体器官或生长的瘤子，剖开胸腔都不成问题。历史上也说过扁鹊给人动手术，华佗为关羽刮骨疗伤，但比不得西医有那么多手术工具。

临出工作室时，包世贞突然问他："复生兄，怎么大半年都不见你去看戏？我好几次找你，都没找到。"

嗣同只得实情相告，却扯起了内心的忧伤："我奉父命回了湖南老家读书，而我的兰儿因治疗不力，竟未能保住性命。"

"复生兄，抱歉提及你的伤心事！当时我就提起过，倘小孩生病了，可来这里看病拿药，欧文医生治好了不少小孩子的病呢。"包世贞不禁难过。

嗣同摇了摇头说："我不在武昌，我家父亲大人不肯让西洋医生给孩子看病。"

两人一时竟不知再说些什么。嗣同担心欧阳中鹄等他太久，便与包世贞及两位医生告辞。欧文医生在忙，马医生、包世贞将他送到了大门外，马医生生硬地说了句中国话："谭先生，再见！"嗣同惊讶地看了看他，在他那双大眼睛里，感受到了满满的和善和友好。

走到路口，欧阳中鹄果然在等他，几人一道回巡抚衙门。

回到家里，嗣同直接进了书房，一时思绪万千，拿出文稿纸，写下一首《武昌踏青词》：

陌上春风骢马嘶，鄂君画舸共逶迤。江山和淑归裙屐，荆楚嬉游属岁时。

觅径雨迷乌柏寺，耕烟梦绕白蛮祠。偏于嫩绿残红外，宿草茫茫一怆思。

第八章：书院

33

就在这个春深时节，四十艘炮艇在长江江面一字排开，礼炮齐鸣。陆军兵勇则列队岸上，鸣枪致敬。俄国皇太子尼古拉来武汉访问，作为第一位来到亚洲访问中国的俄国皇子，武汉是俄皇太子"远东之旅"的重要一站。

俄国皇太子访华一事，朝廷看得很重。俄国是个军事强国，又是一个野心勃勃的贪婪之国，一直觊觎中国北方与之接壤的广阔领土，对中国威胁最大。难得有这样一位对中国友好的太子，倘若跟他建立友谊的话，无疑对将来的斡旋有利。因此朝廷准备乘俄皇太子访华之机，倾心结纳。俄皇太子早已知道武汉正在兴办铁厂，他要亲自来看看，顺便看看他们在汉口的茶叶贸易公司。

这对张之洞来说，不啻是一个难逢难遇的福音。无论于国于己，都要牢牢抓住这个机遇，把这篇文章做得珠圆玉润、花团锦簇。

对俄国这个国家，张之洞早在京师当洗马时，就因为伊犁谈判而对它有过深入的研究，越研究越服膺林则徐当年流放新疆时所说过的一句话：俄国是中国的心腹之患。虽然日本也对中国关东一带有领土野心，但毕竟国力不强，加之隔着海洋。不像俄国，千里边界线上，铁骑可长驱直入，真是可怕。至于英、美、德、法这些国家，张之洞心里清楚，它们对中国的伤害，主要体现在生意场上的不公平贸易，领土要求尚在其次。从那时起，防备俄国而利用英、美、德、法的外交策略，就在张之洞的脑子里慢慢成形。

张之洞决定动员一切力量，确保在俄皇太子来汉之前做到铁厂出铁、枪炮厂出枪炮。拿出铁家伙摆在他们的面前，要胜过千言万语。但要达到目标，他手里最缺的就是银子。他立即给朝廷上了道条陈，请他们大力支持，拨款一百万两银子。

第三天，由铁政局出面，召开铁厂、枪炮厂、煤矿局、铁矿局的总办会议，张之洞在会上做了训话。他以总督兼湖北洋务督办的身份，要求所有总办、协办与全体匠师、工人等一道，努力干活，确保在俄皇太子来汉前出铁出枪。张之洞的讲话铿锵有力，慷慨激昂，说到动情之处，他声泪俱下，大家都被深深感动了，乃至群情激昂。但蔡锡勇听了却心绪沉重，时间紧迫，哪里是喊几句话就能出铁出枪的？简直无异于画饼充饥！但他却不敢在众人面前坚持异议。

第四天，张之洞趁热打铁地又在总督衙门议事厅里举行隆重的大会，谭继洵、王之春、陈宝箴，再加上盐法道、粮道、兵备道、汉黄德道、汉阳知府、武昌知府等湖北地方大员全都到会。他又重讲了一遍昨天的演讲，因为听众都是颇有从政之道的地方大员，张之洞的神情没有昨日的激动，议事厅里的反响也远不如昨日会堂里的热烈。张之洞演讲的主要内容又加了两个字：筹款。户部的银子半月二十天到不了，投产在即，一天也不能延误，湖北省务必要紧缩各项开支，在十天内筹出一百万两银子来，户部来银后再归还。

可除王之春、陈宝箴表示尽力想办法、积极筹措外，与会者再没有第三人发言。众道府大眼瞪小眼，大小眼睛又一齐望着巡抚大人。自从马鞍山煤矿事件之后，谭继洵对洋务更是避之唯恐不及。平日听到嗣同称赞铁厂时，他就沉着脸，私下则感慨自己老了，跟不上潮流了。他都七十岁了，怎能不老！他甚至还萌生了致仕回籍的念头。他近来身体不大好，神志懒散，对于张之洞的那一套根本不太关注。一则他知道张之洞除了要银子之外，其他事也不可能让他插手；二则他素来认为民众在于教养，要注重教养之方。至于银子，他有一条原则，不能随便从藩库里拿出来给张之洞。洋人的那些黑机器，在他的眼里就好比无底黑洞，任多少银子都填不满，一点回音都听不到。听听总督的讲话就知总督的用意，他抱定一个宗旨：不说硬话，不表硬态。

大家都不再说话了，场面颇为尴尬。见此场景，张之洞勉强挤出一丝笑容来，干脆直接问谭继洵说："谭大人，你有什么法子可想，能凑出百把万两银子来？"

张之洞竟当着这么多下属官员，直接向他开口了，谭继洵压抑住心里的不满。隔了好长一会儿，他才缓缓回复道："湖北银钱一向匮乏，这点制台大人您是非常清楚的。这十天半月，莫说筹集百万两银子，就是二三十万也很难。"

张之洞的脸一黑，极不高兴地说："谭大人，你是湖北之主，铁厂也好，枪炮厂也好，都设在湖北。两厂早日竣工投产，不止是我张某一人的事，也是为湖北为你谭大人脸上贴金的事。你可别推脱，无论如何要筹集百万银子出来，待户部银子一到，即刻如数归还。"

谭继洵心想：户部的银子还是天上飞的一只鸽子，到时没有银子下来，我湖北不是白白地赔了一百万？但望着张之洞板着的面孔，听着他带刺的话，他知道这话决不能说，否则真要把这个任性的名士制台惹得恼羞成怒了。他压下心中的不快，打起精神，缓缓地说道："大人的厂办在湖北，的确是给湖北的脸面上贴了金，谭某人理应支持。只是一时要拿一百万，实在太难了。湖北的钱粮，都在藩司爵棠方伯的手里握着，他肯定会一腔热血尽力设法，此事大人就交给爵棠方伯好了。只要他拿得出，谭某决无半点为难，尽数借给大人便了。不过，爵棠方伯也要替湖北负责，请铁政局出示一张借条存入藩台衙门。"

谭继洵此时把挑子一股脑儿撂给了王之春。王之春当然也知道，湖北要在短期内筹集百万银子，实在是强人所难。但是他刚才说得坚决，毫无保留地支持督署的决策，此时又怎能改口？王之春曾出使俄国，早已看出洋务有利于国计民生，中国只有虚心学习洋人的技艺才会有出路。

王之春虽是湖南人，与张之洞却渊源极深，早在山西时，张之洞就很赏识他，曾多次上奏折保举。王之春也知道俄国的狼子野心，需要特别加以防范。无论于公于私，他都该坚定不移地站在张之洞一边，即使筹不到百万，也要硬着头皮全力去筹措四五十万。见大家的目光都集中到了他身上，王之春忙站了起来，看了看眼前两位顶头上司，竭力挤出笑来："既然谭大人这样相信我，我就尽力去办吧，也希望各位道府予以支持。"陈宝箴深深懂得香帅的不易，从来都是坚决支持香帅的新政举措，此时也站了起来，朗声说道："香帅建设铁厂意义重大，在下虽能力有限，也率臬司衙门表个态，尽快为铁厂筹措十万银两。"

在座的各道府见谭继洵发了话，王之春、陈宝箴又表了态，便一个个开口"好说好说"，心里却叹息道：也算是心有余而力不足，我们的那点银子金贵得很，要做好人就由你这个掌管湖北财政的王藩司去做吧！

尽管铁政局总办蔡锡勇对张之洞这一宏伟决策没有把握，但他还是尽力而为，天天泡在建设工地上。铁厂和枪炮厂掀起了声势浩大的建设高潮，一座座厂房在日夜修筑，一座座烟囱在天天加高，一架架机器在快速安装，一船船煤、铁在不断地运来。走过路过的人，但见两个紧挨的工地上一派热火朝天、人声鼎沸的景象，往往面露惊异之色。

34

王之春掌管银钱藩库，陈宝箴掌管刑狱治安，汉黄德道兼江汉关监督恽祖翼控制江湖黑道，生财都有路子，三人半个月便筹集到五十五万两银子，保证了施工不致中断。户部却一点响动都没有。

户部现在是翁同龢的天下，撇开翁同龢对张之洞的成见不说，户部多年来都是在捉襟见肘的狼狈处境中过日子。国库收入年年减少，除救荒赈灾等常规款项外，在铁路、电线、洋枪、洋炮这些新玩意儿上的开支年年增加。慈禧太后虽然住进颐和园三四年了，但工程并未停止一天，浩繁的开支常使翁同龢心里发慌。

一个月了，还不见户部的批文下来，张之洞急得不得了，发四百里快函给儿子张权，叫他打听户部的消息。张权这才得知，奏折在户部给淹了。接到张权的回信后，张之洞气得大骂："翁常熟书生意气，真真误国！"

户部这条路给堵了，总还得再设法弄些银子来呀。借！万般无奈之下，只有这一个办法了。向谁去借呢？当年他在山西提拔的太原知府马丕瑶已擢升广西巡抚了，便写封信给马丕瑶，请他酌情腾借十五万。没有多久，马丕瑶千方百计地凑了九万两。无奈之余，张之洞只好找时任直隶津海关道兼直隶津海关监督盛宣怀借。

这几年来，盛宣怀一直在密切关注着龟山脚下的铁厂，不止一次地感叹张之洞的见识和魄力远在一般平庸督抚之上，已然直追李鸿章。盛宣怀在很早的时候就入李鸿章幕府，得到李鸿章的欣赏与器重，可谓是他的左右手。也因为背靠李鸿章这棵大树，盛宣怀成为晚清洋务运动的主将，担任轮船招商局、电报局督办，一时炙手可热。而张之洞比李鸿章年轻二十多岁，如此看来，执明日督抚牛耳，领将来政坛风骚的，应是这颗冉冉升起的新星。盛宣怀多么想和张之洞拉近关系，可张之洞不像李鸿章，清高而自负，难以靠拢。

盛宣怀对张之洞借钱之事高兴得很。他乐意插手其间。

接到张之洞的借款信函后，盛宣怀思考再三，决定按票号利息的一半借三十万银子给湖北。如此一来，彼此之间既显示友好，又不至于伤自尊心。张之洞接到盛宣怀的信后，大为高兴，这真是解了他的燃眉之急。

经过两个多月的突击抢建，炼生铁厂与炼熟铁厂都已初步建好，炼生铁厂已安装购自比利时的高炉两座，炼熟铁厂也已安装购自英国的搅炼炉一组四座。烟囱已高高地竖起八座，大冶的铁矿石、马鞍山的煤也在厂内空坪上堆起了几座小山，还配备大小斗车、各种料车、大平板车若干辆，竟还有载重吊车四五辆。

张之洞每隔八九天就要亲自来铁厂视察一次，对工厂的进度很满意，每次都要赞扬蔡锡勇一番，鼓励他再接再厉。面对着热情似火的总督，蔡锡勇却有苦难言，看看离预定日期只有一个月了，面临的许多难题非得要总督本人才能解决。

又一次视察完毕后，蔡锡勇将张之洞请到总办办公室里，焦急地说："香帅，有几件大事，非得请示您定夺不可。"

"什么事？你说吧！"张之洞心情好，一边摇扇子一边说。

"这都是刻不容缓的事情。"蔡锡勇拿手巾擦了擦额头上的汗，说，

"炼钢厂的两座高炉，因风向的缘故已停在香港半个月了。就是明天启航也要二十天的时间才能到汉阳，看来这两座高炉是不能如期装好的了。没有高炉，所有其他附属机器都装好也不能称之为炼钢厂，更谈不上炼钢了。"

张之洞心里凉了，可一点办法都没有。他沉吟良久后说："炼钢厂的事先搁着，其他的事呢？"

"炼铁用的是焦炭，不能直接烧煤。前天我们将马鞍山炼出的焦炭进行化验，结果证明不合格，马鞍山的煤不能用。"蔡锡勇苦着脸说道，都不敢看张之洞的脸色。

这可真是桩大事。辛辛苦苦开采出来的煤却不能用，而且直到这个时候才发觉，张之洞恼火起来，气得将手中的扇子摔在地上："当初大家都说可以，为何现在又用不得了？"

蔡锡勇只得无奈地顶着张之洞锐利的目光，语气沉重地说："这事卑职有责任。当初化验时用的煤是早些年英国矿师留下的存煤，几项大的指标勉强合格。这一年来大量的煤是从另外的煤井出的，外表看来没有区别，没有提前再化验，这是我的失职。"

这个问题可就大了。马鞍山的煤不能用，今后怎么办呢，又用哪里的煤？张之洞只觉后背冷汗一片，心绪恶劣："可有补救的办法？"

"有倒是有。"蔡锡勇犹豫地回答道，"我已访到上海码头上存有五千吨德国威斯伐利亚焦炭。这是世界上顶好的焦炭，开平煤矿的上等好煤都炼不出来。"

"那赶快去全部买来，怎么还在这里啰嗦！"张之洞甚是恼怒，气呼呼地说道。

"只是价格有些贵。"蔡锡勇支吾起来，"一吨焦炭要二十两银子，与买一吨生铁的价一样。"

张之洞大吃了一惊，脸色都变了。如此说来，还开什么铁厂炼什么铁，不如拿银子直接去买铁好了。今后若长期用二十两银子一吨的德国焦炭来炼铁，那岂不是白白地将朝廷的银子化为水，让天下人笑话！但眼下解燃眉之急也只得这样了。张之洞艰难地说："那就先买一千吨吧，对付过这一次，以后再说。"

蔡锡勇眉头依然不展："香帅，这两个月来卑职全副精力都用在铁厂上，但枪炮厂无论如何不能投产。"

"为什么？"张之洞脸色更难看了。

"江南制造局不愿卖机器给我们，说多余的机器一台都没有。"蔡锡勇知道张之洞太精明了，只得实话实说。

张之洞愣了，他没想到是自己人为难他。枪炮厂本是订的德国克虏伯厂的机器，但要明年春天才能交货，赶不上迎接俄皇太子，于是张之洞临时决定就近从江南制造局转买。江南制造局是李鸿章署理两江总督时在上海创办的机器厂，后来逐步发展成为中国最大、设备最为齐全的军工厂，专造枪炮子弹，厂里的所有设备都是从英、美、德等国买来的。张之洞还是想得简单了，机器是可以匀得出的，但他们不愿意匀，谁也拿他们没办法。

对此，张之洞只得无奈地说道："炼钢厂的事，枪炮厂的事，这两件事你就别操心了，我来处理。你现在赶紧买一千吨德国焦炭回来，再精选几千吨好铁矿。先在生铁厂试炼两次，只要生铁厂能流出铁水来，就算大有成绩了。"

蔡锡勇正想起身告退，张之洞却想起了一件事："你安排人把铁厂和枪炮厂的环境好好整理一番，路要拓宽铺平，路两旁栽上些花草树木。几个主要的工厂厂房都要用石灰粉刷好，尤其是你们督办、主办那座楼更要装饰好，要特别布置一间宽大的接待室，以供客人休息谈话，这间房子要豪华气派些。"

张之洞又嘱咐道："给铁厂、枪炮厂的所有员工每人做一件新褂子。"

"香帅，正是要用钱的时候，有必要如此吗？"蔡锡勇迟疑道，"这可是一笔额外的开支。"

"多花点钱不要紧，显示我们湖北铁政局的气概最重要。"张之洞苦笑了一下，朝蔡锡勇挥了挥手。蔡锡勇起身告辞，不知何时已满头满脸的汗，他站在院子里喘了口气，便匆匆离去。

35

俄太子一行说来就来了。春天是武昌最美好的季节，花红柳绿，江水微澜，三镇江面上将要迎接来自远方的贵宾。这天一大早，谭继洵穿戴整齐出发了。嗣同头天就听欧阳中鹄说了，他特别想去见识见识，父亲却不肯带他一同前行。好在欧阳中鹄随父前往，嗣同这才转忧为喜，至少欧阳中鹄回来后会讲述他见到的一切。

一整天，嗣同都心绪不宁地待在书房，却一个字也看不进去，他的心好似也飞到了迎接俄太子的现场。好不容易挨到了傍晚，欧阳中鹄才护送谭继洵回到巡抚署。嗣同匆匆赶到父亲的院子，却得知父亲中了暑，已请医生看过，现已躺下了。

嗣同既担心又着急，欧阳中鹄告诉他：谭抚台没事，只是今日天气太热，又陪俄太子参观时累了，中了暑，没什么大问题。嗣同放下心来，转而询问起今日参观铁厂和枪炮厂的情形。

欧阳中鹄满脸疲惫，叹了口气说："复生，为师今日算是大开眼界了，不得不佩服香帅的手腕和魄力！且不说铁厂只有两个炉子出铁，一组搅炼炉可以工作，勉强可以对付过去。但炼钢厂从英国买来的炼钢炉尚未装好，这等于说铁厂尚未建成。枪炮厂也根本没买到半台机器，怎么可能开工制作枪炮？但香帅和蔡锡勇两人硬是使用障眼法，将俄太子一行和湖北一众官员都欺瞒了过去。"

原来，今天上午十时整，张之洞率领着湖北省抚藩臬三宪、各道府官员以及驻守湖北两镇的总兵副将等一批高级文武就到了汉阳门码头。文武官员们个个形容整肃、郑重其事，令俄太子一行甚为感动。在鼓乐声里，一整套繁文缛节之后，蔡锡勇带着客人参观铁厂。但见座座厂房都在紧张地工作，机器隆隆，马达声声，一派生产繁忙的模样。俄太子由衷称赞湖北铁厂是他见过的最大最好的铁厂。到了枪炮厂的最大厂房，众人惊愕地看到一排排崭新的步枪摆在工作台上。蔡锡勇指着枪支介绍，这是仿造的英国毛瑟枪，这是仿造的德国克虏伯枪，这是仿造的英国波利枪。俄太子的眼睛睁得大大的，将张之洞大大地夸赞一番。张之洞一脸微笑，甚是受用。

待俄太子离开后，谭继洵和欧阳中鹄才得知，面前的这一切全是湖北绿营的表演，导演这一出戏的则是张之洞。张之洞令亲兵营三百多名兵士全部到枪炮厂，二百多名士兵荷枪列队迎接客人后，全部分散在厂部各处巡逻站岗，特意制造出一种凛然不可侵犯的气氛。另外一百五十名亲兵被派到装配车间，好不容易收集来的两千杆新式步枪，一大半摆在门口做样子，一小半被换上工装的士兵拆开散在工作台上，只等客人进来时再一支支地装配好。这些士兵为此已训练了半个月。

听欧阳中鹄说完，嗣同心里真是五味杂陈，看到老师脸上的神情，便知道他也是心绪复杂，只得苦笑地摇摇头。临走时，欧阳中鹄还反复交代嗣同，千万不要说出真相来，不然一旦泄露，湖北整个官场都颜面尽失，乃至朝廷的脸都会丢尽。嗣同被巨大的悲哀所笼罩，一整晚都无法入眠。

很快，果如欧阳中鹄和嗣同所料，《字林西报》推出了此次俄国太子湖北武昌之行的报道，对汉阳铁厂、枪炮厂以及湖广总督张之洞的赞扬，立即在朝野上下引起轰动。

谭继洵因此感受到了洋务的重要性，偶尔也在嗣同面前感叹。嗣同趁机鼓动父亲也要关心洋务实业，谭继洵却只是摇摇头。洋务是张之洞的领地，他谭继洵不好插手，且缺乏这方面的经验。

36

陈宝箴去年十二月三日到达武昌城，第二天赴湖北按察使任，至十二月八日又改任湖北布政使，主管钱粮之类。陈三立则安心地留在长沙照顾家人，就在此时，三子陈寅恪在长沙蜕园出生，乃决定年后才将家迁至武昌城。

很快就过年了，年过六十的陈宝箴独自在武昌任上，黄氏夫人很挂念，甚至黯然泪下。正月过后，陈三立着手准备将全家迁往武昌，又聘赵启霖为西席，至二月初全家就团聚在武昌臬司府了。家人的到来，令陈宝箴甚是欣慰，但他对家人要求甚严，要谦以待人，要节俭着过日子，要让孩子们读好书。

陈三立来武昌后，不时协助父亲处理公事，为父亲出谋划策。很快，他发现了父亲尴尬的处境。

张之洞与谭继洵，总督与巡抚实在颇为异趣，总督办事要大把大把的银子，巡抚却将要求布政使将钱袋子捂得紧紧的，该是湖北的钱就得留在湖北，至于朝廷要拨给总督的钱就拨出去。为此，陈宝箴两边都得笑脸相迎，还得八方张罗，尽量做到既不拂总督的意，也不违背抚台的意，甚是辛苦。好在总督也好，抚台也罢，都很信任父亲。

在陈三立看来，同省督抚闹不和的事，近几十年来简直成了常态。

陈三立对此偶露不满，陈宝箴倒反过来劝道："谭抚台虽不支持新政，但是尽职尽责，从来不干扰总督兴办洋务，已经很不错了。"陈三立想想，总督与抚台至少没有公开对立，只是各办各事罢了。

天气渐渐暖和，臬司府后花园里渐渐有了春天的气息，树上已冒出了新芽。这天晚饭后，陈三立陪着父亲在花园里散步，西席赵启霖来报告说："香帅来了，说是来拜访伯严兄。我已将他领进书房，让人奉茶。"父子俩一愣，总督大驾光临，还说专程来拜访，真是意外。

父子俩慌忙赶到书房，但见张之洞已坐在椅子上喝茶，穿着简单的灰色夹袍，微笑着看着他们。他身边还站着位中等个子的年轻人，模样稳重，目光清亮，瞧见陈宝箴父子俩来了，忙上前相见，正是杨锐。陈氏父子也赶紧致意，陈宝箴更是抱歉地说："香帅大驾光临，有失远迎了。"

张之洞一脸微笑："听说伯严公子来武昌了，伯严公子连吏部行走都辞了，真是后生可畏呀。今天公务已毕，吃过晚饭，就叫上叔峤一起过来看看。叔峤是我四川学政任上冒出来的大才子，你们年轻才俊今后应多走动走动。"

陈三立有些惶恐，忙重新与杨锐见礼。

张之洞满脸亲切，挥挥手说："伯严、叔峤，你们也坐下说话吧。想当年我在京师之时，也曾常与人唱和，为官场士林看重，所作诗词广为传诵呢。"

陈三立当然知道，张之洞景仰苏东坡，诗文写作也走苏氏路子，诗作豪放洒脱，不过于斟字酌句，而注重通篇气势。他又推重唐风宋骨的诗风，厚重宽博的诗作特色甚合学人胃口，故在京师名气颇响。陈三立不同，他作诗初学韩愈，后师法以黄庭坚为代表的宋诗，喜用僻典冷字、险韵拗句，风格枯涩瘦硬，自成"生涩奥衍"一派。

陈宝箴见儿子一时不好作答，忙接过话头道："香帅是京师诗界领袖，平日作诗偏重于宋人风格，用字质实，造语浑重，用典精切，立意独创，伯严年轻，阅历又浅，哪能望您项背？"

陈三立忙站起来说："香帅，我这两天正在读您所写的《湖北提学官署草木诗十二首》，篇篇锦绣，字字珠玑，我特别喜欢《梧桐》那首。"说到这里，他朗声吟哦起来：

"屋阿一小楼，劣可容我书。登楼辟虚窗，闯然立高梧。
席尺染水碧，瓦沟引露珠。秋风渐萧惨，未觉根植孤。
此物产龙门，百尺干清虚。墙宇遭迫迮，生气阏不舒。
侧挺与附枝，一一当芟除。纵之出天表，岂无鹓鸾雏？"

张之洞意外之余，脸上也满是得意之色："我现在成天忙于公事，那些局厂矿事前人未曾办过，复杂难缠得很，将我的诗情画意都挤跑了。今日叔峤特地找来几首伯严的诗，比如《园居看微雪》这首，我就特别喜欢。叔峤，你再背来听听。"

杨锐起身朝陈三立拱拱手，谦逊地说道："叔峤早闻伯严兄大名，今日有缘一见，甚是欣幸。既是香帅有令，叔峤却之不恭。"杨锐略微酝酿情绪，便抑扬顿挫地吟唱起来："初岁仍微雪，园亭意飒然。高枝噤鹊语，欹石活蜗涎。冻压千街静，愁明万象前。飘窗接梅蕊，零乱不成妍。"

杨锐声音不高，却唱出了诗句间隐含的深情。待吟唱声停，陈三立回礼道："晚辈笨拙，不如香帅才气纵横，好在叔峤吟唱别出心裁，才得以示人，还请香帅多多指正。"

两位年轻人不由相视一笑，张之洞、陈宝箴也会心地笑了起来。

同治十二年（1873年）时，三十六岁的张之洞被任命为四川学政，决心在三年任期内为巴蜀学界做几件实事。那时四川士林风气不正，科场作弊之风十分严重。张之洞通过深入考察后，制定了"禁鬻贩，禁讹诈，防顶替"等整理科场的八大措施，督促各州府严格执行，科场作弊之风遂绝，风气渐趋清正。张之洞又接受丁忧回籍的前工部侍郎薛焕等十五名官绅的建议，创建了尊经书院，延请薛焕为山长。张之洞为尊经书院制定的目标是培养通博之士、致用之才。他还经常去书院给士子们讲课，且撰写了两部重要的学术著作：《輶轩语》和《书目答问》。《輶轩语》是张之洞阐述读书门径，教诫为人之道的著作，他希望士人们成为德行谨厚、人品高峻、志向远大、习尚俭朴的道德君子，并提出读书期于明理、明理归于致用的求学原则。

　　在尊经书院的授课过程中，张之洞发现五个资质特别聪颖、读书特别发奋的少年。他大力表彰他们，树立五位少年为全省士子的榜样，将杨锐列为尊经五少年之首并召为授业弟子。他还将杨锐与其兄杨聪二人比为蜀中当代的苏轼和苏辙。杨锐是绵竹人，不仅书读得好，品行卓异，志向更为高远。自此，他随张之洞到山西、广东再到湖北，经过多年的刻苦历练，已是学富五车。张之洞任两广总督，聘杨锐为幕僚，对他甚为倚重。这时杨锐的老母亲已经七十多岁，为了打消他的后顾之忧，张之洞亲自致电四川布政使，调杨锐的哥哥杨聪到距离家乡较近的地方任职，以便奉养老母。

　　此时，书房里欢声笑语，主宾融洽。张之洞看了看陈氏父子，笑道："我是无事不登三宝殿，今天还不是来和伯严论诗的，两院书院众子弟已招录到位，这个月下旬就要开学了，我是特地来为两湖书院学子邀请好老师的，盛情邀请伯严担任文学教习。"

　　陈三立以为自己听错了。

37

张之洞由粤督改任鄂督，下车伊始便视察经心、江汉各书院。时值大水之后，经心书院在营坊口都司湖畔，水痕犹在，墙宇多倾圮。江汉书院则屋舍狭小，容量有限。经心书院监院诸人趁机纷纷请求重修书院。江夏县绅陈庆溥等愿以自己所有的都司湖产业捐入书院，湖南旅汉人士亦踊跃支持，于是定议重修。现在不到一年时间，书院就基本建好了，定名为两湖书院。建院之初，张之洞札令湖北、湖南两省学使通饬各属，选调才识出群、志行不苟的秀才各一百名入学，因茶商捐助办学，另收录茶商子弟四十名。

"香帅筹建两湖书院，真是功德无量。我前几天已去两湖书院参观过，规模宏大，学堂、斋房、书库齐备，前为都司湖，后为菱湖，真是读书人的天堂。"陈宝箴钦佩之情溢于言表。

"两湖聪颖弟子不少，现在湖北洋务实业急需人才，我建两湖书院就是为了培养实用型人才。每月朔日为官课，望日为师课，称'朔课''望课'。为督促生员学业，住院学生每月发膏火银四两，每月初一、十五考课，除特别不用心者外，均有奖励。每学期大考一次，我定要亲临主持。"张之洞眼里满是期待。

"伯严兄，香帅为了培养人才真是不遗余力，赶紧答应吧。我也被香帅聘为史学教习呢。"杨锐目光熠熠地看着陈三立。

陈三立听说张之洞聘他为文学教习，真是又惊又喜，揽天下英才而教之，自是人生快意之事。可张之洞如此看重他，他又有些惴惴不安了，他略为犹豫，回道："感谢香帅看重，晚辈志大才疏，但愿不负香帅期望。"

张之洞每到一地，最喜网罗各方人才，而今两湖书院不光聚焦了两湖年轻才俊，各科教习也为深孚众望的博学之才，真可谓济济一堂，比如武进元史学专家屠敬，归安音韵、地理学家钱恂，宜都历史、地理、金石学家杨守敬，新化舆地学家邹代钧，杨锐、汪康年等人亦在此任史学教习。钱塘人氏汪康年中举后成为张之洞重要幕僚，并为其孙授课。今天又延聘陈三立，两湖书院更是如虎添翼。

陈宝箴早已令人端来佳肴美酒，温好的绍兴黄酒散发着幽香。陈三立端起一杯酒道："香帅，士为知己者死，晚辈定会竭尽全力，我先干为敬。"

张之洞畅快地一饮而尽。陈三立连敬三杯，书房里气氛热烈，四人谈着诗文，谈着两湖书院的美好前景及两湖洋务的铺展，直至深夜才散。

没过几天，陈三立就接到了总督府送来的聘书，且讲明三月二十七日书院开学，届时张制台亲临开学典礼。

三月二十七日，书院大门两侧彩旗迎风招展，礼乐悠扬，大门柱上所刻楹联很是抢眼：古昔盛时崇文兴化，大贤能事在气与言。乃是张之洞手笔。一大早，张之洞就率巡抚道府县官员来到了学院，书院提调陈宗濂、南监院成克襄、北监院关棠，及各教习易顺鼎、余肇康、杨锐、汪康年、陈三立等早已候在大门外。

风和日丽，众位官员沿湖一路行走，一路惊叹。讲堂雄踞两湖之间，巍楼杰阁，气象雄伟，参仿武英殿制度而建。讲堂之上进为官厅，四周嵌以明亮的玻璃，内外洞彻。再进为楚学祠，堂之东曰经学、史学分教处，绕湖再前行，则为提调厅。堂之西为文学、理学分教处，又西则南北书库、商学斋、管书委员厅。

随后，众人来到书院最大的会讲场所——传道堂，讲台上方拉了一条两丈多长的大红布，上有八个大字：出为名臣，处为名儒。新生早已安静地守候多时，张之洞先率师生向孔子神位行三跪九叩礼，后率官员向监督及教习行叩首礼。随后众人归座，张之洞坐在前排中间，提调、监院及教习分坐两旁，其他官员及学生依次坐好。

提调陈宗濂早就站在讲台一侧候着，他主持这次盛大的开学典礼，简单地说了几句开场白后，就高声地宣布："现在我们恭请制台大人张香帅训话。"

"诸位师生，两湖书院今天正式开学，天气晴好，是一件大好事，鄙人很乐意参加此次典礼，并说几句话。"张之洞干咳了一声，操着带有明显南方口音的官话侃侃而谈。陈三立用心倾听总督的讲话，虽然香帅依然提倡

"出为名臣，处为名儒"，目的却在于培养通晓时务的人才，放眼大清，又有几人能如香帅清醒呢！他不但着力推进洋务实业，更下大力气培养洋务人才。他内心不由激越起来，意识到自己肩负的担子，他望向杨锐，惊喜地看到了他双眼泛出的泪花。

"鄙人之所以动用大笔经费建设两湖书院，当然首在为国家为两湖培养人才。建设两湖书院及供各位在此安心读书的银子，虽说是湖广总督衙门拿的，其实都是湖广百姓的血汗钱。所以鄙人希望你们好好读书，多听多观察，学到真正的本领。将来还要选拔学业优秀者到英国、法国、日本等地学习，学制造、学冶炼、学测量、学军事、学法律、学师范，学成回来报效国家，报效两湖。只有师夷长技以制夷，我大清国才不受外国人欺侮！"

渐渐地，在场的学生都被总督大人的讲话所感染，在他生动的讲述下，眼前展现出一个陌生而神奇的天地，令他们向往。

38

就在几天前，嗣同得知陈三立被聘为两湖书院文学教习，特地写了封贺信让师中吉送去，还送了一方浏阳菊花石砚台。那菊花石砚台小巧别致，一朵白色的菊花绽放于砚台边上，一只小小的蛙蹲在花旁边。陈三立凝视着石砚，深切地感受到了嗣同真诚的祝福，甚是感动。他让师中吉等一会儿，赶紧写了回函给他，回赠嗣同一本珍贵的琴谱，函上约定于二十七日下午申时两湖书院小聚，届时他会约上几位有趣的人一起到江西会馆小饮。

到了这天下午申时，嗣同和欧阳中鹄、师中吉如约而至，陈三立和杨锐早已在书院大门口等候。嗣同一进大门，就被眼前清澈的都司湖所吸引，但见湖水清亮，湖里荷叶青青，连风里都弥漫着清香。沿湖而行，先走过南斋，南斋十栋一百间，为湘籍学生所居；再前行，北斋也是十栋一百间，为鄂籍学生所居；西斋两栋四十间，则为茶商弟子居所。所有的斋房规制一样，一律白墙朱漆木柱，一人一间，前为书房后为卧室。据说每斋配有更夫、厨师各一名，负责学生的生活和膳食，真是考虑周全。

嗣同和欧阳中鹄一路看来，不由连连称赞。来到两湖中间的讲堂，又看过楚贤祠，但嗣同却对南北书库特别感兴趣。陈三立告诉他，两书库藏书万卷，经史子集皆备，更有不少格致新书。嗣同眼睛一亮，但见排排书架上满是新书，散发着幽幽墨香，一侧还有学生阅读处，摆放着整齐的桌椅。他被典籍吸引，似乎想赶紧在此找个座位坐下来，好好读读书。还是欧阳中鹄扯了扯他的衣袖，嗣同解嘲地笑道："一看见书，我命都可以不要了。"另外三人都笑了起来。

眼见天色不早了，陈三立对嗣同说："复生兄，我们改天再来细细参观书院，现在我们喝酒去，那两位仁兄只怕早就去了。"于是，一行人匆匆赶往江西会馆，陈三立边走边简略介绍了易顺鼎。

易顺鼎，字实甫，乃湖南龙阳县人，五岁时即以神童之名广为人知。光绪元年（1875年）秋试时即中举，但之后十年间，他五上京师参加会试。每次都是乘兴而去，败兴而归。光绪十三年（1887年）冬，易顺鼎以同知候补河南，不久捐道员，任三省河图局总办。第二年，他将三省黄河图修好，给府台写了一封信，举家南下，跑到庐山去了。在幽静逍遥的庐山三峡涧，他建了三间草堂，取名"琴志楼"，后易名为"六可庵"。何谓"六可"？按易顺鼎的说法是：有堂可读书，有楼可看山，有院可种花，有轩可听湍，有廊可坐雨，有室可安禅。当年张之洞前往庐山游览，易顺鼎陪其畅游，还以诗文相赠，深得张之洞的激赏。此次他被聘为两湖书院经史教习，也因此成了张之洞的寄名弟子。

来到江西会馆雅致的包间，易顺鼎、梁鼎芬早已在此等候了。梁鼎芬还是总督府里的总文案，陈三立知道嗣同和欧阳中鹄早已和他相识，忙给他们隆重介绍易顺鼎。嗣同悄然细瞧了一下，易顺鼎果真浓眉大眼，气宇不凡。

陈三立应是常来江西会馆，所点的菜肴甚佳，酒也甚美。才子相逢，英雄所见略同，边喝酒边聊两湖书院，聊洋务实业，渐渐地声音都大了起来。

说起张之洞的书房，杨锐称赞道："香帅当年将自己的读书堂取名'抱冰堂'，是取自《吴越春秋》中越王勾践'冬常抱冰，夏还握火。愁心苦志，悬胆于户，出入尝之'之意，以激励自己刻苦自砺以成大业、以振邦家，真是不同凡响！"

易顺鼎则赞道："我之所以会应香帅之聘，就是因他在《咨南北学院调两湖书院肄业生并单》说：'每课优奖，以劝力学；广置书籍，以供博览；严立学规，以端趋向；勤考日记，以验功修；博约兼资，言行并勖，期于他日成就，出为名臣，处为名儒。'真是目光远大，思虑周全！"

之前，嗣同极为佩服张之洞大兴洋务实业的魄力，今天众人的称赞却让他知道张之洞还是有着极为宽阔的襟怀和高远志向的大儒，内心更是敬重他。眼见易顺鼎已有些醉意，想他才高八斗，却五赴科场不中，就有同病相怜之意，乃端起酒杯敬他："实甫兄，今天得以与君相识，真是三生有幸。"

其他几人都来敬易顺鼎，又敬嗣同，众人都醉意蒙眬了。

第九章：秋游

39

湖南会馆坐北朝南，南临前街，后靠蛇山。四进院落在中轴线上依次纵深排列，层层递进，大有庭院深深之感。会馆正门为两层高的歇山式牌楼，气势巍峨，门额上刻着"湖南会馆"四个大字。进入大门则是一段狭窄通道，通道尽头是两层高的戏楼，走过宽阔的院落，再往北就是会馆的核心建筑——大殿，大殿内供奉着一代大儒周敦颐，两侧又分列供奉着财神、杨泗将军像。

每逢年节和祭祀之期，湖南众同乡面朝南向大殿祭祀周敦颐、财神、水神。闲暇之余，也会观赏戏楼上演的精彩戏曲。各湖南会馆供奉濂溪先生，又因为湖南人多从事水运，他们也崇拜水运祖师爷杨泗将军，以此护佑水上运输一帆风顺。六月六是杨泗将军的神寿，湖南籍众同乡都要沐浴洁身，到杨泗庙焚香拜祭，戏楼这时都会上戏。去年刚来武昌时，嗣同等人就曾慕名前往，还曾在会馆看过戏。大戏精彩纷呈，给嗣同留下了深刻印象。

自从上次参观两湖书院后，嗣同更加不喜八股文，甚至不愿再去参加科考。同治元年（1862年）京师就开办了同文馆，京、津、沪、宁、闽等地陆续开办了培养军事、洋务人才的学堂。李鸿章、张之洞大力兴办洋务实业，实在有利于国计民生，靠空洞腐朽的八股文怎能使国家富强起来？他也真佩服陈三立，就是考取了功名，也随意将之抛掉，情愿担任书院教习。

今年是乡试之年，正月以来，武昌城里渐渐有了应试的书生，比往日更热闹了。嗣同每每在书铺里看到那些虔诚的书生，心里就不是滋味，心想自己就和他们一样，孜孜以求科考得意，真是可怜。不想在横头街熟悉的书铺里，嗣同又遇到了包世贞，包世贞说他才不去考什么功名，有时间就在诊所里给欧文医生当助手，救死扶伤比功名更有意义。他的一番话，令嗣同刮目相看，更有知音之感，双方约定六月初六晚上去湖南会馆看戏。

一到夏天，武汉三镇就热得难受，白天最好不要外出，四处热烘烘的。这天晚饭后，天快黑了，嗣同才带上师中吉出门，从巡抚衙门越过蛇山，就快到湖南会馆了。远远地，就听到会馆丝竹悠扬，看来戏快开场了，但实在太热了，嗣同不急于进去，在山道上凉快。不想，竟下起急雨，两人只得匆匆跑往湖南会馆。会馆人还不少，众人坐在两侧廊下安心地看戏，是昆曲《牡丹亭·游园惊梦》。嗣同最喜昆曲，但见台上旦角扮相俊美，唱腔也动听。

【皂罗袍】原来姹紫嫣红开遍，似这般都付与断井颓垣，良辰美景奈何天，赏心乐事谁家院。朝飞暮卷，云霞翠轩，雨丝风片，烟波画船，锦屏人忒看的这韶光贱。

【好姊姊】遍青山啼红了杜鹃，那荼蘼外烟丝醉软，牡丹虽好，他春归怎占的先？闲凝眄，生生燕语明如剪，呖呖莺声溜的圆。

不知什么时候，包世贞已经坐在他身边。嗣同发觉后，忙侧过身，作了作揖，忽然见包世贞脸上竟然有泪。

两人都不吭声，默默地看戏。散场时，雨已停了，嗣同率先挤出了大门，站在大门口等。包世贞倒是跟得快，很快就出来了。嗣同便说："现在雨已经停了，走山路回去，如何？"包世贞点点头。小路昏暗，师中吉走在前，嗣同走第二，包世贞随后，旺财殿后。翻过山头，眼见山下灯火闪烁，突然，包世贞哎哟一声，嗣同反应快，回头一把扯住了他的手，包世贞才没摔倒在地。黑暗中，包世贞早已脸色绯红，而嗣同却暗暗惊讶包世贞的手竟柔软无骨，如同女子之手。包世贞甩掉了他的手，更令他有些诧异。

分别时，包世贞对嗣同说："复生兄，好好温习功课，期待你高中的好消息！"嗣同心想此人自己不参加科考，倒劝别人去应考，不由苦笑地摇摇头。

40

王夫之"器变道亦变"的思想，成为欧阳中鹄主张变法的依据。当此社会处于急剧变化时期，包括欧阳中鹄在内的很多学人一改乾嘉朴学作风，而致力于通经以致用，崇奉公羊《春秋》，以为找到了治世之良药。眼见嗣同一副应付了事的模样，谭继洵干脆让欧阳中鹄陪他温习功课。嗣同无奈，只好天天打起精神，他经学、史学、舆地、算学等都没问题，但实在对八股文喜欢不起来。欧阳中鹄心中着急，但只能委婉地劝导他。嗣同的性格他是知道的，得找个适当的方式，嗣同才听得进去。

还剩一个来月的时间，这天一大早，欧阳中鹄怀抱着一堆书，板着脸地来到嗣同书房，直截了当地对他说："复生，世道就是如此，任你才高八斗，倘不制举业，你就是有天大的抱负，也无从施展。你平日口口声声要经邦济世，可你只是卑微的秀才，从何谈起？这些都是为师找来的八股文选集，从明天起，你得待在书房专心攻读！"说完，将怀里的那些书都丢在嗣同的书案上，头也不回地走了。

欧阳中鹄从来未曾如此严厉地教训过他，嗣同一愣，缓缓在书案前坐了下来。他想老师今日这番话自是恨铁不成钢，为着他能够尽快获得施展才干、为国效力的机会，一改往日温和的面容，故意用激烈的言辞点醒他。既然如此，自己也应积极行动起来，他谭嗣同岂是那等平庸无用之辈，岂是自甘堕落之辈！

下了决心后，嗣同变得认真起来，开始全身心地投入紧张的准备。他摒绝了一切交游，不去玩味诗词歌赋，也不再阅读格致书籍，集中精力钻研揣摩八股文的写作。他把自己前几次乡试的试卷及平日的习作又翻了出来，同欧阳中鹄给他找来的选集仔细对照参详。在如何题前盘旋、如何抉发题中神理等关键处下功夫。这样攻读了将近一个月，自觉眼光和手笔都有了突飞猛进，与几个月前大不相同。欧阳中鹄读过他新写的八股文后，也点头微笑。嗣同得意之余，自负地想：以我今日这种水准去考，再不中便是运气太差！

终于，八月初一过，嗣同告别家人，和涂儒翯、师中吉悄然地从武昌出发了。就在头一晚，谭继洵还特别举办了家宴，欧阳中鹄、王信余、贝允昕等都来了，大家都敬嗣同、涂儒翯，祝福他俩顺利中举。眼看着父亲头上的苍苍白发和眼里的热切，嗣同心里真是百感交集。

天气甚好，他们一行很顺利地到达了省城长沙，一踏进城里，嗣同、涂儒翯就感受到了浓烈的科考氛围。

街边摆着大捆大捆的桂花枝，在向来来往往的应试士子兜卖。绿叶间那些细碎的桂花令长沙城满是金黄的香味。师中吉买下一大捧："七少爷，这桂花真香，等会儿找个罐子养起来，可以香好多天呢。"嗣同见他脸上的笑，就知道他的用心，折桂即寓意着金榜题名，不由有些感动。再往前走，又不时有孩子在高声叫卖："桂花糕，卖桂花糕呢。"吃了桂花糕，考试可以考出好成绩，寓意步步高升。师中吉又赶紧买了一包，但他背着行李，抱着桂花枝，双手没空，涂儒翯笑着上前将桂花糕接了过来。

在贡院周围找了好久，才在长东街找到一家客栈，有几间空余的房间，嗣同赶紧定了三间，特地给唐才常留了一间。刚刚安顿好，唐才常就找来了，好友久别重逢，开心极了。唐才常浓眉大眼，膀阔腰圆，肤色黧黑，十足一个带兵领将的材料，有谁知道他满腹经纶，写得一手锦绣文章。天色已晚，嗣同让师中吉找了家僻静的小馆，点了几样湘菜，边吃边聊，席间洋溢着相聚的欢喜。

接下来几天，他们结伴同行，去街上添置上考场所需的用具及吃食，往南门口西文庙坪晋谒魁星，他们还特地随其他士子一起绕行长沙城，从湘春门进城，经北正街高升门（取步步高升意）、紫东巷（取紫气东来意），过文星石桥（取文星高照意）、又一村（寓柳暗花明意），最后到达贡院，查找自己的考号。

至八月初八这天，一大早，来自三湘四水的士子们手提着考篮，如水般涌往贡院，很快就散落到一间间的号舍里。嗣同、唐才常、涂儒翯在大门口相互告别，祝福着对方一举中魁。长沙比武昌好，八月时天气已然凉爽了，但待在狭窄的号舍里，还得冥思苦想，不是那么好熬的。至八月十七日这天，终于三场考过，嗣同只觉得辛苦异常，但八股文发挥不好，心里甚觉沮丧，看来之前的努力白费了。

士子们大都蓬着头发神思恍惚。来到大门口，嗣同瞧见师中吉迎了上来，很快唐才常、涂儒翯也出来了，就一块往客栈走去。实在太累了，一睡睡到第二天上午，嗣同才起床，和唐才常商量一起去衡阳走走。他早就想去登南岳祝融峰，更想去探访王夫之隐居著学之地。

既然放榜得在半个月之后，唐才常满口答应，而涂儒翯则离家已一年多，急着回浏阳大围山。

41

第二天一大早，趁着天气好就出发了。逆湘江而上，停停走走，竟然花了六天时间。这天傍晚，一行三人来到了南岳山下御街，这里客栈多，香烛铺多。农历八月初一为南岳圣帝神诞，即使已是八月下旬，来烧香拜佛的人依然不少。师中吉在离圣帝大庙不远的地方，找了家来福客栈，窗明几净，嗣同很满意，就住下了。

客栈小伙计只有十七八岁的模样，知道他们是特地来爬南岳山的，就好心地向他们建议：上山后，头一天住在上封寺，第二天天不亮就起床，赶到寺附近的观日台看日出，运气好就能看到太阳跃出云层的壮观景象。嗣同一听，兴致来了，当即就商定先去看日出。

早早地出发，三人紧赶慢赶，爬到了上封寺，住进了寺里。第二天天还没亮，外面就有喧哗之声，有人已经出发去观日台了。嗣同最先醒来，赶紧将唐才常、师中吉叫了起来。略为洗漱，走出房间，他们虽穿着夹衣，却冷得哆嗦。师中吉发觉寺里有专门租棉袍的地方，就忙去租了三件。嗣同平时穿衣服都很讲究，看了看那件不新不旧的老蓝色棉袍，皱了皱眉，犹豫着不肯穿上。唐才常劝道："复生，在外不比在家，将就点吧，赶紧去观日台，不然就赶不上了。"

嗣同穿好棉袍，随着众人匆匆赶往观日台。此时，东方一片灰白的天空，渐渐地出现了微微的鲜红，接着一道道光芒喷薄而出，霎时染红了东方的天空。最初的太阳，一点点，一点点，浮出了弧形的红边，红边很快变成了半盘红轮。随后猛地一跃，挣脱一切羁绊，跃出云层，变为耀眼的金轮微微荡漾于云海之上。曙光洒向大地，万物生机勃勃。此时，山山岭岭，青草绿树，遍披金色的彩衣，令人目眩。人群欢呼起来，嗣同也激动了，这是他第一次登高观日出，如此壮观又神秘的景象让他想到，倘大清国从上到下推行变革维新，国家便如朝阳初曦，充溢着无限的希望和无穷的生命力。果真如此，中国重新出发，自然会有希望。

　　趁着满怀的激越，嗣同带头朝祝融峰方向奔去。唐才常身躯壮硕，昨天爬山时就很狼狈了，只得强打精神跟上。嗣同看着好友那副吃力的模样，不由暗自发笑，脚步自然放慢了。天已大亮，路边有家饮食小店，三人干脆去吃些东西，也实在饿了。

　　南岳起于衡阳回雁峰，止于长沙岳麓山，蜿蜒七十二峰，纵横八百余里，在五岳中有"独秀"之称。南岳之所以称为衡山，是因为其对应二十八星宿中的翼宿和轸宿，像衡器一样，能够"铨德钧物"。早在东汉末年，道教就已经开始传入南岳，南北朝时期佛教开始传入，而自尧、舜时期起，南岳就已是历代帝王祭祀的场所了。南岳的山形有如朱鸟展翅，在五岳之中有"唯有南岳独如飞"之说，祝融峰就如朱鸟之头，为南岳最高峰。祝融峰因祝融神而得名，祝融是传说中的火神，它受黄帝之命驻于南方，也许就在祝融峰上。

　　在祝融峰顶那块巨大岩石上，耸立着一座庙宇，石墙铁瓦，额曰"祝融殿"，殿两侧挂着"寅宾日出，峻极于天"的对联，很有气势。主殿正中供奉着祝融火神，两旁为六部尚书及金吾二将。祝融火神在宋朝时被封为南岳司天昭圣帝，故民间又称其为南岳圣帝。历朝历代许多君王都来这里朝拜祭祀圣帝，祈求"以卫社稷，而福生灵"。

　　嗣同步出祝融峰的左侧门洞，登上了望月台。这里很安静，冷风猎猎扑来，嗣同只觉精神为之一振。他眺望群峰，山上万木争荣，飘浮着淡淡的白雾；再远眺蜿蜒的湘江，渺渺茫茫，感到自己陡然间渺小起来：祝融峰如南天一柱拔地而起，而他只是站在祝融峰上的一个小黑点，不由想起王船山那句"天涯一点红轮小"。

这时唐才常走了过来，感叹道："会当凌绝顶，一览众山小。站在高山之巅，便觉人之渺小。"

嗣同听了，只觉得连日来胸间的块垒渐渐消散，乃慷慨吟哦："身高殊不觉，四顾乃无峰。但有浮云度，时时一荡胸。地沉星尽没，天跃日初镕。半勺洞庭水，秋寒欲起龙。"

唐才常回过头看了看嗣同，见他脸上满是激动，点点头说："复生，你的诗真有气势，却依然有你的伤感。我这次科考肯定没戏，该死的八股文，好像捆住了我的思想我的手脚，纵有万千才智，也无法展现。"

"科举考试祸害世人已经千余年了，将来有机会，我第一件事就是议废制艺，罢除科举，以除此学界之害。" 嗣同看了看唐才常，坦诚地说道，"佛尘，你我是刎颈之交，香帅在武汉兴新政，开铁厂、办煤矿、建两湖书院，无不令人振奋，我早就想去参与新政，实实在在推动社会发展。大清国早已危机重重，再不思变革，只怕如此大好河山，都会落入他人之手！"

唐才常深受感染："复生，湖南更是保守，我所在的岳麓书院、校经书院才俊众多，但大家都汲汲于功名，根本没有抬头看看这个世界，好像仍在睡梦之中。"

"佛尘，你这个比喻很到位，我前段时间读了《格致汇编》，美西的科学技术已经取得极大进步，火车、轮船都由蒸汽机带动，那蒸汽机真先进，书中所画图谱我都看不懂！"嗣同道。

"蒸汽机是什么东西？竟然能带得动火车轮船，真可谓威力无穷。"唐才常惊讶之余，甚是好奇。

42

下山时，无意中走了西线的路。这条路更为幽静，行人不多，沿路古木森然。走到福严寺附近时，快天黑了，嗣同他们遇上了一位老和尚。他一袭玄色长袍，脚踏布鞋，身挎布包。老人目露晨星般的精光，气势如虹，行如轻风拂柳。他们一行三人，应老和尚的邀请去庙里住。就在十多年前，谭继洵带嗣同登南岳时，就曾经住在福严寺，还有一番奇特的经历。

十二岁时，谭继洵回浏阳，深秋之时带着嗣同游衡山，住在福严寺里。白天，趁父亲正和住持喝茶聊天，嗣同独自出去观看景色，竟被树桩绊倒，掉到岩石下面，摔得头破血流。砍柴的樵夫将他扶回寺庙。庙里的住持忙为他敷药，再三端详，转头告诉谭继洵说："贵公子骨相迥异凡俗，微嫌英脱，他日剔历仕途不宜京曹，过三品则京外为宜矣，否则必有大祸……"此时，想起年少时的衡山之行，嗣同还记忆犹新，仍觉当时住持有些大惊小怪。

第二天早上下雨了，他们三人走出福严寺，山间浮着淡淡的雾，树叶青翠欲滴，空气清新甘冽。他们下得山来，直奔石船山，去拜谒王夫之故居。王夫之自四十二岁定居蒸水之左石船山下，几度搬迁，最后在湘西草堂潜心著书十七年，大部分著作都是在此完成的。湘西草堂原有茅屋三间，左为住房，右为书房。船山先生逝世后，他的次子王敔六十寿辰时，用亲友所赠寿银购买了一批砖瓦，改茅屋为瓦屋。

自师从欧阳中鹄，嗣同就接触到王夫之的学说，特别服膺王夫之所提倡的经世致用思想。近两年，嗣同系统地钻研了王夫之的《四书训义》，欧阳中鹄还特别叮嘱他须以王夫之的《俟解》作为立身处世之本。但这些都是从科考的需要出发，嗣同并不以此为限，他又阅读了王夫之的《周易内传》《礼记章句》等著作，特别佩服王夫之隐居石船山，研读古籍，开创学说的心志与理想。

嗣同一行来到草堂院内，但见茂林修竹，绿荫如盖。他被屋前那棵古枫所吸引，这可是船山先生曾称之为"枫马"之树？但见满树红叶，甚是动人，树干粗大弯曲，形若骏马昂首前跃。微风吹来，红叶飘飘而下。旁边一株古藤，铁骨盘旋，蜿蜒上升，宛若"藤龙"。唐才常赞叹道："一马一龙，王船山用龙马精神抗击外族入侵，用龙马精神开六经之生面！"嗣同附和道："最为难得的是，王船山抗清失败后，僻居荒野发愤著书立学，终成五百年来真正通天人之故者！"

草堂大门紧闭，一番寻找，也未能找到主人，三人只得怏怏而返。

43

嗣同一行坐上回长沙的船，行未多远，竟遇上了瓢泼大雨，风起云涌，湘江霎时波浪滔天，木帆船在风浪之上摇晃，随时都有翻船的可能。嗣同经常坐船，也曾遇到如此风浪，倒是不觉得可怕，与唐才常在舱内有说有笑。船主是高大的中年汉子，见前面不远有一处可避风的河湾，急欲将船驶往近岸，忙唤船上一个十二三岁的男孩跳下水去拉船，他则奋力撑篙。

男孩跳进水里，拉起绳子，吃力地逆风曳舟。嗣同、唐才常都不会水，只能眼睁睁地看着男孩与风浪奋战。船刚刚前进一点，风猛地吹来，船又往后退，男孩霎时倒在水里，仍紧紧抓住手里的绳子。男孩又挣扎着站起来，拽着绳子继续向前拉。如此三四次，男孩始终未松开船缆，却也急得大声哭泣起来。

嗣同二人焦灼地大喊，师中吉从睡梦中醒来，闻声来到船头，赶紧跳下水去帮忙。师中吉双手握住船缆，使出了浑身力气，好不容易才将船拉进避风的港湾，避开了骇人的风浪。师中吉将浑身湿透的男孩拉上船，男孩瘦小的手掌，已让船缆勒得皮开肉绽，满掌鲜血。嗣同心里难受，忙进舱拿出随身携带的药膏，小心地给他涂上，替他包扎好。男孩只默默地掉泪，却没再哭一声。嗣同得知男孩姓赵名狗儿，父母双亡，跟着大伯一起驾船，心酸不已，拿出一些银两以示宽慰。男孩千恩万谢地接过，怯怯地回船尾去了。

等大雨停了，嗣同一行催促船主开船，赶往长沙。到长沙城外码头时，天已黄昏，男孩依依不舍地将嗣同一行送到岸边。嗣同见他手上的伤口还没好，将治伤的药膏递给他，安慰道："狗儿，记得早晚擦药，手尽量不要碰水！"狗儿点点头，流着泪默默返回船头，目送嗣同三人离开。

嗣同朝他挥挥手，难过地对唐才常说道："佛尘，这真是个不合理的社会。朝廷软弱贫穷，不思变革，惨遭洋人欺侮，老百姓的日子更是艰难，狗儿这样的孤儿真是受罪呀！"

唐才常叹了口气道："像狗儿这样悲惨的孩子触目皆是，这真是个不公平的世道。但愿你我能凭自己的力量，如船山先生一样去呐喊，去唤醒睡梦中的国人，一起用心推动国家的富强与独立。"

嗣同见狗儿还站在船头，不忍多停留，便转身朝城门走去。

嗣同匆匆安顿下来，就让师中吉前往贡院打探情况，果真第二天上午就放榜。这天晚上，嗣同久久不能入睡，他很可能就败在八股制式文上。但他期盼奇迹出现，早日中举，今后能有践行船山先生变革维新思想的舞台，也可了却父亲的心愿。不然，他逃脱不了科考的命运，父亲也不会放过他。他心里纵有万般不乐意，又怎忍心和父亲对抗呢？

总得去看榜，第二天吃过早饭，他们赶到贡院大门口时，那里早已是人山人海。嗣同站在场外，让唐才常和师中吉去看，这时见有人欢天喜地地拥着一位高大英挺的年轻人迎面而来。此人卓尔不群的气质，还有自信的目光，引得嗣同用心地看了几眼。二人目光相遇，双方都被对方的风采所打动，不约而同地点头示意。倘在往日，嗣同早已主动上前招呼，但今天心绪不宁，也就站着未动。旁边的几位士子在议论："这高个子就是熊希龄，来自沅州，此次以全省第十九名高中！"此时，唐才常和师中吉先后看榜回来，全都默然无声。

嗣同知道本次乡试就这样结束了。

既然在意料之中，不如赶紧回客栈收拾行李。

嗣同万万没有想到，匆匆一面之缘的熊希龄，今后在他生命中还会相逢。就在头年，湖南学政张亨嘉按试沅州，时在沅水校经堂的熊希龄名列第一，因此被选调到长沙的湘水校经书院继续深造。此次全省乡试，他又脱颖而出，阅卷官看了他的卷子后，对他的评价甚高："边楚蛮荒，前无古人，才华之高，乃三湘有为之士。"一时间，熊希龄才名誉满三湘，嗣同也牢牢地记住了他。

44

乡试再次失利，嗣同心里难免懊丧，返回武昌的船上，一直闷闷不乐，默默地看山看水。终于，在一个阳光灿烂的正午，师中吉提醒他，快到武昌朝阳门码头了。嗣同钻出船舱，明晃晃的阳光有些刺眼，来到船头，但见武汉三镇就铺展在眼前。嗣同静静地眺望眼前的一切，百感交集：武汉三镇有着独特的魅力，滔滔长江给了它无限的生机。在秋日碧净如洗的天际下，江面显得格外宽阔壮观，江水东去，波光叠映。龟蛇二山隔江相望，犹如两个护江之神，兢兢业业，恪尽职守，历千秋万代而不老。禹功矶、黄鹤矶，保佑河道良田，舟旅无惊。

滚滚长江东逝水，浪花淘尽英雄。和这滚滚江水相比，个人的名利又算得了什么？嗣同只觉得连日来心里的重压如烟消云散，浑身轻松了。船到岸后，嗣同让师中吉料理行李，他自己先行一步。一路行来，店铺人群都是那么熟悉亲切。嗣同长吁了一口气，加快脚步，奔巡抚署而去。

闰娘像有感应似的站在门口等候。一见他，闰娘忙迎了上去，投入他的怀抱哭了起来，说卢氏夫人说风凉话，平时人家夸复生如何如何诗作得好，学问好，有胆有识，却原来都是假的。只知道与狐朋狗友在一起吹牛，还弹什么琴舞什么剑，一味博取他人夸奖。一上考场就没见到真本事，考了几次连个举人都考不中。嗣同不用听闰娘的话都可以想象到卢氏夫人会如何说，他已习惯了。此时，他轻轻地拍拍闰娘的后背，安慰道："别多想，让她去说吧。别哭，找身干净衣服给我换吧。"

闰娘擦干眼泪，为嗣同找来干净衣服，为他整理行装去了。晚饭前，往父亲书房请安时，父亲沉着脸，询问了些考试的事情。眼见父亲头上白发苍苍，嗣同只得耐着性子，低着头，任由他责备。他能说什么呢？在父亲看来，走科举正途，中举人中进士，才是孝顺才是光宗耀祖。而在他看来，如何学习实用之学，造出坚船利炮，国家才能不断强大，才能不受欺侮。

见嗣同一声不吭，谭继洵更是生气，却见欧阳中鹄走了进来。欧阳中鹄听说嗣同回来了，估计谭继洵会责备他，特意忙忙地赶来。嗣同上前行礼道："拜见老师，学生真是惭愧，有负老师教诲。"欧阳中鹄忙摇摇手说："我知道你尽力了，过去了就让它过去吧！"他回过头对谭继洵说道："嗣同研读《四书集注》极为顺畅，诗作广为传颂，但八股文是弱项！再说考试的事情，你我都参加过，有时塌场也正常。"

谭继洵不好再说什么，仍板着脸，让嗣同将王信余、贝允昕、张憩云等人叫来一起吃晚饭，吩咐师中吉去通知厨房准备晚宴。王信余等人赶来一一与嗣同相见，谁都不说乡试的事情，倒关切地问起他寻访王夫之故居的情形。聊起王夫之的学说，欧阳中鹄赞不绝口，说道："船山思想远远超出王阳明思想，他认为'夫人必知之，而后能行；行者，皆行其所知者也'，从而提出了'知行相资以为用'的观点。"

"我岳丈蔚庐先生也特别推崇王船山，而我最佩服王船山的还是他那种'六经责我开生面，七尺从天乞活埋'的勇气和精神！"贝允昕是刘人熙的女婿，又受嗣同影响，对王夫之的学识耳熟能详。

嗣同受到了感染，声音也大了起来："五百年来，真能通天人之故者，船山一人而已。也因此，船山先生能倡导知行合一，与时俱进。"

此时，师中吉进来请众人入席，虽气氛不如往常热烈，但大家也喝得尽兴而散。

闰娘原以为嗣同会消沉一段时间，没想到他虽不爱说话，倒神色平静，天天在书房里忙碌。她趁送茶送点心的时机，试着劝嗣同："复生，不必为未能中举而忧心，你在我眼里永远是最棒的。你为仲兄整理遗作，可以慢慢来，也不要太辛苦。"嗣同点点头："闰娘，你放心吧，我的志向不在科考。仲兄的诗集我已经整理得差不多了，已拟名为《远遗堂集外文初编》，也算是尽手足之情吧。"

闰娘触到嗣同坚定的目光，悬着的心这才安定了。

第十章：侍疾

45

于嗣同而言，光绪十八年（1892年）这个春节过得很艰难。腊月初，谭继洵左脚背就莫名其妙地有些麻木隐痛。一开始，谭继洵还勉力去签押房办公，可没过几天，情况严重了，一走路就痛得厉害。欧阳中鹄派人请来当地名医法小泉诊病。因是巡抚大人，法小泉比往日看得更仔细，见患处肿起了一个如板栗大小的小包，肤色有些晦暗，摸一摸却不发热，抚台大人也不觉得特别痛。法小泉说："抚台大人由于历年积劳，正气稍亏，湿热下注，致有此患，必须静坐敷药，方易见成效。我先开三服驱毒散热的单子，用过后看看效果，再转单子吧。"

谭继洵吩咐欧阳中鹄代请一个月的假。三天药吃过，谭继洵的左脚肿得更厉害了，却没有疮口，也不发烧发热，但脚不能沾地，也不能穿鞋袜，只能躺在床上，嗣同的心又悬了起来。这天一大早，法小泉又来细细号过脉，看过已然肿大的脚，脸色凝重了，转过头来对嗣同说："抚台大人体内湿毒太重，乃至生此恶疮，这次药须下得猛些，不然难以奏效，公子您看如何？"嗣同想了想，说道："只要病好得快，对父亲身体没有妨碍，先生您只管开方子吧。"

法小泉一下子开了五服中药，回家后，派人送来了五贴自制的膏药。服药后，谭继洵脸色好看多了，也想吃些饭食了，但脚背居然肿得越来越大，连小脚肚子都肿了起来，引发了头痛，还咳嗽不已。

眼看着快过年了，嗣同有些着急，征求父亲的意见："父亲大人，都连吃了两张单子了，又贴了几天膏药，并不见好。我认识位英国的马尚德医生，医技很高，请他来给你看病如何？"

谭继洵闭着眼睛说："还是中医好，外国医生不可信，再者倘让外国医生进巡抚衙门治病，传出去成何体统？"

嗣同正要反驳，一旁的卢氏夫人横了他一眼，说道："就是七公子主意多，外国医生能治病吗？动刀动剪的，你父亲可是七十高寿了，受得住吗？这么大的武汉，还请不到一个好郎中？我就不信！"

嗣同只得作罢，气冲冲地走了出去。但想了想，他还是去签押房找欧阳老师。

眼见嗣同一脸怒气，欧阳中鹄知道后院又有新情况，忙迎上前去关切地问道："复生，抚台大人可好些了？我这里整理需办之事，正要进去禀报呢。"

嗣同忧心重重地说："父亲大人今天的情况不佳，我想去请英国马尚德医生给他看病，卢姨娘竟然不肯，还说风凉话。还有不上十天就过年了！"

欧阳中鹄劝慰道："不到不得已，还是别请外国医生吧。这样吧，前几天我听人说高仿青郎中不错，我赶紧派人去请来。"

嗣同怏怏回到谭继洵身边守候。没多久，欧阳中鹄就带着高仿青来到了后院。高仿青胖胖的，穿着件深青色大棉袍，行动干练，言语温和。他用心察看过谭继洵的脚，才缓缓说道："此恶疮，系抚台大人公事繁忙，劳心劳力，导致五脏风毒积热，深窜入里，郁结于左脚筋骨之间所致！现在毒气还没完全生发出来，比不得痈生于皮肉，来势凶猛，此恶疮来得慢又去得慢，必须静坐敷药，方易收功。"

吃了一张高仿青的单子，又贴了几天膏药，疼痛减轻了，脚也没继续肿胀。谭继洵甚至可以坐起来处理公事了，还站起来走了几步。可就在除夕头一天，谭继洵病情又加重了，肿胀的左脚面隐约可见深处的暗黄脓块。平日凡事不露声色的谭继洵，看来是疼痛难忍，竟小声呻吟起来。一家人都焦急万分，到除夕中午，全家人及留在武昌的幕宾简单地吃了团圆饭就散了。嗣同打起精神代父敬了众人三杯酒，也趁此宣布："父亲大人左脚生恶疮，行动不便，从今日起我专门负责晚上照拂，卢姨娘、魏姨娘及大嫂轮流负责白天照拂。"

接下来几天，谭继洵的脚虽然没有继续肿大，但眼见着颜色越来越深，脓头也越来越大，却硬是不知疮口在哪里。高仿青郎中来看过几次，也束手无策："这恶疮甚是凶险，不敢轻易刺破，只能继续吃药贴膏药，还得过些日子看情况。"

许是实在痛苦难耐，谭继洵动不动就骂人，连平日最宠的卢氏姨娘给他贴膏药时，都被骂重手重脚。魏氏姨娘喂他喝药时，谭继洵骂她不试试汤药冷热，都烫着他了。大嫂黎氏、闺娘战战兢兢，嗣同、传赞更是不敢在他面前露面，这也惹来谭继洵一阵骂，骂秦生、潞生都不懂事，他都病成这个样子了，都不知道来照顾他。嗣同便交代嗣同、传赞早晚来给他端茶送水，说说课业的新鲜事。说来也怪，谭继洵这下没脾气了，不再骂人，但吃得少睡得更少。

谭继洵日渐消瘦，行动不便。他身材高大，白天几位女眷扶他起床都如临大敌，得师中吉来帮忙，而晚上则全靠嗣同一人了。他随时关注父亲的情况，或是喂药或是换膏药或是给他擦身或是扶他起床，都极有耐心地做。谭继洵心想，他这个儿子平日只知读书弹琴舞剑漫游，现在竟然如此细心地照顾他，不由百感交集。他看了看灯下读书的嗣同，虽肤色偏黑，但剑眉威武，高鼻深目，脸庞英俊，神情朗朗，心下就有些愧疚。自从他母亲故去后，他这个做父亲的都很少关注嗣同的生活和内心，只知道逼他读书应考。偏偏他就不喜欢举业，连连失利，乃至这么多年南来北往地奔波应试，他甚至都没想过儿子的辛酸苦辣。想着想着，他长叹了一声，嗣同闻声忙问："父亲，哪里不舒服？脚又疼吗？"谭继洵摇了摇头，闭着眼睛说："夜深了，你也睡吧，我有什么事就叫你！"嗣同说："待父亲睡着了，我再躺躺吧。"那一刻，谭继洵禁不住热泪盈眶，儿子竟然如此在乎他，守着他。他哑着嗓子说道："复生，你们还年轻，兰儿不在了，你们今后还可以再生的。"就着微黄的灯光，嗣同看着父亲，父亲真的老了，额头上爬满了皱纹。他看到父亲眼里的泪光，更惊讶父亲怎么突然冒出这么一句话，连忙应道："父亲，我知道，你早点睡，早点好，你是全家的主心骨呀。"

谭继洵只觉得有许多话对儿子说，但他习惯了当一个严肃的父亲，不知该如何和儿子说说体己话。

46

快天亮时，谭继洵被脚上的剧痛惊扰，只觉得脚背在阵阵紧缩，不由大声呻吟起来。嗣同从睡椅上一跃而起，轻轻地扯掉膏药查看脚背，肿得更厉害了，但依然找不出疮口。嗣同摸了摸脚背，烫得很，再摸摸父亲的额头，更是烫得吓人。嗣同想起高仿青郎中单独和他说："疮口里脓毒出来了，病就好了！最怕郁结不动，发烧发热，那就坏事了。"

一看天色还太早，只好先叫醒师中吉，让他赶紧去厨房弄些盐开水。他用纱布蘸着盐开水，细心地擦过父亲的脚背，再用冷毛巾敷他的额头，又嘱咐师中吉尽快去请二位郎中。

卢氏姨娘、魏氏姨娘等女眷闻声赶来，团团围在谭继洵身边，嗣同坐在床边，让父亲上半身靠在自己身上。谭继洵不时剧烈地咳嗽，喘粗气，呼吸急促，突然头一歪，昏了过去。嗣同的眼泪流了下来，众女眷早已哭成一团。好在这时，高仿青、法小泉两位郎中先后走了进来。嗣同赶紧小心翼翼地将父亲放在床上。

两位郎中一个号脉，一个翻眼皮摸额头，又换着号脉，随后悄然交换意见。最后，高仿青直率地告诉嗣同："七公子，谭抚台这是身体太虚了，急火攻心，好在毒邪之气没有乱窜。在下给他扎几下银针如何？"

嗣同赶紧答应。说来神奇，高仿青仅仅在谭继洵两边太阳穴附近、两手虎口处扎了银针，没过多久，老人就悠悠叹了口气，睁开眼睛来。一时间，卢氏、魏氏悲喜交集。嗣同转头询问两位郎中病情，催促他们开方子。高仿青、法小泉倒不含糊，商议之后，由高仿青征求嗣同的意见："谭抚台脚背上的恶疮，已然成脓，却难于溃烂。我们计划用猛些的药，将体内的毒逼出来如何？"

嗣同连连点头，高仿青、法小泉开了方子后，告辞走了。嗣同让师中吉赶紧拿着单子去捡药煎药，上午就让父亲大人喝了药，敷上新膏药。

到了半下午，谭继洵精神好多了，师中吉还特地在房里燃起了苍术，一种奇特的药香弥漫在房间里。嗣同吃过午饭后，就一直待在书房里，阅读、校正仲兄谭嗣襄遗文、诗稿及其墓志铭、悼词，想想人已不在，心里沉甸甸的。师中吉匆匆走了进来："七爷，湖北臬司陈右铭大人来了，抚台大人让你赶紧过去。"

嗣同对陈宝箴很是敬重。父亲不时和他提起陈宝箴，说他行事稳健，识大体，有公心，颇有才干。而且陈家三代都懂医，他的父亲陈伟琳还是当地的名医，将医术悉数传授给了陈宝箴。陈宝箴先后医治过多位朝廷重臣，他的医术闻名朝野。时任湖南巡抚王文韶的母亲患有头痛病，百医束手无策，最后还是用陈宝箴的方子药到病除。

嗣同心想，父亲刚开始脚背肿时，陈宝箴大人特地赶来看过，开了个方子。父亲吃过后，精神了好几天，等会儿就请他再为父亲看看吧。嗣同走进房间时，父亲已倚坐在床上，陈宝箴则正在为他凝神号脉。嗣同忙上前行礼相见，陈宝箴朝他笑了笑，又转过身去察看谭继洵的额头、舌头及脚背，这才转过脸来对嗣同说："复生贤侄，年前奉抚台大人之命，在各道州县考核官员业绩，忙到年下才回。我刚才细细看过，抚台大人的恶疮得赶紧使之溃烂才好，不然毒邪之气就会侵入体内。这样吧，待我回家制几贴膏药送过来。"

眼见陈宝箴脸上真诚的担忧，嗣同感动了，再次致谢："有劳世叔大人辛苦，不胜感激。"

陈宝箴时常听儿子陈三立说，嗣同洒脱不羁，迫于父命南北应试，很有慷慨之气，诗也写得很棒。现在这位豪侠之士就站在眼前，皮肤有些黑，浑身洋溢着俊朗之气，特别那双熠熠生辉的大眼睛，凌厉却忧伤，陈宝箴心里暗暗喝彩。

陈宝箴认真看了嗣同几眼，笑着说："伯严时常在我面前提起贤侄，今日一见，果真豪迈之士。抚台大人平日待我宽厚，我自应竭力为大人解一时之苦。至于方子，就用高仿青、法小泉两位郎中的吧，他们在武昌也是一顶一的好郎中。"

随后，陈宝箴与谭继洵商谈了一会儿公事，才起身告辞。嗣同恭恭敬敬地将他送到大门外轿子边上，又恭敬地站在路边目送轿子走远。

47

到了晚间，陈三立果真来了，带来了三贴特制的膏药，还提了几只母鸡和几十个鸡蛋，说谭抚台身体太虚了，要增强体力，但又不能乱吃补品，还是鸡、鱼及鸡蛋为好。嗣同领着陈三立先去了父亲大人跟前，陈三立问候之后，上前细心地为谭继洵贴上一剂膏药，边操作边交代嗣同注意事项，令嗣同大为感动。

随后，嗣同将陈三立引至后院书房，欧阳中鹄、吴小珊笑容满面地迎了上来。陈三立很敬重欧阳中鹄，近来谭继洵病重，不少公事依赖欧阳中鹄协助办理。吴小珊是江西有名的才子，由欧阳中鹄推荐来抚台幕府，相见更是亲切。

陈三立对欧阳中鹄说："瓣姜师，还未来专程给您老拜年，真是抱歉！"

欧阳中鹄还礼道："伯严兄对老夫如此多礼，真是不敢当。时间过得真快，年前瞿子玖学政来武昌时，伯严兄招饮两湖书院楼上，记忆犹新，那天的月色好，饮酒作诗很是尽兴！"

此时，嗣同已安排师中吉端来点心和酒菜，给欧阳中鹄、陈三立和吴小珊斟好了酒，抱歉地说："伯严仁兄，感谢令尊大人和仁兄对老父的关爱，我晚上要照顾父亲大人，就让瓣姜师、小珊兄陪你小饮几杯。"

大家平日意气相投，此时也就不客气了，欧阳中鹄就先代嗣同敬陈三立，陈三立高兴地饮过。陈三立转过头对嗣同说："复生兄，你书房取了个什么名字？"

嗣同答道："伯严兄，我们浏阳产菊花石，我很喜欢此石质地温和而缜密，野性而文雅，你看我的砚台都是菊花石做的，书房取名为'石菊影庐'！我藏有四方菊花砚，名为秋影、瘦梦、瑶华、观澜，并一一作铭。"

陈三立连连称赞，又特意谢过嗣同赠砚之情，抬头复见书房墙上挂着一副对联，不禁吟哦起来："人在有情天，得此群山，暂舍事事；生岂无怀世，每当九日，亦自欣欣。"

嗣同忙解说："这副对联是我集王羲之《禊帖》字而成，伯严兄你看如何？"

陈三立点点头，赞道："甚佳甚佳！想昔日王右军于春和景明之时，招饮友人谢安、孙绰等四十一人会聚兰亭，赋诗饮酒，本是风流之事。右军又将诸人名爵及所赋诗作编成一集，并作序一篇，记述流觞曲水，乘兴挥毫书写《兰亭集序》，便成千古奇文，引得天下文人景仰，成就了不少佳话。"

吴小珊此时笑着插嘴道："伯严仁兄，我们相聚在此新春佳节，还是来喝酒喝酒！"

于是，三人接连干了几杯，话头更多了。欧阳中鹄说："伯严兄，你们父子都是我敬重之人，右铭臬司大人为官清正，而伯严兄勇于舍弃吏部之职，甘愿在两湖书院教书育人。感谢伯严兄上次指教我的五言古诗，还亲自题词。来，我敬你！"

陈三立笑道："瓣姜师，复生兄早就赞过您，实能出风入雅，振前贤未坠之绪。您这杯酒，在下肯定喝。"欧阳中鹄温和地看着一旁的嗣同，心里为爱徒的命运波折而叹息。

这时，陈三立来到嗣同书桌边，见书桌上摊着一堆书稿，问道："复生兄，有什么新作要刊印？"

嗣同道："自仲兄过世后，我一直念念不忘。仲兄在世时也是满腹经纶之人，自去冬回武昌后，我就将之前收集整理的仲兄遗文诗稿编成《远遗堂集外文初编》。"

"复生兄真性情之人，抱歉触动了你的伤心事。等刊印出来，还望赠我一本留存！复生，你的堂名为'远遗堂'，可否来自五柳先生《饮酒诗》中的'远我遗世情'之言？"陈三立问道。

就在嗣同暗暗赞许时，吴小珊倒激情满怀地吟哦起来："秋菊有佳色，裛露掇其英。泛此忘忧物，远我遗世情。复生兄，你难道也向往隐居生活？"

欧阳中鹄笑道："退隐山林，侍奉田亩，与诗酒长相厮守，这样的生活哪个读书人不向往？但不是人人都做得来的。伯严兄甘愿抛弃京官，而在两湖书院执教，不就是五柳先生的遗韵吗？"

陈三立朗声笑了，端起酒杯，又与欧阳中鹄、吴小珊碰了一杯。嗣同也笑了，却什么也没说。他的心思又岂止渴望归隐山林，他更渴望冲破家庭的束缚，而去追求自由与自然。

欧阳中鹄却叹道："我完全理解伯严兄的心思，尤其在此外患未消的情形下，凡是热血之辈又怎能做到遗世独立呢？"

就在书房里几人都陷于沉默时，嗣间跑了过来："七哥，爹爹叫你，我搬不动他。"见此，陈三立忙道："复生兄还得照拂谭抚台，今晚我就告辞了。等抚台大人病好得差不多了，我们再找时间聚聚。"

欧阳中鹄、嗣同、吴小珊忙将陈三立送至大门外，一一道别。

陈宝箴送来的膏药真是神奇，三贴膏药用完，小腿肿消了，左脚背恶疮终于溃烂了，那些疮口如蜂窝，脓液流了出来！嗣同看了又喜又忧，喜的是疮口终于化脓了，忧的是，没想到疮口如此之多，疮口痊愈只怕会难。他赶紧让师中吉去请陈宝箴大人晚上再来看看，自己动手用盐开水来清洗父亲脚面上的脓液。谭继洵疼得不停地颤抖，还轻轻地呻吟起来，满头满脸大汗。卢氏看了，责怪他笨手笨脚，自己带着魏氏一起清洗。谭继洵依然疼得不停地颤抖，卢氏只得无奈地罢手。

陈宝箴很快就赶来了，细细看过谭继洵的疮口，脸色舒展了，安慰守候在旁边的嗣同道："现在疮口已现，毒邪之气就出来了！最紧要的是将脓液清理干净，早晚擦上我配的药膏。连擦上十天的样子，疮口收了，再调理调理就差不多了。我现在就赶回府里调制药膏，抚台大人、复生贤侄，我就先告辞了。"

刚才清洗疮口，痛得谭继洵眼泪都出来了，他对自己的病本已悲观起来，现在听陈宝箴如此说，便觉安慰不小。嗣同更是连连作揖致谢，将陈宝箴送至大门外。

48

嗣同看着父亲脚背上如蜂窝般的疮口犯难了，疮口的脓液清理是个大难题。用自制的棉签蘸着盐开水去清洗，既清理不到位，父亲又痛苦不堪。用手挤呢，更是不行，疮口挤得太密，仍会痛得受不了。他沉思了一会儿，试着征求父亲的意见："父亲，等会儿陈宝箴大人就会派人送药膏来，得赶紧将疮口内的脓液清理出来，就容儿用嘴吸罢！"

未等父亲表态，嗣同就用盐开水漱口，让师中吉将痰盂搬过来，放在一旁。一口，又一口，嗣同俯下身子，小心地轻轻地吸吮着脓液，一心想着父亲大人赶紧好起来，竟抑制住了不断泛上来的恶心。

眼泪早已缓缓流过谭继洵的脸庞，师中吉也含泪看着嗣同。

所有疮口都吸吮了一遍，嗣同让师中吉细细察看，倒真是清理得干净彻底。陈宝箴派人及时送来了药膏，嗣同又细细地替父亲擦上。见父亲眉头舒展，他紧绷的心稍稍放松了些。那天的晚饭，嗣同根本吃不下任何东西。

说来真是神奇，一连三天，每天早晚，嗣同用嘴吸吮疮口，再细细擦上药膏。到了第四天，疮面就收口了，肿也消除了。虽然疮口处还是红通通的，但谭继洵可以自己坐起来了，也有了些胃口，喝了一碗卢氏熬的粥。到了晚上，嗣同侍候起来就轻松了些，可以小睡一会儿。

隔天早晨，嗣同侍候父亲洗漱完毕，卢氏就来了，察看了一下谭继洵的脚背，几乎痊愈了，脸上有了笑意："老爷，谢天谢地，你的脚背就快好了。"谭继洵满脸慈爱地看着一旁忙碌的嗣同："这样吧，今天我就搬回自己的房间，这半个月复生守夜辛苦了。接下来，由女眷们端茶递水就行了，也可让秦生、潞生来扶我走走。复生，你就去好好休息，也出去透透气吧！"

嗣同让师中吉将自己的铺盖搬回后院，想想这半个月衣不解带地侍候父亲，现在父亲的病快好了，也算是尽了儿子的责任。闺娘看着丈夫瘦了，眼泪就出来了。嗣同温言安慰着。一旁的杨妈道："七公子，怪不得少奶奶心疼你，你看你都瘦多了，神采大不如前，赶紧到床上去躺躺。"

　　嗣同疲惫不堪，躺下就睡，竟睡到第二天中午时才醒。

　　休整了一些日子，谭继洵就销了假，又忙碌起来了。

第十一章：登阁

49

自谭继洵脚背生恶疮起，嗣同就轻易不外出，一有时间就待在书房里阅读买来的西学书籍。之前他已经读过地理，知道地球、赤道、七大洲，现在又有数学、几何、化学、力学等书籍，一个崭新的特别的世界在他面前展开。但他又如此焦灼，美西都掌握了科学，对，是科学，我们却很少人懂，且不在意。而国家要强大，不受欺侮，就得学习美西的长处，自己造轮船枪炮，自己开工厂，自己修铁路。他被《格致汇编》上英国蒸汽机复杂而又精致的图片震撼了，甚至还一一给欧阳中鹄、王信余、吴小珊、贝允昕看，众人看后瞠目结舌。

谭继洵脚好了，精神比之前健旺。嗣同去给他请安时，谭继洵和蔼地对他说："复生，这段时间你累了，天气好时，让瓣姜师陪你到外面散散心。"

当天晚上，他回到自己书房时，欧阳中鹄就在等他，正在读他写的《极蠹歌并叙》。见嗣同走进来，欧阳中鹄说道："复生，今晚月色不错，看来明天天气会好，我约了元徵、憩云等人，一起去鹦鹉洲、琴台走走如何？"

嗣同知道老师是看重他的，也在乎他，心里一暖，忙点头答道："谢谢瓣姜师关爱，我让鉴吾准备准备，明天早饭后就出发。这个春天，我几乎没出巡抚署大门，都快立夏了，去瞧瞧春天的尾巴吧。"

欧阳中鹄见嗣同脸色平和，放心不少："好吧，去看看春天的尾巴是什么样子。我们都早点睡，明天好早点出发。"说完就朝门外走去，却又回过身来说道："复生，我知道你对嗣襄的感情，但他都走了那么久了，只要咱们善待他的儿女，他自是地下有知！"

嗣同点点头，回答道："瓣姜师放心，我会调整心态，我也知道我肩上的担子。"

欧阳中鹄这才放心地走了。

第二天果然天气晴朗，一行人早早出发，师中吉提着装满点心和酒的藤篮走在后面。往常出游时，嗣同最喜欢配上剑，甚至背上七弦琴，但这次他什么也没带，穿了件月白色的长衫，足蹬黑色紧口布鞋。一行人从巡抚署大门出发，沿着抚院街、察院坡往前走，过司门口，前往汉阳门。

来到码头，师中吉雇来一艘木帆船。嗣同站在船头，但见阳光明媚，和风习习，波光粼粼，近岸杨柳依依，远山绿树苍苍，更有杂树生花。欧阳中鹄、吴小珊、张憩云众人在一旁说说笑笑，他的心绪渐渐明朗起来。

50

鹦鹉洲，原在武昌城外江中。东汉末年，祢衡在黄祖的长子黄射大会宾客时，即席挥笔写就一篇"锵锵戛金玉，句句欲飞鸣"的《鹦鹉赋》，相传此洲因此而得名。鹦鹉洲在明末逐渐被淹，乾隆年间汉阳拦江堤外新淤一洲，曾名"补课洲"。嘉庆年间，补课洲改名鹦鹉洲，而新鹦鹉洲已与汉阳连成了一片。

当时有歌谣流传："武昌的银子顶着（指清朝官员），汉口的银子摆着（指百业商场），鹦鹉洲的银子晒着（指露天仓库）"。十里鹦鹉洲古朴雅致，街道由麻石板铺就，两侧酒旗招摇，茶馆商铺林立。从洲头至洲尾移步换景，湘西的吊脚楼、洞庭湖平原的木屋、汉川刁汊湖的窝鸡棚，沿街皆可见到。码头木排蔽江，号子声此起彼伏。

来自湖南五府的竹木商人，逐渐组成了十八个帮会组织，号称"五府十八帮"，形成鹦鹉洲竹木市场最大的帮派。自鹦鹉洲尾至老关附近，当时共有会馆二十八座，其中的两湖会馆最大最著名，气势也最为壮观巍峨。

嗣同、欧阳中鹄一路行来，走过鹦鹉洲麻石街，直奔两湖会馆。走进会馆，但见大殿建在一个宏大的石砌台基上，两侧沉楠立柱需三人才能合抱，正厅神坛上供奉着挥剑斩金龙的水神杨泗将军，正厅正对着一座精致高大的戏台。今天来拜神的人不多，大殿倒是香火缭绕，欧阳中鹄找坐在一旁的和尚询问杨泗会，和尚见他们一行衣着得体文质彬彬，很是热心。

农历六月初六为杨泗生日，会馆牵头举办杨泗会。杨泗会是武汉势力最大的码头帮会，鹦鹉洲湖南、湖北的脚班工人都会加入，入会达八千余人。届时洲上各帮工人停止工作，搭过街五彩棚，设座唱戏，洲上车水马龙，人群络绎不绝。只可惜还没到杨泗会，不然还可一睹盛况。

嗣同一行从两湖会馆出来后，觉得有些累了，师中吉找了家江南春茶楼歇脚。有不少人在喝茶，他们找了张偏僻的桌子坐下来。刚刚喝上茶，一个衣衫破旧的小孩子拉着一位中年盲人男子来到跟前。男子穿着旧蓝色长衫，却也整洁，说是唱花鼓曲的。未等这边有所表示，盲人就唱了起来：

"正月叹到梅花地，武汉三镇赛云梯。
黄鹤楼，成古迹，江汉书院御笔题。
晴川阁高凌云际，行宫内面供虞姬。
蛇山断腰半空里，凤凰山自有凤凰栖。
佳人才子寒温叙，得意春风快马蹄。

二月春风百花茂，祢衡坟葬鹦鹉洲。
崇福寺桃花开洞口，红粉佳人龟山游。
月湖堤，垂杨柳，三大馆开怀饮酒瓯。
游女归去黄昏后，悔教夫婿觅封侯。

三月清明桃李盛，轰轰烈烈汉阳门。
黄会馆，听瑶琴，来往踏青女佳人。
过长街就把古楼问，草湖门在面前存。
何方歌舞闹盈盈?牧童遥指杏花村……"

唱腔苍凉而又从容，嗣同听得入神，任他从一月唱到十二月，还意犹未尽。嗣同早就听说了同治年间沔阳落魄官吏郑东华游武汉时写了首《江汉图》，今天听来真是打动人心，忙示意师中吉多给些钱。小孩接过去，放在中年汉子手里，汉子忙作揖道谢。

　　吴小珊笑着对欧阳中鹄说："瓣姜师，如此听来，武汉三镇一年十二个月，月月有值得去游去走的地方，但四月要去汉口，二月得到鹦鹉洲，我们没按曲里唱的去游。"

　　欧阳中鹄笑道："这鹦鹉洲可与别的地方不同，江水之滨，水天一色，白帆点点，四时都有好风景。"

　　嗣同问道："不知洲上可有祢衡墓？"

　　吴小珊也问道："祢衡那可是出了名的大才子，只是怀才不遇，性情桀骜不驯。祢衡葬在老洲上还是新洲上？"

　　欧阳中鹄见吴小珊疑惑的神情，来了兴致，便说起祢衡与碧姬的故事来。那时，武昌城外长江中有一座江心洲，洲上一片荒芜，杂草丛生，野兔出没。有一天，江夏太守黄祖的儿子黄射邀请祢衡等一帮朋友到江心洲上去打猎饮酒。饮酒时，一位名叫碧姬的歌女斟了满满一盅酒，奉至祢衡跟前，祢衡接过酒杯一饮而尽。

　　正在笑闹之时，有人将一只羽毛碧绿的红嘴鹦鹉献给黄射，黄射高兴地又将鹦鹉奉给祢衡，且要他写一首歌咏鹦鹉的诗篇。祢衡乃大才子，他见了鹦鹉，念及生逢乱时，满腹才华无从施展，不禁触动心事，提起笔写了篇《鹦鹉赋》，并把鹦鹉转赠给了碧姬。后来，这篇《鹦鹉赋》被黄祖看见，怕祢衡对自己不利，就借故把他杀害了。黄射阻拦不及，只得含悲将他埋葬在江心洲上。

　　碧姬听说后，身披重孝，带着祢衡转赠给她的鹦鹉来到洲上，哭倒在祢衡墓前。哭罢，她一头撞死在墓碑前，那只鹦鹉彻夜哀鸣。第二天一大早，人们发现鹦鹉也死在了墓前。感动之余，江夏人将碧姬和鹦鹉一起葬在离祢衡不远的地方，称此江心洲为鹦鹉洲。

　　张憩云叹道："复生兄，此洲是新洲，看来祢衡墓、碧姬墓都沉到江底了！哦，我想起来了，李白曾经写过一篇《望鹦鹉洲怀祢衡》。"

嗣同一听，有些颓然："看来我们也只能如李白一般望鹦鹉洲凭吊祢衡了。"

欧阳中鹄站起来说："时候不早了，我们还是早些去访琴台，今天是三月十六，十五的月亮十六圆，晚上就到晴川阁赏月。"

师中吉忙建议道："我们不如找个地方吃了午饭再走。"

吴小珊也用带着南昌味的官话说："听了一会儿曲，就扯狂人祢衡，这会儿肚子已经咕咕叫了，吃了饭再去吧，还有段路程。"

师中吉在街后找了家小餐馆。

临出餐馆门时，嗣同征求欧阳中鹄的意见："瓣姜师，要不今天就不去琴台了，直接上龟山看看如何？您能爬山吗？"

欧阳中鹄见阳光正好，忙赞同道："好呀，我还没上过龟山，何况登高望远，也活动活动筋骨吧。"

51

登上龟山顶，嗣同兴致勃勃地一一指点远近风景。大家的眼睛都顺着嗣同的手势去寻禹功矶，果然在前面三四十丈远的江边，一片庞大的嶙峋怪石兀然矗立在水中，像一根拴船的石础，又像一段阻水的石堤，滚滚的江水在此被激出飞溅的浪花，使人不由得想起苏东坡"乱石穿空，惊涛拍岸，卷起千堆雪"的名句来。

嗣同接着说："这禹功矶上建了一座禹王祠。禹功矶上有一座二层楼亭阁，就是晴川阁。"嗣同又指着远远的地方说，"那里就是古琴台，俞伯牙摔琴谢知音的地方。"

高山流水，人世间美好的相知相遇的象征，竟然就源于龟山，出于脚下的这块土地。大家对这座并不高大的山岭顿时生发出又敬又爱的情感来。

最后，嗣同才指着山下大片建筑及竖起的高大烟囱说："山下那片湖泊是月湖，湖边上就是汉阳铁厂冒烟的烟囱，香帅来武汉后建起来的，去年俄皇太子来参观过，对此盛赞不已。当时瓣姜师也曾随行去过。"

众人用心观看，被那宏伟的气势、规整的建筑，特别是高大的烟囱，隐约可闻的机器轰鸣深深震撼了。于他们而言，百闻不如一见，这全新的事物冲击着他们，按捺不住地想跑到工厂里去参观炼钢的场面，去坐坐工厂里的小火车。

大禹、伯牙、子期、晴川阁、鹦鹉洲，还有新兴的汉阳铁厂，在众人的心里已构筑出一幅动人心扉的图画。

眼见着天色不早，一行人匆匆地下山了，直奔晴川阁。远远地，一座重檐歇山顶式阁楼立于夕阳之中，檐角翘然，有一种超然而洒脱的美。上得楼来，却有宽阔的回廊，嗣同让师中吉去点餐，便随欧阳中鹄几人一起来到临江的回廊。已有人三三两两地围在一起赏景聊天，迎着凉爽的晚风，嗣同、欧阳中鹄几人全都默然无语，只管眺望着眼前的美景：近处江面上泛着薄薄的雾气，轮渡木舟竞相争游；远处，天边铺着七彩云霞，圆圆的太阳缓缓下沉；俯身再看，岸边杨柳依依，江水拍岸卷起朵朵浪花，哗然而响。

"此景只应天上有，何似在人间！" 张憩云连连赞叹。欧阳中鹄、嗣同等人笑了起来。这时，师中吉走过来对嗣同说道："七爷，已定了靠窗的桌子，快请瓣姜师和各位先生去坐吧，爬山都累坏了。等会儿还要赏月呢。"

因惦记着赏月，众人简单地吃过饭，便再次来到回廊上。嗣同仰视纯净的夜空，繁星闪烁，一轮圆月挂在空中，皎皎的月光照耀着阁下的江水曲曲折折地绕着花草丛生的原野流淌。月色如霜，江天一色。嗣同沉醉了，他仿佛看见浩荡的江水之上，祢衡正衣袂飘飘踏波而行……

众人尽情观赏着眼前沐浴着月光的长江，吴小珊打破了沉默，吟哦起来："江天一色无纤尘，皎皎空中孤月轮。江畔何人初见月，江月何年初照人？人生代代无穷已，江月年年只相似。不知江月待何人，但见长江送流水。"

嗣同也吟哦起来："云冥冥兮天压水，黄祖小儿挺剑起。大笑语黄祖，如汝差可喜。丈夫龁龉偷生，固当伏剑断头死。生亦我所欲，死亦贵其所……"

吴小珊、张憩云满脸惊愕，今日算是见证了嗣同的满腹才情。贝允昕

164

疑惑了："复生兄，这是何人所作？我怎么没读过。最后两联'鱼腹孤臣泪秋雨，蛾眉谣诼不如汝。谣诼深时骨已销，欲果鱼腹畏鱼吐'真是精彩之至！"

嗣同笑了笑说："这是我刚才作的《鹦鹉洲吊祢正平》，如何？"

贝允昕倒也不惊讶："甚好，甚好！等会儿回去赶紧写下来！"

欧阳中鹄看了看月色，说："还是回去吧，再晚只怕渡船都没有了。"

众人恋恋不舍地下得楼来，去江边搭渡船。月光如水，夜色里的一切如此美好。

52

陈宝箴为官极重吏治，他谆谆告诫所属官吏要清正廉洁，克己奉公。陈宝箴在自己官邸的醒目处，挂上他手书的条幅：尔俸尔禄，民脂民膏；下民易虐，上天难欺。而这条幅是出自陈宝箴的义宁州同乡先贤江西诗派领袖黄庭坚亲笔所书的《戒石铭》。

就在去年十月十一日，王之春任湖北布政使，陈宝箴仍回按察使任，臬司衙门位于蛇山西冈南麓。有后花园，名乃园，乃园后有高观山。园内亭台廊阁依山就势，布局疏朗，视野开阔。山下凿石为泉，临水置亭，青瓦粉墙，板桥竹篱，一派田园风光。畅行其间，则心旷神怡，令人流连忘返。

陈氏父子很喜欢此园，公事之余时常在园子里散步，还不时招朋引伴在此雅集。陈宝箴曾撰有高观亭联："即事寓幽情，大好江山入怀抱；偷闲延胜赏，几时蓑笠问渔樵。"

已是初夏时光，武汉三镇的炎热天气还没到来，处处绿荫重重，凉爽怡人。这天晚间，陈三立从两湖书院回家，走进后院，先去问候母亲黄氏夫人，母亲却告诉他："今天你父亲回来时脸色不好，现在正在后花园独自散步。"

陈三立闻言，心里猜测怕是父亲大人公事遇到了麻烦，大概是夹在总督和巡抚之间为难，便匆匆前往后花园。张、谭二人不能相容之处甚多。好在父亲足智多谋，实心办事，他们俩对父亲都很信任，引为心腹。父亲倒颇能施展自己的才干，所提的诸多建议多被采纳实行。有时遇有不合之处，父亲却不轻易苟让，而是坚持定见，据理力争，张、谭二人也多能言听计从。有时督抚两人处事失当，相持不下时，他也敢犯颜抗辩，陈明自己的主张，终使二人信服。但如此一来，自然人累心也累。

陈宝箴正背着手，眺望远处暮色下的长江，闻声回过头来看看他。陈三立垂首问道："父亲，今天香帅叫您过去商量公事，听说铁厂正式投产了，难道香帅又要筹钱吗？"

"如果是香帅筹钱倒还好，香帅去年因兴建两湖书院，遭御史参劾的危机已经过去，但兴办洋务事业，哪有不需要银子的？现在需要筹钱，也是王爵棠的事情了！"陈宝箴依然愁眉不展。

"既然不是筹钱，还有什么事难倒父亲呢？难道又是为那些贩卖妇女的'囤户'？"陈三立倒真是疑惑了，父亲历经团练、湘军、治理黄河等磨练，什么苦没吃过，什么愁没愁过，大多数时间都咬着牙坚持下来，且赢得了共事者的称赞。

所说"囤户"积弊，"囤户"为身犯重案的贼人，专事诱拐妇女，输卖为利。他们的巢穴深藏隐蔽，加上狡猾贪婪的小官吏与盗窃之辈依附他们为爪牙，出没于襄阳、安陆、施南诸郡县，颇有酿成大乱的趋势。湖北法治多有疏漏，官员对此也无可奈何。震惊之余，刚到湖北不久，陈宝箴就决心采取行动，进行严厉打击。

"那些'囤户'着实可恶，过去一年多以来，我和署理按察使恽祖翼精心挑选可信而又得力的精干人员，四出搜捕，已斩杀大盗、惯匪数十人，拐卖之风已得到遏制。"陈宝箴平静地说道。陈三立在一旁听了，心里暗暗佩服，在当今世道，像父亲这样心忧天下、一心为民的官员太少了。

见儿子还满脸疑惑，陈宝箴细细说起今天下午到总督衙门的情形。一至签押房，张之洞也不抬头看他，只管忙自己的，好久都没理他。见陈宝箴坐得久，总文案梁鼎芬都觉得难为情了，乃上前提醒："香帅，臬司陈大人都等了好长时间了，您可有事情吩咐？"张之洞这才抬起头来，瞪了他一眼，没好声气地说："好个臬司大人，竟然目无总督衙门。我且问你，上次湖北襄阳县县令开缺，已经令你用朱某为襄阳县县令，为何不用？"

按例任命新县令应是陈宝箴的职权范围。年初时襄阳县县令开缺，张之洞命陈宝箴用朱某，谭继洵不知张之洞已推荐了人选，又极力向他推荐委任张某。见总督和巡抚两人都要插手此事，陈宝箴无可奈何之际，便书写了两块告示牌挂在自己官邸门口，一时全城舆论哗然。其时，姻亲武昌知府李有菜还在任上，认为这样不妥，劝陈宝箴撤掉牌示。陈宝箴坦言道："总督与巡抚眼中没有两司，我要让他们明白两司也不是可以任意压制的！"后来，陈宝箴既没用总督推荐的人选，也没用巡抚推荐的人选，而传檄既有才干又熟悉当地民情的宋某署理。

见张之洞旧事重提，陈宝箴倒也不退避，从容地阐述了自己的观点。香帅依然怒火未消，却又找不到充分的理由反驳他，手一挥就让他告退。

陈三立听到这里，劝慰道："父亲大人，香帅虽然霸道，但属明理之人，他知道您一向忠烈耿直，也一直对您信任有加。他过些日子就会消气的，我们还是去吃晚饭吧，母亲在等您呢。"

陈宝箴定神想了想，觉得儿子讲得在理，便朝膳厅走去，一家大小果真都在等他们一起吃饭。陈宝箴心里甚是慰藉，坐下来招呼家人吃饭。

吃过饭，家人来报："谭公子来了。"

陈氏父子忙迎出来，但见嗣同、欧阳中鹄已到了门口，后面师中吉提着装得满满一藤篮物品。

嗣同一见陈宝箴纳头就拜："感谢世叔大人医术高明，为家父治病，现在父亲已行动如常，特命小侄前来致谢。小小礼物，还请笑纳！"说完，朝师中吉招招手，让他将藤篮放在茶几上。

陈宝箴忙阻拦道："谭抚台一直对我关照有加，我很敬重他的人品，也很乐意为他效劳，还要送什么礼物！"

嗣同一时不知如何回话，欧阳中鹄忙上前作揖道："陈大人，也是谭抚台一片心意，您就不要推辞了。"

陈三立见此，忙招呼道："复生兄、瓣姜师，还是去我书房坐一坐聊一聊吧。"

临转身时，嗣同对陈宝箴说道："世叔大人，家父还让我转告，之前他不知道香帅推荐了襄阳县县令人选，不然他不会再推荐，让您为难。今天您走后，父亲也向香帅进言了，父亲说考察官吏原本就是臬司专职。香帅闻言，也没再生气。"

陈宝箴听了，心中块垒顿消，忙作揖致谢。

陈三立书房比不上嗣同书房宽阔，家具也很简单，倒整洁有序。欧阳中鹄见书桌上有一幅已写好的字幅，忙走过去细细欣赏："伯严兄，你是诗词大家，这是你新写的诗篇吧？"

嗣同也随过去观看，陈三立潇洒刚劲的字体抢入眼帘，却是一首七言绝句《高观亭春望》：

> 脚底花明江汉春，楼船去尽水鳞鳞。凭栏一片风云气，来作神州袖手人。

"凭栏一片风云气，来作神州袖手人。"嗣同大为折服，"此句好有气势。伯严兄才情满腹，也是忧国忧民之人，现在香帅推行新政，轰轰烈烈地兴办洋务，仁兄上次还特地跑去汉阳铁厂参观。作神州袖手人，于仁兄来说，只怕做不到。"

陈三立叹了叹气说："复生兄，你想过没有，要兴办洋务，都靠什么人来办？还不是靠官场的这批人。今天中国的官场已经烂得差不多了，清廉的官、实心办事的官，如香帅，如你我的父亲大人，十个之中难得寻一个。从京师到长沙到武昌，我冷眼观察中国官场，是越看越失望，越看越心寒。"

就在嗣同思索陈三立的话时，欧阳中鹄道："伯严兄的话不是没有道理，但还是夸大其词了。官场虽不好，但一则还是有好官，二来也可以整顿，其他省且不管，两湖还是有香帅有谭抚台有陈臬司。他们都是清廉之人，凭他们的努力和倡导，难道整顿不出一个清廉的官场来？何况香帅正在尽心尽力于轰轰烈烈的洋务事业。一旦洋务成功，又加上培养新型人才，手里有钱有人，腰杆就可以硬起来，就不怕外来侵略和欺侮了！"

三人正在聊得热闹，却见陈宝箴走了进来，扬了扬手里的一张纸条，对嗣同说："复生兄，我给谭抚台治病只是举手之劳，谭抚台太客气了。这样吧，那盒鱼翅，那大坛好酒，我都收了。但五百两银票，我坚决不能收。"

嗣同一时语塞，欧阳中鹄忙说道："臬司大人医术高明，药到病除，谭抚台的病好得快好得彻底，都是您的功劳，感激之情又岂是区区五百两银票能表达的？谭抚台的心意，您还是收下吧。"

陈宝箴还是坚决不肯收，最后欧阳中鹄只得接过银票，与嗣同匆匆告别。回去的路上，欧阳中鹄连连赞叹。右铭大人为官清廉，家里人口多，所入不足以养家，生活极为清贫，经常吩咐抚衙厨房尽量少买荤菜，多办蔬菜。厨房仆役私下议论：老爷真是装样子故作清廉。右铭大人听了并不生气，还作了一首诗送厨工："嚼来确是菜根甜，不是官家食性偏。淡泊生涯吾习惯，并非有意钓清廉。"

嗣同句句听在心上，自是深深叹服。

第十二章：送别

53

正是武昌城最热的时候，又是一个明月之夜，嗣同、欧阳中鹄、吴小珊、贝允昕、张憨云等一干人，在巡抚衙门后花园六虚亭乘凉。大家或坐或站，桌上摆满了西瓜、桃子、李子、莲子，还有些点心，更有酒和茶。

贝允昕抱怨道："这个武汉三镇，真是邪门，一到夏天就热得人受不了，简直没地方钻！我们浏阳可好多了，尤其是乡下，六月天还可以盖薄被子。我都在这里待了三年了，实在受不了，得换地方了！"

"元徵兄，你自己胖，不能怪老天爷。"吴小珊打趣道。

"我哪里胖？明明是气温高，这个讨死嫌的天气。我决定干到今冬就辞职，找我的蔚庐丈人去。河南是中原腹地，天气可比这儿好多了。"贝允昕发狠道，使劲地摇了几下手里的蒲扇。

嗣同笑道："人家都说我性子急，我看元徵兄性子也蛮躁。武汉这鬼天气实在令人不堪忍受，但你可不要丢下我们，父亲大人公事少不了你，我也少不了你。"

"来，来，天气太热，不喝酒了，就吃吃水果喝喝茶吧。这可是我让厨房今早上就熬好的凉茶。"师中吉在一旁殷勤地为大家递茶。

但见圆月升上了天空，朗朗的月光铺展在大地上，影影绰绰，如梦如幻，四处一片静谧，远远的长江流水之声若有若无，更有淡淡的花草清香袅袅而来。

"瓣姜师，还记得我们上次在晴川阁赏月吗？可惜当时没带琴，鉴吾，去书房里帮我把琴取来。"嗣同很奇怪欧阳中鹄今天兴致不高，一直没怎么说话，是有什么心事么？去年涂儒翯就走了，王信余刚刚离开巡抚衙门不久，现在贝允昕也说要走，是不是为此伤感？

"瓣姜师，抱歉我事先没和您商量，我要辞职，是这武汉的鬼天气我受不了，再有则是湖北这鬼地方也不安靖，不时有抢劫拐卖妇女案件，还有教案发生，总督署也不把巡抚署放在眼里。香帅的洋务事业连谭抚台都不能过问，真是憋屈！"在座的都是知心朋友，贝允昕一反平时的谨慎，直率地将内心话说了出来。

"元徵说的未尝不是事实，上次伯严兄也讲过，今日中国的积贫积弱，不在于有没有洋务，要命的是有一个腐败贪婪懒散推诿又盘根错节官官相护的官场。这是中国的万恶之源，贫弱之本。洋务当然要，香帅发展洋务的路子没有错。但如果官场务实清廉，社会清明，国家富裕，就有本钱买战船枪炮，或者干脆自己制造战船枪炮，也就不怕外人侵犯了。可惜如今官场成了这个模样，不改变实在不行了。我们既然在巡抚衙门，就尽力帮着谭抚台做些实事，推动老百姓种桑养麻，广种粮食，也未尝不是一件好事！"欧阳中鹄忧心忡忡地说道。

大家都陷入了思索，这时师中吉搬着蕉雨琴来了，在亭内的石桌上安置好。嗣同见气氛沉闷，压抑住满腔感慨，净手焚香，坐到琴前，随手试了试音，才回身问道："瓣姜师，今天月色如此之好，我弹一曲《关山月》如何？"

琴声气韵深厚却悲凉凄怆，众人安静地沉浸在琴声里，伤别之意萦绕在心间。

嗣同曾多次弹这曲子，今晚却分外用心，时而舒缓时而高亢时而忧伤时而激越，渐渐地，巨大的忧伤笼罩在众人的心上，有泪缓缓滑过嗣同的脸庞。一曲终了，欧阳中鹄站了起来，缓缓吟唱道："明月出天山，苍茫云海间。长风几万里，吹度玉门关。汉下白登道，胡窥青海湾。由来征战地，不见有人还。戍客望边邑，思归多苦颜。高楼当此夜，叹息未应闲。"

声音苍凉而伤感，令在场的人为之凄然，欧阳中鹄的脸庞隐在黑暗中，看不真切，他的声音却清晰地响了起来："刚才元徵说他要辞职，而我已然向谭抚台提过辞职一事，再过几天，我就要出发前往京城了！在外游历这么久了，还得好好去谋划前程。着实无奈！"

嗣同愣愣地望着欧阳中鹄，张憨云也急切地表白："瓣姜师，您可不要走，我们舍不得您，复生兄更舍不得您呀！"

欧阳中鹄摇了摇头，叹了口气说："今天晚了，大家还是早点回房休息吧。"说完，率先往山下走，嗣同抢上前去扶他，众人谁也不再说话，一种离别的伤感压在大家心上，沉甸甸的。

54

第二天早上，嗣同特地跑去陪父亲用早饭，谭继洵既意外又高兴，脸上有了笑容，说："难得你陪老父用早点，近来都读了些什么书？"

嗣同看了看老父瘦削的脸庞，暗暗叹气：父亲老了，却温和多了。但他真讨厌父亲一见面就问读书之事，难道不能说些别的么？

嗣同没有接他的话题，只是小心地问道："父亲大人，听说瓣姜师要到京城去加考，以获得外用资格？"

谭继洵笑了，并没在乎儿子转移话题，说道："你瓣姜师学问好，为人耿直稳健，按理早该考中进士了，却考场不得意。我心里清楚，你瓣姜师这么多年对你最上心，我此次推荐他进京加考以获外用资格，也是考虑再三的。他近两年担任巡抚署总文案，任劳任怨，一时少了他，我还真不知道到哪里找人顶他，但不能因此影响他的前程！"

果真是父亲推荐的，见父亲说得在理，嗣同无话可说，心里却翻江倒海地闹腾着。其实父亲还没说透，这么多年来，父亲不像父亲，瓣姜师才是真正关心他冷暖关心成长关心他学问的父亲，现在却突然要走，想想就让人难受。

"怎么？舍不得你瓣姜师？明年你去京城参加顺天府试，不就可以见到他了？"谭继洵此时已吃完了早点，看着嗣同闷闷不乐的样子，一时心绪复杂，这么多年，儿子似乎更亲近老师，而对他这位父亲敬而远之。

又是顺天府试，嗣同真是气恼，见父亲起身离开饭桌，自己马上去找欧阳中鹄。过几天他就要走了，不如找机会多聚聚吧。但欧阳中鹄正忙得一塌糊涂，嗣同只得快快地走回书房。闰娘见他紧绷着脸，上前问道："复生，有什么不开心的事吗？"

嗣同见闰娘满脸关切，忙回道："瓣姜师要离开武昌去京城加考，我真是舍不得。"

闰娘一愣，她深知瓣姜师对复生的关爱，及复生对瓣姜师的依赖，一时不知如何安慰，想了想就说："瓣姜师去京城加考是好事，我们应该为他高兴。他到京城时天气就冷了，不如去街上买件好棉袍送他吧，也是我们的心意。"

嗣同一听，觉得很在理。嗣同平时不太理会家里的俗事，闰娘只得细细交代他，该买什么材质多大尺码，又将师中吉叫来嘱咐一遍。嗣同和师中吉直至午饭时分才回来。闰娘接过嗣同手里的包裹，用心查看一番，见是一件灰色长棉袍，倒是质地好做工精细，笑着点了点头。

接连几天晚餐，都有人为欧阳中鹄赴京送行，嗣同都陪同参加了。他没怎么说话，就只喝酒，每次都喝得醉意蒙眬。这天晚餐，谭继洵特地为欧阳中鹄举办了送别宴，所有巡抚幕僚成员都参加，甚至陈三立也来了。大伙都有些离情别绪，纷纷敬欧阳中鹄的酒，欧阳中鹄都笑着一一碰过杯，抿过一口。席间气氛渐渐热闹起来，贝允昕和张憩云拼起酒来，到最后都喝醉了。欧阳中鹄、陈三立和嗣同一直清醒，陈三立告别之后，欧阳中鹄和嗣同到后花园散步。月色朦胧，两人沉默了许久，慢慢走到山上六虚亭跟前。

站在亭前，张望着满城灯火，欧阳中鹄示意嗣同到亭子里坐坐，嗣同却未动："瓣姜师，您明天一大早就要过江乘船了，我送送您吧。"

欧阳中鹄伤感地叹了叹气说："明日一别，也不知何时再相见。当然，谭抚台肯定会让你去参加明年顺天府恩科试，那我们很快就会在京城见面了。"

嗣同没吭声，眺望着远处的长江。

两人都坐到亭子里，昏暗中都看不真切对方的表情，欧阳中鹄今天比往日要喝得多些，说话劲头比往日足："复生，你是我看着长大的，我和你在一起的时间，算来比和我儿子在一起的时间还多，我今天想和你聊聊两件事。"

欧阳中鹄话语里浓烈的情感感染了嗣同，他知道老师真切地爱惜着他，念及分别在即，心里说不出的酸涩："老师一直对学生关爱有加，学生感激在心。您有什么事，尽管教导。"

欧阳中鹄颇为犹豫，沉吟了一会儿，才缓缓说道："复生，眼见你一路走来，我太知道你的处境和苦衷，你受苦了！现在谭抚台虽贵为巡抚，但不久就满七十了，谭家是你挑大梁的时候了。前天谭抚台和我聊了好久，自从泗生过世后，他反省自己作为父亲，对你们关爱不够，很是伤感。他的确对你期望挺高，希望你能走正途考上功名。我也纳闷，复生你资质高超，诗文均佳，博览群书，船山著作读得透彻，怎么会科场失意呢？可能是运气不佳，明年即是顺天府恩科试，你还是去参加吧。也算是了却老父一番心事！"

嗣同没吭声，欧阳中鹄不知他已眉头紧皱了，心里溢满了对他的疼惜，握了握他的手，说道："复生，你今年还只有二十八岁，还很年轻呀。你和闰娘都结婚十多年了，不孝有三无后为大，兰儿夭折了，我也很痛心。闰娘再怀孩子，也不知什么时候，你是不是考虑纳一房小妾？"

"瓣姜师，我知道您对我的好，但拜请您不要提纳妾之事。我绝对不纳妾，让闰娘受苦，让孩子受苦。"嗣同脸一沉，腾地站了起来，倒出乎欧阳中鹄意料，愣愣地看着他。

嗣同一向对他敬重有加，提起纳妾反应竟如此激烈，欧阳中鹄惊愕之余，更体会到谭家复杂的家庭关系对嗣同的伤害。他后悔提起这个话题，忙转移话题："复生，明天一大早就要出发，你帮我检查一下行装。"

嗣同平静下来，和欧阳中鹄一前一后地朝山下走去。

不得不挥手告别了，一大早，张憩云、贝允昕等一大帮师友在巡抚衙门大门口等候送别欧阳中鹄。欧阳中鹄与谭继洵告别后，就和嗣同、师中吉一起出门，见大家都在，眼睛不由湿润了，忙向大家作揖告别。欧阳中鹄不敢多停留，挥挥手，就急急地朝前走，嗣同赶紧跟上，师中吉挑着行李，也匆匆地追上去。眼见欧阳中鹄的背影渐渐小了，这些人才陆续回到公事房。

赶到汉口招商码头，欧阳中鹄要乘坐的江裕轮船已经停在岸边了，嗣同、师中吉径直将他送至下舱，见舱房也还整洁，人也不是很多，放心不少。欧阳中鹄此行直至上海，由上海再转船至通州，再由陆路至京城。这条路线，嗣同走过，知道一切还安靖，只是欧阳中鹄孤单一人，天气又热，有些不放心。欧阳中鹄催促嗣同尽早回去，等会儿大太阳来了，就会热得受不了。

嗣同恋恋不舍，磨磨蹭蹭不愿走，欧阳中鹄笑着说："谢谢你和闰娘送的长棉袄，在京城再冷也不怕了！"说完就转身回了舱房，他不想让嗣同看到他流泪了。

55

送别了欧阳中鹄，师中吉建议在汉口走走看看，嗣同心绪不佳，决计坐船返回。嗣同、师中吉刚走上船，一眼瞧见马尚德医生坐在船舱里，抱着一只深棕色的小方箱子，箱子中间白色的圆圈里一个大大的红"十"字。嗣同忙上前招呼，马医生一见，站起来招手示意。马医生旁边还有空位，嗣同坐下和他亲热地聊了起来。马医生的中文说得很流畅了，他开心地告诉嗣同，之前汉口人手紧，他一直留在汉口帮忙，从今年下半年起，他将增加到武昌行医的次数。说不定到了明年年初，伦敦会在武昌开办的施药所启用，他就能正式调至武昌行医。

嗣同听了也为马医生高兴，他知道马医生更喜欢武昌，这也方便他今后向马医生请教。当马医生问嗣同近况时，嗣同叹气道："父亲大人左脚生了恶疮，忙于照顾他。"

马医生疑惑地问道："怎么不来找我呢？我采用西式疗法，比中医治疗会见效更快。我在汉口、武昌已治过多人的恶疮。"

嗣同只得苦笑地摇摇头道："我当然想请您治疗，但父亲大人暂时还只信任中医，我也没办法！"说得马医生也苦笑了。

说话间，船已至汉阳门码头，三人下船。太阳已然高高在天，火辣辣地炙烤着大地，酷热难当。一同走至司门口时，三人已然满头大汗。嗣同朝马医生作揖告别："马医生，我找时间再来拜访您，请您代我向晓澜兄问好。"

看着嗣同匆匆离开的背影，马医生暗自好笑，都这么久了，嗣同连包世贞是男是女都不知道，还说是自己的好友！

第十三章：祝寿

56

九月二十一日，是谭继洵七十寿诞。谭继洵不想因此惊动武汉三镇的官场，更不想借此大收取贺礼。毕竟从浏阳山冲里走出来，他一向以不贪不占自律，如今身为湖北巡抚，更要为官场立一榜样。在这一点上，谭继洵和嗣同倒是意见一致，虽然卢氏姨娘反对，父子俩商量来商量去，还是决定一切从简，不邀请三镇任何官吏，就连巡抚衙门里的官员也不请。为了表示对幕友的尊重和感谢，决定破例为巡抚署全体幕友摆三桌酒席，但有一条规定，不得送一文钱的礼物。

但亲友们要来却是挡不住的，之前谭继洵或在京城任职，或在甘肃任职，路途遥远，无法前往致贺，现在近在武昌，又是七十大寿，人生七十古来稀，各路亲友早就来信告知，定然要来贺寿。

接待一事还得幕友们负责操办，为此，拖到十天前，谭继洵才让贝允昕告之全体幕友们：他的七十寿诞不外请任何人，只有亲友和幕友们参加，且不能走漏任何消息。幕友们领抚台的情，又觉太过简朴，决计请来戏班为抚台大人祝寿，委托贝允昕前去转述他们的意见。由贝允昕去说最适合不过，他既是浏阳人，又是嗣同的好友，平日与谭家父子关系密切。

这天晚间，贝允昕来到谭继洵书房时，嗣同也在。谭继洵笑了笑，指着一旁的椅子说："坐吧！"贝允昕趋前行礼道："抚台大人七十寿诞，这真是巡抚衙门难逢难遇的大吉事。各位幕友躬逢盛典，又蒙赏脸赐宴，众人都倍觉荣光。大人不收贺礼，以身作则，杜绝官场不正之风，幕友们

177

都很能理解且极为赞赏。只是幕友们既吃喜酒，却一文钱贺礼都不出，于情理上说不过去。大家都说，倘抚台大人这样规定，便不好意思来吃寿宴了。"

谭继洵说："虽说是喜宴，我其实是借这个机会表示对大家的谢意。各位幕友跟随我，不嫌我粗疏不周，也不嫌衙门薪少事烦，实在难得。"

贝允昕说："在下有个主意，抚台大人平时公事繁忙，难得有轻松的时候，不如寿日那天，在衙门后花园搭台唱戏，既不惊动他人，亲戚朋友又可聚在一起高兴高兴！请一台全本戏，从下午申时唱到晚子时，二十多个幕友，一人摊不上一两银子。这实在不能算重礼，只是借此表示恭贺。抚台大人以为如何？"

谭继洵笑着说："好吧，就听你们的安排。唱个戏，倒又简单又热闹，大家都会喜欢，我也能接受。至于请哪个戏班，点什么戏，在后花园哪里搭台，都由你牵头去操办。但有一点，绝对不能对外界走漏消息，别让我为难！"

贝允昕、吴小珊、张憩云等人除公事之余，还分头订客栈，请戏班，到码头迎接客人，而师中吉等人则负责酒席安排及物资采买，巡抚署悄悄地忙碌起来了。

谭继洵这段时间最操心的则是丰备仓，湖北境内大江大湖众多，时常闹水灾，一旦水灾来了，老百姓就遭殃了，不仅流离失所，且颗粒无收。现在正是稻谷收仓时期，他令人往各道州府县下文要储备好粮食，还让藩司王之春去查看了武汉三镇的丰备仓，确保储备充足。见谭抚台动了真格的，各丰备仓这才纷纷行动起来。

亲友纷纷从浏阳、长沙、湘乡、安徽等地赶来，自有贝允昕等人安顿到位。嗣同也忙于迎接各地赶来的亲友，他没想到岳父李寿蓉竟然带着李维汉风尘仆仆赶来了。自从岳父改任安庐滁和道以来，嗣同仅仅于前年带着闰娘去安徽探望过，今朝一见喜出望外，岳父甚至还抱了抱他。但念及兰儿已然夭折，岳父还不知道，忙将李维汉扯到一边，悄悄地告诉他实情，并交代他在到达巡抚衙门之前挑时机告诉岳父大人。

到了巡抚署后院下轿时，嗣同就见李寿蓉沉着脸，只管埋头朝里走。李维汉搬着行李心情沉重地跟在身后，悄悄朝嗣同摇了摇头。嗣同不敢跟上前去，转头朝后院走去，告诉闰娘岳父来了，因知兰儿已殇，只怕心情不好。闰娘眼泪流下来，嗣同忙拉住她的手，提醒她祝寿的日子可不能伤心流泪。到了晚饭时，嗣同和闰娘小心翼翼地陪着李寿蓉，大家各怀心事，都几乎没吃什么。饭后，李寿蓉脸上没有半点笑容，略略和闰娘、嗣同说了些沿途见闻，就早早睡下了。

57

谭继洵生日前一天，嗣同、师中吉及贝允昕轮流到码头上迎接亲友。上午时，浏阳、长沙的亲友都到了，由嗣棨带队，有谭家叔伯堂侄，徐家外婆家，有黎家大嫂二嫂姻亲家，更有传赞岳丈龙璋姻亲家，午餐就开了满满五六桌。谭继洵见来了这么多亲友，大人闹酒小孩闹吃，巡抚署从来没有这么热闹过，一脸欣慰。午饭后，女眷由卢氏姨娘、魏氏姨娘、黎大嫂、闰娘照拂，谭继洵则将李寿蓉、龙璋、嗣棨等请至书房说话。嗣同忙得团团转，但见到二嫂黎氏带着传炜来了，就特别开心。传炜都四岁了，虽然瘦，但活泼可爱，闹着要他抱。嗣同想起仲兄嗣襄倘若在世，该会多么高兴，不由暗自伤感。

嗣同刚赶至汉阳门码头，就迎到了妹妹嗣嘉、刘国祉夫妇。嗣同向来与嗣嘉感情深厚。嗣嘉只比他小一岁，是卢氏姨娘所生，在娘家时常常为嗣同抱不平。多年未见，兄妹俩泪眼相视，万千感慨。原来，刘国祉之父刘锦棠为湘军名将，随左宗棠成功收复新疆，为新疆首任巡抚。光绪十五年（1889年）时，他在湘乡老家的老母已经八十五岁高龄，思儿心切，中风倒地，危在旦夕。刘锦棠忙请假回湘乡老家，回乡路上，因沿途饱受暑淫、触动旧伤，一回到老家便病倒在床，乃请辞一切职务。为了照顾刘锦棠，嗣嘉夫妇也从新疆回了湘乡老家，这次也就能特地赶过来为谭继洵祝寿了。

这一天忙至深夜，亲友们都一一安置好了，后院张灯结彩，焕然一新。而巡抚衙门后花园戏台已经搭好，厨房里灯火通明，厨师们在准备明天中餐的酒席。

一夜睡得并不安稳，第二天嗣同起床来到院子里，但见阳光朗润，秋风送爽，心下大喜。师中吉起得更早，已经在与戏班老板商量事情了，戏台前面已有人在摆放椅子。嗣同又赶往前院西跨院、父亲的书房及大客厅巡视一番，亲友都在自得其乐。他通过马尚德医生请来了洋摄影师，今天他要给大家一个大大的惊喜。到时，在大会客厅承裕堂拜寿，在院子里合影，在西跨院吃饭，院子里、膳厅里排好了满满十大桌呢。

承裕堂挂满了红灯笼，喜气扑面而来，正面墙上挂着大大的寿字，红底金字，两边挂着李寿蓉所撰的祝寿对联，也是红底金字：避节制尊，讲十数年朱陈旧谊；为使君寿，展重九日黄花晚香。八仙桌上摆了几碟时令水果，两旁装着一对高大红烛，桌旁的八仙椅上还垫了大红垫子。耀眼的红里闪耀着浓郁的喜悦，如此高雅喜庆，嗣同笑了。

半上午时分，亲友们被一一引至会客厅松竹堂，这里备好了精致的点心、茶水，卢氏、魏氏、黎大嫂及闰娘都在这里招待客人。李寿蓉、龙璋、刘国祉等都到承裕堂，谭继洵、嗣同陪坐。吉时已到，贝允昕、张憩云等幕僚来到承裕堂，见众位亲友已挤了一屋子，谭继洵红光满面地坐在八仙桌正位，卢氏、魏氏分坐两旁。抚台身着新官服，花白的胡子梳得齐整，精神焕发，两位如夫人也身着浅红色绣服，满脸是笑。

贝允昕担任司仪，神气地站至厅前，环视了一下众人，扬声喊礼："天增岁月人增寿，春满乾坤福满门。今天是我们尊敬的谭抚台七十大寿，谭抚台几十年为朝廷南北奔波，赤胆忠心，为民谋利，深得皇太后皇上赞许，乃官至一品，且妻贤子孝，全家安康！在这秋高气爽的美好日子，亲友们四面八方赶来祝贺，让我们恭祝寿星福如东海，日月昌明，松鹤长春，春秋不老，古稀重来，欢乐远长！下面，子女祝寿！一祝谭抚台福如东海，寿比南山；二祝谭抚台日月昌明，松鹤长春；三祝谭抚台笑口常开，天伦永享，再升三级！"在热烈的掌声中，众晚辈一轮轮上去祝寿，气氛热烈，秩序井然，谭继洵开怀大笑。

拜寿完毕，贝允昕故意吊大家胃口："各位亲朋好友，接下来，让我们一起到院子里静候，七公子还为大家安排了一个非常新鲜非常有意义的活动，让我们永远记住这个喜庆的日子，留下美好的回忆！他特地从汉口请来了洋拍照师为我们拍照。拍照分四轮，一轮轮来，不要乱套：第一轮谭抚台及两位如夫人；第二轮谭抚台、如夫人及所有子女、孙辈、侄子辈；第三轮谭抚台及家人和今日所有亲友；第四轮谭抚台和众位幕僚！"见大家正想往上走，他又提高声音道："拍好了照就开餐，谭府已备好美酒佳肴，大家只管开怀畅饮！下午后花园唱戏，到时盼望大家前往看神仙戏——《长生殿》。"

谭继洵很意外，也很高兴，他没想到嗣同能想得这么周到，让自己的七十大寿过得如此新鲜。从浏阳、长沙等地来的亲友，从来没见过拍照，也偶尔听说过，拍照是一个小匣子对着人猛地闪光，连人的魂魄都会被摄走，那人还能活得长吗？于是，有人站在走廊上用心看，决定等要拍照了就躲开。

院子里一位洋人正在摆弄三脚架上的匣子，匣子上盖着一块黑布。洋人会讲中国话，他右手握着一只圆圆的带线的东西，线的另一头连着匣子。他一会儿头钻进黑布内，一会儿又伸出头来看着前方，喊道："注意看我，看我，看我，笑一笑，拍了！"只听见轻微的一声响，洋人又钻进黑布里面去了，再伸出头来时，就满面笑容地说道："挺好挺好，下面几位赶紧准备好！"

原本有几位害怕照相的，见谭抚台一家人都不怕，就悄悄地站到了人群中。

四轮照拍下来，小孩子看了新鲜，大人也长了见识，大家带着兴奋的心情入席吃饭。一眨眼工夫，大膳厅、小膳厅、承裕厅、松竹厅都摆上了宴席，之前有过交代，大体都知道自己该到哪里找位子。此时，院子里又摆上满满六大桌，正面走廊中间不知何时竟来了一支小型乐队，二胡、笛子、琵琶等，欢快的乐曲响了起来。一时间，满院子里欢声笑语，和着悠扬的乐曲，人们脸上满是喜气，更有小孩的吵闹声。

嗣同带着嗣冏、传赞及传炜逐桌敬酒，贝允昕看着他认真周到的模样，暗自点头，心想这位贵公子今天也按常规礼数敬酒，真是难得。当嗣同几人来到贝允昕这几桌时，贝允昕有心捉弄他，示意大家一起哄，硬是让他每桌连敬了三杯。见贝允昕一脸坏笑，嗣同悄悄地踢了他一脚，好在众人都在喝酒吃肉，谁也没注意。

这时，一位高大魁梧的男子身着灰色的长衫，一手提着大瓦罐，一手提着大布包，匆匆走来。嗣同细看，大喜过望，竟是已辞职回浏阳的余昭常，嗣同忙将手中的杯子递给传赞，迎了过去。余昭常回到浏阳后做起了木材生意，专门跑浏阳与武汉。他在浏阳听说谭继洵今天生日，正巧要押着几船木材到鹦鹉洲，紧赶慢赶还是这个时辰才到。他特地准备了谭继洵爱吃的浏阳腊肉、火焙鱼、剁辣椒之类，还有满满一大瓦罐茶油。谭继洵欣慰至极，叫余昭常就坐在自己一桌。余昭常恭恭敬敬地敬了谭继洵三杯酒后，就被嗣同拉到贝允昕一桌去了。老朋友相见，热热闹闹地喝起酒来，到最后其他桌都散了，他们这一桌还在喝，一个个喝得脸红脖子粗，幕僚们大都站在旁边起哄。

嗣同里里外外照拂客人们，远远地看了看这桌，咧嘴笑了。

午饭后，后花园丝竹声响起，汉剧《长生殿》开锣了，人们都涌向后花园。戏台前摆好了座椅，长条桌上摆好了点心和茶水，巡抚署的差役们一旁候着，随时为客人端茶送水。洪福班真是角色齐整，唐明皇、杨贵妃的爱情故事很快就抓住了人们的心，而那优美的唱腔、精致的做派，更是令人陶醉不已。

戏台上姹紫嫣红，男欢女爱，情意绵绵，更兼唱腔优美，引得台下众人时而欢笑时而同情时而流泪。嗣同原本就爱看戏，何况是唱功扎实的汉剧，但他中午多喝了些酒，忙里偷闲地回房躺了躺，不想竟睡着了。

58

不光错过了好戏，连陈三立派人送来信函他都不知道。晚餐时，有些提前来的外地客人已经离开了，巡抚署依然摆了满满十大桌。谭继洵听闰娘说嗣同中午喝酒了，睡到现在还没醒，他倒笑了："闰娘，你等会儿留些饭菜，让他睡吧，他这几天也累坏了。"一旁的嗣嘉松了口气，她下午去看过七哥哥几次，见他睡得很沉，可睡中都紧皱着眉头，心里颇不是滋味。她和母亲卢氏聊天时，就柔和地对母亲说，七哥哥对父母很孝顺，对她和秦生都很友爱，不要什么事都怪罪于他。卢氏笑了，说了句："看来你七哥比你娘还重要。"嗣嘉忙撒娇道："都是一家人，分那么清干什么呢？从小起七哥哥有什么好吃的都会想着我和秦生。"卢氏脸上有些挂不住了："好了，好了，还是说说我的小外孙吧！"嗣嘉怕惹卢氏不开心，就只得作罢。

嗣嘉匆匆扒过几口饭菜，趁卢氏不注意，悄悄地奔至嗣同房里。嗣同已经醒了，正睁大眼睛躺在床上。嗣嘉忙端起旁边的茶杯，问道："七哥，酒醒了？感觉还好吗？要不要喝口水？"瞧见嗣嘉关切的眼神，嗣同感觉到妹妹的爱意，笑了笑，忙坐了起来，接过茶杯喝了一大口，自嘲道："中午喝得有些多，让妹妹笑话了，正好想喝口水。"嗣嘉仔细看了看嗣同，见他脸色尚好，这才嗔道："七哥哥，你也真是好酒贪杯，自己能喝多少酒都不知道。"嗣同笑道："我哪里好酒贪杯？怎能拂了亲戚朋友们的好意？倒是你，舍不得让国祉来敬亲友们的酒，也不帮我分忧。"

嗣嘉正要辩白，师中吉拿着红色的请束进来了。嗣同接过来一看，忽地跳下床来，着急地说道："鉴吾，什么时候送来的？差点误事了。"嗣嘉好奇道："七哥，什么事呀？"嗣同急得在房里打转："你说奇不奇，今天竟也是伯严兄的四十岁生日，他约我到他家吃晚饭，几位朋友小聚，现在看来是赶不上了。"嗣嘉笑道："七哥，这有什么好着急？有礼不在迟，你准备些好礼物，现在赶过去就是。"嗣同不好意思地道："还是妹妹说得在理，鉴吾，你去我书房拿两对我上次在汉口后花楼街买的胡开文贞记的好墨、两支邹紫光阁笔庄的毛笔，赶紧包好。嗣嘉你悄悄地告诉你嫂子，就说我去臬司府祝寿去了。记得在父亲大人面前帮着遮掩一下！"

师中吉、嗣嘉都答应着出门，嗣同就忙洗漱换衣，待师中吉拿好礼物过来后，两人悄悄地从侧门走出巡抚署，趁着夜色直奔臬司衙门。此时巡抚署的客人大多去后花园看戏去了，也有人在承裕厅喝茶聊天，谁也没注意嗣同外出了，还以为他喝醉了酒在睡大觉呢。

嗣同、师中吉来到臬司衙门，陈三立正和几位朋友在后花园小饮。一见嗣同全都站起来了，嗣同忙向陈三立致歉："伯严兄，人生四十而不惑，是值得庆贺之事。真是抱歉，今日家里来了些亲友，岳父大人也来了，小弟不胜酒力，睡了整整一下午。晚饭后才看到您的请柬，错过了仁兄的生日晚宴。现略备薄礼，还望笑纳。"陈三立爽朗一笑："复生兄，太见外了。也是朋友们聚在一起喝喝酒，你此时来得正好。范仲林兄你已经认识，来，我给你介绍两位新朋友！"他指着身旁个子不高的年轻人说道："这位是宁乡程颂万，字子大，诗文均佳，还作得一手好画。"嗣同忙作揖见过。陈三立又指着自己对面那位高大而胡须浓黑的年轻人说："这位也是宁乡人，饶炳勋，字仙槎，两湖书院学生。"

嗣同瞧见范钟的笑脸，知他白天也喝了不少酒，不由会心一笑。范钟去年六月前来陈三立家就馆，教授陈衡恪等子侄，常与陈三立谈论诗词，两人颇为相契，嗣同也颇折服于他的文才。

待大家都坐下来，陈三立愉快地笑了起来："同坐五人，竟有三人为湖南人，真是难得难得。不如来一场诗钟吧。我出题！"

一时间，亭子里热闹起来，嗣同白天本就喝得多了，这会儿又几杯下去，兴致更高了，脑子却开始迷糊起来。他只听得大家推杯换盏，不时地大叫"好诗，好诗"，但具体的诗句，却越听越不真切了。

至夜半时分，众人才散，嗣同早已醉眼蒙眬了。

59

第二天又早起，客人们陆续告别，嗣同又忙得团团转。他最不喜迎来送往，但好在都是自己的亲人，大家都知道他的性格，有些干脆就只让他送到门口。吃过晚饭，嗣棻约了几位堂兄弟来到嗣同书房，硬要嗣同弹琴。大家在浏阳都见证过两琴的制作场景，先欣赏了一下琴，但见浑身雅致的黑漆，流畅的线条，洁净而又高雅。可再读嗣同的琴铭，不由忧心地相互看了看，都沉默了。嗣同没有察觉，洗手焚香之后，开心地为兄弟们弹琴，弹了《山中思友人》，又弹了《酒狂》。弹《酒狂》时，大家正在喝酒，一个个哈哈大笑起来。见夜已深，嗣棨就站起来说："昨天大家看戏看累了，今天古琴台、归元寺、晴川阁又玩累了，明天得早起坐船，还是去睡吧。" 嗣棨在众位兄弟间为大，大家平日都畏他三分，也就纷纷往外走。

嗣棨却特意留在后面，对嗣同说道："七弟，我和你说几句体己话吧。你看敬甫叔都七十了，你明年也上三十岁了，但兰儿已离世两年，闺娘肚子还是瘪瘪的。我帮你在浏阳找个年轻好看的女孩做小如何？"

嗣同听了，脸上的笑意凝滞了，也不看嗣棨，神情坚决地摇摇头："我知道大兄是为我好，但即使闺娘今后不能再生，我也决不纳小。我为此受的苦够多了，我不愿我的孩子再因此受苦！"

"七弟不要如此固执，总得想想以后的日子。"嗣棨恨铁不成钢地回道，可一见嗣同满脸严肃，就知道他的主意已定，顿了顿脚，气急败坏地转身走了。

嗣同也没去追，默默地在书房里坐了很久很久。

李寿蓉也要回安庆了，嗣同和闺娘都有些依依不舍。一连几天，嗣同一有时间就陪着他在武汉三镇访友。李寿蓉堪称有清一代超一流的对联大师，曾题山西省湖南会馆联，嗣同甚是喜欢：霜威出塞，云色渡河，李太白咏三晋遗风，今日犹如昔日否；汉口夕阳，洞庭秋水，刘长卿写两湖好景，此乡得似故乡无。此联语妙在既写山西，又写湖南，均由唐人诗句生发开来，委婉巧妙，气韵不凡，颇见功底。李寿蓉今年已六十七岁了，他成名甚早，但命运坎坷，仕途不顺，如今已有些老态龙钟。嗣同陪着他，明显感到老人身体比之前弱了，不禁忧心忡忡。

临走前一天晚饭后，李寿蓉与谭继洵在书房聊了很久，念及明天就要分别，也不知今生是否还能再见，两位老人不胜唏嘘，相互都叮嘱对方要保重身体。随后，李寿蓉来到后院西跨院，闺娘忙迎了上去，一同来到嗣同书房。李寿蓉看了看嗣同和闺娘，叹了口气，缓缓说道："复生、闺娘，看来我真是老了。此次来武昌天气好，一路也顺利，到了这里后，虽说也走亲访友，基本上轿子来轿子去，竟觉得很辛苦。我明天就要回安庆了，也不知今后还能不能来武昌，真是不放心你们呀。"闺娘听了，泪流满面。嗣同答道："岳父大人，你放心，我们都不是小孩子，会好好照顾自己的。"

"复生、闰娘，你们年纪也不小了，还是得将身体调养好，争取再生个孩子。"李寿蓉有些哽咽。

嗣同安慰道："岳父大人，您放心。我和闰娘还年轻，身体也好，还可再生孩子的。"

见闰娘也在流泪，嗣同忙说："岳父大人，您明天还要赶路，还是早些休息吧，我送您回房间！"

李寿蓉任嗣同扶着往外走。到了客房门口，他却立住了脚，转过脸来看着嗣同，郑重地说道："复生，你还是考虑讨房小吧，要有个孩子伴身，这事我和闰娘说过，她也不反对。"

嗣同急了，插话道："岳父大人，这事万万不可，闰娘为这个家为我付出了很多，我绝不会做令她难受的事，我绝不会讨小！"

李寿蓉愣了，岔开话题道："复生，我一直认为你的聪明才智大大超出一般人，为什么科场总是不如意？我看你还是静下心来，准备明年的恩科考试吧。"

见嗣同不吭声，李寿蓉就摆摆手，转身进了客房。

第十四章：访友

60

很快就到冬天了，贝允昕也离开了，前往刘人熙任职地江苏淮阴，刘人熙早于光绪十五年（1889年）应江南河道总督许振祎礼聘入幕。由此一来，谭继洵的巡抚幕僚里，与嗣同亲近的欧阳中鹄、贝允昕、涂儒翯及王信余等，都接连离开了，嗣同陷入了巨大的孤寂之中。

不知不觉间，就到了光绪十九年（1893年）春节，这个春节过得很沉闷。闰娘见嗣同郁郁寡欢，便让师中吉陪他到外面走走。但外面天寒地冻，嗣同不愿出去，天天待在书房里。他依然深切地怀念仲兄，好像嗣襄一直也在，已于头一年用心编好了《远遗堂集外文初编》，了却了一桩心事。闰娘曾读过嗣同书案上写的《自叙》，既为嗣同心里的悲痛而同悲，更担忧嗣同太悲痛而损伤身体。

她装着什么也没看过，只是暗暗地更加体贴嗣同，有时特地准备些好吃的零食，让嗣同、传赞来书房陪嗣同。那天嗣同午饭后去后花园爬胭脂山，待回到书房时，满脸的阳光。闰娘见他将墙上的凤矩剑取下来，细心地擦拭，开心地问道："复生，外面阳光真好，你都好久没练过剑了，是不是想试试剑术有没有退步？"

"闰娘，放心吧，我虽好久没练，只要练上几天，就会回到之前的水平。"嗣同怕她不相信，"不信，我从今天起就练，过几天你只管来看。"

这时，师中吉进来了，闰娘对他说："鉴吾，复生说从今天起他就练剑，过几天就回到之前的水平，到时你来当证人，看他是不是说大话。"

嗣同笑道："闰娘，你夫君的话都不信，还要找证人，我什么时候骗过你呢？"

"知夫莫若妻，你一高兴起来，说话时眉飞色舞，有时难免不记得了！"闰娘故意揭他的短。

嗣同禁不住大笑起来，师中吉也不插话，任他们夫妻斗嘴，在一旁偷着乐。

嗣同擦好剑换好衣服，果真去后花园练剑去了。嗣同、传赞闻声都跟着，几个人在后花园大呼小叫。闰娘听了听，脸上的笑意更浓了。她喜欢嗣同开心的模样，也喜欢府上热热闹闹。

自那天起，嗣同每天都会练练剑，并开始认真系统地阅读《化学鉴原》《化学鉴原续编》《代数术》《声学》《电学》等书，边读边认真地写读后感想。有时读得兴奋了，就会找闰娘聊天，说世界真神奇，竟然有化学物质，竟然有化学反应，厉害的还会爆炸呢，还会毒死人呢。但更多的时候，他则是一副心事重重的模样，西洋都已制造出了蒸汽机，修有铁路，火车跑得快，运的东西还多。整个大清官场依然浑浑噩噩，不思改变，难怪被人欺侮！闰娘听了，心里满是骄傲，夫君懂得真多，比那些官场上的老爷们强多了。

61

天气渐渐暖和了，春天来了，嗣同天天练剑，精气神好多了。又是春光明媚的日子，嗣同配着凤矩剑，穿着一件蓝色的缎子长袍，兴致勃勃地带着师中吉出门了。他俩来到汉阳门码头，坐上了过河渡船，嗣同要去找马尚德医生探讨他阅读西学书籍时的疑惑。

嗣同直奔后花楼巷伦敦会花楼堂，此间正在举行礼拜活动，教堂里坐得满满的。嗣同和师中吉找了后排座位坐下，见马尚德医生正在激情澎湃地宣讲，倒有些惊讶。他只熟悉马尚德作为医生的一面，这是第一次见他传教。正想用心倾听，不料教众却全体起立，"阿门"一声，结束了。嗣同往前走去，前排坐着包括杨格非博士在内的马医生的汉口同事们，还有几位西装革履的绅士却不认识。马尚德医生看见嗣同，微笑着迎了上来，给他介绍那位穿黑色西服瘦个子短胡须的绅士，竟是驻汉口英国领事贾礼士。嗣同颇为意外，大方地向他致意。杨格非博士是矮胖个子，胡须苍白，嗣同初来汉口时就见过他，现在终于能面对面地说话。

听说嗣同是抚台公子，贾礼士和杨格非博士等都非常客气，且留他等会儿一起午餐。嗣同见他们如此郑重地来听马医生布道，大概有什么重大活动，连忙谢绝了。对方也不再坚持。马医生将他俩送至大门口，兴冲冲地告诉嗣同："复生公子，我马上就要到武昌医院施药所工作了，我们见面就方便多了。"

"真的？那太好了！什么时候过来？"嗣同知道马医生早就想在武昌医院那边上班，忙祝贺他。

"今天是告别宴，杨格非博士特地安排我布道，看看我中文说得怎么样。老实说，我的中文过关考试虽还没考，但比刚来时好多了，只是有些地方还是说得不好。我明天将所有工作交接后，无论如何会赶过去。"马医生真是可爱，眼睛里都是笑意。嗣同哪里知道，因为上次伦敦会柏顿去留而引起的争执，马医生急切地想逃离此地去武昌。

"祝贺您，我后天去武昌施药所看您。"两人告别，马医生转身进屋去了。

告别马医生后，嗣同想想这里离英租界不远，就征求师中吉的意见：不如去租界走走看看？

62

咸丰十一年（1861年）三月，英国驻华使馆参赞巴夏礼一行在汉阳知府等官员陪同下，到处看地。他们几乎想都没想，就断然放弃在汉江岸边寻找租地。宽阔的长江北岸荒草萋萋，经过一番考察，他们挑中了处于闹市的黄陂街以下街尾地方，从花楼街往东八丈起，到原甘露寺江边卡东角为止，宽二百五十丈，纵深一百一十丈的地界。从此，这块四百五十余亩的土地以年交纳地丁和漕米银九十二两六钱七分的低贱价格，永租于英国。随后，又有比利时、日本等国争着来划分租界。

嗣同和师中吉走上宽阔的沿江大道，路边已有了些洋楼。就在不远的街边，那几幢两层楼的西式洋房，就是英国领事馆和领事官邸。馆舍两层，三面皆有廊式露台，造型优美，四周围着整齐的围墙。大门口铁门两旁站着威严的哨兵，嗣同朝里看了看，隐约可见庭院里花木扶疏。没有熟人带领，中国人不能随便进去。

嗣同继续朝走前，不时看见街道上人力车夫拉着车匆匆跑过，车上坐着洋人，但人力车夫的衣着很奇怪，好似穿着犯人一样的"号衣"。嗣同皱了皱眉头，对师中吉说道："鉴吾，租界竟有人力车，我倒还没坐过，可车夫怎么穿着犯人们穿的'号衣'？"

师中吉也用心看了看，答道："七公子，车夫的衣服的确像'号衣'，只怕是英国人故意如此规定。你看前面江上那些轮船，真是跑得快，那些码头边也停了不少船，好多码头工在下货。"

嗣同顺着他的指引看去，码头上果真人来人往。前面大道旁边有一片树木葱郁之地，好似还有行人可以坐的靠背木长椅。嗣同就对师中吉说道："鉴吾，走得累了，我们到前面树下坐坐吧。"

走过去看了看，树下绿草如茵，还有漂亮的花坛，是沿江小公园。嗣同很少见公共场所的花园，正要进去，师中吉扯了扯他的衣袖，指了指进口处，那里赫然竖了一块牌子："华人与狗不得入内！"

嗣同的脸色霎时沉下来，怒气冲冲地转身朝来路上走，师中吉知道他肯定发怒了，默默地跟在他身后。

一直到家里，嗣同都一言不发，中午饭都没吃，待在书房里没出来。闰娘很是奇怪，怎么兴冲冲出去，却气急败坏地回家，甚至连午饭都不吃？她悄悄地问师中吉缘由，遂得知之前在英租界的遭遇。闰娘也就不去劝他，让他自己慢慢平息心中的怒气。

到了下午，嗣同提着剑又到后花园练武，且练得比往日更久更起劲。饶炳勋来了，师中吉知道嗣同与他一见如故，很欣赏他的爽朗和率性，就直接将他带到后花园。嗣同穿着一身白色的练功服，手中剑光闪闪，身手敏捷，将剑花舞得密不透风。饶炳勋静静地看着，最后不禁喝起彩来。嗣同见是饶炳勋，忙上前相见："仙槎兄来了，快先请到书房坐坐，我去换了衣服再来。"

自从在陈三立雅集上相识以来，嗣同惊喜地发现他和饶炳勋竟然志趣相投。饶炳勋曾在左宗棠幕府待过，喜欢谈论兵事。嗣同也特别钦佩左公豪壮之气概，左公对父亲谭继洵有知遇之恩，推举他位至甘肃布政使。因为有了左公，与饶炳勋的话题更多。嗣同换好衣服就直奔书房，饶炳勋有些日子没来了，两人有许多话要说。嗣同先说："仙槎兄，我今天去了汉口英租界，且不说人力车夫按规定竟穿着'号衣'，在江滩公园竟然看到'华人与狗不得入内'的告示牌！我之前听说上海租界公园有此种牌子，不想现在汉口也有了。真是欺人太甚！"

饶炳勋听了一怔，一巴掌拍在身边的茶几上，气愤地说道："真是欺人太甚！他们在我们国土上耀武扬威，还不把我们中国人当人看！"继而又叹了口气说，"不过，说到底又怪自己不争气。这几十年来，国家的元气亏损很大。一亏于洋人的入侵，二亏于长毛和捻子的作乱。这还不是主要的，主要的是亏于吏治的腐败。朝野内外的大小官员十之八九追名逐利，为社稷苍生着想的不到十分之一，这个国家的元气还能不亏吗？"

"仙槎兄说到点子上去了，只有自己足够强大，才能不被人欺侮。说到底，我们要改变现在这种要死不活的状况，要改弦易辙，要强大起来！"嗣同道。

"对，得赶紧改变。我看香帅到湖广总督任上后，办铁厂挖铁矿办织布厂办两湖书院等等，都在奋力推动自强举措，要是天下所有巡抚总督都能如香帅般实心办事，国家亏损的元气自会逐步恢复。"饶炳勋由衷地感叹。

嗣同深为赞同："仙槎说得对，我们得向洋人学习，学习他们的先进科学技术制造技术，人才最为要紧，不要再搞什么科举考试，所录取的人才大都是一心只啃死书的读书人！"

"嗯，现在科技人才最为要紧。前不久我听两湖书院教习谈论过科考设立西学举人之事。光绪十三年朝廷科考已开始设立算学科，至光绪十四年戊子科乡试，总理衙门将各省选送的监生及同文馆学生三十二人，以试算学科，取中举人一名。及至光绪十五年恩科乡试，投考算学科者仅十五人，未及二十名，不能单独开考，遂改送顺天府参加乡试。此后历科乡试，因算学科无人报考或报考人数过少，都改作顺天乡试。"饶炳勋无奈地叹了口气说。

嗣同听后深受震撼，他之前迫于南北应试，又偏居于甘肃一角，他所有的注意力都在科考。到了武汉后，觉得自己真是井底之蛙，竟不知道朝廷算学科无法开考。但回过头想想，他何曾系统地去学过算学呢，他曾经也想去同文馆学习，却遭到父亲强烈反对，就是现在，他读些西学书籍还不能让父亲知道。念及此，他大声地说道："仙槎兄，现在外强环伺，长此下去，国家只怕会危机重重！我们应该从自己做起，从现在起，就应抓紧学习西学，进而发动更多的人来学习西学！"

"好，复生兄所言极是，师夷长技以制夷。"饶炳勋深以为然。

两人交流了一下各自所读的西学书籍，说到代数与几何术，嗣同拿出他所做的题目让饶炳勋看。饶炳勋大为赞叹，称赞嗣同不光诗文做得好，竟然还会代数与几何题目。临别，两人约定过两天一起去马尚德医生的武昌施药所看看。

63

一大早就大雨倾盆，嗣同陪父亲用早餐时，谭继洵看着院子里哗哗的雨水，脸上有了忧色。湖北境内江湖密布，就怕雨水过多洪水泛滥，老百姓就遭殃了。谭继洵饭也吃不下，匆匆去了二堂签押房。嗣同回到书房，边看《代数术》边等着饶炳勋，时不时地看看窗外的雨。

直到午饭过后，雨才渐渐小了，饶炳勋终于来了。嗣同拿起伞，两人直奔戈甲营荣光堂。荣光堂旁边一间房子前新挂了施药所的牌子，一进门就是间诊室。马尚德医生穿着白大褂，胸前挂着听筒，正站在左窗前一张检查台前，凝神给床上的小男孩听心跳。他旁边站着的女子大概是孩子的母亲，满脸焦急。马尚德闻声返过头瞧瞧，说道："七公子来了，您先等等，等我先给孩子看病。"嗣同就和饶炳勋四处看看，见诊室右边开着两扇门，一间大病室一间小病室，大病室里面排十张病床的模样，小病室只有两张床，躺着一个女病人。挂着"手术室"字样的门却关得紧紧的。饶炳勋第一次来洋人医院，很是好奇，在诊室里到处瞧。

马尚德给孩子检查完了身体，从他的屁股里抽出个温度计，用酒精布擦了擦，晃了晃，拿到窗前看了看，说道："还好，心跳也正常，发烧还不严重，孩子是着凉了，不碍事。"孩子母亲听了，松了一口气。

马尚德径直走到检查台前的诊桌前，桌上放了些瓶瓶罐罐，还有他那只棕色的小医药箱。他随手将温度计放进一只玻璃瓶子里，又在旁边药柜里找到两只不同的小药瓶，各倒出六粒白色的小药丸，细心地用纸包好，交给男孩母亲，叮嘱她服用方法。母亲抱起孩子千恩万谢地走了。

饶炳勋大开眼界，盯着马尚德胸前挂着的听筒问道："这个东西能听到人的心跳？这和我们平日郎中看病不同。郎中看病摸脉，你们却听心跳，那个温度计测体温牢靠吗？你们的药丸是些什么东西做的？"

马尚德和嗣同都笑了，嗣同说："怎么样，到了这里，你就成了刚发蒙的小学生了。"此时，马尚德从药柜里面搬出一架小的人体模型，放在诊桌上。饶炳勋吓得后退一步，惹得嗣同笑了起来。马尚德也笑了，说道："这只是模型，七公子，你们看这里就是心脏，心脏只有正常跳动，才能将血液输送到人的全身，人才能活得好好的。人不能失血过多，失血过多，生命就会有危险。这是大脑，是人体最重要的地方，大脑一旦出了问题，重则失去生命，轻则瘫痪！"见嗣同和饶炳勋认真专注的样子，马医生又给他们介绍了骨骼和肝、肾、胆、脾等内脏器官及其功能。

正在这时，一位身着白袍的金发女子走了进来，和马尚德叽叽咕咕说了一长串英语，马尚德满脸不开心，让她去小病室将病人推到手术室。马尚德转过头来，抱歉地对嗣同他们说："抱歉，七公子，我今天还要做一台手术，有位女病人乳房里长了个瘤子，我得帮她切除掉。但我的助手赫立德夫人刚到，她先去给病人麻醉，我等会儿就得开始手术了。我们下次再聊吧。"

一听说手术，饶炳勋有了好奇心，但听说是女病人，欲言又止。嗣同却疑惑了："马医生，晓澜兄他不是你的助手吗？我有很久不见他了，他到哪里去了？怎么换成了赫立德夫人？"马医生拉开抽屉，取出一只紫色的缎子荷包，递给嗣同，哈哈大笑起来："七公子，七公子，哪里有什么晓澜兄，是晓澜妹妹吧？她这一两天就要嫁到上海去了，这是她叫我交给你的。你不说我还忘记了！"

嗣同接过荷包，霎时呆住了，神色尴尬，只管瞪大眼睛看着马尚德。饶炳勋很想知道荷包里装了什么，问道："什么晓澜兄？我怎么不知道，怎么送你荷包？荷包里装了什么呢？"

紫色的荷包上，兰草傲然生长，花蕊鲜活灵动，仿佛能闻到随风传来的芬芳。三人全都呆呆的，只听得手术室赫立德夫人在走动的声音。

"那……替我祝她百年好合。"过了好一会儿，嗣同才憋出这句话，转身就走了，却听身后马尚德幽幽地说："七公子，要讲你自己去讲。"

饶炳勋疑惑地跟在嗣同身后，一直回到巡抚署后院，嗣同都没吭声，将那只荷包紧紧地握在手里。饶炳勋不明就里，也不好询问，见嗣同一副魂不守舍的模样，也就匆匆告辞了。嗣同转身走进书房，将门关上，这才缓缓打开荷包，里面掉出一根用字条包裹着的茜色辫穗，纸上有两行字：山有木兮木有枝，心悦君兮君不知。结尾处还画了一朵兰花。嗣同赶紧又将辫穗和字纸放进荷包，他这才清楚地知道，晓澜兄竟然是女人！

已是月上西山，嗣同提着一瓶酒，倚靠在六虚亭的大柱子上，不时眺望远处的长江。他忆起在那家书铺初见包世贞时的情景，她美丽的眼睛，还有她惊讶的目光，仿佛还在昨日。至月照当空，他才缓缓下山往回走。

嗣同哪里知道，此时此刻，包世贞正在细看那本《邯郸记》，她的眼前浮现着复生兄明朗清澈的眼光，心里不由黯然，她和复生的情缘何尝不是转眼成空，只是她一个人的黄粱一梦？"明儿还得早起过江赶船，还不睡？"母亲进了屋拿起唱本看了看："还看什么书，快睡！"随手就放到梳妆台上了。

四天后，世贞一家十多口人，抵达了上海洋泾浜码头，刚下船刘家就备好车马前来迎亲，缃色车顶缠绕着品红缦帐。马车很快就到了城边上一栋西式洋房前。刘家父母在门口笑脸相迎："一路辛苦了，快请进屋吧！"

包世贞父母也笑意盈盈，殷勤地让人将嫁妆抬进世贞婆家。刘家安排包家一行住下，是个大院子，有三进房屋。包世贞一家就住在二进院子的客房，实在太累了，都早早睡下了。第二天一大早，刘家就响起了悠扬的丝竹之声，今日是娶亲的大喜之日。

石榴红喜服上，朵朵牡丹盛开，大红裙摆上暗纹的牡丹也娇艳欲滴。包世贞柔媚婉丽，头部装饰非常新潮，却披着中式的红盖头，落寞的神情被喜乐华服成功掩盖。

包世贞静静地坐着，她想从此之后，将拥有自己的家庭，将为刘家生儿育女。虽说包家和刘家都是西式家庭，都信基督教，也特地安排新娘新郎在教堂举行婚礼。但她依然得听从媒妁之言父母之命，再想起七公子，却好似远隔千山万水。她敬他想他念他又如何呢？他甚至什么都不知道，她的心莫名地痛起来，默默地流泪不止。

"姑娘，吉时到了，我们走吧！"包世贞听话地站起来，穿上金鱼纹红鞋，由喜娘搀出房屋，在欢乐的喜歌中踏上花轿，直往附近的教堂。

当花轿在教堂门口停下时，包世贞看到门前站满了前来观礼的两族家人。一个瘦削的高个子年轻男子，穿着黑色短马褂暗红色长袍，急急地迎了上来，面色苍白，朝她羞涩地笑着。震耳欲聋的鞭炮声和鼓乐赞歌响了起来。包世贞不禁在心中感叹：这就是丈夫刘建洋，这就是我注定逃不掉的姻缘。

第十五章：游园

64

终于，嗣同的心境渐渐地平复了，将茜色辫穗偷偷地藏了起来，也算是埋藏了一段心事。

谭继洵生日时，当着李寿蓉的面，谭继洵就明确要嗣同准备今年的恩科考试，到京城参加顺天府乡试。嗣同心里极不愿意，却什么都不能说，乃至郁闷纠结于心。这几天，嗣同得知岳父又调任徽宁池太广道且身体有些不适，嗣同很是担忧。他忙向父亲禀告，带着闰娘出发前往芜湖。

女儿女婿来看他，喜得李寿蓉眼睛都眯成了一条缝。其实他并没什么身体不适，只是为兰儿逝去伤心，现在见女儿女婿一切尚好，他就精神百倍了。他知道嗣同喜欢访古探幽，特地陪嗣同访谒了含山县东关镇濡须坞古战场、芜湖干将池。

临别的头天晚上，李寿蓉陪嗣同喝了点酒，说着说着，竟然掉泪了。嗣同深受感染，看着岳父脸上的种种不舍，心里也有些悲戚。但他故意装作高兴的模样，趁着酒兴站起来给岳父敬酒："岳父大人，您不必担心，小婿会好好照顾闰娘，回武汉后我也打点行装去京城赶考。"闰娘也忙安慰父亲，逗父亲开心，李寿蓉的心绪才好转。

嗣同、闰娘回到武昌没几天，好友李昌浉也自浏阳来了巡抚衙门，一别两年终得相见，两人都很开心。李昌浉此行是要去伯父李兴锐津海关道道署，而嗣同正好要去京城赶考，两人当即约好一同北上。当晚李昌浉还特地拜见了谭继洵。谭抚台很高兴，亲切地问寒问暖。听说李昌浉将与嗣同一起北上，抚台大人脸上的笑意更浓了，细细地询问他功课后，笑道："正则世侄，你和嗣同一同北上，一路上可以相互照顾，我就放心了！"转头又对站在一旁的嗣同交代道："复生，正则难得来一趟武汉，你要好好招待，带他四处走走，随后你们尽早起程北上吧！"

嗣同知道父亲这段时间公事繁忙，见父亲满怀期待地看着自己，恭恭敬敬地回答道："父亲大人只管放心，我会招待好正则兄，我们也会尽早择期出发！"

谭继洵心里一宽，去年嗣同全心全意地照顾他，令他感动之余也有愧疚，觉得对儿子亏欠太多。见两位年轻人还站在他跟前，谭继洵轻轻地挥了挥手："好吧，你们好好去交流交流功课吧！"嗣同、李昌洵告退。

一回到嗣同的书房，两人就相视一笑，李昌洵说道："复生兄，我发觉谭抚台并不是那么苛刻了。"嗣同笑了笑说："正则兄，你的观察力倒蛮厉害，自从仲兄离世后，父亲老得快，对我们也和蔼多了。"两人正在感叹，师中吉进来说已帮李昌洵准备好了客房，就在书房旁边。嗣同说道："正则兄，你一路辛苦了，今日就早点休息。明天我先带你去汉阳琴台、晴川阁走走，运气好的话就去汉阳铁厂坐坐小火车，我还没坐过呢。"

"汉阳铁厂？小火车？太好了。我先回房间了，养足精神四处走走看看。"李昌洵说完随师中吉走了。

师中吉返回书房时，嗣同便问他："鉴吾，给仙槎兄送信没有？他明天会来吗？我这里写好一封给铁政局蔡锡勇总办的信，你明天尽早给送去，不然我们明天去汉阳铁厂就进不了门。"

"七爷，仙槎先生明天应该会来。"师中吉接过信函，"放心，这信我明天一定及时送去。"

65

已是暮春时节，又是一个晴好的日子，饶炳勋未吃早饭就赶过来了。嗣同介绍他和李昌洵认识，瘦弱的李昌洵和高大壮实的饶炳勋一见如故，热烈地谈论起两湖书院，令嗣同大为意外。几人匆匆吃过早饭就出发，嗣同特意佩上凤矩剑，师中吉也及时赶回来了，提了只藤篮，装了些点心和酒水。

他们赶到汉阳门渡口，坐上过河的渡船，在对岸晴川阁码头上了岸。走至汉阳铁厂门口，高大威武的大门楼令嗣同一行为之惊叹，大门设立了门岗，有卫兵站岗。嗣同忙投上名刺，说已和总办蔡锡勇报告，特来铁厂参观。旁边候着的一名年轻人上前来打招呼："抚台公子好，我是蔡总办派来等候您几位的陈助理，请教您几位想看看哪里？"

嗣同一听，其为感动："难为蔡总办想得周到，还请陈助理辛苦引路，就去铁厂看看。"

嗣同几人随同陈助理走进大门楼，厂区内十几座巨大烟囱黑烟冲天，前方土坪里一座座小山似的矿石边，有工人拖着斗车正在装货运货，大大小小高高低低的厂房里不时传来机器轰鸣声。继续往前走，一条条平整的马路纵横交错，来来往往的员工人人身着统一的工装，都在各自忙碌着。嗣同来过一次，倒不觉得惊讶，但现在粗略一看，也知道比前两年增加了不少厂房，心里暗暗佩服张之洞的魄力和勇气。饶炳勋、师中吉早就听说过铁厂，今日实地一见，更感震撼。

一边走着，陈助理一边给嗣同他们介绍："这里原本是东月湖，一片低洼荒芜的湖泽，杂树杂草丛生，历经三年的建设，现在已厂房林立。您几位看，这是办公楼，还有化验室、抽水房、修理房、绘图房、机器房。那边是生铁厂、熟铁厂、轧钢厂、钩钉厂。"饶炳勋、李昌洵不停地点头，开始还能记得几个，到了后来，各种厂呀房呀在他们脑子里打混，最后连一个名称也没记下，脑子里一片迷糊。嗣同在一旁见他们那模样，偷偷地笑。

他们参观了上十间厂房车间，大都只在门口瞧瞧，除了化验室、绘图房外，座座厂房都在紧张地工作，机器隆隆，马达声声，有些还灰尘弥漫，一派生产繁忙的模样。来到了最主要的工厂——炼生铁厂，一走进厂房，两个丈把高的炼铁炉矗立在眼前，好像两个大肚子黑金刚，顿时把嗣同几人都吸引住了。陈助理示意嗣同几人停在一边。

这时，一声哨响，围在两个铁炉旁边的工人们迅速散开，又听见哐啷一声，两个铁炉的肚子豁然而开，两股红通通的沸腾的铁水从铁炉的肚子里冲出来，直向炉子底座旁边的两个大铁桶里倾泻。溅起无数火花，犹如点燃了烟花，又像夏夜的繁星坠落人间。这两股铁水，更像从火焰山逃出来的两条赤龙，携带着巨大的热量、灼人的光焰，吓得嗣同几人情不自禁地向后倒退。

走出厂房时，饶炳勋还后怕地说道："复生兄，今天运气好，看到了铁水出炉，可真是威力大，我还算胆子大的人，也吓得胆战心惊！"

嗣同笑了笑说："我这是第二次看了，依然令我热血沸腾！这比我们平时看打铁又如何？这高炉炼铁术就是西洋的科学技术，不得不佩服！"

来到生铁厂车间后面，见左右两个大仓库中间为时而平行时而交织在一起的铁轨，铁轨还通向身后的大车间。陈助理指着那些铁轨说道："我们有一列小火车将铁矿石、煤运过来，这里的生铁运往前面的熟铁厂和轧钢厂。蔡总办特意交代，抚台公子想坐坐小火车，你们看，真是运气好，小火车来了。"一阵咣啷咣啷响的声音传来了，一列从未见过的庞然大物沿着铁轨缓缓而来。

见嗣同几人好奇的模样，陈助理笑着说："前面是火车头，有火车司机在操作，后面有几列车厢，用来运送铁矿石、煤和生铁块。"

嗣同几人都紧盯着高大奇怪的火车头，见它有巨大的车轮，也有高高的烟囱，烟囱冒着黑烟，还发出怪叫声。嗣同心想，要是晚上有人看见黑森森的火车头，不吓破胆才怪。火车驶进了他们身后的大车间，掀起了一阵灰尘，嗣同正在奇怪车间怎么如此之长如此之高，陈助理解释说："火车将铁矿石和煤运进车间，再将生铁块运到熟铁厂等分厂，现在将铁矿石运过来，等会儿就返回去，还请稍等！"

嗣同几人转身去瞧，但见火车一停，马上有几位工人爬上了车厢，陈助理却踏上了火车头，只听得咣啷咣啷一阵响。正在愕然之际，工人们又纷纷跳下来，陈助理回来说道："已将火车头从车厢上卸下来了，刚才和师傅说好了，等会儿你们就坐在火车头里，那里有几个座位！"他领着嗣同他们走近火车头，侧门已然打开，司机是个洋人师傅。陈助理笑着和他说了几句洋文后，就安排嗣同他们坐在后面的座位上，刚好四张座位，他自己就靠师中吉站着。洋人司机关上门后，就开动了火车，火车头重重地颤抖了一下，就走了起来。李昌洵"哎哟"地惊叫了一声，却发现火车头已平稳地朝向缓行，自嘲地笑了笑。

这时，火车加速，只见窗外的厂房急速后退，火车头内却很平稳。饶炳勋感叹道："复生兄，这火车可比马车快多了，竟然一点也不颠簸，真是奇怪！"

"这有什么奇怪的，这火车头是铁家伙，重得很，也就不会颠簸。"李昌洵反驳道。

只有嗣同不作声，时而瞧瞧窗外，时而瞧瞧洋人前面那几排仪表，好奇地问陈助理："马车靠马拉，这火车头靠什么动力？"

"烧煤。"陈助理懂得也不多，只能简单回答。

正说着，火车头又重重地颤抖了几下，停了下来。已到了熟铁厂前面，嗣同朝洋人司机作揖感谢，跟着饶炳勋、李昌洵跳下车，师中吉走在最后。

"谭公子，还要不要看看熟铁厂和钩钉厂？"陈助理问道。

"这里太吵了，我有些受不了！"李昌洵一脸痛苦的模样。

嗣同只好谢道："谢谢陈助理一路引导，辛苦了。听说香帅花大价钱请来洋技师对设备进行了改造，下半年就可以炼钢轧钢了，我到时再专程来。"

于是，一行人在大门口与陈助理告辞。已近中午，太阳正厉害，四人觉得又累又饿，李昌洵提议道："复生兄，今天太累了，头都被吵昏了，我看古琴台还是改日去吧。"嗣同点点头，一行几人倒是没费什么周折就回到了巡抚衙门。家人刚吃过午饭不久，师中吉让厨房再炒几个菜，嗣同几人吃得特别香，饭菜一扫而光。

等回到嗣同书房，喝过一大杯绿茶后，众人都精神起来。饶炳勋笑道："正则兄，都是你嚷着要回来，不然我们现在正在古琴台月湖边品茗赏景呢。"

"仙槎兄，你别笑话我吧，火车头抖时，你的脸都发白了。"李昌洵不服气。

嗣同在一旁看着好笑，提议道："要不现在再返回古琴台？还是换一个地方出去走走？过不了几天，我们仨都得扛起行李起程！"

"复生兄，我看再返回琴台也没必要，早就听说谭抚台在湖北大力倡办种桑养蚕，有个公桑园作为养枝之地，要不我们去看看？"李昌洵建议道。

嗣同心里一动，饶炳勋连连赞同："要得要得，我在武昌几年了都没去过！"

66

于是，嗣同一行四人又出巡抚署后院往东去，再转向东北隅之公桑园。都是上坡路，还是有些吃力，半路上歇了歇。远远地看见简单的木门楼，走近一看，门楣上挂着"公桑园"牌匾，而两边挂着木对联，绿色的字，是欧阳中鹄拟的对联。

众人赞叹了一番。整个公桑园由厚厚的荆棘围起，走进桑园，满园苍翠的桑树整齐而繁茂，已长成葱郁的桑树林，清新如兰的和风扑面而来。林间有平坦的小道，有三三两两的游人走过。嗣同走在前面，春日的阳光照耀在绿叶之上，又透过叶的缝隙斑斑驳驳地落在地上，甚是美丽。再仔细一瞧，已有红的紫的桑椹藏在桑叶之间，饶炳勋个子高，随手摘了一两颗丢进嘴里，感叹道："好吃，好吃，酸酸的，有些甜！"嗣同就让师中吉随手摘些放在藤篮里。

越往里走越安静，有一池湖水，茂盛的绿荷亭亭玉立，飘逸又清新，最窄处跨有白玉小桥。临岸的桑树长得高大，树影曼妙地倒映在水面。还有一片碧绿的草坪，建有一座木楼，楼上有亭，内置石桌石凳。刚好亭子里没人，登上二楼亭台，嗣同让师中吉将带来的茶点摆出来，那盘深紫色的桑椹尤为夺目。

一阵阵微风吹来，风里有微微的桑叶清香和桑椹的甜香气息，李昌洵陶醉地说道："谭抚台在湖北提倡种桑养蚕，这步棋走对了。两湖都适合种桑养蚕，气候适宜，土地肥沃，桑条插进土里就能成活，在旱地发展种桑养蚕，收成比粮食更好。"

"正则兄说得对，之前父亲大人在甘肃秦州任道员时，就要求当地老百姓种桑养蚕。但边地土地贫瘠，老百姓没有种养经验，养蚕的收效并未能发挥出来。负责此事的官员就弄虚作假，每年年底到邻近的省份去买蚕丝上交。父亲大人发现了隐情，追责愈严，其逃避的方式就愈隐蔽。如此一来，老百姓并没有得到实惠。"嗣同深为感慨。

"谭抚台真是实诚人，最为讲究实际，最关心老百姓利益。作为一方大员，至少应该保证老百姓有饭吃有衣穿！"李昌洵赞叹道。

"正则兄说得到位，父亲大人吸取了之前的教训，一到湖北任上就极力倡导当地老百姓种桑养蚕，还专门派人到江浙一带购来桑枝，分发到境内各州府县插植，成活率非常高。后来又设立了这座公桑园，用来养育桑枝，各地需要补种就不用再到外地购买了！"嗣同看了看两位友人脸上的敬佩之色，心里也惬意，"为了赢得朝廷的支持，就在前不久的四月十八日，父亲还特地上奏折请为湖北提倡农桑呢。"

正在聊得热闹，几只麻雀大胆地跳到亭子边的地上，偏着头瞧了瞧这几位，啾啾地叫着。

"两位仁兄，不怕你们见怪，我倒觉得现在国力贫穷，除了让老百姓有饭吃有衣穿外，更应该制造坚船利炮，让那些洋人不敢随意欺侮我们。"饶炳勋声如洪钟，吓得那几只麻雀都飞走了。

"对，我们国家要实现自强，就必须打造坚船利炮。没有足够的钢铁，坚船利炮就会变成一句空话。我看香帅真是有魄力，克服重重困难建起了铁厂。接下来钢厂马上生产，到时朝廷修铁路就不必花大价钱从国外进口钢轨。今天我们已看过了汉阳铁厂，还坐了小火车，真是大开眼界。只是这些机器设备、火车、钢轨都是国外进口来的！"嗣同也激动起来。

"两位仁兄，还得承认我们大清国和西洋各国的巨大差别，你看看我们现在的科考还不是考四书五经，考八股文？那些造船造枪造钢轨的学问一点都不考。不考就不学，不学就不懂，又凭什么自己去制造呢？"李昌洵给情绪激昂的二人泼了一瓢冷水，嗣同、饶炳勋愣愣地看着他，一时无从反驳。

　　这时，楼下守园人在喊："已经很晚了，要关园门了，大家请出园！"师中吉忙着收拾，一行人有些怏怏地走出公桑园。

第十六章：书室

67

终于得出发前往京师了。陈三立得知消息后，于头天晚上特地在两湖书院水榭设席，杨锐、汪康年、梁鼎芬、范钟、饶炳勋等都应邀到场，嗣同特地带了李昌洵。彼此大多相熟，在此月明之夜，听着都司湖里青蛙欢叫，吹着习习的凉风，把酒言欢，不亦乐乎？告别时，嗣同握住了陈三立的手："谢谢伯严兄有心，谋事在人，成事在天，我只能说我会尽力！"

回到家时，谭继洵在自己书房等候嗣同，听说是陈三立邀约，原本紧绷的脸才有所缓和，叮嘱了几句，就让他去收拾行李。此时，嗣冏扯住嗣同的衣袖道："七哥哥，你要去京城，带我去好不好？"嗣同还没来得及回答，谭继洵板起脸来，呵斥道："秦生，都十五岁了，还没长大？你七哥是去应考，又不是玩儿。以后你也要去京城赶考，现在急什么？"吓得嗣冏不敢再吱声，眼睁睁地看着嗣同走了出去。

第二天一早，闰娘比嗣同更早就醒了，再三检查行李，竟然还给他备好了一床薄蚕丝被子，又交代厨房煮些茶叶蛋煎些饼子，细细地包好，让嗣同带着在路上充饥。早饭后，嗣同、李昌洵就出发了，闰娘、大嫂及嗣冏、传赞都在门口送行。师中吉背着行李送嗣同一行到汉口坐轮船，此次师中吉不再随行进京，留在巡抚署照顾谭继洵。嗣同此行先去上海。

饶炳勋在司门口等，三人碰面后，就一齐朝汉阳门走去。坐轮渡转至英租界外周家巷码头，这是轮船招商局专门购置的码头。要搭乘的江孚号为江南制造局独自制造的轮船，如庞然大物蹲在江边，长江波涛滚滚，它却岿然不动。此时轮船已放下了长梯，来到船上，但见处处还算整洁，他们都买了二等舱。师中吉放下心来，将自带的床单和被子铺好，这才恋恋不舍地告辞。这么多年来，他和嗣同一直在一起，但这次分别有一两个月时间，自是有些不舍。轮船开动了，嗣同躺在客房的板床上小憩，晃动的船舱令同室两个初次登船的友人头晕不已。嗣同看着干着急，却很无奈。

一路阳光明媚，第三天上午轮船顺利地到达了上海洋泾浜码头，饶炳勋和李昌淘因晕船脸色苍白。嗣同提着行李跨上码头，瞧见不远处的长发栈如往日般热闹。此时，天空阴云密布，屋顶的黄龙旗在怒风中猎猎作响，怕是要下雨了。他提议道："长发栈离码头近，客房干净，店伙计服务殷勤，不如就住这里吧。"李昌淘问道："复生兄，一看那排场，只怕房费贵得很吧？"嗣同忙笑着说："正则，不用担心，你俩的房费我一起出。"说完，嗣同就招手让长发客栈的伙计来帮着拿行李。

明天又得坐船前往天津，时间有些紧张。午饭后，三人就一同前往三马路申报馆西首格致书室，嗣同想去买新的《格致汇编》。一路上，街道整齐，街市繁华，人力车往来穿梭，随处可见洋人身影。李昌淘第一次来此大都市，不时啧啧称奇，惹得嗣同和饶炳勋笑了起来。嗣同笑道："正则，亏你家伯父李兴锐道台也是走南闯北之人，你这个浏阳乡下伢子真是少见多怪。"

说笑间就到了三马路，申报馆在转角处，往西便是格致书室，只是一间简单的门面，招牌也挺简单。进得门去，嗣同一眼就看见柜台上一排大小不一的地球仪，眼睛一亮，忙趋步上前察看。他已读过《瀛环志略》，全书配有四十幅世界各地的地图，令他眼前的世界豁然开朗起来，他曾深有感触地对闰娘说："原来中国并不是地球中心，全世界还有那么多大洲和大洋，还有那么多国家和人种！"

而今竟然能看到地球仪，真是太令人兴奋了！他让店伙计将那只大地球仪搬至柜台中间，用心寻找七大洲和四大洋的位置。饶炳勋和李昌淘也凑至近前，他们惊讶于地球竟是圆的，顺着嗣同的指点，也看到了中国所在的位置，原来是在亚洲，日本就在旁边。

"正则兄、仙槎兄，这个世界很大吧？去年冬天我读《瀛环志略》时，大感震撼！当初徐继畲对初稿不甚满意，并没有急着刊行，悉心收集中外、古今、官私的各种相关资料，还利用一切机会虚心请教西方来华传教士、官员和医生等各色洋人。尽管当时他已升任福建巡抚兼闽浙总督，公务繁忙，仍修订不辍。又历时五年，易数十稿，于道光二十八年才在福州巡抚署正式刊行面世了。"嗣同见两位好友一脸惊讶，又耐心地为他俩指点英、法、美、俄等国的位置。

李昌洵直起腰，连连感慨："复生，想不到竟有地球仪这样的宝物，地球上所有国家、陆地、海洋一目了然！徐继畲大人有如此思想觉悟，真值得我等好好学习！"

"中国人真得看清世界局势，不要再夜郎自大下去！此书刊行了这么久，我竟然没有见过，甚是惭愧！"饶炳勋一脸悻悻然。

这时，书室经理栾学谦闻声走了过来，笑容可掬地询问："三位公子，可要买什么书？"嗣同笑了笑说："地球仪这次买不了，拜托看看新的《格致汇编》，还有没有其他好的格致新书？"

栾经理回道："三位公子，我这就去找过来给您几位看看。您几位可先看看我们的售书目录。"

嗣同他们仍继续察看地球仪，栾经理很快搬来了一大摞新书，嗣同接过来一看，竟有光绪十七、十八年全套《格致汇编》，还有《化学鉴原》《化学鉴原续编》《电学》《声学》《几何原本》《微积溯源》《代数术》《汽机发轫》《汽机新制》《造铁全法》《热学图说》《环游地球新录》等等。大部分格致新书嗣同都已买了，就拿起那几本《格致汇编》，欣喜地看到令他眼前一亮的文章标题：《西国漂染棉布论》《英国铸钱说略》《地学稽古论》《人与微生物争战论》《矿石辑要编》《西国炼钢说》《西国造纸法》，就忙对栾经理说："这些《格致汇编》我都要了，可怎么没有今年新的《格致汇编》？"

栾经理一脸微笑："这位公子，感谢您对我们的支持，因为今年傅兰雅先生要回英国参加重要会议，没有时间和精力，就暂时停刊了。"

68

还在武昌时，嗣同就听友人介绍过，傅兰雅于同治二年（1863年）被英国圣公会派到上海，自此以传教士传教布道一样的热忱和献身精神，向中国人介绍、宣传科技知识，以至被称为"传科学之教的教士"。后来，江南机器制造局聘请他任翻译馆全职译员，且参与创办了格致书院。当他得知中文期刊《中西闻见录》即将停刊的消息之后，以书院的名义创办了一份月刊《格致汇编》，专门介绍自然科学知识，又着手创办了这家格致书室，销售西学图书，兼营科技器材。

嗣同怅然地叹了口气，将之前在汉口买过的格致书籍挑出来，其余的都让栾经理算好价，打好包。李昌洢、饶炳勋见状，也各买了一套《瀛环志略》。正在这时，从屋子里走出来一位满是络腮胡子的高大洋人，微笑着朝嗣同走来，边走边热情洋溢地打招呼，一口流利的中国官话："阁下，您好，感谢您对书室的支持，我是傅兰雅。"

嗣同闻声抬头，但见傅兰雅穿着中国式服饰，蓝色的眼睛正友善地看着他，他不敢相信竟然可以见到大名鼎鼎的傅兰雅。

傅兰雅主动地握了握嗣同的手。嗣同喜出望外，忙拱手作揖道："久仰先生大名，不想今日有幸在您的书室相遇，还望您多多指教。"

傅兰雅笑了，招呼嗣同三人在一旁的小桌前坐下，询问道："阁下可是第一次到格致书室？之前买过《格致汇编》吗？"

"感谢先生创办这家格致书室，我是第一次到这里，但我两年前在汉口买过几本《格致汇编》及您翻译的西学书。"嗣同回答道。

"真的？太好了！从一开始，对于外埠购书，我还是想了许多办法，采用书铺直接邮购和代理销售点代购两种方法，现在格致书室已建成了一个遍布中国各地的发行网，还在英国伦敦和美国纽约设立了分销机构。"傅兰雅脸上有了小得意。

嗣同站起来郑重地朝傅兰雅鞠躬，说道："感谢先生倾情在中国传播科学技术，真是功德无量！"傅兰雅也赶紧站起来还礼，哈哈大笑过后，再请嗣同坐下。

"只要有人来买书，我就高兴就快乐，觉得我的心血没有白费。我对格致书室经营很有信心，自开张第一天起，就多次在《申报》刊登广告，还在《格致汇编》上刊登售书广告，有时干脆设专页开列销售书目。"说到这里，傅兰雅指着书室里渐渐多起来的读者说："你看，来买书的人越来越多。告诉你吧，我的格致书室还是一个自由的图书阅览室，渴望探究西方知识的人都可以在这里查阅任何他们感兴趣的书籍。"

嗣同满怀敬意地看着傅兰雅：一个外国普通传教士，为了使更多的中国人读到科技书籍，孜孜不倦地翻译，办杂志推广科学知识，办书室拓宽推广渠道，真是了不起。也许这就是杨格非博士所倡导的博爱、平等之思想吧！

这时，他想起一直未能弄清火车怎么能自己跑起来，还有化学反应到底是怎么一回事，顾不上客气，忙问道："先生，我想请教您几个问题，火车怎么自己能跑起来？它的动力在哪里？"

傅兰雅笑了笑说："阁下，火车由机车和车厢组成，机车由蒸汽机提供动力，带动车轮旋转，拖动装在轮子上的车厢，在钢轨组成的道路上运行，速度不断加快，就跑起来了。具体地说来，火车驾驶室有几平方米大小，前面是蒸汽机和锅炉，中间是司机室，后面是煤水车——上半部分盛煤，下半部分装水。运行时，司机负责操纵，副司机和司炉负责轮流铲煤、烧煤并协助司机瞭望，三人协同合作。"

饶炳勋和李昌洵也凑了上来，却听得一头雾水，嗣同也不太明白，又问道："先生，为什么煤燃烧就能产生动力？是煤燃烧产生的动力，还是水蒸气产生的动力？"

傅兰雅见嗣同脸上的疑惑，略为思索后，说道："阁下，要是你有时间到我格致书院去，我给你做演示试验。我还可以给你演示其他化学试验。"

"谢谢先生美意，但我明天得出发去京城了。"嗣同满脸遗憾。

"阁下不必在意，请先好好阅读今天买下的书籍，下次交流会更好。"傅兰雅忙安慰他。这时，有读者捧着一本《几何原本》来找他："傅先生，我这里有几个问题想请教您。"傅兰雅抱歉地朝嗣同三人笑了笑。

嗣同起身告辞，傅兰雅将他们送至书室门口。

69

回客栈的路上，嗣同一直沉默不语，饶炳勋提议："不如去张园看看，听说张园的主人张鸿禄是一个'趋新'且颇善经营的儒商，光绪七年购得那地块后，仿照西洋园林的风格建成新式花园，建洋楼，设花圃，栽名树，且置亭台于水中，皆以英文命名。沪上名人为其题名'味莼园'，但人们更爱称之为张园。园内聚焦了弹子房、髦儿戏、放焰火、照相馆、游船等各类西洋新奇事物，开放之初免费，后因游客多了，更有无知女姬，对园内的珍贵花卉任情攀折，随意摘取，因而开始收费，门票一角。"

"仙槎兄，你真是耳目灵通，竟知道这么多。既然有那么多新鲜项目，不如趁有时间去看看。"嗣同精神为之一振，"可张园在哪里？"

李昌洵笑了："这还不容易，路就在嘴上，一问就知道了。"

饶炳勋对路边一位身着蓝色长衫的瘦个子年轻人拱了拱手："仁兄，敢问知道张园在哪里吗？"

"张园就在大马路西边，离静安寺不远。去年张园新建一座高大洋房，中文名为'安垲第'，是上海城现在最高的建筑。登高东望，申城景色尽收眼底，还可看到黄浦江。楼内设有茶座，有膳厅，供应中西菜点，天天都有人在那儿举行宴会。"看来这位年轻人蛮洋派，竟对张园的情况如此清楚。

谢过年轻人后，嗣同见路边有人力车停着，叫了三辆直往张家花园而去。汉口也有人力车，但嗣同一直没机会坐，今天终于逮到了机会。已是夏天，虽然阳光很盛，但座位上铺着凉席，柔软凉爽。

远远地，但见花园门口扎成简单的镂花拱形，上面有大大小小的英文字母。人力车行至大门口，便看到园内的西式建筑群，一座尖顶塔楼竟高四五层，怕就是有名的"安垲第"。嗣同兴奋地带头往里走，直奔安垲第，一路上果然有宽大的草坪，有鲜艳的花朵，游玩的人来来往往，还真不少。

走近安垲第楼，楼前有一个漂亮的小花园，一眼就看到"园景照相"的招牌，是光华楼开设的照相馆，生意甚是兴隆。去年父亲大人生日时请人拍过几张合影，嗣同觉得今日几位好友在一起，也是挺值得纪念的事。见另外两人也挺感兴趣，他忙建议道："我们先去找个饭馆吃饭，然后来此拍照如何？"

饶炳勋答道："复生兄，你想得真周到，那可太好了，照相可是最时髦的洋玩意儿，我还没拍过照呢。"

李昌淘也在一旁笑着附和，嗣同走进照相馆订了一下拍照的时间，再往前走，挑了家安静的饭馆走进去。人不多，店伙计忙将三人迎至窗下的桌子前。嗣同接过菜单点了几个菜，还让店伙计给每人斟来一杯酒。三人边吃边聊，兴致勃勃地谈起了今天上午在格致书室里看到的地球仪。李昌淘感叹道："复生兄，这一段时间和你在一起真是大有收获，之前总以为用心攻读圣贤书，得个功名，之后好好为官一方就行了。现在看来，还是眼界太小了，要多研究西学，要倡导更多的人来学习西学，不然摆脱不了被人侮辱的局面。"

饶炳勋也点点头道："两位仁兄，上次到汉阳铁厂，这次到格致书屋，不看不知道，一看才知道自己的差距。我今后一定要加紧学习西学，师夷长技以制夷！"

嗣同见两位好友都认识到学习西学的紧迫性，很是高兴地敬了他们一杯酒，共同的理想和信念在三人的内心生长。吃饭后，他们返回照相馆，倒是没等多久就轮到了，此时阳光猛烈，并不适宜到户外拍照，还是选了在室内拍。张园早在十多年前就用上了电灯，室内大放光明，拍照方便。饶炳勋站在中间，嗣同、李昌淘分立左右。拍完照，嗣同留下天津李昌淘伯父家的地址及北京浏阳会馆的地址，就急切地往安垲第走去。

他们爬到了安垲第尖顶塔的最高处，微风袭来，甚为凉爽，风里含着黄浦江上的湿润，和城里暗暗生长的异域潮流。张园围墙外是重重叠叠高高低低的黑色屋脊，间或有西洋的屋顶，那一湾空阔的黄浦江像悄然从远处飞来的巨龙，默默地落在屋舍之间，神秘而又高深莫测。随着一阵喧哗声，上来一群年轻人，还有一位洋人。那位年长的洋人看了看四周，骄傲地说："先生们女士们，你们看看外面，那些租界里的房子可真高大漂亮。黄浦江停泊的轮船自然比那些木帆船先进多了，可以漂洋过海呢。"众人连声附和。洋人接着说："就在前年十月，美国人范达山与华利还在这张园里进行了气球载人表演，华利随气球升空，观者不下数千人，纷纷叹为观止。"

嗣同三人听了，心里很不是滋味，匆匆地下楼了，默默地朝长发客栈走去。想那些西洋人在中国国土上耀武扬威，而西洋船更是横冲直撞，这一切就在于西洋人用利炮坚船打开了中国国门！

一夜无话，却下起雨来了。早饭后赶到码头时，轮渡已放下了长梯，嗣同三人随赴京赶考的举子们一齐踏上了去天津的航船。到了天津，李昌洵洒泪而别，嗣同和饶炳勋又易舟而行，再至通州上岸，从陆路抵达京师。

到达京师已是八月，科考在即，饶炳勋往左宗棠之子左孝勋家去了，而嗣同则住到贾家胡同姻亲龙湛霖家里。

第十七章：应试

70

龙湛霖为湖南攸县人，于同治元年（1861年）中进士，选翰林院庶吉士，因有同乡之谊，与谭继洵交往密切，私交甚好。昔日中法战争爆发，龙湛霖上疏极力主战，反复陈述和战利害，反对"老谋持重"之说，并提出进兵策略。督学江西时，他以培养人才为己任，延请学者皮锡瑞主讲南昌经训书院，聘请欧阳中鹄入幕为总校，主宾相处融洽，甚为相得。今年年初得以充福建乡试正考官，擢刑部右侍郎。

嗣同对龙湛霖甚是敬佩，今日来京，父亲安排他住在龙家，自是乐意。当他达到彰仪门时，已是下午时分，远远竟见欧阳中鹄在朝他招手。嗣同很是意外，忙紧走几步奔至他跟前，紧紧地拉住了老师的手。欧阳中鹄现充任国史馆校对，没有往日在湖北巡抚署那么操劳奔波，略微胖了点。

"复生，一路上辛苦了吧，看，都晒得这么黑！"

"瓣姜师，你我都分别一年多了，终于又见到您了，我一点都不累。"嗣同一脸欢快。

欧阳中鹄脸上满是慈祥："来，给你介绍两位新朋友。这是龙湛霖学台大人的长公子、你的学弟龙绂瑞莫溪，这是我在南昌精诂学舍的弟子沈兆祉小沂！"

欧阳中鹄身旁那位穿着月白长衫的清秀少年走上前来，拱拱手，微笑着看着他，目光熠熠："复生兄，早就听瓣姜师夸你诗文好，还会弹琴和武术，盼兄多时了。"

那位身穿灰布长衫的青年人则沉稳多了，也笑着打招呼："复生兄，久仰久仰，我也忝列瓣姜师门下，是你的同门师弟。"

一行人坐上马车到达贾家胡同龙府。龙湛霖虽仕途顺畅，但府第并不奢华，龙府只是京城普通的三进宅院。谭继洵写信给龙湛霖，希望嗣同在参加顺天府试时能住在龙府时，龙湛霖满口答应，写信回来嘱托夫人用心照拂嗣同。嗣同跨进龙府大门，老夫人亲自前来迎接，亲切地问寒问暖。龙绂瑞陪着嗣同走进客房，不由玩笑道："复生兄，你房间里的用具比我多比我好，母亲大人对你真是偏心！"

嗣同大为感动，提着礼物前往厅堂，恭恭敬敬地一再致谢："感谢夫人对复生的错爱，小小礼物不成敬意，还望笑纳。"老夫人笑着坦言道："贤侄只管把这里当成自己的家，放心住下。小八也正好有伴，你多带着他读书。"嗣同闻言连连作揖致谢。

71

就在当晚，龙绂瑞为嗣同备了一桌丰盛的酒席，特请欧阳中鹄、沈兆祉作陪。欧阳中鹄先敬嗣同："嗣同，快要科考了，你先好好休息一两天，再重点温习温习，预祝你高中，也不负你多年的苦读。"

嗣同一饮而尽，谢道："感谢瓣姜师十多年来的爱护，学生尽最大的努力去考，但您也知道我志不在此。"

"复生，为师看着你长大，你满腹经纶，志向宏伟。倘在官场，也一定能如香帅一样成就一番洋务事业。"欧阳中鹄忙安慰他，他深深理解嗣同心里的苦楚与无奈。

"复生兄，你我虽今日才见，但瓣姜师常常在我面前提起你，你是他的得意门生。我先敬你！"沈兆祉站起来敬酒。

几杯酒下肚，气氛就热烈起来了，你一言我一句聊得欢快。嗣同今天见到了欧阳中鹄，又与两位新朋友一见如故，心里颇为畅快。他接着老师的话题，谈起在汉阳铁厂看到的高炉及乘坐小火车的感受。

"复生兄，湖北竟有小火车，我还没有见过，坐在上面是什么感觉？"龙绂瑞很是好奇。

"黄溪兄，火车快而稳，甚至可以坐在上面看书，窗外的景物一晃而过。"嗣同解说道，"真正奇怪的是，火车靠蒸汽机提供动力，要烧煤。"

"蒸汽机？"这下沈兆祉也发问了。

嗣同又说起他在上海格致书屋看到的地球仪，及在《格致汇编》上读到的关于蒸汽机的文章，他的话题引得欧阳中鹄三人都兴趣盎然，不时提问，却依然似懂非懂。

"西洋各国都讲求格致学，造出了坚船利炮，迫使我国就范，在我们国家到处划租界。如果我们也有坚船利炮，那些西洋人还敢这么嚣张吗？"嗣同越说越激动。是晚，众人喝到满脸通红才散，但欧阳中鹄告别时还是握着嗣同的手，不安地劝道："复生，既来之则安之，好好温习呀！"

休息两天后，嗣同在龙绂瑞陪同下，匆匆去看了一下京城顺天府贡院，制办了些考试要用的纸墨笔砚。一有时间便在龙府安静地读书，温习温习重点。

进考场头一天一大早，天气很是凉爽，欧阳中鹄和沈兆祉都来到龙府。欧阳中鹄将嗣同的考篮重新整理一番，又添了笔和墨。龙府已安排厨房替嗣同准备带入考场的干粮和吃食，还有被子、床单、衣服等。忙忙碌碌一天，嗣同很晚才睡，此次已是第四次参加乡试了，能不能考中，心里没有把握。他不想再考，但又想考上功名，也让卢氏不再小看他。辗转反侧到很晚，他才迷迷糊糊睡了。

第二天天刚刚亮，嗣同就醒了，跑到院子里练了会儿剑，出了一身大汗，洗了个澡，感觉精神好多了。是个大晴天，欧阳中鹄也早早来了，特意将嗣同叫到书房，又细细地给他讲了几道四书题，令他大为感动。

午饭后，沈兆祉、龙绂瑞都来送嗣同去贡院。贡院在崇文门内东北隅。

今年恩科是为庆祝慈禧太后明年十月初十日六十大寿举行。按规制，各省的乡试皆在省城举行，于城内东南方建立贡院作为考场。直隶省地处京畿地区，按制度直隶乡试应在省治所在地保定府举行，然而直隶省不放主考，

214

直隶省的生员按例都要在顺天府参加乡试，在一定意义上说直隶乡试即顺天乡试。

顺天府是明清两代的中央政府所在地，顺天乡试一直备受重视。清代乡试分省定额，但无论各朝如何增减，顺天乡试的录取名额都高于其他各省。除直隶生员外，各地贡生、监生以及众多官员子弟都可到顺天府参加乡试，使得顺天府乡试规模浩大，不亚于会试场面。本次乡试考官为翁同龢、孙毓汶、陈学棻、裕德，而第一场入场的考生就达一万两千多名。

目送两位友人隐入人流之中，嗣同在贡院门口站定，但见贡院大门五楹对开，为第一龙门，比湖南贡院要宏大气派。上面高悬着三块牌匾，中间高悬"开天文运"，东首那块牌匾上写着"明经取士"，西则为"为国求贤"。已是下午，人依然很多，且很喧哗，好在送考的人到这里就止步了。

嗣同随着人流走进了贡院大门，旁边站着装束整齐的卫队，人人都要接受严格的搜身，以防有人身上藏有"夹带"。所谓"夹带"，即是把考试的答案或提纲藏在身上。进得贡院第二龙门，也称之为"内龙门"，但见一排排一列列整齐的号舍，黑压压一片。他不禁惊住了，心想这里至少比湖南贡院大四五倍，怕有万间之多。立于人流之中，他思绪万千，如此众多的书生不得不沉浸在故纸堆里，那些四书五经怎能如西方格致学适用国家的需要呢？他不由打量起眼前挤挤挨挨的士子们：有年轻英俊的，也有老态龙钟、须发俱白的；有的服饰华美，有的衣衫破敝。那些东张西望、表情紧张的，也许是初上考场的生员；那些心事重重、低头盯着脚尖的多半是久困场屋、累试不中的老秀才；至于那些从容镇定、神态昂然的士子，若不是自视甚高，以为胜券在握，就是暗中打通了关节，心中自有乾坤。嗣同见人流渐疏，也迈步往里走，既然来了，还是好好考吧。

号舍也和湖南贡院一般简陋，倒有一盆炭火、一支蜡烛。待他草草安顿好时，明远楼上响起了鼓声，看来是贡院锁门了，他这几天都得在此努力答卷，苦思冥想做八股文。

72

难熬的九天过去了，八月十六日下午，嗣同一出贡院大门，就见龙绂瑞已在等他，心里一热。龙绂瑞拉住了他的手："复生兄，辛苦了，瓣姜师已在陶然亭定好了桌子，咱们今晚就来个一醉方休吧。"

"陶然亭？"嗣同心里一动，知他者莫如瓣姜师。说起陶然亭，这个令他怀念又令他忧伤的名字，他的思绪不由陷入了往事之中，暗自叹息。

先有慈悲庵，后有陶然亭。庵和亭都建在一个四米多高的台地上，亭子三面环水，面阔三间，进深一间半。此处为京城士子官宦极为青睐的游赏雅集之地，被誉为"城市山林""都门胜地"。当初嗣同家住浏阳会馆，接近南城墙，四周地旷人稀。屋后则是大片大片荒野，人称南下洼，原本是八旗校练场，陶然亭、龙泉寺等都在这一带。嗣同兄弟读书之暇，经常在附近的胡同巷子里奔跑，在河边戏水，在陶然亭中玩耍，在树林间探险。

伯兄嗣贻大他十三岁，很少外出，和两位弟弟在一起玩的时候不多。仲兄嗣襄，这个比他大九岁的哥哥，成了他儿时的玩伴，亦是他一生当中最为重要的亲人。嗣襄小时很调皮贪玩，是个上房揭瓦、上马挥鞭的主儿，带着嗣同走险地下水洼，没有不敢去的地方。

光绪十五年（1889年）春，嗣同带着侄子传简一道来到京城，拟参加当年顺天府恩科，就住在浏阳会馆。当嗣襄卒于台南府安平县蓬壶书院的噩耗传来，嗣同痛彻心扉，如万箭穿心，携传简星夜南奔。自此，仲兄嗣襄逝去的伤痛，总是击打着他。

一路上，龙绂瑞见嗣同沉默不语，以为他在为科考揪心，也不敢多说话。

远远地瞧见陶然亭，嗣同收起万千心绪，抱歉地朝龙绂瑞笑了笑，一同下了马车。

时隔四年，陶然亭还是那座陶然亭，但他亲爱的仲兄嗣襄早已离他而去。自是物是人非事事休，欲语泪先流。踏上陶然亭第一级台阶时，嗣同竟然跟跄了一下，好在龙绂瑞眼明手快扶住了他。嗣同猛然惊醒了。

来到亭内，竟然桌桌客满，丝竹声声，众语喧哗。两人正在张望，见欧阳中鹄在西角上朝他俩招手，沈兆祉笑眯眯地迎上来。老师真会挑地方，选在陶然亭，又选在西角上，轩外便是水面，再远处便是西山。嗣同随欧阳中鹄立于窗前，凭栏眺望，顿觉爽心悦目。此时，已近黄昏，西天铺满夕照，瑰丽璀璨，眼前柳丝随风飘拂舞蹈，南湖芦苇碧色重重，北湖万顷碧波荡漾。见他满脸舒心的笑，欧阳中鹄宽心了，回头见酒菜都已上桌，忙招呼道："复生、英溪、小沂，别只顾赏景，酒菜都上桌了，复生都有上十天没好好吃饭了，今天我们好好陪陪他！"

听听周围的说话声，就知道今晚在此喝酒的大都是参加此次顺天府科考的生员们，南腔北调，时高时低，汇集成吵闹又和谐的杂曲。他们偏于一角，自顾自说着他们的话题，嗣同也不说考试的情形，就回忆当初他和仲兄在陶然亭一带的探险故事，惹得大家不时发笑。欧阳中鹄见嗣同情绪还好，悬着的心踏实多了，也不问他的考试，只管招呼他喝酒吃菜。嗣同叹道："我虽然出生在京师，在京师长大，但我还是喜欢老家浏阳的饭菜。浏阳豆腐那才叫好吃呢，蒸着吃，煎着吃，煮着吃，都特别新鲜嫩气，京师的豆腐还是太粗了！"欧阳中鹄连连点头。

圆圆的月亮升上了天空，亭里的人都散了。欧阳中鹄、嗣同等人也踏上了回程的路，边走边赏月，喝了些酒，走起来有些飘。月亮在天上走，人在地上走，倒也有趣。欧阳中鹄悄悄地问了问考试情况，嗣同摇了摇头说："瓣姜师，四书五经我读得熟，但科考只要求循前人的思想，以华丽的辞藻做出合规的八股文，根本不在乎有没有独立思考和创新见解。我就是有浑身的力，都不知该往哪个方向使呀！"

"是呀，科考已演变成了只看八股文做得好不好，一个人的实际见识和才学反而被严重忽略了。不少人干脆舍四书五经，专门钻研'帖括'，八股文都成了敲门砖。"欧阳中鹄叹息道，言语间满是忧虑。

见欧阳中鹄、嗣同落在后面，走在前面的龙绂瑞有些担心，在黑影里呼唤，两人加快了步伐，匆匆朝前走去。

73

放榜至少还得一个月，等待的滋味很不好受，于嗣同而言更是如此。欧阳中鹄为龙府塾师，时常在龙府，建议嗣同随着沈兆祉一起读书。嗣同不久前刚读完了在格致书室买的《天文丛论》，激起了他无限兴趣，决定从纬学中寻找与西洋天文学相对应的说法，让龙绂瑞帮他找找纬学书籍。好在龙府书多，找这些书并不难，龙绂瑞毕竟年轻，很是疑惑："复生兄，你怎么对这些书感兴趣？倘我父亲在家，绝对不许我看这些书。"

嗣同笑了笑，说道："西汉今文家开纬学之先河，纬学多讲天象，与方术、图谶相关。纬书虽内容虚妄，且托古作伪，但对古代天文、历法、地理及神话传说之类，均有记录和保存。我正是要将这些记录与《天文丛论》进行对比，看看东西方治学可有相通之处。"

龙绂瑞见嗣同一脸平静，感慨不已，父亲昔日曾说复生兄好学，真还是不虚！又有几人能如复生兄有自己的思想和追求，而不把科考当一回事？

沈兆祉也干脆搬来龙府与嗣同作伴，也好随时向欧阳中鹄讨教。嗣同看了看他带来的厚厚一摞书：《经义考》《四库全书总目》《天禄琳琅书目》等等，问道："小沂兄，你这是准备研究目录学？"

沈兆祉笑了笑说："《汉书·艺文志》载：刘向校书，每一书已，向辄条其篇目，撮其旨意，录而奏之。在我看来，目录除把全书的篇目罗列出来让人明了之外，将书的主要内容简要地写出来也很重要。这些书籍皆以其收集之广或考证之精为后世所重。"

嗣同赞叹道："瓣姜师早就赞扬过仁兄于考据学致力颇深，看来仁兄是对大清朝之前的学术来一次梳理，以为今世之人指导？"

"知我者复生也！我特别看重《四库全书总目》，其不仅有完备的传统编目体制，且反对簿录登记式的编目方法，重视目录学揭示学术源流的作用。"沈兆祉由衷感叹。

于是，龙家大书房里就热闹了，龙氏兄弟随着欧阳中鹄天天读四书五经，嗣同、沈兆祉时不时也参加进来，各读各的书，各写各的文，有时又坐在一起交流和讨论。欧阳中鹄除了在国史馆应卯，大多数时间就在龙府。

念及放榜，嗣同还是有些忐忑，时不时独自出去走走。他曾独自去访过浏阳会馆，刘凤池老长班很高兴七公子回来了，硬是留着他吃了一餐饭，还很委屈地问他怎么不在会馆住。嗣同为他的热忱感动，只得解释是父亲大人的安排，老长班才作罢。他还不时跑到陶然亭去看看，往昔的生活便浮现在跟前，那时母亲、伯兄和仲兄都还在世，一家人热热闹闹地生活在一起，不由又伤感一场。

快放榜了，嗣同心神不定，决定去闻名的湖广会馆看场戏，可巧是他钟爱的昆剧《邯郸记》。深秋的京城已有些凉意，戏楼里的看客身穿夹衣入场，或者套着长马甲，跑堂满厅奔着递手巾和凉茶。不比在上海老戏园数排小桌椅和武昌城庙里的大戏台，嗣同环顾四周，见到前排的达官显贵亲善有加，不时赏钱给送水递茶的跑堂。

不一会儿，八仙登云出场，首排的贵客率先拍手，全楼也相继掌声雷动，嗣同摇着头，哑然失笑。戏唱至大半后小憩，他拿起茶杯刚想喝上一口，欧阳中鹄走了过来："你倒有闲情逸致到这里来听戏，真是个地地道道的戏痴。"

嗣同施礼问道："瓣姜师，这几天不见您来龙府，有什么事吗？"此时第二十出《死窜》开唱，欧阳中鹄只好坐到嗣同身边。

"我上午去了龙府，见你一直没回来，莫溪猜你或者到了浏阳会馆，或者在这里看戏。听说出榜了，等会儿我们一起去看看如何？"此时，台上的"卢生"正因冤罪被拿住。

嗣同叫了杯乌龙茶给欧阳中鹄："瓣姜师，我只怕又是不中，心里有些惶恐。"

欧阳中鹄摩挲着杯盖沉思了一会儿，悄悄地说道："也不必惶恐，考中了就考中了，考不中也没什么大不了！现在这朝政真是令人看不明白，今年六月间京畿水灾严重，永定河多处决口，百姓的房屋、耕地被冲毁，衣食无着，等待着救援。明年是慈禧太后六十大寿，可去年年底皇上就颁布上谕，称颂慈禧圣德，派礼王世绎、庆王奕劻等总办万寿庆典。不论是派员级别之高，还是涉及部门之广，都足以说明朝廷将慈禧花甲之庆作为头等大事来筹备。为了写慈禧太后的祝文，我们几个内阁中书都绞尽了脑汁，直到现在都没得到上司首肯。"

此时，台上"卢生"正被刽子手押赴刑场，悲愤而唱：这旗啊当了引魂幡，帽插宫花……欧阳中鹄见嗣同凝视戏台不言语，又放低声音说道："北洋大臣李鸿章率先购置珍玩。随后陕西将军荣禄联合当地的官员，率先给慈禧上奏，说甘愿奉献陕西全省官员俸禄的二成五，以资大寿庆典。他的这个奏折独占鳌头，后知后觉的其他官员紧随其后。慈禧满意地收下这份寿礼，扣除了所有官员俸禄的二成五。荣禄最终出现在恩旨进京祝寿的名单上，这份名单每个省只有两三个名额，八仙过海各显神通，竞争激烈程度可想而知。这都成了什么世道？整个官场想着的是如何讨好慈禧太后！"

嗣同听了，满心愤懑，戏也无心看了，起身道："瓣姜师，我这就随您去看榜吧。"欧阳中鹄点点头，二人便离开了湖广会馆，此刻只见台上卢生披头散发，衣衫褴褛，慷慨高歌：把俺虎头燕颔高提下，怕血淋浸展污了俺袍花……

等他俩赶到顺天府尹署前，天色有些晚了，人已不多。找了很久，才找到自己的名字，但名字上方没有那方珍贵的红印。嗣同本有思想准备，但当残酷的现实摆到眼前时，还是五味杂陈。他久久地站在榜前，那些上榜人员的名字上点点红印，仿佛在眨着眼睛嘲笑他。欧阳中鹄太懂得嗣同此刻的心情，微微叹道："本次乡试竟有一万两千多人参考，万人挤独木桥，复生你只是不小心被挤下来了，没有什么大不了！"

嗣同转过头来朝欧阳中鹄苦笑了一下，随即朝来路走去，两人默默地回到了龙府。回到书房，龙绂瑞、沈兆祉都守在那里，龙绂瑞巴巴地看了看嗣同，见他沉着脸倔强地闭着嘴巴，明白了一切，一时不知从何说起。沈兆祉迎上来："瓣姜师、复生兄，看榜辛苦了，快快坐下休息休息。"

74

对嗣同来说，科场几进几出，毫无意趣。既然又不中，说不上难过，只是遗憾荒废了光阴，倒不如多多看些西洋格致书。

嗣同不再去想科场之事，毕竟在北京度过了他难忘的童年时光。这里令他魂牵梦绕，梦里有他亲爱的妈妈，有妈妈温暖的怀抱。他想继续留在京师，回浏阳会馆住些日子，待过了夏天再回武昌。

龙府上下人人都识得嗣同的大嗓门，那么浑厚豪爽，笑声更是时常惊飞院子里的麻雀。甚至内院的女眷女仆，隔着院子也不时能听得到嗣同的声音，有人便偷偷地笑。应试过后，书房里更热闹了，嗣同的声音更响了，龙绂瑞、沈兆祉时时在侧，欧阳中鹄一有空也来相陪。

一天晚上，只剩下嗣同和龙绂瑞在一起喝茶聊天，不知怎么就讨论起节孝问题来。嗣同语气激昂地说："守节是宋人的谬说，多少女子因此孤独至死。而父子天性，色养是应尽之责，也无所谓孝。"

龙绂瑞愕然地看着嗣同，沉默了好一会儿，才回道："复生兄真是见识独到呀！"

嗣同黯然道："莼溪，我极厌时文，却不得不几次三番地投身考场，也是抗不过父亲考取功名、光耀门庭的愿望。"

龙绂瑞瞧着眼前的嗣同，昏黄的灯光里，嗣同紧皱着眉头，毫不掩饰自己的痛苦与激越。龙绂瑞心里满是对他的同情。

龙绂瑞怕说下去徒惹嗣同伤心，忙道："复生兄，不如今天我们早点就寝，明日去琉璃厂走走如何？"

待回房躺到床上，嗣同思绪纷纭，久久不能入睡。他虽极度厌恶八股，却还得守住传统道德的底线，身上还戴着重重的枷锁。可他并非完全守成，内心早已种下想要突破的种子。一旦条件成熟，种子说不定就会破土而出。

未曾料到，当嗣同与友人们在京城纵情访古探幽之时，谭继洵却来信了，要嗣同即刻回武昌。看完信，嗣同只得无奈地苦笑：父亲什么时候才能顾及儿子的情绪？

告别来临，龙绂瑞、沈兆祉依依不舍，欧阳中鹄也止不住地泪流。这场告别酒，嗣同喝得五味杂陈。

回家的路线跟来时一样，先是海轮，随后又是江轮。已是十月初了，天气已然有了寒意，水上的寒风吹来，却吹不走他心底的惆怅。待跨上汉口江轮码头，师中吉迎了上来："七爷，一路累了吧，可把您盼回来了！"嗣同心里一暖，将手里的行李都交给他，转头登上了过河的渡船。

待回到巡抚署中，天色已晚，先去前院拜见了父亲。父亲明显有些愠怒，嗣同心下惴惴不安，但脸上却若无其事一般。跟其他几次落榜不一样的是，父亲也只是冷冷地看着他，没有痛心疾首地数落他，似乎已接受了命运的安排。

待嗣同走出书房，瞧见高大的饶炳勋正在门口等他。这个早就回武昌的好友一脸真诚的笑，眼睛眯成了一道缝："复生兄，一路辛苦，可把你盼回来了，待你休整好后，我们出去喝几杯。"

好友的笑，如温暖的阳光，抚去了他内心的阴翳。嗣同含笑致谢，摆摆手，往后院走去，一大堆行李等着他去收拾。

踏进后院西跨院，闰娘早已迎了上来，却红着眼什么都没说。嗣同拉住她的手，说道："闰娘，你在家辛苦了，只是我很惭愧，未能考中。"

嗣同两只行李箱都放在厅屋里，闰娘打开一看，又是大半箱书，不觉好笑，将师中吉叫了进来，让他来帮忙搬书。

嗣同将箱子里的一只锦盒拿出来递给闰娘。闰娘打开来看，是一对翠玉耳环。每次嗣同外出，总是要带礼物给她，这次也不例外。见闰娘看着锦盒发呆，嗣同忙抱歉地说道："闰娘，父亲上次给我的钱不多，就省着给你买了件小礼物，你可喜欢？"

闰娘点点头道："夫君如此惦记闰娘，闰娘哪有不喜欢。"

嗣同见她脸上欢喜的表情，心里很是慰藉。

闰娘眼里都是笑："复生，告诉你一个好消息。父亲前不久让余华禄、鉴吾将二嫂及裕英、传炜接过来了，安排住我们后院东院。大嫂一家则安排到了前院西院。"

"真的？我赶紧去看看二嫂。"嗣同一脸惊喜，急急地朝外走去，忽然回过头问道，"怎么只有裕英，瑜英怎么没来？"

"就在中秋前夕，瑜英已经出嫁了，嫁到了县城宋家，宋家也是殷实之家。你北上之前父亲还和我们商量过呢。"闰娘嗔怪道。

嗣同这才想起之前他回浏阳时，还特地去过宋家，见过瑜英的未婚夫宋克衡，倒是一派儒雅，还是生意场上的好手，当下就放心了。可大侄女结婚，他却远在北京，未能亲自操办她的婚事，想来很是愧疚。

刚走出房门，遇上二嫂带着裕英、传炜过来了。十三岁的裕英瘦瘦的，穿着俏丽的衣裙，羞涩地上前行礼，甚是清秀动人。嗣同笑着朝她点点头。传炜这次却有些生分地躲到了母亲身后。

二嫂笑着将传炜拉到跟前来，说道："传炜，你上次还赖在七叔怀里不肯回浏阳，才多久就认生了？"

嗣同笑着拉拉传炜的手，那双灵动的大眼睛正好奇地瞧着自己。他拥抱着孩子柔软的身体，很是满足地往外走。闰娘笑问道："复生，你带着传炜往哪里去？"

"买糖去！"嗣同回了一声，怀里的传炜咯咯地笑了起来。

出了巡抚署后院，没走多远，就来到闹市，嗣同买了糖，还有一只小风车。小风车在传炜手里转得欢，如彩色的圆盘，令人目眩。

嗣同和传炜回到书房，正玩得起劲，嗣闿兴冲冲地来了，开心地喊道："七哥哥，你什么时候回来的？京城好玩吧？给我买了什么？"

嗣同见弟弟，又长个了，单纯明净的脸庞俨然小大人模样，由衷欣慰。

"都快和我一样高了，却还只惦记着吃，惦记着玩！"嗣同笑着数落他，转头对闰娘说道，"去将那只红色的小锦盒拿来给秦生。"

嗣闿打开一看，是一方温润的玉章。嗣闿兴奋地说道："谢谢七哥哥为我刻印章，这可是我第一个印章呢。等会儿我给自己写个条幅，盖上印章，送去装裱，好好地挂在自己房里。"

嗣闿从怀里掏出一个木盒递给嗣同，讨好地说道："七哥哥，我也给你准备了礼物，这是我上次在司门口淘到的一只铜墨盒，真的很好看，你下次外出时带上，方便你写锦绣诗篇。"

嗣同打开一看，见红色缎布上躺着一只精致的四方形铜墨盒，拿起来掂掂，沉甸甸的感觉。见嗣同还在眼巴巴地看着他，嗣同笑着伸手揉了揉他的头发，谢道："哦，秦生弟弟今年十四岁，真是长大了，知道给我买礼物啦。谢谢！"

嗣同欢天喜地地走了。二嫂这时走进来，将传炜抱走了，说是怕吵着七叔。嗣同看着他们母子俩的背影，想着今后可以经常亲近仲兄留在世上的骨肉，又酸涩又喜悦。

当天晚上，全家人聚在一起时，嗣同一瞧桌上的菜比往日要丰盛，就笑着夹了一块红烧肉放到嗣同的饭碗，说道："七哥哥，我们这段时间都没吃红烧肉，你一回来就吃上了，你先尝尝，看看味道如何？"

卢氏姨娘一听，横了自己儿子一眼，但嗣同好像没看见一样。嗣同见了，不由暗笑，心情更好了，竟连吃了三大碗饭。

待回到自己书房，他惊异地发现，他的心已经平静下来，没有沮丧没有焦灼。应试未中的焦虑就此过去，他安心收拾自己的书房，找出最想读的一些格致新书摆到书案上，觉得甚是充实。

这科考还不算完，京师设考，地方也没闲着。早在五月时，唐才常由四川返回浏阳，这个曾经名震一时的"小三元"满怀信心地准备应试。八月初八日，唐才常在长沙贡院参加了秋试，竟然未中。不仅他未中，此次秋试，浏阳几十名秀才无一人中榜。一时全县哗然。

当嗣同展读好友唐才常的来信时，心里不禁为他难受，也更加愤慨：好友佛尘是公认的大才子，竟然也落榜，以八股取士的科考制度实在弊端太大，更不适合现时社会，早早抛弃才好！

75

十月二十日这天，以刚正敢言著称的御史钟德祥上书：四川总督刘秉璋治蜀最久，饕餮最甚，尤其用人最私，是以侵牟百姓最酷。且身为总督，放任候选道徐春荣、署提督钱玉兴二人招摇纳贿，知县陈锡邕等更是声名狼藉，请饬查办。一石激起千层浪。

　　说起刘秉璋，此人本是淮军名将，青年中举成名，后以翰林院编修入军幕，先后参与镇压太平军和捻军，屡立奇功，颇得曾国藩、李鸿章的看重。中法战争期间，力抗外侮，指挥了著名的镇海之役。在他入川任总督之时，正值第二次重庆教案发生，由此波及附近巴县、大足、铜梁及重庆城内教堂、洋房、医馆全毁，民教双方聚众械斗不断升级。刘秉璋只判赔法国、美国、英国三国，包括大足、铜梁赔款在内，总计26.157万两白银。所有官场都被洋人吓怕了，但刘秉璋坚持原判，不愿宽恕犯下暴行的教民。

　　这就是刘秉璋，一个特殊时刻特殊事件下特殊的中国官员。

　　言官参劾是官场上常有的事，哪怕仅仅是坊间风闻，皇帝也要降旨究办。但这次光绪帝的谕旨，却是立即调派湖北巡抚谭继洵前往四川，确切查办。

　　谭继洵接到谕旨时，已是十一月上旬，天气已然寒冷。刘秉璋乃是他昔日同科进士，军功显赫，人脉遍布朝廷内外，现在却派他以钦差大臣身份去查办，这可难办了。

　　饶炳勋送公文到签押房，见谭继洵正为此事烦恼，一时愕然。谭继洵坐直了身子，对他说道："仙槎，你去叫复生赶紧到签押房来，就说我有急事相商！"

　　嗣同赶来看完公文，知悉是让父亲入川查办刘秉璋。刘秉璋功名显赫，在官场经营多年，四川之行举措稍有不当，便会惹火上身。事情棘手，天气转冷，蜀道又难走，父亲年纪也大了，怎经得起如此折腾？可既然有圣旨，又岂能不去？

　　嗣同心里担忧，镇定下来缓缓地对父亲说道："父亲大人，四川之行自是无法推辞，鉴吾可以贴身保护您，但还得挑个得力的助手。"

　　谭继洵倒没想到儿子最担心的是他的安全，心里颇感慰藉，点点头道："可惜你瓣姜师不在这里，不然他是最好的人选。一时要找个如他贴心又会办事的人还真难。"

　　嗣同略为沉思，建议道："父亲，这次回到武汉，在您这里已经见过几次两湖书院提调余肇康，此人学识超群，行事稳重，又是长沙人。您就奏请余肇康随行吧，应是可以襄助父亲办案。"

谭继洵深知四川之行艰难，而余肇康曾以进士身份任工部主事，后以知府分发湖北补用，屡权汉川、宝塔洲、汉口诸牙厘。其任事廉干有声，也颇得张之洞看重，特命他为两湖书院提调，倒真是个理想的随行人选，可引为倚重。他看了嗣同一眼，心想别看这个儿子平日不理政事，眼光倒不错，便点了点头。

第二天早早来到签押房，谭继洵令人专程请来余肇康商谈，两人谈了整整一个上午。到中午时，谭继洵疲惫不堪地回到后院。嗣同关切地问道："父亲大人，余肇康可曾同意随您前往四川？"

谭继洵点点头道："尧衢已经答应，但蜀道之难难于上青天，四川之行实在重大复杂，还得和他细细商议相关事宜。我还要前往总督衙门向香帅汇报，圣旨催促迅速起程，得尽快去！"

就在谭继洵忐忑不安地抓紧处理手头上的几件急事时，接连收到了他人为刘秉璋说项的信函。久在官场，谭继洵其实也明白，刘秉璋担任要职时间长，不少姻亲和门人居于要位，自皇上谕旨下达之日起，那些达官贵人纷纷写信给他，拜托他从中调停，也就很好理解了。

这天上午，谭继洵带着余肇康等人前往总督衙门，张之洞也接到圣旨，自是明白他此行的目的，令梁鼎芬将他迎了进来。谭继洵恭敬地将湖北巡抚关防奉上，说道："香帅，在下接到圣旨，责成在下携带随同各员迅速进川，查办刘秉璋总督之事，湖北就全劳香帅了！"

张之洞没想到谭继洵行动如此迅速，且言语谦卑，心里甚是顺畅。当谭继洵提出带余肇康前往时，他自是答应。两人就政事略作交谈，谭继洵起身告退时，张之洞诚恳地对他说道："谭抚台此去四川，甚是辛苦，湖北之事你尽管放心，老夫自会好好料理。只是刘秉璋交游广泛，抚台大人办案时可要谨慎权衡。"

谭继洵领会深意，再三感谢。

两天之后，再是艰难，谭继洵也只得硬着头皮，带着余肇康、师中吉等随行人员，坐上张之洞特地派来的小火轮出发了。他们此行先至宜宾，再换船只行至万县，从万县再走陆路至四川成都。嗣同算了算，即使旅途顺利，也得走上一个来月。

76

　　父亲登上小火轮那一刻，嗣同心里甚是担心，七十来岁的老人，在此寒冬季节，却得水一程山一程赶往四川办案。为此，就在头天晚上，在父亲书房，当着卢氏姨娘、魏氏姨娘及二位嫂嫂的面，他痛快地答应了父亲要他管理府上家事的嘱托，父亲的脸色才缓和了些。随后，父亲又留下他，细细说了些巡抚署需要日常处理的政事，张之洞不可能跑到巡抚衙门来，有些公函得由饶炳勋和他认真看过，及时送至总督衙门。嗣同纵是不情愿，担心父亲放心不下，也只得点头答应。

　　遥望着小火轮渐行渐远，嗣同和饶炳勋默默地往回走，他深切地知道父亲入川查办刘秉璋，牵涉至广至深，得要一段时间才能回来。他回到偌大的巡抚署，突然间感觉不到父亲那无处不在的威仪和古板，悄然吁了口气，顿觉浑身自在了。

　　但没舒坦几天，嗣同还是为政事烦心了。虽然湖北巡抚一职已由张之洞兼署，可依然有些事情转到这边来，下面道州府县不时来办事或拜访，也得出面接待。嗣同平日只管读书，非常厌恶官场虚伪的习气，认为平日所来往的官员都俗不可耐，只知投机钻营，阿谀逢迎，根本没有多少真本事。但他还得打起精神迎来送往，有时还得阅看公文，处理公文。

　　嗣同守在巡抚署，也不外出去找友人喝酒聊天，就在家看书，将光学、电学等格致书籍置于案头，依次阅读。那些格致书籍，打开一个个神奇的世界，嗣同读来就欲罢不能，笔记本上都记得满满的：火车能行走是因为蒸汽机，蒸汽机竟然要烧煤；苹果成熟了为什么往地上掉？竟然是因地球引力；人要靠氧气才能活着，氧气又从何而来？……

　　过小年这天，是难得的好天气，饶炳勋神秘地对嗣同说："复生兄，听说今日湖南会馆唱荆州花鼓戏《白扇记》，不如去看看？"

　　花鼓戏？之前在浏阳看过花鼓戏，荆州竟然也有花鼓戏，又是什么模样呢？嗣同兴致来了，忙问道："仙槎，你的耳朵真尖，从哪里听来的？未曾看过荆州花鼓戏，我倒要去看看！"

两人兴冲冲地出门，直至晚饭过后才匆匆回家。闰娘让厨房将温好的饭菜端至书房，让他俩赶紧吃饭。吃过饭后，嗣同记起卢氏姨娘中午和他说起要买年货之事，问一旁的闰娘："闰娘，卢姨娘下午和你说起买年货之事吗？"见闰娘摇摇头，嗣同便朝前院走去，他得去问问，看是否需要他派人明天去买。

走到正房，隐约听到嗣闳的哭声，嗣同立住脚，听到卢氏姨娘的骂声："哭什么哭？你过年都十五了，都到了娶亲的年龄了。你说你一整天都不温书，还和传炜一起玩？"

"今年过小年，我玩玩又如何？你和父亲一个样，天天就说什么功名功名。功名是那么容易得的？七哥哥才高八斗，都没考上功名，我更比不上七哥哥。"嗣闳一边哭一边反驳，嗣同听了暗自好笑。

卢氏的声音又响了起来："什么才高八斗？连举人都考不上，还得花钱买功名，算什么本事！一听说看戏就眼睛发亮，我看纯粹是不务正业！"

如平地惊雷，嗣同的情绪霎时落到冰点，卢氏姨娘依然对他如此不屑和轻慢。他直想冲进去和她理论，但还是转身回了自己书房。内心的愤怒无从发泄，瞧见窗前琴桌上的蕉雨琴，随手就弹了起来。琴声忽高忽低，杂乱无序，如同他此时糟糕的心境。琴声如一剂良药，渐渐地，琴声平缓优美起来。待夜深嗣同回到内室时，他的心绪已然平静了……

不觉已是除夕了。头两天，饶炳勋帮着嗣同摆了几大桌，将留守巡抚署的幕僚及护卫们都邀请了过来，热热闹闹喝了一场酒，大家兴尽而归。到了除夕之夜，饶炳勋特地来陪嗣同，两人都喝得有些醉了。喝到最后，闰娘特地泡了两杯浓茶进来，还端来了两碟点心和水果，笑着对嗣同说："复生，来，喝杯茶醒醒酒吧。"

嗣同却将手中的酒杯递给闰娘道："闰娘，来，为夫敬你一杯，这一年来让你操心了！"

闰娘接过去一饮而尽，道："复生，你们再聊聊吧，我去给孩子们发红包去了。"

见闰娘走时还小心地将书房门关上，饶炳勋笑道："复生兄，嫂子对你如此上心，怕你喝醉呢！"

嗣同却叹了口气道："可叹时间飞逝，我即将年届三十，三十乃而立之年，我却一事无成，愧对闰娘。"顿了顿，又叹道，"我旧年来往南北，风雪羁旅中，独自住在旅馆。何以解忧，唯有作诗，往往拉杂命笔，数十首不能休，写完便随手丢弃，与马矢车尘同朽矣。"

饶炳勋见嗣同脸上真切的伤悲，建议道："今日又逢除夕，却在巡抚衙门温暖的书房里，更要作诗。来，我今天为你当书童，为你铺纸磨墨如何？"

嗣同真是有些醉意蒙眬了，胸中似有无限诗意，站起来说道："好，好，有仙槎兄为我当书童，不胜荣幸！昔日旅途中所写的诗皆已忘记，唯《除夕商州寄仲兄》记忆犹新。"他看了看书案上已经铺好的纸张，便吟哦起来，有说不出的伤悲："风樯抗手别家园，家有贤兄感鹡原。兄曰嗟予弟行役，不知今夜宿何村。"

饶炳勋忙将笔递到嗣同手里，说道："复生兄，你才名赫赫，过了今晚就是光绪二十二年，今日尤显珍贵，可要好好写几首诗，好让我永远记住今日除夕。"

嗣同接过笔，略一凝神，挥笔就写，一忽儿功夫，他竟连写四张，一张一首。他一边写，饶炳勋一边吟哦，在他顿挫的吟哦之声里，嗣同已悄然落泪了。

> 断送古今惟岁月，昏昏腊酒又迎年。
> 谁知羲仲寅宾日，已是共工缺陷天。
> 桐待凤鸣心不死，泽因龙起腹难坚。
> 寒灰自分终销歇，赖有诗兵斗火田。

饶炳勋念着想着，随着嗣同的诗句而心绪起伏，时而激情万丈，时而心绪沉重，却依然无法真切地看清嗣同的内心。嗣同最后一首诗如此写道：

年华世事两迷离，敢道中原鹿死谁。

自向冰天炼奇骨，暂教佳句属通眉。

无端歌哭因长夜，娄尾阴阳剩此时。

有约闻鸡同起舞，镫前转恨漏声迟。

嗣同忽地丢下笔，最后一张宣纸上，赫然留下一大团墨迹……

饶炳勋也一声长叹，颓然而坐，似乎有许多话要和嗣同说，却一时不知从何说起……

第十八章：巧遇

77

正月十五这天，吃过早饭，嗣同径直来到后花园，登上了后山六虚亭。

风虽然有些冷，但天空一片湛蓝，远处的长江之上白帆点点。嗣同深深地吸了吸气，冷冷的空气直入肺腑，只觉神清气爽，他活动了活动双臂。自去年年底父亲入川后，虽少了管制，但署中的事情对他来说很是烦琐。师中吉随父亲入川，昔日意气相投的师友们也已纷纷离开，除了饶炳勋等少数几人外，他连说话的人都没有，常感孤寂。

今天温暖的阳光令他心情大好，他甚至哼唱了几句。唱着唱着，他心里一抖，眼前仿佛浮现出包世贞哀怨的双眼。他今天怎么想到唱这段？当初他和包世贞几乎同时看中了那本《邯郸记》唱本，由此结缘。她在上海过得好吗？上海戏院更多，她还会偷偷地去看戏吗？他使劲地摇了摇头，仿佛想将她从脑海深处中晃出去。

远远地，饶炳勋走进花园门，站在那里东张西望。嗣同收回自己的思绪迎了上去。原来是陈三立派人送信来了，邀请他傍晚去臬司衙门后花园鹤梅亭赏梅。乃园赏梅可真是一大快事，嗣同笑了，让饶炳勋赶紧回信，他定会如期前往。

当嗣同走进后院时，见侄媳龙氏从厨房走出来，手里端着一只碗，小心翼翼地走着，一股中药味袭来。嗣同站在一旁等候，龙氏见是叔父，忙费力道了个万福："七叔这么早就去花园了，冷吗？"嗣同看了她一眼，惊讶地发现龙氏脸色苍白，双眼通红，仿佛哭过，担忧地问道："贤侄媳可是身子不爽？怎么不叫老妈子去端药？潞生呢，这段时间都没怎么见他，难不成在房里念书？"

龙氏勉强笑了笑说："感谢七叔关心，潞生还好，是我的身子有些小恙，已请郎中看过了，叔父您放心吧！"说完，匆匆地走了。

这龙氏便是刑部侍郎龙湛霖之孙女，龙璋之女，三年前嫁来谭家，已生了一个可爱的女儿。念及去年在京时得到龙家的悉心照顾，嗣同惭愧平日里对龙氏关心太少。嗣同回屋，见闰娘正在收拾房间，叫住她问道："闰娘，潞生老婆瘦了好多，你等会儿去探探情况，有病就赶紧去请郎中开方子。"闰娘点点头答应了。

随后，嗣同叫上闰娘，一起去前院给卢氏、魏氏请安，嗣同午后即去陈宝箴家，请示卢氏送什么礼物为好。卢氏正在抽水烟，想了想说："臬司大人一直对我家很友好，你父亲几次生病都是他尽心调治的。我看这样吧，等会儿我备几块料子，黄太夫人一份，俞夫人一份。"嗣同、闰娘答应着退出来。

一出门，嗣冏迎面而来，他身材颀长，一双大眼睛特别亮，已是十足的帅小子，一见嗣同，亲热地喊道："七哥哥，今天有汤圆吃吗？正月十五呢！"嗣同笑了："这么大小伙子了，还只知道吃。快去温书吧，小心父亲大人回来了问你的课业。"

"好哥哥，我这不是去书室吗？七哥哥，你送我一块菊花石砚台好吗？我好喜欢。"嗣冏耍赖道。

"菊花石砚台？没问题，你明早来我书房，若答得上我的问书，就送最漂亮的那块给你。"嗣同眼睛里都是笑，又走近他跟前，低声地问道："秦生，潞生这段时间读书怎么样？我怎么觉得他老待在自己房里？"

"七哥，不知怎么一回事，自父亲大人去四川后，潞生家馆来得少了，来了也精神不好，老是打呵欠！"嗣冏一脸疑惑。

"哦，秦生，你先去上课吧。都出正月了，要上正路！"嗣同略略想了想，便回到了自己的书房。坐在书案前，就是什么书也不看，也觉得惬意。他近来正迷于算学，做些代数题几何题，不明白时他就去铁政局请教蔡锡勇。在算学的天地里，在格致学的天地里，他找到了远比八股文充实的快乐。这时，闰娘端了杯热茶进来，犹豫着说道："复生，我刚刚去看了潞生老婆，可能是孩子还在吃奶，引发了奶痧。有只奶子生疮了，生了些小脓包。"

"哦，严重吗？黎氏大嫂要帮着带孩子，也够辛苦的。"嗣同有些担忧，"潞生呢？这段时间都怎么不去家馆，他在干什么？"

"真是奇怪，都这么晚了，潞生还没起床，孩子在吵。"闰娘只好实话实说。

"我去看看。"嗣同说着就朝外走，闰娘唤住了他："复生，他娘会管，你再找时间到书房里和他谈谈吧。裕英虽是女孩子，上次你不提过该给她请家馆老师了吗？"

嗣同颓然地坐回书桌前，对闰娘说："闰娘，二嫂天天围着孩子转，实在不容易！你先试着教裕英识字，我再去物色一位女老师吧。我等会儿午饭后就出去，去伯严兄家赏梅。"

闰娘答应着走了，卢氏房里的王妈走了进来，将两包礼物放在书桌上，恭敬地说道："七爷，这是太太要我交给您的，蓝布包里的布料给黄太夫人，红布包里的送陈家少奶奶！"见嗣同点点头，忙退了出去。

这么一打断，嗣同根本没心思再做题了，想着嗣囧要菊花石砚台，便找了一块精致的小菊花石，怕自己会忘记，拿了放在书桌上。这时，饶炳勋走了进来，脸有忧色："复生兄，刚刚接到谭抚台的信，说是正月初四就到达成都，顾不上休息，随即调核案卷，委员密查。但刘秉璋在四川经营多年，耳目众多，一路上就收到好多进言的信笺，谭抚台查起来为难啊。"

嗣同听了，深以为然，不由有些担忧远在成都的父亲。

见嗣同沉默，饶炳勋换了个话题："复生兄，等会儿我们早些出去，听说学府口附近龙头斋调来了不少新书，也代销格致书室的书，我们可以去看看。"

嗣同闻之欣喜："仙槎兄，我先去厨房看看，让徐大叔备些汤圆，今天是正月十五日，孩子们都盼着吃汤圆呢！你也留下来一起吃午餐吧！"

午饭时，一见饭桌上满满一大盆汤圆，嗣囧先欢呼起来了，坐在他身边的卢氏不以为然地撇了撇嘴。嗣囧瞪了他母亲一眼，卢氏便不作声。闰娘见嗣同正在热心地为孩子们舀汤圆，孩子们欢天喜地，她也悄然笑了。

78

午饭后，嗣同就和饶炳勋一起出门了。嗣同提议道："仙槎兄，我们不如抄近路吧，直接插到湖南会馆，再转弯过去，很快就到了！"饶炳勋身体高大，有些微胖，行动自然没有嗣同敏捷。明知道嗣同故意为难他，想让他爬山，饶炳勋只能苦笑地点点头，嗣同也偷着乐。

从巡抚署对面关帝庙左侧穿过，很快来到了演武厅，这里有大片空阔平地，是湖北守备署练军的地方。嗣同曾听父亲大人说起他察看守备军训练时的情形，甚是整齐和威武，平时却少有人来。穿过大魏巷转角时，猛然瞧见前面走来几个瘦得不成样子的男人，一个个萎靡不振，鬼鬼祟祟地东张西望，忽地拐进一条小巷子不见了。嗣同正在疑惑间，小巷子里又走出几个瘦子，却精神旺旺的，眼睛贼亮，见这边有人，转身一溜烟走了。落在后面的高个中年男子，衣着整齐，穿着蓝色长棉袄，与旁人迥然不同，嗣同一眼就认出，是湖北牙厘局里的黎世文，还是他家远亲呢。他怎么和这帮人在一起呢？他止住脚步，询问饶炳勋："仙槎兄，这帮人是干什么的，这么行色匆匆？那个穿蓝色长袄的，怎么看上去像我家亲戚黎世文呢？"

饶炳勋答道："七公子，你这就孤陋寡闻了，这些人一看就是大烟鬼，这附近肯定开了烟馆。那些大烟鬼哪个不是萎萎地去兴冲冲地回？"

"真是荒唐！香帅和父亲大人都对大烟深恶痛绝，大力倡导禁烟，怎么还有人敢在武昌城里开设烟馆？我倒要去看看！"嗣同脸上满是气愤，加快脚步往小巷赶去。

"复生兄，我们还是谨慎为好，到时让陈臬司派人去查办更好。"饶炳勋赶上前去劝说。一句话点醒了嗣同，他虽放慢了脚步，仍气冲冲地朝学府口走去。

说来奇怪，嗣同顺着横街追，一直追到厚载门，都不见刚才那几个人的人影。他见后长街对面店铺林立，人来人往，热闹程度并不亚于司门口一带。饶炳勋气喘吁吁地赶了上来："复生兄，你是飞毛腿吧，走那么快！"

他指着斜对面说："穿过后长街就到了，龙头斋就在陶家巷里面。我也是听人说，还没去过。"说完他就抢先走在前面，嗣同跟了上去。

一进巷口，就清静多了。青石板路面，沿街开了几家笔墨庄、书画店、瓷器店、古玩店、书铺等，还有小茶庄。两人一路走，一路找，就在往小陶家巷的拐角上，飘着一角蓝色的幡帜，上书白字"龙头斋"。两扇不大的朱红雕花木门大开，门上店铺牌匾笔法老道，铺内却很宽阔，顾客也不少，大都是年轻人。四周靠墙都是书架，店铺中间也排满了书。嗣同眼前一亮，只管盯着那些崭新的书，暂时将刚才的不快丢到一边。

他只管找西学书籍，在书铺深处有满满的三四柜，有《万国公报》《格致汇编》《物体遇热改易记》《宝藏兴焉》《化学工艺》等等。上次他在上海格致书室只顾看地球仪，没注意到新出了这么多西学书，且大部分是傅兰雅教授翻译的，涉及采煤、勘矿、开矿、冶金、铸造、机械原理、机械制图、蒸汽机技术、照相、髹漆等众多领域。嗣同喜出望外，一会儿工夫就挑了《测地绘图》《冶金录》《开煤要法》《造船全书》《造铁金法》及《西艺知新丛书》正续集，好大一堆，扭头却不见饶炳勋，他干脆站在那里翻开《测地绘图》看了起来。

"复生兄，一转眼就看不到你了，竟躲到这个角落里看书！" 饶炳勋找过来，见他脚边一堆书，手里捧着书在看，不由好笑。

嗣同道："仙槎兄，其他书我都不感兴趣，直接找西学书来了。"

"复生兄，我来介绍一位你的浏阳同乡，我两湖书院的同窗，刘善涵，字淞芙。"嗣同但见一位瘦削的高个子年轻男子走过来，身穿老蓝色长棉袍，头戴黑色小帽，微微地笑着。嗣同施礼问道："仁兄是浏阳人，在两湖书院读书？什么时候来的？"

"复生仁兄，淞芙今日有幸得遇同乡，真是大快人心。我于光绪十七年春考入两湖书院，专门攻读经学、文学。"刘善涵给嗣同作了几个揖，"在武昌读书两年多，你我虽为同乡，竟咫尺天涯，素不相识。今日赖仙槎兄引见，善涵三生有幸，三生有幸。"

嗣同回礼道："我家住县城北门口，曾经在家跟随涂大围先生念过三年书。仁兄家住哪里？"

"复生兄可是谭抚台的七公子？经常听家人提起过谭抚台有一位文武双全的七公子。我家住河对面南市街，有一园柑橘树。"刘善涵面露惊喜之色。

"淞芙兄，刘家的那园柑橘在淮川城大大有名，我在家时就吃过，又甜又香。你看，你我只隔一条河，却在武昌长江边相识，也是有缘呢！"说起刘家柑橘，嗣同倍感亲切，满脸向往之色。

饶炳勋提议："复生兄、淞芙兄，难得同乡在此相遇，不如到书斋独设的茶室小坐。我刚才已和伙计讲好，已布置妥当。"

三人来到书斋里面的一间小茶室，可喜精雅安静，一位清秀的小伙计安排他们坐下，饶炳勋让他上些花生米、芸豆什么的，再来半壶酒。嗣同笑道："仙槎兄，在书斋里喝酒，你倒是蛮会安排。"

连着三杯酒，三人谈兴更浓。这时小伙计将刚才嗣同挑中的书抱进来确认，问现在要不要算好总价。嗣同确认了一下书名，一抬头见刘善涵的目光已落到那堆书上，忙叫住小伙计道："《西艺知新丛书》正续集，再来一套吧。"

嗣同回过头询问道："淞芙兄，两湖书院汇集了两湖英才，众位教习更是香帅招揽的饱学之士，想必仁兄在此学习收获颇丰吧？仁兄刚才在看什么书呢？"

刘善涵扬了扬他手里朱孝臧编年校注的《东坡乐府》，说道："苏东坡不仅诗、词、文章写得好，而且字、画也很好，更为难得的是，苏东坡一生历经坎坷而始终旷达乐观，真正了不起。"

"淞芙兄所言甚是，苏东坡不管境况如何，始终旷达乐观，境界了得！听说香帅于唐宋诗人中最喜欢苏东坡。凡所到之处，若该地有东坡的遗址旧迹或祠堂之类，他一定要去凭吊。"嗣同转而又说道，"但当今之时，我们不能再固守书斋，而应看到泰西各国乃至于日本，都在讲求实用之术，得以船坚炮利。其所以富强，在于人能尽其才，地能尽其力，物能尽其用，货能畅其流。"

嗣同越说越慷慨，声音也高昂起来。刘善涵看着他俊朗的面容，灼灼的目光，所言皆为往日所未闻，暗自惊叹，顿生仰慕之情。这时，小伙计又送来了一套《西艺知新丛书》正续集。嗣同笑了笑，随手推向坐在对面的刘善涵："淞芙兄，这套书就送给你，以纪念你我的相逢，还望笑纳。"

刘善涵面露惊喜，站起来致谢。饶炳勋提醒道："复生兄，我看时间不早了，还得去臬司乃园赴约。"

"既然复生兄还有约，那我就告退了。"刘善涵拱手而别。

79

来到臬司衙门通往后院的小房，差人领着嗣同先至黄太夫人处请安，嗣同奉上两包布料。嗣同一见和蔼的黄太夫人，那简单的衣着温和的笑，不由想起自己的母亲也就是这般模样，倍感亲切之余，更有些伤感。陈宝箴勤政爱民，为人坦荡，秉公无私，平日极力调和父亲和香帅之间的关系，凡此种种皆令嗣同敬重。更令嗣同感动的是，陈世叔几次悉心为父亲看病，次次药到病除，为父亲解除了病痛。正在他和黄太夫人拉家常时，陈三立走了进来，见此场景暗自惊讶，心想复生平日慷慨英脱，今日倒有耐心和母亲聊些琐事，上前招呼道："复生兄，终于把你盼来了。从去年年底到今年正月，几次雅集你都没到呀。"

嗣同站起来回礼道："自从去岁腊月父亲奉旨入川，我忙于家事，很少出门来，错失了与伯严兄切磋欢聚的机会，还望海涵！"

陈三立笑了，招呼他一同往后花园，嗣同恭敬地和黄太夫人告别。臬司署乃园在武汉三镇极其有名，特别是鹤梅堂赏梅、望高亭赏月成了文人雅士们的一大快事。

远远地，有幽冷之香绵绵而来，嗣同见前方一片盛开的红梅，像一片粉红色的云彩，不由紧走了几步。檐角翼然的鹤梅堂隐于繁花之中，堂前站着梁鼎芬和饶炳勋，两人正观赏梅花，一脸沉醉。梁鼎芬于光绪六年（1880年）中进士，散馆授编修，可谓青云得志。直隶总督兼北洋大臣李鸿章在中法战争中力主议和，二十六岁的梁鼎芬上疏弹劾他，控诉他骄横奸恣，罪恶昭彰，请慈禧太后将其即行正法。梁鼎芬因此被妄劾罪重治，连降五级，贬至太常寺做司乐小官，但从此直声满天下。梁鼎芬愤而辞官，到镇江焦山海西庵闭门读书，还刻了一颗"年二十七岁罢官"的小印。而今梁鼎芬佐助张之洞推行新政，深受倚重，是总督衙门总文案，还是两湖书院教习。梁鼎芬迎上来，笑眯眯地问候道："难得复生兄有暇，看来今天是满坡的梅花请你而来。来，来，咱们先赏梅，伯严已在鹤梅堂备好酒好菜了！"

"星海兄太客气了，复生这厢有礼，因父亲大人前往四川，我留守府中，未能前来给您拜年，抱歉抱歉。"嗣同对梁鼎芬当年弹劾李鸿章的气节甚为钦佩，且他诗文学识皆高，与陈三立交游甚厚，早已将他引为师长。不想梁鼎芬竟待他如此客气，想必是陈三立在其间推介，感动之余，感激地看了看一旁微笑的陈三立。

四人朝梅林走去，清淡的幽香萦绕四周，棵棵梅树枝干苍劲，朵朵红花娇艳欲滴。红梅倒映在山坡下清澈的湖水里，像绯红的浮云美丽又迷人。再往前，眼前的景色又变了，一棵棵白梅竞相开放，满树的繁花如皑皑的白雪。今天天气暖和，有小小的蜜蜂嘤嘤嗡嗡地在花丛间盘旋。

梁鼎芬从上年起就住在鹤梅堂，兴致勃勃地指点着姿态各异的梅花。嗣同是第一次来乃园赏梅，只觉处处新鲜，兴冲冲地走在前面。梁鼎芬爬山时稍觉辛苦，干脆站在半山腰，吟诵着陈三立去年所写的《人日鹤梅堂探梅作》："人日年年花满山，百株今见蕾青殷。偶藏元运延春色，好迟清游映酒颜。"

陈三立眼见梁鼎芬只顾指点梅花，爬山时艰难气喘，不由暗自发笑，也故意朗读起梁鼎芬去年赏梅时的诗句："眼中何知桃与李，尊酒招邀且欢谑。孤艳寒香各有意，美人志士吾敢薄。"

谁知陈三立念诗，倒是提醒了梁鼎芬，他实在走得累，乃趁机提议："伯严，你看现在天色也不早了，你不是备好了酒么，不如早些回去，咱们与复生来个一醉方休如何？"

陈三立领着大家回到鹤梅堂，在窗前桌边坐定。窗外梅花盛开，红白交相辉映，而桌上已摆好了热气腾腾的菜肴。陈三立客气地为各位斟满了酒，连敬大家三杯。嗣同端着酒站了起来，说道："伯严兄有心请我们来赏花，我这里献歌一曲以致谢！"说完，他就唱起来了：原来姹紫嫣红开遍，似这般都付与断井颓垣，良辰美景奈何天，赏心乐事谁家院，朝飞暮卷，云霞翠轩，雨丝风片，烟波画船，锦屏人忒看的这韶光贱！

梁鼎芬在镇江焦山海西庵读书，昆曲听得多了，未曾料到嗣同竟唱得如此字正腔圆，情韵悠长，不由击节赞赏。陈三立见这两人兴致高涨，担心嗣同喝醉了，站起来提议："十五的月亮出来了，不如到后山高观亭里赏月吧！"梁鼎芬响应："高观亭赏月，甚好甚好。复生兄，你等会儿好好看看陈臬司为高观亭写的对联，好境界呢！"

有人在前面提着灯笼，陈三立、嗣同及饶炳勋趁着酒兴，跑到山上的亭子里，却发现梁鼎芬没跟上来。陈三立笑了起来："星海兄醉了，难为他了！"嗣同倚着栏杆，遥望灿烂的星空，冷冷的风吹来，清醒了很多："伯严兄，你去年写过《高观亭春望》，凭栏一片风云气，来作神州袖手人。是呀，眼前那轮孤月，普照人间，无喜无忧，无依无靠，悠然自在，此种境界又有几人能懂？只是要作袖手人，又何其难哉。"

陈三立笑了："复生兄又生发许多感慨，倘什么都不想什么都不做，只管欣赏这千里皓月，不就可以当一个袖手之人？"

嗣同微微颔首，四周一片寂然。饶炳勋只觉寒风凛冽，忍不住打破了安静："复生兄，太晚了，我们还是回去吧，也实在太冷了。"

陈三立将嗣同、饶炳勋送至大门外，细心地派人为他们打灯笼，送他们回巡抚衙门。

等嗣同走远，陈三立才转身回到乃园，站在山下小湖边看看天上的月亮，听听湖水似有似无的响动。不觉间，风更冷了，他回到书房，挥笔写下了一首《甲午上元夕高观亭登望》：万镫摇月响飞翰，初拂山亭玉露干。风细江楼回笑语，花明霄汉护阑干。三年闲思无新故，一片沧波已浩漫。为忆笙歌爱良夜，酒怀谁解领春寒。

80

刘善涵抱着嗣同送他的新书，满心欢欣地走在冬日温和的阳光里，回到了他教馆的都府堤曾公馆。是夜，灯下展读《西艺知新》，急切地去看章节标题：《匠海与规》《回特活德钢炮》《回热炉》《色相留真》《制肥皂法》《制油烛法》《镀金》《制玻璃法》《铁路针向》《机动图说》，不由惊呆了。这可是他从来没有接触过的新东西，不是经学，不是史学，更不是诗词歌赋。他试着看序言，竟然有些迷糊，再看《机动图说》，更是迷糊。一时间，之前的自信轰然倒塌，他惶恐起来。

大前年两湖书院刚刚开办，两湖才俊汇集一堂，更有名师执教，一时传为佳话。刘善涵和岳丈易翰鼎于是年考入书院，年仅二十四岁的他一头扎入书海，学业大为长进。就在去年秋天，他回长沙参加乡试时，唐才常曾和他说起好友嗣同，满是赞誉之言，还建议他主动去湖北巡抚署拜访嗣同。但他念及自己虽饱读诗书，却出身于贫寒之家，嗣同贵为巡抚公子，且桀骜不凡，两者地位相距太远，主动登门有攀附之嫌。他也就放弃了拜访的念头，只管静心在书院、曾公馆两处往来。

而今与嗣同龙头斋巧遇。嗣同英俊潇洒，其开阔的视野、丰富的学识皆令他大为倾倒。

又一天一大早，刘善涵独自坐在窗前，看着眼前明亮的阳光，回想起与嗣同相识都快半个月了，灵机一动，决定仿效古人以骈文写信，向嗣同表达自己的钦敬之心。念及于此，找来纸笔，文思泉涌，一挥而就，找人将信送至巡抚衙门。

到晚间，刘善涵喜出望外地收到了嗣同的回信和随信赠他的八颗旧墨丸、一柄精致的扇子。嗣同遵古风以骈文回信，也为他们的相识而喜悦。刘善涵越看越激动，情不自禁地在房间里走了几圈。嗣同夸他行为谦逊，文质彬彬，言语文雅，信中所谈多为学术文章，没有一句涉及世俗之事。

嗣同以为海内诗派，苏东坡、黄庭坚之后，渐渐放纵恣肆。至吴梅村、王士祯两位大诗人横空出世，才以清新的诗风拯救了诗坛，但不幸的是后来诗坛又流于轻浮油滑。近来，欧阳中鹄、王闿运、邓辅纶的诗，或沉郁沧桑，或清新自然，皆称誉于世。这些看法都和刘善涵不谋而合，他边看边叹，一个晚上都情绪高涨。

却说嗣同这头，上午收到刘善涵的信时，心里还在计划，等哪日闲下来就去拜访他，或者请他来府上坐坐。嗣同被刘善涵一手漂亮的骈文所折服，用心读过更被他真诚的情谊所感动。饶炳勋走进他的书房，好奇地问道："复生兄，谁的信竟让你看得满脸是笑？"

"你介绍我们认识的刘淞芙呢。淞芙真是个实诚人，诗文学识都相当好。"嗣同由衷地称赞道。

饶炳勋笑道："复生兄，我就知道你会喜欢淞芙的。他乃古雅之士，学有根底，难怪你另眼相看。恭喜你找到了一个值得交往的朋友！"

"知我者仙槎也。"嗣同说着来到书桌前，铺开纸准备写回信。饶炳勋又道："今天下午受谭抚台指示，要你代他去几位老先生处拜访，晚上要应粮道的宴请。"嗣同只得颓然起身，随饶炳勋去准备。

现在已是二月初七了，天气有些阴冷，一大早，饶炳勋收到四川来信，便来嗣同书房报告，谭继洵办好了案子，已于本月初四从成都起程回湖北。见嗣同满面喜悦，饶炳勋却半真半假地笑道："复生兄，你高兴得太早了，成都到武昌千里迢迢，去的时候走了差不多一个月。回来虽走顺水，谭抚台怕是要到月底才能回府。"

嗣同叹气，见饶炳勋还等着他，就知道有事得随他去二堂客厅或书房，只得站起来问道："仙槎兄，还有什么事？"

"有荆州府知府舒惠前来汇报堤工之事。"

"这个应该去向香帅报告，待父亲大人回来再说吧。"

"舒知府说，香帅一心扑在局厂的事情上，而荆州堤工向来为谭抚台所辖。谭抚台快回来了，不如先期将堤工之事备个底，待谭抚台回来再具体请示！"饶炳勋实话实说。

嗣同只得耐下性子前往二堂客厅。舒惠闻声站了起来："拜见抚台公子，去腊荆州府堤工已告竣，但因资金紧缺，还有收尾工程未完成。原本特来向谭抚台汇报，现在抚台大人一时还不能回来，卑职也不能等那么久，就先向公子报告大体情况吧。"

嗣同见舒知府言行得体，一脸真诚，念及每年一到春季父亲就为河堤忧心忡忡，不如先将情况了解清楚，也好为父亲分忧。他便详细询问了堤工之事，舒惠有备而来，当即打开施工图铺在书案上。嗣同兴致来了，随着舒惠的指点及清晰的讲解，很快就弄明白了荆州府新修河堤的过程和现状，不由暗自佩服舒惠为修堤而不辞劳苦，且颇有成效。舒惠讲解完了，嗣同真诚地赞道："舒大人乃实心任事之人，您将图纸和报告留下，待父亲大人回来后，我一定尽快向他报告！"

舒惠也是饱学之人，早就听闻谭抚台有个文武俱佳的儿子，今日一见，嗣同谦逊有礼颇知进退且英俊潇洒，自是刮目相看。

舒惠告退，嗣同客气地将他送到门口，回过头来交代饶炳勋将图纸和资料好好收起。见饶炳勋朝着他笑，嗣同瞪了他一眼："仙槎兄，你笑什么？难道你不觉得舒知府是难得的实心干事的好官？当官就应为民谋利，不与民争利！"

"好，好，难得你对舒知府评价如此之高，我若是舒知府，会激动得晚上都睡不着！复生兄眼里从来就没有那些夸夸其谈的庸官，他该三生有幸才是！"饶炳勋哈哈大笑起来。

81

午后淅淅沥沥下起雨，气温骤然下降，嗣同待在书房里不想出去。杨妈生好了炭火，屋子里暖和多了。嗣同正坐在书桌旁发呆，闰娘端着茶走了起来，犹豫了一下，还是说道："复生，你这几天早出晚归，我知道你很累。但我还是想告诉你，龙氏侄媳一直在吃药，但不太管用，奶子依然痛，竟然还挤出了脓血。再有，潞生与龙氏这些日子经常吵架，今天我去看龙氏时，大嫂正气得哭。"

"龙氏侄媳的病，你问问她，愿不愿意请洋医生来看？潞生这一向有没有去家馆里念书？他们小夫妻为何会吵架？"

"好像是为潞生有时晚上偷偷出去，即使在家也老待在房里，不上家馆温习课业。"闰娘见嗣同看着他的眼神，只好实话实说。

"好，我知道了，你有时间就去帮帮大嫂，又有病人又有小孩，怕是忙不过来。"嗣同温和地交代闰娘。

嗣同拿出刘善涵的又一封来信，读着他知识渊博、文采丰美且直言不讳的来信，越看越爱，觉得这位同乡真是少见的古雅之士，见识超群，为人正直谦逊，是自己努力寻找的"直谅忠诤之人"。再过上十天就要满三十岁了，三十而立，可他呢？兄弟凋零，母亲早逝，父亲年岁已高，他自己这么多年忙于科考，却一事无成。他坐不下去了，便走出书房，来到后花园，步至六虚亭。他在山上徘徊了一会儿，心绪更加低落，又回到了书房，见刘善涵的信躺在桌上，忽如一缕春风迎面而来，只觉得有千言万语要和他倾诉，拿起笔准备给他写回信。

但写什么呢？他想了想，叙述起自己十岁至三十岁的曲折经历，自小母亲离世，为了功名饱受南北奔波应试之苦，且父子之情淡漠。随后，笔锋一转，说起他最近读邓辅纶的《白香亭诗》，由于仕途的坎坷，人生的起伏，邓涛前期诗歌绮丽华美、繁复用典，后期转向平淡冲和，清新自然。当代诗人自是难以超越他，并附赠一本给刘善涵。

写完信之后，嗣同只觉畅快多了，正好饶炳勋来了，便让他派人将信和《白香亭诗》送去曾公馆。饶炳勋接过书和信道："复生兄，别怪我打扰你的雅兴，再过几天就是你三十岁生日了，抚台大人不在家，但府上还是得摆几桌热闹热闹吧？"

嗣同轻轻摇头道："你又不是不知道我的性格，不必摆什么酒席，请淞芙来坐坐就行。你交代卜管家，晚上家里加些菜。"

饶炳勋见嗣同神色坚决，就不再说什么。

82

隔一天，二月初九日了，天气不错，嗣同专程去拜访张之洞。张之洞很和蔼，但实在太忙了，只简单地询问了些巡抚署里的公事，便端茶送客。嗣同念及父亲让他去湖北银圆局看看，心想不如顺路去一趟。总办蔡锡勇西学精湛，精通英文和日文，对机器制造、采矿炼铁等学问都有研究，且任事勤勉，是湖北官场对新学研究最深的官员，也最没官气。嗣同近来在读天文学方面的书籍，有些问题正好请教他。

当初张之洞眼见汉口、宜昌兼为华洋通商口岸，商贾云集，用钱量广，为抗衡洋元，乃与谭继洵于上年九月联名向朝廷奏请在武昌铸造银圆，创办了湖北银圆局，蔡锡勇为总办，地址就在三佛阁街旧守备署。张之洞甚是看重蔡锡勇，让他先后参与创办汉阳铁厂、两湖书院、湖北枪炮厂、矿务学堂、化学学堂等，并任织布局、枪炮厂、银圆局的总办。谭继洵也非常认可他，现在蔡锡勇不仅在操办银圆局，还在操办自强学堂，天天忙得团团转。嗣同走进银圆局，让差人带着他直接去找蔡锡勇，但蔡总办今天没在这里。银圆局还在建设，一片嘈杂，嗣同只得怏怏地退了出来，想了想，便直接回家。

回到书房，却见饶炳勋扬着一封信进来了，边走边说："复生兄，淞芙又来信了，还送了你一件什么礼物呢！"说完，将信和那只小木盒放在书案上："我给你打开盒子看看如何？"也不等嗣同表态，他就打开了木盒子，但见红色的绸布上，静静地躺着一只菊花石砚台，一朵白色的菊花静静绽放。

"看来淞芙很懂你，知道送你菊花石砚台，让我来看看。哦，还蛮沉，看来不错！"饶炳勋小心地拿出砚台，又轻轻地放在书案上。嗣同也细细瞧了瞧菊花石砚，便展读刘善涵的来信，他不得不赞叹，淞芙真是后汉黄宪那样品学超群又气量广远的君子，值得深交和信任。

二月十三日一大早，嗣同起床后，就跑到后花园练剑。久不练习，竟然有些生疏，一圈下来，都有些喘粗气了。待他洗漱后回到房间，闰娘将已备好的衣服鞋袜拿过来：一件新棉长袍，蓝色团花缎面，还有她亲手做的黑缎面棉鞋，一条她亲手编织的蓝色辫穗。嗣同从来都讲究，朝闰娘笑着致谢，但他的目光触到蓝色辫穗时，心里不由一跳。恍惚间，眼前闪过包世贞送他的那条紫色辫穗，她那双大眼睛正含情脉脉地看着他，她现在在哪里呢？她过得好不好？正在他呆愣间，嗣同嚷嚷着跑了起来："七哥哥，妈妈让我给你送礼物来了！给，两件新衣料，还有一百两银子的一个红包，怕你没钱请客！"

嗣同赶紧收敛心思，微笑着接过嗣同带来的礼物，说道："谢谢秦生有心，代我谢谢卢姨娘。你那天没来背书，我可备好了给你的礼物，只是你还没机会得到。"

"好吧，要不我们现在就到书房，任七哥哥考我。" 嗣同倒是一副成竹在胸的模样。

"好吧，你先去书房等我，待我换好了衣服就来。"嗣同也想考考嗣同的课业。

待他走进书房，嗣同正在弹蕉雨琴，琴声时高时低，有些生疏。嗣同笑话他："真是难听，都是你懒，没好好练。" 嗣同不以为意，反驳道："世上有几人如七哥哥那般厉害，又会作诗又会舞剑还会弹琴，我呀，知道弹就不错了。"

看着嗣同依然天真烂漫的模样，嗣同目光里满是怜爱，让弟弟站在书案边。他从书柜里找到《四书集注》，接连问了嗣同三个问题，嗣同倒也答得很顺畅。嗣同从书案上打开那只红色绸缎盒子，里面躺着一只小小的菊花石砚台。嗣同欢喜得不得了，一把就抢过去了，一溜烟跑了。

看着嗣同没了人影，嗣同独自笑了，心想难得他心地纯朴。这时，大嫂走了进来，送他一件白色的线衣："七弟，今天是你三十岁生日，大嫂没什么好东西送你，这段日子我和潞生媳妇两人一起给你赶织了这件线衣，你看合适吗？"线衣极为稀罕，嗣同再三谢过。这时魏氏姨娘也捧着一只布包进来了，大嫂欲言又止地走了。

魏氏姨娘清秀内敛，身子也弱，不怎么理家事，常在房里绣花。她经常生病，一直没生孩子。听闰娘说，魏氏姨娘总是肚子痛，都请了好几个郎中来看过了。她给嗣同做了一双平口布鞋一双棉鞋，做得分外细致，模样周正。嗣同赶紧致谢，收了下来。

之后，二嫂等人陆续来送他礼物了，嗣同干脆带着饶炳勋出去走走，让闰娘应付，只说回来吃晚饭。

他走到戈甲营，马尚德医生出外看病去了；又走到关帝庙，竟然没演戏；又去司门口几家书坊走了走，也没买到中意的书，不禁感到索然无味。待回到家时，时候也不早了，想着刘善涵也快到了。果真，刚刚坐下喝了杯热茶，饶炳勋就领着刘善涵来到书房。

刘善涵清瘦的模样，朗朗的神情，身上的老蓝色棉袍虽然旧了，但干净整齐。嗣同忙招呼他坐下："淞芙兄，龙头斋一别都一个月了，虽然收到了你好几封信，但总不如见面畅快。"

刘善涵见嗣同如此率直热情，忙作揖道："复生兄，早就想来登门拜访，却怕打扰到你。"

正在寒暄时，饶炳勋走进来招呼："菜都上桌了，都在等寿星就位。"

刘善涵一听，有些不安，今天竟然是嗣同三十岁生日，可他什么礼物都没带。他走到膳厅，见全都是谭家亲眷及府上做事的人，外人就只请了他一个，刘善涵更是感动！他也没想到堂堂巡抚公子过生日如此简单，不事张扬，令他刮目相看。

晚餐只有三桌，厨师徐树仁老伯一直很宠嗣同，一桌满满十大碗。也真是花了心思，既有浏阳火焙鱼、腊肉，也有武昌鱼、莲藕炖汤，真是色香味俱全，大家吃得兴高采烈。嗣同率先来敬酒，传赞也来了，小传炜也来了，他一本正经的样子惹得大家都笑了起来。嗣同来者不拒，总是兴致勃勃地一饮而尽，闰娘担心地看看他，他却若无其事的样子。到后来，就剩下嗣同这桌在喝酒，刘善涵也喝得满脸通红，饶炳勋倒是豪气冲天，大声地说着话。

嗣同不知刘善涵的酒量，怕他喝醉，站起来说道："感谢淞芙兄今天赏脸，时候也不早了，我还有许多问题要向你请教，要不我们回书房喝茶吧。"

几人转移到书房去聊天，闰娘这才放下悬着的心。

第十九章：手术

83

刘善涵当晚就留宿巡抚衙门后院客房。

嗣同与刘善涵两人皆相见恨晚，互相契慕，暗自将对方当成自己的金兰益友，自此时常往来。

头天晚上，嗣同才至曾公馆拜访刘善涵，第二天下午刘善涵又收到了嗣同令人送来的信函，邀请他共进晚餐。此时天气已然暖和多了，却是春雨绵绵之时，等刘善涵赶到，嗣同已等候有时了。匆匆用过晚餐后，嗣同就急切地走朝书房走去，刘善涵知道他性子急，忙紧随其后。

走进书房，有幽幽檀香萦绕，刘善涵好奇地问道："复生兄，今晚叫我来肯定有什么喜事，满室檀香！"

一旁的饶炳勋早就笑开了："复生兄，别卖关子了，赶紧将你今天淘到的宝物请出来吧。"

嗣同也笑了。书案上搁着一只浅棕色小花缎面的长条形盒子。打开盒子，嗣同小心翼翼地拿出两卷纸轴，缓缓地展开来一看，是一副楹联，但见笔墨苍劲，纸张颇有古意。饶炳勋大声地念道："密云松径午，凉雨竹窗秋。复生兄，你到汉口黎氏爆庄走亲戚，竟然得此佳联，真是可喜可贺。"

"仙槎兄，你再看题款，知道是谁的吗？"嗣同提醒道。

饶炳勋和刘善涵赶紧察看，两人异口同声地惊呼道："竟然是王船山的，是真迹吗？"

"我回来后，已经再三和他的笔迹对照过，相差无几，又派人请来了司门口那个最有名的字画鉴定师，他也认真从纸张、笔迹及题款分析，认为此乃王船山真迹，自题于湘西草堂！"说完，嗣同开心地大笑起来。

刘善涵再次端详那楹联，赞道："船山先生之在湖南，犹水之洞庭，山之衡岳。吉光片羽，偶落人间，弥足宝贵，值得好好收藏！"

"淞芙兄，你对船山的评价太中肯了。我已让人做好拓片了，到时也送你一副。"嗣同喜形于色，又侃侃谈道，"想我年少时节，就从瓣姜师学习船山学说，后来又从蔚庐师再研船山精神。我最为折服船山先生倡导的'气一元论'学说，认为天地万物都在'元气'中运动，'元气'是世界的本源，时间和空间都是存在于人们之外的客观实在，宇宙间的事物包括'声光'也都是客观存在的。在当今之世，我们再也不应为了个人的功名利禄，而迷醉于毫无实用价值的旧学，而应积极地讲求能够安邦济世的有用的学问！"

看着嗣同满脸的慷慨，刘善涵连连点头："复生兄，你真是见多识广，钻研船山学说竟如此深刻。我还是第一次听人如此坦率地批评旧学，你的言论令我豁然开朗。是的，当今之世，我们读书人应积极地讲求能够安邦济世的有用的学问。"

嗣同激动得站了起来："淞芙，你我相识虽短，但我认你是我的良友。这副船山先生真迹楹联，我要送给恩师瓣姜先生！可惜瓣姜师现在京城，不然你也可以聆听他的教诲。"

说起欧阳中鹄，嗣同满脸感激和思念，不由坐到琴桌前弹唱起《山中思友人》：青山不减，白发无端，月缺花残……叠嶂层峦，虎隐龙蟠，不堪回首长安。路漫漫，云树杳，地天宽。

刘善涵虽不会弹琴，但很是懂琴。当嗣同溢满伤感及思念的琴声、歌声流淌而来，他被深深地感染了，直至与嗣同泪眼相望。一曲既止，嗣同又叫徐老伯备些酒菜来，三人且饮且聊，夜深才散。

84

二月二十七日这天，巡抚衙门喜气洋洋，已经得到确切信息，谭继洵今天终于要回来了。

最高兴的还是嗣同，自从父亲接了圣旨，于去腊起程入川查办刘秉璋，已四个月零十天，实在是太久了。官场迎来送往令他疲惫不堪，传赞的反常表现令他忧心忡忡。他甚至交代饶炳勋悄悄关注一下传赞晚上的行踪。饶炳勋却吞吞吐吐，只说孙少爷也不是天天晚上出去，只是有次好像和牙厘局黎世文一起出去了。再问，饶炳勋只得苦笑着说，我一个大胖子，太显眼了，不好在后面盯得太紧。嗣同觉得在理，也就不再追问，决定找时机问问传赞。

谭继洵这次去办案朝野震动，民间早已多有议论。就在昨天晚上，嗣同与饶炳勋聊起该案的处置，饶炳勋直言不讳地说道："虽说谭抚台办理此案赢得舆论好评，说谭抚台调查办理之公正，为四十年来所仅见，劾文武之贪酷不职者自监司、镇将至州县数十员弁，刘秉璋也革职留任，但只怕结果不妙。"

嗣同瞪着饶炳勋，实在不理解，为什么案子办得好结果却不妙。饶炳勋苦笑道："谭抚台在官场多年，知道其中的利害关系。此案既是钦案，而且实难把握，如履薄冰。换了别人可能好些，但刘秉璋不少姻亲和门人皆居于要职，只怕谭抚台会招人忌恨，从此仕途受到影响。"

嗣同听了，长叹一声，默然不语。

当谭继洵走进巡抚大门时，王之春、陈宝箴等率大批同僚及幕僚已守候多时，纷纷迎上前问候。嗣同站在远处，见父亲大人明显瘦了，但精神尚好，也就放心了，随即返回后院书房。他刚刚回书房，师中吉就进来了，还给他带了礼物，无非是笔墨纸砚。嗣同笑着接过，拱手道谢："鉴吾，父亲大人有劳你照顾，一路辛苦了！"

"七爷，蜀道真是难走，所幸谭抚台身体还硬朗。虽说查案顺利，但颇费心思，抚台大人压下了好多前来说项的信函，只怕会影响到抚台大人今后的前程！"师中吉的看法与饶炳勋相差无几。

嗣同深知父亲大人是个拘谨实诚人，只会想到如何不辜负朝廷的信任，只要没冤枉好人，受些委屈也无妨，坦率地回道："鉴吾，你早晚都在父亲大人身边，深知他本着良心做事，我们做儿女的都支持他。"

师中吉点点头，又摇摇头："七爷，我这次倒更加懂得为官有为官的难处。这几个月就牵挂你，你出外都没有人照顾。"

嗣同触到了师中吉满眼的关心，心里一暖。他对别人的在乎与关心特别敏感，忙谢道："鉴吾，你回来了真好。你还是先去休息休息吧。"师中吉含笑退了下去。

到了晚上，全家人及幕宾大会餐，谭继洵特地让厨房备了些好酒好菜，还给每人准备了一份礼品。

饭后，嗣同来到父亲的书房，谭继洵已经换上了家常衣服，帽子也没戴，满头花白的头发令他心惊。他暗自叹息：父亲已经快七十三岁了，官场劳累，家事纷繁，也真是不容易，自己今后还是得多多体谅他老人家。

见嗣同进来了，谭继洵异常温和。嗣同上前请安："父亲大人，您一路辛苦了。"谭继洵微微皱着眉头说："复生，这段日子府上可安靖？我怎么觉得潞生有些奇怪？"嗣同心里咯噔一下，怕什么就来什么，只得打起精神回道："父亲大人，这段日子府上还算平安，只是潞生媳妇身体一直不太好，吃了中药也不见效。"

"哦，可得用心治。到七月你得回长沙参加科考，功课温习得怎么样？你还得回浏阳修谱！"谭继洵见嗣同欲言又止的样子，就知道他不想谈传赞的事，转头却问起他课业准备得如何。

嗣同没吭声，却眉头紧皱。谭继洵的脸色一变，语气也硬了："复生，这个家还得靠你撑起来。现在我回来了，你就安心去备考。先下去吧！"

嗣同并没有立即退下去，只是一声不吭地站在那里不动。谭继洵也不理他，他桌上堆着一大堆未批阅的公文，得加紧看。过了一会儿，谭继洵见嗣同还站着不动，重重地将笔丢下，恼怒地问道："复生，到底还有什么要说的？如此闷葫芦一个，令为父生烦！"

"父亲大人，我知道您也是为孩儿考虑，但我从二十岁开始，现在都三十岁了，考了整整十年，真的不想再去考！何况当今之世，再学那些陈旧的东西也没用了。现在两湖书院、自强学堂都讲求实用的新学。父亲大人不也赞同新学，还和香帅一道上奏设立自强学堂吗？"嗣同干脆一口气说出了自己的心里话。

　　"你眼里还有我这个父亲没有？眼见着潞生、秦生都到了科考的年龄，你不带个好头，还说不去科考？"谭继洵大怒道。

　　"如果父亲大人硬要我考，不管考中还考不中，我只考今年这一次！今后您也不要再强迫我。儿子先告退了！"说完，嗣同不管不顾地走了。

　　谭继洵气得直喘粗气，正好饶炳勋进来了，手里搬着一大堆公文。谭继洵镇定一下自己的情绪，继续埋头翻阅。

　　嗣同回房，发觉闰娘还没睡，就愤愤地说道："父亲大人一回来不问别的，就问我的科考，闰娘，我真的不想再考了。"

　　"复生，在我看来，你的诗文是顶好的，我知道你科考也辛苦了。但父亲大人要你考，你还得去考！"闰娘柔声地劝道。

　　"闰娘，都整整十年了，我真的不想死耗在没有意义的科考上。你看现在到处都在办新学，唯有新学才能改变我们被西洋欺侮的现状！"

　　"复生，我记得你在甘肃新疆粮台效力时，经新疆巡抚刘锦棠大人奏保奉旨俟补缺后，以知府留浙江省补用，去年还委托瓣姜师为你所捐戴花翎办理了加级纪录。父亲的话不得不听，你只管去考，不管如何你还有退路，别多想了。"闰娘突然想到父亲谭继洵为嗣同捐的功名。

　　嗣同长叹了一声，默默地去洗漱，天气还挺凉爽，却一夜无眠。到第二天早上，他依然早早地起床了，跑到后山上练了几轮剑，心绪才渐渐平缓了。

　　烦恼之中，嗣同只得将那些应付科考的书都找了出来，他试着去读，却读来无味；可当去读《测地绘图》时，又立刻兴趣盎然。

85

这天晚间，嗣同正在书房写文章，师中吉来请他去谭抚台书房，铁政局总办蔡锡勇来了。嗣同一听，心下大喜，他和蔡锡勇有过几次交流，随着对他了解的深入，对他日益敬重。

蔡锡勇今日特意给谭继洵送来一只英国怀表及几盒金鸡纳霜、万金油等日常用药。谭继洵很是开心地收下了。简短地交谈几句后，谭继洵由衷地称赞道："毅若，你为人端正，学识通达，熟习洋情，深通泰西语言文字，于格致、测算、机器、商务、条约、外洋各国情形政事无不详究精研，实在是少见的通达时务且能办理洋务之员。香帅识得你这位英才，将你带到两湖来，是两湖的福气。"

能得谭继洵如此高的评价，蔡锡勇甚是意外，忙诚惶诚恐地站起来谢道："谭抚台抬爱卑职了，卑职只是有幸在同文馆习过机器制造、采矿炼铁等学，又碰巧随出使大臣陈兰彬出洋，派充驻美翻译等职，于洋务有所接触，略懂得皮毛而已。"

谭继洵见蔡锡勇如此谦逊，更是欢喜。张之洞所办的铁厂、两湖书院等洋务事业红红火火，谭继洵谨守护民有责的规矩，并没有主动参与，但他还是打心眼里佩服香帅见识超群。今日将蔡锡勇请来，也是想了解了解银圆局和自强学堂的建设进度。

这时，嗣同进来问候蔡锡勇，蔡锡勇回礼道："七公子好，听说您前几天到了银圆局，刚好我不在，真是抱歉。"

"蔡总办学识广博，上次也是特地去讨教。承您关照，我们几人上次在铁厂坐上了小火车，得以见识西洋科技的威力。"嗣同真诚地谢道。

谭继洵趁机教导嗣同说："复生，你不是口口声声说要学习西洋实学吗？今后多向蔡总办请教就是！"又转过头对蔡锡勇道："毅若，你就说说银圆局及自强学堂现在的情况吧。"

蔡锡勇先说起银圆局，目前已建好了厂房，到江南制造局订好了制币机器，但还得招聘技师和员工，大概到今年年底就能正式生产了。至于自强学堂，他用心最多，现香帅已确定学制五年，设方言、算学、格致、商务四门，专门培养外语和商务人才。正在聘请教习，也已展开了招生事项，争取尽快开学。

"蔡总办，香帅真是思虑周全，自强学堂四科都是新学，洋务事业正需要这些新人才。"嗣同喜不自禁。

蔡锡勇见嗣同兴致颇高，也感慨道："再不推行洋务实业，国富民强就会成为一句空话，西洋各国会更看不起我们，还会图谋不轨。"

"蔡总办，听说你和英国马医生挺熟，常请他到你家看病，马医生医术到底如何？"谭继洵脸上仍挂着笑，心里却对张之洞不和自己商议学堂之事不满，开口时却将话题转换了。

"回谭抚台，马医生人很年轻，且技术高明，去腊香帅也请他到衙门看病，吃过他送的西药丸，疗效不比中药差。我家夫人身体不好，去年起他就常常带着女助手给她看病，织布局洋技师们都请他看病，大家都信任他。马医生看病随喊随到，不辞劳苦，从来不收任何费用。" 蔡锡勇满是赞美之词。

嗣同听了，也附和道："回父亲大人，蔡总办所言不虚，马医生人品高洁。他还会动手术呢，我就看过他为病人割疮。父亲大人当初要是请了马医生治病，说不定就好得快些。"

谭继洵微感诧异，嗣同竟与马医生相熟，转过头来又问蔡锡勇："毅若，我倒有个疑惑，怎么马医生治病，不论大病小病都不收钱？"

蔡锡勇想了想，郑重地回答道："谭抚台，马医生是传教医生，所在施药所是英国基督教伦敦会汉口分会设立的。基督教讲求爱和仁慈，正如我佛慈悲，讲求普度众生，也就不收取任何费用，全由英国伦敦会负责。"

谭继洵听了，笑了笑说："既然马医生医术高明，下次有劳蔡总办将他领到府上来，给我内子看看病。"

见谭继洵如此建议，蔡锡勇甚为意外，忙说："谭抚台放心，我一定尽早将马医生带到巡抚署。我还曾送给他几本中医书，他很感兴趣，说要探研中西医理的不同，吸取中医有用之处。"

随后，谭继洵又询问了些蔡锡勇关于学堂后期的工作。蔡锡勇见他有些倦意，就赶紧告辞了。谭继洵回赠他一盒野生人参，说夫人身体弱正好用得上，还让嗣同送他到大门。如此周到客气，令蔡锡勇大为感动，心想谭抚台并不是为外界所传言那样保守迂腐，倒颇通人情世故。

嗣同重新回到父亲书房时，趁机建议："父亲大人，现在闰娘的妹妹及潞生媳妇都病了好久，不少郎中看过，也吃了不少中药，不如请马医生来看看？"

谭继洵沉吟了一会儿，道："再看看吧，万一要动刀怎么办？毕竟男女有别。"

"马医生不是经常替蔡总办夫人看病吗？马医生那是动手术，不叫动刀。史书上不是记载，华佗医术高超，也精于手术吗？看来动手术并不独是西洋人的发明，那又担心什么呢？病不能总拖。"嗣同不满父亲凡事讲求谨慎，大胆反驳道。

谭继洵倒没有生气，只是挥挥手，道："好吧，我知道了。今天太晚了，再看看情况。"

嗣同愤愤地回到房间，见闰娘满面愁容地坐在床前，有些意外："闰娘，怎么不开心？"

"复生，妹妹特地到武昌来治病，吃了武昌城里好几位有名的郎中的单方，病时好时坏，怎么得了？"闰娘说着说着哭了。

"闰娘，你也别着急，妹妹和潞生媳妇只怕是得了同一种病。我看还是去请马医生来看看，该动手术动手术。今天蔡总办都讲了，马医生医术高明，连香帅都请他看病，还委托他给织布局技师及工人看病，一年给了五百银圆。"嗣同安慰道。

"那要不要征求父亲大人的意见？你不是说马医生看病不要钱吗？怎么收五百元工钱？"闰娘不放心。

"闰娘，先叫马医生给你妹妹看病，该动手术动手术。马医生治病不要钱，香帅给他的钱，他都上交英国伦敦会汉口分会杨格非博士了，用来建武昌仁济医院。"说着说着，嗣同语气坚决起来，"我明天就去请马医生，让他赶紧给妹妹看病！"

86

一夜无话，嗣同隔天早早起来，担心马尚德出外看诊，就和师中吉一道匆匆赶往戈甲营。

马尚德是第一次到巡抚衙门，但也不觉惊讶。他是医生，医生的神圣职责就是治病救人，他从来不管对方是官是民，只管用心给病人看病治病。闰娘陪着马尚德来到妹妹的病床前，因听闰娘说过马尚德的医术，妹妹还是满脸通红地接受马尚德的检查，把脸遮了起来。马尚德见怪不怪，用心检查过她的乳房后，脸色凝重了。来到外间，他直率地告诉嗣同："复生先生，您家这位女士乳房已生了脓包，倘不赶紧割除发炎部分，只怕病情加重，就会有生命危险。"

嗣同的心直往下沉，看来还真得动手术，忙对闰娘说："闰娘，你去问问妹妹，医生要动手术，她同意不同意？你要和她讲清，不动手术，病就会走到别处，只怕命都保不住。"

闰娘一听，脸色发白，奔入了内室。嗣同请马尚德先到他书房坐坐。进得屋来，马尚德只见满屋子都是书，走近瞧了瞧，大为赞叹："复生先生，您竟然在读《代数术》《声学》《电学》《化学工艺》之类的书，真是博学呀！您可有什么收获？"

嗣同谦虚地笑了笑，说："马医生，我只是读了些皮毛，以后还要多多向您请教，您当医生主要学些什么？"

"皮毛是什么？我之前上医学院时，要学人体解剖学，还有药理学、化学。"马尚德不禁好奇了。

"皮毛，就是一点点的意思。您之前学解剖学要解剖人体吗？"看着马尚德天真的表情，嗣同笑了。

"哦，原来是这个意思。上人体解剖课，就是解剖人的尸体。如果对人体构造不清楚，怎么替人看病治病？"马尚德答道。

他俩正说得起劲，闰娘进来了，双眼红红的。她轻轻地朝嗣同点了点头，嗣同明白了，忙对马尚德说："马医生，内子妹妹已经同意做手术，还有劳先生辛苦！您看定什么时候为好？"

马尚德倒不意外，想了想，说："那就定后天吧，这两天我先给令妹打些消炎针。"他详细向闰娘说明了病人这两天饮食、用药方面应该注意的事项，给病人打了消炎针就走了。

事情一旦定下来，巡抚衙门后院仿佛激起了巨浪：卢氏姨娘激烈反对，在院子里高声咒骂，被嗣同劝进了屋。龙氏却暗暗有了希望，她和李氏患着同样的病，倘李氏动手术效果好，那她也可以活得久些！孩子还太小了，离不开娘，而潞生又如此不争气，晚上经常悄悄外出，也不知干什么名堂。回来后就精神百倍，眼睛贼亮贼亮，令她害怕。魏氏姨娘则不作声，她暗暗支持闰娘，闰娘平日待她友好，现在闰娘妹妹病了，只要洋人能治好病，让他动手术又有什么要紧？何况她悄悄看过那洋人，高大英俊，满面和善，又不是什么坏人！

到了晚上，谭继洵刚刚回到卧房，卢氏就气愤地说起嗣同叫马医生为闰娘妹妹动手术的事情："堂堂湖北巡抚府上竟然请洋人来看病，女人竟然要赤身裸体让洋人动什么手术，成何体统？要不要脸？"

谭继洵听了，不以为意："夫人，这有什么好大惊小怪的？香帅都请马医生看病呢！马医生到汉口好几年了，听说医术好得很，人品端正，对病人非常爱护。"

卢氏姨娘依然不服气："你这个当爹的怎么回事？请洋人来动奶子手术，到时可是出你巡抚大人的洋相！"

谭继洵少有地横了卢氏一眼，放下狠话："人家蔡锡勇总办的夫人，都请马医生看病，也没见谁笑话过他。你说，难道还能见死不救？家里可是两条人命呢！"

卢氏很少见谭继洵为儿女的事说重话，看来是真生气了，她不再吭声，气冲冲地出去了。谭继洵这段时间公事繁忙，已是四月了，早稻栽种、植桑种麻、加固河堤等等，他都得去督查去落实，晚上还得处理前段时间堆积的重要公文，也就懒得理她。

见父亲大人没有反对，嗣同有些意外，又不意外。知道父亲默许了为闰娘妹妹动手术的事情，也就更坚定了他的决心。到第三天一大早，嗣同让师中吉将所有的准备工作都做好了。马尚德及两位女助手穿着白大褂，一人背着一只棕色的医药箱早早地来了，那位高个子女洋护士就是马医生的助手赫立德夫人。

马尚德察看了病人情况后，就让病人躺至一张事先准备的高台子上，让赫立德夫人给病人打好麻醉针。三人将药箱里的工具及药物拿出来，亮闪闪地摆在另一张台子上。病人有些紧张，赫立德夫人赶紧柔声地用不太标准的中国话安慰她："不必害怕，马医生医术高明，已做过很多这样的手术了！"马尚德戴上白帽子，让所有人都在外面守候，他们得做手术的准备工作了。

一个时辰过去了，闰娘急得在门外团团转，嗣同劝也劝不住。其他知道消息的府上人都不时来瞧瞧，急得师中吉连忙摇手，示意大家不要吭声，府上洋溢着一种神秘而又恐慌的气氛。倾耳听听，内室除了刀剪轻微的响声及偶尔的一两句交流，其余什么声音都没有，静得真是可怕。闰娘、嗣同连午饭都没心思吃。

也不知过了多久，门终于打开了，马尚德疲惫地走了出来，白大褂上隐约有些血点，他朝嗣同、闰娘笑了笑。嗣同这才放下心来，请马尚德到书房休息，交代家属还不能进去，两位护士还在忙。

待两位护士忙完，时候已不早了。马尚德留下那位中国女护士照顾，就和赫立德夫人匆匆离开了。临行前，他特意交代闰娘，病人倘麻醉药醒了，伤口会痛，略微呻吟也不要担心。果真当天晚上，病人呻吟了整整一个晚上，好在有护士在帮忙照看，到第二天一大早就好多了。

整整半个月时间里，马尚德每天都会来府上查看病人，不时换药，病人恢复很快，伤口愈合很好，渐渐地能坐能起能吃了。终于拆线了，闰娘妹妹如常人般行动自如了。卢氏姨娘特地跑去看望，见她虽瘦了，但精神状态很好，暗暗赞叹马尚德医术真是高明。

87

已经夏天了，嗣同艰难地准备八月的科考，马尚德为闰娘妹妹成功治好了生脓的乳房，更令他意识到科学的重要性，大力提倡新学迫在眉睫。这天晚上，谭继洵征求他的意见，要不要请马医生来给传赞媳妇龙氏做手术，龙氏的病已经很严重了。嗣同有些意外，正想说说自己的看法时，猛见师中吉和另外两位巡抚衙门戈什押着一个身穿月白长衫的年轻人进来了。年轻人一进门就跪在谭继洵面前连连磕头。谭继洵的脸色难看极了，喝道："黎世文，你这个忘恩负义的畜生！"

嗣同疑惑了，这个黎世文，父亲已安排他到牙厘局，也算有个安定又收入丰厚的差事，仅仅一年多功夫，到底怎么惹了父亲，竟让父亲咬牙切齿。但见黎世文结结巴巴地求饶："谭抚台，小人该死，小人不是有意带孙少爷出去，是孙少爷再三让小人带他出去。我劝过他不要去碰大烟，他不听，闹得现在天天让小人和他一起去大烟馆！"

嗣同的脑袋嗡的一声响，在龙头斋附近小巷见到的那一幕浮现在眼前，再看父亲大人已经恨得脸色发白，话都说不出来。他不由怒火万丈，上前狠狠地踢了黎世文一脚。黎世文哀叫着哭了起来："七爷，你脚下留情，你是练武之人，小人可再受不了你一脚！"他不说还好，他一说惹得嗣同恨意奔涌而来，又狠狠地朝他屁股上踢了几脚，踢得黎世文躺倒在地，痛苦地呻吟起来。师中吉从来没见嗣同发过这么大火，明白他的滔天恨意，对黎世文喝道："黎世文，你还是个人么？孙少爷年纪还轻，你自己不争气也就罢了，还带上孙少爷，你老实交代事情的来龙去脉！"

嗣同担心父亲受不了这个打击，忙站到父亲身边，听黎世文断断续续说起。原来，他在牙厘局薪水高，来武昌不久却染上了赌博，就常常入不敷出了。后来，他见谭继洵去了四川，师中吉也跟着去了，嗣同只管读书不太喜欢管事，就时不时找机会带传赞出去玩，想趁机谋些好处，后来就带传赞到大烟馆。传赞起先并不敢，也知谭家最恨抽大烟的人，但好奇心驱使他试过一两次后就欲罢不能了。黎世文趁帮传赞买大烟的机会捞了不少油水。今天，他又偷偷带传赞去大烟馆，让师中吉抓了个正着。

谭继洵听完，脸色阴沉得可怕。嗣同则浑身发冷，他既担忧父亲，又深深自责，其实传赞已经反常一段日子了，他怎么就没想到早点去彻查原因，闹到现在传赞竟然吸食大烟上瘾，这要是传出去可真算得上他谭家的大丑事。

谭继洵倒强自镇定下来，对师中吉说："鉴吾，你去把黎大嫂和那个小畜生叫过来。真是作孽哟！"

传赞随母亲来到祖父书房，一见地上跪着的黎世文，还有祖父叔父两人铁青的脸色，霎时明白事情败露了。他慌忙跪倒在地哭了起来，哭声里满是恐惧。黎大嫂心下了然，急得六神无主，跌倒在儿子身边，号啕大哭起来。好在师中吉将书房门关得紧紧的，不然全府上下都会听到那高高低低的哭声。

谭继洵猛地拍了一下桌子，吓得几人的哭声立时停住了。谭继洵恨恨地说道："潞生，你这个畜生，枉费我对你一片苦心！从小把你当宝，你竟如此不争气，我的老脸都让你丢尽了。潞生他妈，你为嗣贻守节深明大义，但你这个糊涂的母亲，教子无方，连儿子干些什么都不知道，只一味溺爱他。复生，你身为叔父，没有尽到教导的责任，你只管读你的新学，连家里人都管不好，家将不家，你还操心什么国家存亡大事！"

谭继洵往日虽然严肃，但从来没有如此愤怒。只听谭继洵又咆哮道："潞生，你这个畜生，我只问一句话，你到底戒不戒大烟？若不戒大烟，就立马带着你们一家滚回浏阳天井坡，自此与这个大家庭一刀两断！"

黎大嫂早已吓得瘫在地上，连一句话都说不出口，她何曾见过公公如此大发雷霆，不讲情面。嗣同更是恨铁不成钢，但先得让父亲下了台阶再说，于是高声责骂道："潞生，你可知道你如此行径，不配为谭氏子孙？你到底戒还是不戒？现在当着大家的面表态，不然明天你就得滚回浏阳……"

不等嗣同说完，黎氏大嫂挣扎着爬起来，狠狠地扇了传赞几巴掌，又扇了自己几个嘴巴，哭嚷道："你这个不争气的畜生，谭家的脸都让你丢尽了，你父亲要是知道你如此不争气，还不知气成什么样子。我的爹呀我的娘，我的命真苦呀……"

"哭什么哭，潏生，我只问你，你到底戒不戒大烟？不戒我明天就让鉴吾送你们回浏阳，从此不要让我看到你们！我也没有你这样不成器的孙儿，从此不要奢望我拿出半文钱来给你们！"谭继洵不为所动，冷冷地喝道。

　　"我戒，从今晚起就戒！"传赞见绝无退路，只得咬牙答应。

　　谭继洵依然铁青着脸，一字一顿地说道："我谭某人一旦决定的事情，谁也挡不住！鉴吾，从明天起，你守着潏生，除了书房、卧室及后花园，不能出巡抚衙门后院半步。潏生他妈，你要是扯后腿，不配合潏生戒烟，到时别在我面前提嗣贻，也别怪我翻脸不认人！你好生帮潏生媳妇带孩子，过几天我会安排马医生给潏生媳妇动手术。至于黎世文，鉴吾，你让卫队长领去关起来，看有没有烟瘾，若也有烟瘾，就多关些日子戒烟。我丑话说在前，任何人若是让外人知道巡抚衙门竟有人抽大烟，别怪我不客气。现在除了复生外，其他人都给我速速退下去。"

　　见一个个都走了，谭继洵挺直的腰塌了，倒在椅背上直喘粗气。嗣同吓坏了，忙端起书案上的茶杯，递到父亲手里。谭继洵喝了一口热茶，狠狠地横了嗣同一眼，说道："复生，你这个叔父太失职了。全都不省心，还要我来操心，我都一大把年纪了！你明天赶紧去请马医生，一是给潏生媳妇动手术，二是给潏生戒大烟。大烟一旦上瘾，要戒掉不容易，听说西洋研制了一种药丸，配合着医治有些效果！"

　　嗣同满心羞愧，却一时不知从何说起，见父亲脸色太难看，便劝道："父亲大人，事已至此，再急也无用。这些日子我会密切关注潏生，他吸食大烟还不久，一定会断掉的。"

　　谭继洵只是无言地摇摇头，颤巍巍地站了起来。嗣同赶紧上前扶着他，将他送至卧房门口。卢氏闻声出来接过去，嗣同才缓缓回到了自己房里。闰娘正坐在床前等他，见他脸色不好，关切地问道："复生，今天父亲大人的吼声那么大，好似还有潏生和黎氏大嫂的哭声，到底是怎么一回事？"嗣同不愿多谈，草草地说道："潏生不听话，从来没有见父亲大人生过这么大的气，从明天起潏生就独自住在我书房旁边的客房里，由鉴吾看管。不管他在里面叫还是哭，你都不要去管！马医生很快就来给潏生媳妇做手术，虽说有老妈子和丫头，但紧要时候都帮不上什么忙，你要抽时间去照看。"闰娘惊得睁大了双眼，但她不敢多问，忙点点头答应了。

一夜无法入眠，隔天嗣同早早起来，先督促传赞移住到客房，将平日所读的书和纸笔都带上，黎氏大嫂和龙氏满眼是泪，眼睁睁地看着他前往客房。嗣同将传赞安顿好，才沉重地对他说道："潞生，祖父一直宠着你，走到哪里就将你带到哪里。这次你若是不能戒掉大烟，你祖父一定会说到做到。再苦再难，你都要坚持下来，不然你对不起你父亲的在天之灵。"传赞含泪点了点头："七叔，再苦再难，我都会坚持，我不能对不起苦了一辈子的娘！昨天娘哭了整整一夜！我也对不起孩子她娘，她病了那么多天，我都没好好关心她。辛苦七叔请马医生为她治病。"

嗣同见他还知反省，有些不忍，但念及此事的严重后果，还是硬着心肠说道："潞生，不必多说了，还是那句话，再苦再难你都要坚持，不然你这辈子就完了，且不说你对不起自己的娘和媳妇，还会害了你自己的亲生骨肉。"说完也不看他，出门直往戈甲营而去。

龙氏的手术很顺利，闰娘让黎氏大嫂安心带小孙女，她帮着李妈、丫环照顾龙氏。传赞戒烟就难多了，马尚德来查看龙氏的伤口时，就顺便检查他的戒烟情况，并对症下药给他服用不同剂量的药丸。开头几天，传赞还平静，甚至还真的看书写文章。到后来，越来越焦躁，白天晚上都在房里大喊大叫，黎氏大嫂听了，就跑到他门外哭，恨不得打开门将自己的儿子解救出来。嗣同过去劝解："大嫂，大嫂，你可不能再糊涂，潞生只要熬过最苦的几天就好了！我就去叫医生来，您赶紧去照顾孩子吧！"黎氏大嫂只得泪汪汪地走了。

渐渐地，天越来越热，谭继洵忙公事之余，一直牵挂着传赞，毕竟是他最宠爱的长孙。但他硬是坚持表面上不闻不问，每天只等嗣同晚上来禀报当天的情况。有时他则会叮嘱嗣同："复生，无论如何，马医生没确定他戒掉大烟之前，就不能让他走出房门半步！"

终于，当天气闷热无比时，巡抚衙门后院主人的脸不再难看了。那天晚上，嗣同带着马尚德走进书房时，谭继洵的心猛地紧绷了起来，他不知道马医生此行意味着什么。马尚德缓缓告诉他，再观察两三天，就完全可以确认传赞的烟瘾已经戒掉了！传赞媳妇的手术倒是很成功，马上可以拆线了！压在谭继洵心上的石头终于落地了，倘不是碍于身份，他真想走上前去，好好向这位马医生行个礼。但他还是坐着没动，只是真切地向马医生致谢，告别时破天荒地送至了门口，还让卢氏姨娘准备了上好的红茶送给马医生。

又过去了十天，传赞终于走出了客房，虽然瘦弱但气色为之一新，笼罩在巡抚衙门后院的阴霾终于解除了。谭继洵长长吁了一口气，但依然拒绝见传赞，让师中吉负责跟着传赞，且减少了传赞的开销。

黎氏大嫂对马尚德千恩万谢，她甚至请人画了一幅马尚德的头像挂在厅堂里。家里来了客人，她总要夸赞马尚德医术如何如何好，心地如何如何仁慈。

第二十章：落榜

88

天气炎热起来，谭继洵的双眼竟开始红肿，无法到签押房办公，只得待在书房听饶炳勋等人阅读公文处理公事。谭继洵对公事极为认真，凡事都讲求亲力亲为，现在病成这个样子，依然舍不得休息，眼下正是农忙时节，不能大意，抢种抢收防旱都非常关键。

又是一个炎炎夏日，一大早火辣辣的太阳就烘烤着大地，谭继洵有些心神不宁，就在上午，他将粮道及武汉三镇的丰备仓守备都召到了巡抚署后书房，了解了近三年来的粮食储备情况。眼见抚台大人生病了，却还要商讨粮食储备，粮道干脆挑明，各地丰备仓因缺钱已好几年没检修房屋，更别说储备粮食了。

谭继洵听后陷入了思索，对粮道说："你手里有没有各县储备仓需要检修的具体情况？你说说看。"粮道满脸通红，只得说："卑职只有武汉三镇丰备仓的具体情况，其他各道府州县情况不太明朗。"谭继洵脸一沉："这可是你职责范围内的事情，你都没掌握具体情况，又在这里乱叫什么苦？给你五天时间，赶紧将各地情况摸上来，不得有假。万一我发现有假，取消一切补助。"粮道满面大汗地退了下去，嗣同忙将他们一行送至后院门口。

吃过午饭没多久，嗣同正在书房看书，谭继洵派人将他又叫了过去。一位文质彬彬的客人正在书房。见嗣同进来了，谭继洵忙对他说："复生，快来见过缪翰林，他可是文章大家，一代大儒，以辞赋扬名，且藏书颇富，在版本、标雠、金石上用力颇深。"

嗣同心里一喜，忙上前拱手相见，他早听陈三立说起过缪荃孙的才名，对其仰慕不已。缪荃孙，字筱珊，于光绪二年（1876年）中进士第，入翰林院，以庶吉士留京为官。缪荃孙敬香帅为师，未入仕前，在香帅门下助其撰《书目答问》四卷，后随香帅在南菁书院、广雅书局任讲席。嗣同前几天听父亲大人提起，缪荃孙因前不久与相国徐桐不合，以七品官弃官归田。香帅便与父亲大人商量，计划留其修《湖北通志》。谭继洵对缪荃孙也相当赞赏，乐得做个顺水人情。

缪荃孙已往来武昌多次，早就听说四大公子之名，今日得见眼前这位朗朗的年轻公子，颇为欣赏。

"筱珊兄，今日得见，幸会幸会，还请多多指教！"嗣同忙热情地问候。

缪荃孙赶紧站起来："岂敢，岂敢，还望复生兄指点。"

嗣同微笑着站在一旁，不再作声，聆听父亲大人与缪荃孙谈公事。

谭继洵只是简单地询问了一下缪荃孙京师的情况，及对修志的大体想法。缪荃孙却说起京师气氛有些紧张，朝廷和日本在朝鲜有了些摩擦，只怕会惹起不痛快。谭继洵有些愕然，却没有再多问。他眼前的事情都忙不过来，哪里会顾及京师的担忧，只是他没想到形势的发展急转直下，大清接下来会付出前所未有的沉重代价。

忙了一天，直到吃完晚饭才清静下来，谭继洵闭着眼睛坐在摇椅上，卢氏为他打扇。见他心情尚好，卢氏有一句没一句地和他聊天，说说家里的开支、嗣同的课业、传炜的吵闹。谭抚台随意一问："潞生如何？"卢氏倒诚实地回道："那个马医生倒还真有些本事，龙氏媳妇动了手术后，身子差不多恢复了，只是还有些虚。潞生那个毛病竟然也真的戒掉了，黎大媳妇还将马医生的画像挂在他们的厅屋里。"谭继洵无声地笑笑，卢氏继续唠叨着。

"复生不是要去参加科考吗？你怎么老叫他到衙门里帮忙？"卢氏又说到嗣同了。

谭继洵猛地睁开了眼，用红红的眼色瞪了卢氏一眼："夫人，嗣同今年都三十岁了，我们都老了，嗣贻、嗣襄都年轻轻地就走了，嗣同还小。将来还得靠嗣同撑起这个家！你也知道他是头犟驴，他已放出话来了，他明年最后再参加一次科考，从此决不参加。唉，也是时运不济，复生悟性好，书也读得好，才情超出所有兄弟，科考硬是不顺利。"

"他说不考就不考？你这个做父亲的就治不了他？"卢氏白了他一眼。谭继洵有些生气了："崽大不由爹，你不是连秦生都管不住。何况复生性子倔，总让他参加科考也不是事，还得想办法走捐输的路子。"

"这得花多少银子？那可是白花花的银子。"卢氏不满了。

"银子重要，还是谭家的脸面重要？"谭继洵甩了一句给卢氏，就闭着眼不吭声了。卢氏落了没趣，起身走了，后来还是嗣同悄悄地走了过来，劝父亲去睡。

吃了好几张单子了，谭继洵的眼疾仍不见大好，眼睛不肿了，但依然通红，且惹得府内魏氏姨娘、小传炜等都传染上了。谭继洵念及好几次生病，都是陈宝箴的方子起作用，便令嗣同前去相请。陈宝箴赶来细细地为谭继洵检查了眼睛，安慰道："抚台大人放心吧，您这是害了红眼病，只是急火攻心，热毒重了。我给您开个方子，三服药喝下去，就保您没事。"

一旁的嗣同听了，心下为之一宽，感激地朝臬司大人笑了笑。

89

湖北铁厂每天炉火熊熊，铁水奔流，以日产量一百吨的速度生产，给总督衙门带来极大的喜悦。枪炮厂也全面投产，所有的机器设备全都是张之洞委托驻德公使许景澄在柏林购置的。尽管货款高达一百七十余万两白银，比原定的价格高出一倍多，但张之洞还是狠下心，从各处腾挪借补，按时如数汇去。现在，用这些设备生产出的七九式步枪、口径六至十二厘米的各种陆路快炮及过山快炮都已成批出厂了。抚摸着那些冷冰冰黑幽幽的枪炮，听着随从们"与德国人造的毫无区别"的恭维话，张之洞虽没见过德国的枪炮，但知道德国造的东西最为精致，心里甚是得意。

织布局生产的布匹已开始在湖北省行销，且输出到外省了。因种桑植麻收效好，原料充足，缫丝厂的厂房不久也可竣工，制麻局也在规划中。武昌城里的洋务局厂，可谓蒸蒸日上，前景远大，这些都令张之洞暗自得意。

但恰恰是蔡锡勇，这位最懂洋务、张之洞最为看重的总办，竟然禀报眼下铁厂经营甚是困难，每日化铁炉出生铁一百吨，则亏本两千两银子，一月下来，化铁炉就亏损六万两。张之洞见他愁眉苦脸，心里也甚是失落，却还是打起精神，缓缓地开导蔡总办：万事开头难，以后日产量增大，铁的质量提高，能够与洋人的铁一样好卖了，成本就降低了。这尚在其次，最重要的在于，我们中国人自己能用洋法造出铁来了，让大家相信中国人也有能力做到外国列强能做的事，不必永远靠买洋人的成品过日子。再者，我们办铁厂，重在开风气之先，要借此影响全国十八行省。倘若我们遇到困难就退缩，别人就再也不敢跟上来了，洋务事业何年何月才能进入中国？总不能老靠到外国买铁买钢过日子吧？万一哪天与洋人交恶了，他们不卖给我们怎么办？

既如此，蔡锡勇一肚子的话，无法再说下去了，只得作罢。只是神鬼不料，中日甲午战争突然爆发。这场意外的战争如当头一棒，给大清国带来巨大的冲击和影响，成为改变近世中国命运的一个转折点。

战争一触即发，对光绪帝来说，此是他亲政以来所遇到的最为严重的中外事件。但是，内受慈禧太后的压制，外临强敌的步步逼迫，光绪帝经过重重思虑，到六月中旬公开站出来一力主战，全力筹划御敌抗战事宜，在昏暗的清廷树起了一面招展夺目的旗帜。

而之前早在中日关系日趋紧张，光绪帝明示要李鸿章预防战事时，李鸿章就两次陈奏，均以筹款为先。到此时，李鸿章仅仅用于北洋海军的费用，已是上千万两银子了。光绪帝抗倭决心已定，立即密谕户部和海军事务衙门会同妥议，竭力筹办。户部和海军事务衙门从盐课、海关税、各省地丁银及东北边防经费等项中各凑一百五十万两，共计三百万两，给李鸿章提用。

七月初一日，清政府发布了体现抵抗派主张的对日宣战上谕，甲午战争正式爆发。远在湖北武昌的嗣同，包括湖北官场，暂时对朝鲜局势知之甚少，即使张之洞、谭继洵知道了，也没有将其放在心上。朝鲜太远了，朝鲜一直不是都在中国的控制之下吗？张之洞要操心湖北洋务大业，谭继洵则心思都放在境内的防洪事宜及粮食收成上。而嗣同，等家里大小都安靖下来，才不情愿地拿起《四书集注》《师竹斋小题文钞》等书，日夜攻读。嗣同最讨厌时文，尤其讨厌作文时必须用古人的语气，绝对不允许自由发挥。文体更有固定格式，什么破题、承题、起讲、入题、起股、中股、后股、束股八部分，一点也不能乱，如重重枷锁，令人喘不过气来。这天，他已在书房待了整整一个上午，正是六月下旬的酷热天气，他犹如待在蒸笼之中的困兽，焦躁无比。

这时，师中吉送来了刘善涵的来信，嗣同突然意识到有些日子不见他了，自己竟如此想念刘善涵，此时他温和的目光好似正在注视着自己，心里满是喜悦。他真是庆幸认识了刘善涵，在这位益友面前他能敞开胸怀，尽情倾吐自己的身世，大谈特谈于诗文的见解，而每次刘善涵都能抚慰他温暖他，并从容地劝导他，其超群的见识和高洁的人品令他心服口服。他放下手里的书，急切地去看信，不由苦笑，刘善涵竟寄来了自己的科考"闱艺"和为科举之文拟出的题目，特地给他参考，并在信中与他商量科考文章。

他知道刘善涵绝对真诚，也在备战八月的科考。给刘善涵的回信中，嗣同告诉他自己也将参加科考。写到这里，嗣同内心满是愤慨，为自己不得不参加科考，为天下这么多读书人不得不趋赴科考而愤慨。内心的愤懑无以宣泄，他转头挥笔猛烈抨击科举考试：决计不读一文，不立一义，我行我素，成功则天，转觉超然，无所绊。

写过此句，他顿觉畅快，但念及刘善涵的真诚，又找来几篇之前所写的八股文，和信一起装好，想了想，从书案抽屉里找到一束干干的蓍草，又打开信加上一笔："贝元徵自陈州伏羲陵拔取蓍草一束，学《易》之士，宜不可少，均以奉赠。"

过了几天，傍晚时分，嗣同走出书房，迎面见黎氏大嫂朝他走来，眼睛有些红肿，忙将她迎进书房。大嫂却不坐，只是黯然地对嗣同说："七弟，潆生的烟瘾戒掉了，父亲大人依然不太搭理他，潆生现在已经天天去念书了，先生也说他已经将前段时间落下的功课赶上来了。拜托七弟找时间和父亲大人通融通融，也找时间和潆生说说话吧。"

嗣同见嫂子泪流满面的模样，只觉内心惭愧，忙安慰道："伯嫂，你放心吧，父亲大人不搭理潆生，是希望他能深刻地意识到自己的过错。前几天他和我说道，明年就让潆生去京城考荫呢。我会找时间和潆生说话，你放心吧。"

黎氏大嫂一听,转忧为喜。嗣同随后来到传赞房间,他正恹恹地躺在床上,便招呼他起来一同到后花园走走。

站在六虚亭下,丝丝凉风吹来,西边天空布满了绚丽的晚霞,脚下的武昌城也涂抹上了七彩的光芒,比往日多了神性和温情。叔侄俩倒看得呆了,末了,还是嗣同先开腔,也无非是问些身体感受可好,龙氏恢复可好。传赞皆懒懒地答应着,一副冷漠的模样。但说到他女儿小瑞时,却满脸喜气地述说她如何可爱地唤他,如何可爱地哭着要他抱,这倒令嗣同大为惊讶。嗣同也曾迷醉于小儿兰生的梦里微笑,还有他的哇哇大哭,但兰生不及一岁就走了,他甚至不知埋在何处。他询问过卜三,但卜三守口如瓶,令他甚是气恼。

传赞说起小瑞的种种可爱,脸上满是笑,嗣同也受到了感染,趁机说道:"潞生,你看你有小瑞如此可爱的女儿,真是福气呢。现在你祖父年纪也大了,我们总归不能一辈子靠他过活,得靠自己奔前途才实在。"传赞的脸霎时沉下来,嗣同装作没看见,继续说道:"眼看就七月初了,我得回湖南参加科考了,你祖父也安排你明年去京城参加考荫,你得抓紧攻读课业,不要白白丢失了机会!"

嗣同真讨厌自己如此说教的德性,回头看了看传赞,关切地说:"潞生,看你脸色有点苍白,也瘦了,你还是要爱惜身体,平时多活动筋骨。"

眼见嗣同一脸真切的关怀,传赞知道叔叔是爱着自己的,都怪自己之前不争气。倘自己再不改过,真是对不起家人,特别是年迈的祖父。他振作精神说道:"七叔,我会抓紧功课的,您上次给我的那些《格致汇编》我也在看,但一时还看不懂!我对马医生的医术真是佩服得很,我吃了他配的药丸感觉好多了,我要找时间去谢谢他呢。"

听他如此说,嗣同放心了。有人在山下呼唤他们吃饭,叔侄俩笑了笑,缓缓地朝山下走去。

90

嗣同计划七月下旬再回长沙科考，谭继洵已安排好了，让他住在荷花池谭钟麟家。这天上午，谭继洵让饶炳勋来叫他去签押房，嗣同很奇怪，父亲平时有事商量，一般都让他去书房。他有些不安，平日饶炳勋与他玩笑惯了，今天却一声不吭。

到了签押房，谭继洵让饶炳勋递给他一份朝廷与朝鲜战事进程的战报。嗣同匆匆阅毕，仿佛晴天一声霹雳，早在六月二十三日，中日丰岛海战爆发，中国军舰"济远""广乙"被击伤，"操江"被截获，日舰"浪速"击沉"高升"运兵船。事态继续朝坏的方向发展，朝廷已于七月初一向日本正式宣战了。他的第一反应就是，日本早已进行了明治维新，国力大为增强，朝廷是否有实力和日本决一死战？他抬头看了看父亲，谭继洵脸色凝重，连一旁的饶炳勋也表情严肃。

谭继洵哑着嗓子说："复生，战报你也看过了，中日开战已经确凿无疑，至于有多少胜数，现在真不好讲！但你得提前回长沙，嗣嘉翁爹刘锦棠毅斋大人已经过世了，嗣嘉又病倒了，你这两天赶紧收拾好行李，尽早出发去湘乡山枣吊孝吧。"

国事家事都是坏消息，让嗣同的心揪了起来，沉甸甸的。他匆匆退出来，朝后院走去。饶炳勋跟上来，告诉了他刘锦棠故去的大概情形："就在六月二十三日，朝廷想起刘毅斋这位智勇双全的战将，令香帅派专人前往湘乡传旨，命其召集旧部，火速赶赴辽东迎战。刘大人虽重病在身，但二话没说，招募旧部，立刻启程。刚行进至湘乡县城时，他忽然左体中风，身体偏瘫，卧床不起，不久就在县城去世了。"

嗣同双目含泪，他非常敬重刘锦棠，刘锦棠对于新疆的收复和建设作出的贡献，功绩可以说与左宗棠不相上下。如果说，能发动新疆的收复战争全赖于左宗棠的坚持与不懈努力，那么，成功收复新疆并恢复新疆生产生活秩序的最大功臣，就是刘锦棠。他率领湘军英勇作战，将占领新疆领土多年的阿古柏逼得节节败退，服毒自尽。更重要的是，刘锦棠于嗣同有知遇之恩。当年他还只有二十岁，新疆建省，刘锦棠任甘肃新疆巡抚。在父亲的安排下，他和仲兄嗣襄进入设在兰州的新疆甘肃总粮台任职。刘锦棠欣赏兄弟俩的才气，主动奏保嗣襄以直隶州知州用，嗣同以知府补用。从此，他就有了候补知府的头衔，故友人之间称他为"复生太守"。

嗣嘉，他钟爱的妹妹，曾经为了保护他，与自己的亲生母卢氏姨娘据理相争。现在妹妹病了，严不严重呢？父亲七十大寿时，兄妹俩匆匆一聚，也就从那一年起，刘锦棠一直隐居山枣老家养病。

他回到后院，依然沉浸在悲伤里，站在石榴树下发呆。他见树上挂满了累累果实，树叶间红通通的石榴，迎着阳光，闪闪发亮。他出了会儿神，不由感叹：这些生命是多么蓬勃旺盛呀！闰娘站在窗前，见嗣同缓缓走进院来，又脸色难看地站在树下不动，发生了什么事吗？她忙出门问道："复生，你怎么啦？外面太热，还是进屋去吧。"

嗣同见闰娘正关切地看着他，忙宽她的心："没什么，刘毅斋将军去世了，父亲大人让我赶回湘乡吊唁，再去长沙参加乡试。你帮着我去收拾行装吧。"

闰娘一听，甚是伤悲："刘毅斋将军是好人，从新疆回来养病还不到四年就故去了？嗣嘉妹妹也在湘乡吗？"

嗣同没告诉闰娘嗣嘉妹妹病了，只说这一去可能得三四个月。乡试不管中不中，还得回浏阳参与修族谱。闰娘禁不住流泪了，又怕嗣同看见，低着头回房间去了。嗣同则去书房收拾书籍和笔墨纸砚。

晚上，嗣同正在书房思考给刘锦棠写一副挽联，饶炳勋领着刘善涵来了。嗣同还想着临出发前去见见他，不想他自己倒先来了，忙起身迎接："淞芙兄，你来得正好，帮我看看这副写给刘毅斋大人的挽联如何？"

进门之前，饶炳勋已经告诉他，嗣同要提前回湖南，先代父去湘乡吊唁。刘善涵也为刘锦棠的故去而惋惜，但他更关注中日战争的战况。他将挽联接过去，却顾不上看，只急切地询问嗣同："复生兄，朝廷竟与日本开战了，已经在朝鲜开打，倘是打到国内该怎么办？"

这也正是嗣同的担忧："淞芙兄所言极是，想起光绪十年中法海战福建水师几乎全军覆没。现在已过去十年，也不知北洋水师的实力如何。"

刘善涵转过头去问饶炳勋："仙槎兄，你这两年一直在谭抚台身边，知晓更多内幕，在你看来，此战如何？"

饶炳勋搔搔头，想了想，说道："淞芙兄，你的问题实在很难回答。据战报看来，皇上和翁师傅、李鸿藻，都极力主张与日本决一死战。但李鸿章态度不明朗不强硬，不知是他自知没有实力对付日本，还是不敢迎接挑战。"

嗣同怒道："中法战争中也是李鸿章力主妥协，乃至虽胜犹败。现在他又故态重萌，只怕会错失战机！"

刘、饶两人吓了一跳，但细想嗣同所言，都不敢接着说下去了。刘善涵这时低头看嗣同递给他的《挽刘襄勤公》："西域传是兰台一家之书，县度纪师程，铭石还应迈前古；东汉人行举主三年之服，深知惭荐剡，酒绵何止为情亲。"

他不得不佩服嗣同的满腹才情，此挽联视野开阔，盛赞了刘锦棠的功勋，点头赞道："复生兄，写得极好，刘毅斋大人倘地下有知，应是万分欣慰了！"

刘善涵今晚来拜访，原是为着与嗣同讨论时文，但中日开战的消息令他俩心绪低落。念及万一打败了，后果将不堪设想。三人你一言我一语，谈论到深夜还不罢休，气氛始终沉重无比。

91

这天半夜下起了大雨，闰娘惊醒，竟辗转到天明。天亮时，嗣同也醒来了，转头见闰娘呆呆地看着帐顶，问道："闰娘，早就醒了吧？我一个大男人，一路上还有鉴吾跟着我，他武艺高强，你不必担心。"闰娘没吭声，嗣同不由满心酸涩。这么多年来，夫妻总是聚少离多。他将闰娘揽到怀里，劝慰道："闰娘，又让你一个人在家，我心里真是不好受。"

闰娘努力将眼泪压下去，强自微笑，紧紧地回抱自己的夫君。一时间，两人都不作声，在无言的偎依里，两个人的心却靠得更近了。各自庆幸在此孤独的人世间，还有对方可以依靠。

吃过早饭后，嗣同就和闰娘一起去父亲书房里道别。谭继洵甚是循规蹈矩之人，早已和卢氏、魏氏在等着。嗣同上前行礼："父亲大人，孩儿这就出发回湖南参加科考了，还请父亲教导。"

谭继洵今天也是天还没亮就醒了，也许是前几天受了点风寒，有些咳嗽。一想起嗣同将回湖南科考，他就再也睡不着了。这次科考，嗣同是很勉强的，他早已说过这是最后一次参加科考，但愿祖宗保佑他能考中才好。但他那个性格，平日写起文章来洋洋洒洒，到了考场也任性，实在无奈，如此翻来覆去到天亮。卢氏姨娘埋怨道："老爷，你都咳嗽了，别多想，再睡睡吧，不然白天会吃不消了。"谭继洵没理她，倒也迫使自己静了一会儿。

此时，见嗣同恭敬地垂立眼前，谭继洵神情严肃地缓缓说道："复生，你平时口口声声要保家卫国，值此多事之秋，正是急需人才之际，你唯有安心科考，取得功名，以求报效朝廷。去吧，先去湘乡代我吊唁嗣嘉家翁，再参加科考！"

嗣同赶紧答应："父亲大人的教导，儿子记住了。武昌暑天炎热，还望父亲大人和卢姨娘、魏姨娘保重身体。"

卢氏难得地冲着嗣同笑了笑："复生，你也一路保重。嗣嘉病了，你帮我带些燕窝、人参过去，千万要她好好养病。万一在湘乡治不好，就让她来武昌。"说着说着，竟然哽咽了。

嗣同安慰道："姨娘放心，妹妹病了，我也心痛，我一定尽快赶到湘乡。"

谭继洵挥了挥手说："赶紧出发吧，家里你放心，为父身体还硬朗呢。"

嗣同退了出来，转头去西院找传赞，叮咛了他一番：无论如何不要再糊涂了，要记得自己肩上的责任，只管安心在家读书。嗣冏依依不舍地送嗣同出大门："七哥，还在下雨呢，你一路好生走，代我去看看嗣嘉姐姐，早点回来。"嗣同轻轻地抱了抱他，转身出门。

闰娘默默地看着嗣同匆匆前行的背影，但见潇潇雨幕里，嗣同的月白色长袍飘飘，佩剑上的长穗鲜艳，闰娘不知该骄傲还是该悲伤。

虽然下雨，长江水倒涨得不多，正好行船。到第五天上午就在长沙城大西门码头上岸了。师中吉很快打听到了谭家大屋所在地，就在经武门西侧荷花池，谭钟麟此时正在闽浙总督任上。

走到谭府门前，嗣同惊喜地发现有一片美丽的荷花池，荷叶亭亭玉立，高高低低的荷花盛开。虽是炎炎夏日，站在池边，却有清风徐来。师中吉递上嗣同的名刺，门房笑意盈盈地将他俩迎了进去。主人早有交代，此为通家好友之子，定要热情接待。走至前院，十六岁的谭延闿随着谭家管家迎了上来，落落大方地说道："复生兄，远道而来甚是辛苦，因家大人及兄长身在福州，令我代为迎接！"嗣同惊讶他长高长大了，更惊讶于他的少年老成，和前几年见他时判若两人，忙谢道："组庵贤弟，今来府上叨扰，甚是不安。"

谭延闿因是小妾李氏所生，为了给生母争气，读书甚是刻苦上进。他之前也曾于两家交往时见过嗣同，为他的飒飒英姿及才情所折服，但未能深入交流，引为憾事。不想，嗣同此次竟来他家借住，即将参加在湖南贡院举行的科考，他着实高兴："复生仁兄，你能来寒舍住一段时间，我们一家都非常欢迎。我正好趁此机会好向你请教。"

两人说说笑笑间，谭延闿将他领到二进的客房，房间早已布置整洁，靠窗特意放了大书案，而窗外正是荷花池。嗣同满意极了："组庵贤弟，如此安排，甚合我心意。"谭延闿咧嘴笑道："复生兄，家大人交代，要给兄长安排幽静的住处，以便好好迎考。我先告退了。"

嗣同将木箱打开，把笔墨砚台纸张都摆到书案上，又小心翼翼地将蕉雨琴拿出来放好。当他收拾完毕，四处看看，竟有一种回到自己家里的感觉，心情顿时轻松起来。

只休息了一两天，嗣同准备让师中吉先回浏阳处理些事情，他自己则赶往湘乡。师中吉不肯，从长沙到湘乡路程并不远，但路不好走，何况天气太热。嗣同不再坚持，两人便一同上路前往湘乡吊孝。

紧走慢走也花了三四天时间，到刘锦棠家已是午后时分，还在村口，就听见阵阵哀乐和不时响起的鞭炮声。刘府只是一座朴素的青砖大屋。来到灵堂，触眼所及皆为挽幛花圈，簇拥着刘锦棠的大幅画像，庄严肃穆。嗣同一眼看见刘姻伯熟悉的面容，两行热泪涌了出来，跪倒在灵枢前，虔诚地磕了三个响头。妹夫刘国祉迎上来，嗣同紧紧地握住了他的手，劝道："国祉兄，你瘦多了，今后千斤的担子都在你肩上，你可要节哀顺变呀。"

刘国祉凄然一笑："复生大舅，你一路辛苦了。可怜我父壮志未酬，抱恨而逝，实在让人伤痛万分！"

嗣同痛惜地拍拍他的肩，拉着他的手说："刘姻伯是位大英雄，我向来敬重他。现在他不幸离世，我们都万分悲痛，父亲公事繁忙，特让我来代为致意。你可不能光顾伤心，自己也要多多保重。"

这时，刘家老管家将嗣同和师中吉迎进了客厅，这里已有不少前来吊唁的客人，皆为刘锦棠的旧部及亲友。嗣同一个人也不认识，在座众人正在满怀深情地追思刘锦棠的种种事迹。

听着众人的回忆，嗣同仿佛感受到刘姻伯恨不能飞驰边关的英雄气概。他想，曾文正公、胡文忠公之后，难得有刘姻伯如此心忧朝廷，又懂得用兵之人，可惜在此关键时刻离世了。英年早逝，不仅是刘家的不幸，更是朝廷的大不幸。众说纷纭时，忽见一位老者站起来，激愤地说道："可怜刘公一片丹心，他临死前，还将儿子和旧部召集床前，口授遗折：'死不瞑目，伏愿皇上圣谟坚定，激励将帅，扫荡夷敌……'"

嗣同大为感愤，感觉到自己的热血在奔涌，恨不得拔剑直上战场。可怜他不仅不能上战场，还得去科考，真是令人丧气。正在此时，老管家来到他跟前，悄声说道："七公子，少奶奶听说您来了，后院有请。"嗣同一路上担忧着嗣嘉的病情，老管家来唤，正遂了他的心愿，赶紧跟着朝后院走去。

远远地，有一股浓郁的中药味弥漫而来。走进后院西侧厅屋，老管家立住了脚，朝着东侧卧室扬声说道："少奶奶吉祥，您家七兄来了。"

"七哥哥吗？快进来吧。"听见里面有弱弱的回声，嗣同一惊，赶紧跨步进了内室。房内药味更浓，光线也暗，但见嗣嘉披着头发，正倚着床头坐着，旁边丫环的手里正端着药碗。一看见嗣同，嗣嘉的泪就涌了出来，挣扎着要下床。嗣嘉竟然瘦弱得不成样子，嗣同吃惊之余，大为痛心，忙抢了上去。嗣嘉的手又小又瘦又凉，大热天还盖着厚厚的被子，窗子也关得严严的。嗣同怜惜地问道："妹妹，你病了多久？怎不告诉七哥，要不是来吊孝，七哥都不知道呀。七哥对不起你呢！"说着说着，嗣同抑制不住地流泪了。

嗣嘉歉然一笑，劝慰道："七哥哥，你来看我，我心里欢喜，病竟然好了许多。昔日随夫君在新疆时，不小心染了肺痨，时好时坏。现在毕竟在老家，只要用心服药就没事。七哥哥放心吧。"

肺痨？嗣同强自振作精神，挤出几丝笑意道："妹妹说得对，现在回到湖南有利于养病，妹妹可要耐烦养病。"说完，他接过丫环手里的药碗，耐心地喂嗣嘉吃药。

当天晚上，原本累极倦极了，但念及嗣嘉的病，嗣同辗转一夜未能入眠。好不容易熬到天亮，他趁前来吊孝的人还不多时，在灵堂找到刘国祉询问嗣嘉的病情。刘国祉说着说着便泪流满面：嗣嘉的病之前在新疆就很重了，加上回老家一路奔波，回到家只能躺着。只要听说哪里的医生好，就想方设法地请来看病，单方也吃了不少。上次到武昌略好一些，后来反而更重了，整夜整夜咳嗽，都有些咳血了。嗣同听了，陷入了巨大的伤痛，眼泪又滚滚而下。

可再去看望嗣嘉时，嗣同却换了一脸的笑意，坐在她床前，陪着她聊天，回忆年少时的趣事。如此两天后，眼看考期逼近，嗣同不得不告辞了。嗣嘉却舍不得："七哥哥，真舍不得你走，但我不能耽误你的大事。"

嗣同心里流泪，脸上却故作轻松地说："妹妹，你只管好好养病。万一乡下郎中不行，就去武昌治病。武昌城里马医生是极好的医生，曾给潞生媳妇动过手术，效果很好呢。"

嗣嘉一听，脸上有了希望之色。依依不舍地出了房间，见刘国祉等在外面，嗣同再三交代："你和嗣嘉已十来年夫妻，我知道你们感情深重，嗣嘉交给你，我很放心。但嗣嘉此病不宜久拖，还是想办法送她回武昌城治疗吧。"

刘国祉点头答应着，嗣同这才拱手作别。

92

正是丰水时节，可以顺涟水至湘江，见嗣同坐在船里，总看着窗外发呆，师中吉暗暗着急，直率地对嗣同说："七爷，大家都知道你满肚子好文章，如果好好考，考中个举人完全没问题。可如果心情太坏，心里不静，那可说不准。到时卢姨娘又得说闲话了，姑奶奶还会替您担心！"嗣同无言地看了看师中吉，内心感动不已，面上却不动声色。

一回到谭家大屋，嗣同努力让自己平静下来加紧温习，而让师中吉回浏阳打理家事。谭家大夫人对谭嗣同照顾得很周到，派专人给他送茶送水，一日三餐更是精心安排，谭延闿不时来陪他聊聊天。进考场前一天，八月初六，大夫人特地让厨下备了一桌宴席，让谭延闿兄弟陪嗣同饮酒，众人相谈甚欢。第二天要赶往考场，笔墨砚台等考试用具师中吉临走时已备好，号舍内的饭食还没着落。正为难之际，谭延闿来了，家人手里提着一个大大的食盒子，有五六层的模样。谭延闿满面郑重，上前作揖道："复生兄，恭祝考场大胜，满载而归。家母特让我送送兄长，还备好了考场上的吃食，也不知是否合你意。不过但请放心，有仁兄喜欢吃的豆腐干、火焙鱼和剁辣椒。"嗣同大喜，握着谭延闿的手谢道："组庵贤弟，大夫人为嗣同想得如此周到，真不知该如何感谢才好。"

谭延闿感受到了嗣同真挚的情意，笑了："复生仁兄，我们都是谭家人，家父与世叔情谊深厚，你我兄弟一见如故，就不用客气了。我们现在就出发吧，让小弟送送仁兄！"督署隔壁的贡院离荷花池不远，只要转过六堆子、赐闲湖、学宫街三条麻石街就到了。

到达时贡院门口，人还不多，嗣同谢过谭延闿后，接过食篮，匆匆进了贡院大门。已是第四次在此贡院参加乡试了，很顺利地找到自己的号舍时，嗣同惊讶地发现号舍比往常干净整齐。念及刚才进考场，也比往常更为顺畅，心情不由大好。就在昨天饭桌上，谭延闿谈及翰林院庶吉士江标已被任命为湖南学政，此人学识宏通，思想开明，常以变士习开风气为己任，看来湖南士子有福了。

此次正副考官为编修柏锦林、御史蒋式芬，嗣同听父亲说起正主考官还和他有"同年"之谊。那又怎么样？都见不上一面，嗣同考前也没有去拜访他们，更没有去拜访湖南巡抚。还在武昌就听说，朝廷宣布对日战争后，湖南巡抚吴大澂就奏请从军。不久，便获朝廷允准，将率勇北上。此时，嗣同待在安静的号舍里，想起中日战争，心中满是忧虑和激愤，如果可以选择，他情愿仗剑北上。

头场考题发下来了，考题为"汤有天下，选于众，举伊尹，不仁者远矣"。嗣同感慨万千，古人讲得多好，但现实恰好相反，真正要使国家富强，真正要打败日本，没有仁者没有人才，又怎么能做到呢？他满腔悲愤，奋笔疾书："以生人者杀人，不谓之功名，而谓之学问……"洋洋洒洒，胸中豪气倾泻而出，竟和以往科考有不同的感受，乃至心绪高涨。

八月十六日乡试一结束，嗣同回到谭家大屋后，就一头倒在床上睡了。直至第二天一大早，才慌忙去谢谭夫人。谭夫人慈祥地说道："七公子肯定累坏了，不如让组庵陪你到处玩玩，再回浏阳吧。"嗣同听了，倍感亲切："感谢世伯母关照，复生铭记在心。"

离科考张榜还有差不多一个月，嗣同在长沙并没有多少朋友，也无心外出游玩。偶尔出外逛逛书市，大多数时间还是待在谭府读书弹琴。好在府外便是荷花池，清晨或傍晚，嗣同常常独自沿着一架飞桥缓缓而行，便到了池上的远香亭，亭外有精致的护栏。眺望摇曳于绿叶之上的荷花，微风徐来，真是令人心旷神怡。一方荷花数亩，沿岸松竹交阴，周围亭榭，挹爽迎风，清幽绝尘。一方渌潭寺巨刹巍巍，古木蓊然，禅房虽深邃，却鸟窥香火，僧俗往来。

这天傍晚，嗣同正沿着荷池散步，谭府家人来报："七公子，有浏阳老乡刘善浤湘渠公子来拜访您，正在前院等着！"嗣同知道刘善涵兄长刘善浤在长沙庄心安观察家坐馆，但他俩还没见过面。走进谭府前院，嗣同远远地见一位身着浅灰色长衫的瘦高个年轻人站在那里。

一番寒暄后，果真是刘善涵写信告诉兄长嗣同回长沙科考之事，刘善浤大喜，慕名前来。嗣同特别高兴，掏出几串钱，交代谭府家人略备些酒水送来荷花池远香亭。两人一见如故，很快就聊得热乎起来。酒菜上齐，嗣同举杯敬酒："湘渠兄，我在武昌时，淞芙对我关怀备至。今日蒙您来看望我，实实三生有幸。"刘善泷回敬道："复生兄大名早已如雷贯耳，今日得见，荣幸之至！"

两个浏阳人相互客套着，不一会儿聊至中日战争时，两人却满脸严肃，心也悬了起来。刘善泷细细地说起湖南的形势，至二十八日战事日趋紧急，朝廷急催吴大澂赶赴威海与李鸿章筹商。现在已快一个月了，不知前方战事如何。两人皆忧心忡忡。转而又说起科考，刘善泷竟然也反对一无是处的时文，以为时局危急，不如大力推广西学。听至此处，嗣同深感幸遇知音，慷慨陈述自己对科考的厌恶，又谈及近来学习西学的所获。

两人说着话，喝着酒，直至夜深才散。嗣同当晚睡了个踏实觉。

93

此后一段时间，或刘善泷来谭府畅谈，或嗣同去庄家探访，或同去长沙城各处走走，甚至同去火宫殿等各处听戏。嗣同候榜的日子就没那么难熬了。

这天午饭过后，刘善泷干脆请了半天假，说早几天已与蜕园周家说好，要去蜕园走走，嗣同自然乐意。

咸丰九年（1859年），湖南保靖人、浙江巡抚胡兴仁在长沙城西园大湾购地，浚池构亭，精心营造，建起一座风景别致的园林，并取唐刘蜕读书故地之义，名为"蜕园"。同治七年（1868年）时，胡兴仁又将蜕园修葺一新，其地幽静宽敞，有高楼可远眺，从此蜕园成为省城文人名士雅会，宴饮赏景之所。胡兴仁去世后，胡家家道衰落，蜕园为宁乡人、湘军名将周达武购得，几年时间，就将之扩建为一处占地八十多亩的园林胜地，有亭阁回环，池塘萦绕，风景极佳。周达武每逢回乡，于此招引名人文士饮宴赏景，怡然自得。

蜕园很近，一路走来，刘善泷缓缓介绍蜕园的前世今生。嗣同笑道："湘渠兄，你对蜕园的历史真是如数家珍，我在武昌时就听伯严兄说过，十年前其家租居在周宅靠通泰街一侧的房屋。伯严兄还曾写下《春日游蜕园歌》，描绘了春天蜕园之美，真令人向往：名园当春花欲繁，鸣鸠喈喈来唤门。门外游人自相识，清歌烂漫携孤尊。"

说话间，两人已走进了蜕园，但见一方大池塘跃入眼帘，池中荷叶田田，枝枝莲蓬亭亭玉立。池边垂柳依依，沿着小路缓行，不时可见古樟、红枫、玉兰等参天大树，更有小巧精致的亭子点缀园间。爬上高处，有座小木亭名思源亭，可见园中小溪，小溪上架着石拱桥，而池上则有湖心亭，有长桥相连。江南园林俊朗清奇，处处皆美景，嗣同长叹了一声："湘渠兄，蜕园果然是长沙最美的园子，难怪伯严兄如此喜欢，倘是春天，定是花的世界。"

刘善泓微微一笑："复生兄，走遍大江南北，饱览四时美景，倒对蜕园赞赏有加，还不是因为此地在长沙？听说明天就张榜了，小弟陪同仁兄一起去看榜如何？"

嗣同连连摇头："说老实话，我已下定决心了，不管考得如何，这是最后一次科考。若不是家父硬是要我考，我早就不想考了。"

刘善泓见嗣同刚才高涨的兴致突然低落，就知道科考实在是他的心病，心里甚是过意不去，赶紧转换话题。两人绕池走了一周，又出外找了家小酒馆，喝了几杯闷酒，嗣同就告辞回谭府了。见嗣同远去的背影，早起的秋风将他身上的宝蓝色长衫吹得飘飘而起，刘善泓禁不住为他祈祷高中。

嗣同回到谭府，独自在书桌前坐了一会儿，还是心绪不宁，干脆在房间里走来走去。他虽然看不起科考，也无意于功名，但他也期待能中个举人。他也想借此能拥有一官半职，以便有一方实现自己抱负和理想的地方，张之洞也是读书人出身，现在不也在轰轰烈烈地办新学办洋务实业办新军吗？想来想去，一时自信满满，一时又患得患失，眼见着天渐渐亮了。

既是天亮了，他想不如趁早去看榜，便急急地赶往贡院。一路忐忑不安，虽说天早，贡院门口已是里三层外三层。嗣同没有犹豫，挤到了前面，不管身旁那些又喊又叫又哭又笑的看榜人，睁大眼睛看了几个来回，没有，硬是没有他谭嗣同的名字。又没中！他的腿抖了起来，他的心一个劲儿地往下沉，支撑着站了好一会儿，才渐渐地踏实了，他苦笑着："复生呀，复生呀，算了吧，从此断了此念想！”说来也奇怪，主意已定，一下就平静了。

回到谭府，嗣同收拾好了行李，特地去向谭夫人道谢。谭夫人留他多住几日，嗣同感谢道：“在贵府叨扰多日，蒙世伯母照顾，感激在心。但小侄得回浏阳修族谱，就此道别！”谭夫人只得作罢，留他千万明天一早再走。

这一个多月来，谭延闿真正见识了嗣同的才情和风采。他弹得一首好琴，舞得一路好剑，写得一手好字，才思敏捷，出口成章。论起国事来更是头脑清晰，慷慨激昂。怎么就中不了举呢！看来科考不能选尽天下英雄！嗣同前脚进了房间，谭延闿后脚就赶来了：“复生兄，今天回浏阳太匆忙了，都没雇好船呢。”嗣同笑了：“组庵贤弟，眼看着都十月了，逆水行舟费时间，不如干脆走陆路回去好了，最多两三天就能到浏阳。”谭延闿依然不甘心：“复生兄，你我兄弟都没好好聊聊，明天走如何？”

正在此时，刘善浤来了，见嗣同脸上神色正常，这才放心。他今天一大早也跑去贡院看榜，见嗣同没中，很是失望。回到庄府，来了几位消息灵通的朋友，在庄观察书房聊起此次科考。庄观察说起了此次科考的故事，竟和嗣同有关，他直听得心绪起伏，急急地跑来找嗣同。

见嗣同、谭延闿都看着他，刘善浤定了定心绪，缓缓地说起来：“说来真是遗憾，复生兄此次铁定要中举，却让两位主考官生生耽误了。快要定录取名单时，主考翰林院编修柏锦林、副主考湖广道监察御史蒋式芬不约而同地对同一份文卷十分赞赏，但考卷是‘弥缝’的，卷面上看不到考生的姓名。主考编修柏锦林又看了一遍，认为文章虽好，但锋芒太露，打算把他取为第二名，乃批云：奇思伟论，石破天惊！而副主考蒋式芬却不同意，还强调说：要取的话就取第一名解元，否则干脆不取。他俩争执不一，谁也说服不了谁，到最后干脆不予录取。等到揭晓，让人拆卷一看，才知是崭露头角的谭嗣同，两人都懊悔极了。编修柏锦林还与谭继洵有同年之谊，心下就更难为情了。”

嗣同听完，更释然了，觉得就此可以向父亲交代了：自己是考了，是主考副主考闹意见不取！谭延闿惊呼起来：“复生兄，你与解元擦肩而过呢。我看你实在是‘不中犹中’。”

谭延闿这么一惊呼，倒惹得在场的人都笑了起来，嗣同提议请大家去喝酒。几人在附近找了家小酒馆，边聊边喝。后来，刘善泫又要做东，又喝到了晚上才兴尽而散。嗣同与解元失之交臂之事传遍长沙，熟悉他的人自是甚是惋惜。

嗣同回到谭府客房，一时心绪茫然，看了看还未来得及收拾好的笔墨砚台，抽出一张纸铺好，挥笔写下《蜕园》：水晶楼阁倚寒玉，竹翠抽空远天绿。湘波湿影芙蓉魂，千年败草萋平麓。扁舟卧听瘦龙吼，幽花潜向诗鬼哭。昔日繁华余柳枝，水底倒挂黄金丝。

第二十一章：战争

94

自对日宣战以来，李鸿章并无作战之气概，对日本进攻一味迁就妥协，已激起朝廷上下的愤怒。

就在平壤失守、黄海海面上北洋舰队失利的严峻时刻，慈禧太后想，再过二十天就是自己的六十寿诞典礼，她希望自己的万寿节在和平的日子里度过，故盼望与日本的战争能早日结束。由外国公使出面调停，是最能保全脸面的事，她想到了俄国。

中日战争爆发后，俄国眼见日本侵占朝鲜，大为不甘，俄国公使喀西尼与李鸿章旧事重提，表示俄国依然承认光绪十二年（1886年）的口头承诺，协助中国保护朝鲜。慈禧太后听说回国休假的喀西尼假满回任，已经到了天津，便迅速召见了翁同龢、李鸿藻，要翁同龢亲自到天津走一趟，见见喀西尼，就说朝廷请俄国出面调停中日战事。

但翁同龢死守南宋以来中国士人的原则：不言和谈，何况自己是天子近臣，一向主战，亦不愿此事披露后遭士林唾骂。慈禧太后一定要他去，对外严格保密，以赴津向李鸿章口传谕旨为借口。翁同龢无奈，只得衔命出发。

第二天趁天未亮，他装扮成一个普通百姓，带着三个仆从离开北京城，坐一条小舢板取道通州，再沿北运河南行整整两天，于夜里抵达天津城外，再乘小轿进了北洋通商大臣衙门，向李鸿章传达太后的谕旨。李鸿章不敢懈怠，转天赶到俄国驻天津领事馆打听。原来，喀西尼并未回任，从俄国回来的是参赞巴维福。巴维福和李鸿章照面后，明确表示喀西尼说的话不能算官方态度，俄国不便为此关说，令李鸿章大为失望。翁同龢急忙赶回北京，慈禧太后闻报大为光火。

与此同时，请求恭亲王奕䜣复职的呼声弥漫朝廷。先是户部侍郎长麟上疏请起用恭亲王，但折子被留中不发。接着，工部侍郎李文田与京师一批官员又联合上折，再次请求恭亲王复出。此折经军机处上奏时，礼亲王世铎带领全班军机大臣启奏慈禧太后请恭亲王出山。但是，这道大折与长麟、李文田等人的奏折一样石沉大海，没有回音。十天后，八月二十八日这天，协办大学士李鸿藻、翁同龢在召对时，又恳切请求恭亲王出山，也遭慈禧太后拒绝。

正在满朝上下为之失望的时候，九月初一，突然传出慈禧太后同意恭亲王复出的喜讯：恭亲王奕䜣署理总署，并总理海军衙门事务，会同办理军务。文武大臣们既感到欣慰，又颇觉纳闷：是谁有如此大的本事让慈禧太后天心回转？不久，从内务府传出消息：慈禧太后的回心转意，是因为皇上三番五次跪求的结果。

不管如何，在众人的祈盼里，恭亲王迅速走马上任了。

95

上午还是阳光灿烂，下午却突然变天了。望着密云压顶的灰黑色天空，刚刚复出的恭亲王心中怅惘起来。他不知道与日本这场战争的结局到底会怎样，也不知道十年来已被醇亲王、世铎等人搅乱的朝政将如何厘清。他更不知道三十年前，与曾国藩、文祥期盼的"徐图自强"能不能有实现的一天。他不再是年富力强的中年人，已然两鬓苍苍，正想安度晚年，却又不得不站到前台。

对于军机处，奕䜣决定暂时采取只增补不罢黜的策略，他首先想到要增补的，便是十年前受自己牵连而退出的那几位军机大臣。当时共进退的有四位，其中大学士宝鋆、工部尚书景廉都已去世，在世的只有李鸿藻、翁同龢了。在堆成小山般请求接见的文武大臣名刺中，恭亲王将李、翁的名刺挑出来，排在仅次于李鸿章的第二位，并特地安排在中式传统客厅里予以会见。

"唉，"奕䜣深深地叹了一口气，忙碌了一上午，望着昏暗的天空出神，好半天才无端地冒出一句话，"这天怕是要下雪了。"

恭亲王略微振作精神，派人去找光绪皇帝的两位师傅：翁同龢和李鸿藻，最重要的是，他得迅速进入角色。这天午睡过后，恭亲王就来到王府二进院子南面的中式客厅。这是自和珅时代起，中经庆王时代，直到恭亲王，都一直是王府最重要的会客场所。整个客厅的布置，是纯粹的中国气派。檀木雕花高背椅，镶着黑纹大理石的木茶几，博古架上摆着价值昂贵的各色古董。

奕䜣刚落座，他所请的两个客人被领了进来。白发苍苍的李鸿藻颤颤巍巍地走在前面，虚胖臃肿的翁同龢跟在后面。见两位老臣纳头便跪，奕䜣忙抢上前去，一一扶起。此时，李鸿藻已七十五岁高龄，翁同龢也是六十出头的老人了。李鸿藻做过同治帝的师傅，翁同龢做过同治、光绪两朝帝师。清代皇室对帝师特别优渥，从皇上到文武百官，对做过帝师的人均以师傅相称，以示尊崇。

三人客气一番后，李师傅和翁师傅又一唱一和地说起此次为了奏请恭亲王复出，连夜商量写奏折的事情。奕䜣有了些感动，也知道他俩说这番话的真实用意，便直接亮出了底牌："甲申年因我的无能而使两位师傅受牵连，十年来我每想起此事，便内心戚然。这次二位力荐，我心中甚是感激。我年纪老了，身体又衰弱，本不应出山，但二位师傅的好意我不能拂，国家大事更不能耽误。"

奕䜣看了看两位过去的搭档，接着说道："领下谕旨后，我第一个想法便是请二位师傅进军机，还像十年前那样，咱们一道办事。"

李鸿藻心里非常兴奋，表面上却以自己年老为由，依然谦逊着推让。

"我看李师傅就莫推辞了，国家正处多难之时，只能当仁不让。"相较李鸿藻来说，翁同龢就爽快得多了，"王爷未出山之前，我和李中堂早已参与了礼王的军机处会议，但有没有这个名位还是大不相同。有了这个名位，我们今后也可以打起精神来，名正言顺地办事了。"

奕䜣脸上露出一丝难得的笑容："翁师傅说得好。今日请二位来，除告知二位恢复军机的事外，就是请大家商量两件大事。"

两个老头子肃然听着。奕䜣脸上的笑容早已消失，缓缓地说道："我打算设一个督办军务处，负责调遣全国各路军队，以应付眼下的危局。我来做督办，请庆郡王做个帮办，两位师傅和荣禄、长麟一起来做会办。两位师傅以为如何？"

按照通常情况，这半年来战事的实际统帅李鸿章应该进军务处，但却没有。翁同龢虽觉意外，却不觉心中一快，他与李鸿章宿怨颇深。在对外事务上，翁同龢和李鸿藻一样态度强硬，与李鸿章的务求和局针锋相对。在处世上，翁同龢恪守士人的传统道德，以道义相交，淡若清水。而李鸿章则不择手段，拉帮结派，悄然在国中形成一个"北洋派系"，这些都让翁同龢甚为反感。更让他反感的是，耗费上千万两银子经营的舰队却不堪一击，竟让日军公然登堂入室。不处置李鸿章这个统帅，何以平民愤？

而说到礼王领衔的军机处时，奕䜣却坚持全班不动，倒令两位师傅为之一愣。看来奕䜣已非当年奕䜣，长达十年的闲置难道真的改变了一个人？两人不觉有了新的忧虑。

可军机处还需要一个年富力强、干练有为之人来处理日常事务，谁最适合呢？三人都陷入了思索。最后，李鸿藻提议让刚毅进军机处。翁同龢眼前一亮，忙点头附和。刚毅委实能干，平日待他更是恭敬，且出于制衡，再起用一个满人很有必要。见此，奕䜣干脆一锤定音："既然刚毅能干，过两天就召见，待我禀报太后、皇上再定。"

眼见窗外天色不早了，奕䜣赶紧抛出了自己的立场：此次对日战争，倘到了快撑不住的时候，还是不要忌讳和谈。两位白发苍苍的帝师对"和谈"二字一直坚决反对，闻此面色立马凝重，嘴巴紧闭。

翁同龢板着脸，一声不吭。李鸿藻则看出奕䜣都过去这么多年，还是没有放弃他一贯的以夷制夷的外交路数。他现在领军机、领总署，大权在握，他们再反对又有什么用？想到这里，这位前清流派首领也就顺水推舟地说道："王爷今日执掌中枢，国运时局，都在王爷的把握中。王爷在努力备战的同时，又在思量外国调停一路，真正是思虑周全。现在俄国既然不行，找美国公使事先联系，也未尝不可。"

翁同龢睁大着眼睛望着李鸿藻：老头子不是一贯强硬，主战不主和吗？

今日为何改变了主张？他内心在翻江倒海，嘴巴却紧闭着，索性一味沉默。

奕䜣自然知道翁师傅的立场，不想生变，忙趁势说道："就按李师傅的话办，先得跟美国公使联络联络，早做准备。另外，督办军务处得赶紧设立，第一件事便是调遣人马出山海关对付倭寇，你们看调哪部分兵力为好？"

翁同龢内心很憋屈，立马说道："近几十年来，都是湘淮两军支撑着大清的天下。这几个月来参战的人马，都是淮军班底，现在闹到这种情势，足见淮军已不可用。我看可调湘军出关，取代淮军。"

一旁的李鸿藻也点头赞成。奕䜣长叹一声，说道："也没有其他更好的办法，但谁做出关湘军的总统领呢？吴大澂总归不行，他虽有满腔激情，却没有打过仗，别省将领大概也不会服他。"

"有岘帅刘坤一呀！他也是湘军中一员宿将。论资格，健在的湘军将官中数他最老，无人不服。论官衔也最高，他是两江总督，由他领军最合适。"翁同龢忙插话。

奕䜣倒也干脆："那就这样定了，由刘坤一统领各路湘军，出征山海关。只是两江总督是要职，不可空缺，刘坤一一走，由谁接任？"

李鸿藻赶紧推荐由张之洞来接任，翁同龢不喜欢张之洞，但也不好直接反对，只好委婉地说道："王爷，刘坤一带兵出关，只是暂时的，不宜开缺他的江督一职，仗打完了还得让他回江督原任。张之洞去江宁，只能是署理，不能说是接任。"

此时，见窗外已暮色苍茫，奕䜣就拍板道："对，署理，叫张之洞以湖广总督身份署理两江。" 如此一番折腾下来，两位师傅觉得很是辛苦，见没有其他要事，便匆匆告辞。

两位老臣出得门来，只觉冷风直往心里钻，心想该来的还是会来，一时只觉内心悲怆无比。

96

自中日开战以来，局势日趋紧张，张之洞一秉当年清流本性，态度强硬，力主以牙还牙，并主动为朝廷出谋划策，运筹帷幄。他还多次致电李鸿章，向他提出自己的军事建议。威海失手后，他甚至电商自己的老部下，现已升为台湾巡抚的唐景崧，请他趁眼下日本国内空虚，派一支舰队奇袭日本本土。

可惜，张之洞的这些努力均未奏效。九月的武昌城，依然闷热无比，而中日战争形势的恶化，令他忧虑万分，寝食难安。

九月初十，朝廷颁发上谕："张之洞，着来京陛见，湖广总督，着谭继洵暂行兼护。"接到电谕时，张之洞忧喜交加，前往京师陛见，他可以直接向光绪皇帝进言。他知道光绪皇帝也是极力主张以强硬的手段对付日军，会听得进他的建议。但湖广总督着谭继洵暂行兼护，是让自己留在京师还是另有安排？他可不敢轻举妄动。张之洞的大儿子及侄子都在京城，让他们打听打听倒不是难事，张之洞忙让杨锐去拍电报询问。不出五天，张之洞长子张权已探清大体情况，拍来了一封言语隐晦的电报。张之洞一看，便知朝廷将命刘坤一赴山海关督师，张之洞署理两江总督，他悬着的心才放下了。

第二天，张之洞起了个早，将梁鼎芬、杨锐等幕僚召集到签押房商议。届时两湖政事交给谭继洵，他是不放心的，谭继洵拘谨踏实，不会乱花钱，但那么多厂局交给他怎么放心？纯粹一个门外汉，且素不喜洋务。

幕僚们众说纷纭，最后还是梁鼎芬之言最合他心意："香帅，当前要务乃是抗倭寇，湖北地当要冲，奉调北上诸军将络绎过境，运送军需、沿途照料等事，谭抚台自会应接不暇，哪有时间分神来插手局厂之事？我看再认真对各局厂主事人员来一番查漏补缺，配齐人员，以加强管理。再说，不是还有蔡锡勇总办吗？我看此次中日战争不管胜败都不会拖很久，如果继续署理两江，就干脆在两江再轰轰烈烈地办洋务局厂。"

张之洞点了点头，令杨锐去通知蔡锡勇总办及各会办、各厂局总办，梁鼎芬将各厂局总办名单都拿来，只待人齐了就赶紧议定。

转眼就到了十月初，张之洞特地于初一这天晚上宴请湖北巡抚谭继洵，并请陈宝箴、恽祖翼、瞿廷韶等作陪，而王之春已前往京师为慈禧太后祝寿，幕僚只有梁鼎芬、杨锐、辜鸿铭等少数几个亲信参加。当天傍晚，谭继洵只带着巡抚署总文案余肇康前往总督署。张之洞特地在小客厅里等候，他平日在此接待尊贵的客人或私交甚好的朋友。谭继洵一到总督衙门，张之洞忙迎至小客厅门口。谭继洵甚是意外，趋步向前行礼。张之洞请谭继洵坐下，自己就坐在一侧，感叹道："谭抚台，不觉你我同事五年了，再过几天我得前往江宁，两湖的事就托付给抚台大人了。"

"香帅客气了。谭某将竭尽全力以不负众望，不过，谭某于新政事务不在行，还得继续辛苦香帅关注。"谭继洵毕竟在官场多年，知道张之洞此去江宁也是喜忧参半，也必定为他那些洋务厂局挂心，干脆来个开诚布公。

张之洞自然明白谭继洵的用意，倒也放心不少，哈哈一笑："谭抚台，值此非常时期，两江那一大摊子就够我受的，这里的事就由你全权负责了。"

这时梁鼎芬前来招呼两位大人到场开餐。张之洞赶紧起身，谭继洵忙示意余肇庆奉上一只四方锦盒，真诚地说道："香帅此去江宁重地，自是艰辛异常，耗神殊多，谭某特地奉上东北野生人参，以示敬意！"

张之洞略略愣了一下，没想到谭继洵竟如此用心，三番五次送他珍贵的特产，却之不恭，不如爽快地收下，嘴里客气道："谭抚台太有心了，恭敬不如从命，那我就收下了。"

当张之洞、谭继洵走进小膳厅时，正在聊天的陈宝箴、恽祖翼等都忙站起来迎接，蔡锡勇也来了。张之洞笑道："感谢各位赏光前来赴宴，张某不日将赴江宁，今日略备薄酒，就此暂与各位作辞！事先申明，值此战事危急时刻，我们今日聚过，各位就不要再招饮了。来，来，都请坐。"

众人分宾主一一坐好，张之洞站起来说了些客气话，郑重地敬了大家一杯，众人纷纷一饮而尽。张之洞办起公事来一脸严肃，生起气来不顾情面，今日倒是满脸和蔼，菜肴虽不奢华，却精致可口。等张之洞敬过众人后，谭继洵也站起来敬酒，代表众人表态："香帅只管放心，我等一定将家看好，一心只等香帅回来！"如此两三杯后，惜别的意味就渐渐地重了起来，在座诸人纷纷敬张之洞酒，梁鼎芬、杨锐等几位幕僚也一一敬过香帅。至席散告别时，张之洞有些微微的醉意，眼里隐约闪着泪光。

谭继洵回到家时，卢氏还有后院厅堂里等候。见他满脸通红，浑身酒气，卢氏不禁埋怨道："老爷，身体不好，就不要多喝酒。你看你看，又喝多了吧！"

谭继洵不理她，只管躺到摇椅上养神，索性连眼睛都闭上了。卢氏姨娘见此，识趣地闭嘴。她十六岁就成了谭继洵的侧室，风风雨雨一路走来，所幸老头子在官场上还算走得稳健。自从到了武昌后，虽贵为巡抚，政务却更为繁忙，谭继洵也真老了。

她用心看了看躺在躺椅上的老头子，差不多全白了的发辫、胡须，干枯而没有光泽；瘦长多皱的脸庞，苍白而没有血色；高大单薄的身体躺在藤椅上，憔悴不堪。倘不是那身老红色缎袍，和平常人家的老头子没有什么区别。平时似乎不是这样的呀，须发虽白而面色红润，身材高大却精神饱满。今夜怎么这等了无生机？

老头子看来真是累了，卢氏心酸了，走至他跟前柔声地劝说道："老爷，都累了一天，还是洗洗上床睡吧！"谭继洵长叹了一声，缓缓睁开了眼，拉着卢氏伸过去的手，颤巍巍地站了起来，朝房里走去。

张之洞出发前往江宁的时候到了。初五一大早，武汉三镇各大衙门的地方要员早就聚集在衙门大堂，等候着交接仪式。交接仪式简单却隆重，当着众位地方大员的面，张之洞慎重地将湖广总督关防卷宗移交给谭继洵，谭继洵正式接领了湖广总督。随后，张之洞告别众人，坐上轿子往司门口汉阳门码头匆匆而去。就在码头上，张之洞和送行诸人拱手而别，就头也不回地登上江轮甲板，急急地赶往江宁两江总督衙门。

战事已然吃紧，朝廷已经明发上谕，以恭亲王奕䜣督办军务，设立督办军务处。谭继洵不敢懈怠，头一天就令饶炳勋通知陈宝箴、恽祖翼、瞿廷韶、岑春煊等地方大员来巡抚署商议战备之事。第二天一大早，巡抚衙门总文案余肇康来得最早，一进签押房就恭敬地上前相见："敬帅，香帅去了江宁，两湖重担就挑在您肩上，且兼有节制军事的责任，卑职庆幸能为敬帅效劳！"

余肇康本两湖书院提调，在此非常时期，谭继洵让他两边兼顾。他这声"敬帅"叫得谭继洵既开心又熨帖。随后而来的其他几人，见余肇康开了个头，纷纷"敬帅""敬帅"地叫了起来。谭继洵身着灰色丝长袍，头戴黑丝帽，精神焕发，很是威仪。上唇白胡子将嘴巴遮住一半，下巴上也留着山羊胡须，头发梳得整整齐齐，更显庄重。

谭继洵向来看重陈宝箴，待众人坐定，便询问他："右铭兄，昔日你曾在湘军营里任事，今日倭寇已入侵我旅顺、奉天，而奉天乃我朝重地，朝廷整日调兵遣将，你看我们两湖当何以自处？"

陈宝箴神情严肃，略作沉思，说道："敬帅，此次倭寇来势凶猛，湖北地处要冲，又临长沙之险，得尽早谋略！"

陈宝箴此言正中谭继洵心意，干脆问道："两湖乃南北相交之要地，现在湖北提督吴凤柱、湖南提督娄云庆均已奉命北上，两湖军事如何保障？"

陈宝箴担任湖北按察使、布政使多年，熟知湖北的家底，当仁不让地提议道："敬帅，既然朝廷设立了督办军务处，我们不如也设立一个湖广军务处，专门办理军务之事，为了以示区别就称营务处，这样有利于内外交通，不至于耽误大事。"

谭继洵点了点头："右铭兄和我想到一块去了，不知你们有没有适合的人选？"

瞿廷韶说道："这个湖广营务处当由敬帅挂帅，右铭藩司大人调度一切事宜，另崧耘臬司大人等都参入，如何？"

谭继洵沉思了一会儿，缓缓说道："耕莆说得有道理。在座的各位都是地方要员，当仁不让地列入营务处，但还得有个具体操办的得力干将，各位有理想的人选吗？"

陈宝箴向来正直，敢于任事，直言相告："敬帅，据我所知，沅州黄忠浩泽生，通经术，以优贡生入赀为内阁中书，现主沅州书院讲席。去岁来武昌城，我曾和他有过一席深谈，发现他不仅相貌魁梧，且颇懂军事，为练武之人！现为急需用人之时，黄忠浩诚为可堪重用之才，不如招来为我所用。"

谭继洵眼前一亮，连忙表态道："右铭兄，既然如此，此事交给你去办，令其速来武昌！"

随后，众人将各自职责内的情况大体汇报了一番。到午饭时，谭继洵站了起来，抱歉地说："现在我们都要节省着过日子，府里略备了简单的饭菜，大家就在府上吃了再回吧。"

午餐果然简单，众人倒不以为意，吃完便各自散了。

97

形势日趋紧张，奉调北上诸军络绎过境，运送军需、沿途照料等事，果真应接不暇。谭继洵随后又就军务处的设立与陈宝箴、恽祖翼、瞿廷韶等商议后，很快就设立了湖广营务处，由陈宝箴为总领，并拨出抚署西首公廊为办公议事之所。黄忠浩也来了，三十来岁的模样，个子虽不高，但相貌孔武有力，行为举止端庄有礼，对时事看法中肯。谭继洵略微问了他些关于军务的问题，见黄忠浩对答如流，很是满意，当即令他担任湖广营务处坐办。

至十月十五日，陈宝箴调任直隶布政使，虽说他因孙子陈衡恪成婚，得推迟赴任，谭继洵仍怅然若失，觉得失去了一个得力耿直的帮手。那天傍晚，从签押房回到后院，谭继洵特地交代卢氏："交代厨房加两个菜吧，我今天请新任营务处黄忠浩喝个酒。"

谭继洵换上便服，刚到书房，饶炳勋就领着黄忠浩进来了，随后余肇康也来了。真是巧事，几个竟都是湖南同乡，谭继洵温和地招呼大家坐下。余肇康率先开口："敬帅，我刚刚去看了营务处，不想只有几天工夫，泽生就安排得妥妥帖帖。"

谭继洵微笑着点点头："泽生辛苦了。于营务处，可有什么想法？"

黄忠浩忙站起来道："敬帅，承您厚爱，感激在心。现在中日战争形势危急，湖北地处要冲，兼有江防之险。我认为第一要着是要训练好自己的军队，万一倭寇打过来，还有可以抵挡的力量，也可以防止刁民生变。第二，境内有湖北枪炮厂，战争吃紧，对枪炮需求就更大，应督促枪炮厂赶制火器，朝廷急需便可随时供应！"

余肇康朝黄忠浩竖了竖大拇指，赞道："泽生兄说到点子上去了，调集湖北各军加强训练，武靖营要枕戈待旦，至于赶制火器更是头等大事！"

黄忠浩忙客气道："泽生虽然略通军事，比不上余大令在敬帅身边，知晓全局大事。"

谭继洵笑了："两位仁兄不必过谦了。我看泽生说得在理，尧衢明日随同泽生去查看武靖营战备事宜，再详细报告予我。"

饶炳勋趁此建议："敬帅，眼见着公务日益繁忙，军务更是紧急。复生回浏阳已有一段日子了，想必修谱的事情办得差不多了，不如让他早日回武昌，也可以为敬帅分忧。"

谭继洵想了想，说道："仙槎倒是提醒了我，你明日写封信给复生吧，让他修完谱就赶紧回武昌，也让他了解下当前的形势。"

见事情议得差不多了，谭继洵招呼道："天晚了，我看还是先去膳厅吧，边吃边聊。"也是近来压力太重了，谭继洵胃口不佳，吃不多时，便放下了筷子，闹得众人也纷纷停箸。谭继洵忙说道："你们好好吃，不要受我的影响。我今天有些乏力，先告退。仙槎，你招呼大家吃好。"站起来摆摆手，走了。

谭继洵回到后院，见卢氏、魏氏都在小厅里等他。卢氏姨娘迎上来："累了吧？"谭继洵点了点头，回过头却对魏氏说："你的病好些了吧？还是咳嗽？请马医生看了吗？"魏氏垂手立在一旁道："谢谢老爷，马医生真是神医，吃了他带来的西药，咳嗽很快就好了！今日身子好些，就来迎老爷。"谭继洵点了点头，卢氏对魏氏说道："现在老爷回来了，你身子弱，就早些回房吧！"魏氏抬头看了看谭继洵，见他也没言语，便应道："好，那老爷早点歇息吧。"说完，径直低头出门，不想让卢氏看到她眼里的泪花。

魏氏走后，谭继洵说了卢氏几句："你也是当姐姐的人，怎么就如此容不得人，让她多待一会儿都不行？"卢氏只装作没听见，叫王妈打来一桶水，服侍着谭继洵洗脸洗脚。谭继洵躺到床上，却好久没睡着，想想纷乱的家事，想想危急的国事，心里止不住连连叹息：要是瓣姜仁兄还在府里就好了，毕竟有个知心人可以说说话。他没想到欧阳中鹄已然从京城出发，在回南方的路上，不日即返回武昌城了。

第二天上午，余肇康就领了黄忠浩前往武靖营查看战备。待傍晚时分，他们赶回签押房，谭继洵竟然还在等他俩。听了武靖营的情况，谭继洵以少有的果敢决定，令黄忠浩从明日起统领武靖营，并辖营务处。黄忠浩深感谭继洵对他的看重，再三表态：一定竭尽全力领好武靖营，管好营务处，不负敬帅期望！

98

眼见中日战争日趋激烈，朝廷节节败退，日军将战火燃至辽东半岛，充武殿试填榜官的欧阳中鹄非常失望愤慨。十月上旬，家里来信，其父坟墓被水所浸，他大为伤痛，请假回籍修墓。朝中同僚对他此举不以为然，多加非议，认为他借此逃避。这反而更坚定了他返乡的决心，且早早收拾好了行李。他甚至还给好友王芝祥写了封告别信，倾吐了自己的不满："此次乞假，出于义无可逃，惟求此心安定。横加议论者不察所以然，多以去非其时，疑为规避职责。"

就要离京师了，这天下午，天降小雪，欧阳中鹄的心情比寒冷的天气更糟糕。同乡兼好友张百熙来他租住的小房子看望他，一见面，张百熙就说："瓣姜仁兄，你昨天来我家作辞，我刚好上衙门办事未归，真是抱歉。"欧阳中鹄大为感动，忙将他迎了进去，无奈地说："埜秋仁兄，百善孝为先，先父坟墓遭水浸，急需修缮，作为人子我请假南归有什么错？阁臣陆润庠等也请假南归，而众人独指责我，实在不公。"张百熙忙安慰他："瓣姜兄，别人不理解你，我理解你，你是至孝至纯之人。早几年蔚庐就去了河南，两个月前芝生也赴江苏学政任去了，现在你又要南归，几年间朋友都风流云散，留下我孤身一人。"与那些尸位素餐，信奉"多磕头，少说话"的官员不同，张百熙勇于任事，敢于直谏，不畏权贵，此番言语令欧阳中鹄大感慰藉。

见张百熙伤感起来，欧阳中鹄心里也不好受，拿出早些时候买的点心、花生米和酒，招呼着他坐下。两人边喝边聊，聊至中日战事时，悲愤不已。欧阳中鹄道："埜秋仁兄，倭寇已准备多年，此次挑起战争，所向披靡，只怕前景不妙呀！"张百熙摇了摇头，一声长叹："瓣姜兄，倭寇自明治维新以来，力求革新，推行西法，国力大增。我大清朝再这样下去，自是前景不妙。"两位好友，既为离别在即而伤心，也为中日战争而忧心，都喝得醉意大盛。临告别时，张百熙摇了摇欧阳中鹄的手，再三强调大后天他一定要来送行，才步入了纷飞的雪花之中。

出发头天一大早，学生沈兆祉、龙绂瑞一同来看欧阳中鹄，还特地给他买了一件新的蓝色长棉袍、一顶黑色的瓜皮帽。毕竟是学生，见欧阳中鹄平时节俭，舍不得添置新衣，在此寒冬季节在外奔波不能不预先备上御寒的衣帽。

终于可以出发了，十月十一日大早，欧阳中鹄就起床了。到院子里看看天色，风冷，但天色很蓝。沈兆祉、龙绂瑞、张百熙先后赶到，欧阳中鹄早雇好了骡车，行李已搬到车上去了。张百熙几人都决意送至朝阳门，但欧阳中鹄回绝了他们的好意，在住所大门口一一道别。张百熙依依不舍地说道："瓣姜仁兄，一路多保重。" 沈兆祉、龙绂瑞两眼泪汪汪地将欧阳中鹄扶上了车，欧阳中鹄朝众人摆了摆手，马车直往朝阳门而去。

甲午战争前，《申报》发表文章《论中国之兵可胜日本》，惹得朝野上下主战情绪持续高涨。然而，只有李鸿章等少数人知道，此时的中国是外强中干，没有把握打败日本。战争爆发以后，不断传来的战败消息，朝野上下为之震动，慈禧太后终究没能在颐和园举行"万寿庆典"。平壤之战清军大败后，所有驻京的外国官员都害怕战败的消息会激起中国人的仇视，至十月初开始大批撤离京师。有识之士虽深感忧患，但偌大的京城毫无大兵压境的感觉，仍沉浸在一片麻木与安宁之中。

欧阳中鹄很顺利地赶到通州，坐上了轮船，到天津换上海轮，直达汉口。当他看到对岸的武昌城时，不由百感交集，他已离开武昌两年了。念及在湖北巡抚衙门总理文案的日日夜夜，不觉有些恍然：不知敬甫、右铭等老友可好？复生长沙乡试可否回来了？带着这些牵挂，他便雇船直奔武昌城而来！

这天，谭继洵正在签押房为筹款一事烦闷，饶炳勋笑着走进来通报："敬帅，您看谁来了？"谭继洵疑惑地抬起头来，但见欧阳中鹄穿着整洁的蓝色长棉袍，正微笑着站在门口。他连忙从书案后立起身，欣喜之情溢于言表："瓣姜仁兄，什么风把你吹来了？你瘦了，可喜精神甚好，快快请坐！"

走进熟悉的签押房，欧阳中鹄感慨万千，看了看谭继洵道："敬甫仁兄，您现在署理湖广总督，又是非常时期，应是更劳累了。"

谭继洵摘下帽子，指了指自己满头花白的头发，自嘲地笑道："瓣姜仁兄，你看我的头发都白得差不多了。天天为调兵为筹款而忙碌发愁，你这一路走来，各地形势如何？朝廷天天电报，我怎么感觉到形势并不妙啊。"

欧阳中鹄叹了口气，神色黯然道："敬甫仁兄，一路还算顺畅，但谣言甚多，纷纷议论旅顺已失，倭寇大肆杀戮。"又说了乞假回籍替父修墓之事。

谭继洵也神色黯然道："瓣姜仁兄，你路上听到的谣言，已经是事实了。就在十月二十四日，日军占领了旅顺，已经开始大屠杀了，到底结果如何，暂时还不清楚。"

欧阳中鹄一听，愤慨地说道："旅顺百姓遭殃了！战局凶多吉少，敬甫仁兄，你的感觉是对的。倭寇铆足了劲，专挑这个时候发动朝鲜战争，现在又得寸进尺，所图甚巨！大清的海军已受重创，只怕有全军覆灭的一天，还不如早日言和，还可多些筹码。若是战到最后，倭寇长驱直入，再去言和就被动了。"

谭继洵愣愣地看着欧阳中鹄，愕然地说道："此时战况也未明了，瓣姜兄平日也是极为爱国之人，以忠孝自期，今日怎么说些早日言和的丧气话呢？"

欧阳中鹄顿足叹道："敬甫仁兄，你也知道现在形势危急，一波波的兵力调入前线，战局却每况愈下，倭寇虎狼之心已昭然若揭，不趁早图谋，后果不堪设想！"

谭继洵原本就内心焦虑，见欧阳中鹄说来激越，内心也翻江倒海起来，但他毕竟身为总督，忙按捺下满腔悲愤，转换话题："瓣姜仁兄，你此次回籍修墓后，还会回京城任职吗？"

欧阳中鹄直言道："敬甫仁兄，实话说吧，鄙人一时义愤乞假回乡，倒没认真想还回不回京城任职，看形势吧，鄙人倒希望能有一府之地或一县之域施展自己的抱负。"顿了顿，他又说："这么多年来，曾文正公、李少荃公都在积极推行洋务事业，包括香帅的铁政局、铁厂、枪炮厂等都是洋务，但治标不治本，朝廷到了非变法不可的地步。"

谭继洵没想到好友竟然也讲到变法，之前嗣同也偶尔谈过变法之事，他从来没有想过这个问题，也想一探究竟，便问道："瓣姜仁兄，你说朝廷亟需变法，朝廷可有此意？又该如何变呢？"

"朝廷非废除当今之科举制度，改习西法不行！"欧阳中鹄仿佛思考很久了，在老友面前毫不隐瞒自己的观点。

谭继洵正想仔细询问，黄忠浩走了进来，手里拿着一沓文件。谭继洵忙为他俩介绍，黄忠浩上前作揖："幸会瓣姜前辈，常听巡抚署里幕友们说起您，众人都极为钦佩您的学识和才干。"

欧阳中鹄谦逊地回道："如此褒扬，老夫甚是惭愧。还是后生可畏！之前就有人在我面前夸过泽生兄，说你不仅学问好，且懂军事，现在正是你们年轻人为国大展身手的时候。"

谭继洵知道黄忠浩找他商谈武靖营操练及调兵北上之事，回过头对饶炳勋说："仙槎，瓣姜兄是自己人，你将他领到后院客房，让他先休息休息，今天晚上我们为他接风洗尘。"欧阳中鹄拱手退出。

到了傍晚，余肇康、黄忠浩、饶炳勋等都来了。就在这一天，巡抚署收到中日战争的最新战况，日军对中国旅顺平民进行了为期四天的大屠杀，幸免于难的不到四十人，还是为了掩埋尸体。余肇康含泪说起战事，老友久别重逢的喜气荡然无存，大家都没心情吃饭，放下了筷子。谭继洵也只好招呼大家到后院书房喝茶。

来到书房，话题还是绕不开当前的战争，谭继洵忧虑重重："武汉尤为数省冲要，全无战守之具。万一战争打到湖北湖南一带，如何是好？"

欧阳中鹄愕然道："湖北不是有枪炮厂吗？按理比其他地方要好！"

黄忠浩说道："瓣姜前辈说得在理，但湖北枪炮厂所造枪炮已解往前线了，还远远不够！那枪炮也是白花花的银子呢，现在不光缺不怕死的将领不怕死的兵，也缺银子！"

谭继洵叹了口气，幽幽地说道："时局艰难，江防废弛，且不说其他，长江上下数千里之炮台，皆彭刚直二十余年所经营，坚牢且得地势。刘岘帅与彭公有隙，再莅两江总督，信曾广照之谀辞，竟将炮台一律拆毁更造，糜钱六百万串，既不得地势，又粗劣不堪一击。他日有警，又该算谁的责任呢？"

听谭继洵如此一语，欧阳中鹄满面愤慨，大声地说道："谁料我堂堂中华，简直败坏到了极点，一无可恃！由此看来，朝野上下，必要更新。所谓可与民变革者，皆变革之；其不可变革者，如纲纪道德，愈从而敦厚之；积中不败，然后鞭笞四夷，是以有酌取西法。"

变法，变法，谭继洵也点头称是，但到底该如何变？众人心里眼里都是焦虑。

99

欧阳中鹄白天听到的坏消息，令他比在京城时还悲愤万分，一夜辗转到天明。回过头来看，他更加佩服张之洞，将来有机会一定与张之洞探讨关于变法的思考。起床时，他想了想，决定先去探访陈宝箴。陈宝箴为人忠诚正派，才干超群，素有清声，是他敬重之人。现陈宝箴已补授直隶布政使，但没有卸任湖北布政使。

当陈宝箴见到欧阳中鹄那一刻，由衷地笑了，忙站起来迎接。欧阳中鹄用心看了看陈宝箴，虽头发和胡子均已花白，倒是精神焕发。待欧阳中鹄坐定，陈宝箴关切地问道："瓣姜兄，从京城而来，一路可否安靖？"

欧阳中鹄知道他极为关注时事发展，坦率地回答："谢右铭大人关心，一路行来虽然谣言不断，但还安靖，只是此次中日战争前景不容乐观。"

"瓣姜兄，何以见得？"

"如果要我说实话，我大清国在此次中日战争中，战事必败，且现在败象已露。海军素为朝廷所倚重者，已辛苦经营十载，不过虚有其名。所仿西法，又仅袭其皮毛，无一实事求是，自是不堪一击。"欧阳中鹄说来沉重，顿了顿，又补充道，"就在我出京城前后，详细研究了泰西之政治法度，对于外国何以强，中国何以弱，初步明白其中之缘由，内心更加惶恐。"

"瓣姜兄，我没想到你的头脑如此清醒，看待问题如此准确。不得不承认，日本有备而来，而大清国却被动挨打，真让人心急如焚。"陈宝箴乃真性情之人，说到这里泪水汹涌而下，签押房里一片安静。

欧阳中鹄渐渐镇定，止住泪说道："右铭大人，中国确实到了亡国灭种的存亡关头，非变法无以图存的地步。至于目前，不如趁尚未大败时言和，还可多些言和的条件，还可少受些损失！"

陈宝箴陷入了沉思，缓缓说道："大清国的确应该变法图强，但远水解不了近渴，变法也不能一蹴而就，只有待战后再说。当前湘人尤忠义奋发，抚湘之吴中丞，亦复踔厉往前，督师躬临前阵，或许还可抵挡！"

欧阳中鹄摇摇头，正待回话，忽见陈三立从门外走了进来："瓣姜师来了，有失远迎呀！"欧阳中鹄忙站起来作揖，陈三立还礼道："瓣姜师，岂敢岂敢！快请坐！"

欧阳中鹄极为欣赏陈三立，佩服其诗文神采飞扬，且为人稳重。他还在巡抚署时，曾就自己所写的五言古诗向陈三立请教。陈三言竟然一眼看出他遵奉"王派"诗学主张，还为他题词，至今想起依然令他感动。

"瓣姜师，我还在门外就听您说，中国已到非变法无以图存的地步。我深以为然。可恨李鸿章，花了那么多白花花的银子，都练兵十年了，可黄海一战就遭受了重创。"陈三立说来异常气愤。

"瓣姜兄，不瞒您说，现在刘岘帅已入山海关，在催促我北上，有意让我负责东征粮台。一旦衡恪婚事办好，我当即出发北上，尽力保证前方将士不缺食少衣。"陈宝箴转移陈三立挑起的话题，他太知道儿子的性格。

"果变一切法，十年之间，必足自立。"欧阳中鹄断言道，"早有人向朝廷提出了变法的建议，也有人已经在着手推行新法。比如龙芝生兄出任江苏学政后，当机立断为学界引入格致新学，购置译书、仪器，建立西学的分科教学规程，决意为地方培养新型人才。谭文卿致函敬帅，讥讽龙某老不更事。他本人保守偏执，才是老不更事。"

陈宝箴眼前一亮，赞道："芝生兄果真识大体，着力干实事，积极推动西学，佩服佩服！"

很晚了，欧阳中鹄才回到巡抚署后院客房。

此后半月间，欧阳中鹄不时出去访友，也有友人到巡抚署来回访，却总不见嗣同回武昌。

谭继洵很想留他在巡抚署帮忙，但欧阳中鹄却急于赶回浏阳。十一月十五日一大早，他就坐上了驶往长沙的帆船。就在同一天下午，谭嗣同与唐才常双双到达汉口，师生三人擦肩而过。

第二十二章：自号

100

嗣同回到浏阳谭府，徐老伯可高兴坏了，乐滋滋地跑上跑下，一时问想吃什么菜，一时问要不要添茶。师中吉也来问寒问暖，就家里各田庄收租的事情来征求他的意见。嗣同只是让师中吉自己处理，或者按父亲之前的吩咐办。

谭氏家族重修族谱已热火朝天地开始了，大公子谭嗣棨见嗣同回来，便让他撰写众位谭家先祖家传。

当天晚上，唐才常闻讯前来探望嗣同，两位好友一见面，紧紧地抱了抱。唐才常已知嗣同科考失利，也深知好友复杂矛盾的内心，正要说几句安慰的话，嗣同却从书案上拿起一只铜墨盒递给他，说道："佛尘，你看看，这是我去年进京城时给你在松竹斋定制的墨盒，你看看喜欢吗？"

唐才常欢喜地接过来，但见小小的方形铜盒上，一幅精美的山水画卷一览无余：有苍松翠柏，有小桥流水，画工精细，意境悠远。近前，一位钓者怡然自得地坐在河边垂钓，身后两株老树一株枯萎，一株发出新芽。远处重重叠叠的青山，山脚下绿树掩映着一栋房舍。唐才常抬头触到嗣同熠熠的目光，连连致谢："复生兄，谢谢你常惦记着我。这个铜墨盒真好。"

嗣同微微一笑："佛尘，你是我最好的兄弟，你喜欢我就高兴。世伯近来可好？"

唐才常谢道："父亲大人身体健旺，依然在枨冲乡下教馆，母亲大人在家料理家务。只是家里人口多，去年二子有壬出生，负担更重了。我承瓣姜师照顾，在他家教馆，收入不高，闹到父亲大人还得外出谋馆，真是惭愧！"

嗣同听说唐才常又添一子，忙致贺道："佛尘，恭喜又添丁了，我这里可要备个红包。"慌得唐才常忙回道："复生兄，可不必破费，且说说中日战争的事。在浏阳这个偏僻之地，信息不灵通，只知中日战争已于七月初一开战，现在是个什么状况，快说说吧！"

嗣同神情严肃起来了，他一回到家里就收到父亲从湖北写来的信，信中谈到了战事。他叹了一口气说道："情况不妙。八月十八日，黄海海战爆发，北洋舰队受到重创，'超勇''扬威''致远''经远'军舰沉没，管带黄建勋、林履中、邓世昌、林永升等殉国。形势日趋危急，岘帅奉命赴山海关督师，香帅署理两江总督，父亲大人兼署湖广总督。现在日军已分两路进犯，一路辽东，一路山东，步步推进，各省都在调兵遣将，只怕凶多吉少。"

唐才常一听，大惊失色道："日本弹丸小国，竟然如此凶猛，我大清国北洋水师，说是当今第一海军，竟然挡不住他们。"

嗣同冷冷一笑，道："佛尘，倭寇虽然人数不及咱们泱泱大国，但人家自明治维新以来，国力大大增强，枪炮先进，军舰先进，士气旺盛，自然节节胜利！"

"复生兄，这个窝囊气真是咽不下去。"唐才常急红了眼。

"佛尘，真正有战败那一天，不咽都得咽。我们国力不强，要枪炮没枪炮，要人才没人才，真是不堪一击！"

两人越说越沉重，一旁的师中吉劝道："七爷、佛尘公子，你们得到的是旧消息，说不定前方已打败了倭寇，将他们赶出去了呢！时候不早了，七爷旅途辛苦，还是早点休息吧。"两人这才作罢，唐才常告辞出门。

接下来的日子，因着嗣棨不时催促，嗣同只得静下心参与到修谱一事中去。一篇篇家传上交，嗣棨暗暗称赞，众人也争着阅读嗣同的锦绣文章。但嗣同心绪一直不高，都回家二十来天了，嗣棨交代的任务差不多完成了。此时已至十月半，天气渐凉，都得穿夹袍了。这天午饭后，嗣同来到后花园，很惊奇地看到之前被雷劈倒的梧桐树旁竟然又长出一棵梧桐树，都有几丈高了，树叶已落，暗绿的树干更显庄重。嗣同站在树下，暗自感叹：这棵梧桐树，是不是之前那两棵梧桐树的转世呢？生命如此残酷，又如此神奇！

正在这时，唐才常、欧阳自耘走了进来，后面还跟着欧阳自耘五岁的儿子立袁。唐才常笑道："复生兄，力耕跟我一起来看你，你躲在花园里想什么心事？"

欧阳自耘是老师欧阳中鹄的儿子，诗文均好，因身患肺疾，不能劳累，平日就在家照管家庭，读读书，也不去追求什么功名。每次回浏阳，不管欧阳中鹄在不在浏阳，嗣同都要去老师家里走动走动，和自耘成了好兄弟。而在自耘看来，浏阳士子以嗣同走过的地方最多，是邑中最能通达中外形势的人，特别尊重他。

嗣同忙上前和两人相见，拉了拉小立袁的手。小立袁长得虎头虎脑，他很惊奇地看了看嗣同，天真地问道："复生伯伯，他们都说你少时就爱骑马射箭，还会武功，几个人都打你不赢，我可佩服你了。"

孩子的话引得大家都笑起来，令这个初冬的花园有了生机，嗣同笑着招呼大家进书房喝茶。小立袁紧紧地拉住嗣同的手，娇嫩的小手给嗣同奇特的感受。他想到早殇的兰生，心想兰生要是活着，也正好是小立袁这么大了，一时间内心满是忧伤。

欧阳自耘告诉嗣同："复生，前段时间雨水太多了，我先祖父祖母的坟墓都让水浸坏了。父亲大人得知后着急得不行，定要告假回籍修墓，可最快到十一月初才能回得来，我想得趁天气好时先动工。"

"瓣姜师会回浏阳，太好了。力耕兄你身体不好，倘动工了就让我替你到山上守几天工地吧。"嗣同忙说道。

"复生说得对，瓣姜师是我们的恩师，到时就让我和复生轮流守几天吧。"唐才常也道。

欧阳自耘深为感动，此时随手拿起嗣同书案上的一沓文稿，惊讶地问道："《〈仲叔四书义〉自叙》？复生兄，你这是什么意思？"

嗣同的神色为之一暗，缓缓说道："力耕兄，说来惭愧，自二十岁以来，我就为应试南北奔走，常与家人离别，行程数万余里，为之耗费了太多时间和精力。现在我都三十岁了，回过头来看，那些时文又有什么实用价值呢？特别是当今之世，倘天下士人都困在时文之上，不去钻研实用之学，大清国就无药可救了。这篇自叙，便是因此而生发。"

"复生兄，你说得太对了，那些死板的八股文，作得再好，也毫无实用价值。大清国现在国力衰弱，连弹丸之国日本都对付不了，说来真是耻辱！"唐才常越说越激动，猛地站了起来。

　　嗣同的大眼睛灼灼发光，言辞铿锵有力："我谭嗣同发誓，从此坚决不写时文，从此与科举决裂，不再踏入科场。"好似耗尽了全身力气一般，他顿了顿又说："也因此，我将所找到的我和仲兄嗣襄所写的时文编成一册：一为与八股文长辞，一为留下遭受科举困厄的实证，使得后来之人庆幸八股文被舍弃。"

　　欧阳自耘看了看他俩，没有作声，他也真是想不通，嗣同才情满腹，文采飞扬，科考却连连不中。

　　这时，南台书院主事邹明沅也来了，急匆匆来打听中日战争的进程。唐才常便将嗣同所讲的战况一一道来。邹明沅气愤得连连拍着书案："堂堂大清国，英、法、俄等国对付不了，现在竟然连弹丸小国都敌不过。"

　　"岳生兄，倭寇早就抛弃了中国这个师傅，近十多年都在向西方先进国家学习，经过明治维新，国力大为增强。"嗣同忙提醒他。"复生兄，明治维新？维新既然能增强国力，我大清国怎么不进行维新？"邹明沅急切地问道。

　　"岳生兄，你是南台书院执事，最清楚现在读书人都在读四书五经，科考依然在考时文，如此人才怎么能进行维新事业？维新，就要学习算学、化学、天文学等格致新学，如此才能掌握科学技术，至少可以做到炮利船坚。"连邹明沅都不懂维新，嗣同既意外，又不意外。

　　邹明沅听了，一时间受到了触动，陷入了沉默。

　　师中吉端了一壶酒过来，一一为他们几人斟上，他笑着说："七爷，敬客人一杯吧，今天是个特殊的日子，你从此不用再参加科考了。"

　　嗣同感激地点点头，心想，知我者鉴吾也。

101

　　母亲徐五缘依然那么慈祥，正满怀关切地看着嗣同。嗣同朝母亲奔去，母亲却转眼不见了。他醒了，窗外传来淅淅的雨声，有浓重的寒意袭来。母亲已经离开他二十年了，这二十年来母亲不时浮现在他的脑海里，每次回到浏阳，他都要去母亲坟上拜祭。这次回到浏阳，他竟还没有去，欧阳自耘已经在修先祖父祖母的墓地，前几天嗣同还特地帮自耘在山上守了两天，念及于此，他对母亲愧疚不已。

　　谭府一片沉静，远远地有公鸡在叫，时间还早。他来到隔壁书房，提起笔开始写《先妣徐夫人逸事状》。此刻，对母亲的思念滚滚而来，母亲的形象在他的字里行间浮现。当他写完最后一个字时，早已泪流满面，泪水模糊了他的视线，也模糊了几处字迹。抬头看看窗外，天已放亮，他试着站起来，却发现双脚已然发麻。他挣扎着站了起来，在屋子里活动一会儿，打开门一看，雨已经停了。

　　嗣同侧耳听了听，后院厨房已有人在忙碌，不一会儿，师中吉来到了书房，关切地问道："七爷，这么早就在写文章，冷么？我赶紧生炭火。"

　　嗣同道："我不冷，鉴吾，你去准备些香烛纸钱吧，还有三样供品。母亲大人生日在这个月底，过几天我们就得出发去武昌了，不如今天就去墓地拜祭吧！"

　　师中吉看了看天色道："昨晚下半夜还在下雨，这会儿虽然停了，只怕路不好走。"见嗣同没吱声，又赶紧说道，"好吧，我赶紧去准备，七爷你也穿厚实点。"

　　匆匆吃过早饭就上路了，路也实在泥泞，风也有些刺骨。但嗣同的心是如此急切，师中吉提着一竹篮香烛供品吃力地追赶着。来到墓地，一眼瞧见母亲的坟墓，坟头上那些枯草刺痛了嗣同的心，他的泪又淌了出来。师中吉将供品摆好，嗣同则将香烛点上，重重地给母亲磕了几个头，跪在地上不起身，也不管棉袍已然湿透。师中吉也跪在地上磕头，喃喃自责："老夫人，七月半时我已代七爷给您烧过包了，但过了清明不能动土，您坟头上的枯草都长这么高了，这个只能怪我没事先拔净，还请您老人家不要怪罪！"

嗣同也暗暗地对母亲说："母亲大人，都是儿子不孝，不能怪鉴吾没做好，今后我一定交代徐老伯及时清扫。"哭了一场，才依依不舍地回家。当《先妣徐夫人逸事状》编进《谭氏族谱》时，嗣同的心才安妥了些。

102

已是十一月初了，嗣同得知欧阳中鹄将在武昌停留一段时间，就急着要去见老师。这天一大早，唐才常就背着行李来到了谭府。原本唐才常在欧阳中鹄家教馆，收入毕竟有限，为与老父分忧，决定和嗣同一同到武昌，看能否依靠谭继洵图谋出路。

眼见着嗣同又要离开了，徐老伯眼眶红了，默默地跟在他身后，送到周家码头。直等到船行得很远了，他才恋恋不舍地转身往回走。嗣同心里很不好受，每次离开浏阳，徐老伯都要伤心一场。自从七月上旬离开武昌，至今三个多月了，他已归心似箭，担忧闰娘在府上过于孤单，也担忧老父在此非常时期过于劳累，更挂心着中日战争的进程。

到了长沙后，依然租了只到武汉的船。木帆船时快时慢，倒是一路天晴，几人聊聊天，看看岸上的风景，于十一月十五日抵达了武昌。几人风尘仆仆地回到巡抚衙门后院，得知欧阳中鹄当日才走，自是遗憾万分。

嗣同先去谭继洵书房，一一报告了刘绍棠丧事、科考及修谱、家里田庄之事，谭继洵认真地听着，偶尔插问几句。直至嗣同讲完了，他只追问了一句："你当真从今以后不再参加科考，我也不勉强，那就走候补的路子。"嗣同深知候补之路的艰难和无趣，正要反驳，谭继洵狠狠地横了他一眼，一副恨铁不成钢的模样："都考了六次科考了，你明年就满三十岁，再任性妄为就说不过去了。年后你就得图谋候补之事，从明天起你就到签押房里来帮忙。"

嗣同只得快快地退下去，也不敢再带着唐才常去拜见父亲，只得等明天再说。第二天早饭后，嗣同带着唐才常一同到签押房，谭继洵倒是挺和蔼，问了唐才常科考之事，叹道："佛尘年轻有为，自会前程无量，今后取得了功名，就诚挚邀请你来巡抚衙门帮衬。令尊学识超人，一直于乡间教馆，也是难得。既然来了，就在府里多待些日子吧。"见其他幕僚陆续进来请示事情，谭继洵就端茶送客，唐才常和嗣同先行告退。

唐才常在湖北巡抚衙门后院住了两三天，见在巡抚衙门任职了无希望，就搬到司门口斗级营万元栈。眼见着离家快半个月了，带出来的盘缠所剩无几，家里还等他的钱过年呢，心里焦急万分，乃托嗣同打听打听，看能不能在武汉谋到教馆。嗣同平日如空山之云，天边之鹤，清高绝俗，从来不肯为了自己的私事求人，现在却为唐才常谋馆四处奔波，力求好友有一处可以栖身之地。

这天上午，嗣同听余肇康在签押房说起，两湖书院上次招生尚有五个名额，拟于十二月初十日考试。见他拿着一沓电文稿往外走，嗣同忙跟了出去："余太守，请留步，有事相商。"余肇康忙立住脚，笑道："七公子有什么事？"嗣同也不绕圈，直接问道："余太守刚才说起两湖书院招生可是真的？我好友唐佛尘考生员时是湖南小三元，曾在岳麓书院、校经书院附课，现在在武昌，可否来投考？"余肇康笑了，说道："如此人才，自然可以，我这里先给他记个名，但还需前去书院报考，只等初十的考试吧。"嗣同称谢告辞。

午饭后，嗣同就直奔万元栈，正巧唐才常刚从刘善涵那里回来。嗣同面露喜色道："佛尘，之前替你跑了好几处，恽祖翼叔谋道员处倒有几分希望，你过几天可上门去看看。今日倒有个好消息，余太守说起两湖书院尚有五名课额，你不如先去考考，万一没谋到好差事，上书院读书倒是很好的退路。"

唐才常一到武昌，就和嗣同、刘善涵去浏览过两湖书院，看过刘善涵所在的斋房，特别是那间大图书室，有许多平日难得一见的西学书籍，且待遇不错。他眼前一亮："真是好消息，不失为好退路，我等会儿就赶去报考。倘若考中了，即便教馆薪资不甚丰厚，都可勉强接受。"

嗣同悄悄地吁了口气，父亲大人不为佛尘安排差事，他也没办法，争取了好几次，父亲都没吭声。前几天浏阳邹明沅专程来武昌求职，父亲也回得一干二净，说幕府现在人已齐了，也无其他适合的职位。昨天晚上，邹明沅前来辞行，说既是没有理想的职位，他这一两天之内就回浏阳，都快过年了。

嗣同将手里的布包递给唐才常，有些难为情地说道："佛尘，这里是二十两银子，你就寄回浏阳家里过年用吧。你也知道，家父平时都是按用度给钱，我今年超支了，囊中羞涩。陈曼秋早在北京时借了我的钱，原以为今年可还我些。他却写信告诉我，今年还不上。我只好七挪八借，为你筹了一些。"

唐才常知道陈曼秋乃陈长橿，为浏阳南乡人氏，与复生年龄相仿。陈家境贫苦，却科举顺利，十八岁便中举，走上仕途，于光绪十八年（1892年）外任湖北宜都知县。念及此，他忙给嗣同深深地作了个揖，谢道："复生仁兄，已经很感激了，在此谢过。一旦考上了两湖书院，我再找个教馆，情况就会大为改观。"嗣同这才释然，他实在最怕借钱，这次为了好友也是两肋插刀了。

嗣同回巡抚衙门，唐才常赶去两湖书院报考。报完考，唐才常找到邹明沅，问清他何时动身回浏阳，托他带二十两纹银回浏阳去，那是家里归还平日欠款及过年的开支。

到十二月初十那天，唐才常早早地来到两湖书院参加考试。

十二日一大早，唐才常到江汉关拜访恽祖翼。恽道台非常欣赏唐才常的才华，又见他长相稳重，浓眉大眼，甚是喜欢，但自己可能年后有调动，乃约年后再定。

谋馆暂时没有准信，两湖书院也没有消息，眼见着年关将近，真是进退两难，唐才常焦虑不安，度日如年。他强迫自己读书，但心不安静，客房又冷，便想干脆出去走走，可外面寒风呼啸，他的旧棉袍挡不过，走了不多久，便又回转客栈。就在这一天傍晚，唐才常收到了两湖书院的录取通知，真是喜从天降。其实刚刚过去五天时间，而这五天于他而言太漫长了。他连夜修书给嗣同、善涵两位友人，第二天上午，唐才常就收到了两位好友的致贺信，嗣同约小年夜在巡抚衙门外的江南春饭馆庆贺。

唐才常看天气晴朗，便前往刘善涵所在的曾公馆，他俩是姻亲，平时就来往多。刘善涵很为他高兴，将他迎进屋子里，他现在书院、曾公馆两头跑，教馆也是弥补家用的不足。他生性孤傲，谨言慎行，交游并不广，但与嗣同一见如故，两三天没见面就书信来往，已成莫逆之交。

"佛尘，祝贺你一考就中，今后我们就是同窗了。"刘善涵满脸是笑。

"淞芙兄不是几年前就考上了吗？今后还请多多指教提携。"唐才常谦虚道。

刘善涵从书案抽屉里拿出一封信，递给唐才常，说道："佛尘，说到学识最高，视野最广，还是复生。他旧学贯通，西学研究颇深。上次他从长沙写信告诉我，倘要研习算学，则需研读上海所刻的《中西算学大成》，先从第十八卷笔算入手，以及于比例、勾股诸术，由勾股而三角，由三角而割圆，这样渐渐由易至难由浅入深。他还鼓励我学习舆地学，说考据辞章都是无用之学。我现在教馆之余，已经在读他送我的西学书籍了。"

唐才常赞同道："淞芙兄说得对，我一到武汉，看过汉口的租界形势，再和武昌城里博学大儒们交往，才觉得自己孤陋寡闻。弹丸小国日本敢于挑战我们大清国，就在于他们明治维新后实行革新，以至国富民强。"

刘善涵点点头道："说得对，现在日军侵入辽东、山东，只怕形势会越来越坏。靠少数人觉醒不行，得所有的人都清醒过来，去钻研有用之学才能强我中华。"

"淞芙兄，你说得太对了，光推行洋务事业还不行，还要向日本学习，大胆推行维新变法，正如复生所说，光停留在学习西学还不够，需要进行制度的革新和建设。"唐才常大为感慨。

"维新变法？制度革新和建设？佛尘，前几天我在《申报》上读到有人号召朝廷进行维新的文章，看来英雄所见略同。"刘善涵眼前一亮，随即又暗了下去，"只是远水不解近渴，维新变法如何推行还是个问题，而此次中日之战实不乐观。"

一说到战事，两人的心顿时沉重起来，唐才常满面严肃地说道："淞芙兄，我也有此忧心，到现在为止，我们一直在战场上处于劣势，如此发展下去，如何得了？"

就在刘善涵那间简陋的卧室里，两位年轻人热烈地讨论着，两颗火热的心为时事而焦急。临告别时，唐才常让刘善涵将看过的西学书籍都给他，他要抓紧时间攻读。

刘善涵却将他搜集整理的嗣同诗集递给他，说道："复生兄才思敏捷，写了不少好诗，可他自己不看重，时常随写随丢。上次我就劝他不应丢弃三十岁之前的诗稿，且将替他收集的诗作细心地进行了整理，他自己也抄了些给我，你也看看有没有可以补充的。"

唐才常心想淞芙真是有心人，乃郑重接过，告辞而去。

到二十四日傍晚，唐才常特地在浅灰色棉袍外套了件蓝色夹袍，戴了顶黑色瓜皮帽，越发魁梧精神，双目炯炯。他迎着纷飞的小雪，赶到胭脂巷的江南春时，师中吉已站在门口迎接。进到后面的包间，嗣同已经在等，还有位陌生的年轻人。嗣同忙迎上来："佛尘来了，快来认识一下，这是三口李昌淘，字正则，在武昌城候补不久，马上任黄梅县县令，一方父母官啊。"

唐才常甚是惊喜："见过正则兄，恭喜了。"

嗣同哈哈一笑道："今天我这个东做得好，佛尘、正则都有喜，可谓双喜临门。"

正在说话间，刘善涵也来了，几个浏阳人在此相见，都无比欣喜。饶炳勋也匆匆来了，一进来就嚷道："各位仁兄久等了，我来迟了。余太守、泽生都不能过来吃晚饭了，临下班时敬帅将他们俩叫去商量调兵、筹饷之事，等会儿他俩再到复生书房来与各位相见。"

103

等酒斟好菜上齐，嗣同端起酒杯道："今天老友相聚，适逢小年夜，一为恭喜佛尘考上两湖书院，一为恭喜正则不日将赴任黄梅县令，让我们共同举杯致贺！"大家欢喜地各饮了一杯，气氛热烈了起来。同乡人在异乡相聚，感慨尤多，都喝得满脸通红，依然不尽兴，便又转到嗣同书房。

书房里炉火正旺，驱走了众人身上的寒气。家人捧上热腾腾的绿茶，喝上一两口，甚是畅快。嗣同今天兴致高，拨弄了几下琴之后，朗声道："今天难得与各位仁兄在异乡相聚，我来弹奏一曲《潇湘水云》以表心意"

琴声响起，音韵婉转，潇湘月华如水。众人的心绪随着琴声时而激昂，时而舒畅。琴声虽止，却余音袅袅，众人还在琴声里沉浸。唐才常的掌声响起，打破了书房里的安静。唐才常因父亲唐贤畴亦擅操琴，平时听惯了琴声，知道嗣同此曲已弹得激情澎湃，出神入化。

嗣同朝众人作揖道："今日高朋满座，复生特操琴一曲。我这里要宣告一个决定，从即日起，我和旧学彻底决裂。扬子云曾经说过，雕虫篆刻，壮夫不为。处此大变局之际，百无一处是书生！我乃年轻气盛之壮士，痛定思痛，悔其所悔，自号壮飞。"

"壮飞？太好了。有气势，有志气，有魄力！暗含'俱怀逸兴壮思飞'之意。对待外来侵略者，我中华男儿就当奋起抗争，狠狠回击！"喝了酒的饶炳勋满面通红，豪气冲天，击节称赞。唐才常几人也连连叫好。

嗣同又说道："可惜我三十岁以前，虚耗精力于考据辞章，而今年已三十，适在甲午，地球形势忽变，学术更要大变，以后我将全力研究西学，研究西方先进制度。最近二三年，我陆陆续续读了些书，新学旧学都有，也写了些读书笔记和心得，编辑为《石菊影庐笔识》一书，又写《三十自纪》一篇，今日拜请各位赐教。"

师中吉拿来一册《石菊影庐笔识》和一份《三十自纪》抄件。众人先急于拜读《三十自纪》，将之分拆开来，各自阅看。书房里一片安静。只一会儿，唐才常猛地站了起来，拍案赞道："我辈还数复生兄有胆有识，但最令我佩服的还是他笔耕不辍，今已有《寥天一阁文》《莽苍苍斋诗》《远遗堂集外文初编》《远遗堂集外文续编》《石菊影庐笔识》等十五卷，皆我辈望尘莫及！"

刚刚唐才常那一掌，惊得大家都抬头看着他，他左一个复生右一个复生地赞叹。李昌洵等人为他的真情感染，也都点头附和。刘善涵这时却插了一句："复生仁兄，你看《莽苍苍斋诗》编成二卷，不是更好吗？《石菊影庐笔识》一书都是你到武昌后所写读书笔记，这些文字十足表明你学业在精进，视野在拓宽呢！"

嗣同点点头说道："真得感谢淞芙的金玉良言，倘不是你劝我不应丢弃三十岁之前的诗稿，并代为我搜集成《莽苍苍斋诗补遗》，日后时间一久，这些诗篇四处散落，也未尝不是损失。"

李昌浉叹了一口气说："佛尘兄，复生南来北往地奔波，虽说比我们都走得多走得远，可是这八万里的行程也实在是艰辛。风里雨里雪里，酷热寒冷，跋山涉水，哪样不打磨人？"

"正则兄说得在理，可其实不愿如此奔波，都是家大人催促我赴考。艰辛自不必说，但沿途风景各各不同，山岭河流湖泊变化无穷。也颇了解了民生疾苦，百姓艰难。往事不堪回首，即使今后有良马华车，我是绝不愿再重蹈覆辙了！"嗣同深有感触。

唐才常哈哈笑起来道："复生，我真是服了你，你写诗词歌赋，你写读书心得，这都没得说。你竟然还写什么《纬学》《史例》《谥考正编今编》《剑经衍葛》《寸碧岑楼玩物小记》等等，但凡翼经、书法、名典、甄俗、武事、耆古等都来了，真是十八般武艺样样在行！"

"佛尘，你们在这里赞扬我，而元徵兄却从淮宁致函批评我治学不纯，徒事纷扰，并规劝我还是专心读圣贤之书，治好应考时文！我则明确告诉他，汤以日新为三省，孔以日新为盛德，川上逝者之叹，水哉水哉之叹，惟日新故也。"嗣同渐渐慷慨起来。

"复生说得好，贝元徵是个保守之人，你别理他。天以新为运，人以新为生，今日时代已幡然变化，你我都应该图谋改变，以适合时代的发展！"唐才常总是坚定地站在嗣同一边。

这时，余肇康、黄忠浩匆匆地走进书房，两人的脸色甚为难看，大家的心顿时悬了起来。嗣同问道："今日父亲大人找两位仁兄商量调兵、筹饷之事，目前中日战争战况如何，是不是大事不妙？"

"复生的担心不无道理，继旅顺失守，上月十八日海城也失守，依克唐阿部十九日反攻凤凰城失利，辽沈已危急矣。"余肇康的脸上满是忧虑，连已知此情的嗣同也满脸激愤，在签押房看到此战报时，众人都极为痛心，谭继洵还流下了痛苦的眼泪。

黄忠浩接着大声地说道："上月二十三日，中日双方展开缸瓦寨战斗，原是辽南战役的关键一役，我大清国竟然大败，节节败退，从此辽南战局每况愈下。接下来战况如何，实在不敢猜测！而本月初，宋庆电致李鸿章大帅，请在大批到津枪械内拨给他部快炮二十尊，却未能如愿。各位看看，明知击倭非快炮不可，却限于军费短缺，未能多订购，奈何奈何！”

“真是岂有此理！在此国难当头之际，朝野上下理应同仇敌忾，奋起抗敌，但慈禧太后却趁六十大寿大肆筹办寿诞，成为朝廷压倒一切的大事，宗室王公、京内各衙门、各省督抚将军等文武官员共计报效银两百九十八万余两。且不说其他消耗，光慈禧太后令人从京郊颐和园至紫禁城一路搭建楼台殿阁、戏台、牌楼等，共计耗银二百四十万两！在此危急时刻，操办一个寿诞，竟花去了白银、黄金不下一千万两。”嗣同说得激动时，竟拍起身旁的书案来。

余肇康长叹一声，说道：“寿诞费用不够，还从筹备饷需、边防经费两款中提用白银一百万两，从铁路经费中挪用白银二百万两。而慈禧太后寿典筹备接近尾声之际，户部却通过海关总税务司赫德，向英国银行借贷白银一千万两，年息七厘半，十年以后还本，利息银高达四百二十万两白银呢。”

众人内心异常憋屈，唐才常情绪最为激动，只说了句“长此以往，国将不国”，就说不下去了，泪流满面。受他感染，大家一个个板着脸，陷入了沉默。

还是余肇康打破了这种沉闷，说道：“湘军催赴前敌，枪械不足，军无斗志，已一败涂地。据说慈禧太后与朝臣反复商议多日后决定派张荫桓、邵友濂赴日谈和。张荫桓等人到了上海后，却逗留不前，也许是想等前方战场上情形有所好转就不去了吧。”

除了黄忠浩之外，众人大惊失色，刘善涵试着问了句：“余太守，朝廷难道要讲和吗？堂堂大清国竟要与弹丸小国讲和，真是大耻辱！”

黄忠浩接了话头道：“淞芙兄有所不知，我大清国兵不如人，技不如人，枪炮不如人，军舰不如人，现在前方战事越来越不济事，眼看着威海不保。威海真不保，北洋舰队全部覆没的话，可就糟透了！”

嗣同悲愤地应和道：“泽生兄分析得在理，倭寇狼心贼子，谋划已久，有备而来。可恨堂堂中华饷短械缺，兵不如人，技不如人！"

"对，决不让日本得逞！更不能讲和！"唐才常应和道。

这时，师中吉端来了酒和点心，谁知几杯酒下去，大家心里的忧伤非但没消除，倒更重了，直至夜深才散。

104

这天一大早起来，嗣同提着剑，来到花园，已是大雪纷飞。练剑不成，只得去房里换了衣服返回书房。他看到书案上那封前几天收到的欧阳中鹄的信，心里又一紧。在信里，欧阳中鹄谈到了他对中日战争的看法，隐约提到了中国应该进行变法，才能增加国力，才能不遭受如此奇耻大辱。他还在信末发问，国事紧迫，个人当如何自处？

个人当如何自处？嗣同悲痛愤恨，甚至恨不得冲上战场与敌作战。他现在每天在签押房协助父亲处理政事，每当收到前方战报时，他的心情十分矛盾十分痛苦。他急于知道，又害怕知道。而读过战报后，无一例外都是坏消息，令他难过和愤慨。

他走出书房，见师中吉迎了上来，便交代道："鉴吾，你告诉闰娘一声，我去马医生那里看看。你就留在家里吧，快过年了，说不定卢姨娘会让你去采买年货。"

从浏阳回来一个多月了，嗣同只匆匆见过马尚德一面，都是他来给姨娘们和孩子们看病。龙氏自从做了胸部手术后，身体虚弱，马尚德得不时来给她检查。

迎着漫天的雪花，嗣同奔戈甲营大步而去。许是时候早，或许是将近年关，马尚德还没出诊，也没有上门候诊的病人，他正独自坐在诊桌前看书。见嗣同来了，马尚德满面笑容地迎了上来。嗣同忙将手里的礼品盒递给他，是魏氏姨娘托他带来的一包外国蛋糕，她舍不得吃，送给马医生当过年礼品。嗣同路过司门口时，又给马尚德买了包红茶。

"真是太客气了！"马尚德谢道。

嗣同笑了笑说："感谢马医生为我家人看病，真是辛苦您了。"顿了顿，又问道，"您的中国话说得很不错了，您在看什么书，我能看看吗？"

"当然可以，是一本医学书籍。"马尚德爽快地递给嗣同。嗣同接过一看，却是一本外文书，只得摇摇头还给他。

马尚德见嗣同一副愁眉苦脸的样子，问道："谭先生，您遇到了什么不开心的事情？"

嗣同欲言又止，马尚德也神情严肃起来，说道："我知道了，您肯定在为贵国与日本之间的战事而烦恼，近来我听到太多这方面的言论了，我只能说我也为贵国担忧。"

"您如何看待这次战事呢？"嗣同问道。马尚德想了想，坦率地说道："中国人勤劳友好，但中国还太落后了，贫民生活更苦。中国民众太保守，中国官场更是保守，不思进取，我看中国在这场战事上取胜有些难。"

嗣同叹了口气，说道："马医生，您认为中国太保守了，导致中国不能发展，国力不强，科技不发达，军事上极为落后，对吗？"

马尚德为难地点了点头："谭先生，贵国需要改变，要相信科学，更要学习科学运用科学。比如中医，当然有可取之处，但有些病该做手术还得做手术。"

"马医生，我明白您的意思，我们大清国需要向贵国等西方国家学习，进行制度改革，也就是改弦易辙！"嗣同摇了摇头，"可太难了，整个官场如一块大铁板，为了各自的利益，谁都不愿意改变，也从来不会在乎老百姓的死活。"

马尚德接过话头："谭先生，中国有包老爷、关老爷等许多神仙，西方也有神话故事，我来给你讲讲希腊神话里普罗米修斯的故事吧。在希腊神话里，诸神奴役人类，神仙普罗米修斯为了人类的自由生存，不惜违背众神之父宙斯的命令，为人类盗取火种，教人们用火取暖，教人们学会了吃熟食。宙斯很愤怒，派手下逮捕了普罗米修斯，将他身上缠上铁链，绑在高加索山的最高峰上，还派出凶猛的大鹰啄食他的肝脏，到了晚上他的肝脏又会恢复如初。如此周而复始，普罗米修斯痛苦不堪。"

听到这里，嗣同的心也痛了起来，为人类盗取火种，普罗米修斯竟遭受如此酷刑，他忙追问道："马医生，普罗米修斯现在还被绑在高加索山上遭受折磨吗？"

马尚德摇了摇头，说道："后来，英雄赫拉克勒斯来到高加索山，敲断了捆在普罗米修斯身上的镣铐，将伟大的英雄解救了下来。普罗米修斯也恢复了自由之身。他有一颗仁慈之心，为解救人类的痛苦，甘愿献出自己的生命，但中国没有一位普罗米修斯般的人物来帮助你们的子民，中国就不能昌盛！"

中国不能昌盛，就在于中国没有普罗米修斯般的人物？嗣同被马尚德的话所震撼，更为普罗米修斯的英雄行为所震撼。现在中国到了危急时刻，需要赶紧改革旧章，增强国力，是多么需要有普罗米修斯式的人物站出来。

就在这时，有人来找马医生看病，嗣同便告辞出来了。

雪小了，天却更冷了，路过司门口时，嗣同去看望好友唐才常。房门虚掩，嗣同推开房门愕然地发现，房间里很冷，好友正坐在被子里看书。唐才常跳下床来，抱歉地说："复生兄，不知你会来，坐在被子里看书身子就暖和些。"

嗣同的眼眶红了，抱歉地说："佛尘，你受苦了，我却不能多帮帮你！"

唐才常坦然一笑，说道："复生兄，我过惯了苦日子，你别在意。我知道你尽力了。我告诉你一个好消息，昨天正则让我过年后到他府上去教馆，真是踏破铁鞋无觅处，得来全不费功夫。过了年后，书院就开学了，我就搬到书院去住，如此就可省一笔开支呢。"

嗣同一听，又为好友高兴，提议到外面找个小酒馆边吃边聊。两人出得客栈，就在附近找了家小饭馆。嗣同特意点了唐才常爱吃的大块回锅肉，又喝了些酒，聊了会儿他们在读的《中西算学大成》。两人都不提当前战局，这里人多嘴杂，不比在家里。当嗣同说起刚才在马尚德处听到的普罗米修斯的故事，唐才常不觉惊奇道："复生兄，西欧国家竟有如此神话，普罗米修斯为人类盗取火种而甘愿牺牲的精神，真是令人钦佩。不过，在我们中国也有许多这样的神话，比如后羿射日、精卫填海及夸父追日等，都是为了维护众人的利益而甘愿牺牲自己。"

"当前国势如此，贪生怕死者太多，我愿做个普罗米修斯般的人，为推动维新变法，哪怕为之流血牺牲！"嗣同目光坚毅。唐才常被深深感染了，慷慨而言："国家兴亡，匹夫有责，我一定紧跟你的脚步前行！"

嗣同来到签押房时，已是下半晌了。谭继洵、黄忠浩都坐在那里，黯然无语，黄忠浩手里还拿着一纸战报。嗣同忐忑不安地询问黄忠浩："泽生兄，前方有什么新消息吗？"

黄忠浩没吱声，将手里的战报递给了他。嗣同快速地看完，只觉耳边嗡嗡地响，眼前一片模糊：十二月二十五日，第一批进攻山东半岛的日军在荣成湾登陆，下午占领荣成。随后，相继侵占了威海卫军港的南、北帮炮台，对困守于刘公岛的北洋舰队发起攻击。中国舰队与炮台守军广大将士进行了顽强的抵抗，但战机已失，全线崩溃。

荣成已失，威海卫军港的南、北帮炮台已失？北洋舰队竟会全线崩溃？嗣同意识到残酷的真相，拿着那战报，悲愤地走来走去，如一头困兽。谭继洵哑着嗓子说："复生，你绕来绕去我头更晕，也晚了，回你自己书房去吧！"

嗣同忙鞠了躬，迷迷糊糊地回到了自己书房。他满腔悲愤，却欲哭无泪，一会儿坐在书案前，一会儿在书房里绕圈，折腾了好久，终于在书案前坐定。他先给刘善涵写了封信，再次谈到学习西学之急迫性，特别谈到今天收到的战报："腊月底山东荣成失守，与文登毗连，盖由旅顺斜渡至成山登陆，兵机迅捷，古无比矣。"

他觉得特别累，便回房去睡。到第二天，他早早地起床，又跑到书房里给欧阳中鹄写信，特地报告了战况："湘军枪械皆缺乏，不时来电报向湖北筹借，实在无法应付。如此湘军若接仗，亦必草率而败。令人担忧的是朝廷饷项奇绌，购买外洋枪械，良莠不齐，又恐日人搜截，两月间仅到小口径枪支三四千。"顿了顿，又写道："战事失利、和议受阻，都是那些不顾国家实际情况、一力求战的人导致的。现在节节败退，唯有早日和议，以避更大损失！更希望朝廷能够借此改弦更张，进行变革，以挽救国家于危急之中。"

这个大年过得异常压抑，整个巡抚衙门后院连白天都很安静。

譚嗣同

彭晓玲 著

山东文艺出版社

目　录

第一章：溃败

1

光绪二十一年（1895年）正月，巡抚衙门里过年没有了喜庆，人们即使站在一块聊天，也是中日战事。人人心里窝着股火，脸上满是忧虑。

正月初一一大早，天气晴朗，嗣同打起精神送家里女眷去城隍庙、关帝庙上香。庙里香雾缭绕，鞭炮声声，戏台上鼓乐喧天。嗣同在戏台前只站了站，早没了往日兴致。

嗣同每天都急切地阅读各方战报，每每读战报之前，都要深吸一口气，定定心神，但一读之下心绪又乱了。虽然是滞后的情报，读来依然惊心动魄。

奕䜣的复出，没有给大清帝国的政局带来丝毫扭转，百年腐败已经将国势置于危险的巅峰，以人力不可阻挡的趋势，急速滚向灾难的深渊。在海战上，北洋水师一战败于丰岛，二战败于黄海，虽受到不小损失，但并没有塌了架子。李鸿章却命令北洋水师躲入威海卫港内，不准巡海迎敌，使得日本海军轻松获得黄海的制海权。北洋舰队剩余二十多艘战舰，几乎在一夜之间被日本的联合舰队全部摧毁，随即威海卫彻底失陷。至此，李鸿章苦心经营二十多年、耗资千万两银子的北洋海军，宣告彻底覆亡。

中国海陆两军的惨败，日本军事力量的强大及对中国百姓的残暴，引起朝野的巨大震惊和愤恨。许多人都把责任归咎于北洋海军和淮军的最高统帅李鸿章。翰林院三十五人联名参奏，痛骂李鸿章有"迁延坐误""任用私人""奸欺蒙蔽""卵翼小人""媚日贪利"五大罪状，吁请朝廷严惩李鸿章，勒令其离开天津。

正月十五、十六日两日，谭继洵及巡抚衙门众幕僚，心情都坏到了极点。头一天还愤怒为什么丁汝昌要用水雷将已沉之定远舰炸散，又用鱼雷轰散靖远舰，到第二天晚间，传来丁汝昌自杀的消息，得知剩下的军舰、炮台及一切军事器械均落入敌手，威海卫彻底失陷。悲愤之余，嗣同才蓦然明白了丁汝昌绝望的处境及举动，刹那间泪眼婆娑。

一夜辗转反侧，到十七日一大早，嗣同迎着寒风细雨匆匆出门，直朝两湖书院走去。正月十一日收到唐才常的信，得知他已正式补入两湖书院，并移居子字斋三号。一走进书院，看着那些抱着书本走在校园里的书生，嗣同感动了。他绕过湖水微澜的都司湖，熟门熟路地找到子字斋三号，只见房门大开，远远地便听见唐才常那熟悉的大嗓门在和谁争论着什么。

走到门口一瞧，唐才常和刘善涵一个坐着一个站着，都一脸激动。嗣同敲了敲门，唐才常过来拉住嗣同的手，惊喜地说道："复生兄，说曹操曹操就到，我和淞芙兄正在讨论你的《石菊影庐笔识》，甚是佩服你治学严谨精进呢。"

刘善涵在一旁点点头道："复生兄，我和佛尘都拜读了你的《石菊影庐笔识》，不得不佩服你视野开阔。刚才佛尘还在感叹你于西学的造诣，我俩得抓紧时间追赶你。"

嗣同摇了摇头道："两位仁兄就别奉承我了，说到做学问，我还差得远。前有湖南同乡魏默深的《海国图志》、徐健男所著《瀛环志略》，后有不久前在伯严兄处所读福建严几道所译《天演论》稿本。《天演论》虽还没有刊印，但这真是本奇书，肯定会引起轰动。可以说，自中国翻译西书以来，无此宏制。"

"《天演论》？是怎么一本奇书呢？"唐才常很是好奇。

"此书阐述了万物均按'物竞天择'的自然规律而生存变化。'物竞'就是万物之间的'生存竞争'，优种战胜劣种，强种战胜弱种。'天择'就是自然选择，自然淘汰。万物都是在'生存竞争'和'自然淘汰'的过程中进化演进。更难能可贵的是，译者联系当前中日战争朝廷危亡的局势，向国人发出了与天争胜、图强保种的呐喊，并指出倘朝廷再不思变法，将循优胜劣败之公例而亡国亡种！"嗣同说到最后，满眼都是伤痛。

唐才常道："复生，这个严几道了不起，到底是出过洋，真有见识，能翻译这么一本奇书。优种战胜劣种，强种战胜弱种，这不就是优胜劣汰的道理吗？中日自开战以来，为什么大清国节节败退，还是人不如人、器不如人、技不如人！"

嗣同脸上越发凝重起来："佛尘、淞芙，就在两天前，大清国昔日引以为傲的北洋舰队已全军覆没，威海卫彻底失陷！"

时间仿佛停滞了，唐才常、刘善涵二人愣愣地看着嗣同，以为自己听错了，可见嗣同脸上的伤痛，便痛心地意识到这一切都是真的。刘善涵的眼泪簌簌而落，唐才常则号啕大哭。

过了好久，三人平复情绪，唐才常才想起这是嗣同第一次来他的宿舍，忙请他坐下，递上热茶。嗣同此时才察觉房间里有些冷，没有生炭火，这杯热茶很是温暖。三人埋头喝茶，房间里陷入了凝重的沉默。末了，唐才常缓缓说道："复生、淞芙，连北洋舰队都没了，大清国还有什么力量可以依靠？就这样认输吗？上次朝廷已派张荫桓等去日本，只怕是逃不脱议和这条路了吧！"

"佛尘，你是认为湘军还可以倚仗吗？当初湘军催赴前线，枪械不足，军无斗志。至于长江上下数千里之炮台，刘岘帅再莅两江时，已将昔日彭玉麟所经营之炮台一律拆毁更造，既不得地势，又不堪一击。岘帅此次又檄调二十五营，江南防备几为一空。倘他日日军再深入攻战，长江也无险可守，后果不堪设想。"嗣同语气沉重。

"如此看来，亡国亡种指日可待！"刘善涵激动地站了起来。

"佛尘、淞芙，日军真的打进来了，我们凭身强力壮，还可以杀几个倭寇，可怜老幼病妇又当如何？国难当头，更要与天争胜，要图强保种，朝廷就得卧薪尝胆地破除因循守旧之风，改弦易辙地进行变法！"嗣同说出了自己的心声，两位好友连连点头。

3

2

嗣同密切关注着中日战况，天天迫不及待地阅读前方战报。天天都是坏消息，还不得不报告父亲大人，还不得不和黄忠浩等人分析战况，真是痛苦之至。每每坏消息传来，签押房里一片沉重，众人时而愤慨时而绝望。谭继洵年岁已高，公事又繁忙，在年前就病倒了，年后才渐渐好转，嗣同真怕他又会病倒。

至此，持续了五个月的中日甲午战争进入尾声，清朝军队败局已定。早在去年年底，当战火燃烧进中国本土时，朝廷就慌了手脚，担忧辽东"龙兴之地"遭到兵燹之灾，便请美国政府出面，与日军议和。日军因在军事上屡战屡胜，未予理会，甚至想攻进山海关内，逼迫清廷签订"城下之盟"。

在此大敌当前之际，全国各地督抚、统兵大将，没有几人主动申请上战场。两江总督刘坤一尤为令人失望，他在战争爆发后兼署江宁将军，被调到前线，以钦差大臣的身份节制关内外防剿各军。可他先是以生病为由辞职，再三推诿，直到今年年初，才率领湘军慢吞吞地出关。

就在众人忧心之时，昔日威风凛凛的北洋舰队全线溃败，刘坤一和他所节制的关外六万湘军，也抖不起半点往日的威风。湖南巡抚吴大澂请求出兵抗日，朝廷批准了他的主动请缨。

吴大澂出关来到前线，面临的却是一个烂摊子。清朝军队被日军打得信心全无，往往一触即溃。吴大澂所率领的新老湘军又疏于训练，战斗力堪忧。此时，辽东前线集结了七万余人，是甲午战争开战以来清军数量最多的一次集结。起初，吴大澂企图集中兵力，反攻日军所占的海城，却调度失灵。日军声东击西，以一万二千之兵力进犯牛庄。

牛庄地处海城以西二十八公里，是清军运送粮饷兵械的要道，清军粮草辎重全都集中在此。可这里却只有武威一营留守，由左宗棠的老部下、邵阳人魏光焘统率。魏光焘率部顽强防守，浴血奋战，终因兵寡大败，牛庄沦陷。

吴大澂部署大乱，溃不成军，率部仓皇退往锦州。六日之内，连失牛庄、营口、田庄台三大重镇。吴大澂刚刚出征即吃败仗。他羞愧自责,自知不能领军,遂请严议。不久,光绪皇帝将他革职留任,其所部湘军各营由魏光焘暂行统带。

隔了几天,嗣同才知道,他生日那天就是辽南战役最后一役,湘军神话宣告破灭。嗣同心里的憋屈,无处发泄。这天一大早,嗣同临去签押房前,闰娘道:"复生,你这段时间太累了,生日都没过。你看后花园的柳树绿了,桃花也开了,干脆请佛尘、淞芙几位朋友来吃晚饭吧。"嗣同见闰娘满脸的关切,点点头:"难为你想得周到,我就到书房里写几张条子,要他们早点来赏赏春光。这边还有方舟师、泽生兄、仙槎兄,可惜正则去黄梅县任上去了,叔峤跟着香帅到南京去了。"嗣同所说方舟师,即黄凤岐,光绪二十年(1894年)进士,现在为巡抚衙门幕宾,兼教嗣同剑术。

下午,唐才常、刘善涵结伴而来,唐才常手里还拿着几本替嗣同从书院书库里借来的《唐会要》,而刘善涵手里则是一盒湖笔。嗣同将他俩让进了书房。刘善涵上前将湖笔递给他,说道:"复生仁兄,前几天你生日我们没来,这盒湖笔是我和佛尘的小小心意,还望笑纳。"

嗣同接了过去,谢道:"真是太有心了,连我小小的生日你们都记挂在心上。"

过了一会儿,饶炳勋也来了,向嗣同报告:"复生兄,敬帅临时找泽生兄有紧要事,他不能来吃晚饭了。"

嗣同点点头说:"伯严也来不了,他家公子生病了。时候也不早了,闰娘早就期待兄弟们的到来。方舟师怕要等会儿才能来,我们先去花园里走走吧。"

3

正是夕阳西下之时,几位好友登上了胭脂山上的六虚亭,站在和暖的春风里,眺望四周景色,但见草木萌发,桃花李花盛开,浩瀚长江滚滚而来。远处天边的晚霞,眼前密密的青色屋顶,如高明的画师随意挥洒的画幅,真是平和动人。外面街道上，隐隐传来市井的喧哗，莫名地动听，众人默默地听了一会儿。

嗣同叹了口气，打破了沉默："我中华山河壮丽，却遭人欺凌，日本要是再打下去，万一冲过山海关，后果将不堪设想。外面有侵略，往往就有内乱，此时倘陪都失守，根本一动，离国土沦丧就不远了。"

"复生，你太悲观了，日寇再能打，也架不住我们人多地广。"唐才常反驳道。

"佛尘，人多有什么用？淮军败了，就想起湘军，现在湘军都败了，还能靠谁？朝廷早就派户部侍郎张荫桓、湖南巡抚邵友濂为全权大臣到日本去了，还不是为了讲和？可日本甚至将两名求和使者羞辱一番，赶出门外。"刘善涵缓缓地说道，脸色难看了起来。

"今天大家好不容易聚在一起了，还是先别急着谈国事。你们看，春天不知不觉就来了，当初瓣姜师还在武昌时，我们还在复生生日时去洪山春游。时间过得真快呀！"饶炳勋念及今天是为嗣同补过生日，赶紧转换话题。

嗣同没有作声，心里却风起云涌，当年的朋友已各奔东西，唯有欧阳中鹄及贝允昕还时有联系，瓣姜师依然真切地牵挂着他。贝允昕则常常写信来规劝他，治学还是要回到儒家正统上来，在此非常时期真令他啼笑皆非。

"复生，再过些日子，我们几个也到城外去走走，散散心吧？"唐才常提议道。

嗣同点点头，见夕阳快下山了，忙招呼众人道："太阳落山了，我们还是下去吧，说不定方舟师已到了。"

一下山，果见瘦高个黄凤岐站在后花园门口等他们，衣着简朴却整洁，身形挺拔，双目炯炯有神。嗣同忙迎上前去："方舟师，让您等久了吧，刚才我们上山走了走。"唐才常、刘善涵也上前拜见。

来到小餐厅，嗣同恭敬地请黄凤岐居上座，再安排大家一一坐好，才端起酒杯敬酒："我的生日已过去几天了，却劳老师和兄弟们惦记，先敬大家一杯。"

往年这酒会喝得热闹，但今日众人却心事重重，只管埋头喝酒，也不怎么吃菜。

"唉，说来真是丧气，日本海军占领威海卫，俘获了中国至少十艘军舰，谁承想花费数年心血建起来的舰队却不堪一击！"黄凤岐连连叹气，痛惜地说道。

"未曾想到，在日本陆军强大的炮火和锋利的武士刀面前，当年驰骋沙场的湖湘子弟犹如雪人儿见了太阳似的，溃不成军，一蹶不振。"饶炳勋接着黄凤岐的话题说道，声音却越来越低。

"失败早在战前就决定了！凡新募之营，专委于贪庸龌龊之武夫，他们享惯了富贵，筋酥骨软，根本没有用处。而对那些衣食都难以维持的士兵，则一味减粮扣饷，中饱私囊。训练之事，一任哨卒所为，根本不识君国为何物，不知忠义为何事。如此而欲求得上下一心，誓同生死，有可能吗？不失败才怪呢！"嗣同说来满脸气愤。

"复生，为师已下定了决心，前方甚是危急，湘军魏光焘、宋庆等将军苦苦支撑。我要奔赴前线，去投奔我的堂叔黄自元，他之前随吴大澂出征，现在还在辽东半岛。大丈夫顶天立地，我不能眼看着国土被倭寇抢占。"黄凤岐腾地站了起来，情绪激昂。

"方舟师，现在海战陆战皆告失败，中国败局已定，您赶去前线又能发挥什么作用？虽说您懂军事，武功高强，也无济于事。"事出不意，嗣同惊愕地看着他说道。

"之前，我对大清满怀希望，有强大的北洋舰队，何况战事在朝鲜半岛发生，谁知战火竟燃至国内。北洋舰队不经打，淮军不经打，湘军也不经打。国家已到了危亡时刻，我心急如焚。"黄凤岐端起桌上那杯酒一饮而尽。

听黄凤岐一席话，大家更无心吃饭喝酒了，嗣同招呼大家去书房喝茶。

依然继续着刚才的话题，却转为猜测朝廷接下来的举措，嗣同悲观地说道："之前，已派张荫桓等人去了日本，却无功而返。可再打下去我们也会吃亏，实在是没有杰出的将帅，没有训练有素的军队，更没有决一死战的豪气，朝廷只怕又会走讲和之路。"

"讲和，只知道讲和，堂堂大清硬是不如他国？在这点上，我就佩服香帅当年对法国敢于开战，且运筹帷幄，硬是打赢了法国！只可恨李鸿章还和法国签订了赔偿的条约！"平日稳重的刘善涵也激动起来。

"事已至此，只怕朝廷早就决意讲和了。现在我们节节败退，在讲和上被动，日本肯定会漫天要价！"唐才常一针见血。

话说到这个份上，人人心上都仿佛撕开了一道口子，难受得很，黄凤岐提议大家早些散了。

第二章：还乡

4

欧阳中鹄赶往浏阳，嗣同和唐才常却已前往武昌，双双错过，真有些遗憾。离家几年，乘船到达长沙大西门码头时，欧阳中鹄眼见也有小轮船来往，虽说不如上海、汉口已成气候，但毕竟也来了，心里很是难过。天已然很冷了，他随便在太平街附近找了家客栈住了一晚，第二天早起后，匆匆从浏阳门出城了。

许是快年关了，一路上人还不少，欧阳中鹄紧赶慢赶，走到洞阳枫浆桥小镇时天色就晚了。到小镇边上，见雷家客栈模样还周正，决定留宿于此。老板姓雷，壮实的模样，五十岁上下，满面笑容地迎了上来，问道："老爷一路辛苦，是要到江西还是浏阳？看看天色已晚，不如在小店住下来吧。"猛一听到熟悉的浏阳话，欧阳中鹄心里十分舒坦，随老板走进了客栈。欧阳中鹄这晚睡得特别安稳，他做了一个梦，梦见他胖胖的孙子立袁正在大门口迎接他，一见面便扑进他怀里，他笑了。

嗣同醒来时，天色已大亮了。老雷早就为他准备好了早餐，热气腾腾的面条上盖了个荷包蛋，还有一小碟剁辣椒，真令他喜出望外。欧阳中鹄心里感叹：还是浏阳人实诚，还是家乡菜好吃。吃过早饭后，风虽冷，欧阳中鹄还是急急上路了。半路上，他遇到了一群年轻的挑夫，挑着盐、干鱼及布匹等货物。听到他们说着浏阳话聊天，只觉分外亲切，欧阳中鹄紧跟在他们队伍旁边，偶尔也和身边的挑夫说上一两句话。那个打头瘦高个中年汉子是城里李庆记爆庄的大伙计李汉生，之前他们送了批鞭炮到长沙城里的门店，回来时又替商家挑了些货回浏阳，赚些运费。见欧阳中鹄步履有些吃力，面目和善，李汉生主动上前搭话。听说这位文质彬彬的长袍先生，竟是城里有名的欧阳中鹄先生，李汉生忙将他背着的行李接了过来，放在一个高个子挑夫担子上。欧阳中鹄有意推辞，李汉生忙说道："瓣姜先生，您是城里大名鼎鼎的读书人，他们都是年轻人，力气正足，您只管放心！"欧阳中鹄心中感激，和他们一路走一路聊。

待爬上高高的蕉溪岭时，欧阳中鹄立住了脚，饱含深情地眺望山下的家乡。正是黄昏时分，但见山下平原阡陌交通，山脚下依偎着屋舍，炊烟袅袅而起，仿佛还看到远处小小的浏阳城。欧阳中鹄长出了一口气，只觉一颗忐忑不安的心顿时安定下来了。他随挑夫们坐在路边的茶铺里喝了杯热茶，所有的疲劳都不翼而飞。

待他们一行赶到北城门，已是夜深人静之时，大街上已几无行人。欧阳中鹄归心似箭，转头和众人告别，李汉生坚持要送他回家。盛情难却，欧阳中鹄只好任他护送，自己则脚步不停地朝营盘巷走去，他仿佛看到家里还亮着灯，夫人正坐在灯下边做棉鞋边等他。他的小孙孙也在等他吗？远远地，还在巷口，他隐约看到自家的房子，不由心跳加快：在外的游子而今回来了，情不自禁地悄然泪下。李汉生送他至大门口，放下他的行李，这才告辞。他静静地站立在门外，倾听着院子里的动静，清晰地听到有稚嫩的声音在问："娭毑，公公今天会回来吗？"

"乖孙，已经很晚了，你快点去睡吧，你公公只怕要明天才会回来。"

"娭毑，又是明天，到底哪个明天公公才会回来？"

欧阳中鹄的泪流得更凶了，千里万里地奔回来，不就是为了这院子里的家人吗？这一刻，所有的辛劳和委屈都消失殆尽，他强抑自己内心的激动，抬起了手，急切地拍拍门环。"公公回来了，我去开门。"只听见门里纷乱的脚步声响起。

当大门吱呀一声打开时，欧阳中鹄惊喜地看到，夫人手里端着油灯在前，儿子自耘、媳妇刘氏还有小孙子立袁齐齐地站在门后。大人们还在百感交集，孙子立袁则早已扑向他。欧阳中鹄的心醉了，赶紧抱起他走进了院子里。来到厅堂里，立袁还缠着他，不肯下来。夫人和儿媳擦干泪，忙去厨房里收拾。不一会儿，儿媳刘氏端来热水给他洗脸，立袁这才不甘心地从他怀里下来。欧阳中鹄欣慰地洗过脸，吃过夫人端来的荷包蛋和面条，一家人这才在火房里坐定，脸上洋溢着久别重逢的喜悦。最高兴的还是立袁，熬到深夜才肯睡，怀里还抱着公公给他买的糖果。

第二天一大早，欧阳中鹄带着儿子自耘，前往城外西湖山下。还在京城时，他就着急地写信让儿子赶紧着手迁坟。当他来到父母坟前，见到新修的坟墓，周边也井井有条，很是欣慰，由衷地赞道："力耕长进了，坟墓修得好，想你祖父母地下有灵，也会高兴的！"

欧阳自耘从小身体弱，欧阳中鹄也不强求他去科考，养好身体要紧。见原有墓碑已坏，父子俩当下边走边看，商量着明年清明立碑之事。欧阳自耘告诉他："修墓之时，复生见天气冷，我那几天受了凉，他帮我当了好几天监工，在墓地守了几好晚呢。"

欧阳中鹄点点头，说道："复生这孩子重情义，常常写信问候我。他这几年长进很快，遇事很有见地，于新学很有研究，他日不成学界精英，便是政界的明星！"

5

城里有头有脸的人听说欧阳中鹄回浏阳了，纷纷前来拜访。

很快就过完大年了，正月十五这天，浏阳城里热闹非凡，处处鞭炮声声。邹明沅派人给欧阳中鹄送来信函，请他晚上一起在南台书院过元宵，特地请他早些过去。到了下午，欧阳中鹄出营盘街，往升平街，折向南正街，往向阳门方向走去。实在离得近，抬脚就到，都不需出城门。

南台书院是浏阳最好的书院，面河而立，经费充足，全都由县署提供，教习大都是当地大儒，这里是全县读书人的心仪之地。有几年没来南台书院了，欧阳中鹄站在书院门口，但见青砖墙棕木门，朴素庄重，颇为感慨。前几年，他还出面聘请王闿运批阅浏阳生员的课卷，但后来他到武昌去京师，也就没再参予书院事务。跨进大门，一抬头便看见前院那两棵枝繁叶茂的桂花树，虽是寒冬时节，树叶依然翠绿，他在树下立定。院子中央的孔子殿高大精致，每逢孔子生辰、开学等重要集会，书院生员都得到此行礼并等候训话。

邹明沅迎出来，爽朗地笑道："瓣姜师，可把您盼到了，来，请到东院喝茶。我今天将谭莘畲、涂质初、黎瑞章等人都请来陪您。"

这是个小四合院，位于书院深处，中间为长方形天井，天井里有两棵高高的柚子树。谭嗣棨、涂儒嚣、黎尚雯、宋寿福全都闻声迎了出来。大家都是熟人，彼此谦让一番，推欧阳中鹄坐在上首。邹明沅奉上一杯清茶，客气地说道："瓣姜师从京师回来多日，今日才请到书院，我们几位蜗居小城，还望多传达外面的消息。"

外间布置简单雅致，正面墙上挂着一幅红梅图，靠墙摆了一对官帽椅，周围摆了些靠背椅，中间火盆里燃了旺旺的炭火，很是温暖。欧阳中鹄拱了拱手道："各位客气了，诸君都是浏阳的饱学之士，也不时来往于省城内外，自是见多识广，太看得起鄙人了。"

"瓣姜师，我家叔父敬甫制台最为敬重您、舜臣师及蔚庐师浏阳三先生，先后聘请您三位教授复生兄弟，我辈对您更是敬佩有加。去年中日开战之初，我等信心百倍，以为日本不过弹丸小国，战事不会持久，但谁知朝廷竟节节败退，日军已登陆山东。瓣姜师，您以为局势当如何发展？"谭嗣棨急切地问道。

"瓣姜师，您出京时，京师形势如何？中日之战到底结局如何？"涂儒嚣激动地站了起来。

"莘畲、质初，说来令人败兴，开战之初，满朝文武也是信心满怀，谁知淮军节节败退，至十月二十六日日军短短三天就拿下了旅顺。虽说后来吴大澂主动请战，率老湘军直奔关外。但在我看来，形势不妙，我们大清国只怕不敌日本，免不了最终战败的结局。"欧阳中鹄连连叹息。

"瓣姜师，我看您这是长他人志气，日本弹丸小国，虽暂时占了上风，只怕最终免不了被赶出中国的命运！"宋寿福不以为然。

"星沅仁兄，谁不希望朝廷打败日军？但日本自明治维新以来，风气为之大变，实力为之大增，他们来者不善，居心叵测啊。"涂儒嚣反驳道。

说得热闹时，高大魁梧的余昭常风风火火地走了进来，声音洪亮地说道："瓣姜师，抱歉，各位仁兄，抱歉，我来迟了。"

涂儒嚚笑道："华禄仁兄，你可是个大忙人，现在是正月，你的木材生意就开张了吧？"

"各位仁兄，别笑话我，为了养家糊口，我余某人只得弃文从商，但来往于长沙和武汉之间，中国人做生意比洋人更艰难，一路上的关卡都得打点。洋人硬是耀武扬威，好似比我们多贴了道护身符，真叫人气不过。"余昭常叫苦道。

"何止商人利权不如洋人，老百姓的利权都遭到了掠夺，落到几无生存的地步。倘朝政再这样下去，不思奋进和改革，就会有亡国的危险。"欧阳中鹄说来义愤填膺。

"瓣姜师见多闻广，但在下看来，的确有些言重了。我天朝地大物博，朝鲜、安南等国只是我们的附属国，怕什么日本小国。虽然他们暂时胜利了，一旦再深入内陆，有湘军挡着还怕赶不走他们？湘军连太平军都打下了！"宋寿福脸上满是自信。

余昭常正要反驳，邹明沅招呼道："各位仁兄，天色已晚，在下略备了薄酒，请移步至膳堂入席吧。等会儿有城里最好的威武龙狮队来书院闹一闹。"

桌上已摆了腊肉腊鱼扣肉鸡汤等十大碗，香气扑鼻而来。大家推让欧阳中鹄坐了上首，依次是谭嗣棨、宋寿福、涂儒嚚、余昭常，还留有一个空位，最后才是东道主邹明沅。

涂儒嚚看了看空位，疑惑地说道："瑞章兄怎么回事，怎么还没有来？"

"岳生先生准备这么丰盛的酒席，在下舍得不来？"正在这时，但见一袭黑色绸缎长袍的黎尚雯满面春风地走了进来，立于桌边作揖道："瓣姜师，岳生师，各位仁兄，甚是抱歉，黎某前几日回了趟青草乡下老屋，安排了些春耕之事，今日刚刚赶回，迟来为歉！"

余昭常故意笑话他："瑞章兄，你这个土财主，家里那么多田地，一年收多少田租？乐得你平日待在书房里读读王夫之、顾炎武，现在瓣姜师回来了，你几步路就可随时去讨教了。"

黎尚雯连连告饶道："说起收田租，我比不上莘畬兄；说起赚现银看世界，我比不上你华禄兄，就别再取笑我了。"说完，赶紧坐下。

邹明沅端起酒杯敬大家道："瓣姜师，难得各位仁兄在此佳节共聚南台，拜请大家对书院的发展多提宝贵意见，我先敬大家一杯！"说完一饮而尽。邹明沅连敬三杯之后，余昭常早已按捺不住地站起来敬酒，他是一杯一杯地单挑，直喝得满脸通红，声音更为响亮。酒桌上热闹起来了。

喝到高兴时，厨师又端来一大碗汤圆，白白胖胖的汤圆，甚是好看。欧阳中鹄动情地叹道："出门时时难，在家千日好，这些腊肉腊鱼吃起来真香。人人尽说江南好，游人只合江南老。你看连游人都盼望在江南变老，何况我们这些江南之人！"

大家连连赞同，涂儒翯说道："别看浏阳偏于湘东，但山好水好人好，少旱灾少水灾少虫灾，人又勤快，活命还是没问题。来，敬各位仁兄一杯，祝福新的一年国泰民安，阖家安康！"

"我是个俗人，今日借岳生先生的酒，也敬各位在座的读书人一杯。祝福各位新的一年里多写锦绣文章，也祝我自己木材生意顺畅，多赚白花花的银子！"余昭常不甘寂寞，说得大家喜笑颜开。

此时，只听见前院锣鼓喧天，鞭炮声声，门房满脸喜色地前来报告："龙灯来了，快去看龙灯。"

大家赶紧放下酒杯，赶往前院，但见鞭炮炸响里，一条黄色的巨龙在烟雾里跳跃舞动，如梦如幻，仿佛就要飞升而去。

6

元宵节一过，浏阳城里各行各业都恢复如常了。但今年天气真是奇怪，元宵节后雨淅淅沥沥下个不停，下得人心都好似要发霉了一般。欧阳中鹄原本想用心在家课孙，但浏阳文庙礼乐局早在年前就找来了，恳请他出任祭孔董事，理由很充足，欧阳家已有三代都是文庙祭孔董事，他只得应承下来。

这一天，家人通报，知县唐步瀛在邹明沅陪同下来他家拜访。欧阳中鹄忙迎了出来："知县大人好，今日光临寒舍，真令我受宠若惊。"瘦瘦的唐步瀛笑了起来，说道："瓣姜师学富五车，是浏阳最为著名的大儒，且已扬名京师，早就该前来拜访了。不过，现在还没出正月，也算是晚生前来给先生拜个迟年。"欧阳中鹄赶紧将众人迎进自己书房坐下。

"瓣姜师，我今日来，一为向您拜个迟年，二为南台书院而来，拜请您为书院生员批改课卷。浏阳近些年科考出的人才不多，得下力气培养。您现在回来了，还请多多支持。"唐步瀛开门见山地说道，并让随从奉上一方菊花石砚台。

"知县大人太客气了，在下受之有愧。更谢谢知县大人抬爱，我定当竭尽全力批改生员课卷。只是现在形势已发生变化，我看提倡新学也很重要。"欧阳中鹄忙站起来致谢。

"年前我去了趟省城，从关外传来的消息不尽如人意，实在叫人担忧得很。我唐某虽只是小小的知县，但也肩负着保护一地的责任，我不久前和谭嗣棨商议团练之事，以现今的局势来看，不得不有所准备。"唐步瀛一脸愁容。

"大人的担忧不无道理，年前朝廷派户部侍郎张荫桓大人和邵友濂巡抚大人前往日本议和，日本根本不愿和他们和谈，丝毫没有放缓对我方的进攻。传说北洋舰队已经全军覆灭，丁汝昌都自杀了！"欧阳中鹄说着说着，泪流满面。得知这个消息，欧阳中鹄已经暗自流过好几次泪了，说一次就心痛一次。

唐步瀛一听，脸上的愁云更浓："北洋舰队果真全军覆灭？朝廷危险了！"

"是有危险了，有大危险了呢！人家日本早已以西方国家为师，实行维新变法，学习人家的科学技术和治国方略，很快就国富民强，敢于来打中国师父了！"欧阳中鹄激动地说道。

"维新变法？这可是新词，瓣姜师到底是从京师回来的大学者，见识果真和别人不同。"唐步瀛感叹道。

正在这时，家人通报衙背街李庆记爆庄李庆教老板来了，唐步瀛便告辞道："瓣姜师，改日再来请教。"欧阳中鹄恭敬地将知县送至大门口，李老板早就在院子里等了。

待欧阳中鹄回到院子里，李老板忙迎了上来："瓣姜先生好，上次大伙计李汉生和您同路回浏阳，回来就和我说您为人如何如何好，年前年后生意太忙，今日才来拜访您，还请您多多包涵。"

听他一番解释，欧阳中鹄这才豁然开朗，笑道："李老板，稀客，稀客，谢谢您年前派李汉生专程送来的大红鞭子！特别响亮，还散发着一股清香。快请书房坐。"原来，但凡来了亲戚外的客人，欧阳中鹄都会引至自己的书房，在他看来是平常的事情，李老板却感动万分。

待进到书房，一眼看到大书案及书柜里满满的书籍，还有墙上的《春江春水图》，李老板的眼睛都发亮了，连连赞道："到底是书香人家，我从来没有见过哪个人家摆了这么多书。别人家可能比贵府奢华，但这股书香气息硬是学不来。"

欧阳中鹄笑而不答，李老板又诚恳地说："我今天还想请教瓣姜先生几个问题呢。是这样的，我李庆记爆庄因近几年来讲求鞭炮质量，在长沙、耒阳、岳阳、常德等地分庄销得不错，也赚了些钱。现在城里培德厚、丁记、大吉祥等爆庄都在汉口设立了分庄，我也想去汉口设立分庄，今天特来请您参谋参谋。"

欧阳中鹄看了看李老板干练精明的模样，满心喜悦，细细地询问爆庄的情况。了解情况后，欧阳中鹄微笑着说道："贵爆庄经营方针不错，实力也在渐渐增强，我看你可以先到汉口去摸摸情况。哪天我将余昭常约来，他经常跑武汉做木材生意，情况熟悉，还曾在汉口厘局待过。"

"瓣姜先生，真是太感谢您了，如此设身处地为我着想！"李老板满脸感激。

"过年过节红白喜事都要燃放浏阳鞭炮，只要注重质量，肯定会有好买卖的。"欧阳中鹄鼓励道。李老板称谢告辞，怎么也不愿留下来吃午饭。

7

时间过得真快，二月中旬便是文庙春祭，天气暖和多了。欧阳中鹄随谭嗣棨、宋寿福等浏阳头面人物一起筹备祭事，打祭头天老朋友涂启先竟然赶来了。欧阳中鹄高兴极了，赶紧将他请到自己家里住下。两位老朋友在书房里坐定，皆一脸感慨。欧阳中鹄先开口道："舜臣仁兄，时间过得真快，你我都有五六年没见面了，听说仁兄在上东团很有作为。"

涂启先清瘦的脸上露出微微的笑意："瓣姜仁兄过奖了，我是有老母在家不能远游，地方上的百姓过日子不易，又推脱不过，勉为其难地牵了个头。哪比得上仁兄在武昌及京师见多识广。"

"舜臣仁兄，说来真令人丧气，不光朝廷引以为傲的北洋舰队已全然覆没，连老湘军在牛庄也一败涂地。朝廷却一意讲和，只怕形势不妙。"说着说着，欧阳中鹄的眼眶又红了。

"瓣姜仁兄，我堂堂大清国打不赢英国，打不赢法国，打不赢俄国，闹到现在连日本也打不赢！日本在明朝还只是在沿海闹事，从来就没有形成大气候，现在竟打到旅顺、威海、烟台等地，真是不堪设想。"涂启先禁不住泪流满面，站起来在书房里踱步。

"舜臣仁兄，结局凶多吉少。朝廷巴望着求和，真是憋屈！"欧阳中鹄说不下去了，也站起来在书房里转圈。

两位老友在书房里坐立不安，忧心忡忡，直至半夜时分，二人干脆赶往文庙，祭孔典礼正在有条不紊地进行着前期准备，浏阳四乡的儒学领袖悉数到场。

四处依然漆黑一片，文庙大殿灯火通明。一通急促的鼓声过后，礼生洪亮的声音、雍容典雅的韶乐在空旷的文庙前台响起，两边舞亭有人舞蹈。欧阳中鹄、涂启先等地方名士早已整齐地站立于文庙院坪前方，知县唐步瀛主祭。偌大的文庙，鼓乐之声、喊礼声响成一片，庄严肃穆。欧阳中鹄肃立，典雅的鼓乐声里他张望着大殿，暗暗地祷告："唯愿国泰民安，唯愿浏阳文运昌盛，多出人才！"

仪式结束时，天还没有大亮，参加典礼的人们有序地退场，欧阳中鹄、涂启先等人还分得了一份胙肉。集体在礼乐局用过早饭后，涂启先急着赶回大围山，欧阳中鹄则留下来帮着善后。

李庆教不时来拜访，欧阳中鹄也很热心地帮他出主意，将余昭常介绍给他，约定到时一起往汉口疏通关系，考察市场。李庆教感激万分，逢人就说瓣姜先生真是好人。

春天来了，天气渐渐暖和，田野上忙碌的人一天天多起来。清明前夕，欧阳中鹄特地带着儿子自耘、孙子立袁回了趟祖籍普迹青龙头，祭扫祖坟。回到城里时，还开心地说起，人勤地不懒，看来今年会有个好收成。可真是怪异得很，从元宵起至清明总时不时下雨，地里栽下的好多菜都长不起来，渐渐地涝死了，人们愁眉苦脸。店铺里货物的价格却一天天见涨。

天总不放晴，欧阳中鹄甚是烦闷，更为国事发愁。他为前方中日战争而揪心，更为李鸿章对日谈判而揪心，他不时写信给嗣同，询问国事。但他悲哀地发现，大多数人其实是对战事漠不关心，读书人关心功名，商人关心赚钱，种田人关心收成，赌徒关心输赢，更有嗜好鸦片的人天天躺在床上抽大烟。

见他愁肠百结，夫人委婉地劝道："朝廷自有皇帝在，你现在远在浏阳，急也白急，这一大家子还得靠你支撑呢。"欧阳中鹄摇摇头说："夫人，朝廷倘有难，日本人打进来了，谁都没好日子过。"夫人只得转移话题："老爷你总是有理，你长年不在家，耕儿身体又不好，你还是打起精神好好教导你宝贝孙儿吧，可别耽误了他。"

欧阳中鹄脸上这才有了笑意，说道："这个你放心，孙儿的功课我会抓得紧。"

第三章：上书

8

二月上旬，在年轻的广东举人梁启超、麦孟华二位弟子的陪同下，康有为离开广州万木草堂，途经上海，前往京城参加乙未科会试。待师徒几人抵达京城，漫天风雪依旧肆虐，康有为入住东华门外烧酒胡同金顶庙。这是一座关帝庙，与锡拉胡同张荫桓的府宅仅一街之隔，到张宅十分便利，到贡院更近。

梁启超、麦孟华安排老师住下后，才奔南城而来。他们此次没住新会会馆，住在南横街的关帝庙，离他们不远的还有绍兴会馆、黟县会馆、开郑会馆、全浙会馆、湘阴会馆、粤东新馆、湖南会馆等等。待到达关帝庙大门前，已是傍晚时分，下得马车来，拍拍毡帽上的风，他们被庙内仆从迎了进去。与其他住在此处的举人寒暄几句后，二人便去安顿住下。

多日在风寒里舟车劳顿，纵是年轻身体好，也觉得辛苦极了。草草用过晚餐后，梁启超、麦孟华就睡下了，他俩同住一间小房。许是不太习惯北方的寒冷，梁启超久久未能入睡，隐约觉得麦孟华整晚也在辗转反侧。梁启超今晚没有聊天的兴致，虽年少才高，但他已接连三次落榜，不免意兴阑珊。时局如此，考取了功名又如何？记得第一次赴考，他才十七岁，还是在父亲陪伴下进京。虽没有考中进士，却是他一生中的第一个转折点。回程途经上海时，他在四马路的书局里意外购得《瀛环志略》，急切地展书阅读，始知有七大洲世界各国，他深感震撼，心醉神迷，乃有心于探求"新学"。

待至八月回到广州后，好友陈千秋兴奋地向他讲述了拜康有为为师的经过，大谈特谈康有为学问深厚。梁启超原本就求学若渴，岂肯放过这个机会，立刻随他前往广州惠爱街云衢书屋拜谒康有为。初见时略有失望，但见康有为中等身材，眼睛不大，唇上有两撇向下弯的胡须，肤色偏黑，却有武人气息。可未料到，这次会见长达十四个小时，梁启超经历了一场惊心动魄的思想撞击，如冷水浇头，当头一棒。他陷入了自我被摧毁的茫然之中，整整一夜无法入眠，由此决然以举人之尊，拜倒在荫生康有为门下。

至第二年春，康有为在广州城长兴里租下邱氏书屋，正式开设自己的学馆，名曰长兴学舍，后称万木草堂。邱氏书屋是一座三进的院落，和广州城内很多宗祠学堂一样，专为本姓家族士子应试而建。徐勤等人亦闻风来投，这家书馆虽空间窄小，生徒寥寥，但这里的师生们都有辽阔的雄心，为思圣道之衰，悯王制之缺，慨然发愤。随后，韩文举、梁朝杰、曹泰、麦孟华、王觉任等陆续加入，他们头脑敏锐，脾性怪异，彼此找到了共鸣，成为康有为最初也是最忠诚的追随者。麦孟华来自顺德，相貌俊美，善于诗词，所写诗词婉约秀丽，他只比梁启超小一岁，两人志趣相投，尤为亲近。

翌日黎明，梁启超早早醒了，干脆起床，裹上妻子特为他缝制的厚袄立于院中。四周一片安静，但见屋檐上布满洁白晶莹的雪珠，在雪霁后的初晴下亮得惹眼，两只乌鸦停于檐尖整理着被刺骨疾风吹开的羽翼。

"这雪地冰天的，卓如兄你起得这么早啊！一路劳累，考试又将临近，该多歇歇。"麦孟华亦踏入了雪地，瑟瑟缩缩地呵气搓手。

梁启超浅笑道："孺博贤弟早，可能是不习惯京城水土吧，昨晚睡得不安稳，今日四更便不能再睡。如此美丽的北国雪景，又实在冷得要命，干脆就起来看看。况且今日要见朝廷命官拿印结，不敢贪睡。"

"说起最值得一见的，昨日有人提及，当属江西文廷式道希大人。不仅是去年大考翰詹时，皇上钦点超擢翰林院侍读学士，更是'翁门六子'之一，以正直敢谏闻名，又是帝妃之师，可谓前途无量。"

"孺博贤弟，文大人并非我省京官，如果贸然去求见，是不是太唐突了？"梁启超反问道。

"这个倒是不难，听说文大人对进京举人素来亲厚，故不仅多见江西本省举人，还时常在江南各馆间联络情谊。只要我们打听到最近他会去哪个胡同哪个会馆便可得见。去年卓如兄不是也在京城吗，难道没有听说过文大人召集了翰林院同人在全浙会馆，联名上奏请恭亲王复职？这样的人物，若能攀上关系，未来数月在京城的活动就方便多了。"

听麦孟华如此道来，梁启超起了兴致，心里琢磨着若真能见文廷式一面，倒可请教他如今中日两国间到底是战是和。

用过早饭，有同乡邀请他俩前往各官员府邸拜见同省京官，但老师康有为早就说过不去，他们也就不好去了。两人商量后，决定早餐后去老师康有为处探探口风，该去拜访哪位京官，三人都不是新举人，自不必参加复试了。

从南横街到东华门外，还有段距离，两人迈开大步，街上处处白雪皑皑，没多久便走得满身发热。路并不好走，坑坑洼洼，虽不下雪了，但有些冰冻，容易摔跤。一路上，梁启超的思绪总是游离，不由想起了去年应试的情景。

就在去年三月，康有为特意带上《新学伪经考》，早早地和挚友梁小山及学生麦孟华从广州起程，前往京城赶考。康有为住到了盛昱家里，梁启超带着妻子随麦孟华等人住进了新会会馆。康有为保持着他一贯的社交狂热，也保持了一贯的傲慢，没有像别人一样去拜会座师。

可万木草堂师徒都落榜了，他们的纵横捭阖，肆意妄为，无法在八股文中充分展示。落榜没太影响到康有为、梁启超师徒的情绪，他们没有急于回广州。康有为将《新学伪经考》四处送人，开始获得更多人的关注。也不知怎么一回事，那天天气其实很好，康有为和梁启超趁花红叶绿之际，前往晋阳寺游览。可刚下车，康有为就扭伤了脚，伤势还颇严重，扶着墙壁都难以行走。梁启超甚是着急，小心地将老师送至南海会馆，请来郎中为其看伤，而随后一段时间，康有为竟只能像枯木一样卧在床上休养。

此时朝鲜战争爆发了，京师的官僚们对朝鲜、日本普遍缺乏了解，对即将发生的冲突知之甚少，民众更是不知情。这种无知不断激发出盲目的乐观，连翁同龢都抱有一种乐观的情绪。梁启超感受到了这股好战的热忱，对时局甚是忧愤，但人微言轻，没人倾听他的观点。

不用心走路，走着走着，梁启超突然一个趔趄，眼见着就要摔倒在地，身后的麦孟华趋步上前扶住了他，问道："卓如兄，在想什么心事呢？可吓了我一跳，这路结冰了，还是得小心。去年康师摔了一跤，不是足足在床上躺了一个多月？"

梁启超忙立住脚，定了定神，感激地看了好友一眼："谢孺博贤弟救急，我刚刚在想去年我和康师所经历的另一场危机呢。"

"卓如兄，是说康师因《新学伪经考》一书被弹劾之事吧？我提前回广州了，隐约听说过，具体情况如何？正好歇歇脚，晒晒太阳，说来听听。"麦孟华在路边立住了脚，好奇地问道。

梁启超也倚在路边屋墙上，缓缓说了起来："当时我可真是急得团团转。《新学伪经考》惊动了不少人，给事中余晋珊竟上疏弹劾，称康师'非圣无法，惑世诬民'，竟敢自称长素，更是对颜回、子贡的藐视，请求圣上下旨销毁《新学伪经考》，并法办康师。圣上随即给两广总督李瀚章发去谕旨，要求他查办此事。"

见麦孟华没有出声，梁启超接着说下去："余晋珊的参劾令我和康师陷入极度焦虑，一整个夏天，我都在四处求人，好不容易才请到沈曾植发电广东学政徐琪，请曾广钧发电两广总督李瀚章求情。仍是不放心，费尽心力找到新科状元张謇，他是翁同龢中堂最器重的门生，转请翁中堂发电广东讲情。"

说到这里，梁启超叹了口气："康师的事忙得有了些眉目，可中日之战却大事不好，中国军队连吃败仗，京城人人咸有愁惨之色，皆担心日本军队将在数日之间跨过鸭绿江，攻入东三省，奉天瞬间失陷，日本水师更会直捣天津大沽。我的心情坏到了极点，国事与个人前途都令我甚是迷惘，乃至坐立不安，甚至担心康师会被关进大牢。"

"想当初卓如兄真是使出了浑身解数，才平稳渡过难关，康师也躲过了一劫！"麦孟华说到这里，跺了跺脚，抬脚朝前走，"晒着太阳，身上不冷，脚可冷得受不了。咱们还是抓紧时间赶路吧，康师怕是等急了。"

梁启超也觉得脚冻麻了，忙忙追上前去。

9

康有为正盼着梁启超和麦孟华，他的热情不允许他窝在家里。一见他们走进房间，康有为就急切地说道："我说你俩怎么还不来，正等着你们一起去祭酒盛昱府上拜访。"

麦孟华脸上满是向往："老师，太好了，记得您去年进京赶考，就住在盛昱祭酒的府上。"

"盛昱祭酒乃满洲镶白旗人，是肃亲王永锡之曾孙，家世高贵，从小锦衣玉食，光绪三年以翰林官至国子监祭酒，文采风流，闪耀一时。他家院子大得很，府中意园格局小巧，山池却精致。他极为好客，所交皆为知名之士，所谓'座上客长满，樽中酒不空'不过如此。去岁我住在他府上时日不长，却也见惯了京师名流来往络绎。"说起盛昱，康有为兴致勃勃，意犹未尽，"早在光绪十四年我来京师应顺天府试，因中法战争中国不败而败，乃极陈列强相逼，中国危难之状，请求变法以挽救国家危亡，提出了'变成法''通下情''慎左右'三条变法纲领。上书还是托盛大人才送至帝师翁同龢手里。"

见老师如此说，两人更是心动，康有为拿出早为盛昱准备的广东特产，让梁启超提着，三人一同朝盛府走去。梁启超走在后面，看了看老师挺直的后背，犹自感慨：当时《上清帝第一书》恰如往一潭死水中扔进一块大石，在朝野引起了很大的反响，播下了变法的种子，人们都知道了广东有个不怕闯祸、上书言变法的康有为。看来老师极有远见，要是朝廷早日变法，哪会落到今天这个被动挨打的局面？

倒是运气好，从麻线胡同正门而入，门房听说是康先生，忙去里面通报，回来又领他们一行朝里走。进门是一座漂亮的园子，门侧左右两棵高大的银杏树引得梁启超赞叹不已，虽是严寒时节，笔直粗壮的树干耸入云天，树顶枝丫间还有只硕大的鸟巢。往前走，过一座石门，两旁假山、水池及太湖石布置巧妙，只匆匆几眼，便知园子甚是精致。很快就来到会客室了，装潢大气，清一色的紫檀木桌椅，正面墙上挂的一幅大画古色古香。门房安排三人坐下，或许是时候还早，今天客人寥寥。很快，盛昱大步迎了出来，朗声打着招呼："长素先生来了，几时到京，在哪里住下了？我府上房屋宽敞，正好住过来。"

盛昱竟是一位清瘦的中年人，白皙的皮肤，精致的衣着，优雅的举止。康有为忙起立作揖道："见过祭酒大人，去岁在府上叨扰多日，心里甚是过意不去。此次就住在东华门外金顶庙，离贵府不远，方便时常来请教。"

"那倒是不远。你们一路行来，可否安靖？水路是否遇到了困难？"盛昱面露忧虑。

"途经上海时，听闻各种战败的消息，北洋舰队彻底覆灭，相传日本人不仅直取北京，还会进攻南京。我们乘坐的客轮即将进太古港时，被一艘日本军舰拦截，日本人怀疑从上海来的商轮上可能藏有军火，直接登船搜查。现在渤海湾几乎沦为日本的内海，日本军舰自由往来，而中国方面对此毫无办法。"梁启超抢在老师前面说起来，且越说越愤慨。

盛昱没有作声，脸色却难看了起来。康有为见此忙介绍道："祭酒大人，这是我的两位学生，卓如和孺博，刚才卓如虽说得激动，但事实的确如此。听说此次日本人根本不接受张荫桓、邵友濂两位大人前去谈判，已换成了李中堂前往日本讲和，不知此事当真？"

"朝廷实力堪忧，是时候奋起自强了。你长素先生早在几年前就提出了变成法的主张，可惜谁都听不进去。"盛昱长叹了一声。

这时，康有为致谢道："忆戊子年，我撰写了万言书，首请变法，所有人都不代为呈递。正在焦急中，黄仲弢推荐我拜见盛公您，您慷然代递，还让我住到您府上。您不因循从俗，为我慷慨代递的情谊，晚生我一直心存感念。"

"你既为朝廷着想，理应支持，可惜未曾发挥作用。而今我也身体欠佳，已辞去官职，一心寻医问药。虽告诫自己不谈国事，但依然心系朝廷，于当今形势甚觉无力无奈。"盛昱脸上也有了激愤之色，顿了顿又说道，"去秋朝廷在朝鲜一败涂地之时，主战派已经乱作一团，清流派开始相互指责，翁中堂将罪责都推给了李合肥。虽然朝廷起用了恭亲王，也重用了湘军，但溃败依然接踵而至。"

康有为三人听了，感慨颇深，一路行来，所见所闻所经历，让他们感到形势比去岁更严重。去岁初冬，梁启超还在京城，新一轮的恐慌开始蔓延，北京粮价飞涨，大批人离京，京城到天津的车价暴涨至十多两白银，一时间人心惶惶。

就在这时，门房拿了几张帖子过来，康有为师徒忙起身告辞，盛昱朝他们点了点头说："看来你等对倭寇战事也颇为关切，近日朝廷的确决意要派李中堂再赴日本议和，吉凶未卜啊……不过你们的第一要务便是参加会试，等考完了再来畅谈吧。"

门房领着他们师徒三人从正堂东侧廊子朝前行，爬上一平缓的小土坡，登上了一座石台，台以虎皮石砌成，上建一敞精致小轩，阶前山石嶙峋，有卓然之态。站在此处纵览全园，但见中心叠有假山，形势蜿蜒，一直延伸到南廊墙下。一弯溪流从山下拱洞中流出，向北汇成小池，构成山池佳景。一座小桥横跨溪上，增添了婉转回环的气韵。桥之东南一座方亭翼然独立，与台前的两块湖石和一株老树相映成趣。

康有为慨叹道："此意园虽小，却颇具匠心，不愧有亭林之胜。我往岁住意园时，此乃京城文人贤士聚会之所，翁同龢、潘祖荫、孙毓文、王懿荣等人就多次在此园中讨论金石文字。祭酒精于翰墨，善于金石考据，富于收藏，自谓所藏以宋本《礼记》《寒食帖》、刁光胤《牡丹图》最精，誉为三友。我有幸见识过，确是世上难得一见的精品。"

梁启超、麦孟华没有接话，他俩今天算是见识了王府的讲究和气派。作为耕读人家出身的子弟，他俩数次往来京华之地，虽说长了见识，但走进王府还是第一次。

匆匆走出意园，已是午时，师徒三人干脆就在附近找了家小饭馆用餐，点了些简单饭菜，也喝了些酒。用餐之后，梁启超、麦孟华拜别康有为。

天气晴好，依然有冷风迎面扑来，覆上梁启超泛红的脸颊，令他清醒了许多。意识到自己的失态，他推了推也有几分醉意的麦孟华："不知不觉误了时间，不然可以去琉璃厂走走，看看有没有好书买。现在这个样子去，让人看了也不好，不如回去看看书。"

麦孟华应和着，回到了关帝庙，许多举人都在议论着面见京官的逸事，梁启超却意兴索然，只自顾翻阅着书册，直到三更方才熄灯睡觉。

接下来的日子大家皆为会试苦读，关帝庙内也不似之前那般喧嚣。转眼已是京城的早春三月，宿舍步步锦纹的槛窗边常有黄雀鸣叫流连，梁启超常静静观看。

"卓如贤弟，快点过来，要走了！"三月初九日第一场会试的清晨，麦孟华祭拜完魁星后站在院子里，朝屋里正在收拾考试用具的梁启超喊了一声，此时大家皆已摩肩接踵地奔赴贡院。

"来了！"梁启超放下手里的书，背起了行装。

三场会试之后已过去了半月时光，举人们都如释重负地走出考场，豁然发觉树梢都生出了嫩绿的枝芽。

10

这天早上，眼见春光撩人，梁启超就对麦孟华说："孺博，今天康师要去拜访张荫桓大人，不如我们去琉璃厂走走。"麦孟华当然乐意，两人约了几个住在庙里的举人，兴冲冲地去访琉璃厂。琉璃厂在北京城西南角和平门外，是进京会试的举子们最喜欢去逛的地方，每逢大试之年这里就热闹得很。早先的琉璃厂是经营书肆的，先设书摊，后为书铺，之后又带动了笔墨纸砚、碑帖拓本、金石古玩的兴起，渐渐地一条文化味浓郁的街市形成了。与此同时，一些仕途隐退的饱学之士，工于诗书礼乐，长于琴棋书画，逐渐落户琉璃厂，在住所门前悬挂斋名堂号，与志同道合之人切磋琢磨。梁启超、麦孟华一行来到琉璃厂，行人不多，那些店铺里柜台里的货品也很充足。

进入一家古玩店，麦孟华抱起一本书翻看，梁启超在一只素三彩山水纹瓷瓶前立住了脚，但见瓷瓶之上奇峰突兀，怪石嶙峋，棱角分明的山石间，有飞瀑直泻，奇松伸展，还有那不知名的树木，瘦弱挺拔的枝干间，开着星星点点的红花。远山朦胧如黛，近石巍峨逼人，山峰高低错落，高者耸入云天，更有亭台、楼阁和吊脚楼参差坐落于山顶、山腰和山下各处。山下树木葱郁，江流环绕，有隐者悠悠地从山间小桥上走过，有渔人淡然地坐于湍急江水中的一叶扁舟上垂钓。整个画面构图饱满精巧，配合端庄秀美的花瓶造型，真是越看越爱。这时，一位穿蓝色长袍的中年汉子也来到了他身边，一同欣赏着这只花瓶，用明显的南方口音说道："这花瓶构图甚佳，山峰气势磅礴，江水绿树恬静幽雅，可惜是景德镇产的，不是我们醴陵产的。"说完，还叹了口气。

一旁的店伙计不以为然地说道："大人，这两年世道不安靖，那些当官的有钱的都是怕死鬼，纷纷离开了京城，带不动的东西就收到这里来了。有什么看中了的，只管买，价钱比往年都低。"

梁启超与陌生的中年汉子相视一笑，摇了摇头。他们是穷书生，哪有钱买古董，碰到合意的旧书买几本倒还差不多。念及自去冬以来京城混乱的局面，国势堪忧，梁启超感慨道："虽不能与申胥相提并论，但也怒母国之不争，战而不胜肝肠断，和而不甘似剑穿啊……"

"假使我没听错，仁兄你刚刚所讲可是北洋战事？我也有同感。"中年汉子开口道。

梁启超见对方南方口音，且一派斯文，很高兴在此能结识有识之士，忙做了自我介绍，由此得知对方叫文俊铎，字代耕，湖南醴陵人。文俊铎见梁启超天庭饱满，河目海口，印象颇佳，有意结识。双方相互作揖，边观赏花瓶边攀谈起来。

"我喜欢读龚自珍的书，他对现在大清的弊病总能一针见血地指出来，直如醍醐灌顶。如今倭寇入侵，又感于他所讲'日之将夕，悲风骤至'，只是这趟李中堂前去议和仍不知进展。"梁启超说道。

"朝廷这次派李鸿章再去议和真是大错特错，张之洞张大人曾言明此人并非清流之辈，若此时与日本媾和后果不堪设想，应委派主战能人与倭寇周旋。"

"听文兄这样讲，莫非你与张大人是旧识？"

"旧识说不上，鄙人只是听一同住在湖南会馆的同伴说起，他曾经担任张之洞在两江总督任上的幕僚。梁兄年纪轻轻就见识不俗，日后定能殿试传胪。对了，我下午正要去赣宁会馆见文廷式文大人及另外几位举人，不知梁兄可否有兴趣同行？不用见外，文大人一向愿交良友。"

梁启超听了顿有意外之喜，原本就与麦孟华商议着考完会试后，打听文大人的行程以便拜谒，如今竟得此机缘，自不愿错过，遂当即应允。

待叫上麦孟华，三人出了琉璃厂，赶至赣宁会馆。一进庭院，里面已争论得热火朝天。一位方脸俊目的胖胖的中年人站在高处，大声地说道："三月初一，我也上过一道奏折给皇上和太后，禀明反对议和，速定大计，无奈却石沉大海……这几日，翁老师也心急如焚，仍在御前斡旋，希望能有转机。"

梁启超猜想此人，应是文廷式无疑，也不等旁人引荐，忙迫不及待地走至那人面前，追问道："文大人，倘若朝廷当真放弃议和而继续开战，以现在的军备实力断不能与倭寇打得持久，到时岂不是比现在的状况更糟？我倒认为可以和，只是尽力周旋拖延即可，给军队喘息时间。"

文廷式端详着梁启超，神情坚决："小兄弟所言，实则与我的观点有异曲同工之处。三月十二日，我又奏请不可轻许倭人条款，这两日亦有不少同僚与我持相同看法而上奏。钱可以赔，地绝不可割！估计这两日朝廷就要最终决定了，如果真是最坏的结果，我必定再次上书。"

"文大人高见。到时如有用到我文某的地方，请文大人尽管吩咐，我必不敢懈怠。"文俊铎忙拱手向文廷式阐明心意，众人皆附和。

小小庭院，在这天下午装下了莘莘举子的赤子之心，和煦的春风拂过一张张年轻的面庞，但人人心上都是沉甸甸的。

等梁启超、麦孟华回到关帝庙，已是月明星稀的时辰。同房的同乡举人见了忙问："怎么去了这么久？还以为你们会回来吃中饭，谁知晚饭也没回来吃，这是给你俩留的晚饭。在琉璃厂淘了什么好书？"

梁启超、麦孟华简单地说了说一天的经过，称赞文廷式为人刚正不阿。二人接过用纸包裹的几个艾窝窝，跑了大半天，实在是饿了。还没坐定，两人便狼吞虎咽起来，不想梁启超竟噎着了，麦孟华忙递给他一杯热水。

"真想不到卓如你竟有这样的机缘。不知文大人后面几日行程如何？我等可否一同拜见？"另一位举人接话道。

"听上去之后几日文大人都会忙于公事，似没时间在各试馆驻足……听康师说，我们明日去拜见户部侍郎张荫桓？"梁启超回头问麦孟华道。麦孟华点了点头："康师还要我们早点去呢。"

康有为已去张府几次了，他的住地离张府很近，这天一大早，康有为师徒再次登门拜访了张荫桓。户部侍郎张荫桓也是广东人，他虽然不是两榜出身，却以过人的精明和才干得以官运亨通，是一个办实事的干员。他常来往各国，思想先进，极支持变法，是翁同龢极为赞赏的官员。张宅已聚集了好些广东籍举人，还有山东和安徽来应试的举子。张荫桓见康有为来了，忙招呼他们坐下："长素兄来了，现在会试已过，计划到京城哪里走走？"

康有为答道："户部大人，此非常时刻，我等无心游玩。现在李中堂正在日本议和，但具体条款不太清晰，听到的都是传闻。日本条件极其苛刻，既要赔款，还要割地，大家都焦灼得很。故今天特来大人处探听消息，在下已决定上书言事！"

张荫桓认真听完了康有为的话，脸上的表情阴晴不定，缓缓说道："近日众位大臣纷纷上书奏请皇上和太后延缓与倭人媾和之事，此举可钦可佩。我想国人都愿意尽自己的力量，但我建议在座诸位最好联名上书，形成合力。"

"对，联合上书，在下以为还得动员更多的举人来联名上书，大人提醒得对。等会儿卓如、孺博你们几个分头到各会馆去宣传号召。奏折就由在下来起草！"康有为越说越激动，"我大好河山岂容他国侵占，家国兴亡，匹夫有责，何况我们还是寒窗苦读多年的读书人！"

梁启超正苦于空有一腔热血无处施展，激昂地站起来答应着老师的安排，其他举人也纷纷赞同。康有为当即约定，先由他拟定奏折，到时再请大家来署名。

这时，梁启超大胆地询问张荫桓："户部大人，这中日和谈当初是由大人和邵筱春大人一起到了日本，为何又换成了李中堂？"

张荫桓的脸色暗了暗，定了定神说道："说到底，是日本人欺负我官职还不够高，且他们根本没有诚心讲和。他们有备而来，眼见中国人连吃败仗，就想趁机多捞几把，不愿轻易和谈罢了！当初我等冒着严寒，千辛万苦跑到日本广岛，日本总理大臣伊藤博文和外务大臣陆奥宗光不愿谈判，便在我中国代表的'全权'问题上再三寻找借口。二月一日，第一次会晤，拒绝谈判。二月二日下午四时，第二次会晤。伊藤博文大肆攻击中国之余，断然表示不与中方举行一切谈判。之后，以广岛为军事重地为由，日方于二月五日强迫我等前往长崎。和谈既已无可挽回，我等一行乃被迫于二月十日由长崎回国。"

国不强则使辱！众人听了，义愤填膺，联名上书的决心更坚定了。

11

翌日，在晨光熹微中醒来，梁启超从被窝里坐起，将窗户开了条小缝，黄雀已在大风中的树丛里婉转它的歌喉。

想着一早要去湖南会馆拜会文俊铎，梁启超赶紧爬了起来，叫醒麦孟华："孺博，你快点起来。我今天计划多跑几家会馆，比如粤东会馆、南海会馆、新会会馆、东莞会馆，看看大家对上书言事一事的态度，尽可能多联系些人吧！我还想去湖南会馆看看，看文兄那边情况如何。"

临铺一些举人听了也起床，大家匆匆梳洗一番，跟着梁启超前往各处看看。跑了几家会馆后，路过山会邑馆（绍兴会馆），见好几位举子走了进去，里面似有人声喧哗，梁启超也抬脚走了进去。疾风呼啸，走进"藤花别馆"内，蜿蜒的古藤边已顶风聚集了近二十人，都议论着与倭寇和谈之事。梁启超等人刚在人群之后站定，只听有人喊"文大人来了"，抬头便见文廷式与文俊铎等人从人群中走到别馆的正中央，并示意大家安静。文俊铎扫视众人时认出了梁启超，微笑着朝他点了点头。

文廷式手持一纸，义愤填膺地说道："诸位孝廉请看，这是日本与我们议和之十一条款，实乃丧权辱国之要求，贪得无厌之国家！而李中堂自上月在日遇刺后力不从心，反复强调贼寇精锐，不宜久耗！如今满朝官员不断上书，皆急切地期盼挽回条约，故今日前来是希望诸位与我一起联名上书，切不可让倭人对我国骄纵恣睢！若愿意效劳的，鄙人四月初六会再来贵处，到时还望各位在条陈上署名。"

举人们看过纸上的条约，都对倭寇悲愤切齿，有的痛哭有的咆哮有的静默，纷纷聚集到文廷式身边询问细节。此时文俊铎穿过人潮，来到站在外围的梁启超等人面前："卓如兄多日不见，这几日我一直陪着文大人四处奔走，不知稍后可否随我等一同去别处倡议，我还有事请教。"

梁启超、麦孟华自然愿意一起去，于是他们随文廷式一行离开了绍兴会馆。一直忙到薄暮冥冥，他们先后去了四五个湖南的会馆，广东的馆也去了几家。

临告别时，梁启超擦着汗对文俊铎说道："代耕兄，后日正午，我们康先生约定广东籍举人在松筠庵会面，详谈联省上书的事宜，你能来吗？"文俊铎毫不犹豫地点头答应道："卓如兄，我肯定会来，我还会带几位同乡朋友一起来。"

到了三月三十日，文俊铎一行很早就来到松筠庵，循着说话声来到谏草堂。一位圆脸浅眉的中年男子正侃侃而谈，其他人皆围坐聆听。文俊铎等人悄然坐到后排，只听中年男子略带几分广东口音，慷慨陈词道："条款中最不可接受的系割让奉天沿边、台湾岛及澎湖列岛，难道任凭豺狼践踏我土地、欺压我民众吗？倭人如此狼子野心，只怕今后随意来犯，终至国将不国！故我在条陈中会写明拒绝讲和、迁都练兵、变通新法三点，而其宗旨则以变法为归……"在座诸人边听边点头议论，这是文俊铎平生初次听闻"变法"一词，大有振聋发聩之感。

中年男子又约讲了半个时辰才罢，大家争先恐后地直抒胸臆，皆满脸激愤。

演讲者就是康有为。

梁启超抱着一些书册，走过来招呼文俊铎，他老早就在人群中看到他了。梁启超对文俊铎道："等先生起草完这条陈，可能长达万言，我同孺博就誊写一遍，初七到初九这几天辛苦你们再来。也可再鼓动一些孝廉同来，到那时间我定将条陈同诸位一览，签名即可。王鹏运王大人会襄助我等上陈！"说完，他从手里一沓书册中翻出几本放到文俊铎手中，"这是康先生几年前写就的《新学伪经考》，希望对你有所帮助。"

文俊铎欣然接过书册，翻开扉页，上印有"广州康氏万木草堂刊"等字样。随后他又与其他几位广东举人畅谈片刻，至申时方才辞别梁启超等人离去。

文俊铎黉夜难眠，挑灯读着《新学伪经考》，不禁为其石破天惊的论调所折服。

12

滂沱的雨势于四月初二深夜袭来，刹那间席卷了整个都城，直到初三过午仍未丝毫减退。水流从伞顶落下，浸透了梁启超和麦孟华的布衫下摆，风雨中夹杂着槐花时远时近的香气。

"刚去了南海会馆、东莞会馆，初六再去粤东会馆，初七去松筠庵。卓如，这么多人响应我们，我觉着这拒和还是很有希望的。"

梁启超赞同地点头："众心成城……"

他突然瞥见前方不远处，几十人冒雨拦截一顶四人抬的轿子，有的身穿长袍似举人，有的穿锦衣似商贾，更有身着官服者。好几个人死攀着轿前横梁，跪在石子路上，声嘶力竭地喊道："汪大人，您是主战的，我们求您力争。切不可将我台湾永割于倭寇！若是最终朝廷一意孤行，我省绅民必定自发练兵，和倭寇拼了这条命！"听得出，众人已现哭腔。

轿中之人掀开轿帘，是位年近花甲的老者："尔等之心我明白，也定会在御前力争，你们都起来回去吧！"众人却依旧跪在风雨中痛哭，脸上的泪掺杂着连绵的雨水，令人望之心生悲愤。

梁启超见麦孟华蹙眉叹息，安慰道："这是民心，朝廷定会顾虑权衡，只是不知道到底会如何对待和约。拒签再战？"

一时间，二人茫然地看着眼前密密的雨幕，沉默不语……

阴霾数日的天空，终于在初八这日放出明朗的春光，梁启超醒来时有些晕沉目眩，自知应是多日奔波的疲累所致。誊写康先生那万言条陈，他和麦孟华整整写了一天两晚，手都酸痛了起来。但他仍强撑精神和麦孟华等一大早赶到了松筠庵，康有为已经早来了，正站在前院等他们。梁启超一行随着康有为来到谏草堂，文俊铎等二三十个举人不久便纷纷赶来。梁启超将万言书摆放在书桌上，举人们纷纷围站在书桌前阅览万言书，有人轻声地诵读，麦孟华等人则站在一旁维持着秩序。

康有为的这份万言条陈真是笔锋犀利的惊世之作。临近晌午时，前前后后来了五十多人，有不少人签了名就走了，也有的聚集在一起诉说着对此次议和的反对。

文俊铎请梁启超移步，向他说起这两日跟随文廷式奔走，觉得他已不似先前那般踌躇满志，只怕和谈形势不妙。梁启超沉默良久，坦言道："近来情势当真是不好，但正因此我等更应加快速度尽力挽回！"

天际突然出现一道如利剑般的闪电，紧接着霹雳炸响，不一会儿，狂风裹着冰雹呼啸而来。文俊铎听见身旁有人自语："这……非常天气只怕并非祥兆……"许多人也窃窃私语起来。

"诸位这是怎么了？不过一阵春雷春雨而已。"尽管梁启超及时出面解惑，悒悒不欢的氛围仍逐渐蔓延开来。一些举人不再逗留相谈，签名后便结伴离去。此时，梁启超也觉耳鸣头疼，本想支撑，但已力不从心，一个踉跄差点倒下。

"卓如！"麦孟华一把扶住他，见其满脸通红，忙搀扶着他离开了松筠庵。梁启超只觉浑身乏力，待躺到会馆的床上，很快就不省人事了。

也不知过了多久，梁启超勉强睁开双眼，隐约见麦孟华坐于身侧看书，黄雀在窗外婉转地歌唱。他挣扎着想坐起来，发觉身体酸痛不已，且口渴难言。

"我的老天爷，卓如你终于醒了！"麦孟华扶起他，让他的身子靠在枕头上，摸了摸他的额头，"怎么出过汗了还是如此滚烫，你都昏睡一天一夜了。康师托张大人请了个京城有名的大夫给你瞧的，他讲你这风热来势凶猛。好在底子不错，得好好静养。"

梁启超心中略感欣慰，仍若有期待地看着麦孟华。见其期盼的眼神，麦孟华反皱眉犹豫起来，终究还是鼓起勇气说道："上午湖南文代耕来看过你，说就在我们在松筠庵签名那日，初八，皇上批准了日本全部议和条款……"

梁启超的心痛了起来，复又躺倒在床上，眼泪汹涌而出……伤心流泪的又何止他一人呢？至四月十二日发榜，除了中榜者，来京的举子大都纷纷星飞云散，在京城里坠落了一地的伤心。万木草堂的师徒迎来了喜忧参半的结果，梁启超、麦孟华再度落榜，命运却给康有为以眷顾，他在贡士榜上名列第五。

第四章：思变

13

春意深沉，甚至有初夏的势头了，花园里一派欣欣向荣的景象。嗣同站在窗前张望着花园，如此良辰美景，却无心观赏，心绪甚为低落。这段日子来，他坐卧不宁，无心读书也无心舞剑。

还在四月初的一天，当《马关条约》条款传回国内时，湖北巡抚衙门就收到了条约的主要内容电文。谭继洵看后倒抽了一口冷气，眼镜都模糊了，忙让一旁的嗣同仔细瞧瞧：赔偿军费银三亿，相当于大清国全年财政总收入的近三倍；承认日本对朝鲜的控制；割让辽东半岛、台湾岛及附属岛屿和澎湖列岛；还得开放那么多口岸，最大限度剥夺中国人的利权。

这真是从未有过的耻辱和损失！嗣同义愤填膺地将电文摔到了地上，饶炳勋等人吓了一大跳。嗣同建议道："父亲大人，我堂堂中华何曾遭受如此奇耻大辱！不如约同香帅一起上奏朝廷，坚决主张展期换约，并请强国出面调解！"谭继洵也满腔愤慨，吩咐嗣同赶紧草拟上奏朝廷呈文，并一一发电给平时走得近的几位总督巡抚。很快，就有署理两江总督张之洞、闽浙总督边宝泉、江西巡抚德馨、山东巡抚李秉衡、台湾巡抚唐景崧、广西巡抚张联桂积极响应。于是，七位督抚联名致电北京总理衙门，知情者无不深受鼓舞，但总理衙门却没有任何回应。

都过去一些日子了，现在情况到底如何呢？这天下午嗣同正在书房里读书，饶炳勋匆匆走了进来，神情焦灼："复生兄，敬帅叫你速去签押房，有要事相商！"

嗣同急忙直奔签押房，一进门，便为眼前的情景惊住了，父亲大人泪流满面地坐在书案前，老师黄凤岐站在一旁流泪，黄忠浩更是哭得一塌糊涂。大事不好，嗣同见书案上放着一纸电文稿，忙拿起来看，只觉得头嗡嗡地响。《马关条约》已然签订了，内容较之前略有变动，但条款仍极为残酷：中国承认朝鲜独立；割让台湾岛及其附属岛屿、澎湖列岛与辽东半岛给日本；赔偿日本两亿两白银（库平银）；开放沙市、重庆、苏州、杭州为通商口岸；允许日本人在通商口岸开设工厂。

泪水奔涌而出，嗣同满腔的怒火及憋屈无处发泄，他的拳头握得紧紧的，砸在了书案上。

谭继洵总算将心里的万千伤悲压了下去，缓缓说道："朝廷竟然不顾民意，在《马关条约》上签了字用了宝，此举对我大清朝、对国人的打击和伤害是史无前例的，真是惨痛无比！好比天崩地裂、日亡月殁！李合肥真是太可恶了，就是牺牲自己也要保全国家呀！"

嗣同愤激地大声道："《马关条约》割地之事，其祸犹浅。可和约中通商各条，将兵权利权商务税务一网打尽，又将火轮舟车开矿制造等事项先机占尽，致使小民之一衣一食皆当仰之以给！自古取人之国，无此酷毒者！况又令出二万万两之巨款，中国何曾有此财力！可恨倭国凶残贪婪，朝廷软弱无能，我原以为他李合肥是一代雄杰，却是可耻的汉奸，理应革除他的官职以谢天下！"

黄凤岐也慷慨而言："隔海相望的蕞尔小国，历史上从来都奉我中华为师，现在居然可以称王称霸，欲将中国并入它的版图，可见中国如今腐朽到何等地步。"

"人口虽多，却一盘散沙；军队虽多，却形同乌合。落后就要挨打。我大清国再不变法再不自强，就自取灭亡。"嗣同呼应道。

黄忠浩更是愤慨："我大清危矣，我大清百姓危矣。但凡有一点点争取的利权，在谈判时就该争取。李合肥一手创建的北洋舰队不堪一击，在和日本谈判时不能为朝廷争取利益。朝廷一直待他不薄，赏他文华殿大学士，赏他黄马褂，如今真该杀他以谢天下！"

饶炳勋却始终没有插话，只是默默地为他们几人端茶。嗣同又接着黄忠浩的话头说道："我大清国之所以如此受辱，还在国力过于贫弱。之前，李合肥、香帅等都推行过洋务实业，可还是没能改变大清国受欺凌的命运。从今往后，除加速练兵之外，还要对有碍于自强的各种陈规陋习乃至律令法则做相应的改变，使得中国由弱到强，终至富强起来！"

"改变？不久前京城的公车上书可谓轰轰烈烈，康长素提出了三点：拒绝讲和、迁都练兵、变通新法，简单地讲，就是变法。真是令人耳目为之一新。说实在的，《马关条约》是国耻，大清国要富强起来，就得向倭寇推行的明治维新学习。"黄凤岐激动地说。

"事已至此，万无回旋余地，令人痛极。我看自强也好，变法也好，那都是以后的事情。日本野心勃勃，当前得防备倭寇下一步的行动。现在辽东半岛的战事已经停了，但日本还在进攻台湾！"黄忠浩继续说道。

一听他的判断，大家脸上都堆起了愁云。嗣同说："泽生兄一直在营务处，对战争的态势看得准。万一倭寇不满足，真是不守和约，冲过山海关，直捣京师的话，朝廷可会措手不及！父亲大人，您不如和香帅联络，会同各疆臣一起呼请朝廷早日定计西幸，以破日本要挟。"

谭继洵点了点头："复生讲得有理，倭寇太嚣张了，之前已经占了上风，现在更是得意。你等会儿拟好电文，待我阅后，尽快发出去。"

黄忠浩熟知谭继洵的性格，但凡涉及倭寇的事，一反之前拘谨的行事风格，突然果断和坚决起来。他暗暗感动，看来敬帅也是忠诚有血性之人。想到这里，他大胆提议道："敬帅，万一日本直捣北京城，整个大清就危险了，长江沿岸兵力明显不足，不得不事先考虑来日的防备。"

听他这么一说，大家心里又一紧，谭继洵更是忧心忡忡："泽生一语点醒梦中人，且不说长江沿岸的防备，就是湖南湖北境内的防备都太成问题了。之前的兵力就不足，年内又大都调往辽东，现在更是防备空虚。泽生你得用心考虑一下，如何加强湖北境内的防备，过几天再一起讨论一番。"

黄忠浩朝谭继洵作揖道："敬帅放心，我赶紧拿出个方案来。"

嗣同临出门前，谭继洵叫住他，说道："复生，你拟的那个电文，最好得说明一下得知《马关条约》签订后，湖北湖南两省士民公愤颇大，无不愿拼死力争之。"

嗣同想了想说道："父亲大人，那道呼请朝廷早日定计西幸，以破日本要挟的电文先发，至于两湖士民公愤那道电文后发，您看如何？"

谭继洵略为沉思，点了点头。

14

天色已晚，嗣同刚拟好电文，见唐才常、刘善涵两位好友来了，忙起身迎接。唐才常性子急，高声问道："复生兄，日本和谈情况如何？"嗣同红着眼圈道："和约已正式签订，我中华来日危矣！"

见两位好友茫然震惊的样子，嗣同将和约内容一一道来。唐才常满脸涨得通红，猛然一巴掌拍在书案上，喝道："可恶的李合肥真是卖国贼，竟然签订如此丧权辱国的条约，那么多钱那么多土地都得拱手送给倭寇，还得开放那么多口岸，任其将来耀武扬威，真是令人痛恨至极！"

刘善涵气得脸色发白，情绪激愤："朝廷置百姓而不顾，台湾子民如何忍辱苟活？这还有天理吗？"

刘善涵满脸是泪，唐才常也眼泪哗哗直流。嗣同劝道："佛尘、淞芙，我心里刚刚平静些，你们又来惹我，天色也不早了，我已让人在六虚亭备好酒菜，我们去那里坐坐吧。"

三人快快地朝后花园去，谁也没有心情欣赏眼前的大好春光，在六虚亭刚刚坐定，黄凤岐、饶炳勋就来了。

席间一片沉闷。过了好久，还是嗣同振作精神，端起酒杯，站起来说道："《马关条约》已签，真是惨烈无比，纵有美酒，也饮之无味。但今日请各位来此相聚，我依然要敬各位一杯。我想提醒大家思考，在此处境之下各位如何自处？倘中国人都不奋起反抗，可真是离亡国不远了。"

说完后，嗣同一脸悲壮，将手中的酒一饮而尽。在座各位都站了起来，一一饮尽手中的酒。

"前些日京城应试举人和许多官员纷纷上书反对签约，但和约依然签订了！既然战败了，也就无法挽救了，现在我们眼光要朝前看，朝廷要向日本学习，进行维新变法才是正理。如果再不改变，只怕不仅仅是日本一国来割我们的地。"嗣同掷地有声。

"复生说得很对，但朝廷不改，高官不改，我们这些人也只能干着急！"刘善涵叹了口气说道。

唐才常忽地又拍了拍桌子，说道："我看寄希望于朝廷和那些高官们进行维新变法很难，顾亭林不是说过国家兴亡匹夫有责吗，我们这些没有功名的书生，难道真的只能干着急吗？"

"对，国家兴亡匹夫有责，如果大家都不去关心自己的国家，那国家真的会支撑不下去。现在前方战事并没有真正停止，我即日将奔赴沙场去尽自己的心力！"黄凤岐也参与到讨论中来。

"老师，您真的要走？我舍不得您走，但您奔赴前线的气概令我敬佩之至。"嗣同满脸真诚地说道。

"世道如此黑暗，我也要走了，我要回浏阳隐居。我只是一个普通的书生，不能施展济世的抱负，但我可以约束自己约束家人，做个洁身自好的人。"刘善涵鼓起勇气道。

"事业的成与否，千条原因，万般机奥，最后都落在'人才'二字上。曾文正公、胡文忠公之所以成就了一番大事业，归根结底，也就是在会用人这点上强过别人罢了。方舟师和淞芙兄，你俩都是难得的人才，方舟师奔赴前线精神可嘉，淞芙兄归隐起来可真不行，至少为家乡干些事呀。"嗣同直言不讳地说道。

"谢谢，复生仁兄高看我了，我的力量太微弱了。"刘善涵说道。

"淞芙兄，我们仨都可以回到浏阳办学，办学是培养人才最好的方式。浏阳城已有南台书院，还远远不够，何况南台书院也只培养应试的人才，要培养人才就得从倡导新学开始。"嗣同提议道。

唐才常也激动了，附和道："要抛弃旧学，培养新式人才，光靠南台书院的确行不通，除非再办一所新式学校，由我们自己来推行新学。"

"佛尘说得太好了，推行新学已事不宜迟！得好好学习香帅的深谋远虑。当年有人控告他劝令茶商输捐两湖书院经费，有碍商情。香帅没有灰心，反而激起了他继续办教育的雄心，继而又兴办自强学堂，专门培养外语和商务人才。为了浏阳读书人不再一门心思盯在应试上，倡导新学培养懂西学的人才势在必行。"嗣同的思路更加明晰。

刘善涵点点头道："香帅真的站得高看得远，且实心任事。我还专程去探访过自强学堂，他办这个学堂真是不容易，倡导经国以自强为本，定名为自强学堂。"

"在书院里，同窗们也时常聊起自强学堂，香帅办学不仅适应当前需要，且真是舍得本钱，以吸引优秀人才。听说自强学堂学员入学后饮食、学习用品均由学堂供给，且为促其专心致学，不准兼习时文试帖。所聘请的教习也是一时名士，有缪荃孙、夏曾佑等人。"唐才常脸上充满向往。

"如此看来，香帅到底是学政出身，真是办学的典范！"黄凤岐也点头称赞，却又疑惑地问道："嗣同，这段时间常常听你们讲新学，简单地说来，新学是什么？"

"方舟师，新学很宽泛，简单地说，新学的基础便是算学。"嗣同边说边思考，顿了顿说道，"算学是格致学的入门，也是核心，我看我们几人就回浏阳办所算学馆。"

"算学馆？太好了，毕竟是试办新学，就办所算学馆，让那些守旧的书生投身新学之中。"唐才常深受感染。

正谈得热闹，提前退席的饶炳勋又回来了，对黄凤岐说："方舟师，敬帅叫你去他书房，他有要事和你商量。"

嗣同三人更没心思吃什么，让家人撤掉桌上的饭菜，就留下酒杯。心中块垒无法消除，唯有烈酒可以解忧。三人边喝酒边谈着回浏阳办算学馆的种种计划，你一言我一语，渐渐地有些眉目了。

夜深了，四月的夜晚也还有些凉，但三人心里却热乎乎的。他们痛定思痛，决意从此投身于维新变法的行动之中，他们被新的希望和憧憬所鼓舞。临别之时，刘善涵脸上有了惜别之情，他动情地对嗣同二人说道："复生、佛尘，我已经打点好了回浏阳的行装，曾公馆那边也辞馆了，可真舍不得你们。"

嗣同忙安慰道："淞芙，你也很长时间没回家了，该回去看看。我们很快就会见面的，你先去找瓣姜师，具体请教办学之事。"

很快就到了刘善涵返回浏阳的日子，嗣同、唐才常两人将他送至码头边。虽已是春意盎然，但三人心里满是离别之情。唐才常握着刘善涵的手说："淞芙，一路顺风，待你安定下来后，就代我们禀告瓣姜师在浏阳兴办算学的想法，我随后也会回浏阳。"嗣同也抑制着满心的伤感，强装笑脸："淞芙，你打前站，我和佛尘随后回来。"

三人拱手而别。

接下来的日子，嗣同就着力思考兴办新学的事情，正好江苏学政龙湛霖来信探讨改革科考，并委托他草拟奏折。嗣同为龙学政开明的思想所折服，为其草拟《奏请变通科举先从岁科试起折》。在他看来，考试内容如果不落到实处，仅变革形式是无用的，并不主张骤然废除制艺。因而主张在岁、科、优拔等考试中，除考制艺外，均应兼考西学一门。

谭继洵深受《马关条约》的刺激，精神较前更旺，办理军务甚为认真。谭继洵特委任黄忠浩招募五百名勇士，驻守湖北田家镇炮台。田家镇坐落于鄂东武穴，地势险要，与半壁山共同扼守长江航路，此处江面陡然转窄，江流如束，形如咽喉，为沿江要塞中最坚固、最大的堡垒，乃武汉锁钥之地、攻荆入楚的门户，被称为"楚江锁钥"。

此时黄凤岐却要北上，日军已登陆台湾。头天晚上，嗣同坐在书桌边伤感了很久。黄凤岐忠直善良，他不能阻挡其为赴国难，恨自己不能随同前往，连夜写了一副对联，以纪念师生之情：曾受双戟单刀，长于葛洪者剑；所谓粗块大脔，奄有陈亮之文。

第二天一大早，嗣同将黄凤岐送至对岸汉口江轮码头，师徒依依惜别。

15

中日和约签署之后，嗣同怀着满腔悲愤，致信贝允昕和欧阳中鹄，直抒对签订《马关条约》的极度不满，大胆地提出变法迫在眉睫，且主张筹集变法资金以广开学校、大开议院、操练海军、兴办商务、开矿脱贫。此时贝允昕正在天津道李兴锐家教读，欧阳中鹄正在浏阳。信寄出去之后，嗣同便埋头研究变法策略，偶尔出去会友。

五月十四日这天，武昌闷热得不行。午饭后，嗣同呆坐书房里。突然，电闪雷鸣，倾盆大雨席卷而来，书房里的光线霎时暗下来了。嗣同站在窗前，出神地盯着雨幕，门房给他送来了贝允昕的回信。正是苦闷之时，友人来信自是令人开怀，他紧紧地将信握在手里。很快雨就停了，天又重新亮了起来，嗣同急切地展读来信。一旁的闰娘见他的脸色渐渐变得难看诧异，还没来得及询问，只见嗣同将信丢在书案上，人却在书房里来回踱步。闰娘关切地问道："复生，元徵说了些什么，令你如此伤神？"嗣同叹了口气说："元徵也是多年好友了，竟然以卫道为由反对变法，他口口声声说，讲求洋务之术尚未精通，非得变法以图谋治理国家？又以败坏人才为理由否定洋务，认为数十年来士大夫争讲洋务，绝无成效，反驳天下人才尽入于顽固迟钝贪婪欺诈之列。他在天津勉林世叔府上教馆，比武昌更易接触到新鲜的事物，怎么还是这种落后的思维呢？抱着老观念不放，真是令我太失望了。"闰娘宽慰道："复生，不必着急，元徵是蔚庐师的外侄兼女婿，平日里来往密切，肯定受蔚庐师的影响。不如好好写封回信，说说你变法的想法，他肯定能理解和接受。"

嗣同想了想，点了点头，便往外走，回头对闰娘说："闰娘，雨停了，我去两湖书院找佛尘商量一下，如果晚饭时没回来，就不用等我。"

雨过天晴，气温降下来，甚是凉爽。嗣同走过学院街口时，远远地有人在叫他，他抬头一看，就在对街，陈三立正在朝他招手。陈家已经搬离了臬司衙门，嗣同只匆匆代父去拜见过黄太夫人一次，都有好长日子不见陈三立了，不想在这里遇见。嗣同忙迎上前去，陈三立却指着他身边一位瘦削的中年人介绍："复生，快来认识一下，这是公度兄，刚从新加坡总领事任上回国不久，他可是精通洋务新学之人。"

嗣同听闻大喜，他早就听陈三立说过黄遵宪的故事，知道他是广东嘉应州人，先后出任过驻日使馆参赞、美国旧金山总领事、驻英使馆二等参赞、新加坡总领事等职务。因长期在外履职，他善于学习，眼界独特，精明干练，是当时最懂洋务的官员之一。此时，这个有名的外交官就在眼前，但见他浑身披着金色的阳光，身材颀长，蓝色长袍光彩夺目，语调从容，举止端庄，嗣同心生好感，忙作了长揖："久仰久仰，今日得见公度仁兄，真是三生有幸，伯严兄还特别介绍了您的《日本国志》，在下渴望能早日拜读。"

黄遵宪温和地笑了笑，说道："谢谭公子谬赞，过几日在下托伯严兄呈送给您指教。"

当陈三立得知嗣同去两湖书院找唐才常时，笑道："复生，早就听说你这位刎颈之交的才气，一直期盼识得他，却迟迟未见其面，你下次记得引他过来见见呀。"

嗣同朝陈三立作了长揖："我这里代佛尘致谢。您二位急急到哪里去？"

陈三立道："我们去自强学堂拜访夏曾佑穗卿兄，也去筱珊师处看看！"

"下次还请仁兄引见，让我得以相识穗卿兄，也好向各位大贤请教。"嗣同真诚地说道。

三人寒暄几句，揖别而去。嗣同来到子字斋时，唐才常正坐在桌前聚精会神地读书。嗣同好奇地问："佛尘，在看什么？这么认真。"平地起雷，唐才常抬头一看，笑道："复生兄来了，吓了我一跳，我在读沅帆兄借给我的《日本国志》。"唐才常所说沅帆兄，便是刚来武昌不久的邹代钧。

嗣同惊喜地接过来一瞧，竟是一本手抄本，也笑了："佛尘，看来此书还未刊印，你先睹为快呀。我刚刚在学使署门口遇到了此书的作者黄公度。"

"真的？可太巧，此书写得真好，是一本了解日本的大全。哪天我要找机会拜见他，听说他的诗写得很好，我还有问题要当面请教他呢。"

嗣同感叹："黄公度真是值得尊敬之人，他在国外多年，为在外华工争得了不少利益。当初甲午战争起，香帅移署两江后，以筹防需人，奏调时在新加坡总领事任上的黄公度回国。可今年年初黄公度至江宁谒见香帅时，因他长期在国外任职，对于严苛的尊卑等级和应酬颇为不屑，在权贵和上司面前毫无奴颜婢膝之态，使得香帅很是不快，将其置之闲散，以一般的幕宾待之。黄公度对此并不在意，他所殷忧在心者乃是外敌的豪横和国事的危殆！"

"如此能干的官员实在少见，香帅怎么以一般幕宾待之？黄公度有广阔的见识。《马关条约》签订后，撰有《哭威海》《马关纪事》等诗。'存亡家国泪，凄绝病床时'，其感时伤世、哀感家国之情令人动容。此《日本国志》满满三大本，我们书院好几人同时轮流着看，还有不少人在排队等候。"唐才常说得动情。

"是呀，往往是这样，有真才实学的官员就被压抑。好在香帅委派他主持江宁洋务局，并与法国总领事谈判办理江苏等五省历年教案，他的作用应是可以发挥出来。你快点看，让我也一睹为快。"嗣同叹了口气，接着说道，"与黄公度相比，那些平时溺于考据辞章的自命不凡之士实在可恶，其夜郎自大的空谈学风和所谓道德文章将使国将不国，而烧教堂、打洋人、阻开矿、毁电线之人都堪称'亡国之士、亡国之民'。"

"对，现在官员不通时局，沉迷空谈，以办洋务为耻。中国落后如此，实为守旧官员之过，当朝皇太后更是一味享乐而不顾国人生死。打仗必须有军事基础，如若不顾实际情形而盲目主战，而战败后又只会求和，不负担责任，逍遥法外，则尤为罪孽深重。"唐才常道。

沉默一阵，两人又聊到了算学格致馆的开办事宜，一致认为由在浏阳的老师欧阳中鹄来发起效果最佳。

16

正在这时有人敲门，唐才常立起身去迎接，是邹代钧。大家都是湖南人，却意外聚在一起，自是高兴坏了。嗣同和唐才常往日谈起邹代钧，很是佩服他于地图测绘方面的才能。说来邹代钧只比他俩大十来岁，刚刚四十出头，个子不高，神采奕奕，穿着一袭整洁的灰色长衫，说起话来中气十足，声音洪亮。早在光绪十一年（1885年），他就随太常寺卿刘瑞芬出使英俄。他遍购欧美诸国地理图册书籍，潜心研究，发现了我国地图的经纬度与地球上的实际里数不相符的原因。于是，他参照法国的迈特（公尺）与华尺比率，制造出中国舆地尺作为绘图准绳，由此解决了中式制图的弊端。归国后，他被荐为会典馆纂修，香帅电调他兼管湖北全省地图测绘事宜，邹代钧就来到了武昌。

"沅帆仁兄，好久不见，湖北全省地图测绘进程如何呢？正想哪天上门请教。"嗣同忙致意。

邹代钧很是欣赏嗣同才识绝伦，笑道："复生仁兄客气，我只是在地图测绘上多些见识，哪比得上您学贯中西，卓越超群呢。"

"惭愧惭愧，相比他人，我只是多些好奇心，喜欢翻翻书而已，其实学识很粗浅。"嗣同谦虚道。

"两位大才子，都别谦虚了，外面天色不早，咱们还是出去找家小饭馆小饮一番吧。"唐才常提议道。

嗣同说："佛尘一说，我的肚子倒真有些饿了。今日见到沅帆兄甚是开心，这酒我来请吧。"

三人在大门外惜春小酒馆小包房坐下。窗外有荷塘，晚风吹来，清香扑鼻。

酒和点心先上来了，嗣同敬了一杯酒，问道："沅帆仁兄，中国是礼仪之邦，但我发现道并非圣人所独有，更非中国所私有。无论是饮食、衣冠，还是法度、政令、商贸，中西皆兼备，都自成体系。西方亦存在伦常，您随刘大人出使国外多年，对此有什么看法呢？"

邹代钧放下酒杯，深有感慨地说道："说起中国人真是奇怪，一旦遇到强敌，就色厉内荏，朝廷更是卑躬屈膝。而一旦谈起自己的文化和礼仪，就自高自大得不行，以为自己的文化和礼仪是世界上最好的。殊不知西方和中国在礼仪和伦常上并没有高低之分，乃各有所长，取长补短乃是正理。"

"是的，我虽没有出过国，但据我观察英国医师马尚德，一说到自己的母亲，他脸上就满是尊敬，两三天就会写封信问候母亲，甚至还不时拍电报问安。我看西方伦常之道也值得称道，他们不尚虚礼，少有欺诈，却做到家庭和睦，社会安定。是不是这样？"嗣同问邹代钧。

邹代钧点了点头，唐才常也说道："复生兄，我读《格致汇编》等书，发现西方具体礼仪实则与中国相通：彼之免冠，吾之半跪也；彼之握手，吾之长揖也；彼之画数，吾之顶戴也；彼之宝星，吾之翎枝也！不知我说得对不对？"

邹代钧笑道："西方礼仪和伦常，有时比中国更真诚更实在。且他们凡事从科学出发，国人却大都迷信愚昧，乡曲之牛鬼蛇神，一木一石，一藤一井，皆虔而祀之，祷而祈之，又有什么用呢。"

这时，饭菜上来了，嗣同忙招呼道："沅帆、佛尘，早过了吃饭的时辰，先吃些东西垫垫，再来喝个痛快。"

三人埋头吃饭，见吃得差不多了，嗣同又斟上一杯："来，我再敬你俩一杯，难得我们三个湖南人聚在一起，特别是沅帆兄见多识广，还拜请多指教我和佛尘。上次你说过计划在武昌成立地理学会，事情有眉目了吗？"

"自从我以中国舆地尺作为绘图准绳，就决心成立地理学会，邀约志同道合者一起来对中国地图绘制事宜进行改革，对中国地图一一进行校订，到边境谈判时该争取的中国利权就一定争取。不过此事尚在筹划中，遇到了不少阻力。"邹代钧说道。

"太好了！中国利权还得靠中国人自己争取。"嗣同道。

唐才常大为感慨："两位仁兄见多识广，让我大开眼界，我坚决跟着你们走，为变法出力！接下来的日子，我要为浏阳兴办算学格致馆尽力。"

"算学格致馆？培养算学人才！复生、佛尘，你们真是思虑周全，敢为天下先呀。"邹代钧称赞道。

"沅帆兄谬赞，不是我们思虑周全，变法实为迫在眉睫，且变法亦符合儒家'圣人之道'，何况'西人之体国经野、法度政事无不与周礼合'。如此国力尚可直追欧洲各国，方可永保太平无事。"嗣同深有感慨地说道。

邹代钧眼前一亮："复生兄真是思想深刻，已经走在许多人的前面了。中国的确已到了非变法不可的时刻，近来我常与伯严、公度等人畅谈，一致认为朝廷得赶紧向日本学习，推行变法举措。不想复生想得更是深远，在你看来，当今之世如何变法？"

唐才常抢着答道："我们几人常在一起议论，复生变法的观点我非常熟悉了，他主张筹集变法资金以广开学校、大开议院、操练海军、兴办商务、开矿脱贫，且各个行业均有专门之学与专门之官。等到国力强盛后，逐步实现与泰西诸国在进出口税、商业贸易、文化宗教上的平等，由此而废除不平等条约。"

"件件是实招，变法就得来实招。看来，我得克服一切困难推动地理学会的成立，为变法维新尽我微薄之力。"邹代钧深受鼓舞。

直至深夜，嗣同才回到巡抚署，他依然情绪激昂，走进书房，将信纸铺在书桌上。先给瓣姜师写信，还是先给元徵写信呢？

他抬头看了看对面墙上那幅画，仿佛昔日的好友就站在前面，还是先给元徽写吧。但从哪里写起呢，怎么才能让对方口服心服呢？他回想到今晚与沅帆、佛尘的聊天，振奋起来，便决定先从船山先生"无其器则无其道"的观点谈起，提出四条变法具体措施：一曰筹变法之费；二曰利变法之用；三曰严变法之卫；四曰求变法之才。

他一鼓作气写到了鸡叫头遍，眼见着窗外的天色渐渐发白，他将桌上那沓厚厚的信用心读了一遍。读过后，他想起什么似的，找到了自己的文稿抄本，翻到二十五岁时所写的《治言》篇看了起来。

当时，他本着儒学卫道士的立场，把地球诸国划分为"华夏之国""夷狄之国"和"禽兽之国"，将中国视为"礼仪之邦"，认为应对外族的入侵，要依靠中国的"道"来制之，而这个"道"就是三纲五常。

看着看着，他摇摇头苦笑起来。他又拿起笔，将《治言》抄了下来，和刚才的信一起放进信封。此时，天已大亮，他从墙上取下凤矩剑，朝花园走去……

17

欧阳中鹄先写信来了。欧阳中鹄表达了对《马关条约》的极度不满，还说他已辞去了两广总督谭钟麟的聘请。

虽然欧阳中鹄没有言及变法，但嗣同依然很振奋，他仿佛看到了瓣姜师那颗赤诚之心。嗣同立即写回信给瓣姜师，他郑重地提出自己的变革主张，提出算学可为一切学科之基础，还请求瓣姜师在浏阳主持废经课，兼分南台书院膏火，率先设立算学格致馆，召集聪颖弟子研习各种时务学问。

武昌天气已经很闷热了，嗣同只管待在书房里埋头写信，到第二天傍晚，嗣同终于放下了笔。闰娘端来一碗莲子羹，关切地问道："复生，写好了吗？你这封信写得真久，都写了两天了。"

嗣同歉意地笑了笑："闰娘，放在桌上吧，我等会儿就喝。先让家人送信给佛尘，让他到咱家吃晚饭。"说完，就转身出书房了，闰娘只得无奈地摇摇头。

到晚间，唐才常匆匆赶来了，嗣同已站在后门迎他。吃过饭，嗣同将写给欧阳中鹄的信稿给他："佛尘，这是我写给瓣姜师的信，花了我整整两天的时间，你先看看有什么地方需要修改。"

唐才常接过厚厚一沓信稿，笑道："这么厚，花了不少心思吧？"

嗣同笑了笑，没作声。看过嗣同写给瓣姜师的信后，唐才常大为感奋地说道："复生，你在信中将变法和办学都讲得很透彻了，我想肯定能说服瓣姜师。但真的要办学，也不是那么容易。由谁来主持？钱从哪里来？将学校办在哪里？"

嗣同点了点头道："佛尘考虑得周到，钱和人都是最重要的，但首先还得思想要通。瓣姜师在浏阳城很有威望，倘他的思想通了，一切都好说。"

"即使瓣姜师思想通了，没有钱还是不行。"唐才常家境远不如嗣同，知道柴米油盐的重要性，见嗣同一副不以为然的模样，顿了顿说道："我看还得想想如何筹钱。"

"哦，不如先问问家父，能不能从湖北藩库里拨些银子。不过，我不好开口，佛尘你出面问问吧。"嗣同想了想说道。

唐才常当然知道嗣同父子之间的隔膜，忙应道："好，不如以我和淞芙的名义给敬帅写封信，向他禀告在浏阳城开办格致算学馆的设想。因要购置书籍仪器等，经费困难，婉请敬帅捐廉以为倡导，如何？"

嗣同连连点头称是："如此甚好，父亲大人因为《马关条约》签订，近来也意识到变法的紧迫性，我想他会支持。"两人商量了一下，唐才常告辞。

没过几天，谭继洵对嗣同说："复生，佛尘给我写信，说要在浏阳城开办格致算学馆，这个想法不错。浏阳人聪明勤劳，就是有些保守，倘引导青年人去学习算学格致学，当然是好事。至于缺少经费，你告诉他到时我可以捐助点。"

嗣同一听大喜过望："谢谢父亲大人支持，我会告诉他您的态度。"

不想，谭继洵的眉头却皱了起来："复生，香帅大概不久就会回湖广总督任，我就不必如此忙碌了，你也得考虑早日去浙江候补的事情了。"

"父亲大人，您年岁已高，不如让我留在您身旁，一则长见识，二则也可以为您分忧。"嗣同一听父亲提起此事，不由焦急起来。

"再说吧！"谭继洵不耐烦地挥了挥手。

嗣同只得欲言又止地退下去了，在前院里遇到马尚德医生，忙请他到自己书房坐坐。

自从给传赞成功地戒掉了大烟，嗣同对他充满了信任和敬佩。叫家人奉上香茶后，嗣同问道："马医生，久不相见，怎么憔悴了些？和赫立德先生相处可有改善？"

马尚德苦笑着摇摇头说："一言难尽，因为同事赫立德夫妇的缘故，杨格非博士对我意见很大，认为我不顾全大局，我可能会从伦敦会辞职。"

"您不会离开武昌吧？香帅器重您，父亲大人也佩服您，只是您住在哪里为好？"嗣同不由得替他担忧。

马尚德倒反过来安慰他说："我特别喜欢武昌，我不会离开此地。到时，我就住在罗斯夫妇那里好了，帮他们料理一下施药所，然后看看病也能过下去。"

"好，到时有什么困难，只管告诉我，我让父亲大人帮助您。"嗣同见马尚德急着要走，忙关切地说道，"您也不要太累了，自己的身体要紧。"

马尚德忙称谢作别，他得去给人看病了。

傍晚，唐才常来了，嗣同看签押房没有往日事多，就叫上饶炳勋，三人一起吃饭。天气太热了，饭后三人来到后花园乘凉，爬上胭脂山，站在六虚亭下，眺望滚滚长江，一时无言。

"滚滚长江东逝水，淘尽多少英雄！复生，昔日朋友们常在此喝酒聊天，指点如画江山，现在就剩下我们三人了。"唐才常叹息道。

嗣同惊讶地看了看唐才常，想他平日比谁都乐观淡定，今日是怎么了？饶炳勋笑了起来："佛尘，你今天怎么为赋新词强说愁？往日只有你心性最为豁达呀。"

"仙槎兄，这两年来你一直跟着敬帅，应是最为了解自去年甲午战争以来，原本内外交困的朝廷，更是岌岌可危。再不维新变法，只怕前景堪危。"唐才常连连叹气。

"佛尘，我看你和复生都是受那些报纸的影响，天天讲维新变法。朝廷纵然陷入了天大的危机，但只要君臣齐心协力，适当进行改革，自然能走出困境。祖宗成法还是好的，你看宋朝王安石变法，操作不当，便引起纷争。"饶炳勋不以为然。

嗣同反驳道："我看佛尘讲得对，再不维新变法，国亡无日矣。仙槎兄，《马关条约》如此苛刻的条约都签了，这是置国家和百姓性命而不顾。"

唐才常凝视着远远近近的街景，叹了口气说："想想如此大好河山，却不得不任洋人侵犯。日本人已经登上了台湾岛，虽然台湾子民奋起反抗，但朝廷不支持，恐怕最后还是逃不脱被日本人占领的命运。"

嗣同已涨红了脸，愤慨地说道："佛尘，今天收到了瓣姜师的信，瓣姜师忧愤之中，也强调事已至此，中国如再不变法，也万无幸存之理。帖括之运，行之千载，至此亦可以已矣。"

唐才常激动起来："看来瓣姜师支持我们的想法，不知淞芙和他谈得怎么样了。我想不如我也尽快回浏阳，复生你以为如何？"

"很好，倘不积极行动起来，只怕算学馆也会成镜中花水中月呢。"嗣同点头道。

第五章：痛斥

18

立夏这天，早饭过后，欧阳中鹄站在自家前廊看天色，天空依然阴沉沉的，不由长叹一声："都下了一个月多的雨，就昨晚没下，看今天的天色，只怕又是个雨天！"这时一位瘦瘦的青年人打着油纸伞，匆匆而来，走到跟前，拱手施礼，恭敬地说道："瓣姜师在上，受淞芙一拜。"

欧阳中鹄大为惊喜："淞芙，你什么时候回来的？一路可安靖？"

"瓣姜师，我前天下午刚刚到家，略微安顿，今天一大早就过河来拜望您了。"刘善涵致意道，"还在武昌时，复生兄和佛尘都交代我，让我代他们向您致意和问候。这是复生写给您的信及送您的郑观应五卷本《盛世危言》。此书去年一出，就影响极大，江苏布政使邓华熙将此书推荐给皇上，皇上阅后下旨饬总署刷印二千部，分送臣工阅看。"

欧阳中鹄郑重地接过《盛世危言》，用心地看了看封面那几个有力的大字，说道："既是复生推荐，又是探讨朝廷出路的好书，我定会好好拜读。你从武昌而来，信息灵通，说说你知道的条约详情吧。"

刘善涵还没开口说话，眼睛就红了，也不敢看欧阳中鹄，悲愤地说道："朝廷已于三月二十三日在日本马关签订了《马关条约》，条款之苛刻与狠毒超出以往任何条约……"

欧阳中鹄仿佛不相信自己的耳朵似的，惊愕地看着刘善涵，窗外响起的阵阵雷声，将师生俩拉回了现实。见欧阳中鹄早已泪流满面，刘善涵也悲从中来，禁不住泪水长流。

这时，余昭常走了进来，见他俩满眼是泪，愕然地问道："瓣姜师、淞芙兄，出了什么大事？"

刘善涵镇定一下，将中日议和、签订《马关条约》的详细条款又讲了一遍。余昭常听后，双眼一瞪，怒气冲天地骂了起来。

"华禄仁兄，你骂得真痛快。但话说回来，朝廷要人没人，要钱没钱，要枪炮没枪炮，要斗志没斗志，能不打败仗吗？"刘善涵顿了顿，痛惜地说道，"虽说大清国地大物博，人口众多，但满朝文武什么时候认真研究过日本？日本早已发生了天翻地覆的变化，我们还在看旧皇历过日子呢。"

"淞芙，在我看来，中国落后于日本，主要的还是日本实行了维新变法，从而实现了国富民强。他们上下齐心协力，打仗勇往直前，而我们的朝廷官员贪腐，军队各自为阵，真的是要人没人，要枪没枪，怎么会是倭寇的对手。"欧阳中鹄叹道。

"瓣姜师说得对。按说我大清国有的是人，但都是些什么人？都是些固步自封自以为是的人，看不到西方国家的先进之处，看不到日本的进步。而科举制度最是害人，害得天下读书人都读些百无用处的时文。"刘善涵慷慨地说道。

余昭常回应："淞芙讲得太对了，做什么事都要靠人，人是最重要的。时文害死人，学的都是些无用的东西，可不学时文学什么呢？"

"算学、物理、化学，还有天文、舆地、商学等等，以算学为最基础。至于制造枪炮轮船、开矿办厂修铁路、与外国做生意、打官司等，都可以凭借学到的学问与泰西诸国一决高下。"刘善涵回答道。

"人善被人欺，马善被人骑。朝廷就是太软弱，李合肥太可恶了，身为朝廷大员，不能据理力争，签订了如此丧权辱国的条约。我真恨不得一刀结果他。"余昭常腾地站了起来，拔出身边的剑。

一时沉默，三人你望着我，我望着你，满脸愤慨。刘善涵冷静下来，说道："瓣姜师、华禄仁兄，和约已签，还得按和约履行。据说日军已登上了台湾岛，当地民众奋起反抗。我们要行动起来，兴办算学，培养新人。就让我们从浏阳开始，先办个算学格致馆。"

"真是个好主意，这个还得瓣姜师来倡导，浏阳聪颖子弟多，有什么需要我做的事情，我一定竭尽全力。"余昭常响应道。

见二人都眼睁睁地看着他，欧阳中鹄想了想，说道："人才是安邦兴国的关键，至于兴办算学格致馆，还得从长计议。"

听欧阳中鹄如此一说，刘善涵、余昭常有些失落，略微扯了些其他事情，也就告辞了。

但欧阳中鹄自此闷闷不乐，食不甘味，睡不安寝。每有友人来，就要和对方谈起《马关条约》，愤慨一番，乃至日渐消瘦。

终于，到了四月底后，雨下得没那么勤了，迟来的阳光，令人们阴郁的心情为之一畅，欧阳中鹄的心绪却依然不佳。他不时阅读《盛世危言》，对郑观应提出的建立君主立宪制度，设立议会制度，很是不喜，看到后面干脆将书丢在一旁。但对郑观应的教育思想，还是深以为然。他认真读过《学校》《西学》《女教》《考试上》《考试下》《藏书》等章节，被深深地吸引了：学校者，人才所由出。人才者，国势所由强。故泰西之强强于学，非强于人也。然则欲与之争强，非徒在枪炮战舰也，强在学中国之学，而又学其所学也。为此，务使各州、县遍设小学、中学，各省设高等大学，一体认真，由浅入深，循序渐进。

19

五月，以丘逢甲等爱国官绅为代表的台湾同胞为反对割让台湾，成立了台湾民主国。可短命的台湾民主国，很快就夭折了，朝廷派李经方向日军办理割让手续。留台的刘永福虽然奋力抗日，无奈独木难支，无力回天，台湾全境落入日军之手。

祸不单行。湘省大多数地方自五月下了一次龙船雨之后，一直干旱到六月底。春季种下的庄稼先涝后旱，眼见着颗粒无收。湖南灾情奏疏雪片似的飞进京城。

如果说性格刚强、不屈不挠是湖南人的优点，顽固自守则是湖南人的缺点。湘军在此次战争中一败涂地，把湖南人所有的骄傲都打垮了。也让湖南士人在痛苦中认识到用"道统"对付洋枪洋炮有多么不切实际，甚至多么荒诞不经。他们只能面对现实，承认失败。举凡科技、经济、人伦道德乃至学术文化，无不受到痛切而严厉的拷问。

一场变革在所难免。这种强烈的时代追求就好像一桶炸药，只等着有火种来引爆它。

今年闰五月，又一个端午节来了。在浏阳这个小城，端午节惯常是热闹的。浏阳河里有划龙舟比赛，家家都包粽子，五月初一起就去买大包子，小孩子欢天喜地。端午节当天，倘是有龙舟赛，满城人一大早就会站到河边上候着。至半上午时分，天气晴好，凉风习习，一声号令，喧天的鼓声就响起来。河面上，几艘黄色的龙舟争先恐后地往前划，两岸的人都高声呐喊喝彩。终点就在浦梓港。结果传来，有人齐声欢呼，有人垂头丧气，意犹未尽地离开河岸。

但闰端午这天没头个端午节热闹，且已是盛夏，太阳很猛烈了。初五这天上午，刘善涵提着一大串粽子和一包盐鸭蛋，汗流满面地走进了欧阳家的院子，欧阳中鹄正在书房读嗣同的信。嗣同这封信写得真长，早饭后收到此信，他就急急打开来，坐在书房里读，读了大半个上午了。

欧阳中鹄阅罢嗣同来函后感慨万千：变法维新！开办算学馆！曾几何时，从小在他跟前受教的学生已然成长了，且懂得心忧天下，实在令人欣慰。抬头见刘善涵来了，心想，莫不又是来和他谈开办算学馆的事情？

刘善涵四月初回浏阳时，正是橘子花开得正盛的时候，天天嗅着浓烈的花香，心旷神怡。可后来雨一直下个不停，风一吹，地上满是落花，妻子心痛得直掉泪。他只得安慰妻子，让她别着急，到时他再想办法去坐馆，或者在长沙城里开家小店，生计应是不成问题。孩子们还小，现在他回来了，终于可以帮妻子照顾孩子。

刘善涵上前施礼："瓣姜师，给您拜节。家里人扎了点粽子，略表心意。"

欧阳中鹄回礼道："人来了就好，不必太客气。淞芙，你看这是我今天收到的复生的信，他洋洋洒洒写了二三十页，我读了大半个上午。复生真是长进了。"

"瓣姜师，弟子瑞章来拜节了。"还在大门口，黎尚雯就大声地嚷嚷，手提着一只大母鸡冒冒失失地闯进了书房。欧阳中鹄和刘善涵忍不住笑了起来。黎尚雯回转身去，将母鸡及鸡蛋交到闻声而来的欧阳自耘手里，才重新走进书房。

"学生永远是学生，老师永远是老师，还在武昌时，复生兄常常和我谈起您对他的恩情呢。他写那么多，都写些什么？"一进门，黎尚雯听到刘善涵在好奇地询问。

欧阳中鹄赞叹道："复生在信里讨伐了《马关条约》，强调朝廷要维新变法，要兴办学校培养人才，请求我能牵头在浏阳兴办算学格致馆。他说的句句在理，但要办学校，还是算学格致馆，在浏阳城实在是太难了。"

"瓣姜师说得在理，办学最实在，需要一大笔钱，光筹钱就是难事。"刘善涵赞同道，一旁的黎尚雯也点头认可。

欧阳中鹄却叹道："钱还在其次呢，最主要还在人的思想。浏阳人勤劳勇敢，但大都墨守成规，眼里只有科举考试，考上举人考上进士甚至于考上翰林，才是光宗耀祖。如果说要取消科考，岂不是断了他们的前程？哪会答应！"

"新型学校培养人才，有真才实学的人在此社会变革时大有用武之地，为什么一定要抓住举人、进士和翰林不放！"刘善涵忍不住说道。

"我就特别讨厌时文，当初就是不忍违父母之意，才去勉强考了个秀才。现在外面好多地方举办新式学校了，浏阳人再也不能墨守成规了。"黎尚雯自幼聪颖，深受祖父教育熏陶，读经史诸子，每每过目成诵。稍长，又潜心研究王夫之、顾炎武的学说，务求经世致用，于科举不屑一顾。

欧阳中鹄摇摇头道："淞芙、瑞章，你们这些年轻人不常在浏阳，不懂得浏阳人的脾气。浏阳人思想上顺了，才能跟着来。要办新式学校，最重要的还是争取人心。"

这时，又进来一位穿着白府绸长衫的年轻人，高大帅气，大眼睛闪闪发光，便是罗棠。他提了一竹篮白白胖胖的包子，中间还点了红，非常可爱。罗棠正在南台书院求学，是浏阳城里年轻人中的佼佼者。四人刚刚坐定，老朋友邹明沅来了，欧阳中鹄高兴地起身让座。这时，只听见余昭常在院子里嚷道："瓣姜师，在家吗？华禄给您拜节来了。"

欧阳中鹄朝在座的人笑了笑说："这个大嗓门，生怕别人不知道他来了。"

"哦，瓣姜师家里贵客满座呀。我来迟了，但心意实诚。"余昭常走进来一瞧，自嘲地笑道。

邹明沅、黎尚雯、刘善涵、罗棠都站起来拱手作揖相见，难得今日聚在一起，欧阳中鹄忙对端茶进来的家人说道："告诉夫人今日多备几个菜，大家在我家用个便餐，喝几杯淡酒！"

欧阳中鹄问余昭常道："华禄，今年木材生意如何？已陪李老板去过汉口了吗？"

余昭常答道："瓣姜师，早在春节后因生意要去武汉，特地叫上李老板一起去，陪李老板踏看了汉口的市场，就在小夹街找好了店面。他是懂得做生意之人，清明前夕，我们俩合伙租一条秋船运货到汉口，他在小夹街的店面就正式开张了，听说销路还不错。"

欧阳中鹄笑了："李老板为人实诚，又有头脑，胆子也大，他的生意自然会越做越大。"

"瓣姜师，今年真是怪得很。自从清明后，我就只运过几趟货到汉口。浏阳、长沙乃至武汉，沿湘江、洞庭湖至长江沿岸，雨下个不停。只怕今年收成不好，生意也不好做。"余昭常愁容满面。

"华禄兄所言非虚，前几天我回青草租田处巡看了一番，租户告诉我今年雨下多了，之前播的庄稼种子、菜种子大都烂在地里。后来虽想办法补全了，但近来又开始旱起来，只怕今年收成真不会好。"黎尚雯也连连叹息。

"岂止粮食收成不好，地里的菜也长得不好，我家的橘子树已结好的果子都掉了不少，我家夫人都急得哭呢。"刘善涵也叹气。

欧阳中鹄脸上有了愁容："朝廷被迫和日本签订了丧权辱国的《马关条约》，割地赔款开放口岸，给民众增加重重负担。加上年岁又不好，这不是要断老百姓的活路吗？老天爷可要保佑不要闹什么饥荒才好。"

"天灾不可逃，人祸也不可逃，中国的百姓真是苦。"邹明沅忧心忡忡。

此时，刘善涵站了起来，说道："只要我们大清国人人都积极维新变法，让人们都懂得科学技术，人祸可以消除，天灾也可以克服。今天难得大家聚到一起，刚才在下和瓣姜师还在讨论复生兄的来信，他建议能分得南台书院的一半膏火兴办算学格致馆，让浏阳年轻学子率先懂得科学技术，今后能参与到维新事业中去。"

在座的几个人看了看刘善涵，又看了看邹明沅，谁都没接话。邹明沅坦然一笑，坦率地说道："近来淞芙已经好几次和我谈及中日战争及朝廷所受的屈辱，我很赞同复生、淞芙、佛尘的观点。不是中国人不聪明不勇敢，而是整个官场太腐朽黑暗，再不向西方及日本学习，不进行维新变法，泰西诸国都来瓜分我们，大清国岂不要灭亡了！倘真正兴办算学格致馆，我作为南台书院的主事一定会尽力支持。"

"岳生先生真是难得的明理之人，我南来北往多年，眼见那些洋鬼子一味地欺侮中国人，心里就来气，但又恨中国人自己不争气。我坚决支持浏阳兴办算学格致馆，我会尽力捐些银子。"余昭常的嗓门又响了。

"太好了，难得岳生先生如此开通大气。待我好好思考一下复生的建议，过几天我们再具体商议。我先敬大家一杯。"欧阳中鹄见家人已摆好了点心、酒杯，边说边为大家斟酒敬酒。

酒是好东西，几杯酒下肚，众人的心情舒畅起来。

20

趁着这股酒兴，等所有人都告辞了，欧阳中鹄独自来到书房。坐在书案前，再读嗣同的长信，又深深地触动了他内心的忧虑。他突然产生了一个大胆的想法：不如将嗣同的信略作删节，将之刊印出来，在县内广为散发，借此振奋乡人精神！只有大多数人赞成，算学格致馆才有兴办的可能。于是，他便一句话一句话地推敲，整整忙了一下午，再通读一遍，觉得还不尽如人意。

到傍晚时分，他走出书房，孙子立袁跑了过来，撒娇道："公公，带我到街上去玩吧？太热了，我想吃凉粉。"欧阳中鹄见孙子期盼的眼神，大为愧疚，自己很少在家，回家了却只顾忙自己的事情，很少关心他，忙牵起他的手，说道："好，好，乖孙，就去衙背街上买凉粉吃。"夫人在厅堂里喊道："吃晚饭了，公孙俩还去哪里？"

小立袁拉着公公的手跑起来："公公，快点跑，不然去不成了。"

孙子汗渍渍地拉着他跑，可怜欧阳中鹄有些发福的身体，穿着长袍，跑起来有点吃力。他看着孙子不时抬头看他的模样，心里甜滋滋的。

孙子不贪心，喝了碗凉粉就很开心了。衙背街是浏阳城的热闹之所，直通水门口，有众多爆庄，李庆教的爆庄就在衙门口附近，在西门街上。欧阳中鹄难得带孙子出门，心想不如干脆往前走走，到采芬斋买些糕点给孙子。来到采芬斋，还好没有关门，给孙子称了一斤清凉糕，喜得孙子连蹦带跳提着纸包跑在前面，他则笑眯眯地跟在后面。就在衙背街口，遇见了李老板，李老板恭敬地和他打招呼。欧阳中鹄想起刊印嗣同信的事，便问他："李老板，你知道城里哪家印社好？我要刊印一篇文章。"李老板笑道："瓣姜先生，您问我就问对人了，我们爆庄经常要印制标签，城里最好的印社当在西门周家，您要印什么包在我身上，保证又快又好。"

欧阳中鹄心里一喜，就说："那好，你过几天到我家里来拿。"欧阳中鹄还想和李老板聊聊，立袁已跑远了，两人只得匆匆分手。

接下来几天时间里，欧阳中鹄思考之余，用心在嗣同的长信中作了二十六处批跋，这才满意了。李老板果然如约而来，欧阳中鹄将嗣同的信递给他，交代道："李老板，辛苦你先送至周记印社，到时再将校对稿和原稿送回来给我。"李老板满口答应。

信很长，印制花了好些天时间。那天下午李老板派人送来样稿，欧阳中鹄正在书房教立袁习字，赶紧接过来翻了翻，欢喜地说道："周记印社真不错，排版整洁，字体漂亮，待我认真校对！"

他将孙子打发走，专心坐下阅读，读着读着，竟有种奇特的感受，好似他才第一次读到嗣同的信，又畅快又激越。他再次被感染了，站起来独自在书房里兴奋地踱着步。如此读读，想想，直至夜深才读完。他长吁了一口气，想着得赶紧让印社印制出来，至少印二百份，让刘善涵、黎尚雯、罗棠等人上门上户散发。当然南台书院是重点，还有东南西北四乡的大户，至少还得加六十份。他思考着盘算着，决定将嗣同的信与其批跋取名为《兴算学议》，一次性印制三百份，到时还得送到省城去。听说现在的学政江标很开明，莅湘后一改以往八股旧习，毅然以开新学为己任，岁考时竟然以舆地、掌故、算学试士。

如果遇到有能懂得地球形势及图算、物理的考生，即便八股文不太工整，也将之放在前列。

如此想过，欧阳中鹄振奋起来。

21

欧阳中鹄愿意牵头兴办算学格致馆吗？浏阳城里其他士绅又是什么想法呢？嗣同、唐才常远在武昌，在酷热难当的六月，更是心急如焚，恨不得算学格致馆早日办成。唐才常决定回浏阳一趟，自光绪十九年（1893年）冬来到武昌后，他还没有回过家。他时常想念家人，甘愿节衣缩食，将书院膏火及坐馆所得，悉数寄回浏阳家里。他时常写信回家，叮嘱弟弟们不要再埋头于时文，要认真学习算学等格致课程。嗣同也赞同唐才常回浏阳，并送他登上回长沙的船，相约一旦事情有了眉目，嗣同就立马回浏阳。

唐才常风尘仆仆地从周家码头下船时，正是傍晚时分，太阳还没下山，风都是热的，他急匆匆地穿过梅花巷，直奔孝义里。一家人正在堂屋里吃晚饭，饭食简单得很，他百感交集地站在大门口。三弟唐才质眼尖，忙放下碗筷，惊喜地喊道："大哥回来了，大哥从武昌回来了！"全家人随着他的喊声，望向大门口，但见唐才常一手提着只大布包，肩上还斜背着一只布包，正疲惫不堪地站在门外，却满脸喜色。二弟唐才中、三弟唐才质忙奔上前去接过他手里的行李。唐才质感叹道："大哥，前天收到你的信，知道你会回家，竟这么快就到了。父亲回枨冲老家去了，要明天才会回来。"

两个儿子也扑了上来。唐才常见两个孩子干净整洁又聪明伶俐的模样，心生欢喜，一手一个抱了起来。走到桌前，他恭敬和母亲行礼道："母亲，儿子回来了，家里一切还好吧？您照顾家里辛苦了！"母亲起身拉着他的手，眼眶红了，想说什么却哽咽起来。这时妻子邱氏闻声从厨房里出来，两人你看看我我看看你，邱氏的脸红了，低低地问候道："他爹一路累了吧？快洗把脸，坐下来吃饭。"唐才常只觉心里很温暖，正想放下儿子，去祖母房里问候，儿子们的小手却紧紧搂住了他的胳膊，不肯下来。

他抱着两个孩子来到后厢房祖母房里，房间里光线有些暗，祖母正坐在小桌前用餐。他是长孙，祖母一直很宠爱他，祖母现在已是风烛残年，而他却时常在外，不能尽孝，不由满心愧疚。祖母闻声早已泪流满面地迎了上来，唐才常连忙放下儿子跪在她跟前："祖母大人在上，受长孙一拜，孙儿在外奔波，不能时刻在您跟前，真是不孝。"祖母摸摸唐才常的头，说道："快起来，快起来，孙儿在外受累了，平日里你父母和你老婆都照拂我呢。"

饭后，唐才常将他精心准备的礼物一一递给家人，一家人皆大欢喜，四弟唐才升及众子侄人人手里揣着一小包糖果，兴冲冲地跑出了家门。

原计划第二天一大早就去拜访瓣姜师，但唐才常实在太累了，一路上没睡过安稳觉，待他醒来时已快中午了，只得作罢。唐贤畴也趁上午天气凉快，已经回来了。父子相见，又喜又忧。唐贤畴急切地问起《马关条约》签订之事，唐才常一一道来，唐贤畴边听边流泪。父亲一直以教馆为生，为人耿直公道，思想开明，在地方上很有威信。

唐才常谈起在浏阳兴办算学格致馆之事，唐贤畴连连称赞："前几天我去拜访瓣姜兄，他已经和我谈起。他将复生的信进行删节批跋，编为《兴算学议》，计划印制出来在县里广为散发。"

唐才常眼前一亮："真的？瓣姜师已经开始行动了？这真是大好消息！如果有瓣姜师出面主持，兴办算学馆就有希望了。"

唐贤畴点点头："瓣姜兄是有见识的人！国家衰败到这种地步，还不进行改革，后果不堪设想。尤其时文都是些无用的东西，到时让你两个弟弟都去算学馆。"

见父亲如此开明，又知瓣姜师已经在行动，唐才常大受鼓舞，对接下来兴办算学馆又多了几分信心。

22

转天早饭后，唐才常提着一包糕点准备出门。唐贤畴叫住了他："佛尘，到瓣姜兄家里去？我和你一起去！"

等他们来到欧阳家的院子，却遇见了宋寿福匆匆地从欧阳中鹄书房里出来，脸色不太好，敷衍地朝唐家父子点了点头便匆匆离去。二人一愣，走进书房，见欧阳中鹄正满面怒气地走来走去。唐贤畴忙问："瓣姜仁兄，星沅兄什么事惹您不高兴？"

"真是榆木脑袋！他宋寿福平日也算是浏阳城里的开通人士，家里有几千亩地，在长沙还开有不少铺面，没想到他竟如此激烈地反对兴办算学格致馆。反过来说我不明事理，听信年轻人异想天开！"欧阳中鹄脸色难看，但见到唐才常还是眼中一亮，点头示意。

"瓣姜仁兄，浏阳人原本有些自以为是，何况星沅兄也是地方上的大家族，更不愿冒险搞什么维新改革。我看事情一步步来，你送我的《兴算学议》我已经拜读，先将赞成的人团结起来，再去争取那些尚在观望的人。长江后浪推前浪，那些顽固派力量就弱了。"唐贤畴宽慰道。

"寿田兄，你讲得在理。欲讲求富强以刷国耻，则重在储备人才；欲尊崇道义以正人心，则首在立学！浏阳偏于湘东，见闻僻陋，现在国事危急，兴办算学馆得抓紧时间。"欧阳中鹄点了点头。

"拜见瓣姜师，您德高望重，由您着手筹办算学格致馆，是浏阳的福气。之前我和淞芙具禀敬帅此事，敬帅非常赞成，到时还会捐养廉银以为倡导，故复生让我先回来帮衬您。"唐才常原本一直站在父亲身后，此刻上前拜见，奉上礼物。

欧阳中鹄笑着说："哦，太好了，敬甫兄都赞成。现在佛尘回来了，好帮手回来了，快说说一路的见闻。寿田兄，别老站着，坐下来好好合计合计办学之事。"

三人坐定，唐才常这才从容说道："瓣姜师，因中日之战，香帅兴办的洋务或多或少受到了冲击。长江之上洋人小火轮横冲直撞，而到了湖南境内，也觉得不太安靖。一路上听到不少各地上半年多雨，粮食歉收的消息，只怕下半年又会有旱灾。"

欧阳中鹄点点头道："也许是国事堪忧，今年的天气的确邪门，上半年雨水太多，真担心下半年干旱。但不管如何，要办算学格致馆，还有许多事情要做，选址、制定章程、聘请教习、招生等等，得先大力宣传，让人们达成共识才好。《兴算学议》快印制好了，到时你和淞芙就先在城里四处送发，顺便宣讲办学的紧迫性。"

唐才常站起来朝欧阳中鹄拜道："瓣姜师，您放心，我和淞芙听从您的安排，争取早日将算学馆办起来。自闰五月以来，皇上已两次谕告，要求臣工图自强而弭祸患，究心时务，讲求天文、地舆、算学、格致、制造诸学，分别条陈时务。"

"嗯，皇上英明，看到了大清的危机，力求向日本学习，推行维新变法。"欧阳中鹄大受鼓舞，又看了看唐氏父子，说道，"虽然在浏阳兴办算学有阻力有困难，只要我们不言放弃，总会办起来的。"

这时，邹明沅来了，唐才常赶紧站起来致意："岳生先生，多日不见，您越来越精神了。淞芙信里赞扬您支持在浏阳兴办算学，我和复生都非常佩服您的非凡识见。"

邹明沅常年穿着灰色长衫，和他灰色的胡子相称，戴着圆圆的眼镜，手里端着一根长长的黑色烟管，时不时抽上两口。他家远在太平桥，但平时住在南台书院，有事没事端着烟管在街上默默地走，满城的人都认识他。人们眼见他来，都会赶紧立住脚，恭敬地喊着邹先生。他总是一副若有所思的模样，说话也慢条斯理。但此刻，他见到唐才常，眼睛为之一亮，惊喜道："佛尘，你什么时候回浏阳的？我前几天看了复生写给瓣姜师的长信，深感震撼。自古英雄出少年，你们几位浏阳英杰计划在浏阳兴办算学格致馆，我由衷赞同。但我以为你们另外择址兴办更好，我愿意划拨经费出来支持，在南台书院只需增加算学、格致、舆地课程。"

唐才常兴奋地说："难得明沅仁兄如此开明，虽偏居于浏阳，也能看清天下大势，真是令我等佩服。"

几人相视而笑，却见李老板抱着几十本书进来了，边走边喊道："瓣姜先生，您老印制的《兴算学议》出来了，快来看看合不合意。"

唐才常赶上前去接了过来，只见深蓝的封面上，《兴算学议》几个白色的大字赫然在目。欧阳中鹄和唐贤畴也一人拿过一本，细细地翻看起来。一时间，书房里一片沉静，人人心里却涌动着无言的欢喜。

默默读过一遍，欧阳中鹄确认准确无误，且印制清晰漂亮，忙以商量的口吻说道："岳生先生，请你在书院发动秀才们读《兴算学议》，而佛尘、淞芙则分送城里的头面人物，先振奋众人的思想，如何？"邹明沅、唐才常自然连连答应。

第六章：被打

23

第二天从早到晚，唐才常、刘善涵分头在城里跑了整整一天。谭嗣棨几兄弟客客气气地接待了他们，却并不是很热情。当听说敬帅赞成，又是嗣同的主意时，才明确地表示赞同，会发动家族都支持。二人又跑了黎家、宋家、刘家，这几家人拿到《兴算学议》还有些好奇，可听说要兴办新式学校，大都脸色变了，态度冷淡起来。

夏日炎炎，两人到晚间拖着疲惫的脚步回到唐家，已顾不上唐贤畴热切的目光。两人接过邱氏的凉茶，一饮而尽，也不作声，使劲地挥动着手里的蒲扇。吃过晚饭后，他俩才缓过劲来，略微分析一下一天的遭遇，清楚地知道，大多数人还是死脑筋，并不赞成兴办算学格致馆，心里甚是沉重。就这样放弃吗？念及国家的危难，念及在武昌时和嗣同一起讨论的那些日日夜夜，他俩看了看彼此，又振作起精神，决定随后就去四乡的大家族游说，不管如何困难，都要一家家地跑下去。

当晚，他俩特地去了欧阳中鹄家，瓣姜师正坐在院子里歇凉，听过他们的想法，点了点头，提议道："你俩思虑周全，不如将瑞章、召甘拉进来。到时你们四人分头行动，只找那些当地有名望的大户，大户工作通了，其他人家就好办了。佛尘跑西乡，淞芙跑南乡，瑞章跑北乡，召甘跑东乡。"

"还是瓣姜师有办法，我俩等会儿就去找瑞章和召甘，将您的安排告之他俩，明日就行动起来。您看如何？"唐才常拱了拱手，询问道。

欧阳中鹄却对刘善涵道："淞芙，你争取尽快跑完南乡后，再回来到我这里拿封信，代我去看望舜臣仁兄，以求得他的支持。"唐才常、刘善涵听了深受鼓舞。

从第二天起，唐才常、刘善涵分头跑，黎尚雯、罗棠也加入进来，足足跑了上十天。想到的大家族都跑到了，几人陆续回到城里会合，却只有太平桥邱家、枨冲唐家、青草黎家、东乡三口李家、达浒孔家等少数几家明确表示支持，其他大户要么激烈反对，要么态度冷淡。

已接近七月初十了，天气更为酷热，唐才常四人相约这天到欧阳中鹄家碰头。大家谈起各自的遭遇时，皆摇头叹息。欧阳中鹄安慰大家道："各位辛苦了，大热天在外奔走不易。你们遇到的情况非常正常，也不要悲观，至少人们会读《兴算学议》，知道我大清当前面临的形势，慢慢地思想就会改变。"

邹明沅也给大家打气："对，慢慢来，现在书院的秀才们倒是心动了，我坚决支持你们兴办算学格致馆。瓣姜师计划将书院课额划出一半支持办算学馆，我也赞同，还会帮着去说服唐知县。"

"感谢岳生先生鼓励。我此次跑西乡葛家园宋家，宋家说他家田土多，人人能吃饱饭，还能养围鼓班，学西学有何用处？气得我茶都没喝一口，出门时还差点被宋家的狗咬了一口。你们说狼狈不狼狈？"唐才常连说带演，惹得在场的人都笑了，但转念又心酸起来。

刘善涵站了起来，说道："瓣姜师，我是最后回来的。我跑南乡刘家、欧阳家、彭家、陈家都很顺利。毕竟南乡人做爆竹生意，在外跑得多，见识广，都认为办新学好，他们都赞成。之后受您所托，我特地去看望了舜臣师，他对创办算学格致馆非常赞成，但对刊布《兴算学议》表示担忧，恐遭守旧派非议，他主张不动声色地创办算学格致馆。他说算学列于科举久矣，设馆教习，所谓因势而利导也。他还写了封回信给你。"

欧阳中鹄接过刘善涵手里的信，用心地看完后赞道："舜臣仁兄真是看得深远，算学确是自古有之，倡导办算学馆的确更令人容易接受！干脆就先办算学馆，到时天文、舆地、格致课照常开，这样反对的人也无话可说了。"

一时间，唐才常、刘善涵等大受鼓舞。欧阳中鹄又严肃地说道："复生对兴办算学馆满怀期待，他告诉我目前形势依然不乐观，俄国干涉日本还辽，又与日本私订密约，各国遂有瓜分中国之议，利益不均，中国将无息肩之日。"

见唐才常几人脸色暗了，忙从书案上拿起几封信，扬了扬说，"你们在忙，复生在武昌也没闲着，他告诉他大兄莘畬，办算学馆所需图书，他已在鄂中购办，也起草好了《浏阳算学馆章程》，包括开创章程和经常章程。他建议宜在近城隍庙、奎文阁等处佃屋办学，且对所聘请掌教、教师、生徒、厨役等都有具体规定，你们看看。"

唐才常接过嗣同的信，一一将开办章程和经常章程念了一遍，大家陷入了思索。唐才常率先打破了安静，说道："复生思虑周全，这些章程里只有摆在第一位的款项一条空着，最为紧要的款项还没有着落，他可能也很着急。"

邹明沅道："前几年从复生安葬泗生事宜，就可看出他为人极重情义，做事极有主张。至于办学款项，我看还得拜请瓣姜师去找唐知县报告，我回去也核算一下南台书院的常年经费，看能挤出多少钱出来支援算学馆。"

欧阳中鹄回道："岳生先生的建议甚好，接下来，大家分头行动。听说建霞学政思想开明，马上就要来浏阳主持岁考，东南西北四乡的生员正纷纷往城里赶。淞芙、召甘你俩就在家好好写一篇《上江标学院书》，阐明将南台书院永远改为算学馆，以南台书院经费作为算学馆经费，找机会递交上去。如果学政明确表示支持，工作就好做多了。佛尘、瑞章你俩去街上找找适合办学的地方，复生提议的奎文阁适合不适合？万一知县不同意将南台书院改为算学馆，则另有退路。"

大家听了纷纷点头，觉得瓣姜师讲得在理，转过头来就如何写《上江标学院书》各抒己见，谈得很是热烈……

24

学政大人江标来浏阳主持岁考，到浏阳时已是傍晚时分。知县唐步瀛带领县教谕、邹明沅等人特地到城外熊家亭去迎接，等了大半个下午。江标一行冒着酷暑，走了两天多时间，早已饥肠辘辘。唐步瀛将江标一行恭敬地迎进县衙，便直奔宴席。江标虽不喜辣椒，也吃得有滋有味。饭后，江标向知县等人布置了明天一天的事项，上午拜谒文庙，下午到县署放告，随后就到南台书院住下了。邹明沅早几天就收拾了几间房间，简朴洁净，江标甚是满意。当晚，邹明沅抽空派人告诉欧阳中鹄，学政大人已到，得赶紧准备，好见机上书。

转天一大早，欧阳中鹄就来到书房，先派家人去告诉唐才常、刘善涵，说今天下午趁学政大人在县署时就得递交上书，不然接下来几天，江标主持岁考，没时间接见外人。他自己待在书房再读《兴算学议》，念及这几天唐才常、刘善涵他们几人的遭遇，看来兴办算学困难重重。但作为一位走南闯北的读书人，他看到了底层百姓所受的苦难，也深受王船山经世致用的思想所影响，决心无论如何得尽自己的力量去推动算学馆的设立。眼下，还得让更多的人读到《兴算学议》，这次岁考是次好机会。他想了想，为了让人们更好地把握嗣同的思想，不如再在前面写篇跋。他为自己这一想法而兴奋，铺开一张宣纸，提起笔就写了起来：

> 此书到于闰月之望，已勤勤恳恳，请以变化之实，先试于一县。心虽善其所言，因恐道与时违，所学非所用，不能如时文足以干禄，舍其旧而新是谋，必致信从者少，沮尼者多，犹豫未敢遽发。伏读闰月十三日上谕，又闻下变法诸疏议奏，如自汉口修铁路达京师，及湘省用小轮拖带商船，皆已请行。则知科举之道，亦必有不由其旧者。因拟将县中书院改习格致诸学，而姑以算学为入手之始。

写完了，他又让家人将这篇跋送到周记印社，让他们在这三四天内再赶印二百份。天气还是闷热，喝了口热茶，欧阳中鹄躺在竹摇椅上闭目养神，随手摇摇蒲扇，心中却不禁担忧：学政大人会不会批准佛尘、淞芙等几人的上书呢？如果不批准，办学经费从哪里来？如何筹措？

这么一想，欧阳中鹄彻底睡不着了。他吃完午饭，重新回到书房，唐才常、刘善涵等人就来了。刘善涵恭敬地将《上江标学院书》递给老师，欧阳中鹄接过来认真地看了起来，文章开头几句就打动了他：

> 窃以算学者，器象之权舆；学校者，人材之根本；而穷变通久者，又张弛之微权，转移之妙用。

读完之后，欧阳中鹄陷入了沉思：将县城南台书院永远肄算，径改算学馆名目，其岁费千余缗之资即改归授算经。这不能不说是大举措，只怕知县大人第一个就不同意。但这却是个最佳办法，惟其如此，才有号召力，才令人信服。先试试看吧。

想到这里，欧阳中鹄信心倍增，眼里充盈坚毅的光。他一抬头，遇上了唐才常、刘善涵等人热切的目光，笑了笑，赞道："写得很好，思虑周全，特别谈到了在内有鄙人、岳生兄已开始动作，在外有复生积极呼应，这点重要。我看你们几人赶紧去县署找岳生兄，他肯定也在那里，让他想办法带你们去见学政大人，将上书赶紧递交上去。"

于是，唐才常、刘善涵顶着大太阳出门，欧阳中鹄在家里等候，心里却忐忑不安。待到傍晚，唐才常一行回来了。见人人脸上有笑意，欧阳中鹄一颗悬着的心才放下。待大家都坐下后，唐才常将拜见江标的情形一一道来。原来学政大人视察文庙时，见文庙前坪左右建有两座亭子，才得知浏阳文庙春秋两祭都演奏大型雅乐，很感兴趣，还特地视察了礼乐局。到下午找来几位舞乐教习，让他们演奏了雅乐，表演了古舞，江标看后大为叹服。因此，唐才常几人在县署等了一个多时辰，才被叫进去。

黎尚雯道："瓣姜师，学政大人个子并不高，有些胖，最多只有三十出头的样子。江浙到底是出大才子的地方，听说学政大人是翰林院编修出身，年少才高，工诗书，好藏书，还会画善刻。"

欧阳中鹄也赞叹道："年纪轻轻就派为学政，看来的确学识非凡，他对你们的上书有何态度？淞芙你说说。"

"学政大人就在县署偏厅里接见了我们。当我们几人进去时，他还站起来迎接，和蔼地让我们先说明情况。当佛尘阐述兴办算学馆的意图时，他一直认真地听，不时地点头。佛尘说完，我就赶紧将上书递上，他亲自接了，笑着对我们说，他一定认真拜读我们的上书，等岁考一过他会用心回复我们。"

"见后面还有人在等，我们就告辞出来了。瓣姜师，您看看学政大人到底是什么态度？"唐才常有些紧张。

"我看你们不必紧张，京师、广州早就开办了同文馆，香帅在湖北也办了两湖书院，两年前又办了自强学堂。学政大人不是狭隘之人，自上任以来坚决以舆地、掌故、算学、方言新学试士，选拔真正有科学知识、有真才实学的人才。现在我们只是请求开办算学馆，我估计他支持的可能性很大。"欧阳中鹄安抚大家道。

他如此一说，几位年轻人高兴了。欧阳中鹄略微思考后，便一一交代接下来几天要办的事情：一是派人密切关注学政大人的动向，一待岁考结束就去拜见；二是岁考结束后，将派人到考棚门口发放《兴算学议》，前来参加岁考的都是各乡的读书人，说服他们是很关键的一环。

唐才常几人一听，都振奋不已。

25

就在焦急的等待中，欧阳中鹄考虑到办学经费难于筹措，几番思考，决心赶在新书付印之前，在《兴算学议》后添加《再书〈兴算学议〉后》：

> 舜臣又言不动声色，聘良师，购书籍，招俊士，习算法。此最至平至实办法，果使经费有着，则与书院别出，无妨谋定即行。今既力有不逮，骤起开捐，既茫然不知所谓。而岁值亢旱，又复难望乐输，非划取书院课额，及提礼乐、敬学各公费，不能为无米之炊。故仍将嗣同书刊布，以俟豪杰之士，览观兴起。

三场考试很快过去了，但还得等考官们批阅试卷，当最后一天下考时，唐才常、刘善涵、涂儒翯、黎尚雯、罗棠几人早早在考棚门口等着，一人手里捧着一沓《兴算学议》，见人就发。那些应试的读书人也都好奇地接过去，有人当场就翻看起来，脸上有惊异之色。一时间，浏阳城里士论沸腾，有人大加骇怪。但有人用心读过《兴算学议》后深为赞同，甚至上门拜见欧阳中鹄。欧阳中鹄皆打起精神，用心接待，相谈甚欢。

考试成绩出来后，几人欢乐几人愁，不想当天下午就有县署差人送来帖子。欧阳中鹄接过一看，是知县唐步瀛约请他晚上去陪江标共进晚餐。欧阳中鹄大为惊喜，赶紧让夫人将那件新添置的灰色府绸长衫找出来。未及穿好，欧阳中鹄便兴冲冲地朝外走。夫人叫住他："老爷，急匆匆干什么去呢？""我去街口理发店找胡麻子修修胡子、理理发辫！"欧阳中鹄边走边答，一会儿就不见人影了。

夫人见欧阳中鹄回来后胡子、辫子都整整齐齐，人果然精神多了，笑道："平日不讲究，这一讲究都年轻了好几岁呢，赶紧穿上新长衫看看，保准更神气。"

唐才常、刘善涵、涂儒翯都来了，人人都换上了新长衫。大家相视一笑，等会儿一起去赴今晚县署的晚宴。

傍晚时分，一行人来到县署门口，早有差人在等候，引他们来到二院小客厅。瘦瘦的唐知县穿着黑色的府绸长衫，和一位穿着湖蓝色丝绸长衫的年轻男子正聊得热闹，见欧阳中鹄一行来了，忙站了起来。唐知县满脸笑容，朝门口迎了迎，又回头介绍道："瓣姜先生带着高足们来了，欢迎欢迎，这位便是建霞学政大人。"

欧阳中鹄一行见两位大人都没穿官服，心下放松了许多，急走几步，先拜见学政大人，再拜见知县大人。趁着唐知县为学政大人一一介绍时，欧阳中鹄悄悄地看了看江标，果真年轻，虽个子不高，有些微胖，但气度不凡，儒雅从容，湖蓝色的长衫衬得脸庞更为白皙，一双大眼睛坚定而有神采。

"瓣姜先生，一到浏阳来，鄙人就听闻您的大名，因要主持岁考，今日才得相见。"江标率先问候，京腔里带有些吴越口音，很是温和。

欧阳中鹄忙站起来致意道："学政大人年少才高，贵为翰林院编修，忧国忧民，而有志于推崇新学，浏阳学子得闻您的教诲真是有福了。"

唐知县笑道："我们这位瓣姜先生也是从京师回来的名儒，是浏阳学子们眼里的大学者，学政大人一到浏阳就念叨着要找机会见见您呢。"

欧阳中鹄再次致意，江标将目光转到了唐才常他们三人，问道："这几位少年学士都是瓣姜先生的高足吧？你们递交的《为创立算学拟改书院旧章以崇实学事》，本学使认真拜读了。我赞同你们将南台书院改为算学馆，但建议你们会同本县公正明白士绅，细定章程，不遗余力地办好算学馆，发挥算学馆培养新学人才的作用。"

唐才常、刘善涵、涂儒翯三人喜形于色，赶紧站起来谢过学政大人，唐才常率先致意："在下定当竭尽全力团结同人，办好算学馆，推出实学新人，以不负学政大人期望。"

江标欣慰地笑了，从袖袋里掏出一两份文书，把其中一份递给唐知县道："知县大人，之前我已和您说过关于支持改南台书院为算学馆之事，我让人抄了份给您，我的答复也在上面，您先看看，以为如何？"

江标又将手里另一份文书递给刘善涵道："你们几位年轻学子，都在两湖书院就读，却能关心家乡的兴学之事，尤为难得。这是本学使已答复的文书，你们收好吧。"

刘善涵忙恭敬地接了过来，看到封面上端学政大人的批示，喜笑颜开，忙递给欧阳中鹄阅看。欧阳中鹄凝神细看，批词历历在目：

当即札饬浏阳县知县立案，准将南台书院改为算学馆。并会同公正明白绅耆，董理经费，细定章程，妥为办理。本院事事核实，乐观厥成。

看至此，欧阳中鹄抬头感激地看向江标，不想江标正微笑地看着他。他连忙上前致谢道："在下感谢学政大人于浏阳学子的厚爱，我等定当竭尽全力，办好算学馆。"然后，他从口袋里掏出三本《兴算学议》，恭敬地奉上道："学政大人，这是在下将门生谭复生写来关于在浏阳兴办算学格致馆的长信，进行了删节及批跋后，予以活字印刷成册，还拜请您多多指教。"

江标接过去，看了看封面，问道："谭嗣同？就是湖北巡抚兼署两江总督谭继洵大人之子？太好了，于桑梓如此深情，难得难得。您再给我送几本来，我结束浏阳的岁考，即将向醴陵等地去主持岁考，到时我好给他们介绍介绍浏阳的经验。"

欧阳中鹄答应着坐下，差人这时进来报告："知县大人，可以开席了，恭请学政大人入席吧。"

江标却笑着说："时间还早，等会儿吃饭吧。我想问唐大人，您对在贵县创建算学馆有何计划？"

唐知县满面春风地说："卑职已在浏阳任职长达五年了，浏阳乃民风谨厚、人物荟萃之邦，倘能大兴算学，考算学洋务，必在他州县之上，也是卑职的荣耀。卑职坚决拥护学政大人的倡导，拜托瓣姜先生等率门生赶紧实行，卑职还要送犬子前来受教。"

江标连忙赞道："唐大人真乃爽快之人，在我走过的州县内当为佼佼者，我当拭目以待！"

欧阳中鹄等人听了，相视一笑，喜不自禁。众人起身随着学政大人、知县大人往后院走去。

26

这天上午，家人送来一封信，欧阳中鹄接过一看，是陈长橿写来的。陈长橿乃浏阳南乡人，字曼秋，出身贫寒，却甚为上进，年纪轻轻就中了进士，后任户部主事。在京师时，欧阳中鹄和嗣同都和他有过交往，对他的学识为人都很认可，称得上是浏阳年轻辈里的优秀者。此时，他眼前浮现出陈长橿那谦逊得体小心翼翼的模样，心想他此刻已在湖北宜都知县任上，去岁在湖北时，听谭继洵夸奖他在任上乐于兴教，政声颇好，此番为何事写信来？

欧阳中鹄忙展信阅读，却越读越气愤，将信摔到了书案上。正好唐才常进门来，惊愕地问道："瓣姜师，谁的信？竟惹您如此生气。"

欧阳中鹄说道："佛尘，来得正好。你看看，这可是湖北宜都知县陈曼秋的信，洋洋数千言，对嗣同之变法提议大肆攻击，称变法之议不敢苟同。又称开矿之举，机器之兴，皆将使士民不安，祸机立发。湖南之难，必自吾浏阳始！真是耸人听闻！"

唐才常接过来信细读，也气呼呼地说道："早在湖北时，我和复生听闻他陈曼秋政声很好，还暗自佩服。谁料其头脑竟如此守旧，通计三千余言，不过圣贤门面语，对兴算一事百般阻拦。其意欲尽弃西学，如枪炮之类皆不用，真无一言及于实际。"

欧阳中鹄并没有作答，在埋头写什么。唐才常凑近问道："瓣姜师，您在给陈曼秋写回信吗？我们要狠狠地反击他批驳他的观点。那些榆木脑袋出来反对还可以理解，他陈曼秋可是学富五车之辈，竟然也出来反对，无疑会增加我们办学的阻力。"

欧阳中鹄抬头道："我现在懒得理他，我听瑞章说起，《兴算学议》散发出去后，浏阳士论沸腾，大加骇怪。我得为嗣同《兴算学议》再添跋语《三书〈兴算学议〉后》，继续阐述我们兴办算学馆的目的，要使更多的人明白我们的初衷，从而支持我们。"

唐才常接过欧阳中鹄的跋语，用心读了起来，连连赞道："瓣姜师，您在跋语里提胡燏棻向朝廷上《变法自强条陈疏》提得好，胡提出开铁路、制机器、减兵额、练陆军、整海军、设学堂、创邮政、办实业等十条建议，的确事事切实，非徒为空谈可比。至于为兴办算学社，李勉林观察之子炳南早早地慷慨捐出其所藏西书及言洋务各书，和陈曼秋形成了鲜明的对比，对大多数读书人也有教育意义。我等会儿就拿到印社去赶紧刻出。"

欧阳中鹄满意地点了点头，问道："佛尘，那天唐知县当着建霞大人的面表态还是很好，但他毕竟是守成之人，我们还得先找好办学的地方。奎文阁属于浏阳文庙的公产，你找到胡教谕了吗？"

"瓣姜师，忘了告诉您一个大好消息了。七月十四上谕已任陈右铭大人为湖南巡抚，右铭大人可是器识闳深之人，湖南肯定会迎来维新变法的大好局面。"唐才常满脸喜气。

欧阳中鹄闻言一喜："果真如此，那可是湖南有福了。算学馆肯定能办起来，比我们想象的办得还要好。你赶紧将我刚写的跋拿到印社去，趁现在岁考的读书人还没有散去，再去散发吧。"

唐才常告辞。

岁考过后，江标也走了。欧阳中鹄收到谭继洵的来信，邀请他再去巡抚署担任总文案。他弟弟欧阳中献在黄州担任盐税员，却总是亏欠，他甚是担忧，也想去看个究竟。可兴办算学馆的事情，却茫然没有着落：上次在江标大人跟前，唐知县答应得好好的，却根本没有半点行动，看来还得去找他。

八月初，天气闷热无比。今年上半年雨下个不停，谁知从六月起，天天大晴天。就在昨天，堂伯从青龙头来欧阳中鹄家里走亲戚，谈起今年的收成，不光晚稻无着，红薯绝收，菜园的菜都渐渐干死了。

欧阳中鹄回想起堂伯的叹息，暗自祈祷：老天爷快点下雨，可要给人留条活路！

待欧阳中鹄赶到县署时，知县唐步瀛刚刚从城外龙王庙求雨回来，还穿着整齐的官服，戴着官帽，满头满脸都是大汗。欧阳中鹄跟至签押房，上前拜见："知县大人，有您这位父母官这么虔诚地求雨，天老爷大概会发发慈悲吧，不然今年的收成真成问题，出外讨饭的人会越来越多。"

唐步瀛的脸上满是严肃，答道："浏阳山清水秀，风调雨顺，百姓勤苦，吃饭穿衣本不成问题。今年可真是邪门，上半年天天雨，下半年天天大太阳，现在境内存米不多，只怕得闹出饥荒。"

"知县大人，浏阳人赖于您的齐天洪福，日子过得还太平。今年天气异常，大人高瞻远瞩，早日谋划粮食问题，自是英明。"欧阳忙称赞道，随后话锋一转，"上次江标大人批示将南台书院改为算学馆，不知此事何时才能落到实处？您看都快中秋了，早就该开学了。"

唐步瀛看了看欧阳中鹄，没想到他会如此直接，略为思虑回复道："瓣姜先生，现在浏阳很有可能大面积绝收，灾情严重，在下已派人到东南西北四乡去摸清灾情的实际情况。在下得全力扑在抗灾的事情上，得赶紧召集城里几位大商户讨论如何赈灾。至于办算学馆之事，要不先找地方办起来，如果改南台书院为算学馆，只怕不能匆促行事，还得征求各方士绅的意见。"

欧阳中鹄心里一凉，明白唐知县对改南台书院为算学馆心里有抵触，但争执于事无补，便回道："知县大人，大灾当前，当然还是保全百姓的性命要紧。在下就按您的安排，先找地方将算学馆办起来，等境内灾情平复了，再将算学馆搬至南台书院如何？"

话说到这个份上，唐知县虽脸色难看，也只得点头："那就先有劳瓣姜先生了。一待灾情缓和，再来具体商议。"

欧阳中鹄告辞，出县署大门，倒真的遇上了谭嗣棨、宋寿福等人匆匆赶来县署。待回到家，刚刚喝了杯热茶，见唐才常、刘善涵、黎尚雯、罗棠等神色慌张地走进他书房。欧阳中鹄愕然地发现，他们四人竟然衣衫不整，满脸通红，刘善涵脸上还流着血。他大为惊愕地问道："你们这是和谁打架了吧？怎么这么一副狼狈相？淞芙，你脸上有伤，还在流血！佛尘，你赶紧带淞芙去医馆看看。"

唐才常怒气冲冲地说道："瓣姜师，今天我和淞芙、召甘三人去文庙门口，正想去奎文阁看看。未曾料到，不知从哪里突然冒出来一伙人，说是受陈曼秋知县大人所托，要将我们这些与孔夫子背道而驰的人扭到文庙，到孔夫子面前请罪。我们自然不服，和他们扭打起来。眼见他们有备而来，我们三人都让他们扭到了大成殿前。好在瑞章赶到，他学过武功，才将那些人驱赶开来。我们脱身后，就往您这里跑，怕那些不知天高地厚的人也来找您麻烦。"

欧阳中鹄冷笑道："谅他们也没有那么大的胆子，如此一来，我更要和他们干到底。一些不识时务的家伙，他们哪里是爱国，是害国呢！我看我得在《兴算学议》后再来一条跋语，直接说明陈曼秋所倡导的观点，已和时势格格不入了！"

黎尚雯从容说道："瓣姜师，自从我们将《兴算学议》广为散发以来，我看大多数人已渐渐明白国事危急，已到了非维新改革不可的地步。当然也仍有不少人反对，但不必去管，只管先将算学馆办起来。"

欧阳中鹄点了点头，说道："复生写信来说，他大概中秋节前后会回浏阳。等他回来前，我们至少要将馆址、掌教及有意来学习的人落实好，我看大家还得抓紧时间。"

听瓣姜师说得在理，大家的心情很快平复了。唐才常、黎尚雯也忙陪着刘善涵往医馆去。

第七章：办学

27

浏阳向来看重中秋节，城里采芳斋里生意兴盛，平常人家都要去买几个月饼回家。徐老伯初十就去买月饼，是嗣同最喜欢的桂花糖馅的，唐贤畴也在买月饼，就问他："徐老伯，买那么多月饼，有什么贵客？"徐老伯满脸是笑，悄悄地说道："七公子说会回来过节，我知道他最喜欢吃采芳斋的桂花馅月饼，赶早来买些回去。""那太好了，谭府又热闹了。"唐贤畴也笑了。

徐老伯又悄悄地问唐贤畴："寿田先生，今年买月饼的人怎么不多，月饼也没往年多？"

"徐老伯，你眼里只有你的七公子，今年浏阳年岁不好。上半年尽是雨，下半年又老是不下雨。早稻收成不好，晚稻只怕也没有什么收成，好多人家吃饭都成问题。"

徐老伯一听，急了："那可不得了，到时我们家只怕租谷都收不上来。"唐贤畴只得摇摇头和他告别。

十四日那天一大早，徐老伯就站在北门口张望，直至天黑了，才颓然而返。十五日天刚蒙蒙亮，徐老伯又到了北门口，直直地望着熊家亭方向。这时，见有人挑着一担香香的桂花枝，他赶紧买了几大枝，急急地跑回家。他找了两只棕色的陶罐，装上清水插好桂花，一只放在嗣同睡房，一只放在嗣同书房，满屋子桂花香，这才满意地笑了。他又奔至北门口，直至傍晚时分，远远地，只见城门外大道上影影绰绰走来几人，打头那个年轻人颀长的个头，白色长衫，腰中挎着剑，背上背着布包，后面跟着两个人，都挑着担子，正急急地往城里来。徐老伯凝神看了看，是再熟悉不过的模样，赶紧迎了上去，果真是他日夜盼望的七公子回来了。

看见徐老伯脸上的泪，嗣同心里一酸，到底还有人在日夜牵挂着他。他上前握住徐老伯的手，笑道："老伯，在家里等就好了，怎么又跑到城门口来接？"师中吉笑道："七爷，徐老伯盼星星盼月亮盼你回家，他怎舍得不来接？走了两天扎扎实实的路，真是累坏了，就等着徐老伯的好饭好菜。"一行人都笑了起来，跟着徐老伯朝家里走去。

的确是累了，嗣同一行这次走陆路，途中在枫浆桥铺住了一晚。可一路走来，更累的是心，进入浏阳境内，沿路到处干旱，田里的农作物大都干枯了。而湖北长江、汉水沿岸却多水灾，他在湖北巡抚衙门时常听父亲说起赈灾的艰苦。之前已经从信上得知浏阳今年上半年雨水多收成不好，现在看来下半年只怕情况会更糟糕。吃饭时，他问浏阳有多少天没下雨了。徐老伯告诉他，自从端午后老天爷就没怎么下雨，只怕今年收不了多少租谷。都三个多月没下雨了，这大大超乎嗣同的想象。

刚刚吃完饭，唐才常、刘善涵、黎尚雯、罗棠等闻讯起来，好友相见，一片欢快。嗣同赶紧招呼大家在过厅里坐下，让徐老伯摆上月饼、瓜子、花生之类，再温来一壶米酒。武昌城里没有什么新闻，嗣同让大家讲讲浏阳的新闻，上书江标及江标请瓣姜师等去县署的事最令他激动。唐才常感叹道："建霞大人到底是翰林院出身，听说他果真带着《兴算学议》到多地主持岁考，并四处推荐士人阅读，惹得舆论大哗，甚至有人诋毁浏阳为妖异之地，那些保守分子还相互劝诫不要沾染浏阳的流毒。学政大人听了，也不多分辩，只是更加用心搜取试卷中之言时务者，并将之拔为前列。且自此每试必如此，应试者不得不纷纷选购新书，继而风气渐开。他厚爱浏阳，时时向人称道。"

黎尚雯响应道："佛尘所言甚是，最服学政大人的高见，坚定地推行新学。听说他一到任就着手改革校经书院，购置了大量时务书籍和天文、物理、化学方面的仪器，使生员们开始接触新学。"

刘善涵却提醒大家道："但拟将南台书院改为算学馆，看来阻力很大。外有宜都知县陈曼秋的反对，他不光写信给瓣姜师表示反对，还撺掇在浏阳的守

76

旧者阻挠。前几天，我和佛尘几人差点让一些老顽固拖到文庙里给孔子请罪，他们还扬言要废掉我们的生员资格。"

说起此事，在座的人就愤慨，嗣同忙安慰道："不用生气，当年郭筠仙从驻英公使任上坐小火轮回长沙时，还有人扬言要烧掉他家的房子。浏阳毕竟偏于一隅，不知外面的世界，但只要我们像瓣姜师那样不断宣传，要做的事坚决去做，没有不成功的！我这次回来就是和大家一起推动算学馆的。"

正说得热闹，邹明沅和涂儒翯两人来了，一一相见后，嗣同直截了当地问邹明沅："岳生先生，来得正好，我们正在说起算学馆的事情。按我的设计，真正要办出效果，还得将南台书院改为算学馆。不知你的意见如何？"

邹明沅犹豫了一下，回道："复生，在下当然拥护你和瓣姜师！现在情况有些变化，前几天唐知县派人将在下叫去，说今年浏阳灾情特别严重，为六十年所未曾遭遇，西北两乡尤甚。早稻虽可收六成，晚稻则有颗粒无收者，最多也只能收两三成，通县七成以上的人口可能会挨饿。也因此，当前最大的事情便是赈灾，确保少饿死人。唐知县告诉在下，今年书院公款有可能都要挪为赈灾款项。"

在场的人都为之一愣，一时间中庭静默无声。最后还是嗣同打破了安静："唐知县所言应为实情。我原计划坐船回来，但河里水少，不好行船。在回浏阳的路上，的确见到田里好多水稻都干枯了，有人蹲在田边抹泪呢。人命关天，虽然办学也迫在眉睫，但遇到天灾之年，不得不让路。"

"那办学经费从哪里来？我兄长刚从省城回来，今年不光浏阳灾情严重，听说衡山县、醴陵县灾情也严重，全省不少地方或多或少都受灾了。真是屋漏偏逢连夜雨，《马关条约》对我大清国是一次沉重的打击，现在又遭遇天灾，人祸加上天灾，百姓们可受苦了。"刘善涵满面愁容。

"算学馆无论如何也得办起来，佛尘、淞芙和我从武昌赶回浏阳，就是为了促进算学馆早日办成。现在瓣姜师已在大力倡导，越来越多的人支持我们，即使不能改南台书院为算学馆，也要另择他址先办起来再说。"嗣同站了起来，神情坚决地说道。

"对，决不能轻易放弃，灾要赈，学要办！要不趁此月明之夜，我们去瓣姜师家拜节，也商议下一步该怎么办学如何？"唐才常提议道。

众人皆赞同，嗣同赶紧让徐老伯拿出那包他特地在长沙买的月饼，他要送给瓣姜师。

欧阳中鹄家在营盘巷，出大门，上永清街，拐弯走柴家巷，行不多久，右转上营盘巷就到了。浏阳城小，已经安静下来，此时幽蓝的天幕上挂着一轮圆圆的月亮，银色的月光洒向人间。一行人走在大街上，皎洁的月光令他们激情澎湃，黎尚雯吟哦着苏东坡的《水调歌头》："明月几时有？把酒问青天。不知天上宫阙，今夕是何年。我欲乘风归去，又恐琼楼玉宇，高处不胜寒。起舞弄清影，何似在人间。"众人听了，都随之吟哦起来，最后齐声诵道："人有悲欢离合，月有阴晴圆缺，此事古难全。但愿人长久，千里共婵娟。"

他们慷慨的吟哦响彻了大街，沿街人家有人走了出来，倚在大门边看着他们走过，倾听着他们年轻而激昂的声音。欧阳中鹄一家人正在院子里赏月，他们一行人的造访使院子里更加热闹。欧阳中鹄一见嗣同就紧紧握住了他的手，说道："复生回来了，让我看看，是不是长胖了点！"那一刻，师生凝眸，天地间一切都似乎静止了。嗣同看到了老师额头的皱纹，还有脸上慈父般的笑，而欧阳中鹄看到了嗣同眼里的坚毅，脸上从容而又率真的表情。嗣同感受到老师温暖的目光在他脸上身上扫过，如温暖的春风拂过。唐才常几人都默默地看着，感受到他们师生间真挚的情谊，大为感动。

"哎哟，都站着干什么？快请坐请坐，吃月饼吃月饼。老头子，老拉着七公子的手干啥？赶紧招呼伢崽们吃些东西。"欧阳夫人端着一托盘热茶，热情地招呼着大家。

欧阳中鹄这才平复自己激动的心绪，招呼大家坐下吃月饼。他特地让嗣同坐在自己身旁，关切地询问道："复生，什么时候回浏阳的？一路上可安靖？"

嗣同恭敬地答道："谢谢老师挂心，一路上都很顺利。只是回到长沙后，长沙城里到处是要饭的盲流。回浏阳的一路上，发现田里的水稻大都干枯了，浏阳城内外也有不少要饭的。学生因此而心焦呀。"

"难得复生一片忧民之心，不光长沙、浏阳，今年整个湖南省都灾情严重。上月上谕任命陈右铭大人为湖南巡抚，原本要进京朝觐，皇上却让他赶紧赴任赈灾。"欧阳中鹄也满脸烦忧，叹了口气说道，"如此一来，兴办算学馆就会有些麻烦，唐知县已经明确书院公款都要挪为赈灾款项，将南台书院改为算学馆目前肯定行不通。要么推迟到灾情平复后再办，要么就缩小规模先办起来，办个算学社。你们意下如何？"

"瓣姜师，事不宜迟，培养人才要紧。浏阳先行动起来，到时自然会有其他地方跟着来兴办新学，也算领风气之先。学生明天先去找县教谕，按之前的方案，先办在奎文阁。"嗣同神情坚定地说道，邹明沅、唐才常等纷纷响应。

欧阳中鹄也受到了鼓舞，看了看大家道："难得大家有这份决心，接下来有几件要紧的事，一是校址定在奎文阁，复生你去说服教谕，尽快定下来；二是办学经费的问题，到底该如何筹措，县里目前是没法可想了；三是聘请山长的问题，大家看看谁适合来担任？既要学识丰富，又要懂西学，有新思想之人；四是招生的问题，大家四处发动，看能招到多少学生。既要有旧学的功底，又愿意来学习西学。今天趁大家都在，该落实的先落实好。"

"瓣姜师，眼见着原拟用于设立算学社的经费无法落实，我这一两天好好核算一下书院经费，看能否想办法挤出些钱来支持算学社。至于教习，现在人数还没有确定，先聘请一位山长就行了。我这里推荐新化晏孝儒壬卿，他操实谨严，举人出身，学识深厚，且于西学颇有研究。之前在长沙与之相识，原本想请他来南台书院，现在聘他来算学馆更好。"邹明沅建议道。

欧阳中鹄点点头道："再大的困难，只要大家齐心协力，算学馆就能办起来。今天是中秋，我们师生也团圆了，还是让我们举杯畅饮吧。"

接连喝过几杯，人人都争着说话，吟诗，喝酒。在座的算欧阳自耘最清醒，他没有喝酒。他早就想听嗣同弹琴了，他平时在家也弹琴，但只为消遣，水平一般。他去书房里搬来他的七弦琴，叫家人搬来琴桌，对嗣同说："复生仁兄，好久没听你弹琴了，虽然我的琴没有你的琴好，今天大家难得聚在一起，来一曲如何？"

嗣同看了看大家期待的目光，爽朗一笑，拂了拂琴说："我今天为瓣姜师和在座的各位弹奏一曲《秋宵步月》吧，此曲为南北朝南齐柳世隆所作。柳世隆为士流第一，晚年不干世务，此曲写月夜漫步中庭，正合今日之境。"

舒缓的琴声响起，大家用心倾听着，好似已在秋高气爽、明月高悬的夜晚漫步于庭院，心境闲逸而舒畅，忘却了尘世的烦恼，有超然物外之境。一曲终了，黎尚雯感叹道："心无所累，虽行于世，而隐于心也。"

随后，嗣同又弹了几曲，自耘也弹了几曲。自耘琴声里却有一股忧伤的味道，众人听着，谈论着。夜深了，小立袁依偎着爷爷睡着了，众人这才散去。

28

天一亮，嗣同就拿着剑来到后花园，花园里有隐约的桂花香飘荡。那清香飘至心里，心里也满是桂花香。练了几路剑，汗出来了，全身舒畅极了。徐老伯来叫嗣同吃早饭，香香的一碗面条放在桌上，上面盖了荷包蛋和红红的辣椒，点缀着黑黑的豆豉和绿色的葱丝。嗣同开心地笑道："还是老伯懂我。"徐老伯闻言，脸都笑成了一朵花。

刚刚吃过早饭，唐才常、刘善涵就来了，坐下不久，唐知县和胡教谕来拜会。唐才常和刘善涵赶紧避到其他房间，嗣同忙迎至大门口，客气地将他俩引至书房。

待客人坐下，嗣同还未来得及开口，唐知县率先说道："早就知道复生太守关心桑梓，和唐佛尘、刘淞芙等年轻才俊在谋划兴办算学馆。此事也深得学政建霞大人赞赏，我辈更是感激您勇为家乡谋划。"

嗣同回道："感谢知县大人来访，在下不胜感激。至于兴办算学馆一事，身为浏阳人，自应为桑梓效劳，还望知县大人鼎力支持。"

唐知县连忙致歉："可今年浏阳突发灾情，为六十年所未曾遇。当前救灾要紧，只能暂缓将南台书院改为算学馆，南台书院膏火费及常年办学经费都得划拨为赈灾款。倘复生太守、瓣姜师另有他法，先将算学馆办将起来，我唐某坚决支持。"

嗣同点了点头道："在下离开武昌时，父亲大人也交代，回到浏阳就是知县您的子民，凡事要尊重您的意见。在下正想去拜会您，不想您倒先来了。既然暂时不能将南台书院改为算学馆，我们先在奎文阁将算学馆办起来如何？"

"敬帅是我一直仰慕的长者，请复生太守回武昌时，代为致意。浏阳今年灾情严重，还赖敬帅多为扶持。复生太守想在奎文阁办算学馆，在下全力支持。今天特地带县里胡教谕一起过来了，你们有什么需求，只需找胡教谕即可。"说起谭继洵，唐知县满脸恭敬。

"那太好了。还是大人想得周到，到时还拜请胡教谕多多帮助。"嗣同连忙致谢。

随后又聊了几句，唐知县、胡教谕就离开了。唐才常、刘善涵知晓了唐知县的态度，也很高兴，嗣同便让师中吉去叫上邹明沅，几人一起去瓣姜师家里商定具体事宜。刘善涵劝道："复生，不必太性急。昨晚才商量了办学之事，现在最重要的还得发动大家来算学馆学习。现在虽反对声少了，但是否有人来上算学馆呢？咱们还是先分头动员自己的亲戚朋友吧。"

嗣同点头称是，唐才常、刘善涵便告辞走了。

嗣同正想出去走走，大兄谭嗣棨来了，是为修复家族宗祠及嗣同家租地收租之事。嗣同原本最怕这些俗事，能躲则躲。但现在嗣同他们这支，作为男性，就他年长，不得不去打理，心里甚是痛苦。好在还有师中吉，总是为他任劳任怨地打理这一切。听完嗣棨的安排，嗣同表态说："宗祠修复，父亲大人定会尽心竭力。至于收租之事，今年浏阳到处受灾，先让鉴吾去租地摸清情况再说。至于父亲想收购田产，听凭大兄做主。此次回浏阳专为兴办算学馆，大兄看族中子弟有谁适合去学习？"

嗣棨支支吾吾地道："这个，还得去各家问问，还得敬重各人意见。"嗣棨知道嗣同的性格，应付几句，便暗自摇头，匆匆走了。

嗣同带着师中吉到族中各处拜访，宣传算学馆开学之事，也好发现族中可以培养的子侄辈。走访了两三天，只在旁支找到了两位愿意去算学馆学习的侄子，嗣同不由心忧起来：浏阳真是风气未开，瓣姜师所料不差，宣传尤为重要。

这天，欧阳中鹄早早派家人来告知嗣同，晚餐到他家聚餐，顺便商定算学馆的事情。就在头天晚上，邹明沅已经来访，他大概可以为算学馆每年筹措六百缗。嗣同想了想，就展开自己拟定的章程，心想不如按照筹定的六百缗岁费打底，其他杂费再想办法去募捐。他静下心来，完善了《开创章程八条》和

《经常章程五条》，心里略微安定，便走到天井边上，欣赏着徐老伯精心养护的几盆兰花。几块青色的大石头上摆了几只蓝花瓷盆，优雅的兰草下，卧着圆圆的鹅卵石，已有花枝悄然伸了出来，小小的碧玉色花朵绽放于花枝上，丝丝幽香悄然萦绕。嗣同心绪大好，他知道这些都是徐老伯从道吾山专门挖来的。

这时，师中吉回来了，欲言却止的样子。嗣同问道："租地都去看了吧？有什么事只管说。"

"七爷，这几天跑遍了家里的租地，龙虎岭、冷水等地，都干旱得严重。租户都愁眉苦脸的，几乎没有什么收成，他们希望东家网开一面，今年就不要收租了。"师中吉犹豫地说道。

"既然这样，那今年就不要收租了。"嗣同干脆利落地回道。

"七爷，还是回湖北和敬帅商量商量吧。还有大公子推荐的翟水的田土，我也去看了。离城里不远，又有通渭河穿过田垄，价格也合理，田土山加起来，大概二三百亩的样子。地不错，现在价格也不高，我看可以买下来。"师中吉谨慎地说道。

"我回武昌会和父亲大人汇报。翟水那处地值得买就买吧，和大兄商量商量多少钱能买下。你知道我不在行。"嗣同说得倒轻松。

师中吉是穷苦人家出身，但嗣同从未看轻他。师中吉全家已衣食无忧，但也太知道没吃没穿的苦日子实在难过。一听嗣同说租地今年都不收租了，他揪着的心缓缓放下了。他决定这几天再抽时间去各处一趟，告诉租户们七公子的决定，也得催促他们赶紧多种些萝卜和红薯，不然下半年就没什么东西填肚子了。

29

到了下午，邹明沅、唐才常等都陆续聚到了欧阳中鹄的书房，各自诉说这几天游说的情况。众人听说邹明沅每年竟然可以拨六百缗给算学馆，都喜形于色。欧阳中鹄赞道："岳生仁兄，您可真是算学馆的大功臣，每年支持六百两银子，真是尽心尽力了。"

每人又汇报招生的人数，嗣同谭氏家族三人，其他的或两人，或三人，加起来只有二十人。众人心里凉了半截，一时无语。欧阳中鹄打破了安静，说道："能招到二十人，已经很不容易了。一则有些人脑筋还没开化，还想去科考碰碰运气；二则今年天灾严重，填饱肚子要紧，手里的钱不敢乱用，到时得用来买救命粮！我看不如改算学馆为算学社，先办着试试看，待日后再成立算学馆。"

众人皆点头表示赞同，嗣同却提出了一个问题："岳生先生每年拨来六百两，每位学生可以收些生活费。我和李炳南捐了些书，暂时也够用，暂时就请一位山长就行。但课桌、床铺等还得添置，还有厨役等人用度，钱还是不够。至少得凑足八百至一千两银子！"

大家你看我我看你，黎尚雯建议道："浏阳旱灾十分严重，乡间已经开始恐慌，不久前城里各商户设法出境购买粮食约两万余石。现在办算学社，县署等衙门指望不上了，也没有必要到处去募捐，不如我们在座的都来捐些款，我开个头，捐五十吊。"

嗣同也赶紧响应："瑞章仁兄提出的这个办法好，既是要办新学，就要办出个样子来，决不能让那些守旧者看笑话。我也先认捐五十吊，明天再去发动大兄也来认捐。"

众人都纷纷附和。嗣同高兴地说道："加上莘畬大兄，还有余华禄，就有九个人认捐了，明天再有两人就行了。如果再少了钱，就由我来补全。"

众人匆匆用过餐，就又聚到书房。嗣同拿出已拟好的《开创章程八条》和《经常章程五条》，众人一条条地讨论并确定，越讨论越兴奋，思路越来越清晰：就在文庙后山奎文阁，浏阳算学社呼之欲出，青年学子将朝气蓬勃地出入其间。

直至夜深人静，众人才散。欧阳中鹄叫住嗣同，问道："复生，敬帅早些时候来信请我再去湖北巡抚署中担任幕宾，今天又接到敬帅的信函，他已派专轮到长沙来接我。敬帅言辞极为恳切，或久或暂，或加修或作幕或兼差，都听从我的选择，请我立即前往。但并未言及所商之事，你知道究竟所为何事吗？"

嗣同摇了摇头，欧阳中鹄更是疑惑："我已写信禀明敬帅，现在实在不能前往湖北，要去也须等到九月半间。我还特地向他汇报了算学社建成前后的经过。"

"瓣姜师，在武昌时家父未曾和我提起过。现在家父年纪大了，湖北事情特别多，可能他认为有您的帮衬，他办事会舒心得多。"嗣同猜测道。

见欧阳中鹄还在琢磨，嗣同却转移了话题道："瓣姜师，佛尘、淞芙家里条件都不好，却能踊跃捐款办学，真是难得。接下来筹款的事就让我来负责吧。"

见欧阳中鹄点头，嗣同才告辞。看着他离去的背影，欧阳中鹄一时心绪复杂：复生论事真是极有见地，任事也极有力量，实在是难得的人才，敬帅却老是看不到复生的才能！

短短几天内，邹明沉的钱到位，所有认捐的钱都到位了；奎文阁已经修缮整理好，要添置的课本、课桌、寝具等购置齐备；二十名学员皆一一确定，厨役等人员顺利雇佣，山长晏壬卿已经请定，只等他九月上旬赴任……

挑了一个黄道吉日，秋风凉爽，阳光朗润，欧阳中鹄率嗣同、唐才常、刘善涵、黎尚雯等一行来到奎文阁。在热烈的鞭炮声里，欧阳中鹄和嗣同合力将"浏阳算学社"的招牌挂好，众人脸上堆满了笑。一行人楼上楼下巡视了一番，再站到大门外凝视着奎文阁那道拱形大门。欧阳中鹄感慨道："总算是梦想成真，过不了多久，就有二十来位年轻才俊在此安心学习算学、格致、化学等新学课程，此为浏阳史上的大事和新事，可喜可贺。但真正要办好，我辈还得继续努力！"

"算学社得以办起来，最大的功臣还是瓣姜师和岳生先生，没有瓣姜师大力发动，浏阳人思想上过不了关；没有岳生先生鼎力相助，算学社经费拮据，也无法办起来。"说完，嗣同恭敬地朝着欧阳中鹄和邹明沉连连鞠躬。

"大家都辛苦了，足足忙了三个多月。因敬帅接二连三拍电报过来，复生只得打点行装先回武昌。淞芙决意创办《湘报》，也要去湖北、上海考察，计划和复生一起走。"欧阳中鹄见大家若有所思地看着他，顿了顿说，"敬帅也催我去湖北巡抚再任总文案，等晏山长到了浏阳上任后，我也要收拾行李去武昌了。算学社就由佛尘、质初两位具体负责，有事随时和岳生、瑞章、华禄、召甘等人商量！"

唐才常见所有人都满眼期待地看着他和涂儒翯，拱拱手道："感谢大家看得起我和质初，放心吧，我俩定会全力以赴。"

第八章：拘留

30

晏孝儒如期赴任，他精通算学，儒学功底深厚，在当时也算是难得的人才。欧阳中鹄悬着的心踏实了。

欧阳中鹄简单地交代家事后，就准备启程前往湖北。李庆教得知后，坚持要和他一同去长沙，欧阳中鹄倒是挺乐意。他其实不放心家里，今年干旱到底严重到什么程度，只怕知县心里也没底。不过，老友倾情相招，他不好再拒绝。从浏阳到长沙，他决计走陆路，也好实地了解一下灾情。

启程之时，李庆教向欧阳中鹄建议，到了长沙就住到他的公和庆爆庄分庄去，欧阳中鹄答应了。到达长沙时，他随李老板来到浏河正街分庄，已是傍晚时分，微凉的秋风掠过，行人脚步匆匆。不宽的街道，铺着麻石路面，沿街都是宽宽窄窄的铺面，有不少爆庄，有的富贵场面大，有的简单不事铺张。这里离驿步门很近，出驿步门往北没多远，就是浏阳码头，这也是众多浏阳爆庄选址于此的缘故吧。分庄守店只有两个伙计，还有一个厨师兼搬运工，大儿子李有财在此坐镇。李有财忠厚实在，货进货去皆了然于心，算盘精得很。二儿子李有贵在汉口新开的子庄，是三个儿子中最能干的，最擅长和不同的人打交道，既灵活又务实。爆庄自今年年初开办以来，就开始有进项了。浏阳总庄由李庆教自己主持，小儿子李有义进算学社念书去了，李庆教带着侄子李有用帮忙。

李庆教领着欧阳中鹄走进铺面，李有财恭敬地迎了上来。公和庆的铺面并不大，但进深长，后面是堆放鞭炮的仓库，仓库靠近高高的城墙。穿过铺面，便是住所，中间为天井，周围是房间。一路上眼见灾情严重，欧阳中鹄心情沉郁，只觉得疲惫异常。李庆教让欧阳中鹄住平日待客的房间，也是最好的房间，令欧阳中鹄甚为感动。

第二天，欧阳中鹄要去南门口附近的学使署见学政江标大人。江标很热情地接待了他，欧阳中鹄详细汇报了算学社的兴办过程。江标遗憾之余，还是赞扬有加："大灾在前，能坚持将算学社办起来，既有复生的倡议之功，更赖于瓣姜先生您坐镇，率领佛尘、淞芙等人奔走！浏阳率先兴办算学社，真是意义重大。待赈灾过后，我们再一起努力将算学社扩大规模，以领风尚之先。"

欧阳中鹄再三致谢，并告诉学政大人算学社已走上正轨，他即将应谭大人之请前往湖北巡抚衙门。临告别时，江标建议道："湖南灾情严重，皇上令右铭大人不必到京觐见，这几天即将到任。瓣姜先生不如等几天见上一面再走？"欧阳中鹄决定见过陈宝箴后再往湖北。

31

十月十一日这天，晴空万里，长沙城外潮宗门码头的闲杂船只已退到一边，码头前的江面水平如镜。早饭过后，湖南布政使何枢、按察使俞廉三、学政江标、提督娄云庆、长沙府知府裕庆等地方大员率众在潮宗门外守候。已有确信，抚台大人坐小火轮从汉口于今日上午抵达长沙。半上午时分，远远地，见湘水之南有小火轮驶来。

果真是巡抚陈宝箴乘坐的船，船一停，藩台何枢率众人上船迎接。陈宝箴身着官服戴着官帽早已站在船头，他身躯高大，略微肥胖，毕竟已是六十多岁的人了，胡子有些斑白，背却挺得直直的。他脸上含笑，目光锐利地扫视了一下众人，何枢上前一一介绍过几位大员。在热烈的鞭炮声里，众人簇拥着陈宝箴坐上岸边已守候多时的官轿，相随前往巡抚署。

抵达巡抚署，陈宝箴就宣布取消一切庆典活动，且请何枢、俞廉三、娄云庆、裕庆等到签押房共议赈灾之事。待大家坐定后，陈宝箴满脸平静地看了看大家，开门见山地说道："此次全省灾情严重，朝廷深以为忧，上谕令我不必往京觐见，直接来此赴任。我从天津乘坐海轮至上海，转往江宁、武昌，专程拜见了香帅和敬帅，报告了湖南灾情，请求支援！"顿了顿，他转向何枢，问道："何方伯，你为一省藩台，掌管全省财税和人事，现在你说说具体灾情。"

何枢由长沙知府升任，对当地情况熟悉，忙站起来致意："抚台大人，全省旱灾甚是严重，赤地千里，二十多个州县遭灾，浏阳、醴陵、衡山三地最为严重。再不积极筹措钱粮赈灾，情况危急，一则百姓恐有饿死者，二则将有刁民乘灾起哄闹事！"

陈宝箴点了点头，转头对按察使俞廉三说道："廙轩大人，你任太原知府时赈灾得力，募资得百数万金，活民数百万，你有什么好主张，说来听听。"

俞廉三自幼深受家教熏陶，聪颖明达，却非出于科举正途。十六岁投效山西戎幕，先后积功，由武乡县知县起步，直至调补太原知府。又因治晋有方，头一年由冀宁道迁湖南按察使。

俞廉三叹了口气回复道："抚台大人，您德高望重，海内所仰，且与湖南渊源深厚，士民于您自会敬而信之。湖南近来水旱灾荒连接，且去岁鼎力支援吴抚台率部前往山海关外抗倭，蓄藏已竭，民脂已尽。而今大灾当前，理应大书赈济之文远近传递，请求八方支援！"

"何方伯，藩库里还剩下多少银两？"陈宝箴忧心忡忡地问道。

何枢有备而来，从容答道："抚台大人，得知您巡抚湖南，卑职已令人将近几年的账目一一理清，并记载在册！确如廙轩大人所言，藩库无奈，蓄藏已竭，就是剩下的三十万两也已经派上用场了，只是还未拨出而已。"说完将账簿恭敬地递给陈宝箴。

陈宝箴接过来翻阅，脸上神情越来越凝重，最后哑着嗓子说："既然藩库羞涩，还得赶紧拟奏折发出去。廙轩大人，值此非常时期，只怕有人会挑动民怨闹事，你密切关注地方动静，倘有府州县暴民暴动，你得迅速应对。"

陈宝箴又向娄云庆客气地说道："提督大人，您是湘军功臣，又是浏阳人，拜请此次赈灾多多支持。巡抚署即将发布严禁贩运粮米出境的告示，以免进一步加剧灾情，需加强岳州一带防守。"

众人领命正待告辞，陈宝箴却对俞廉三说道："麇轩大人，我们得立即奏请朝廷准允湖南境内装运谷米杂粮往来售卖，无论水陆卡局一概免收厘金。贩运入省者，就令于入境首卡完纳一次，候至年谷丰稔，再照旧章办理。你赶紧令人拟好奏文吧。"

随后，陈宝箴令长沙府知府裕庆留下，其他人都去各自忙碌。

陈宝箴开门见山地挑明，他要详细聆听浏阳、醴陵等地情况。裕庆满脸忧愁："抚台大人，现在浏阳情况最为急切，近日唐知县派人前来报告，境内已有不法之徒利用灾荒兴风作浪。他实在无法，只得不时派人在城外南流桥、熊家亭几个点散发铜钱，却不料人越聚越多，确有滋生混乱之忧。"

"这个唐知县，在此非常时机，反而让灾民聚结在一起，真是糊涂。"陈宝箴皱着眉头想了想，问道，"得赶紧想办法让灾民分散开来，浏阳情况你熟悉，你看有什么好办法？"

裕庆沉吟道："抚台大人，浏阳民风素来强悍，昨天内阁中书瓣姜先生来我处拜访，他急于前往武昌敬帅处。说起浏阳的灾情他也忧心忡忡，欧阳瓣姜为人方直，德识孚人，不如留他在浏阳主持赈灾。"

陈宝箴眼前一亮，赞道："知府大人和我想到一块了，我素来敬重瓣姜先生，你晚上领他到巡抚衙门来，我在小客厅里等你们。"

裕庆告辞，他得赶紧去找欧阳中鹄，担心他已然出发前往湖北。

32

午饭过后，瞧见响晴的蓝天，陈宝箴更是坐立不安。此前他和家人长期居于长沙，对当地民情甚为熟悉，此次又激于时势风云，他们父子俩决意积极推行新政。儿子陈三立还留在武昌料理家事，打点行装，再携家眷来湘。往常陈三立在身边，总会给陈宝箴提提建议，让他所虑更为周全。此番父亲路过武昌时，陈三立就让张通典赶到巡抚衙门，先来帮衬父亲。张通典和陈家渊源深厚，之前在陈家坐馆，和他们一家人都亲近。陈宝箴转身对站在书案前的张通典说道："伯纯，你赶紧去起草赈济公文及严禁贩米出境令，再备些礼物，代我去太平街乾益升拜见朱昌琳老板。如果可以，也请他今晚来巡抚署，我要向他请教赈灾之法。"

张通典领命出门，陈宝箴坐下来翻看何枢给他的账簿。签押房里静了下来，他边看边思索，直到天色已晚。

匆匆吃过晚饭，欧阳中鹄就随裕庆前往巡抚衙门。还在中午时分，欧阳中鹄就听说陈宝箴已到达长沙，还在揣摩如何尽快找机会拜见抚台，向他汇报浏阳灾情和浏阳算学社的兴办，寻求他的支持。谁知陈宝箴竟派裕庆来找他，令他深感意外。

他们俩刚刚在客厅里坐定，陈宝箴就来了，后面跟着张通典。陈宝箴一见欧阳中鹄就笑了："瓣姜兄，别来无恙乎？当初在武昌一别，不想今日在长沙重逢。"欧阳中鹄忙站起来作了个揖。寒暄几句，陈宝箴便直奔主题，仔细询问了浏阳灾情，欧阳中鹄一一作答。陈宝箴脸色越来越凝重，诚恳地问道："瓣姜兄，听说您将去武昌再次总理湖北巡抚署文案，可现在浏阳灾情严重，且有歹徒趁机兴风作浪，情况危急。您在浏阳德识孚众，想拜请您先留下来帮助赈灾，等灾情缓和后，再去湖北巡抚衙门如何？"欧阳中鹄看了看满脸诚恳的陈宝箴，心下为难，一时不知如何作答。

裕庆暗自佩服陈抚台眼光独到，考虑周全，忙在一旁苦苦相劝道："瓣姜先生，赈灾之事非同小可，只有您才能深孚众意。浏阳乃是您的桑梓之地，为了让浏阳民众顺利渡过当前饥荒，还拜请您勇挑重担。"

陈宝箴再次诚恳地说道："瓣姜兄，您不必担心敬帅那里不好交代，一则敬帅也是浏阳人，您为主持浏阳赈灾去不了，他肯定能理解和赞同。二则您有什么需求，我定会全力支持，明天巡抚衙门就行文至浏阳县衙。"

话已说到这个份上，再推辞便说不过去。欧阳中鹄见两位大人都满怀期待地看着自己，站起来朝抚台大人作了一个长揖："既然如此，感谢抚台大人对浏阳的关爱，我这里先代表浏阳民众感谢您！我作为浏阳人，承抚台大人如此信任，站出来主持赈灾责无旁贷。我看现在最首要的问题是，得贩运粮食到浏阳，好多人已经出外逃荒了。"

"瓣姜先生尽管放心。抚台大人今天上午就布置了，严禁粮食出境，着力贩运大米入境。长沙府这边也将酌情拨付赈灾款项给浏阳！"不光陈宝箴松了口气，裕庆也松了口气，赶紧表示大力支持。

"两位大人如此诚意，在下恭敬不如从命。"欧阳中鹄连连致谢，随后从袖袋里摸出两本《兴算学议》，恭敬地递给二位大人，禀明道，"在学政建霞大人的坚持下，谭复生、唐佛尘及刘淞芙等几经努力，已在浏阳办起了算学社，聘请安化晏壬卿主教算学、格致、化学等功课。"

"算学社？主讲算学、格致等课程，浏阳真是开风气之先。"陈宝箴接过《兴算学议》急切地翻看了起来，赞叹："谭复生有如此识度、才气、性情，难得难得。现在赈灾紧急，待我有时间定当细细阅读！还得再行刻印散发境内各府县，国家兴亡，人才至关重要。"

欧阳中鹄听了，心里很是自豪。就在此时，差人来报，乾益升老板朱昌琳到了。

陈宝箴闻言眼睛为之一亮，忙道："快请进。"

欧阳中鹄等人还未来得及退出，瘦高个朱昌琳穿着一件普通的灰蓝色长袍，拄着拐杖走了进来。欧阳中鹄知道他是长沙城里有名的富户，在太平街开设乾益升总栈，分设乾益升茶庄、盐庄及粮庄，排场并不大，但生意做得名满湘鄂。听说此公秀才出身，擅于经营之道，且宅心仁厚，制行端严，济人利物，每岁动辄费银逾万元，而于地方公事绝不干涉，赢得众人称颂。

陈宝箴温和地招呼朱昌琳坐下，转过头来对欧阳中鹄说："瓣姜兄，想必您早已听闻雨人仁兄的大名，一起听听雨人兄关于赈灾的高见。"

随后，陈宝箴开门见山地问道："雨人仁兄，你我已是旧日故交，我就不客气了。连夜请您来巡抚衙门，也是湘省灾情危急，还望包涵。"

朱昌琳致谢道："抚台大人赴任伊始，就心忧灾民，是我等子民的幸事。"

陈宝箴道："此乃职责所在。我已听闻雨人仁兄不仅自捐一千两供省城赈恤之需，还与各位士绅集资二十万两，令贵长子赴江苏、安徽采购谷米回省。现已在长沙城内设立平粜所，活人甚众呀。我在此得好好谢您！"

欧阳中鹄听了，为之一振，满怀敬佩之情望向朱昌琳，却见他毫无居功之态。

陈宝箴打开话题后，朱昌琳坦率地说出了自己所了解的灾情及赈灾的对策，陈宝箴听后连连点头。一旁的欧阳中鹄及裕庆、张通典等人都静静地听着，人人茅塞顿开，感叹了一番。

事毕告辞，走至巡抚门外，裕庆、朱昌琳都上轿走了，欧阳中鹄正欲步行回去，张通典却赶了出来，唤道："瓣姜先生，抚台大人派了轿子送您回住处。"欧阳中鹄再三谢过。

晚上天气已经有些冷了，待欧阳中鹄回到公和庆分庄，不仅李庆教在等他，黎尚雯为了算学社采购课本也来了长沙。当李老板问起晚上与巡抚大人的见面情况，欧阳中鹄只简单地说道："李老板，我不能陪你到湖北了，巡抚大人要我回浏阳参与赈灾，我答应了。"李庆教点点头道："瓣姜先生，我看巡抚大人决定得对。浏阳现在灾情实在严重，有一百四十多天没下雨。这几天我听送货的挑夫说，北乡捞刀河、南乡南川河断流，浏阳河白沙、高坪段河面都快干了。自浏阳城往下河段，人们得持瓢勺往河中低洼处取水。百姓喝水都成问题了，就别说作物用水，晚稻已是颗粒无收。"

黎尚雯更是痛心疾首地说道："瓣姜师，您离开浏阳只有半个月，但现在情况更严重了，富户往年贮有粮食，吃饭不成问题。而那些粮行要么提高粮价，要么捂着不卖粮，都等着涨价。前几天灾民成群结队到县衙前哭诉，要求赶紧赈灾，吓得知县唐步瀛都不敢出来。他手里要粮没粮要钱没钱，如困兽般在县衙里团团转。此次灾情最严重的南乡和西乡，听说已有饥民聚众夺粮，多时达上千人，更有上万人外出逃荒了。"

欧阳中鹄听了，脸色沉下来，陷入了沉思。黎尚雯叹了口气，说道："瓣姜师，我很替您担心，浏阳情况复杂，受灾面积如此之大，您主持赈灾只怕会吃苦不讨好。但无论如何，我愿意和您一起赈灾，我家里还有些余粮，我都拿出来赈灾，听从您的吩咐。我想佛尘等都会前来帮忙的。"

欧阳中鹄也叹了口气，道："我何尝不知，但眼见家乡受灾，抚台大人又委我以重任，我不忍拒绝，也拒绝不了。"

李庆教在旁听得感动，说道："瓣姜先生，浏阳百姓的身家性命都靠您了。我李某愿听您驱使，我还会发动爆业公会听从您的号召。"

欧阳中鹄点了点头道："我这几天得再找抚台大人，先帮浏阳垫钱垫谷米，不然巧媳妇难为无米之炊。李老板，你赶紧收拾去湖北，发动爆业公会卖掉鞭炮，沿途买些谷米或杂粮运回浏阳，到时平粜给无粮户，也是积德之事。"

李庆教答应道："瓣姜先生，您放心，我们生意人也懂得礼义廉耻，并不都是重利轻义之辈。正好这边的货准备得差不多了，我明天就去雇船，争取早日出发。"

欧阳中鹄交代："李老板，你尽早前往汉口。你还得帮我带信给敬帅和复生，我有事拜托他们。"

见欧阳中鹄满脸疲惫，黎尚雯面露忧色，提议早些休息。

三人各自去睡，有风呼呼作响，夜无法安静下来了。

33

第二天吃过早饭，欧阳中鹄和黎尚雯特地去找刘善泫，他依然在庄赓良家坐馆。庄赓良观察被叫去了巡抚衙门，说是商量赈灾之事。两人转至提督府拜见提督大人娄云庆。欧阳中鹄虽前些日子才拜访过他，但之前与他接触不多。他心想娄提督在南山购置大量田地，倘念父老之情，应会援手支持。娄云庆很客气地接待了他们，说起浏阳赈灾之事，娄云庆只说到时会酌情支援，但说得不痛快，言语含糊。欧阳中鹄心中失望，和黎尚雯匆匆告辞，娄云庆也没强留。

随后几天，欧阳中鹄和黎尚雯在长沙城里走街串巷，拜访熟识的浏阳籍官员、商户，通报浏阳受灾情形，请求支持。他俩还特地上街了解谷米行情，眼见长沙城里谷米行情见涨，两人甚是着急。欧阳中鹄甚至还去太平街乾益升总栈，向大老板朱昌琳讨教。朱昌琳直截了当地建议："要救人活命，还是粮食重要，要想办法运粮食到县内，保证县内粮食不涨价，灾民能买到粮食。"

欧阳中鹄心里有了主张。趁李庆教北上汉口前，他分别给谭继洵和嗣同各写了一封信，请求敬帅从湖北藩库里拨些银两给浏阳，也拜托复生在湖北劝捐，再从湖北铸银局兑些一元、五角、二角、一角、半角小制钱回浏阳。

他又精心草拟了一份借款报告，带着黎尚雯去巡抚衙门找陈宝箴。待被差人引至签押房时，陈宝箴很是惊讶地问道："瓣姜兄，都五六天了，您怎么还在省城？"

欧阳中鹄看了看疲惫的陈宝箴，从容地说道："抚台大人，我在省城找浏阳籍官员、商户募捐。现在我有一个请求，希望得到您支持，我才好回浏阳赈灾。"说完，就将手中的报告递上。

"瓣姜兄做事有主张，我也知道浏阳向来不富裕，遭此大灾，更是捉襟见肘。"说着，陈宝箴用心地看报告，之后为难地看了看他，"瓣姜兄，您要先借赈灾款二万金、筹备公谷五千石，或作银六千两？虽然巡抚衙门已向各地发出了募捐公函，但银票回来甚少。"

欧阳中鹄面露苦色："感谢抚台大人看重，委托我回浏阳主持赈灾，但我手里一个钱都没有，拿什么赈灾？"

陈宝箴思索了一会儿说："难得瓣姜兄思虑周全，深明大义！这样吧，我将此报告转给新成立的省赈灾总局庄赓良观察，让他努力腾挪，先给浏阳拨付。"说完，拿起笔批示了几句，并递给一旁的张通典道："伯纯，你派人赶紧送给心安观察，让他尽快筹措到位，交予瓣姜兄，所欠款项今后从拨付给各县的赈灾款里扣除。"

欧阳中鹄忙上前致谢："谢抚台大人厚爱浏阳，我到庄观察处守候，待款项到位，即刻回浏阳！"

陈宝箴便端茶送客。欧阳中鹄一出巡抚衙门大门，就朝庄赓良府上奔，找到刘善浤，说明了刚才的情况，让他一起帮着催。

自此，欧阳中鹄和黎尚雯天天跑赈灾总局，一见到庄赓良就作揖打拱。庄赓良回道："瓣姜先生，我知道您的用意了，等等吧！"眼见人来人往，也不多言说。如此反复十天，庄赓良脸上都有些挂不住了，只得无奈地说道："瓣姜先生，天天累您来询问，回家湘渠则天天追问，我真是服了你们浏阳人。您明天来吧，我已筹措得差不多了！"欧阳中鹄朝庄赓良长长一揖，就匆匆出门，黎尚雯赶紧跟上去。

来到门外，欧阳中鹄一脸平静，对黎尚雯说："瑞章，你赶紧去街上请几名挑夫，明天随我们一起回浏阳。我这就去太平街朱昌琳钱庄看看。"

待回到公和庆爆庄分庄，李庆教还没回来，托人从汉口带回谭继洵的信：湖北今年遭受严重的水灾，从湖北运粮回来有困难，可能得从江西想办法购粮。

欧阳中鹄看过后，忧心深重，对黎尚雯说："今年真是年岁不好，《马关条约》赔款令我大清国家底都要赔尽，现在却四处天灾。"说着，忍不住流下泪来。黎尚雯心里也不好受，只得打起精神劝道："瓣姜师，浏阳百姓等着您回去赈灾呢，已经有人饿死了。明天我们还要赶路，咱们还是早点睡吧。"

欧阳中鹄点点头。

34

第二天却淅淅沥沥下起雨，寒风凛冽，天气冷了。临出门，黎尚雯站在大门口，打了个寒战，看了看天色，犹豫了："瓣姜师，都下雨了，我们是不是等雨停了再走？"欧阳中鹄却坚定地说："冬天不就是这个天气，还是早些回浏阳，那些没饭吃的百姓还在等着呢。"

于是两人匆匆赶往赈灾总局，庄观察爽快，让欧阳中鹄办了相关手续后，就将两万六千两银票递给了他。欧阳中鹄接过来看了看，再三致谢："感谢庄观察玉成此事，我谨代表浏阳百姓感谢您！"又是长长一揖，一旁的黎尚雯、刘善浤也赶紧致谢，然后随着欧阳中鹄朝大门外走去。

来到街上，先去几家钱庄将那六千两银票换成了小制钱，用麻布袋装好，又买些粮米。五位挑夫一人挑着满满的一担，用油布盖得严严实实，直奔浏阳门。

雨时下时停，寒风吹来，真是有些冷。一行人紧赶慢赶，到第二天傍晚，雨也停了，他们也赶到了浏阳城外熊家亭。这里果真聚集了不少衣服褴褛的灾民。他们听说县令时不时派人到此地和南流桥撒些铜钱，运气好能捡到买米的钱，也就在此等候。欧阳中鹄一听，脸色沉了下来，也不停留，就急匆匆地朝城里走。走到北城门时，县衙当差老陈迎了上来，说唐知县在等瓣姜先生，请他先去县署，有要事商量。欧阳中鹄连家也没回，就和黎尚雯带着挑夫直接去了县衙。

来到县署，唐知县竟已经备好了晚餐，县里张主簿、刘捕头及谭嗣棠也在。在此非常时期，饭菜虽简单，但唐知县一番诚心。匆匆吃过饭，打发挑夫走了，欧阳中鹄等随唐知县来到了会客厅。欧阳中鹄先简单地说了前后两次见陈宝箴的情形，郑重地说道："知县大人，您是全县百姓的父母官，至于赈灾也应是您主持。现在下已借到湖南厘金二万两，筹备公谷五千石作价六千两，且已从省城钱庄换成了一元、五角、二角、一角、半角小制钱。这些今天都带回来了，我在此交差。"

唐知县急了，忙摇手道："瓣姜先生，您在浏阳名望高，品德好，抚台大人看得准，他请您出来主持赈灾，真是无比英明。我今天特地还请来莘畲团总，就是想好好商量一下赈灾事宜。情况实在危急，瓣姜先生就别推辞了吧。"

谭嗣棨也开口道："瓣姜师，情势的确危急，您在京师任职多年，美德久播，唯有您主持才能服众。"

唐知县补充道："巡抚衙门关于赈灾的文书已经下来了，接下来还是好好讨论成立赈灾局的事项吧。"

欧阳中鹄神情严肃起来了，说道："从回浏阳路上听闻得知，西乡南乡诸地饥民聚集，大有巨变之忧。知县大人却命人挑钱至饥民聚集处抛散，致使饥民大量聚集，形势更是岌岌可危。倘知县大人有心让鄙人主持赈务，还得全力支持我，在赈灾一事上全凭我做主。"

唐知县连忙点头道："瓣姜先生，今天当着莘畲团总的面，张主簿、刘捕头也在这里，我保证在赈灾期间全力支持您。"

欧阳中鹄看了看在座的各位，缓缓说道："知县大人，全县二十三个大团，还有莘畲的中立团，在县城设立筹赈总局，我任总办，莘畲、舜臣两位任副总办，东南西北四乡还得设筹赈分局。分局由总局遴选各地乡绅为首领，而办事员由首领告知总局指名选派，所有富户必须派人充任办事员。"顿了顿，见大家都在认真地听，他咳嗽了一声，神情凝重起来，继续说道，"办赈不仅辛劳，还容易得罪人，最主要是筹措钱谷。没有钱和谷怎么赈灾？不知知县大人和在座各位有什么好主意？"

唐知县为难地说："县库里原本就没有多少余钱，前一段时间已令人挑到枫林铺、熊家亭一带抛散，现在已所剩无几了。现在陈抚台已上任，将赈灾大事摆在首位，但省里的拨款也不知什么时候才能到位。好在瓣姜先生想得周到，已借回了二万六千两银子，现在灾情危急，最紧要的还是得劝谕富户认捐。"

谭嗣棨点头称赞道："知县大人说得在理，发动富户认捐势在必行，但浏阳的富户手紧得很，我看必须拿出规矩来，富户至少按标准认捐，有愿意多捐的更好。"

黎尚雯道："标准呢，上半年团防捐岁租将八百石者定为上户，十分捐一。今年浏阳上半年收成有七成，下半年绝收，连小麦、豌豆、红薯等都绝收，情势危急。为此，认捐必须提高，上户十分捐四或捐五，或者每租二十石捐钱十缗。"

欧阳中鹄沉默不语，谭嗣棨却嚷道："瑞章，你这不是信口开河吧？认捐占半数，只怕大多数人都不会答应，如此劝捐会四处碰壁，阻碍重重。"

此时，张主簿缓缓说道："瑞章兄，只怕你提出的劝捐份额太高了。至于贫穷无粮户，则可发动他们有力出力，凭力气换口饭吃，不然就会乱套。"

黎尚雯反驳道："富户总不能见死不救，在此大灾之年，拿出一半谷来救灾，又不会让其倾家荡产，更不会饿着他们自己，救人一命胜造七级浮屠！"

欧阳中鹄转过头来征求知县的意见道："知县大人，您意下如何？我虽带回来了些款项，但只是杯水车薪。现在得赶紧行动起来。一方面由知县大人派人清查城乡各公款，由总局动用；另一方面，以期票形式向富户借现款；同时由地方详查待赈人口，分为极贫次贫，也造册汇于总局。还得办理赈捐，劝谕富户认捐及分致湖北等处认捐。如此一来，手里才能有可赈灾的钱粮。"

唐知县答道："瓣姜先生，清查城乡各公款及详查待赈人口，这些都没问题。张主簿在此，他那里原本有些底子，现在再派人至各乡一一查证和完善，并及时上交总局。问题是富户劝捐标准如何确定？以何种方式进行赈灾？"

欧阳中鹄看了看在座各位，神情坚定："刚才大家在讨论时，我一直在思考，张主簿的提议甚是可行。我想不如向他处好的经验学习，采取以工代赈的方式：招集灾民来往省城转运钱谷，每人每日除了伙食外，酌情分发工钱；开办南乡煤矿，召集灾民开挖，并运至渌水出县，再转运湘潭等地销售；现在浏阳河已经断流，组织灾民开挖西乡河中金沙，由总局统一按时价兑换钱谷。如此一来，大部分饥民有事可做，既解决口粮，又不至于外出逃荒，还防止聚众闹事，而老弱病残则计口放赈。"

唐知县激动地站了起来："瓣姜先生，真是思虑周全，以工代赈，这办法不错，只是……"他转而又苦着脸，"是不是太难组织了？又是开煤矿，又是开挖沙金。"

欧阳中鹄脸色变了："知县大人，眼看着寒冬就要来了，不趁早让灾民手里有些钱粮，要么聚众闹事，要么外出逃荒，到时如何收拾场面？再苦再累，都不能见死不救！知县大人您不坚决支持赈灾，我现在就去抚台大人那里复命。"

黎尚雯早已按捺不住了，大声说道："知县大人，您是一县之主，是父母官，这些灾民都是您的子民。您只有坚决支持赈灾，就有成功的可能；大人都畏难，赈灾就没有胜数！瓣姜师，您可不能走，成千上万的灾民正在等米下锅。"

唐知县满脸通红，朝欧阳中鹄作了长揖道："瓣姜先生，您只管放心大胆地赈灾，我绝对支持您。按大家之前讨论的，您赶紧集合莘畬、舜臣两位副总办，分赴东南西北四乡设立筹赈分局。"见欧阳中鹄脸色好转，转头命令张主簿、刘捕头道："你俩在十天之内要完成以下两件大事：一是连夜拿出清查方案，派员分赴中立团及东南西北四乡逐团清查各处公款，每处要派衙役保护，全部登记在册后，交给瓣姜先生领头的筹赈总局调用；二是详查各处待赈人口，分为极贫次贫，并登记在册，尽快交付筹赈总局。"

唐知县说完，众人一一应诺。就在众人准备散去之际，欧阳中鹄建议道："知县大人到底有勇气有魄力，在座各位都应勇于任事，全力救济待赈灾民。但在筹赈总局及分局正式运转之前，知县大人应另派人在四乡中心地带或号召富户、寺庙设立粥厂，以解燃眉之急。"

唐知县连忙回道："瓣姜先生放心，明天一大早将在城内外张贴安民告示，派人至四乡催促富户设立粥厂。也拜请各位辛苦将筹赈总局、分局设立起来，尽快推行以工代赈。刘捕头，你安排十来位衙役配合瓣姜先生，不到赈灾结束不撤回！"

"谢谢知县大人。在筹赈总局、各分局正式运转时，再多派些衙役配合我们不迟，这段时间有两三个人跟着就行。"欧阳中鹄朝唐知县拱拱手，众人皆散了。

回家的路上，欧阳中鹄对身后的黎尚雯说道："瑞章，赈灾这个坎难跨，但为师总不能见死不救，少不得要掉一身肉呢！"

"瓣姜师，您放心，学生坚定地襄助您赈灾，愿为您奔走效劳。佛尘他们也肯定会鼎力相助的。"黎尚雯掷地有声。

欧阳中鹄抬头看了看黑漆漆的天空，前方天幕上有几颗璀璨的星星在闪烁。

35

这天一大早，欧阳中鹄就让黎尚雯拿着帖子去请城里大姓头面人物，下午时分到县衙侧边典史署旁厅商议赈灾之事。到了约定时间，众人如约而来，谭嗣棨、宋寿福、黎仲奎、郭禄安等人都来了，唐才常、余昭常等人也来了。欧阳中鹄特地站在门口躬迎大家的到来。

见时候差不多了，可涂启先副总办还在来的路上。昨天一回到浏阳，欧阳中鹄就派专人前往东门镇送信，如果出发得早，最快下半晌能赶到，且已安排唐才常在街口迎他。欧阳中鹄正要招呼大家入座，看了看门口，眼前一亮，忙迎了上去："少谷仁兄，想不到在这里见到你，都有多年不见了！"黎宗銮笑了笑说："瓣姜兄，我听瑞章说您正在筹办筹赈总局，特地一起来了，看能不能帮上什么忙。"欧阳中鹄心里一热，朝他作了个揖道："少谷仁兄，太好了，有你加入我会省心不少啊。"

欧阳中鹄见大家皆已落座，将陈宝箴大人的安排及昨晚讨论的重点一一道出，最后扬声强调道："现在筹赈总局总办、两位副总办已定，先来讨论东南西北分局的初步人选。我时常在外，有些情况不熟悉，先听大家的意见。"很快，在座的众人发表各自的意见后，将各分局的总办、副总办名单拿出来了。涂启先此时也急匆匆地赶到了，他看了看讨论出来的名单，直言不讳地说道："瓣姜仁兄，这份名单还只是在座各位的意见，我看还得赴各区与这些人选见面交流，再召集当地团总会议宣布，布置赈灾事项。"众人点头称是。

当欧阳中鹄提出以工代赈的设想时，在座都一致赞同，并初步确定唐才常筹办西乡之金矿，黎宗銮筹办南乡煤矿，黎尚雯、余昭常来往省城、湖北和浏阳，推销煤和沙金，并购买外地谷米运回浏阳。

可当提出以期票形式向富户借现款，劝谕富户认捐及分致湖北等处认捐时，宋寿福及郭禄安的脸色都变了，碍于在座各位纷纷赞成，只得勉强同意。欧阳中鹄当然知道他们的心思，决定趁热打铁敲定认捐标准，现场一时陷入了沉默。没多久，宋寿福终于跳起来开炮了："将八百石者定为上户这没的说，但要求上户十分捐五，或者每租二十石捐钱十缗，这纯属狮子大开口。贫户遭灾，富户就没遭灾吗？富户也要养家糊口。"郭禄安也赶紧附和，气愤愤地说道："这是什么规矩？所谓劝捐不是自愿捐吗？现在标准这么高，岂不是杀富济贫？"

欧阳中鹄脸色大变，余昭常早已怒容满面地站了起来，大声地反驳道："瘦死的骆驼比马大，富户再怎么受灾，家里也是余粮满仓，而贫苦百姓家里没有一粒粮，你们这些大老爷们就要见死不救吗？人家外地人见了也会救，何况都是父老乡亲！"

郭禄安身材壮硕，一掌拍在桌上，茶杯应声落地，吓了众人一跳。他气势汹汹地嚷道："谁知道这天灾要持续多久？富户的粮米也是辛苦所得，都捐光了，自家吃什么？"

黎尚雯反驳道："浏阳城北正城半条街都是你郭家的商铺，且不说长沙城武昌城的爆竹庄，哪里那么容易捐光？不如干脆挑明了你郭家要见死不救。"郭禄安正要冲上去和黎尚雯理论，被一旁谭嗣棨扯住了。郭禄安气呼呼地坐下，狠狠地瞪了黎尚雯几眼，说了句："算你狠！"

一时间，偏厅里一片争吵之声。欧阳中鹄喝道："吵什么吵，都不难为情吗？现在你们出去看看，不赶紧去救灾，难道要闹得荒墟落月耀白骨的地步，浏阳境内百里不闻鸡犬声？"

此时，天色已暗了下来，一片寂静之后，宋寿福、郭禄安气冲冲地拂袖而去。欧阳中鹄只得挥挥手，让众人都散了，并交代黎尚雯随筹赈总局几位总办、副总办先奔赴南乡、西乡，唐才常带人去西乡查看浏阳河沿河情况，黎宗銮一起去南乡查看设立煤局之事。最后，他领着涂启先一起往家里走去。两人聊到了很晚，心情都异常沉重。

随后，整整半个月，涂启先留守城里，欧阳中鹄、谭嗣榮、黎尚雯等几人在严寒天气里奔赴东南西北四乡，与当地团总及富户商讨筹赈事项，一一敲定了筹赈分局的总办、副总办，也宣布了期票、劝捐标准，除了在南乡、西乡有些争执外，倒还顺利。但沿路田地开裂、河流断流、满目荒凉的情景，及路上向外逃荒的老老少少，令他们一行心情沉重，欧阳中鹄深感重任在肩。

唐知县、张主簿、刘捕头等也没有闲着，在短短半个月内，将城乡各团的积余公款、公谷清查清楚了，待赈人口也登记在册。情况实在触目惊心：公款数目有限，公谷仅够粥厂使用，而待赈人口却比预想的要多。

第九章：赈灾

36

这天晚上，谭继洵回来得很晚，嗣同趁请安时提起浏阳灾情严重，要回浏阳帮助赈灾。谭继洵爽快地答应了，他知道儿子忧国忧民，再说浏阳也是桑梓之地，只是强调道："还有一个多月就要过年了，你要在年前赶回来，这一大家子，总不能让为父操心吧？"嗣同看了看父亲花白的胡须及疲倦的面容，点点头道："父亲大人保重身体，我会尽量早些回武昌。"

谭继洵看了看嗣同，见其剑眉星目，神情朗朗，加之衣着得体，配着宝剑，更显其身材颀长英俊潇洒，暗自欣慰。念及他虽敏而好学，却好读西书，科考不顺，至今还没有入得官场，又万分恼恨："复生，家里的事也要管起来。你带鉴吾回去，和你莘畬大兄一起查看一下各处租田，商量一下受灾后如何补种。上次虽说免租，但总不能季季免租！"

嗣同赶紧答应着回后院，先去嗣嘉房间告别。上次去湘乡时见嗣嘉病情严重，他回来就央求父亲派人将她接到武昌。嗣嘉紧紧握住嗣同的手，哽咽着说道："七哥，从小到大，你都爱护我，有好吃的好玩的好看的都会想到我。我现在病了，也不知能不能好起来。我知道你是干大事的，你安心回浏阳赈灾吧。只是快去快回，我们一起好好过个年。"嗣同一听，眼眶霎时红了，温和地说道："妹妹，你好好养病，家里有马医生。马医生医术好得很，他能医好你的病呢。"说完，俯下身子抱了抱嗣嘉。

嗣同回到房间，和闰娘谈起赈灾和嗣嘉的病情。闰娘也叹了口气："复生，回浏阳去帮瓣姜师赈灾是大事，但你真的得快去快回。那天我问过马医生，他说嗣嘉妹妹的病不乐观。"嗣同一听，大惊失色，呆呆地坐着没动。

37

在长沙潮宗门码头上岸，已是中午时分，嗣同直奔巡抚署附近三贵街，找了家客栈住了下来。嗣同重新换过衣装，着一袭亮黑色缎子长袍，上套深紫色团花对襟长背心，黑色的长辫扎着紫色发带，脚蹬厚底黑色棉靴，腰间还挂着凤矩剑。随后，嗣同带着师中吉来到巡抚署门口，递上名刺没多久，门人就领他们到二进客厅。

嗣同抬头，但见门额有匾：思补轩。笔墨纵横而有力，应是抚台大人陈宝箴的手迹。进得门来，客厅不大，为木板栅墙，两侧分别摆着四套靠椅、茶几。正对着门口的墙上，挂着王阳明的大画像，两侧的对联却有深意：文学纵横乃如此，金石刻画臣能为。画像下摆着长条几，上列一对大瓷瓶，瓷瓶上绘有青山流水图。

嗣同站在王阳明大画像前，欣赏那副对联，心里却在琢磨：抚台大人特地将此集句联悬挂于此，是用来劝勉自己，还是表达志在四方的雄伟抱负？

门外传来脚步声，陈宝箴和陈三立一前一后朝客厅走来。嗣同赶紧迎上前去，先朝陈宝箴作了长揖："拜见抚台大人，世叔金安。"随即又朝陈三立拱手："伯严仁兄，咱们又见面了。"

待主客坐定，陈宝箴便称赞起嗣同的《兴算学议》："复生，难得你对当今现状有清醒的认识，大力倡导算学，勇气可嘉。"

嗣同站起来致谢道："谢世叔大人夸奖，复生才疏学浅，拜请多多指教。"

陈宝箴又是哈哈一笑："贤侄不必过谦，有什么尽管直抒胸臆。我与敬帅共事多年，承敬帅关照甚多。"

嗣同将早已准备好的请求饬令浏阳知县改南台书院为算学馆的禀稿，连同算学馆章程一并呈送陈宝箴，说道："世叔大人，浏阳算学社已经成功创办了，但真正要发挥成效，还得扩大规模。为此，小侄再次请求将浏阳南台书院改为算学馆。"

陈宝箴接过来粗略看了看，递给一旁的陈三立，又转来头说道："贤侄勇于任事，实在令人感动。你的禀稿和章程我会抽时间细读。我已派人将《兴算学议》印制了一千本，发往全省各书院，让他们认清当今形势发展，开设算学格致等课程。"

嗣同赶紧致谢："感谢世叔大人。我此次回浏阳，一为算学社，一为助力瓣姜师赈灾。"

这时，邹代钧匆匆进来，一眼看见嗣同，脸露喜色，又转头拜见陈宝箴："抚台大人，庄观察已到了签押房。"

陈宝箴连忙起身，对嗣同说道："贤侄，甚是抱歉。自上任以来，都忙于赈灾，你能回来帮助瓣姜兄赈灾，我甚为欣慰。现在皇上锐意改革，国事大有可为，贤侄今后有何打算？可否回湖南助我一臂之力？"

嗣同甚为意外，惊诧之余忙答道："感谢世叔大人看重，倘能回湖南为您效力，小侄自是求之不得。"

陈宝箴和陈三立相视一笑："那后会有期，今日就此别过。"说完，匆匆朝签押房走去。

38

当嗣同走出巡抚署大门，天色有些暗了，冬天的夜色来得早，干脆回了客栈，早早睡下。隔天早起，嗣同特地去拜访学政江标大人，上呈了请求饬令浏阳知县改南台书院为算学馆的禀稿及《算学馆章程》。事毕，嗣同和在学使署门外候着的师中吉会合，恨不得立刻回到浏阳城。

中午过分，他俩就赶到了永安铺，这是浏阳通向长沙官道上繁华的小镇，沿路两边都是商铺。一进入小镇，只觉比之前萧条了许多，好多商铺都关门了。师中吉在街上找了家茶铺，对嗣同说："七爷，现在是非常时期，我刚才在街上转了一圈，之前去过的那两家饭铺都歇业了，只能在这家将就吃些东西。"嗣同走进茶铺，见还简洁干净，就坐了下来。一位瘦瘦的中年汉子迎了上来："老爷，实在抱歉得很，因为今年年岁不好，到处没有收成，小店也只有些粥和南瓜粑粑。"师中吉就说："老板，你赶紧去准备，将充饥的东西端些上来！"

门外不时有人探头探脑地瞧着他们吃东西。嗣同二人草草吃完，出了永安铺，天阴了下来，寒风阵阵，仿佛要下雨的样子。一路上不时遇到逃荒的灾民，一个个衣衫褴褛，男的背着简单的包袱，女的挽着破旧的提篮，三五成群，扶老携幼，愁眉苦脸地朝长沙方向而去。师中吉已悄悄问过了，都是家里没有吃食了，只得在此寒冬季节去外地寻个活命。听着这样的话，嗣同心里沉甸甸的，示意师中吉给老人孩子一些碎银子。

将近傍晚，两人走到了枫浆桥。若干年前的驿站，现在成了小集镇，也有简易客栈和饭庄。走过洞阳河那座五孔石桥，眼前的青石板路又弯又长，行不多远，便见长茂客栈的招旗，老板姓陈，在此经营多年。嗣同来往长沙浏阳的途中，时常住在这里。此时，雨停风冷，天都快黑了。就在长茂客栈门口，一个衣服单薄的半大男孩，正跪坐在一位妇人面前大哭。妇人衣衫也单薄，脸色惨白，眼睛闭得紧紧的，躺在屋檐下一动不动。嗣同一脸的悲苦，莫名地想起了自己早逝的母亲，心里猛地酸痛起来。他让师中吉将行李放至客栈，自己赶紧去门口询问男孩的情况。

男孩断断续续地说道：他家住在浏阳西乡，家里穷，为了几个钱，爹去年被招到北方打仗了，至今没有任何消息。而今年几乎没什么收成，实在没什么吃食了，饿了两天后，娘就带着他一路走一路讨米。昨天晚间到了这里，再也走不动了，晚上就露宿在屋檐下。讨了些吃食，娘都省给他吃了，支撑到今天下午，就倒在地上，喊也喊不醒。

嗣同赶紧让陈老板先煮碗热姜汤，再下两碗面条。热气腾腾的姜汤来了，男孩先喝了一大碗，老板娘又小心地喂妇人喝下，妇人的脸色不再那么苍白了。香香的面条也来了，男孩也不客气，三五下就吃光了一碗，看来真是饿坏了，一旁的嗣同心酸不已。老板娘又细心地喂妇人吃面条，过不多时，一碗面就没剩下几根了。嗣同让老板娘别再喂了，很长时间没吃东西，一下不能吃得太猛。就在这时，妇人长叹了一口气，睁开眼睛，一眼看到男孩，大声地哭了起来。母子俩不管不顾地哭得伤心伤意，嗣同愣愣地看着母子俩，任由他们哭泣。

过了好一会儿，哭声总算停了，妇人也彻底清醒，忙挣扎着起来道谢。嗣同松了口气，吩咐老板娘再让妇人吃半碗面条，安排娘儿俩住下，自己则进房歇息去了。

39

不知什么时候，嗣同猛地醒来，侧耳倾听，远远传来一阵阵急切的呼救声、吵闹声和凄厉的哭声。他呼地翻身下床，摸黑穿上棉袍。师中吉也醒了，问道："七爷，这三更半夜不知发生了什么事，我先去看看。"师中吉快速穿好衣服，提着剑，开门出去了，嗣同却提着剑一跃到了门口。但见院子里，陈老板端着油灯，指挥几个长工用长条凳顶住了大门。师中吉忙问："陈老板，三更半夜闹成这样，怎么回事？"陈老板神色紧张，叹道："老爷，你们有所不知，浏阳北乡乃仁义之地，可今年是大灾年，好多人家都断粮了，官家暂时还没来赈灾，不少人逃荒去了。而有些人则借着灾荒聚集在一起，趁夜里抢劫。富户不敢去抢，就专抢些普通人家，今夜不知谁家又遭殃！"

嗣同挥了挥手中的剑，气愤地说："陈老板，这些人真是无法无天了，待我去看看！"

陈老板大惊失色道："老爷，可使不得，你单枪匹马，他们可是人多势众。可恨当地团总不管事，官家也不闻不问。"

师中吉知道嗣同的脾气，转头对陈老板说："你放心，我家公子一身功夫，你前门不敢开，就开了后门让我们出去看看。"

这时，之前的妇人和男孩也来到了天井，见嗣同要出去，妇人脸上满是担心，劝道："老爷，您不要去，他们很凶的。"

嗣同心里一暖，安慰她道："别担心，我们带了剑，不怕！"

待嗣同、师中吉循着吵闹声沿着洞阳河畔小路赶到小镇对面的山脚下时，打劫者已跑了，四五户人家的粮食都被抢走了。原本就没有多少粮食，现在更是衣食无着。看着那些人家，男人愤怒女人哭泣，家里一片狼藉，嗣同异常气愤。

一问才知道，这一段时间来，附近时有人家遭到抢劫，抢劫者来无踪去无影，用黑布遮着脸，听口音应是浏阳境内的人。嗣同只得让师中吉每户人家送些碎银子，让他们去买些谷米。

嗣同二人回到客栈，四周很快恢复了安静。嗣同却没有再躺下，和衣靠着床头闭目养神，至天微微亮时，才放下心来。屋外大路上已有行人的说话声，都在谈论昨晚的事。嗣同、师中吉起床开门，昨天的妇人和男孩已然在帮老板扫地了。

40

吃过早饭，嗣同、师中吉就要出发，不想妇人和男孩也跟了上来。妇人哭道："老爷，我姓杨，儿子叫罗成，干脆带我们母子一起走吧，我到您家当佣人，孩子也可服侍您。我们出来逃荒，身无分文，运气好可以讨到吃的，运气不好不知什么时候会饿死呢。"嗣同见男孩正眼巴巴地看着自己，心里难受至极，当下点点头就答应了。母子二人大喜，罗成赶上前去要帮师中吉背行李，师中吉摇摇头，只得将两把油纸伞交给他背着，母子俩这才放心地跟在嗣同身后。

紧走慢走，半下午就回到浏阳城北门的家了，嗣同对迎上来的徐老伯说："老伯，给你找了一个帮手，杨嫂今后在家里帮衬你。"母子俩从此就在嗣同家里住下来了。

嗣同一回到浏阳就忙得脚不沾地，当天晚上就去了欧阳中鹄家里，欧阳中鹄满脸病容躺在书房的躺椅上。他们几人刚从东乡回来，可能是赶路太多，欧阳中鹄的左腿膝盖红肿疼痛。嗣同临时派人叫来唐才常、黎尚雯、黎宗銮、邹明沅等人，就在老师的书房里，商议了接下来的赈灾事宜。之前，欧阳中鹄从省筹赈局借来了款项，嗣同也从湖北铸铁局换了些小制钱回来，加上各地统计上来的公谷及公款，包括南台书院学额钱，预计可支撑一段时间。但向富户劝捐及组织贫户以工代赈诸事仍未铺开。

黎宗鋆讲了去澄潭江查看煤矿的情况，煤源没问题，但现在南川河断流，挖出来的煤走渌水更方便。运到湘潭后，就能走水路到长沙、汉口。唐才常又谈到了西乡淘金，昔日水流丰沛的浏阳河，西乡段几乎断流，剩下些坑坑洼洼的水潭。组织灾民淘金没问题，但如何划分淘金范围则是难题。黎尚雯又说，煤最好销往湘潭和汉口，今年销不了的先囤起来，明年仍可继续销；而沙金由筹赈总局联合西区筹赈分局收购，再集中去换成制钱，或者购买谷米也行。

嗣同用心听大家讲完，焦急地说道："瓣姜师，我甚是为各位之前付出的艰辛而感动，现在浏阳全境灾情果真危急。我此次从长沙回浏阳途中，在枫浆桥碰到了平民遭抢劫之事，四处人心惶惶，且生活无着。我看除了要积极赈灾之余，还得让县衙和各地团总加强防范，抓捕那些不法歹徒，给予重处。"

欧阳中鹄脸色凝重起来："大家都辛苦了，以工代赈在灾情最严重的南区和西区，都可以开展起来，这是好事。眼下最重要的是，煤如何运输，挖金如何划界。我看由少谷主持南乡采煤，佛尘主持西乡淘金，由复生、少谷和佛尘三人赶紧赴实地查看，瑞章、华禄则迅速联络销路。还要赶紧拿出办赈章程草案。"

夜已深了，大家不顾疲劳，着手讨论了各项章程。嗣同见欧阳中鹄不时地揉捏左膝，便提议各自回家休息，明天早起出发去南乡和西乡。嗣同回到家中，应声开门的不是徐老伯，而是少年罗成。罗成说道："七老爷，徐老伯年纪大了，我让他早点睡，我来等您回家。"嗣同拍拍罗成的肩头，眼里满是慈爱，温和地对他说："好孩子，真懂事，你也早点睡，明天随我一起去南乡！"罗成乐滋滋地答应着去睡了。

隔天一大早起床，天却冷了不少，师中吉来帮嗣同收拾行李，嗣同对他说："只有三四天工夫，行李简单些。辛苦你去各租地了解灾情，就让罗成跟着我去好了！"师中吉不放心："七爷，罗成还太小，我怕他照顾不好您！"嗣同笑道："我哪里总要照顾，小罗成很聪明的，让他慢慢学吧。"

师中吉见嗣同主意已定，忙转过头去交代罗成种种注意事项，杨婶在一旁细细叮咛："七老爷是我们娘儿俩的救命恩人，你可要记住师叔叔交代的事情，要用心服侍好七老爷。"罗成笑着回答："娘，你只管放心，七老爷对我可好了，他说要教我认字，还要教我舞剑呢！"

吃过早饭，嗣同带着罗成赶往水门口，与唐才常、黎尚雯、黎宗銮还有两位衙差，一起坐渡船过河，前往南乡。第一站计划到大窑富户刘炳堂家劝捐，还在路上，黎尚雯就嚷开了："刘家在浏阳城开了家刘恒记爆庄，在长沙、汉口及上海都有分庄，生意做得大，田土也多。在南乡，只要他振臂一呼，站出来主动认捐，响应者自然众多，南乡赈灾分局的事就好做了。只是不知他为人如何。"嗣同几人听他这么一说，也没有接话，只管埋头走路。

果然，就在大窑铺口，一座三进大院落格外引人注目，此处便是刘家。那高头大门，门前的石狮，都显示着主人的富贵和气派。唐才常走上前去，告诉门房，县赈灾总局来人拜访，有请刘老爷接见。刘家胖管家出来迎接，见面前几位年轻人气度不凡，忙客气地迎至中堂。中堂一派富丽堂皇，清一色的红檀木家具。管家殷勤地跑上跑下，热茶、点心上来了，却迟迟不见主人见客。黎尚雯到底耐不住，直截了当地问管家："管家，怎么回事？你家刘老板架子真大，我们等了这么久都不见人影。我们几个是平民，但复生太守可是巡抚公子呢！"

"真是对不起，我们大当家的昨日去了长沙，二当家的前几天去了汉口，眼见浏阳灾情严重，总想去跑跑大客户，就留在下守家。不知几位大人有何吩咐，待当家的回来了，在下一定原原本本转告，决不耽误几位的事情。"管家脸上堆满了笑，语气十分谦卑。

嗣同和唐才常对望了一眼，按捺住内心不快，客气地说道："那就拜托你转告大当家的二当家的，他们回来后，就请他们来城里筹赈总局一趟。"说完，就起身朝外走，慌得管家跟在后面挽留："各位大人，正是午饭时候，拜请留下来吃了中饭再走。"

嗣同他们置若罔闻，出得门来，直奔澄市。管家见大门已关得紧紧的，便直奔中院小客厅，见大当家刘炳堂正紧张地站在窗前向外张望，忙放低声音说道："大当家的，那些人已经走了，说是去澄市。只是几个年轻人，不必放在心上，那个抚台公子倒是有些难缠的样子，还配着剑呢！"

刘炳堂阴沉着脸，说道："还好我反应快，这些人现在都在筹赈总局，能有什么好事？还是为着劝捐而来，十捐五，也太狠了！"

嗣同一行在大窑铺上小饭馆吃了中饭，席间黎宗鋆嘀咕了几句："今日刘恒记有些蹊跷，哪里大当家的二当家的都出外？"嗣同却摇摇头道："暂时懒得理他们。该捐的还得捐，跑不掉的。我们今日还得抓紧时间赶路，争取天黑前赶到澄市吧。"

果然，他们一行赶到澄市时，天已经黑了，当晚就住在南乡筹赈分局陶总办家里。第二天整整一天，他们随陶总办及当地矿主查看了分布在山下、虎形与苑冲一带的煤井，讨论确定了金井为开挖点。此时渌水上流南川河已然干涸，须由矿场陆运至萍乡界之江口上船，运程达七十余里。每船可载千石之内，经二百余里水路运至湘潭销售。运输最好是接力方式，所幸南川河沿岸道路畅通，只需沿澄潭江、大窑铺、金刚头划分交接点，但每个交接点得有筹赈分局派出人员检收，江口则设囤煤场。

一切布置得当，两天之后，黎宗鋆留下来和陶总办一起负责诸项事宜。

41

虽天色已近黄昏，嗣同一行还是起身赶往枨冲，走杨花，过黄岗岭，就来到了枨冲镇大元里地界。天已经黑了，好在离枨冲镇不远了。

唐才常熟门熟路地找到街边上的长丰客栈，敲了敲门，却是一位白发老头来开门。一问，老头的儿子唐老板在当家，家里没米，白天去普迹娄家买米去，走了整整一天，刚刚睡下。听闻来客人了，唐老板起身来到厅屋里，招呼老婆烧火做饭，而他自己则安顿嗣同一行进了客房，又提来热水让他们洗脚。罗成摸了摸被子有些薄，床板上铺的稻草也已陈旧，散发着浑浊的气味，心里便不痛快，质问老板怎么连铺床草都不换换。老板无奈地两手一摊道："老爷们，都旱成这个样子了，下半年绝收，哪里有当年的稻草换呢？从下半年起，来往的客人就少。你们运气还好，我今天刚花大价钱从普迹娄提督老爷家买了些米回来，不然都没米做饭。"嗣同听了，忙宽慰道："谢谢唐老板，我们已经很满足了。"匆匆吃过饭，众人倒头便睡，实在太累了。

第二天一大早，嗣同一行走过枨冲镇，沿浏阳河前往普迹，看着已然干涸的河段，众人心情沉重。一路上见到的灾民，要么倒在路边动不了，要么拖儿带女前往株洲讨乞。也有些寺庙在开设粥厂，灾民太多，很快就没有吃的了。

淘金比挖煤复杂，嗣同要带着罗成先返城，将他们的设想先和总办、副总办汇报，而唐才常则留下来和西乡筹赈分局组织灾民分段开始淘金。

待嗣同带着罗成回到县城北门家里时，已是第四天晚上了。虽满脸疲惫，草草吃过晚饭，嗣同还是让罗成磨墨，他得连夜撰写办赈章程，特别是西乡金厂章程。这些天他一直在思索，也一起讨论过，有些举措甚至已经开始实施。

《办赈条陈》这十二条写起来倒快，他也只是将之前的想法和做法总结起来，并略加完善。第八条期票这一条，他已经思考很久了，现在赈灾形势严峻，倘不出期票，筹赈总局眼看着就没钱没粮了；倘要出期票，只怕阻力重重，瓣姜师就会首当其冲了。但他还是坚持写出来了：总局出期票，自十千至一千，至五百，至二百，至一百钱止，限光绪二十二年五六月来局兑钱。

随后，他又思索良久，决定将此条放在以工代赈前面，毕竟以工代赈也得有钱有谷米才行。接下来，便是尽快开矿，组织灾民挖煤淘金。矿产为天地自然之利，也是救荒之上策，实行以工代赈，可以很好地解决灾民的生活。可得趁大寒天气还没有来之前尽快开工，他又提笔草拟了《保护金厂章程》六条。

写完这两个章程，夜已经很深了，四周一片寂静，小罗成已坐在椅子上打瞌睡。嗣同忙叫他去睡，他却不肯。嗣同说道："去睡吧，我只改改这两个章程就去睡。"罗成却忽闪着大眼睛说道："七老爷，您这几天在外面奔波，天天很晚才睡，会累坏的。"嗣同见他真切的神情，心里一暖，心想：小孩子知道心疼人，日后带在身边也是一种安慰。但还是坚持让他先去睡，罗成这才不情愿地回房睡觉去了。

嗣同丝毫没有睡意，他凝神思索，又提笔一鼓作气地拟定了《严禁灾民逃荒告示》《晓谕待赈各贫户告示》等文稿。待他全部誊清，后院传来公鸡的啼叫，天已然亮了。他忙唤徐老伯进来，将那几份文稿递给他道："老伯，我忙了一个通宵，你让罗成早饭后将这些章程送至筹赈局给瓣姜师。我先眯一会儿再去。"

嗣同中午时分才起床，只觉得头昏脑涨，坐在饭桌前，没有半点食欲。

可能是这段时间连连奔波，受了些风寒。徐老伯见他不精神，赶紧去厨房做了一碗热腾腾的鸡蛋汤，上面浮着层青绿的葱花。他将蛋汤轻轻放在嗣同跟前，劝道："七少爷，你只怕是着凉了，赶紧喝了这碗老姜鸡蛋汤，发发热，散散寒，人会舒服些。"嗣同见他满脸热切，站在身边不走，看来他不喝还不行，只得打起精神将蛋汤喝掉了。

说来奇怪，一碗热的老姜蛋汤下去，人真的舒服多了。见太阳正好，就干脆坐在书房前的天井里晒太阳。正昏昏欲睡间，大兄嗣棨来了，嗣同连忙站起来迎接。嗣棨忙劝阻他道："七弟，天气冷，你在风里雨里跑了这么天，怕是寒气上身了。你还是好生休养吧。"

"谢谢大兄关心，我身体很好，昨夜通宵没睡就没精神。"嗣同将大兄迎至书房，让罗成在大火缸里再加些木炭。

嗣棨没有要紧事，只是来告诉嗣同，上午瓣姜师领着筹赈总局几人到唐知县签押房里，讨论了嗣同昨晚所草拟的《办赈条陈十二条》《保护金厂章程六条》等文稿，得到了大家一致认可。唐知县真心赞赏嗣同见识宏深，不愧为世家子弟，家学深厚，实心爱民。

听着大兄兴致勃勃地说着，嗣同只是淡然地笑了笑，心想难得大兄如此表扬他，今天大概是受旁人影响吧。临走前，嗣棨却忧心忡忡地说道："七弟，你毕竟在浏阳时间不长，说到出期票和劝捐，只怕阻力重重，平日里那些富户嘴上虽说得好听，但真要他们拿出钱来捐献，就好比割他们身上的肉。只怕瓣姜师会首当其冲，挨人编派咒骂。"

嗣同不以为然道："出期票，只是借钱，到时还会还。至于劝捐，那么多贫民没饭吃，富户捐献点难道不应该吗？"

嗣棨叹了口气道："七弟，谁都知道本城士绅大都如一丘之貉，赈务难办，当初我也不愿意蹚这趟浑水。只怕瓣姜师不被邑绅谅解，徒增苦恼。"

嗣同气愤地反驳道："大兄，正因为邑绅虽家中殷实，但无恻隐之心，愈商议必愈不成，愈思和衷愈不和，迟疑不决，何日为止？十万生命岂能枵腹以待？况乱一发，更不可为矣。为今之计，只有包揽把持一法，倘章程酌定后即与知县言之，再坚持推行。"

嗣棨见他脸色都变了，欲言又止，摇摇头走了。

42

　　一连几天，嗣同精神都不济。这天上午，嗣同在书房和师中吉查看近几年谭家租地的收成账簿，他还得将各租户免租的方案报告给父亲大人。上次他已经明确表态今年所有租户不必交租，父亲大人也还赞成，但明年该如何办呢？他既然回家来了，只得打起精神来料理。昨天嗣棨大兄向他提出趁荒年将母亲所葬之地附近的田地购下，他心里一动，他心里最重要的人就是母亲，当即托付大兄先去打听打听。

　　刚刚写完寄往武昌的信，欧阳中鹄派人唤嗣同迅速赶去筹赈总局。见来人一脸惊慌，嗣同心知怕是遇到了难事，赶紧取下墙上的剑，带上罗成匆匆出门。师中吉正巧从外面回来，见此忙跟了上去。

　　待奔至筹赈总局，远远地就听见有人在高声谩骂，嗣同急了，几个箭步就奔到大厅，但见大厅一群人将欧阳中鹄围在中间，一个胖胖的穿着黑团花缎棉袍戴着黑色瓜皮帽的中年绅士，恶狠狠地指着欧阳中鹄，嘴里高声叫骂："什么总办，人面兽心的东西，北洋大臣王文韶捐给浏阳一万三千金，都被你独吞了，现在却要我们捐献，还要五百石租劝捐一半以上！你说你安的什么心！"旁边的人涌上前去拉扯欧阳中鹄，扯手扯衣襟扯辫子。可怜欧阳中鹄一介文弱书生，哪里招架得住？神情狼狈，连帽子都掉落在了地上，眼看站立不稳，就要摔倒在地。人群后面几个筹赈总局的差人急得直跳，却怎么也拉扯不开那些人。

　　嗣同义愤填膺，拼命挤进人群，摸到了那个蛮横的胖子的后背，扯住了他的辫子，往后一拉，吼道："谁在这里放肆！还不给我闪到一边去，私闯筹赈总局可是违反王法的！"那胖子满脸恼怒，喝道："谁人如此放肆？我可是南乡金刚头团总刘炳堂！你们这些人还看着干什么，把他给我扭送到县衙！真是一群饭桶！"

　　"看谁敢乱动！刘炳堂，你才真是放肆，这可是湖北巡抚谭大人家的七公子！"师中吉一手握剑，一手拨开涌上的团丁，拦在嗣同面前。

刘炳堂一愣，刚刚还气势汹汹的一群人，都不自觉地往后退。这时，嗣同才看清欧阳中鹄苍白着脸、站立不稳的模样，赶紧上前扶住他，关心地问道："瓣姜师，哪里不舒服？他们有没有伤到您？"他忙吩咐道，"鉴吾，你来将瓣姜师扶到内屋喝杯热茶！罗成，你去叫莘畲大老爷来！"说完，他转身来到刘炳堂面前，喝道："身为团总，却率众大闹筹赈总局，走，跟我去见唐知县。"

"你是七公子又如何？你家谭抚台也只管得着湖北。我代表浏阳南乡百姓主持公道，什么欧阳老爷，竟然独吞赈款一万多两银子，真是胆大包天！"刘炳堂一脸蛮横，气势汹汹地嚷道。

嗣同怒眼圆睁，驳斥道："少在这里血口喷人，造谣生事。当着众人的面，我今天就把话说清楚，到现在为止，省里还没拨半分钱赈款到浏阳，倒是瓣姜师辛辛苦苦从省里筹借来近三万两银子用于赈灾。他原本要去湖北给父亲大人担当总文案，却为了家乡赈灾又返回来，将师母的金耳环金簪子，加上借来的二百两银子，带头第一个捐献了出来！"

这时刘捕头拿着手铐赶上前来，铐住了刘炳堂的双手，喝道："堂堂的团总，却在这里聚众扰乱赈灾大事，到底安的什么心？唐知县得到报告后，立马派我来抓捕你们这些造谣之人！"刘炳堂的脸色都灰了。刘捕头又转过头来命令同来的衙役道："还不赶紧行动，将刚才闹事的人都给我抓起来！"

衙役们纷纷上前抓人，有些人妄想逃跑，嗣同却早已拔剑横挡在大门口，在场的十来个闹事者都被捆了起来。嗣同对刘捕头说："感谢刘大人来得及时，我现在要问他刘团总一句话，不知可否？"

"七公子要问，只管问吧。"刘捕头自然应承。

嗣同上前一步，瞪了刘炳堂一眼，问道："刘团总，我倒要请教你，你从哪里听来王文韶捐浏阳一万三千两银子，他凭什么要捐给浏阳？告诉你吧，我此次回浏阳时特地拜访了陈右铭大人，巡抚大人告诉我，北洋大臣王文韶的确给湖南筹措了赈款，但不是一万三千两，而是十二万两银子，但那是给湖南全省的！湖南此次有二十几个州县受灾，分到浏阳会有一万三千两吗？你别听风就是雨，在这里血口喷人，扰乱赈灾大事可是重罪。"

听嗣同说得如此明白，刘炳堂慌乱起来，连连求饶道："七公子，刘某在省城偶然听说王文韶大人筹措给湖南赈款二十多万两,分到浏阳也有不少钱,未辨真假。现县筹赈总局要求富户捐输,我心存不满,便胡乱说了个数目前来讨要说法。"

嗣同斥责道:"刘团总,你自己不分青红皂白,竟还煽动这么多不明真相的人来闹事,到底是何居心?瓣姜师为了赈灾呕心沥血,四处奔波,现在左膝肿痛,行动不便,仍一心扑在赈事上,天天忙到深夜,多日未曾回家。倘不处置你,不将你关押起来,天理不容!"

那些看热闹的人大都认识欧阳中鹄,知道他是个德高望重的读书人,此时都纷纷谴责刘炳堂:"你这个刘团总,怎么睁着眼睛说瞎话,如此冤枉瓣姜先生?他为了赈灾辛苦操劳,大家都看在眼里!"

众怒难犯,刘炳堂眼见众人都在骂他,赶紧低下头,一声不吭了。嗣同这才对刘捕头说道:"刘大人,你赶紧将这些人都押走,去问清情况吧,到时据情处罚。我要去照拂瓣姜师了。"

刘捕头率众衙役押着刘炳堂等人去县署,嗣同转身走进了西厢房。外间是办公处,椅子杂乱地倒在地上,文件纸张散落得到处都是,师中吉和罗成正在收拾。师中吉朝内屋指了指,嗣同忙走进内屋,见欧阳中鹄正仰躺在简易床上,睁大眼睛看着屋顶,一动不动。靠窗摆着书桌,书桌上整整齐齐地码了些书和纸张。嗣同心里难受,忙上前拉起老师的手,眼眶都红了:"瓣姜师,您这会儿感觉好些吗?真难为您了!让我送您回家休息吧。"

欧阳中鹄摇摇头,说道:"刚刚喝了口热茶,这会儿舒服多了,我看就劳你送我回家吧。今天的膝盖痛得厉害,赶紧请黎医生来看看。"

嗣同忙答道:"好,瓣姜师,您先靠在床头坐会儿,我去叫辆轿子过来!"带着轿子回来后,他又走进内屋,小心地背起欧阳中鹄,吩咐师中吉去开元堂请黎大夫。

待嗣同将欧阳中鹄送回家,黎医生也赶到了。嗣同忙让他给老师号脉,安排师中吉去捡药。见天色已晚,安置老师躺下后,嗣同才和罗成一道回家。

43

欧阳中鹄只躺了一天，就让儿子欧阳自耘叫来轿子，将自己送到了筹赈总局。事情实在太多了，赈灾工作刚刚起步，全县二十三个大团及中立局，不时派人来请示赈灾事项，黎宗銮、唐才常、黎尚雯等都先后回来了，有些事项需要讨论。欧阳中鹄心急如焚，怎能安心躺在床上？

见他已走出大门，夫人追上来拉住了他的手，欧阳中鹄反过来劝她："夫人，现在赈灾紧重，倘不及时采取措施，会出人命呢。我的膝盖原本就是老病，一时也断不了根，每天煎好药后，让力耕送过来就是，也不耽误治疗。"夫人见他神情坚决，只得作罢。

筹赈总局里，涂启先、谭嗣棠等人忙得团团转。按之前的分工，谭嗣棠分管收款及劝捐，涂启先则分管放赈，都是较真之人，辗转于纷繁复杂之间，自是辛苦至极。欧阳自耘小心地扶父亲走进门，涂启先忙起身迎接，关切地问道："瓣姜仁兄，膝盖好些吗？怎不安心在家多躺一两天？"

谭嗣棠也说道："瓣姜师，您身体不适，也想您多躺一两天。但这堆起来的事，您倘不来，还真不知怎么办才好。"

欧阳中鹄看看坐在一旁焦急等候的各团代表，他膝盖好似不那么痛了，忙坐至涂启先桌子跟前，两人小声地商量各地放赈之事。快半上午时，欧阳自耘送来一碗已熬好的浓浓的中药，欧阳中鹄刚刚一口气喝掉，黎尚雯、嗣同等人来了。欧阳中鹄忙将他们招至西厢房，见众人皆是一脸憔悴，也只得收拾起心里的担忧，说道："各位辛苦了，先说说各地以工代赈的情况。"

黎宗銮先说："南乡煤矿此前既已开采，但年岁不好，煤都卖不出去，只得停工，而数以万计的饥民吃饭都成问题了。好在瓣姜师提议设立官煤局，请款囤煤，招民采运。金井至县界七十里内外，挑夫通宵不休息，将煤挑至萍乡界江口，售煤得米归，日活二万人。这可真是大功德。但担心所囤之煤越来越多，现在大窑铺一带烧窑，还可销些煤，佛尘之前联系的长沙商户也销了不少，但还得再想办法销煤！"

嗣同忙说："只要煤好，总会有销路。淞芙去上海应回到了武昌，可让他去汉口找找销路。煤囤在那里也不会坏，既能销得好，又能卖到好价格，才是上策！"

黎尚雯道："官煤局实在设立得好！因有刘捕头安排专人护送，我这边组织饥民将从外地购来的谷米运回筹赈总局，到现在为止一切顺利。大家都由衷地感叹，倘没有筹赈总局，没有瓣姜师等竭力谋划，他们早就被饿死了！"

唐才常向来从容，见大家都说完了，才笑了笑说道："西乡金厂有些难办，倒还没有出现抢地盘的情况。只是现在天气越发冷了，天天泡在冷水里，只怕会扛不住！"

嗣同灵机一动，建议道："天气冷了，不利于淘金，我看也可让灾民去砍柴，将干柴挑至长沙或沿路集镇，由瑞章出面组织，也应该能卖到好价钱。"

大家连连点头称是，黎宗銮却想起什么似的："现在整个湖南就有二十多个县州受灾，湖北听说也遭了水灾，粮食应是日趋紧张。明年年岁如何还说不定，也可能到明年有钱也买不到粮食。我看要提前筹划明年的口粮问题，不如多种些红薯。"

涂启先道："少谷提醒得对，但今年全县种了几次豌豆，不仅绝收，连种都绝了。红薯不光绝收，连红薯苗都干死了，拿什么种？"

欧阳中鹄点点头说："少谷主意很好，舜臣讲的也是事实。我看少谷你医术好，人脉广，去隔壁县义宁一带看看，去定些红薯种，且委托他人明年春上先育好苗，到时将红薯秧运来栽种吧。"

"去义宁定种红薯？好办法，义宁山区多，种红薯的多，还可以去买些红薯来作为今年的口粮。上次我还听华禄讲，他往日来往汉口，沿途津市也盛产红薯，也可以到那里定红薯种。"黎尚雯建议道。

欧阳中鹄赞赏地看了他一眼，点了点头。

眼见着一下午时间就过去了，刘捕头回来，见大家都在，开门见山地说道："瓣姜师，各位赈灾大人，遵照复生太守的指示，我将刘炳堂一行几人押至县署，对他们一一进行了审问。现在问题很清楚，明摆着刘炳堂说假话，故意扰乱赈灾事宜以图逃脱捐输。"见大家都在用心听，他接着说道，"经唐知县批准，决定除让刘炳堂如数认捐钱粮外，另外处罚赈款一千缗，育婴粮六石。不知各位意下如何？"

嗣同说道："对待刘炳堂之类决不能姑息，我想如此处理，百姓莫不称快！不过，还得多关他们几天，让他们也尝尝肚子饿的滋味。"

欧阳中鹄点点头："知县大人英明，总不能让刘炳堂之辈得势，不然赈灾无法进行下去。"

事情商议得差不多了，欧阳中鹄就让大家早些回去。临别时，嗣同扯住黎尚雯说道："瑞章仁兄，自赈灾以来，你就拿出家里所有的储粮来救济灾民。我特地为仁兄题了一副对联：一鹗忽翔万云怒，群虬相奋孤剑啼。仁兄可否满意？"

黎尚雯一听，喜道："复生仁兄，真是感谢你抬举我，在下太喜欢了。今晚到你家喝几杯如何？"

嗣同爽快地说："没问题，要不大家都到我家去喝几杯如何？"众人连连呼应。只有欧阳中鹄和涂启先摇摇手，让几位年轻人去好好聚聚。

44

进入十二月，天气越发寒冷了。嗣同几乎天天待在筹赈局，不时跑跑南乡煤井，或者西乡淘金河段。渐渐地，灾民都知道谭嗣同是湖北巡抚谭继洵的公子，做事果断有魄力，不怕事，还会武功呢。眼见着快过年了，这天午饭后，嗣同正准备去筹赈局，却见信差送来了两封信，一封来自省城邹代钧，一封却是父亲大人的来信。

父亲的信令嗣同甚是不安。原来朝廷拟派湖北布政使王之春于明年六月前往俄国，以贺俄皇尼古拉二世加冕。谭继洵认为这是嗣同步入官场的绝佳时机，遂请王之春奏报嗣同为随行人员，令他年前速回湖北准备行装。但嗣同一向不太喜欢王之春为人，认为他过于讨好张之洞，有时都不讲半点原则。现今竟然要作为随行人员，天天和他在一起，想想就觉得尴尬。父亲大人却不顾他的感受，他真是有苦难言，犹如冷水浇背，只得连连叹气，绕室彷徨。师中吉进来见其难过的模样，问明缘由后，建议道："七公子，你不如和瓣姜师说说，让他出面到老爷那里求情，让老爷改变主意。"

一句话提醒了嗣同，正好瓣姜师今天没那么忙碌，嗣同忙上前请安道："瓣姜师，药吃完了吗？您的膝盖不那么痛了吧？"

　　欧阳中鹄见嗣同关切的眼神，内心很感动。嗣同回浏阳后，与唐才常等人无怨无悔地投身于赈灾之中，同心协力，任事勇锐，且相处极为融洽。嗣同实能办事，又有人望，煤、金两项皆赖他主持，已产生明显收效。欧阳中鹄忙招呼他坐下，却发现他脸色不对，问道："复生，我的膝盖好多了，你好像有什么心事。"

　　嗣同便说起父亲大人来函命他立即返鄂之事，拜托老师寻求解免之法，并写信给父亲大人说情。欧阳中鹄听了，暗自叹气，嗣同干事极有魄力，也极合他的心意，却不得不受制于父。他忙安慰嗣同道："复生，别着急，我这就写信给你父亲大人，有你在我可要省力多了，我正想提议你担任赈灾提调呢。"

　　见欧阳中鹄答应了，嗣同略为心安，转而去阅看他将带到湖北去劝捐的文稿。不一会儿，欧阳中鹄就叫他去看信，并交代他赶紧寄出去。嗣同展信阅读，甚为感动，老师果真全力为他解围。

　　嗣同感激地朝老师作揖，犹豫了一下，又问道："瓣姜师，算学社在您全心全意的推动下才办起来，但我有个疑惑，上次我将请求饬令浏阳知县改南台书院为算学馆的禀稿和《算学馆章程》，一并呈送巡抚大人与学政大人，您为何要写信劝阻巡抚大人呢？您难道不愿算学社办得更好吗？"

　　欧阳中鹄坦然地解释道："复生，我当然愿意算学社办得更大更好，但现在是非常时期，如果硬要将南台书院改为算学馆，会引来反对派的激烈反击。等灾荒过去后，我再想办法筹措经费，定将算学馆办起来，少安毋躁呀！"

　　见瓣姜师如此坦诚，嗣同心里的疑惑解除了，抱歉地说道："瓣姜师，还望别怪罪弟子失礼，救灾事大。等灾荒过去后，弟子们再和老师一起努力办好算学馆。"

　　这时，涂启先来了，他刚回了趟东门镇。他是个孝子，在外一段时间就要回去看望老母。嗣同和两位老师打过招呼，就匆匆走了。涂启先看着嗣同的背影，问道："复生火烧火燎地急着干啥去？"

　　欧阳中鹄叹道："真不明白敬甫仁兄怎么回事，为何老为难复生！天生此才，却令他受尽折磨，不能自行其志，真是苦也。"

涂启先依然疑惑："敬甫仁兄是有些离谱，可此次又是为何事？"

欧阳中鹄感叹："来函命复生立即返鄂，随湖北布政使王爵棠出使俄国，但复生不太看得起王爵棠的品行，不愿同行。"

涂启先也跟着叹气道："真是难为复生了。你写信去劝，只怕劝不动！"

果真没过几天，谭继洵的信又来了，语气有些严厉，让嗣同速速回武昌。如此，嗣同只得放下手里的赈灾事务，告别众人，让师中吉留在浏阳打理家事，带着罗成匆匆出发了。

第十章：异趣

45

到腊月二十三日，江风呼啸，好在临近中午时分，武昌城已遥遥在望。

行走在武昌城石板路上，风很冷，天色却亮堂了。罗成好奇地东张西望，这是他第一次来到大城市，何曾见过如此密集大气的店铺。下雨天，街上和两旁店铺里仍旧人来人往，生意兴隆，他更是觉得稀奇。嗣同原本走得急，见罗成落在后面，放慢了脚步。

路过司门口时，嗣同目光扫过藩司府门口大照壁，一眼看到身穿长大衣的熟悉的高大身影，手里举着把黑色的布伞，背着一只棕色的小四方箱子。恰好那人也回过头来瞧这边，嗣同一喜，忙紧走几步，大声唤道："马医生，马医生，请留步。"说话间，他已奔到马尚德跟前，对方幽深的蓝色眼眸里霎时也溢满了欣喜。嗣同笑道："马医生，出诊吗？没想到竟然在此遇见您。"马尚德喜形于色："复生兄，刚从你家乡回来吗？一路辛苦吧？我前几天到贵府没见到你。闰娘夫人说你快回来了，不想今天就遇到了。"

"谭先生，久违久违，可是从湖南回来？"旁边一口流利的湖北腔又传了过来。一位衣着考究的中年人走过来，举着把黑色布伞，戴着黑色的礼帽，穿着一件黑色长大衣，足蹬黑色长靴，留着短短的胡须，正微笑着看着他，是英国驻汉总领事贾礼士先生。嗣同忙恭敬地鞠躬道："贾礼士先生好，没想到一回武昌就能见到您，正想着哪天过江来拜访您，详谈在武昌设立湖北强学会分会的事情。"

马尚德哈哈笑道："贾礼士先生正巧前来武昌视察我们的施药所，计划明日去拜会巡抚大人。不想今日就碰上了你，还真是有缘。"

贾礼士优雅地回了礼，爽朗一笑："谭先生家学深厚，见识超群，盼着您来领事馆做客。"

这时，雨下得更大了，马尚德建议："这雨总是不停，复生兄旅途劳累了，不如明日去府上再聊！"贾礼士连连点头赞同。相互道别后，嗣同望着马尚德和贾礼士踏入小巷的背影，刚刚沉甸甸的心绪轻松了好多。

46

此时，就在小巷口，立着一位美丽的女子，身着华丽的西洋套裙，撑着把深红色的洋伞，正目送着嗣同匆匆离去。直至嗣同已不见身影，她仍痴痴地站着，脸上神色似喜似忧。她刚刚可是听清楚了，嗣同刚从浏阳回武昌，原以为此次回娘家过年见不到他，却偏偏让她见着了。时隔两年多，她心心念念的复生瘦了，神情却更从容疏淡，浑身洋溢着清贵气息。身边的旺财劝道："姑奶奶，我们赶紧回去吧，雨下得大，也有些天凉了！"包世贞叹了口气，点点头，却依然站着不动。旺财又开腔道："姑奶奶，这次回武昌，总算见了他一面。他瘦了，人倒精神，你也该放心了吧？"包世贞脸色黯然，转身朝巷子深处走去。她悄然而来，又悄然而去。

嗣同跨进巡抚署后门，却意外地发现，后院安静得有些沉重。嗣同心里莫名地慌张，悄然地朝自己院子走去。闰娘看到他，眼眶倏地红了，忙迎上来，扑到了他的怀里。嗣同有些愕然，他俩结婚十来年了，少有如此亲热举动，只得笨手笨脚地环抱着她，心里却有异样的温暖。闰娘很快恢复了往常的平静，悄悄擦掉眼泪，问道："复生，一路累坏了吧，我给你打盆热水来，先洗把脸。"

嗣同转过脸，对一旁不知所措的罗成说道："罗成，来见过少夫人。今后少夫人有什么吩咐，你可要仔细做好。"

罗成恭敬地朝闰娘磕了三个头，却不敢抬头看闰娘。嗣同不由好笑，转头让罗成将行李放在屋子里，随后带他见过卜三管家，安排罗成住在后院西跨院偏房。往回走时，嗣同随口问道："卜三叔，真是奇怪，家里怎么如此安静，父亲大人还在签押房吗？"

管家却支支吾吾，推说卢夫人找他有事，匆匆走了。嗣同只得疑惑地回房洗漱一番，换下脏衣服，忙朝父亲所在的前院走去。他直接来到客厅，却意外地见父亲穿着便服，闭着眼睛躺在躺椅上，神情悲哀而疲惫，旁边站着的小厮也一声不吭。嗣同进屋垂手站在父亲跟前，问候道："父亲大人安好，孩儿回来了！"谭继洵闻声有气无力地睁开眼，试着坐起来，嗣同忙上前扶他坐好。却不想内屋猛地传来卢氏悲凄的哭诉："我苦命的嘉儿呀，我的好女儿呀，你怎么舍得抛下老父老娘走了，你叫我们如何活在世上呀？我的儿呀！"谭继洵的泪也猛地涌了出来。

嗣同的头轰的一声，身子踉跄地朝前一蹿，差点摔倒在地。他忍住巨大的伤痛，哑着嗓子道："嗣嘉妹妹竟然走了？走了多少日子了？她的灵柩在何处？"谭继洵欲言却止，眼泪滚滚而下。嗣同不想惹父亲伤心，转身朝屋外跌跌撞撞走去，茫然地站在院子里，不知该往何处去。他最亲爱的妹妹，竟然抛家别子而去，巨大的哀伤席卷而来，紧紧缠住他。往日兄妹情深的一幕幕场景涌现眼前，他怎么没有半点预感呢，竟然连妹妹的最后一面都没见上。

闰娘赶来拉住他的手，满脸是泪，哽咽着说道："复生，我刚才不敢告诉你，就是怕你伤心过度。嗣嘉妹妹临走之前，一直记挂着你，盼望你早日回来。可她的灵柩已先期返回湘乡了。你再也看不到她了。"

"明知我在回武昌的路上，为何不等我回来再将灵柩运回湘乡？"嗣同又悲痛又气愤。

"复生，我知道你内心的痛苦。是刘家人眼见年关将近，也担心遇上风雪天气，路上不好走，急急地就出发了。"闰娘柔声地劝解，"复生你刚刚回来，也属实辛苦，还是回房间躺躺？"

嗣同回到卧室躺倒在床上，睁着双眼瞪着帐顶，许久也不说话。

47

第二天一早，嗣同头痛欲裂，浑身无力。闰娘赶紧过来摸摸他的额头，热得烫人，心里一惊："复生，你发热了，得赶紧请郎中来！"闰娘哪里知道，嗣同心里的苦楚已然让他感觉不到身体的痛苦，待闰娘匆匆地跑出去叫卜三时，他迷迷糊糊地又睡过去了……

郎中很快就来了，把了把嗣同的脉，见闰娘一脸焦急，安慰道："夫人不必过于焦虑，七公子只是路上奔波受了风寒，按我这个方子吃三服药就会好！"闰娘这才放心了。

待嗣同病完全好时，已然在三天之后。这天一大早，嗣同就起床了，觉得头脑清爽了，身子也很舒泰，简单洗漱后，叫上闰娘一起往前院请安。谭继洵还未去签押房。见父亲精神好多了，嗣同大为欣慰，恭敬地上前请安。

嗣同站在父亲身旁，虽有千言万语，却一时不知从何说起。谭继洵打量了一下嗣同，眉头皱了起来："复生，今日你且在家休息，明日吃过早饭，就赶紧去藩司衙门。你平时不是口口声声要学习西方格致学，王爵棠是多次出洋的官员，视野开阔，又是湖湘大儒王船山的后代，我好不容易才帮你争取到随他同行的机会，应是正合你心意吧？"

藩司王之春曾于光绪五年（1879年）在日本游访近一月，以所见所感写成了《谈瀛录》。嗣同也曾读过《谈瀛录》，虽记载了王之春在日本的种种见闻，涉及日本政治经济、文化教育、军事，但其对于日本的认识实在保守，与黄遵宪相差太远了。见父亲脸上又浮现出恨铁不成钢的神情，嗣同干脆不吭声。原本因烧了炭火而暖意融融的书房，又有些阴冷。门差突然而至的通报声打破了屋子里的沉闷。

余肇康和黄忠浩兴冲冲地走了进来。黄忠浩最是直爽："复生仁兄可回来了，敬帅每天都在为你担心。仁兄马上要随王大人出使俄国，可好好见见世面。"

嗣同忙上前见过两位大人，黄忠浩现还在湖北营务处，早已是谭继洵的得力干将。余肇康之前担任过父亲的幕宾，就因他办事老成可靠，今年已升任荆州府知府。这几日因着公事又回到武昌，正准备年后带着家眷一道回荆州城。他刚拜读过嗣同的《兴算学议》，笑了笑说："复生年少才高，又热心于兴办新式算学馆，走出国门看世界，是难得的好机会。"

嗣同笑了笑，他知道这两人都是担心他与父亲起冲突，从旁委婉劝解。此时，黄忠浩真诚地赞道："先前王方伯任广东布政使期间，就曾代广东巡抚刘瑞芬接待来华旅行的俄国世子尼古拉二世，有礼有节，给尼古拉二世留下了好印象。去年十月他奉旨作为唁贺专使出使俄国，千里迢迢赶赴彼得堡，一面吊唁沙皇亚历山大三世逝世，一面庆贺尼古拉二世加冕，事情也办得顺畅！"

余肇康在一旁点头道："王方伯这次出使俄国，肩负着重大使命，代表朝廷与俄国商订密约，请求俄国出面干涉日本。《马关条约》签字六日后，俄国、德国与法国出面要求日本归还辽东半岛，还准备派出军舰前往东北，以武力相威胁。在外交压力之下，日本唯有放弃割占辽东半岛的企图。"

嗣同这段时间来往于武昌、长沙及浏阳之间，还是首次听说俄国、德国与法国迫使日本归还辽东半岛的具体情况，略微沉思后道："日本归还辽东半岛当然是好事，但这背后只怕没那么简单，日本怎么甘心？俄、德和法三国都是虎狼之心，又怎会无缘无故出面帮我们中国？只怕都想在中国获得更多的利益，对日本侵占过多不满罢了。"

嗣同如此一分析，令在场的人滞了气，心口被针扎了一般。黄忠浩是直爽性急之人，叹道："复生兄所言甚是，我看那些西方国家都没安好心，一个个争着在我们的大口岸划分租界！这会儿仗着有功，还不知会提出什么过分的要求。"

黄忠浩的分析更令大家一时相顾无言。谭继洵的咳嗽声打破了书房里的沉闷，待他好不容易止住咳，依然坚决地说道："复生，出使俄国当在年后，你明天吃过早饭就去藩司衙门，泽生随你一起去拜会王方伯，赶紧准备出使事宜。"

黄忠浩赶紧答应，嗣同知道争也是白争，父亲向来如此强硬，便不再争辩，但也没退出去，看了看父亲说道："父亲大人，目前浏阳虽有瓣姜师为赈灾辛劳，但灾情实在太严重，孩儿计划在武昌向湖北各界劝捐，定购谷米运回浏阳，不然明年开春后青黄不接，就会出现新的灾情。"

谭继洵听后，脸上有了担忧："浏阳也是我的故土，之前你瓣姜师写信来要你回浏阳帮忙赈灾，我也极力支持。但现在湖北全省不少地方洪水泛滥，灾情严重，我已向朝廷上奏，正在开捐办赈。你再去劝捐，只怕不会有什么成效。"

嗣同心里一沉，他所有的心思都在家乡浏阳，倒真的没注意到湖北也已处于水深火热之中。他瞧瞧在座的几位，脸色都很忧虑，一时不知从何说起。余肇康缓缓地说道："复生兄，现在湖北灾情在敬帅百般张罗下，已经大为缓解。荆州首当其冲，也赖敬帅调度有方，所幸已安然度过险情。令人惊叹的是，现在湖北捐例已减为一成五，湖南则为三成。如此一来，灾情过后，湖北便无后顾之忧。"

嗣同触到父亲深沉的眼神，他知道父亲向来重视民生。他接下来得忙于随行出使俄国之事，肯定没有时间向湖北各界劝捐了，想到这里忙请求道："父亲大人，尧衢兄都赞您调度有方，造福于湖北子民，孩儿深感自豪！但现在湖南灾情严重，浏阳更是处境艰难。现在将至年关，好多人家等米下锅，孩儿请求父亲先从湖北藩库借款寄回浏阳，待灾情过后再归还如何？"

谭继洵陷入了思索，他也心忧家乡。黄忠浩上前建议道："敬帅，复生说得有理，先从湖北藩库里调拨些银两，到时归还便是。"一旁的余肇庆也赶紧附和。谭继洵坐直了身子，对嗣同说道："既如此，你明天去找藩司王大人时，带上我的手书，就先调拨二万两纹银吧！我们家也再捐上些，赶紧寄给你瓣姜师。"

嗣同大喜过望，悄然松了口气。他要写信将这一好消息告诉瓣姜师，还要建议他转告巡抚陈宝箴大人，按父亲的方式，向朝廷奏请开捐办赈。现在湖北捐例已减为一成五，湖南完全可以循例核减。

48

就在此时，程颂万手里拿着份公文，匆匆走进来了，神色间有些慌张，一眼瞧见一旁的嗣同，顿住了脚步，欲言又止。嗣同惊讶了，他今年来往于浏阳武昌之间，只觉眼前这位目光明亮的小个子幕僚有些面熟。黄忠浩何等聪慧，忙笑着给他俩介绍："子大兄，这是敬帅家的七公子，表字复生，刚从浏阳老家回来。"

程颂万三年前在陈三立寿宴上见过嗣同，只是来往不多，也知道他满腹才情，喜谈西法，却和自己一般屡考不中，只觉说不出地亲切。程颂万忙上前作揖，一口宁乡口音的官话："七公子，久违了，今日一见，风采更胜往日。"

嗣同忆起旧事，知道程颂万少有文才，虽勤奋好学，却和他一般屡试未第，对科举制度也无好感，而对时局新学甚为热心。他曾撰有《化学刍议》《士用实义》等文，并上书张之洞和父亲谭继洵。父亲赏识他，聘他为巡抚署文案，只是他未来得及面，就回浏阳赈灾去了。嗣同笑了笑道："子大仁兄，往后可以向你多多请教，真是幸事。"

谭继洵见程颂万对嗣同仰慕的神情，有些意外也有些受用，念及头天他交代的事情，咳了一声道："子大，急匆匆而来，可是为了李玉成之事？这里也没有外人，你尽管直说吧。"

程颂万神情严肃起来，趋步上前，定了定神道："敬帅，您交代的事情，我已着人查了大概，那个李玉成就是武昌城里的泼皮，还与汉口租界比利时商人阿扎尔有牵连。他冒充湖北巡抚署里的武大员，扯着署中旗号，承诺力保詹知事升职。詹知事付给他现银一千两票银一千两，待事情办妥后再兑现。上次各府州县官员调动，詹知事所托之事，既是没有办妥，就不肯照票兑银。不想李成玉遂将票银交于阿扎尔，让阿扎尔想办法。阿扎尔挺有能耐，找到德国驻汉领事，由领事备文索讨。詹知事气愤不过，这才将事情披露出来了。"

谭继洵听了，脸色为之一沉。黄忠浩气愤地说道："敬帅，这是我巡抚衙门内部事务，德国领事按理不应该干涉，咱们也不必多加理会，客客气气地回封信说明我们的立场就行了！"

谭继洵看了他一眼，转头问余肇康，问道："尧衢，你意下如何？"

余肇康皱了皱眉头，提醒道："敬帅，泽生所言不是没有道理，但现在洋人在我国嚣张惯了，也不能简单待之。待不理他们，他们肯定不答应；待搭理他们，又不知会生出什么事端。如此教训，实在不少，需慎之又慎。"

黄忠浩坐不住了，猛地从椅子上站了起来说："敬帅，洋人再嚣张，也得按规矩行事，我们只要有理有据，谅他们也不会过分。"

程颂万接过话头说："泽生仁兄，我和洋人打过交道，他们最不好说话。我在询问此事时，李玉成就气粗得很，口口声声说詹知事欠他和阿扎尔一千两银子。现在不还，他日德国领事怪罪下来可别怪他没提醒。"

嗣同这才明白事情的来龙去脉，气愤异常，一个泼皮无赖竟然大胆到如此程度，借洋人之手来讨要行骗之钱！而德国领事也不分青红皂白，胡搅蛮缠，绝对不能让李玉成阴谋得逞。

嗣同想起今天在司门口见到的马尚德及贾礼士，遂大胆建议道："父亲大人，复生今天在司门口遇见了英国领事贾礼士，我和他一见如故，倒有些交情。且贾礼士极明白事理，不如让我前去请教他，请求他代巡抚衙门出面，与德国领事洽谈，从中排解，应是更为妥当。"

一旁的余肇康连连点头道："敬帅，复生所言极是，原本我们在理的事情，也不能轻易服软。能让洋人出面更利于事情的解决，也不会引起不必要的纷争。"

谭继洵内心也极认可，便点点头道："既如此，复生你明天就去拜访贾礼士，拜请他出面和德国领事通融，力保无事为要。"

嗣同郑重地回道："父亲只管放心，孩儿明日去藩司衙门见过王方伯之后，就去找领事先生商谈。今天我在回府的路上遇见了领事先生，说不定他明日会来巡抚衙门拜访，到时父亲大人先不要和他谈李玉成之事。"

谭继洵点了点头，淡淡地说道："复生，你先下去吧，我们还有事要商量。"

49

嗣同刚刚写完给欧阳中鹄的信，罗成就一脸喜气地跑了进来，说道："七爷，淞芙世伯来了，他还带来了一位客人。"嗣同赶紧放下笔，走至书房门口迎接。此时雨已停了，天却更冷了，但见刘善涵、邹代钧两人冒着严寒而来。一见好友，嗣同心情大好，微笑着将两人迎进了温暖的书室，让罗成奉上热茶。

嗣同抑制不住眼里的喜色，说道："我刚刚回来，可喜你俩就来了，等晚饭时我们好好喝上几杯。沅帆兄，我路过长沙时，就知道你回武昌来接家眷。淞芙兄，你不是要回浏阳过年吗，怎么还在武昌？"

刘善涵微微一笑："因来回上海耽搁了些时间，不过已经定了明天一大早的船。听闻你回来了，就和沅帆兄一起来碰碰运气。"

一听上海，嗣同眼睛一亮，忙问道："上海之行可否顺畅，找到了印报所用的机子了吗？去上海什么报馆看过？"

刘善涵苦笑道："上海之行还算顺畅。上海真是开风气之先，四马路上书店报馆极多，我去了傅兰雅先生的格致书室，店里摆满了江南制造局所翻译的西学书籍。我还去了申报馆及刚刚开办的强学报馆。只是这办报得要一大笔钱，这是最令我发愁的事情。"

相比于嗣同，刘善涵算是贫寒之士，但从不影响他追求新学的热情。为了养家糊口，趁着兄长刘善浍在长沙坐馆的便利，兄弟俩在太平街寻了个小门面，开了家人和豆豉号。豆豉号也顺便卖些浏阳特产，倒也薄有利润。之前，长沙读报风气未开，读报的人屈指可数，且所阅报纸不过《申报》《汉报》两种。自去年刘善涵从上海美华书馆购得《万国公报》一千二百份，每月在长沙太平街发售一百份，不想常常到货没几天就销完了。人和豆豉号成了售报码头，还带动了店里的生意，豆豉卖得更多了。刘善涵因此大受鼓舞，产生了自己创办报纸的设想。

看着刘善涵脸上的坚定，邹代钧由衷地赞叹道："淞芙兄，上次你和我说想创办《湘报》，我以为你只是说说而已，仁兄竟不远千里专程到上海考察印刷机子和报馆，真是令我等佩服。"

刘善涵谦逊地笑了笑说："沅帆兄，你都要回长沙帮着陈抚台办矿了，办矿可是维新大业的重要支撑，办得好就有钱推动维新事务。而我想办报，是为鼓动更多的人参与到维新事业中来。"顿了顿，他脸上浮起了愁云，"但太难了！康长素在上海办《强学报》，香帅一下子给了一千五多两银子，办会办报马上就有了切实的保证。"

说起康有为，在座的自然知道他发起公车上书，直接上书皇帝建言维新变法的壮举。平日里沉稳的邹代钧，说话声音都高起来了："杨叔峤写信告诉我，康长素是个非常难得的奇才，他在京师甚得人心。年轻的士子们，包括国子监的学生及各省住京应试的举子，十之八九敬重康有为。官场上，尤其是翰苑、詹事府里的官员们也大多对康长素的爱国言论和举措表示敬意。前不久在京城成立的强学会，就是由他和文道希等人发起成立，以号召救亡图存，宣传变法图强，求索中国自强之路。最为难得的是德高望重的元老，如李鸿藻、翁同龢、孙家鼐等都对康长素十分赏识，皇上也注意到了他。听说皇上读了他所写的奏折后，将他的奏折摆在龙案上整整一个月，时常拿起来读读。据内廷传出的消息说，皇上早晚要大用康长素。"

刘善涵不以为然："康长素的锋芒太露了，胆子也大得很。他的《新学伪经考》《孔子改制考》都是宣扬孔子改制。他既然连托古改制的事都可以强加在孔子的头上，还有什么话不敢说，什么事不敢做？也因此，香帅虽让他去建立强学会分会，却派了汪康年穰卿在他的身边盯着。"

"有这等事？淞芙兄，你在上海见到了康长素？他的《新学伪经考》《孔子改制考》我还没读过。"嗣同很是好奇。

刘善涵却答非所问，依然接着刚才的话头说下去，说起他此次拜访康有为的情形。那日，当他赶到王家沙一号，上海强学书局门口已张贴出《强学报》创刊的告示。他老远就听到书局里的裁纸声、装订声，刚拐进右侧别院，便见有人正在埋头整理新印成的报纸，满院油墨飘香。他忙上前致意，说自己慕名来拜访康先生。一位瘦高个迎了上来，说他是康先生弟子欧榘甲，安排刘善涵在会客厅坐下，抱歉地告诉他，康先生正在写文章，暂且等一会儿再上去吧。刘善涵不以为意，欧榘甲递给他一份第一期《强学报》就忙去了。但见《强学报》首版上，用大号字登在首要位置上的是康有为撰写的文章：《孔子纪年说》。再看，报刊头上还有一行特别的小字：孔子卒后两千三百七十三年光绪二十年十一月二十八日。

仿照西洋的公元纪年，康有为正式提出孔子纪年，和他一贯倡导孔教和奉孔子为教主的宗教性主张是一体的，为他提出的变法图强提供支撑。刘善涵内心风起云涌，按捺住情绪，埋头细看《孔子纪年说》。还没看几行字，欧榘甲走了进来，陪着刘善涵上楼来到康有为的办公室。走进房间，刘善涵见康有为正撩开袍子，站在桌子边奋笔疾书。见他俩进来，康有为只随意点点头，问候了一句，手中的笔并没有停下来。刘善涵站也不是，坐也不是，心里很不是滋味。此时，一阵咚咚的脚步声传来，走进来一位衣着光鲜的绅士。康有为抬头一看，赶紧将笔放下，立起身来，迎了上去，却是留学美国的容闳先生。康有为只管和容闳叙旧，讨论《强学报》，也谈到了兴办邮政、兴修铁路，好似忘记了刘善涵还在旁边。

容闳终于告辞走了，刘善涵真想也一走了之，但想想自己来此的目的，忙鼓足勇气，上前请教康有为办报的经验。也许是办报的话题引起了康有为的兴趣，他这次侃侃而谈，谈及经费、主笔及印刷等关键事项，而启动经费最为重要。康有为正说到兴头上，又上来几位衣着光鲜的青年人，他们眼里满是敬仰之情，恭恭敬敬地朝他行礼。刘善涵知道再也无法和康先生交流下去，趁机告辞，并奉上嗣同所写《兴算学议》。康有为接过后，匆匆地翻看了一下，惊喜地说道："此乃谭复生议论兴办算学之书，听说他是湖北巡抚之子，才华横溢，真是太难得了。"

康有为转身从书案上拿过一份《强学会章程》及一本《长兴学记》，交给刘善涵道："淞芙兄，今日事多，怠慢了。拜托将此转交谭复生，来日有缘再畅谈。"刘善涵匆匆告辞，只觉得半刻也待不下去了。康有为的傲慢令他不快，此后几天他没再去强学报馆。他手里钱有限，未能定购印刷机子，倒将价格摸得一清二楚。

说到这里，刘善涵从怀里掏出一个纸包，拿出一册《强学会章程》和一本《长兴学记》，随手递给嗣同，说道："复生兄，这是康长素送你的，《长兴学记》我没看，《强学会章程》我倒是看了一遍。章程规定强学会的任务是译印图书，刊印报纸，成立图书馆，创办博物馆，传播西学新学，研究如何维新变法以使国家自强。这些都非常好，和我们平日讨论的也一致。可既以西学新学为业，为何又提'孔子经术'？康长素显然是想打着孔子的旗号，来推行他的那一套学说，这就不太好了，听说香帅对此也特别反感。"

邹代钧不以为然，摇摇头道："可不能小看康长素，此人行常人之所不能行，言常人之所不能言，忍常人之所不能忍，其必抱有常人所不曾有之抱负，求常人所不曾求之目标。他敢做出头鸟，敢为天下先，其胆气魄力也必在常人之上。显然，他不是在做格致诚正、修齐治平的圣贤功夫，而是在做出人头地的勾当。"

"沄帆仁兄，你刚刚还在赞叹康长素，怎么这会儿却又在贬低他？这不是前后矛盾吗？"嗣同抬头瞧了瞧邹代钧，不满地反驳道。

"复生仁兄，你有所不知，刚刚我所言乃香帅的观点。他康长素只是个新科进士，何以有如此大的魄力？又是讲学，又是著书立说，又是上书皇帝，他讲求新学的目的显而易见，肯定有所图谋，这个图谋还肯定不小。香帅看得异常准确。他与你素昧平生，为何让淞芙带书给你，又为何怠慢诚心上门请教的淞芙？"刘善涵苦笑着摇摇头。

嗣同一时不知从何说起，他的确不认识康有为，而康有为不仅让淞芙带书给他，且兼致殷勤之意，如旧相识。他当然不明白康长素因何知有他谭嗣同，更不知赠书之意何在。也许是康长素读了他的《兴算学议》，想有机会一起探讨办学要旨吧。嗣同一时间感慨万分，暗自决心用心通读《长兴学记》，以略识康有为为学之宗旨。

邹代钧补充道："当初，香帅身为两江之主，知道被康长素所办的强学分会列为第一号发起人，觉得大为不妥，忙亲笔写了一封短函，申明两点：一是从章程中删去'以孔子经术为本'，二是将他的名字从发起人中划去。为以示郑重，特派梁鼎芬星海坐小火轮专程去上海张园当面交办。康长素借口章程都已发出去，无法改了，就没改。可在发起人名单里，却划去了香帅名字。如此看来，他康长素摆明了是阳奉阴违。"

"这事的确耐人寻味，当第一期《强学报》出来时，竟是孔子纪年，香帅更是大为震怒，特派专人前往上海张园，让汪穰卿出面告之康长素：火速将第一期创刊号封存销毁，下一期不能再有'孔子卒后'这一行字，若坚持不改，将查封该报。但康长素坚持自己的观点，他强调有孔子才有我中国，无孔子则无我中国，他用孔子纪年正是表明中国在世界各国面前的崇高地位。他康长素赤心拥戴皇上，拥戴朝廷，绝没有二心，更何况孔子纪年下面紧书光绪年号。几天后《强学报》第二期出来了，纪年形式和创刊号一样。再过几天，第三期也出来了，同样未改。"邹代钧索性继续把这事说完。

嗣同怔怔地看着邹代钧，正想说什么，邹代钧却摆摆手，说道："复生，你别急，我的话还未说完呢。果不出香帅所料，就在上海出版《强学报》的同时，北京城里李合肥的姻亲都察院御史杨崇伊突然上奏弹劾京师强学总会，说该会包藏祸心，植党营私，干了不少非法活动，并借刊印《中外纪闻》之毁誉来要挟外省大员，乘机勒索，请予严惩以肃风纪。此时，李鸿藻赶紧找和同是强学会支持者的孙家鼐商量，强学会的主要目的在于藏书译书印书，提议将强学会改为官办书局。李、孙合奏此意，终于得到慈禧太后的恩准。可杨崇伊再度上奏，终于把强学会中坚、翁同龢的门人文道希革职，驱逐回籍。香帅得知后，借机命令上海道解散强学会分会，停办《强学报》，又命汪穰卿接管强学会的全部余款及各项不动产。"

听他说完，嗣同和刘善涵倒抽了一口冷气，邹代钧不时出入总督府，他的消息应是确凿无疑。嗣同之前还在为强学会成立而深受鼓励，正计划成立湖北分会，看来是没戏了。刘善涵也只是对康有为本人有看法，却也是由衷拥护强学会。

三人叹息了好久，嗣同更是久久不能释怀。

50

这天一大早，嗣同刚刚在书房里坐定，正在寻找纳捐文书，计划着早饭后去藩司衙门拜访王之春，却见程颂万在门外唤道："复生仁兄可在？"嗣同应了一声，程颂万笑着进来，将手里一只暗红色的长锦盒递给他："复生兄，昨日你走后，敬帅听我说贾礼士喜欢中国书画，特地找了一幅他之前写的字，已经装裱好了，等会儿仁兄带至汉口送给他吧。"

"多谢子大仁兄建言，仁兄想得周到。我只准备了套瓷器茶具，如此更完美了。"嗣同有些意外，欢喜地接过锦盒。

找到文书后，嗣同就带上罗成，步行前往藩司衙门。今天没下雨，寒风却吹得厉害。罗成穿上了闰娘为他准备的新棉衣，觉得暖和极了，提着瓷器和锦盒，吃力地跟在嗣同身后，顾不上张望热闹的街景。

王之春很温和，藩司衙门的事办得也快，令嗣同有些意外。王之春虽见多识广，为人却过于拘谨，恐怕他日在国外共事，日子就难过了。既然父亲安排，他也不能推脱，内心很是无奈。

随后，嗣同带着罗成坐上渡船，直奔汉口租界英国领事馆。他担心贾礼士出门办事，还特地令人提前送信给他。贾礼士果真在领事馆等候，一见嗣同，忙从书案后面站起来迎接，满脸是笑。

一番问候后，嗣同将青瓷茶具拿出来，告诉贾礼士，这是他精心挑选的一套茶具，还特地配了两大包湖北当地红茶。贾礼士一脸欢喜，开心地朝嗣同眨了眨眼睛，连声赞叹道："谭先生，你太客气了，你送的礼物我非常喜欢。"

"贾礼士先生，我父亲这里给您写了幅字。"嗣同犹豫了一下，再将锦盒捧给贾礼士。

一听是谭继洵送的字，贾礼士有些惊讶，他来中国已差不多三十年了，先后在京师、镇江等地待过，很喜欢中国传统儒家学问，更是敬重如嗣同这般头脑清醒学问好的读书人。他也知道谭继洵的字是极好的，何况他还是湖北巡抚，赶紧让身边的秘书打开锦盒，但见红色的锦缎盒子里躺着一支精致的卷轴。

谭继洵书写的是崔颢的《黄鹤楼》，贾礼士大喜过望，轻声地吟哦起来：昔人已乘黄鹤去，此地空余黄鹤楼。黄鹤一去不复返，白云千载空悠悠。晴川历历汉阳树，芳草萋萋鹦鹉洲。日暮乡关何处是？烟波江上使人愁。

见贾礼士兴致颇高，嗣同心想此时应是托他办事的好时机，便谨慎地开口道："领事先生，我今日来拜访，其实是有件重要的事拜托您帮忙。"

想嗣同平日里豪爽大方，说话哪有如此小心翼翼，贾礼士打趣道："谭先生有什么事，但说无妨，今日怎么生分了？"

嗣同这才将李玉成诈骗詹知事银两的事情说了出来。贾礼士一听，神情严肃起来，点点头道："谭先生，此事只管放心交给我，我去知会德国领事，让他不要介入此事，毕竟这是湖北巡抚衙门的内部事务。"

嗣同忙站起来鞠躬谢道："有劳领事先生，谭某万分感动。上两次和您谈及的关于设立湖北强学会分会，拜请您担任会长之事，看来也无法实现了。昨日我才得知北京强学会、上海强学分会都被禁了。"

贾礼士其实早就知道强学会被禁之事，而今见到嗣同满脸的沮丧，忙宽慰他道："贵国之人常常说，谋事在人，成事在天。目前中国朝政如此，你我都无能为力，枉费谭先生一片赤诚之心。也许再过一段时间，局势会好转，人们会意识到开放的重要性。"

嗣同只得收起满腹心事告辞，相约一旦贾礼士协调李玉成之事有了眉目，就派人来告知。草草用过晚饭，嗣同前往父亲书房，将今日拜访贾礼士的情景详尽地禀告了父亲。谭继洵沮丧的心情这才略微平复些，但还是担忧由此惹出什么事端。

随后，谭继洵询问了嗣同今天去藩司衙门的事情，嗣同的回答令他极为满意，再次交代他好好准备随访俄国之事。待嗣同答应后，谭继洵挥挥手说："复生，为父也老了，一年不如一年！今天是小年，马上要过年了，除了准备随访之事，你的心思还是多放在家里吧。"

谭嗣同不想惹父亲不高兴，皱着眉头答应下来。见父亲脸色还好，嗣同告退回到自己书房，书案上摆着那套《泰西新史揽要》，是包世贞前几天托马尚德医生送给他的。一眼瞧见那深蓝色的封面，他孤寂的内心为之一暖，知道晓澜在一直牵挂着他。

第十一章：惹祸

51

光绪二十二年（1896年）来了，于巡抚署而言，这个年过得很是冷清。谭继洵咳嗽时好时坏，卢氏夫人因嗣嘉离世，无心打理家事。孩子偶尔喧哗，一大家子人都打不起精神。只在除夕夜，晚上团年之后，嗣同张罗着在院子里放了些从浏阳带回来的鞭炮及大地花开之类的小花炮，家人脸上才有了难得的微笑。

初七这天，嗣同换上一身新做的鸭卵青大袄，覆上青莲马褂，让罗成提上两包冻米糖，俩人就出门了。浏阳人喜欢在年前打冻米糖，过年时用来待客，如果加上芝麻花生就更香了。嗣同今天所带的冻米糖，是他年前让厨房里的浏阳厨师做好的，还特地交代多放些芝麻，卢氏、魏氏、嫂子黎氏都分了几瓷坛过去，剩下几大瓷坛就放在书房里待客。邹代钧、黄忠浩、程颂万吃过都说好，还要包些回去给家里孩子吃。这天嗣同想着去马尚德处拜年，让闰娘用草纸包了两包，还贴上红纸。

马尚德的医务室里，几乎没有病人，马尚德正在诊室里看中国医书，还是他让嗣同找的中医书呢。现在他中文阅读都不成问题了。中国人未出正月十五，难得去看病。见嗣同来了，马尚德脸上洋溢着开心的笑，站起来迎接道："谭先生，过年好！"嗣同朝他作揖道："马医生，过年好，给您拜年。"

马尚德知道中国人最看重过年，这才大年初七，谭公子就来给他拜年，这是多么看重他，心里极为感动。他招呼嗣同坐下后，从书案抽屉里掏出一张纸，在书案上铺开，笑道："谭先生，快来看看这张人体内脏图，你肯定感兴趣。"嗣同随着马尚德的指点，目光掠过图上的五脏六腑，惊讶道："马医生，这图是您国内的朋友寄过来的吧？想不到人的内脏布置如此精巧，这心脏所造之血真的是人赖以活下去的根本吗？"

"谭先生，人要健康地活着，就离不开五脏六腑的正常工作。但仅仅这些还不够。我看中医所看重的经络理论也很了不起。"马尚德笑着解释道。

"虽然老祖宗也留下了不少宝贝，中药治病相当厉害，但有些病还得靠西医。至于治理国家，中国更应该向西方各国学习。为什么之前李合肥等人举办的洋务活动，未能真正造福中国，我看只是引进了西方好的机器与制造技术，而国家从上到下还是实行之前那套制度，所谓换汤不换药罢了，怎么能治好中国所患之疾病？可怜我中国病得太久病得太重了！"嗣同站起来，神情慷慨地道。

马尚德看着他，点头赞同："早知道谭先生见解不俗，没想到这几个月识见更精进了。"

正聊得热闹，助手来禀告："隔壁罗斯先生请马医生过去，有英国朋友来访，一起去叙叙旧。"

嗣同见此，忙从罗成手里拿过那两个纸包道："马医生，这是我特地送给您的浏阳特产冻米糖，您试试味道如何。至于这包，请您等会儿遣人送给包晓澜公子吧，感谢她送我的《泰西新史揽要》，我正在阅读，很有收获！"

"包晓澜公子？谭先生真是有趣之人！"马尚德愣了，再看嗣同脸上的别扭劲，方才明白，哈哈大笑起来，一直笑着将嗣同送至门口。嗣同见他脸上连绵不绝的笑，有些害羞，但到底有求于人，只得装着什么也不知道，还拜托他尽快将礼物送给人家。

回去的路上，他不经意间从关圣帝庙前走过，庙前人山人海，有丝竹之声从庙里袅袅而来，又在唱戏了。昔日和包世贞在此看戏的情景又浮现在眼前，他那时哪里知道翩翩公子竟是妙龄女子！现在既已知道，罗敷自有夫，使君自有妇，看来今生今世再也没有机会一同看戏了。

嗣同刚刚回到家，程颂万来叫他赶紧去谭抚台书房，并悄悄地说道："复生兄，敬帅好像火气挺大，你可要打起精神。"

果真，谭继洵黑着脸坐在书案前，而黄忠浩诚惶诚恐地站在一旁。

"父亲，找孩儿有事？我去给马医生拜年了。"谭嗣同只得硬着头皮上前。

"看看你做的好事吧，非得要查什么李玉成，看看如何收拾这烂摊子！"说着，谭继洵将一沓文书用力地摔向嗣同。嗣同愕然了，父亲虽不时地教训他，乃至责骂他，如此这般怒火冲天咬牙切齿的模样很少见。

黄忠浩赶紧将地上的文书捡起来，递给嗣同，悄声说道："复生兄，上次你让人将李玉成押送至武昌县衙门，武昌李县令碍于你巡抚公子的面子，将涉案同伙全部逮捕，案情水落石出。但此案告破，却牵扯出湖北卖缺、卖厘差或卖营哨弁等诸多事情，究之不胜究，株连太多。至此，刚回任的香帅不敢公然庇护，但万一公开审理怎么收场？现在闹得人心惶惶，那些牵涉到的人怕是对你恨之入骨了！"

顾不上父亲难看的脸色，嗣同反驳道："之前可是德国领事具文讨要银子，给与不给都为难之际，我才出面去找贾礼士领事。好在贾礼士同意出面，德国领事撤回函文，不再让比利时人阿扎尔搅和，才妥善处理了这一大难题。为了彻底解决事端，贾礼士又对李玉成进行了一系列调查，发现了李玉成在湖北各县任意招摇撞骗、作恶多端的确凿罪证！父亲大人当时不也气愤异常，默许我将之扭送至武昌县，要求从严查办吗？"

"真是放肆！你看你是什么语气，你眼里还有我这个父亲吗？你知不知道已闯了大祸，知道不知道你置老夫于何地？你牵扯出这么多人，老夫不仅会得罪同僚和上司，更会被他们迁怒，认为我对儿子缺乏管教和约束。"谭继洵气呼呼地站了起来，犹豫了一下，狠狠地将手里的茶杯摔到了嗣同跟前。

嗣同的脸霎时白了，见父亲那副模样，再也不敢轻举妄动。虽内心实在憋屈，却也连连劝道："父亲，您千万息怒，不要气坏了身体。此事是孩儿考虑不周，但李玉成实在可恶，竟然犯下如此滔天罪孽，败坏官场。也是那些人心术不正，才会让李玉成骗！"

"你这个逆子，你还有理不成？你赶紧给我滚出去，省得我见了你烦心！"谭继洵狠狠地盯着嗣同，手都抬起来了，见黄忠浩急得脸发白，才生生地忍住，转身蹒跚地朝书案走去。

黄忠浩连连朝嗣同递眼色，嗣同忙低头说道："父亲息怒，身体要紧，千万别气坏了身体，孩儿这就告退。"说完，匆匆奔出了书房。

52

父子俩都没吃晚饭，嗣同整个晚上都辗转反侧，直至快天亮时，才略微睡了会儿。轻微的脚步声传来，他知道是闰娘，忙睁开了眼。闰娘轻声问道："复生你醒了？再睡一会儿吧，我给你熬了点小米粥。"嗣同心里一暖，拉住她的手说："闰娘，我这就起床，待会儿还得过江去汉口拜访贾礼士。昨天父亲为了李玉成的事发了大脾气，但此事好在有贾领事帮忙，还得去好好谢谢人家。"

"复生，还是身体要紧，你胃不好，可要注意饮食。你昨晚都没吃东西，只怕会胃痛。"闰娘心痛了，说话间眼中含泪。

嗣同有些头重脚轻，胃也隐隐有些胀气，吃过小米粥，只觉舒服多了，犹豫着要不要去父亲书房请安。刚来到院子里，见程颂万站在台阶上等他，一见他出来，程颂万便上前道："复生兄，敬帅让我告诉你，王之春出访俄国一事被拒了，人家嫌他官职小了！"

"真的？谢谢子大兄告诉我这一好消息。"连日来压在嗣同心上的重担豁然消除了，嗣同只觉神清气爽，头也不痛了。随后，他就带着罗成去往江边渡口，他要过江去会贾礼士领事，向他致谢出手相助。

和贾礼士一起聊天，嗣同只觉时间过得飞快，他也因此知道，因御史胡孚宸上《书局有益人才请饬筹议以裨时局折》，朝廷已改强学书局为官书局，专司选译各国新报及指授各种新学。嗣同的心不由一宽，待到天晚时，满面春风地回到家里。还在门口，嗣同就让程颂万拦住了，说是敬帅在书房里等他，让他吃过饭就过去。嗣同高涨的兴致霎时低落。

嗣同简单地吃了些东西，就前往父亲书房。父亲在窗前太师椅上坐着喝茶，程颂万立在他身旁，卢氏姨娘也在。嗣同见过父亲和卢氏姨娘，就静立一旁。谭继洵见嗣同一脸倔强就来气："俄国去不成了，你是不是暗自得意？人常说三十而立，你科考考不上，要你去当随员你还挑三拣四，现在又惹上李玉成这件事。还在去年，朝廷恩诏准许文职在外三品以上各荫一子入国子监读书，你赶紧准备，带着传赞去京城考荫，顺便去吏部点到，赴浙江候补任吧。"

俄国去不成了，俄国要求李鸿章亲自去庆贺。嗣同心里万千感慨，却在想另外一件事，陈右铭大人在长沙推进维新，还托沅帆兄来询问他是否愿意回湖南参与新政。他自是乐意，还没找父亲商量，父亲怎么突然要他赴浙江候补任呢？

但他也不想惹恼父亲，只站在一旁不作声，卢氏姨娘却悠悠地开口了："复生呀，现在这个情势，外界都在传你耍公子哥儿脾气，竟然干扰巡抚衙门事务，也不知从哪里弄来个李玉成，这不是在揭湖北官场的伤疤吗？看来，你若不离开湖北，势必会牵连到老爷受累，老爷这辈子真不容易。我们这大家子倘没老爷这棵大树撑着，日子就会难过了。"

卢氏平静从容地说出这番话，却如刀子句句见血，嗣同心里早已风起云涌。谭继洵气得脸都红了，猛烈地咳嗽起来。嗣同不敢吭声，卢氏夫人又是拍谭继洵后背，又是让他喝参茶。谭继洵终于平静下来了，见嗣同依然一动不动，生气地斥道："从明天起，你哪里也不要去，不得再参与外事，就在家好好收拾行李。"说完就朝内室走去。

嗣同和程颂万招呼一声，也朝后院走去。昏黄的灯光下，见闰娘呆坐在窗前，也不知在想些什么。他忙走近一瞧，见她双眼红通通的，担忧地问道："闰娘，你这是怎么了？谁惹你哭了？是不是卢姨娘找你说话？说我闹了事端，影响了父亲的清誉？"

闰娘知回避不过，只得点点头，轻声地说："复生，你别担心我，我知道你要忙大事，我在家看看书练练字做做针线活，一天很容易过的。卢氏姨娘说你会带传赞上京考荫，我还要给你赶制两件新夹衣才好！"

"闰娘，你不必操心这些，请人去做吧。我看你精神不好，早些休息。"嗣同知道她向来报喜不报忧，只得不再多问。

嗣同利索地换了套练功服，到书房里拿了凤矩剑，让罗成提着灯笼，直奔后花园。他心里满是怒火，喘不过气来，仿佛就要爆炸一般。一到花园，他就挥剑舞动起来，空中响起剑锋冲破空气的霍霍声。罗成惊讶地看着嗣同奔跑跳跃的身影，禁不住后退了好几步。终于，嗣同立定了身形，罗成忙将手里的毛巾递过去，见他满头大汗，脸色渐渐舒展开来了。他虽在七爷的身边不久，但他知道七爷的日子并不好过。而每当七爷内心受伤时，就会舞剑或弹琴，不闹到精疲力竭就不会罢休。

罗成试着劝道："七爷，天这么冷，你满身都是汗，赶紧回房去洗个热水澡，不然会着凉。"

嗣同也累了，回房洗了个热水澡，便早早睡下。

嗣同真的不再出门，就在书房看书习字，一有时间就练剑练琴，倒也安静，只是不提去京城之事，也不让闰娘收拾行李。

53

这一天，寒风凛冽，汉阳铁厂总办蔡锡勇遣人来到江宁，向张之洞报告铁厂的经营遇到很大的困难。炼成的钢铁被外国客商认为不合格，堆积在厂里卖不出去，银子周转不过来，连薪水都开不出了。张之洞听过情况后，脸都黑了。不过，张之洞也明白，眼看要过年了，大家都很着急，盼望他能早日回到武昌。

正在他盼望回任湖广的时候，天遂人愿，朝廷下达明谕：着刘坤一回两江原任，张之洞回湖广本任。张之洞一喜，回头就张罗回武昌的事情。紧赶慢赶，在大年三十前悄然赶回了武昌，与家人安心地过了个大年。

还未出元宵灯节，张之洞就着手处理汉阳铁厂的事，之前他冒着严寒到铁厂去了几次。近一年来，化铁炉每天只生产出少量的铁水，只是为了不让炉子冷却，五六天开一次炉，仓库里堆着不少钢锭铁锭，有的已生了锈。一半以上的匠师和工人一天到晚无所事事，那些办事人员则多半一杯清茶闲聊着打发日子。但每个月的薪水是一个子儿也不能少，且薪水很高，光三十六个洋人工匠的月薪就高达一万余两。钢铁卖不出去，开支异常庞大，铁厂督办蔡锡勇早已急得团团转。

在湖广总督衙门议事厅里，张之洞召集蔡锡勇、徐建寅等及洋人工匠总管德培等人，一起会商汉阳铁厂的整顿事项。汉阳铁厂耗费了他一生中最大的心血，寄托着他徐图自强的宏伟理想，曾被洋人誉为亚洲第一大铁厂。听了蔡锡勇关于铁厂的如实报告，他真没想到，离开武昌仅一年零四个月的时间，铁厂竟败落到如此地步，心里仿佛压了块沉重的石头。

"我离开武昌的时候，将铁厂之事郑重委托给谭抚台，他对铁厂可有关心可有过问？"

谁都不作声，张之洞盯着徐建寅。徐建寅是张之洞特聘的铁政局会办，他醉心科技，精通机械、化学，实为难得的洋务通才。徐建寅知道躲不过，只得闪烁地答道："香帅，这一年多湖北也不太平，一时干旱一时涨水，还发瘟疫。谭大人实在忙不过来，只去过铁厂一次，平时也几乎不过问铁厂的事。"

张之洞非常不悦："其他人呢？湖北的藩、臬两司呢？"

见大家依然不作声，徐建寅只得硬着头皮答道："他们也不怎么过问铁厂的事。"

张之洞脸色铁青，却一句话都说不出来。尽力按捺住自己的怒火，张之洞又问："铁厂目前到底缺多少银子？"

徐建寅答得干脆："香帅，卑职已再三核算过了，至少要一百万两才能全面转动起来。向户部要过，户部不给，说前后拨了两百万，再也拿不出银子来了。"

张之洞又问蔡锡勇："铁厂总共花了多少银子？"

当听到蔡锡勇告之已用了五百多万两时，张之洞的心一沉：竟然花掉了这么多银子，还是这个样子。他六年前决意筹办铁厂时，可没想到要花销这样大，竟超出他设想的一倍还多。

张之洞转脸问德培："铁厂技术上的主要问题在哪里？"

英国人德培虽来中国多年，仍不懂中国话，身边的翻译忙将张之洞的话译给他听。他略微思考了一下，叽里呱啦地说起来。翻译赶紧说道："德培总管说，煤和铁矿的质量都有问题。煤里含硫较多，铁矿石里含异质过多，还可能与炼铁炉不配套。倘要找准真正的原因，需要把铁矿石送到英国去化验一下。"

张之洞不耐烦地一口否决德培的意见，翻译不敢把这个话翻译给德培听。

德培看看这个，看看那个，茫然无措，也就不再说话了。其实这位洋匠总管真正说出了铁厂技术上的症结，却让张之洞粗暴地顶了回去。

蔡锡勇见张之洞脸色不好看，可念及铁厂再也亏不起了，犹豫再三，还是坦诚地建议道："香帅，卑职不得不直言相告，不少人说，不如将铁厂改为商办，银子的问题便可解决。据说，户部也有这个想法。"

张之洞怒火冲天，胡子都气得翘了起来："商办就容易吗？商人唯利是图，没利益的事他们能干吗？他们难道比我还对朝廷负责任？我明天亲自去看望谭抚台，要他拿点银子来帮铁厂渡过眼下的难关。"

张之洞态度如此坚决，蔡锡勇不好再说什么，大家也都不敢再提此事，现场气氛铁一般沉重。会议就这样毫无结果地散了。

回到书房时，张之洞遣退了身边的人，独自默默地坐在书案边，一动不动。想他张之洞满怀对朝廷的忠贞，为办洋务实业殚精竭虑，费尽心血，又有多少人懂他呢？

54

听说张之洞要来巡抚衙门拜访，谭继洵有些慌了。

谭抚台已然七十多岁，这一年来既当鄂抚又当湖广总督，事情比先前要多得多，越发感到劳累，多年来的哮喘病一到冬天便加剧，今年冬天更严重。入冬以来，他连前院衙门签押房都没去，就在后院书房里办事，接待来宾。昨天接到督署的来函后，他思虑再三，决定还是自己主动前往总督衙门拜访。

谭抚台急急将藩台王之春招至巡抚衙门，与之谈了好几个时辰。入睡前喝了一碗鹿茸参芪汤，特意比平时加重了剂量，以便明天精神充足一些。他还不放心，又让管家卜三交代嗣同明天决不能离开衙门，陪他一同前去拜访制台大人。

第二天一大早，简单用过早餐后，谭继洵就坐上了八抬大轿，出发前往总督衙门。张之洞还在签押房处理公事，突然听说谭继洵已至辕门外，吃惊之余，便明白这位抚台大人抱恙主动前来拜见，也是用心良苦，忙让梁鼎芬前往迎接。

刚刚走出签押房，谭继洵一行就来到了，张之洞立住脚笑道："敬甫仁兄身体欠佳，大冷的天气，何必亲自前来！"口里这么说，心里倒也很高兴，对谭继洵满肚子的不满，化解了大半。

谭继洵轻微地咳了几声，悄然振作精神，客气地回道："制台大人自江宁回任，在下早就该来拜见，拖至今日才来，还望不要怪罪。"

"敬甫仁兄太见外了，你我督抚同城，也是一种难得的缘分！这一年多来好在有仁兄料理一切事务，着实辛劳。"又对一旁的嗣同招呼道："七公子也来了，七公子英迈峻拔，我的儿子中无一人比得上。"嗣同赶紧上前致意。

"谢香帅夸奖！"谭继洵也谦逊地回道。

风实在有些冷，张之洞将谭继洵一行引至会客厅就座。待仆人奉上热茶后，张之洞望着眼前须发苍白、后背微驼、行动迟缓的湖北巡抚，关切地问道："敬甫仁兄，身体近来可好些？"

"香帅，哮喘最怕的是冷天。今年已咳两三个月了。"谭继洵回道，官话里浏阳腔很重，张之洞须得仔细听才能听清。张之洞心里暗自叹息，这种衰迈之人如何有精力领牧数千万人口、数万里土地？但上自枢府，下至州县，却有许多这样的人物占据着要位。如此最是误事，却无法改变。

"哮喘不好治，我家有个亲戚也长年患这个病。他有个方子，不妨试试。"张之洞悄悄叹了口气，忙收回自己的思绪。

谭继洵心里欢喜，忙问是何单方。

"用冰糖蒸晒干的野枇杷，连枇杷和汁一道吃下去，对病症有所缓解。"

"这两样东西都好找，我明天就可以试试。"两人闲聊了一会儿，谭继洵才试着问道，"昨日收到香帅信函，得知香帅原本要亲自来巡抚衙门，可是有重要事情需要老朽效力？"

"铁厂现在周转不过来了，想向湖北藩库借点银子，一旦铁厂的钢铁卖出去后，就连本带息还回来。"张之洞干脆利落。

果真是为了银子，谭继洵心里一沉，却不露声色地说道："香帅深受朝廷倚重，铁厂在您主持下威名远扬，朝廷也极为看重。铁厂已成了朝廷的脸面，您跟朝廷上个折子，那银子不就批下来了？"

张之洞直言不讳："户部那里一时要不到，只有自己先想办法。"

谭继洵见张之洞脸色不好，心想怕什么来什么，他总归是躲不过去。他低头望着眼前的茶盅，心里很是憋屈，低头盘算着。其实，对于张之洞要拜访他的目的，他昨天就已料到了，之所以临时决定抢在张之洞前面来拜访，也是不想每次都被他压服。想他谭继洵为官三十多年，做京官时，他忠于职守，拾遗补阙；做地方官时，他勤政清廉，重农恤民。一直以来，他对西方的那一套并不信任，从来没有想到自己去办洋务。为此，他做官的原则，遵循的完全是中国传统的儒家之道。他张之洞办铁厂、枪炮厂，建织布局、纺纱局，等等，都不是一个总督应办的事。但张之洞是总督，又得到朝廷支持，他谭继洵当然不会也不敢反对，他只抱定一个原则：湖北不能为这些洋务局厂出银子。

　　"香帅的事就是老朽的事，铁厂的事就是湖北的事。"他怎能拂了总督的面子，忙打起精神认真对付，"但湖北藩库的银钱收支，这些年来空虚到什么程度，香帅您是知道的，眼下就是十万都难以挪腾出来。"

　　张之洞凝神看着眼前这个精神不济的老头，耐着性子听他缓慢而浑浊的浏阳腔。"今年湖北灾情严重，税收只有去年的四成半，朝廷只给我减去两成的上缴钱粮，就这剩下的二成半，藩库还不知如何来填补。三天前王藩台对老朽说，年底藩库账簿上的现银只剩下二十五万两，受水淹严重的那些县得拨出三十万两银子给他们买种子耕牛，否则春上无法开工。流落武汉三镇的难民有四五万人，且每天还在增加，已开了一百多个粥厂，还远远不够。这一百多个粥厂每天耗银约千余两，估计至少还得开一个半月。这些难民都无处住无衣穿，打算给他们盖四五百间芦苇棚，施发几千件寒衣。昨天，又接到急报：京山一带发生地震，方圆百余里的房子都已倒塌，还不知死了多少人。我已命兵备道急速奔赴现场，孔大人向我要银子，我也只能先顾眼前了，狠下心叫他带十万两银子前去,这也只是杯水车薪啊。香帅，老朽所说的句句是实话，无一字是假的。您看看现在的情况，着实艰难得很！"说到这里，谭继洵重重地叹了口气，嗓子都沙哑了，昏花的老眼却不敢看向张之洞。

　　张之洞暗暗叹了一口气，谭继洵说的事，他何尝不知道。但他也知道，所有这些，都被这位不情愿拿银子的鄂抚夸大了。念及谭继洵屡次不肯痛痛快快拿银两出来，张之洞心里就烦躁，脊背不觉挺得笔直，他锐利的眼光仿佛刀片似的丢向谭继洵。不想谭继洵早已陷入了沉思，只管苦着脸，置若罔闻。一旁的嗣同见父亲如此倔强，心中暗自惊讶。

张之洞只得摇头苦笑，想他堂堂的总督大人，却在巡抚面前碰了个软钉子。一时间，会客厅里的空气仿佛凝滞了，大家大气都不敢出。终于，张之洞吁了口气，脸上神情却紧绷绷的，说道："敬翁刚才说的，我也知道一些，藩库的银子紧细，也不必从藩库里拿了。我知道江汉关过几天有一笔银子要上缴，估计有五六十万，敬翁把这笔银子先挪给铁厂用用吧。"

"香帅有所不知。"谭继洵叹了一口气，依然不看张之洞，"江汉关的税收还没缴上来，这笔银子早就用完了。"

张之洞没吭声，谭继洵只得打起精神来解释："去年八月，宜昌出了个教案。德国教会的一条狗被附近百姓打死，教会拘捕了几个百姓，竟有一个百姓死在教会。此事激起了众怒，教会被砸，两个传教士和四个教民被打伤，闹出了一个大事故。最后英国驻汉领事馆出来圆场，宜昌县被迫赔五十万两银子，以江汉关税银担保，才把这桩教案平定下去。江汉关的银子早已寅吃卯粮，没有了！"

张之洞的胸中堵了一口闷气，早年在四川在山西，他已亲身遭受过几次教案，一概以中国人吃亏而告终。没有别的缘故，就是因为朝廷太软弱、洋人太强。他张之洞办铁厂本是为了中国的自强，可又有几个人能看到这点？又有多少人能全力以赴地支持他？

话说到这个份上，张之洞不想再纠缠了，只得压抑着内心的万千情绪，淡淡地说道："敬翁，你有你的难处，我也就不勉强了。"

"老朽一开始就说了，香帅的事就是老朽的事。只是这银子，湖北藩库一时真的拿不出五六十万两，最多挤出十万两，不知可否为香帅解燃眉之急？至于其他事，老朽一定尽心去办，您只管说。"谭继洵脸上神情变幻不定，一旁的程颂万此时赶紧将手里的一张银票递给了他。

谭继洵接过银票，颤巍巍地站了起来，恭敬地说道："香帅，这是十万两银票，但愿能稍稍缓解您的难处。"

张之洞甚是意外，他看了谭继洵一眼，示意梁鼎芬上前接过银票，说了句真心话："敬翁排解万难支持铁厂，我哪有不感动之理？"

谭继洵见机赶紧起身告辞，张之洞也不挽留，起身将他们一行送至会客厅外。谭继洵却突然停住了脚，回过身来，犹豫地说道："老朽有一件小事也要仰求香帅，请您万勿推辞。"

"敬翁不必客气，尽管直言。"张之洞颇感意外，收住了脚，其他人赶紧回避。嗣同不知父亲搞什么名堂，和程颂万几人往前急走几步，估摸着听不到他们的谈话才停下等候。

谭继洵转头瞧了嗣同一眼，压低声音说道："说来这是老朽的家务事，老朽本不应该来麻烦香帅，但是小儿一向敬重香帅，故老朽只有厚着脸皮恳求香帅出面，开导开导他。"

张之洞惊讶地问道："令郎聪颖勤奋，见识超群，广受称誉，还需要旁人来开导吗？"

谭继洵叹了口气，一副恨铁不成钢的神态，无奈地说道："小儿资质不蠢，书读得还好，诗文也做得通顺，十七岁就进了学。这些年不但不好好应试，而且迷上什么化学、电学、算学，动不动就和人谈论西学谈论维新改革之事，真是荒谬至极！特别是之前去查那个李玉成的案子，牵扯之广，让香帅为难了。老朽请香帅宽恕他的无知，指出他的荒谬，让他看清形势，迷途知返。小儿心性还是善良的，可以教化。无奈老朽规劝他多次，他总是听不进。望小儿能得到香帅您的规劝，速速去江苏候补，香帅您就是老朽的大恩人了。"说到这里，谭继洵两眼发红，一脸悲苦。张之洞感同身受，连连应声道："令郎才学非凡，他日必有大作为，就算现在走了点弯路，也不为怪。敬翁不要着急，一切都会好起来的。自古英雄豪杰都有一些不循常规之举，我倒是很喜欢他，你叫他今晚到我家里来吧。"

谭继洵大为感动，深深一拱："谢谢香帅，小儿今晚一定会登门求教。"

55

冬天的夜晚来得早，刚刚用过餐，天就黑漆漆的。嗣同再次来到湖广总督衙门时，张之洞已在二进院落东边小书房里看文牍多时，一年多没在任上，事情一茬接一茬。张之洞身穿厚厚的丝棉袍，仍觉抵御不住严寒，又在书房里生了一大盆炭火。嗣同带着一身寒气进门，恭敬地见过香帅，才脱下黑呢披风。他只穿着薄薄的湛蓝短棉袄和棉长袍，脚上穿着黑色牛皮靴，这一身打扮与瘦削的身材、深陷的双目配在一起，更显其贵家公子的精悍豪爽。

张之洞默默地打量着他，眼里闪出一抹赞赏，不动声色地招呼他坐下："七公子，白天与谭抚台谈公事，你我根本没有机会交谈，现在没有旁人，正好说说体己话！听说你现在有了一个新的字号？"

"是的，我自号'壮飞'。香帅，您如何得知？"等闲人物，不管年龄多大，官位多高，在张之洞面前都有几分畏惧之感，嗣同却从容淡定。

张之洞抚须微笑，慈祥地道："你刻了诗集四处分送，却不送我，是认为我这个老头子不懂诗吗？"

嗣同前些时候将《莽苍苍斋诗》刻印了三百本，署名壮飞。看来是从诗集上看到的，可总督衙门的人都没送，他又是从哪里看到的呢？嗣同寻思。

"香帅是诗坛泰斗，晚生没送是不敢送。我的那些涂鸦之作哪敢烦香帅分神。"嗣同赶紧站了起来，朝张之洞行礼。

"叔峤带着你的诗集来江宁接老夫，当天晚上老夫就读了半夜。"张之洞淡淡地回了句。

嗣同自然知道张之洞与杨锐的深厚情谊：杨锐是张之洞任四川学政期间最为欣赏的门生。后张之洞任两广总督，杨锐为幕僚。去年三月，杨锐就任内阁侍读进京，作为张之洞的"坐京"。杨锐常驻京师后，嗣同和他之间常有书信往来。《莽苍苍斋诗》印好后，嗣同寄了十册给杨锐，请他代为分赠京中诸友，不想他给了香帅一本。

"叔峤喜欢《潇湘晚景图》的第一篇：袅袅箫声袅袅风，潇湘水绿楚天空。向人指点山深处，家在兰烟竹雨中。说是得《楚辞》之风与柳子厚之意。老夫却喜欢你的第二篇：我所思兮隔野烟，画中情绪最凄然。悬知一叶扁舟上，凉月满湖秋梦圆。这篇更像《楚辞》，得的是《楚辞》之神。"

张之洞居然可以随口吟出自己的诗句，且评价如此之高，嗣同不由愕然，看了看眼前张之洞干瘦的脸，却清晰地瞧见他眼里的欣赏，心里一动，忙低下头："谢谢香帅的厚爱，香帅的谬赞，晚生担不起。"

"七公子，老夫从诗中读出你心中有很重的忧伤。"张之洞念及今日谭继洵的托付，语重心长地说，"七公子，人生的灾难，是人人都会遇到的。你十二岁丧母，令人伤痛，但比起老夫来又强多了。老夫四岁时母亲就去世了。虽功名还算顺遂，但老夫中年以前连丧二妻，又痛失长女，晚年则有丧子之痛。尽管命运如此多舛，老夫依然豁达以待，以平和之心看待人世，不怨不尤，不急不躁。七公子，你刚过三十，前程远大得很。听老夫的话，去掉心头的隐忧，用心读书，为国家出力。只有自身强大了，才能做自己想做的事。"

　　嗣同静静地听着，脸上却没有热情的响应，淡淡地回道："香帅说对了，我心中是有忧虑，过去是对身世的担忧，自《马关条约》签订后，却是对国家对百姓深切的忧虑。"

　　"忧国忧民，这是自古圣贤传承下来的美德。但圣贤也为后人做出了榜样，他们从不把忧伤埋在心里，更不怨天尤人，而是以此激励自己，身体力行地为国出力为民造福。"

　　嗣同坚定地说："谢谢香帅提点，我正是这样想的，也是这样鞭策自己的。"

　　张之洞心想这个年轻人真是爽快，但实在有些狂妄，干脆直言道："七公子，听谭抚台说你近来有些过激的心思，他颇为你担心。"

　　"香帅，不是我的心思过激，而是这个世道实在是沉闷太久，弊端太多，非得大声呐喊不可，非大刀阔斧进行变革不可。"嗣同有些激动，"当今圣上有意变革，只要上下一心，积极推行维新，中国自然会逐步自强起来！"嗣同目光灼灼，神情毅然，"香帅，今日之中国不少地方已腐烂败坏，非得用刀子来剜去不可。比如香帅，您头脑清醒，看出了中国要自强必须引进洋人的科学技术，又有宏大气魄，在湖北率先开办了一大批洋务局厂。但是，据我所知，至少湖北官场，包括家父在内，他们大多袖手旁观，少数人还在暗中掣肘，恨不得这些局厂统统垮掉。而局厂里绝大多数的人，对局厂的成与败并非真正关心，只不过在图取自己的利益罢了。"

　　这些话虽然刺耳，却道出了实情，正为铁厂而忧心的张之洞脱口而出："照你这样说，那什么事都不要做了，任大清国败坏下去，任他国随意侵略。"

嗣同神情更为激昂，答非所问道："所以，我以为非要彻底改变不可，如果不这样，那是什么事都办不成的。"

"如你所言，如何大改大变才好？"

"前辈郭筠仙大人说得好，要引进西方的制度法规，对照中国的实际情形，进行维新变法，改变世代相袭的那些限制中国前进及变革的学说思想。如此，方可言洋务，言富强，言中国的前途。"

嗣同神情慷慨，从容道来，定是深思熟虑过的。如此激烈的识见，张之洞不敢苟同，不动声色地说道："七公子，忧国忧民也好，维新变法也好，大丈夫为朝廷谋求福祉，不能光凭满腔热血，更不能只讲空话，要的是踏踏实实地做事。谋福祉凭的什么？就得凭权力和官位！你既无权又无官位，说这些有什么用呢？只是愤世嫉俗而已，一切都只能是空谈！"说完，张之洞目光炯炯地望着嗣同。

"香帅，这个我懂。我五次乡试，也是想通过科场进入仕途，但时运不济，主考有眼无珠，不辨龙蛇，我也无可奈何。"嗣同不得不承认香帅说得对。

"比起寻常百姓来说，你有一条更便捷的路可走，为什么不走呢？"看了看他脸上的无奈，张之洞说道。

二品以上的大员子弟，在获得秀才功名后，可以通过入监和捐银直接进入官场，其出身视同正途。朝廷的这个规定，嗣同知道，父亲谭继洵早就为他认捐了候补官职，近来一直在催他前往浙江候补。

"父亲早就为我认捐了，但靠捐银买顶子的是些什么人？不学无术、胸无大志之流，我岂可与那些人同流合污？"嗣同脸上有了愤恨。

"七公子，捐班的确很杂乱，老夫一向也看不起。但事情也不可一概而论，捐班中也有极优秀卓异者。你知不知道，胡文忠公便是以捐班而成就大业的？"

"胡文忠公不是翰林出身吗？怎么是捐班？"对于胡林翼，嗣同景仰有加，实在不相信他也是纳捐出身。

"胡文忠公翰林出身是不错，但在浙江主持乡试时，因主考文庆携人进闱阅卷一事被告发，他受了牵连，降一级为内阁中书。第二年又丁忧，三年后起复，按常规在内阁中书一职上候补。若从这条路走到朝廷大员，不知要到何时，也许一辈子也走不到。若捐银一万五千两，则可得一个候补道，过几年有望升为藩臬大员。胡文忠公认为，大丈夫做事，不必拘于小节，遂捐了一个候补道。当时云贵盗匪横行，急需肃清，大有英雄用武之地，他便主动要求去贵州。果然，没有几年便因肃盗立功升为贵东道，由此发迹，成就后来大业。七公子，倘若没有捐班，会有后来的胡文忠公吗？"

嗣同大为意外，陷入了深思，好大一会儿后，才认真地对张之洞说道："香帅，谢谢您的点拨，令我豁然开悟，我会争取早日进京觐见。"

"好。"张之洞十分高兴，他已看出嗣同是个不循常规的豪杰。没有约束的豪杰天马行空，可能不辨西东，候补官对于他谭嗣同来说正好是个约束。张之洞笑道："你分发到两江最好，我的故旧较多，有利于你的实授和迁升。"

"多谢香帅。"嗣同告别张之洞，走出湖广总督衙门时，夜已很深了。

56

已是元宵节了，天却阴沉沉的，寒雨纷飞。那晚与香帅一席谈话，嗣同有所触动，虽心有不甘，终是无奈地答应了父亲。

一整天，嗣同都待在书房里弹琴，那首《潇湘水云》不知弹了多少遍，以宣泄自己满腹的心事。想当初元兵已南侵入浙，郭沔移居湖南衡山附近，常在潇、湘二水合流处游航。远望九嶷山云水奔腾的景象，激起他对山河残缺、时势颓败的无限感慨，乃抚琴以寄眷念之情，遂创就此千古名曲。

已是晚饭时分，闰娘走进了书房，嗣同脸色已经平静下来了，身上的忧郁淡了。她悄然地长吁了口气，展颜笑道："复生，累了吧？你午饭都没好好吃，晚上膳房里煮了汤圆，父亲让大家都一起去吃。"

"闰娘，总是让你担心我，你放心吧，我这会儿心里好受多了。"嗣同见闰娘担忧，甚是内疚。

谭继洵到底是清贫出身，平日里府上用度都讲究节俭。一见桌上热气腾腾的汤圆，孩子们高兴了，嗣同依然稚气未脱，边吃边感叹："好吃，好吃，我最喜欢吃桂花馅的！"见嗣同来了，忙亲热地给他夹汤圆："七哥哥，我记得你也最喜欢吃桂花馅的，你过几天就要进京了，会很辛苦的，多吃点垫垫底。"看着嗣冏眼里满是关切和热爱，嗣同忙笑着点头。

晚饭后，嗣同回到书房没多久，邹代钧就来告辞，他已雇好了船，明天一大早就出发，这次他将带家人一起回长沙，从此长住。嗣同高兴之余，又有些惆怅，朋友今日相离，他日重逢又待何时？

嗣同怅然回到书房，默默地坐在书案前，书案上躺着刘善涵写给他的信及《湘报馆章程》。办报是大事，念及好友为此所作的努力，嗣同将章程再次用心地读了一遍，提起笔补写了《湘报馆章程跋》。他长叹一声，念及终得要走候补之路，提起笔来，写下《寄别瓣姜师兼简同志诸子诗》：

　　　睡触屏风是此头，也曾问绢向荆州。
　　　生随李广真奇数，死傍要离实壮游。

写至此，似有千言万语涌向笔端，他提起笔又写，竟洋洋洒洒写了八篇，直至深夜。既然无法回湖南参与新政，也无法回浏阳帮瓣姜师兴办新学，不得不带着侄儿前往京城，他不如一路多访贤达，扩展视野。

他也知道，他这一去，少则半年多则一年，可阖府上下，对于他的外出，除了闰娘最挂心，又有谁呢？看着闰娘忙里忙外的身影，他暗暗地打算，等有了自己的候补之地就将闰娘接走，再也不能让闰娘独自面对生活的重压。

第十二章：奇遇

57

挑一个良辰吉日，嗣同带上传赞、罗成早早出门了，谭继洵还特别派了两个护卫，一同前往码头。他们的背影已然消失，闰娘还站在后院门口恋恋不舍。

嗣同却有一种逃离樊笼的轻松感。

轮船快到上海时，天刚亮，船速慢了下来。嗣同站在甲板上，眼前迷雾茫茫，风有些冷。看着滚滚的黄浦江水，他暗暗发下宏愿：此次北上，愿遍见世间硕德多闻之士，虚心受教，以不断提升自己的学识；又愿多见多闻世间种种异人异事异物，以不断拓展自己的眼界。

当轮船到达上海洋泾浜码头时，太阳出来了，照在身上温暖而又美好！嗣同眺望岸上的风景，那些西洋风格的高大建筑，那些平坦的道路，道旁树上绽放着的嫩叶，那些等在一旁的轿子和黄包车，和汉口租界有些相似，但上海的气势更大。

走出码头，就有客栈的伙计接待拿着"招纸"，争先恐后兜揽客人。一个手持"长发栈"招纸的接待扯住了嗣同的衣袖，讨好地笑了笑，说道："我们长发栈，不仅离此地甚近，且房屋高爽，应酬周到，饭食精洁，二位爷可要去看看？"

嗣同之前也住过这家有名的客栈，印象颇佳，便点头答应。

嗣同几人由接待领着，同到栈中。只见好一所高大房廊，牌坊式大门高大气派，上盖靛青色琉璃瓦，门楣上悬着"长发栈"横匾，两旁墙上又有写着"仕宦行台"四个大字的长牌儿，气象轩昂。后面是一长溜两层洋房，面街还有拱形大阳台，上盖深黄色琉璃瓦。一进门，身穿靛蓝色对襟衣的茶房微弯着腰，非常恭敬地上来迎接。

嗣同刚入客房，先有茶房泡上一壶龙井好茶，摆上两只洋瓷茶杯，又在洋瓷面盆内，打上一盆洗脸水，取出一方雪白毛巾，一块桂花香皂。嗣同洗过，觉得清爽多了。茶房把面盆等收好，临走还问嗣同、传赞是否需要点心。这一问嗣同倒是有些饿了，在轮船上连续两天多时间都没好好吃过一顿饭，便对走进来的罗成说："罗成，行李都安置好了吧？我们一起去外面找个酒家吃饭吧。"

别看罗成是个乡下孩子，但这段时间跟着嗣同认字习字，又见了世面，成熟多了，做事也体贴入微。罗成放下手里提着的藤篮，粲然一笑道："七爷，您和侄少爷的衣物都安置好了，要不我们现在就去？我去问问茶房附近哪家酒家味道好。"

来到前厅，问过茶房，嗣同就领着传赞一行出了客栈，找了一家干净的酒家。嗣同吃得很舒服，他此次在上海只能停留几天，他想去的地方很多，但只能挑几个最想去的地方看看。他想，格致书院、格致书室、申报社、张园等地，他无论如何得带传赞去走走。

58

饭后，嗣同先回房休息了一阵，和传赞打了声招呼，便来到客栈门口，叫了一辆人力车。罗成跟在后面。

最多半炷香的工夫，人力车就停在一座西式楼房前，嗣同下得车来，向门房递上名刺，说要拜见傅兰雅先生。门房见他衣着不俗，还跟着小厮，忙恭敬地接过名刺，看过后将嗣同和罗成领到会客厅门口："谭先生好，您暂时在会客厅里等候，我这就去通报傅兰雅先生。"

嗣同点点头，只站在门口张望，迎面一长排三层洋房，左右还有几栋小洋楼。见门房穿过绿草成茵的庭院，朝右边那栋四层洋楼走去。庭院里有草地，这和中国太不同了，中国式庭院里也会栽树，但大都会铺上平整的青砖。听说早在同治十四年（1875年），格致书院已初具规模，兼有学会、图书馆、博物馆、实验室等。傅兰雅为书院监督，矢志以科技报国的徐寿为书院奔走募捐颇有成效，得任主管。但书院自开办以来，前来学习的人很少。至去年夏天，傅兰雅决定每周六晚上讲西学课程，开设了矿务、电学、测绘、工程、汽机、制造六科课程，设立了格物室，用科学实验讲明科学道理。嗣同今天来，就是想见识见识书院的格物室。

想想又能见到这位大名鼎鼎的人物，嗣同有些激动。当门房告诉他，傅兰雅正在图书馆一楼会客室里等候他时，嗣同急急地朝图书大楼走去。

刚刚走进图书馆大门，一位高大的金发碧眼的男子就迎了上来，"谭先生，我们又见面了。"嗣同忙客气地致意："傅兰雅先生，自上次一别，甚是挂念，不想您刚好在书院。"

随后，傅兰雅转身将嗣同引进了会客室。座中已有客人，见他们进来，忙迎了上来，是一位身体瘦削的年轻人，个子不高，衣着朴素整洁。傅兰雅笑着对嗣同说："谭先生，这是宋恕先生，他说已经拜读过您的《兴算学议》，很是敬佩！"

嗣同很是惊讶，突然想起上次刘善涵和他说过，在上海巧遇宋恕，双方一见如故。他学识渊博，见识超群，且极力倡导维新变法，曾上书给李鸿章，被称誉为"海内奇才"。甲午战败后，宋恕离开天津寓居上海，其维新变法之思想比之前更为成熟，已成为上海维新派的核心。

嗣同喜出望外，宋恕喜道："复生兄，幸会幸会，淞芙兄来上海，着实夸了一番仁兄。今日一见，果然是个俊朗如玉的佳公子。仁兄的《兴算学议》小弟反复读过，甚是佩服！"

宋恕明亮的眼睛里满是温和，江南文人儒雅的气质扑面而来，嗣同只觉得特别亲切，真诚地回答道："燕生仁兄，小弟着实惭愧，还望仁兄多多赐教。"

"两位可真是一见如故，令我这位主人都觉得有些多余。赶紧坐下说吧，难得两位志同道合，有缘见面。"傅兰雅朝他俩眨眨眼睛，笑了。

嗣同和宋恕相顾一笑，赶紧坐了下来。傅兰雅是个急性子，问道："谭先生，此次来上海，是路过还是特地来办事？"

嗣同答道："傅兰雅先生、燕生仁兄，上海如今得风气之先，仁人志士纷纷来此办会办报，我特地趁路过之际竭诚向各位前辈讨教。可有良方使得中国改革自新，增强国力，自此不再受欺凌？"

宋恕心里一动，见他满脸真诚，点了点头问道："复生仁兄，对此有何高见？"

嗣同愣了，他没想到宋恕会先征求他的看法，犹豫了一下，直率地说道："傅兰雅先生、燕生仁兄，去年我在家乡浏阳协助瓣姜师赈灾，才真实地感受到民生艰难。倘朝廷再不变法图强，亡国危在旦夕。教育尤当摆在第一位，应竭力提倡新学，在各地设立算学格致馆，推介科学技术知识，培养自己的新学人才。"

宋恕点头赞赏，傅兰雅接话道："谭先生所言极是，我在贵国江南制造局担任翻译，在格致书院办学，创办了格致书室，都是为了推广西方各国的科学技术成果。这么多年来，应是起到了一定效果！"

宋恕眼里的光芒更亮了，称赞道："傅兰雅先生是中国人的好朋友，翻译了大量科技书籍，现在《格致汇编》已是名扬天下。格致书院从开办的第三年就开始招生，有学习外语者，有学习算学、化学、矿学、机器之学者，有专家与学员早晚讲授，培养了一批科技人才。应向傅兰雅先生学习，在全国广立新型学校。复生仁兄，你在浏阳举办算学馆真是创举。"

傅兰雅笑了笑说："燕生先生，我五年前读过您的《六斋卑议》，真是佩服得很，您倡导广立学会，广译外文书籍，广设图书馆，不管在当时还是现在都是难得的见识。特别是您主张学校、议院、报馆并重，还主张解放妇女，更是极富于民主精神，难得难得。"

几人正说得热闹，门房拿着张帖子走了进来："大人，制造局那边来信，要大人赶过去，有要事相商。"傅兰雅抱歉地说道："燕生、复生两位先生今日大驾光临，本要畅谈一番，却临时有事，甚是抱歉，只好改日再约。"

嗣同道："傅兰雅先生，公事要紧，我明日上午再过来拜访您。"

三人到了门口，傅兰雅再三致歉，才登上人力车走了。嗣同提议道："燕生兄，天色还早，要不我们找个清静的茶楼坐坐？"

宋恕很熟悉四马路一带，说道："复生兄，四马路一带既多书肆报馆，也多茶楼酒馆，离这不远处有家望江南茶楼，要不就去那里坐坐？"

59

望江南的招牌是黑漆的底子清雅的绿字，清新喜人。走进店里，陈设也雅致，茶房将他们三人领至二楼靠后面院子的小包房里，甚是幽静。

嗣同点了一壶西湖龙井，几样小点心，看了看宋恕说："燕生仁兄，我近来脾胃不太好，不能喝酒，仁兄可否来一两杯？"

宋恕忙道："复生仁兄，我自幼体质羸弱，药炉长伴，至今还顶着个瘦弱的身子，喝些茶就好。"

嗣同听他如此一说，想起自己少年时染上白喉差点死了，便有同病相怜之感。喝了口茶，嗣同长吁了口气，缓缓地说起当年北京那场白喉瘟疫，说起自己差点丧命，父亲给他取字复生之事。他还谈到仲兄嗣襄的离世，令他伤痛万分。去岁《马关新约》签订后，于自身的痛苦之上，更哀伤于民生艰辛和国家危难。

嗣同的一番真情倾诉，令宋恕有得遇知音之感，也缓缓说起自己的身世。他年少时节身体不好，但有父母宠爱，加之浙南平阳家有良田两千亩，宅旁有花园、假山，号称万全乡首富，日子过得平稳惬意。他读书过目不忘，才思敏捷，很早就受到永嘉经世之学、颜元、黄宗羲等明清实学和魏源、冯桂芬等人思想之熏陶，颇有济世之志。侍读学士孙锵鸣慕名招婿。可老父逝世后，二弟存法将家产据为己有，将他拘囚十七昼夜。他费尽心力逃出牢笼，携妻女迁居瑞安，从此生活困顿，辗转各地书院阅卷为生。

曾是天涯沦落人，相逢何必曾相识。两人不由相视苦笑，转头又说起当前中国处境。许是触动了嗣同心事，他放下手中的茶杯，慷慨而言："燕生兄说得对，对有野心的列强要伸出拳头去打，可是兄亦要知道，举国上下，五个指头都不合拢，请问力量焉在？"形象的比喻直击宋恕的内心，他连连点头："复生兄所言甚是，中国当自强，可没有团结一致的能力。"

嗣同瞧见宋恕脸上满是痛惜，叹了口气："我出生的前一年，奕訢还算识时务，请设西学。倭仁却上疏反对，胡言什么天下之大，不患无才，何必师事夷人？可如果不学西学，人才如何出得来？西学东传，势在必行，如何可阻？"

宋恕道："西学东传，自是不能阻隔。可国人还依然沉浸在时文之中。时文内容空洞，阅卷人无法评判优劣，就把小楷的好坏作为标准，使得读书人根本不重视真才实学，竟花大量时间和心思在小楷练习上。时文一日不废，实学一日不兴！"

不知不觉间，窗外的天色已然暗了下来，等吃饱喝足，宋恕从袖袋里掏出一本《卑议》递给嗣同说："复生兄，我近来在张罗重刻《卑议》一书，还对此进行了修订，比之前更加完备。新刻本还没出来，就先送之前的本子给你，还请多多指教！"

嗣同也掏出自己的《莽苍苍斋诗草》："燕生兄，这是我自己整理的旧作，送给仁兄留念。"

聊至夜深，两人才依依不舍地分别。

60

吃过早饭，嗣同就雇了两辆东洋人力车，带着传赞去访三马路格致书室。

等到格致书室门口，下得车来，传赞转身看到了隔壁气派的申报馆，回头问："七叔，我们这是去申报馆吗？祖父书房时常有《申报》，国内外大事都能读到。"

嗣同笑了笑，传赞能关注现实，阅读新闻报纸，他当然高兴："潞生，《申报》是英国人办的，但总主笔、主笔都是中国人。他们见识超群，一直用手中的笔号召朝廷发展制造业、矿务，兴修铁路，兴办教育，保护国土。但我更希望能读到我们国人办的报纸。"

"七叔，上次淞芙叔不是说要办《湘报》吗？他还专程来上海考察过。"传赞反问道。

"潞生，你淞芙叔是个言必信行必果之人，为了办好《湘报》他付出了种种努力。但苦于手里没钱，一时半会儿怕是办不起来。"嗣同正和传赞感慨刘善涵的坚韧时，傅兰雅走出书室大声招呼道："谭先生，这么早就来了？快请进来。"几人分别见过。

书架上满满的书，令传赞惊奇不已。这是他第一次到西洋人开的书店，感觉与武昌那些传统的书店大不一样。傅兰雅将嗣同一行迎进了书室后面的雅室，雅室一头摆着一张长长的桌子，桌子周围摆了圈椅，靠墙摆了些书架，还有些摆设。而另一头摆着大大的书案，书案上也摆了些书。

傅兰雅招呼嗣同坐下，从身后的书架上取下两三块石头摆在嗣同面前，笑而不语。传赞好奇地瞧来瞧去，没瞧出什么名堂，问道："七叔，你看这些石头有何特别之处？"

嗣同拿起桌上的石头，仔细地查看。传赞这时惊讶地嚷道："傅兰雅先生，这石头里怎么刻了些树叶子和鱼骨头？真是巧夺天工。"

傅兰雅笑了笑说："谭小公子有所不知，这些都是一万年前的化石，这石头里的树叶和鱼骨头并非刻上去的，也刻不上去。"

传赞疑惑地看着他，傅兰雅继续解释道："谭先生，您肯定读过严复先生的《天演论》，这世界上的万事万物不是一成不变的。中国人不是常说沧海桑田吗？万年前的海洋突然变成高山，那些鱼虾被包裹在泥土之中，渐渐演变成了鱼化石。高山也会演变成为海洋湖泊，有些树叶也变成了树叶化石。"

嗣同听闻此说，眼睛一亮，接过话头说道："傅兰雅先生，这些万年前的化石里，这些树叶、鱼的模样，大概和现在同类的树叶和鱼会有所不同。毕竟这天地间的万事万物天天都在变化，天天都在进化。今日之神奇，明日即已腐臭。"

傅兰雅笑了笑，走至大书案前，指着上面一台小机器说："这是一台由德国人施泰格尔新近研制出来的计算器，要不要来试试它和中国的算盘相比有何神奇之处？"

嗣同和传赞盯着那台长方形的计算器，嗣同还在沉思，传赞却道："傅兰雅先生，这个什么计算器，计算起来比算盘还快吗？"

傅兰雅拖过书案上的算盘说："谭小公子，你在纸上写几组数字，就算最简单的加法，我操作计算器，让店里的账房来操作算盘，由你下令同时开始，看谁算得快。”

传赞来了兴趣，随手拿过桌上的白纸，提笔写上三组数字。傅兰雅和账房先生都站在书案前，随着传赞一声“开始”，傅兰雅在计算器上一会儿按数字，一会儿摇一侧的摇把，动作一停，计算器屏幕上就自动显示了一组数字。傅兰雅再按一下，计算器自动地送出一张纸，纸上有一行清晰的数字。账房仍在快速地拨打算盘，噼里啪啦的声音令传赞的心跳得越来越急。终于，得数出来了，竟和计算器算出来的一致，只是速度慢了许多。嗣同看了看计算器，又看看算盘，眉头皱了起来。

又试了几次，次次得数一致，但每次算盘费时都要长。传赞莫名惊诧，连罗成都盯着计算机看，不知奥秘在哪里。嗣同之前听说过计算器，不想今日真正见识了其神奇之处，不得不再次折服于西洋科技的先进。

傅兰雅脸上有了得意，笑道：“谭先生，这计算器不算多么高明的科学用具。你们且随我来暗室里，我这里还藏着一台宝贝的机器呢，X光机。人站在光机后面不动，让X光照着，就能照出人的骨骼和内脏。”

当傅兰雅推开书案一侧的门，拉开电灯开关，暗室里亮堂起来。但见屋子中间立着一台比人高的机器，嗣同和传赞看不出所以然。傅兰雅却转身回到外屋，来到书案前，从书案上拿过一个大纸盒，盒子里装了些黑色的长方形片子，放在书案铺开的宣纸上。傅兰雅指点着黑色片子上的图像说：“拍一个X光像耗时还太长了，这里有些我之前替人拍的X光片，你们看看，这是人的肋骨、心脏、肺、肠道等！”嗣同看着黑色片子上清晰地呈现出来的人的内脏图像，惊讶极了。

傅兰雅拿着那些黑色的片子，招呼着嗣同、传赞重新坐到桌子边上，从容地解说。此系用X光照成，不仅仅能照见人的肝胆、肺肠，还能照见筋络、骨血，朗朗然如同琉璃。隔着厚木或薄金之类去拍照，也不受半点影响，且所照见的都在这些黑色的片子上清晰地显现出来。

嗣同感慨万分。这X光机就如天眼一般，人的五脏六腑的毛病皆能一目了然。看来倘使用X光机，医学必然大进！

傅兰雅言：“X光机能拍摄人体内部，这在西方并不新奇。现在更有新法，能测知人脑气筋，绘出其人此时心中所思为何事，由是即可测知所梦为何梦，由是即可以器造梦，即照器而梦焉。"

见嗣同和传赞依然沉默，傅兰雅哪知他们已经沉入万分惊愕之中，继续侃侃而谈，面露得意："物理、化学等格致之学倘有止境，即格致之学可废除也。今虽汇聚五大洲科学家而探研格致，也不过百千万茧丝仅引其开端。久之又久，新而益新，更百年不知会怎样神妙？况累千年、万年、十万、百万、千万、万万年，直到不可思议。到那时，大约人身必能变化，星月必可通往来！"

61

化石、计算器及X光机，早已在嗣同内心深处掀起了惊涛骇浪。他端坐在桌子边，只是看着桌上的化石发呆。傅兰雅知道这些已然冲击他的认知，却不知他内心的波动，建议道："谭先生，昨日一席话，我就知道您的学问做得极好，也是维新上进之人。您也知道我这格致书室里，大多是格致类书籍，我建议您好好读读《西国近事汇编》《环游地球新录》《格致汇编》等书。这些书籍更有助于您开阔眼界，更能体会到英美等国科技探究之深、器物制造之精！"

见嗣同依然不吭声，傅兰雅又说道："我已来中国多年，但隔一段时间，就要回到英国，一则和家人团聚，更重要的是，我要去考察英法等国最新取得的科研成果，我也会及时在格致书院演示和介绍。过几天我就要回英国去探亲了。"

听说他要回英国，嗣同忙说："傅兰雅先生，我们浏阳设立了矿务分局，经英国马尚德医生帮忙，浏阳东乡开采的安的摩尼（Antimony，锑。编者注。）矿石以每吨四十余元价格售给英驻汉领事贾礼士。后来，我的好友佛尘又经马医生帮助，汉口各洋行均购浏阳白煤。各洋行用了都说浏阳白煤好，还定购了不少吨。拜托您帮忙在上海推销浏阳安的摩尼矿石，如何？"

傅兰雅看着嗣同满眼的期待，笑了笑说："谭先生对家乡的一片赤诚之心，实在可钦可佩，在下愿尽绵薄之力。我可以将艾力斯上尉介绍给你们认识，他经常来往于上海、天津等地，专门收购中国矿石。"

嗣同一喜，忙站起来朝傅兰雅作揖道："不管如何，都非常感谢傅兰雅先生有心。不久之前，湘省矿务局派外国矿师对浏阳安的摩尼矿石进行过化验，愿出价每吨八两白银收购，在上海交货。这个仅属优质白煤的价钱，实在太低，万难归本！如果您朋友艾力斯上尉有意合作，开出的收购价着实合理，我就写信让我的好友刘淞芙、唐佛尘赶到上海来签订销售合同。"

傅兰雅笑道："谭先生太客气了，艾力斯上尉就在上海，您可以直接和他商谈销售之事，签订销售合同，用不着您朋友专门跑来上海。"

嗣同遗憾地说道："真是抱歉，我今天晚上就要离开上海，前往北京觐见皇上。且矿山主人是刘淞芙、唐佛尘，我回客栈就马上写信给他们，让他们听候您的安排。唐佛尘已经告诉我了，只要有销路，他们会同意直接交易普通矿石。只要有销量，价格好商量。"

两人越谈越投机，嗣同还特地请傅兰雅就近到小酒馆吃午饭，嗣同近来不喝酒，让传赞陪傅兰雅喝了几杯。傅兰雅为人豪爽，在席间反复保证："谭先生，只管放心，我会尽快与艾力斯上尉联系，尽力促进您家乡安的摩尼矿石销路大畅。"

两人尽兴而别。嗣同回到客栈，立即致函唐才常、刘善涵，让他们至上海与傅兰雅商议安的摩尼矿石销售事宜。

用过晚饭后，就着昏黄的电灯光，嗣同提笔写道："西人政事如此之明白且条理，人心风俗如此之齐一，必有缘故。只是我暂时还不能探究明白。我得好好去向天主、耶稣之教士请教，好好阅读他们的教书，看能不能豁然明白些道理！"

就在这天晚上，嗣同登上了前往天津的轮船，罗成特地给他买了头等舱。他独自待在房间里，阅读刚从格致书室买来的新书，颇有所得。

第十三章：结义

62

已是傍晚时分，淡金色的夕阳照耀着卢沟桥，给古老的卢沟桥和永定河水镀上了薄薄的金色光芒，闪烁出淡淡的温情。嗣同、传赞默默地站在桥头，看着眼前的美景，谁都不忍心打破眼前的安静。

卢沟桥，北京城外最古老的石拱桥，出北京城往南的必经之地。这么多年过去了，每当路经卢沟桥时，嗣同就会忆起七岁时在此送母回浏阳，为伯兄嗣贻完婚的情景。年幼的嗣同依依难舍，热泪盈眶，却忍着没哭出声来，眼睁睁地看着马车渐行渐远。

嗣同睹物思人，满心沉重。桥对岸就是宛平城，嗣同回头对罗成说："罗成，今晚我们就住在宛平城。"见传赞一副没心没肺的样子，嗣同眼底闪过忧伤。他看着桥栏上一对母子双狮，对传赞说道："潞生，你可知道，你就出生在通州县城。离这不远，要不要去看看？"传赞一愣："七叔，通州真离此不远？但现在国子监还没考，实在没心情去寻访。"

"既然这次不想去，那就等你考上再说。这卢沟桥却和你祖母有关，当年你父母结婚时，你祖父没时间，是你祖母南下去承担大任。当年我送你祖母至卢沟桥，眼巴巴地看着她离开。"

传赞停住了脚步，仔细地看了看桥上斑驳凹凸的青石板，却不敢接过嗣同的话题。夜色悄然降临，嗣同依然沉浸在往事之中，热泪滚滚而下，哽咽地吟哦着他昔日在此地所赋之诗："河流固无定，人亦困征鞍。残月照千古，客心终不寒。山形依督亢，天影接桑乾。为有皋鱼恨，重来泪欲弹。"

晚上宿在了城内来福客栈，也许是路途辛苦，也许是思念母亲，嗣同虽早早就歇下了，却久久未能入睡，眼前都是母亲的模样。

从东便门进城，一路走来，那些金碧辉煌的宫殿庙宇、雍容尊贵的红墙、曲折窄陋的胡同、破旧低矮的民房，都是嗣同所熟悉的。在嗣同眼中，京城没有什么改变，仍一如既往地喧闹，永远一派虚假的繁荣。在腐朽中有着茁壮，在茁壮中透着腐朽。它腐而不朽，垂而不死，就像一只僵而不死的百足虫一样。或者说，它本身就是一种幻象，光怪陆离，深不可测。

会馆大门口那几棵大槐树，郁郁青青一片，早已不是年少时见到的模样。会馆还是旧模样，三年前回京城参加顺天府乡试时，嗣同住在龙绂瑞家里，此次回京城他打定主意要住会馆。这里毕竟是他昔日的家，这里有他母亲徐五缘忙碌的身影，有他与兄长们读书玩耍的记忆。此刻他的心安定下来了，好似远去的亲人就在旁边静静地陪伴着自己。院西五间正房，有他的"寥天一阁"书房和"莽苍苍斋"卧房。

老长班刘凤池开心地将他们迎进院西那排正房中间的会客厅，让他们先在此休息。刘凤池老婆杨妈用木托盘端着几杯热茶和一盘点心进来了，温和地问候着嗣同、传赞。茶的清香抚慰着嗣同一路的辛劳。刘凤池说道："七少爷，这五间正房我们都打扫好了，北侧两间是孙少爷的书房和卧房，南侧两间是您的书房和卧房，罗成就住在后院吧。如此安排可好？"嗣同点点头："刘叔，真是费心了，如此甚好。"

眼见书房和卧房早已打扫得干净整洁，还燃起了他喜欢的檀香，嗣同的眼睛湿润了。他让罗成拿出二十两银子，转头说道："刘叔，暂时给你这二十两银子，我们会在此住一段时间。孙少爷考上荫监生后，住的时间就更长了。我们的饮食起居就拜托了。"

刘凤池知道嗣同历来大方，接过银子，致谢道："七少爷，这里就是你们的家，我们会尽力为七少爷、孙少爷打点好一切。"

63

这天一大早，嗣同带上传赞、罗成，直奔集贤街的国子监，确认考试时间，也让传赞熟悉一下环境。

踏进太学门，迎面是一座高大华美的琉璃牌坊，四柱三间七楼，顶上覆盖着黄色琉璃瓦，典型的皇家风格，在绿树掩映下熠熠发光。传赞大为惊叹，赞道：“七叔，这牌坊真是高大威风，气派得很，到底是皇家书院！”嗣同微微一笑：“此牌坊建于乾隆朝，都二百多年了，精雕细刻，中间汉白玉横额上有乾隆帝御笔题字呢！正面为‘圜桥教泽’，后面为‘学海节观’。”传赞前前后后仔细瞧了瞧题字，道：“七叔，你再看那顶上，双龙戏珠刻制极为精细，仿佛金龙盘旋欲出。”

见传赞脸上惊艳的神情，嗣同笑了笑道：“潞生，你可知道，新科状元要在这里举行隆重仪式。皇上和状元就从正门洞进入，其他文武百官只能走两旁的门，可见朝廷对于状元有多重视！你赶紧考上荫生，就可在此大学府学上三年，还可以到各部去跟班学习，还是学识最靠得住！”

传赞心中一动，回道：“七叔，我今年都快二十了，我知道自己肩上的责任，今后我会努力的。”

穿过牌坊，三人来到国子监辟雍大殿。但见在圆形水池中央的四方高台上，矗立着一座方形重檐攒尖顶殿宇，上覆黄色琉璃瓦，高挂着乾隆皇帝书写的“辟雍”匾额。见传赞只管盯着大殿看，嗣同笑道：“这是皇上讲学的地方，据说里面金碧辉煌，设有皇上的龙椅和龙书案。倘你考上了，今后就有机会在此倾听皇上讲学。”传赞郑重地点了点头。

嗣同对传赞说：“我在这院子里走走，你自己去了解一下情况，看什么时候考试，要考些什么。”

嗣同在院子里随意转了转，看到年轻的监生来来往往，大多衣着整齐，脸上洋溢着一副高冷而目空一切的神情。这种神情，和他在武昌两湖书院、自强学堂乃至浏阳算学馆学生身上看到的欢欣自信太不一样了。传赞没多久就返回了，身后的罗成抱着一摞书。

等回到浏阳会馆，嗣同翻看了一下所考的科目，还有那一大摞书，课程还没有两湖书院多，果然是四书五经之类，倒也有算学、舆地，一时兴味索然。他其实建议父亲送传赞去两湖书院读书，可父亲哪里肯听他的。他违心地鼓励传赞几句："潞生，到底是国子监，难得有如此机会，你这段时间专心复习功课，一定要考上，给你祖父争光，让你娘和妻女高兴！"

传赞一副志在必得的模样，令嗣同松了口气。转头想起父亲为他纳捐的候补知府都十来年了，自己已年过三十，男子三十而立，在常人眼里他又立了什么？倘候补地果有他立身之处，使得他平生所学有所发挥，也未尝不是一件好事。这样想来，他仿佛看到了前路上有隐隐的亮光。他略微定了定神，让罗成将去吏部报到用的官服挑出来，自己则沉下心来读傅兰雅推荐给他的《西国近事汇编》。

第二天天没亮，嗣同就起床了，待他握着剑来到院子里时，槐树上已有小鸟清脆的叫声。他看看传赞的书房，见窗户大开，传赞正坐在书案前看书，心里甚觉安慰。剑锋的劈空之声给往日沉静的院子带来了活力。

刘凤池正在厨房里忙活，远远地见嗣同在练剑，不由来至门口，目不转睛地盯着嗣同矫健的身影，一时双眼酸涩。杨氏见刘凤池站着发怔，问道："老头子，你站在那里干什么？等会儿七少爷大孙少爷要吃早饭。"刘凤池说道："七少爷练剑的模样真威武，他这次要是能补个官，闰娘再生个孩子，故去的大夫人也能瞑目了。"杨氏急了："老头子，可不要在少爷面前提及大夫人，少爷会伤心。"刘凤池点点头，又转身进门端了盆热水，朝院子对面的正房走去，边走边说："老婆子，七少爷练完了剑，你赶紧将早点摆上桌。"

待用过早餐，嗣同换好了朝服，戴上了帽子，叫上罗成一同出门，坐上马车走了。临出门时，他将一封信交给刘凤池说道："刘叔，你安排人将此信送给我胡七师傅，就说我回京了，请他来见我。我今天去吏部报到，快的话中午回来，慢的话怕要到晚上了。"

到傍晚时分，嗣同一行才回来。刘凤池见嗣同脸色不好，也不敢询问。嗣同则只管埋头吃饭，传赞知道七叔最不喜官场迎来送往，今日怕是碰了钉子。

饭后，嗣同就回书房去了，传赞到底忍不住，扯住罗成问究竟。罗成才悄悄地告诉他，人多，七爷候了一上午，到半下午才见到办事官员登记了，接下来还得拜见主事的官员。传赞苦笑道："当官也挺累的。"罗成却说："也见后来的人悄悄地塞些银子给办事员，就插队先登记了。可我告诉七爷时，七爷理都不理我。"传赞一怔，没有再说什么，转身回自己房间去了。

64

嗣同连跑了三天，终于和户部大吏见上面了，也排上号了，只需不时去户部签一下到。安排觐见后，就可分发到位。嗣同忍耐着坚持下来，刘凤池、罗成这才松了口气。胡七自从接到嗣同的信后，隔天就来了浏阳会馆，却未能见到嗣同。这天下午，嗣同待在会馆，听说胡七师傅来了，忙丢下手中的书，往院子里去迎。

胡七，真名胡致廷，绰号通臂猿，是京城有名的武林人士，擅长铜、太极拳、形意拳和双刀。嗣同得过白喉病后，死里逃生，身子就弱了。父亲谭继洵特意访来胡七，让嗣同拜他为师，学练拳术。后来嗣同离开京城，师徒之间就难得见面了。嗣同有了凤矩剑后，在武昌虽请了师傅学剑，但始终念着到京城后再向胡七师傅请教。他迈出书房门，见身形瘦长的胡七师傅站在院子里，忙上前作揖相见。

胡七神采奕奕地站在朗朗的阳光里，身穿靛蓝色对襟上衣，短短的黑胡须，沧桑的面容，目露精光，含笑地看着嗣同，问道："七公子，为师终于又见着你了。时间过得真快，你已是翩然俏公子！听刘老哥说，你此次为着赴知府任来京，可会多待些时日？"

"师傅在上，请谅徒弟来往匆匆，未能好生相聚。今日请您过来，是想趁此次在京期间好好向您学习剑术。"嗣同开门见山地说。

胡七脸上笑开了花："七公子能念着我，真令为师高兴。都多年不见你打过拳了，等会儿让师傅看看你拳术是否长进了。至于剑术，你也知道我双刀玩得好，但双刀不如单刀有威力，我再给你推荐一位好师傅可好？"

嗣同好奇地问道："师傅说得在理，可不知要介绍哪位好师傅？我可知晓？"

"七公子，我要介绍的便是赫赫有名的大刀王五。王五大名王正谊，乃京城源顺镖局的掌柜，擅长单刀和长剑，单刀更是他的绝技。他为人仗义，铲强扶弱，在直隶一带颇有好名声，也是谁也不敢惹的硬角色。各省进贡皇家的钱粮物资，但凡走源顺镖局，只需把他的小镖旗插在车上，即便扔在旷野，也无人盗劫。"胡七一口气说了一大堆。

嗣同也知道王五的大名，他之前在京城大街上偶然见过王五舞剑，剑术自然了得，连连点头道："大刀王五，那可是如雷贯耳，能拜他为师，自然是美事。拜托师傅了。"

胡七见嗣同如此痛快地答应下来，满心欢喜，他心里其实瞒了些事情。当下世道如此，朝廷软弱无能，闹到不时要割地赔款。对日战败后，更是到了民不聊生的地步，而那些朝廷命官们只顾苟且偷生，哪管百姓死活。他们江湖人士见不得百姓受苦，他和王五暗中联合了些志同道合的兄弟，组建了秘密组织，叫十八名兄弟。他们一起盟誓，要立志行侠仗义，打尽天下不平事。他们各人身怀绝技，只是缺少一位龙头大哥。前几天胡七接到嗣同的信后，和王五一商量，都觉得奉嗣同为龙头大哥再好不过，把各人的绝技轮流传授给他。可嗣同毕竟是官场上的人，不便结纳江湖人士，胡七决定和王五先出面，其余十六名兄弟暗暗相随。

暂时也没必要和嗣同提起此事，胡七提议道："复生，为师看看你的拳术有没有进步，不如我们来比试比试？"

嗣同将之前胡七教的那几路拳术一一演示了一番，胡七也不评价，只管上场打了几路拳。嗣同一看就明白师傅的用意，他还是练得不够，学艺不精！他忙请师傅指点自己的破绽，师徒俩在院子里比比画画，来来往往，不觉天色就晚了。练完拳，嗣同请胡七一起吃晚饭，恭敬地致谢，二人畅谈到深夜。

65

天刚蒙蒙亮，嗣同提剑来到院子中央，一身黑色劲服的胡七和一位身穿深蓝色功夫服的壮汉一起来了。嗣同认真打量了一下来人，但见对方身材魁梧，浓眉大眼，目光犀利，站在那里似有煞气席卷四周。胡七笑道："七公子，他就是昨日和您提及的好汉大刀王五。"

大刀王五趋步上前相见："七公子，王五前来拜见。"

嗣同心里一喜，忙作揖行礼。大家都是爽快人，当下决定从今日开始，由胡七继续教拳术，王五则教剑术。当太阳高照之时，三人都练得满身大汗，嗣同只觉得畅快至极，尽吐几日来的沉闷之气。

送走两位师傅，略微休息，嗣同带着罗成往对面的伏魔寺兴冲冲走去，他要去拜会杨锐。来京师之前，张之洞就告诉他，让他到京师就和杨锐联系，大家相互也好有个照应。父亲也告诉过他，杨锐可以说是香帅的坐京，在京师一直与香帅的长子张权保持密切的联系，也常常会有信件给香帅。朝廷上的一些重要事情、京师里的传闻，他会及时写信向香帅汇报。

伏魔寺，恰恰就在浏阳会馆对门。嗣同走进去一看，有前后两院，前院有古松两棵，后院有井一口，前前后后房屋数十间。杨锐寓住在后院左侧，却一大早就出去了，家里就一个婆子。嗣同客气地作辞出来，见院子树下石桌旁有位年轻人在凝神读书，桌子上搁了一摞书。朗润的阳光透过树叶照在年轻人白色的长袍上，超然物外的气质吸引了嗣同的注意力。他悄然走上前去，瞄到石桌上那些书时，暗自惊讶，竟是《泰西新史揽要》。他突然有了和对方认识的兴致，笑着问道："在下浏阳谭嗣同，特来此访四川杨叔峤，谁知他外出了，敢问仁兄尊姓大名。"

"幸会。复生仁兄，在下四川吴樵。既是叔峤的朋友，不如坐下来等等，说不定他很快就会回来。前几日还听叔峤提起过仁兄，说起仁兄的《兴算学议》，真可谓见识超群。"吴樵闻声站起身来致意，脸上的笑里满含友善纯净。

嗣同多看了吴樵几眼，竟觉得似曾相识，愉快地在石凳上坐了下来，随手拿过一本《泰西新史揽要》，说道："此书据说在上海出版后，几千册一售而空，不知仁兄觉得此书如何？"

"此书讲述的欧美各国变法图强的历史令我震撼，我大清王朝委实落后了。倘不奋起直追，变法图强，只怕今后处境更为糟糕。"吴樵立场鲜明。

嗣同心里涌上找到知音的喜悦，连连点头道："铁樵仁兄，你说得太对了。倘看过此书后，仍认为中国历史悠久，可以领世界之先，那可真是自欺欺人。"

在这个春深之日，两位年轻人偶然相遇了，好像前世注定的奇缘。他们侃侃而谈，谈朝廷的固步自封谈科考改革谈富国强兵的举措，互相为对方的见识超群而折服。正谈得热闹，杨锐从外面回来了，眼见石桌旁谈兴浓郁的两位公子，有些惊讶地走过来问道："复生、铁樵，两位仁兄什么时候认识的？我还想着要找时间介绍你俩认识呢。"

两人忙站了起来，吴樵将两人刚刚相识的情形说了一下。杨锐会心一笑道："真是有意思，去年铁樵父子在武昌待了大半年，复生也侍亲在湖北巡抚衙门，竟没机会相识，这次京师相遇，俱是有缘人呀！"

杨锐重新为双方介绍。吴家为四川阆中书香世家，吴樵父亲吴德潇书法、诗赋、文章名噪京师，令人称道。在咸安营文职教习官任满之后，却不按例挑一等知县，也不参加礼部举行的会试，只管侨居京城专心阅读西学书籍，与士大夫交游。至光绪八年（1882年）得登进士榜后，才进了香帅幕府。吴樵才智过人，自幼随父在京读书，入同文馆学习算术等新学，对当时西方传入的物理、化学等都很有研究，可谓于西学无所不窥。他颇有变法维新思想，参加过康有为发动的"公车上书"。

嗣同听了，看吴樵的目光更多了欣喜，忙提议道："叔峤、铁樵，今日我与铁樵一见如故，不如移步到浏阳会馆，你我好好庆贺庆贺！"

杨锐、吴樵相视而笑，三人朝寺外走去。吴樵小弟吴以东跑了出来，扯着吴樵的衣角，说道："兄长，我也想和你们一起去浏阳会馆喝酒。你们是不是会拜兄弟？"

嗣同见小以东眉清目秀，穿着白色的单袍，调皮的神情甚是惹人怜爱，忙邀请道："小弟多大了？欢迎小弟光临浏阳会馆。"以东乐哈哈地跟在几位兄长后面当小尾巴。

正好将近午饭时分，嗣同交代杨妈加几个菜，蒸一碗他这次带来的浏阳火焙鱼，多放些干辣椒。随后，嗣同领着杨锐、吴樵及以东来到自己的书房。以东见墙上挂着凤矩剑，就嚷嚷道："复生兄，你还擅长舞剑？哪天你舞剑时叫我来观赏一番。"

见以东惊讶的模样，大家都笑了。嗣同将剑取下来，递给他说道："子发贤弟，我天天早上舞剑，你真想看，就明天早点来吧。"

以东欢天喜地地将剑拿到一旁，琢磨去了，嗣同示意罗成跟过去照拂他，转过头来对杨锐、吴樵说道："两位仁兄可知此剑谁用过吗？这是我意外得到的平生最崇敬的文文山的凤矩剑呢！"

两人一听，眼睛都亮了，赶紧询问当时的情形，嗣同笑着娓娓道来。得知嗣同还得了文天祥的蕉雨琴，两人更是兴奋，赶紧让嗣同将琴也拿来瞧瞧。嗣同只得抱歉地说："甚是抱歉，琴在武昌，旅途辗转，不方便带太多的东西！"

吴樵笑道："也不打紧，复生仁兄去我家弹琴吧，我们还可切磋切磋琴艺呢。"

正说得热闹，刘凤池来请众人入席，嗣同带着客人来到餐厅，饭菜的清香扑鼻而来，一桌子的菜甚是爽心悦目。嗣同向刘凤池致谢，招呼众人坐下，给传赞一一介绍客人。传赞懂事，端起酒壶，上前为杨锐、吴樵倒了满满一大杯酒，又给自己也满上了，嗣同却只有半杯。传赞端起酒杯说道："叔峤叔、铁樵叔，还有子发小叔，因我七叔近来肠胃不太好，我就代表他敬各位长辈一杯。各位长辈的到来，令浏阳会馆蓬荜生辉。"说完，自己先干了一杯，席间就热闹起来。

吴樵是个话多的，说起去年的强学会，感慨道："和议之后，一年以来渐皆复旧，朝中士大夫依然沉湎于嬉游。康先生发起强学会，愚弟以为京师气象会为此一新，谁知很快就遭到查封。"

杨锐的酒喝得极为稳重，不急不躁，放下酒杯叹道："铁樵、复生，当时强学会设立，在下自始至终都参与了，还代香帅捐了几千两银子，香帅大公子也捐了银子。但加入强学会的人大多官气重而本领低，私心重而担忧时局者少，渐渐违背了强学会设立的初衷，没多大意义。"

吴樵点头道："甲午之后风气一变，好谈新学者不少。人们以此为名结社立会，多数人只为渔利，赚一点名声。当时康先生想邀在下参与强学会，那天在下特地赴后孙公园强学会议事之约，只觉得在座的没几个可以说话的人，略微坐了会儿就离开了。好在见到了梁卓如、汪伯唐，匆匆几句话，聊得非常投机。他俩真正明白建立学会对于挽救国家的重要性。"

嗣同的表情也严肃起来："看来，强学会中除少数人外，余皆以此会为升官发财之捷径，也就怨不得被查封了。我原本想联系汉口英领事贾礼士在武昌设立强学会分会，最后也不了了之。"

杨锐一声长叹："只可惜甲午战后在京师出现的一些新气象，也随之迅速消失了，一切又仿佛回到了战前。而此种形势下，有维新思想者毕竟人数少而分散。康长素在不断寻找机会上书，倡言维新变法，可大家对他颇有看法。"

吴樵点头道："叔峤说得对，康长素门徒只有梁卓如可以交往。我近来和他很熟悉了，他也并不完全赞同他师傅康长素，但绝对不说半点康长素的不是，这正是他可贵之处。"

此时，嗣同站起来道："叔峤、铁樵，国家兴亡，匹夫有责，我等自然应该努力为国尽力。待国富民强之时，定将那些祸害我国的外邦赶出去！"

谁也没料到嗣同会如此慷慨激昂，一时间，席间沉默了。杨锐不露神色地端了起酒杯，站起来说："复生、铁樵，在下还有约，干过这杯就先告辞了。"众人都站起来送别。

杨锐走后，吴樵让以东先回家，自己则随嗣同回了书房。也许是喝了些酒，脸上红通通的，说话声音也大了起来。此时，吴樵再看嗣同，更多了欣赏和敬重，大胆地提议道："复生仁兄，在下有个不情之请，你我结为金兰如何？"

嗣同一愣，见吴樵正满脸热切地瞧着他，满心都是感动：虽然他俩今日才见，却如此惺惺相惜，倘能结拜为异姓兄弟，将来维新变法的路上更多了知己。念及此，嗣同欣喜地说道："铁樵仁兄，我非常乐意和你义结金兰。"

嗣同转头见罗成呆立一旁，忙道："罗成，还不快去准备香烛好酒，我要和铁樵结拜为兄弟！"

两人按捺住内心的激动，在院子里插香为盟，嗣同年长一岁为兄，吴樵为弟。两人凝视着对方，有新的情谊在彼此的眼里潜滋暗长，只觉这世间的天地都是崭新的，而前行的道路也不再孤单。

晚饭后，吴樵说起自己的父亲吴德潚时，由衷称赞自己父亲开明好学，忧国忧民，主张维新变法，特别爱护他们兄弟姐妹，真是多年父子成兄弟。嗣同心动不已，对这位当世之大儒更是仰慕，迫不及待地让吴樵引见。吴樵自是满口答应。

66

谁知一连几天下午，嗣同跑到吴樵家，都没见到吴德潇。这天傍晚，嗣同外出探友回来，就往吴家跑。他刚刚迈进吴家租屋的大门，一位瘦削而精神的老先生迎面出来。吴樵闻声从屋子跑出来，笑道："今日总算逮到父亲没出外，没有辜负复生连日来的期待。"说话间，他忙拉住父亲，热切地为他俩介绍，不想老先生和嗣同你看我我看你，两人都忍不住拍手大笑起来，爽朗的笑声惊飞了树上的鸟儿。一旁的吴樵不解其故。

嗣同上前朝吴德潇作揖道："见过前辈。我们真是有缘，老先生竟是故人！"

见吴樵及小以发依然疑惑的神情，吴德潇满脸是笑："臭小子，哪用你来介绍，早在三年前我就在陶然亭与复生相识了！那段时间我俩日日对语，却都不知道对方姓甚名谁。忽然有一天，复生没来，我也无从打听，自此断了联系，再也寻之不得。不过，到底是有缘，今日又得以重见，这下可是亲上加亲呢。"

一时间，老少两人着实兴奋难抑。吴德潇拉起嗣同的手，说道："年轻人，好久不见，来，来，我们到书房去聊个痛快。"

老少两人畅谈了整整一夜，还不尽兴。吴樵只能给他俩不时添茶，根本插不上话。等到滔滔江水一般的谈话结束之后，嗣同见吴樵已然睡着了，慌忙站起来："先生，在下已和铁樵结为异姓兄弟，您就是叔父！"吴德潇连连点头，将吴樵推醒，此时，窗外已然天亮，三人相视一笑。

一夜没睡，嗣同回到浏阳会馆直睡到刘凤池进来叫他吃午饭。嗣同倾听着院子里传来小鸟的叫声，无声地笑了。此次来京城，还没有多少时日，就认识了好几位志同道合的朋友，真是令人欣喜。他来到院子里，但见蔚蓝的天空之上，白云朵朵，微风拂来，吹面不寒。

饭后，嗣同带着罗成往西砖胡同曾广钧家去。曾广钧是曾国藩第二子曾纪鸿的长子，比嗣同还小一岁，少年得志，才华横溢，科场也得意，二十三岁就得中进士入翰林，是翰林院中最年轻者。他们的祖父和父亲是老友，到他们这一辈又成了朋友,他俩心性相近,更是走得勤。曾广钧承其家学,十三岁就能诗善文,以擅长"玉溪体"驰名,常与长者唱和,王闿运称之为"圣童"。嗣同十五岁提笔写诗,较之曾广钧更为豪迈旷达,如壮士临阵,威风凛凛。

来到曾家,曾广钧正在书房习字,见嗣同来了,忙放下笔,招呼他坐下。好久没见,二人都欢欣无比。

嗣同瞧见曾广钧厚重遒峻的字体,由衷赞叹:"重伯,你的字真是了得,气魄大,中气足。"

曾广钧笑了笑说:"复生,你家巡抚大人的字才是真好,典雅耐看,风姿绰约。"

嗣同不以为然,驳道:"重伯,字如其人,仁兄文韬武略,所写的字自是异于常人。"

曾广钧张了张嘴,什么也没有说,只是摇摇头。嗣同见他面带羞惭,才觉话中有失。就在中日战争爆发后,曾广钧奉旨"记名"出使大臣,担任湘鄂四十九营总翼长,统领钢武马炮队五千人出国援助朝鲜。后中日讲和未开战,他只得率部返回,甚是失落凄惶。

嗣同忙转换话题,迫不及待地将他和吴樵父子相识的故事说来。曾广钧笑了,说道:"复生,我还想着介绍他们父子与你认识,谁知晚了一步。他们父子极重西学,也是我辈之人,读过不少声、光、电、化学等格致书籍,见识超群,极得香帅看重。"

"重伯,中日和约生效以来,人们仿佛好了伤疤忘了痛,连强学会都被解散了。但我们不能放弃,之前你所阐释的'合群',我特别赞同,我们应该寻找同志,形成合力。"

曾广钧郑重地点点头:"在此形势下,我们的确应该寻找志同道合者,形成合力,去打破硬邦邦的顽固势力。复生,我下次介绍你认识几位有趣的人物。特别是梁卓如,他是康长素的门人。大家虽然对康长素颇有看法,认为其乃投机取巧之辈,但都对梁卓如印象甚佳。"

梁卓如?他上次就听杨锐、吴樵说起过,对他满是赞誉,今日曾广钧提起,也是欣赏之色,嗣同不由心动:"重伯,既然你也如此看重他,在下当然乐意。"

两人正谈得热闹，门人来报夏曾佑来访。曾广钧说："快请进来吧，不是早说过么，穗卿来访只管进来，还要通报什么。"回过头来，对嗣同笑道："复生，刚刚说到卓如是奇人，这位夏穗卿也是奇人。其父夏鸾翔曾任詹事府主簿、光禄寺署正、同文馆教习等职，对平面几何、三角函数及曲线颇有研究，《致曲术》《致曲线》《致曲图解》都是他的大作，可惜英年早逝。穗卿自幼禀性聪慧好学深思，他中进士已多年，现为礼部主事，国学基础深厚，且广泛涉猎西学，于佛学研究也颇有心得。"

　　正说话间，只见一位瘦高的中年男子穿着浅玄色长袍翩翩而来。脸上含着微微的笑，自带几分超然。

　　"穗卿仁兄，真是抱歉，门房不懂事，还望你海涵！"曾广钧迎上去。嗣同也跟着站起来，他早听陈三立夸赞夏曾佑，说他学识渊博，被时人称为"定盦嫡派"，且鼓吹维新，一直有心结识。

　　一一见过后，夏曾佑眼见嗣同丰姿朗润，双目炯炯有神，暗暗称奇，问道："重伯，《兴算学议》就是这位仁兄所撰？见识超群，今日真是幸会！"

　　嗣同致谢道："穗卿仁兄学富五车，洞悉时事和西方格致之学，小弟敬佩。在当前形势下，小弟以为不仅要广兴学校，更要废除科举才好。时文一日不废，实学一日不兴。"

　　夏曾佑看了嗣同一眼，为他的直言而动容："冰冻三尺，非一日之寒。要国富民强，岂是废除时文废除科举就能成功？中国世崇孔教，只有公卿士大夫得以参与。民众置身事外，早已养成不关心国家大事的习惯，这就是大弊端。"

　　嗣同连连附和道："穗卿仁兄真是火眼金睛，切中肯綮。现在中国已到了最危险的时刻，倘不能唤起民众支持维新变法，则无以立天下。"

　　"穗卿、复生，两位仁兄还是先坐下来喝杯茶，不要一见面就讨论国家大事。"曾广钧忙打断他俩的话题。

　　夏曾佑却不理他，继续说道："复生仁兄，欲使国民有爱国之思想，必当使之关心国家大事，必当使其知国家非皇帝一人之产业。如此，方能激励国民保国之思想，而与害我者为仇敌。"

　　嗣同却叹息道："普天之下莫非王土，率土之滨莫非王臣。欲使国民有爱国之思想，还得广兴学校，大办教育，让全民都有受教育的机会。"

这时，家人端上来几份点心、一壶酒，放至窗前小桌上，曾广钧招呼两位客人小饮。夏曾佑眼睛一亮，早就端起杯子喝了一口，赞道："好酒，好酒，我就知道重伯这里有好酒。人生几何，对酒当歌，来，来，复生，我们来碰一杯！"

嗣同笑了，端起茶杯，致歉道："穗卿兄，甚是抱歉，小弟近来肠胃不好，待他日身体好转，定陪仁兄喝一场。"

夏曾佑倒不在乎，转而找曾广钧碰杯，话题也轻松起来。

正喝得高兴，夏曾佑瞧了一眼窗外，放下手中的酒杯道："糟了，天都晚了，我还和卓如约了今晚要去访铁樵。我再喝下去会醉的，先告辞了！"说完，朝曾广钧和嗣同拱拱手，转身离去。曾广钧摇摇头说道："穗卿仁兄是性情之人，受不惯拘束，但人坦诚得很，接触多了，你会喜欢他的。我让厨房蒸了腊肉，你留下吃了晚饭再回去吧。"

听说有腊肉吃，嗣同欣然留在曾家吃了晚饭，桌上都是爱吃的家乡菜。回会馆的路上，嗣同偶然停下脚步，张望黑黑的天幕，那如钩的弯月，让他心生欢喜。

67

嗣同还得时不时地去吏部签到，每次天不亮就出门，出菜市口，走宣武门外大街，进宣武门，一直往北，再往西过长安街就是吏部。一路上都有匆匆上朝的官员，但嗣同只管埋头赶路，待天亮时分恰恰赶到。他只是等候分发的候补知府，本没有什么地位，谁也不认识，只管签到。

天气越来越热，身穿朝服顶戴实在不痛快。这天嗣同在偏厅里待到午间，也侧面打听了一下自己觐见的时间，却不得而知，心绪不佳，急急朝家里赶。他走到半道，心里一动，决定先去曾广钧家。

太阳太厉害了，当来到曾广钧家，嗣同已是汗流浃背。门房见他来了，指指书房说："老爷在书房，已有好几位客人在呢。"嗣同听了，心里猜测莫不

175

是夏曾佑又来了，这是个有趣的人，上次匆匆相见，都未来得及深谈。嗣同读了些佛经，可不得要领，今日可得好好向穗卿请教佛理。

嗣同穿过院子，朝侧厅的书房走去，推门而入，见书房里已有几人在喝茶聊天，乐道："重伯，你们好雅兴，知道躲在屋子里不出去，外面太闷热了！"

曾广钧笑而不答，吴樵上前一步道："复生兄，今天去吏部点到了吧？定了什么时候觐见？"

嗣同答道："铁樵贤弟，我今天又是无功而返，但我也不急。有你们几位好兄弟在京城，我正好趁机好好请教，我才不愿意那么快候补！"

吴樵点头笑道："我们兄弟难得机缘巧合相聚在一起，是得好好讨论学问。来，复生，我来给你介绍一位新朋友。"说着，他扯着右手边的年轻人说道，"这就是我和你提过的大名鼎鼎的梁卓如，康长素的高足，公车上书的积极鼓动者，现在是《中外纪闻》的主笔。"

嗣同见对方正目光熠熠地瞧着他，忙笑着作揖道："卓如仁兄，久仰久仰，果然风姿俊朗，真是百闻不如一见！"

梁启超见面前的年轻人体态修长匀称，眼眸黑沉，闪烁着钻石般璀璨的光亮，那一身宝蓝色官服更是衬得他英气逼人，忙上前回礼道："谭公子，久仰大名，没想到您这位抚台公子如此好风采，幸会幸会。"

嗣同又见梁启超瞧着他身上的官服，自嘲地笑道："不怕卓如兄笑话，我这四品官服，是父亲大人为我纳赀而来，我正嫌穿在身上闷热异常。你瞧，这补子上的云雁着实绣得精致，却是羽毛上耸，喻其坚定忠心，兢兢业业。于我这个未到任的候补官而言，真是惭愧。"

说完，嗣同就动手脱衣摘帽，里面穿着洁白的对襟衫和长裤。他从容地舒展了一下身体，长出了一口气，说道："各位得罪了，这官服实在拘束人，又闷又热，不是为了去点到，实在不愿穿这劳什子。"

"复生，也难为你了，今天怕是天没亮就往宣武门赶吧？天这么热，还得穿这么厚，快坐下来喝杯茶解解渴。"曾广钧笑道。

嗣同早就不客气地坐下了，几口就喝了一大杯茶，吴樵取笑道："复生兄，今天你可让我见识了什么是牛饮。"在座的人都笑了。梁启超平日里见惯了世家公子，不想嗣同没有半点纨绔习气，举止爽朗大方，谈吐豪迈磊落，不由暗暗称奇。

嗣同瞧见墙壁上高悬了一把古剑，眼睛一亮："重伯仁兄，什么时候收来了这么一把古剑？前几天都没见呀！"

大家的视线都投向古剑，只见古铜色的剑把上有精致的花纹，剑鞘上还镶嵌了几颗蓝宝石。嗣同从墙上将古剑取了下来，动作娴熟地拔出剑，剑刃上闪着寒光，嗣同连声赞道："好剑，真是一把好剑！我今天还没练剑，不如试试你这把剑如何？"说着，走到书房外，旁若无人地挥剑起舞。其余三人全都惊愕地看着嗣同狂宕恣意的剑法。

忽地，沙沙之声没了，嗣同已收剑稳稳地立住，气息平稳。嗣同看到众人的神态，哑然失笑："重伯兄，铁樵他们不清楚，你也不清楚吗？全都躲得远远的，也太小看我的剑术了！我从小练剑，近来又拜了大刀王五为师，剑术更是精进，不会误伤你们的。"

三人脸上全都讪讪的，吴樵道："复生，你是真英雄，我们甘拜下风。"

嗣同笑道："我一直在想，变法图强，那可不是光凭口舌之战，说不定要真刀真枪地拼杀。我看你们也得练武。"

说完，他哈哈大笑，将古剑挂回墙壁上，端起桌上的茶杯，又一饮而尽。

这时吴樵提议道："复生仁兄，时候也不早了，你赶紧穿好衣服，我今天请大家到广和居聚饮，已订好了包间，还叫了穗卿和伯唐。不如到那里边喝边谈，更为尽兴。"

"如此甚好，你们先行一步，我得先回浏阳会馆换一下衣服。"嗣同响应道。

68

广和居就在浏阳会馆斜对面，临街三开间是厨房和账房，磨砖刻花的小门楼，黑漆大门，红油木联，上嵌有"广居庶道贤人志，和鼎调羹宰相才"的楹联。跨入黑漆大门，迎面是一个磨砖影壁，挂有"广和居饭庄"的大铜招牌。

影壁后是个小四合院，东首一个小跨院设有雅间。他们三人刚刚坐定，夏曾佑、汪大燮就寻来了，吴樵赶紧致歉道："两位仁兄，真是有失远迎，抱歉抱歉。"

曾广钧笑道："铁樵，穗卿、伯唐两位仁兄都是这里的常客，又好杯中之物，根本用不着你去迎，赶紧去迎那个神仙般的人物。"吴樵吩咐伙计上茶之后，就匆匆朝前院走去。

广和居地方不大，但宣武门外一带会馆林立，京官中汉官居住此地者颇多，文人学士、科考学子云集，因此生意大为兴隆。嗣同走进院子里，好似来到了戏场，只觉得燥热嘈杂。他皱了皱眉，正站在院子里张望，吴樵迎了上来，道："复生仁兄，这厢有请。"

进得门来，那四人正在边点菜边打趣，喜乐一片。夏曾佑抬头见嗣同来了，边起身致意边笑道："复生仁兄快来点菜，重伯点了份曾鱼。说来曾鱼可不简单，是他祖父曾侯昔日在此广和居创下的名菜。曾侯不光治军有方，看来也是极讲究口福的。"

曾广钧不以为意地笑笑说："广和居的名菜，皆以创制者的姓氏冠名，道光年间陶凫芗善制清蒸白菜、瑶柱肚块，又以西湖五柳居烹鱼法授于酒家，名曰陶菜。香帅有《食陶菜》诗云：都官留鲫为嘉宾，作脍传方洗洛尘。今日街南询柳嫂，只缘曾识旧京人。"

夏曾佑指着吴樵，故意满脸严肃道："铁樵贤弟，客人都到了，你这个主人是不是要点你们的名菜——四川辣鱼粉皮？只是怎么还不叫酒？"

吴樵却嬉皮笑脸地说道："今天铁樵请到各位大才子，真是三生有幸！穗卿仁兄不用怕我没有好酒好菜招待。"说完，他对门口立着的店伙计说："伙计，先上一壶莲花白，来一碟花生米、一盘老蚕豆，再来一碟酥鲫鱼、豆腐干吧！"伙计答应着。

这时，汪大燮不紧不慢地说道："广和居糖蒸山药很有名气，我就点这道菜好了。"吴樵这才如梦初醒般叫道："都怪穗卿仁兄取笑，我都忘记介绍复生和伯唐认识了。"

吴樵忙站起来，为嗣同和汪大燮介绍，大家早已听过对方的名号，倒没有陌生感。嗣同和梁启超坐在一块，对面便是汪大燮，忙站立起来和他拱拱手。

梁启超点了清蒸干贝，嗣同点了砂锅豆腐，吴樵又点了另几样菜，让伙计赶紧去准备。这边酒和小碟也上来了，夏曾佑就张罗着给大家倒酒，倒到嗣同这里，征求他的意见："复生，难得大家聚在一起，你今天无论如何得喝上一杯。"嗣同道："穗卿仁兄说得对，酒逢知己千杯少，给我满上！"

吴樵连敬三杯，曾广钧又站起来敬，雅间里一片热火朝天。

曾广钧对梁启超说道："卓如，下次带一套之前的《万国公报》来，复生一直想好好拜读。说实话，之前的《万国公报》版式与《京报》相似，内容也相当简陋，只有《论说》一篇尤其好。精彩就精彩在这些论说上，我记得你们的论说从广西的富国与养民，到开矿、铸银、造轮船、邮政、学校、报馆、农业，无所不包。虽然你与博孺轮流充任主笔，但我想这些大都是你的手笔。"

梁启超朝嗣同笑了笑，答道："感谢重伯仁兄谬赞。去岁《万国公报》随《京报》派送，影响力迅速扩散，每日可送出两三千册。因没有署名，人们不清楚这报纸的出处，有些人猜测是德国使馆所为，也有人说它来自总理衙门，谁都没想到竟是出自南海会馆，当时康师和我们都深受鼓舞。"

夏曾佑将杯中的酒一饮而尽，咂咂嘴道："卓如，老实说，你们所写的内容谈不上什么创新，很多不过就是对另一份《万国公报》的照抄或改写。报纸也是对康长素观点的拓展，将万言书拆分出若干部分，比如'言富'仅止于'开矿、制造、通商'，'言强'也不过仅仅是'练兵、选将、购械'。再就是强调西洋富强、中国积弱的原因，在乎的就是人才，而人才在于学校，学校之盛是西洋诸国所以勃兴之本原。"

梁启超尴尬地笑了笑，回道："穗卿仁兄又取笑我了，你可知道为写这些短文，我不得不边学边写。写作水平其实也不值得恭维，但好歹还是宣扬了我们的观点，还警醒了不少榆木脑袋。"

"卓如所言非虚，我在武昌也听闻了《万国公报》的大名，为何又改为《中外纪闻》？"嗣同看着梁启超年轻的面庞，其饱满光滑的额头仿佛在告诉人们，他的聪颖和智慧与生俱来，而他轮廓分明的嘴唇又流露出年轻人的天真和青涩。

汪大燮插嘴道："复生仁兄不提倒罢，一提就是我和卓如的伤心事。当时李提摩太抗议，我们只得将《万国公报》改为《中外纪闻》，成为强学书局的机关报。此报的确只是一份翻译与摘抄的报纸，在下和卓如主要负责编辑事务。可就是如此一份报纸，因杨崇伊上折弹劾，强学书局遭到查封，也都停了！"

嗣同脸上有了激越之色："伯唐仁兄，不说也罢，我太知道中国官场，都是一群得过且过、见风使舵之人。仅短短的几个月时间，强学会未及大展宏图就被生生查封。"

"复生，你到底只是听说，我们这几位可是亲身经历亲眼所见，之前一个个慷慨激昂地谈自强谈变法。查禁一来，人人畏惧，纷纷匿迹。举事者只有沈子培兄弟和杨叔峤在奋力挽救。"梁启超说来也是一脸悲愤。

汪大燮将手中的酒杯重重放在桌上，站了起来："查禁的消息传来时，为首者只知道恐慌，不知前往总理衙门找人疏通。至于说要到都察院拦车上书，更是怕得不行，担心党祸临头。北京查禁消息传出后，上海强学会的命运也到了终点。香帅也不再支持，又是致电上海各报馆，又是在《申报》上刊登告白，撇清和康长素的关系，似乎他们之前在江宁隔日一见的热烈只是逢场作戏。"

夏曾佑也站了起来，却是给众人满酒，说道："如此良宵，如此好酒好菜，还是别说那些糟心事糟心人。重伯仁兄，来，让我们吟唱苏东坡的'大江东去浪淘尽'，为大家助兴！"说完，他手舞足蹈起来。

曾广钧有了几分酒意，也高声吟唱起来。吴樵敲着碗碟打节奏。

嗣同比谁都清醒，何曾见过如此场面，一脸愕然。梁启超见怪不怪，笑道："复生仁兄，你别见怪，他们常常喝得高兴了，就这样闹闹！我们聊我们的。后来，强学会改为官书局，实在是敷衍了事，李佳白、伯重均已离开官书局，我也不想在此久待了。敢问仁兄可否读过康师的《新学伪经考》和《孔子改制考》？我都参与了编辑校订。"

嗣同大为惊诧，赞叹道："卓如仁兄，我到京城后，就自重伯兄处借来这两本书认真拜读过。读了整整两天两夜，都舍不得放下，真是令人激动振奋。康先生学识广博，且醒眼看世界，敢言常人不敢言！之前康先生托淞芙送我《长兴学记》，对我兴办浏阳算学馆就极有启迪，真希望今后有当面请教的机会。"

梁启超回道："复生仁兄在浏阳一县兴办算学馆，真是勇气可嘉。可惜康师已回广东，来日定会有缘见面！"

嗣同坦言道："《新学伪经考》实乃思想界一飓风也，康先生将祖祖辈辈士人尊奉的古文经学，宣布为刘歆所伪造的学说，不仅推翻了古文经学的绝对权威，更是击打了恪守祖训的顽固思想。"

还未等梁启超有所表示，嗣同又接着说道："至于《孔子改制考》一书更是惊世骇俗，将夏、商、周三代历史称为孔子为改制所拟托的理想，是孔子的托古改制，对我的冲击更大。康先生用公羊学派的'据乱、升平、太平'三世说，解释历史发展趋势，我更是思考了好几天。现在中国将由据乱世进入升平世，的确唯有走变法维新之路。"

梁启超满脸欣喜，点头道："复生所言极是。康师在书中宣称《六经》皆孔子为托古改制而作，孔子是托古改制的'素王'。这种说法，无异于给当前死水一潭的学界和政界投入一颗惊天动地的炸弹，无怪乎引来了无数士绅官员们的愤恨抗议，恨不得把康师食肉寝皮而后快。"

雅间里灯光微黄，另外四人在热火朝天地划拳拼酒，一个个红光满面，热烈地吟诗唱曲。嗣同和梁启超则在热烈地谈论上下古今之事，中西新旧之学。不知何时，房间里安静下来了，喝酒的四人已醉眼蒙眬。嗣同二人畅谈已久，更是相见恨晚。

座中汪大燮最年长，也数他最冷静，站起来道："重伯、铁樵，太晚了，咱们还是各自回吧。"

只有夏曾佑早已喝醉了，伏在桌子上哼哼唧唧。嗣同不由好笑，对赶来的罗成说："罗成，你把穗卿仁兄送回贾家胡同住处。"

几人来到巷子口，发现月光很好，吴樵嚷道："复生兄，今天怕是十五吧？好大的月亮，穗卿兄、重伯兄都回去了，不然我们几个到你们会馆喝茶聊天？"

69

嗣同热情地招呼着汪大燮、吴樵和梁启超往浏阳会馆去，汪大燮不胜酒力，先行告辞。

凉风习习，皎洁的月光里，三人在会馆院子里边喝酒边聊天，梁启超说到在万木草堂跟随康有为学习的旧事，谈及其讲学之宗旨，经世之条理，嗣同和铁樵都深表佩服。嗣同赞道："卓如真是好福气，竟能遇上康先生如此英明的老师。康先生学识广博，见识超群，无论是为学还是做事，都有过人之处。他日倘有机缘，或许也可能成就王安石、张居正那样的功业。上次蒙他送我《长兴学记》，我就将自己当他的私淑弟子。卓如，那你我也是同门师兄弟了。"

"复生，卓如，我有个提议，你俩也别论同门师兄弟了，干脆如我、你和复生三人，趁月色皎皎之际，行八拜之交吧。"吴樵端着酒杯站了起来。

"铁樵，如此甚好。我赶紧去写拜帖。"嗣同兴奋地站了起来，转过头来对刚回来的罗成说："罗成，你赶紧去准备好香烛，再将我的七弦琴搬到院子里。"

拜帖很快就写好了，三人又兴冲冲地来到院子里，嗣同为长，吴樵居中，梁启超最小。罗成将香烛点燃后，三人纳头便拜，齐齐干掉了杯中的酒。嗣同抬头看见天上的月亮，真是又大又圆又亮，他的心也如月亮般圆满，不再孤单不再落寞。

次日一大早，天刚刚亮，嗣同就和王五一道在后院练剑。正练得畅快之时，听见罗成在喊："七爷，卓如老爷来拜，我已将他引至书房了。"

嗣同一听，忙收住招式，他那身白色的练功服已然汗湿了，朝王五作了揖道："师傅，告罪了！今天就练到这里。卓如年少才高，师傅要不要见见？"

王五早已听闻梁启超的盛名，当即随嗣同朝前院走去。梁启超正站在书房门口等，嗣同上前见过，又介绍他和王五相见。梁启超久闻王五的大名，今日相见，甚觉亲切。

将梁启超迎至书房后，嗣同、王五先去换衣服。昨天晚上只顾交谈，梁启超这会儿才认真打量了嗣同的书房，书桌临窗而设，进门对面墙上挂了一副对联：两卷道书三尺剑，半潭秋水一房山。字作颜体，笔势纵横，却语意含蓄，规劝嗣同为人做事稍敛锋芒，养气定心。靠墙为一琴桌，上置一床古香古色的七弦琴。书桌对面是一排书架，上面除少许瓷瓶、玉器等摆设外，全是整齐的书籍。旁边的小几上燃着一支香，屋子里弥漫着悠悠的檀香。书房靠内摆了些圈背椅。梁启超暗自感叹：复生到底是官家公子，书房整洁雅致。梁启超凑近书架去看，有四书五经，但《天演论》《西国近事汇编》《环游地球新录》《几何原本》《格致汇编》《泰西新史揽要》《光学》《电学》等书籍更多，还有些《申报》《万国公报》《中外纪闻》等报纸。

"卓如贤弟，让你久等了，真是抱歉得很。"嗣同神清气爽地走了进来，将剑挂在窗户旁边的墙上。剑已套好，七彩剑络顶端上还垂着几粒翠玉。

梁启超感叹道："复生兄，只看你的书房，这琴棋书画的生活比他人都要精彩，还得加上一个'剑'字！"

嗣同忙引梁启超、王五坐下，杨妈走进来禀道："七公子，早饭都上桌了，有请客人也一起去吧。"

来到膳厅，桌上有糕点有稀饭有煎蛋有蔬菜，好不丰富。梁启超自到京城后，早餐要么不吃，要么随意，哪里如此讲究。席间，嗣同不时招呼梁启超、王五吃这吃那，他自己则不时地夹着一碟红彤彤的菜。梁启超也想尝尝，王五却笑道："卓如，你是广东人，也爱吃辣椒？那是复生的宝贝，但不是我等可以消受的。"

见他疑惑，嗣同解释道："卓如，这是我们浏阳的剁辣椒，是刘叔特地制作的，还有一瓷坛霉豆腐。我从小就无辣不欢，你也尝尝？"

"卓如，湖南人辣不怕，一股子辣椒脾气。浏阳人更胜，还出产爆竹，更有一股子爆竹脾气。以后你会见识到复生的辣椒脾气，加上爆竹脾气！"王五朝嗣同眨眨眼，开玩笑道。

王五的话惹得两位年轻人都笑了起来。嗣同不服气道："师傅，我可从来不敢对您辣椒脾气加爆竹脾气啊。"

席间的气氛极为融洽，这时夏曾佑进来说道："复生，你们在吃什么好东西，喝什么好酒？竟不等我来就开吃了！"

嗣同站起来迎接，笑道："穗卿兄，我还担心你没醒酒，昨晚喝了那么多酒，今早却安然无事，真是海量。来，来，快坐下吃早饭。刘叔，给穗卿兄倒一杯浏阳谷酒过来。"

梁启超、王五也站起来见礼，王五镖局里有事，先行告辞了。嗣同送王五离开后，又对夏曾佑说道："穗卿仁兄，你慢慢吃，想吃什么就跟刘叔说，让他给准备。我和卓如去书房等你。"

一到书房，梁启超就从随身书袋里掏出康有为的四份奏折、部分诗文及几份《中外纪闻》，说道："复生兄，康师的《新学伪经考》和《孔子改制考》你已读过，康师一心为国维新变法的忠心苍天可鉴。我将他的四份奏折拿给你看看，到时我们再来交换看法吧！这些《中外纪闻》你也可读读！"

嗣同谢道："卓如，康师醒眼看世界，实在称得上南海圣人。他深虑当今国土沦丧的时局，愤而倡导变法维新，治国图强，真乃时代英雄。"

"复生兄，谁是时代英雄？"吴樵边说边跨进了书房。

嗣同起身喜道："铁樵，我正要让罗成去叫你，你倒先来，真是心有灵犀一点通。快请坐。"

梁启超也上前见礼，笑道："铁樵兄真是耳朵尖，复生在称赞康师呢。"

吴樵道："去岁公车上书以来，虽然维新的意识已在京城朝野士林之间产生了共识，但朝廷并没有推行实际的改革举措。康先生仍积极行动，鼓动言官上书，试图推动新举。虽然成效甚微，但实在难得，中国要是多几个康先生这样的明白人，何至于割地赔款。"

吴樵越说情绪越低落，嗣同和梁启超面露悲愤。梁启超愤愤地说道："康师费尽心力到处倡导游说，强学会终于建立起来了。可好景不长，杨崇伊上本参劾，强学会就被生生禁掉了。随后，上书慈禧太后还权的寇连材被杀，鼓动维新变法的文道希被逐回原籍，朝廷上下早已忘记了去岁割地赔款的耻辱，对世界局势依然如此茫然，国家怎会有希望？"

嗣同一巴掌拍在书案上："我此次来京城也有些时日了，所见所闻令我颇为失望。京朝官员日以攻击为事，初尚分君子小人之党，之后不管君子还是小人，只要政见不同都互相攻击。如热锅里被煮的虾蟹，不安地哄闹着，火烧得越猛，水温就越高，虾蟹就哄闹得越厉害，怎知自己离死期不远了。"

梁启超冷静下来，连连叹气道："以中国学术之纷乱不畅通，君主大臣之孱弱，朝廷上下对世界大势茫然无知，怎能期望他们有所作为？"

"各位贤弟，我在外面就听到你们的嚷嚷声，你们一大早在讨论什么？这么热闹！"夏曾佑不紧不慢地走了进来，见吴樵、嗣同脸上的愤愤之色，故意问道。

嗣同稳住心思，上前招呼道："穗卿仁兄，浏阳烧酒如何，喝得可尽兴？快来喝杯茶吧。"

夏曾佑回道："浏阳烧酒够醇够味，就如复生一样率性猛烈。现在局势实在够坏了，京师官员的确以攻讦为能事，连一个以强国图志的强学会都容不了，实在是前途堪忧。"

嗣同接过话头："穗卿仁兄，天无绝人之路，有识之士更是要行动起来，倡导维新变法！"

"我赞成，过几天，我介绍四川富顺宋育仁给各位认识，他可是有过壮举的。"吴樵说道。

嗣同吩咐罗成上茶和点心，又一脸郑重地说道："我有一个提议，国事如此不堪，今后我们相聚，尽量不发牢骚，而是商讨维新变法的实际举措。"

梁启超也道："京城时事较之甲午海战前，其苟且偷安、涂饰太平的风气更加严重，但我仍怀有希望，留在京师办报，发挥报馆之议论，以培育维新变法之风气，来实现改革的主张。但在朝官员大都因循守旧，久睡不醒，此路并不通达。"

嗣同叹息道："我此次北上，一路观察，三品以上官员实在没有奋发向上的人才，下层官员人才却极多，游士中也大有人才。"

"复生说得在理，本月下旬我将离开京师。我考虑了很久，还是决定前往上海。汪穰卿正在筹备一份新报，我或许可一展抱负。何况我已日益觉得除言论影响国民外，没有更好的效力方式，故办报之心愈加迫切。"梁启超越说越激动。

"卓如，复生刚和我们相识不久，你就要离开京师。等父亲大人分发的任命一下来，我们父子也要离开京师。人生真是有许多无奈。"吴樵感叹道。

夏曾佑笑了笑，说道："现在康先生已回广东，上海、南京、长沙等各地形势皆有可喜变化。我们兄弟奔往各地，互相响应，就能影响各地的变法风尚。"

在座三人一听，心中欢喜，嗣同看着梁启超说道："卓如，你往上海去办报最好。倘论鼓动维新变法风尚，报纸的效果最好，看报的人越多，受影响的人则越多。"

"复生所言甚是，我倘应香帅的召唤至武昌，也要想办法办报。"吴樵应道。

夏曾佑也赞同道："西方各国向来重视办报办杂志，傅兰雅一到中国就致力于此，他办的《格致汇编》已起了很大的作用。卓如，你已有办报经验，不如说说如何办报。"

"我已经参与办过《万国公报》《中外纪闻》，可这两份报纸怎么能和西方办报相比，就是连《申报》都比不上。不如我们来商讨商讨？"梁启超建议道。

于是，四人热烈地讨论起来，他说要写时事，你说要抓住大众都关心的话题来写，我说纸张要好印刷要好最好还配图。各人说得都在理，可说来说去，都觉得要办报纸真不容易。最核心的问题是，启动钱款从何而来？恰恰他们四人手里都缺钱，说到这里都泄气了，你看我我看你，最后其他三人都看着嗣同。

嗣同太知道他们三人的意思了，正不知如何应答为好，罗成来到书房，问道："七爷，你们谈事都谈了一上午，都累了吧。刘伯已经备好了午饭，是不是请老爷们移步膳厅用餐？"嗣同感激地看了罗成一眼，赶紧请大家去用餐。嗣同暗自吁了口气，要知道家里从来不会多给钱给他，也不分家，用钱根本不自由。他平日又讲究，吃穿用度平日开销没问题，但手里哪有余钱。

吃过午饭，梁启超、吴樵及夏曾佑都告辞了。刚刚吃饭时，嗣同见传赞话语不多，念及他四月初就要考试了，有些担忧。这会儿送客回来，见传赞还在院子里，嗣同忙叫住他说："潞生，很快就要考试了，你准备得怎么样？"传赞却迟疑着没有回答。嗣同焦急地道："潞生，你先去午睡，等会儿来我书房，我得问你功课。"

约一个时辰后，传赞拿着自己的书来到嗣同书房。叔侄俩在书房里温习功课至傍晚，俩人都一脸辛苦。

入夜，嗣同就用心读康有为的四道上书，边读边思考，读到会心处，不由激动地站起来，在书房里踱来踱去。读过之后，嗣同久久不能平静，四道上书中的一些话语，不断地浮现在他的脑海里，心有戚戚焉。尤其谈割地赔款那一段，更是深得他心，只觉得字字惊心。至于"割地之事小，亡国之事大""可弃台民，即可弃我""自弃其民，同于亡也"这些话，更令他拍案叫绝。嗣同虽然反对割地赔款，却没有康有为认识得深刻透彻，入木三分。

70

次日一大早，练过剑后，嗣同就带着王五往伏魔寺去拜访吴樵。吴德潇天还没亮就赴吏部签到去了。刚在厅里坐下，以东进来了，一见嗣同来了，忙凑了上来，问道："复生兄，我伯兄说你又可舞剑又可弹琴，诗也作得好，我拜你为师可好？"

嗣同见以东一脸渴望，大眼睛忽闪忽闪地看着他，笑道："子发，我舞剑的正谊师傅就在眼前，我可不敢自称剑舞得好，你不如干脆拜我的师傅为师。"

子发抬头看了看一脸络腮胡子的王五，摇了摇头："不好，正谊师傅模样太威严，不如复生兄玉树临风好看。"

一席话，说得在场的人都笑了起来。吴樵笑骂道："真是没大没小，拜师还要分好看不好看？你功课完成了没有？小心父亲回来检查课业。"以东朝嗣同、王五做了个鬼脸，就一溜烟跑了。

这时，夏曾佑、梁启超笑着走了进来。一见嗣同，梁启超就回头向夏曾佑道："穗卿兄，我说过复生仁兄在铁樵兄这里，没猜错吧？你得认罚，今天不许碰酒。"

夏曾佑苦笑道："复生，你怎么这么早就跑到铁樵这里？害得我们去浏阳会馆扑了个空，又害得我今天没酒喝。"

吴樵忙招呼他俩坐下，笑道："穗卿兄，今天不能喝酒，明天多喝些，就可扯平了。今天就在我这里吃午饭，我让厨房做些四川口味的菜肴，让你享享口福。"

嗣同见到梁启超，昨夜读康师上清帝书的激愤又涌上了心头，说道："卓如贤弟，昨晚读康先生的上清帝书，康先生提出与其主和割地赔款，不如把赔款充当军费，真是说到我心坎里去了。康先生对当前形势认识深刻，可惜朝中大员难得如此清醒。"

梁启超叹息道："割地赔偿根本换不来安宁，日本原本就贪得无厌，美欧更是虎狼之国，只怕从此之后永无宁日。"

"割地之事小，亡国之事大。再不维新变法，只怕被西方列强瓜分之日不远矣。"吴樵愤愤地道。

屋子里陷入死一般的沉闷。隔了好久，夏曾佑才说道："各位仁兄，上次不是已经讨论过吗？说来容易做来难，空谈误国，空喊维新变法有什么用？手里要有钱才行，就是办报也得有钱。"

"就在去年，我和瓣姜师谈论过如何设法为时局筹款，我建议可把新疆卖给俄国，把西藏卖给英国，价值两亿多元。毕竟以两界数万里之大，终未能发挥力量。倘卖掉，除还清日本两亿欠款，还可要求英国和俄罗斯保护中国十年。如果补偿费不够，那么满蒙也可卖，卖个千万两银子没问题。"嗣同说到这里，自嘲地苦笑了，继续地说道，"后来我被人痛骂，一开始我还不服气，后来自己冷静下来，才意识到要靠卖地实现变法，无异于饮鸩止渴，真是异想天开！"

夏曾佑点点头道："复生，你已经意识到自己的糊涂，不然我都要骂你一顿。就退一步讲，倘将新疆、西藏卖掉，以我们现在的国力，覆巢之下岂有全卵？只怕于事无补之外，倒惹来新的纷争。"

梁启超清清嗓子道："康师有个移民巴西、再造新中国的计划。他说世界上纬度与中国相似，且地广人稀，在适合中国人耕种的国度里面，美国、加拿大及澳洲皆有排华政策，唯有巴西可去。巴西地域达数千里，亚马孙河又横贯其中，土地肥沃，人口仅八百万，将一批华人迁去巴西从事耕种。虽然不能筹集变法经费，可如此一来即便国家灭亡了，却保存了人种，可在此建立新中国。而去岁以来，巴西的种植园正好想要招募华工，可以趁势而为。"

吴樵不客气地指正道："康先生这主意只怕也行不通，人家巴西是想要招工，实际上就是买卖人口，而不是什么移民。很长一段时间以来，但凡在外谋生的华工命运都很悲惨，谈不上再造新中国。"

嗣同也点点头道："巴西太远了，且不说远水不解近渴，人家欢不欢迎还是个问题。而转移大批人口也是个巨大的工程，只怕难以实现。"

就在嗣同他们几人高谈阔论之时，王五一直用心听着，此时，他的兴致来了："复生，听了你们的高见，我这里也有个建议，看行得通吗？我平日押镖走南闯北惯了，一出居庸关，乃东北千里之地，大山连绵，森林茂密，且水草丰盛，人烟稀少！我打算买下一批骆驼、牛、马在此地放牧，再召集游民发展农牧经营，建立一个塞外王国。我奉你为主，完全可以利用赚来的钱，资助你和你的朋友们继续干些维新事业。"

嗣同沉思了一会儿，看着王五热切的神情，缓缓回道："感谢师傅为我们着想，只是靠养骆驼、牛马来赚钱太慢了。何况我们哪有钱去买那些骆驼和牛马，也没有养殖技术，那些牧民会听从于你吗？"

王五一听，被问住了，讪讪地说道："我没想这么多，还是复生思虑周全，容我下次去实地时再深入了解情况，也再好好考虑盘算一下。"

吴樵拍了一下桌子，一副豁然开朗的样子，说道："我听说洞庭湖南岸，泥沙堆积，新增一块面积广阔的肥沃土地。我们去买下来，用西方农业技术来开垦，可以种水稻种小麦种棉花。可以养活众多无地可耕之人，还可筹集变法维新经费。大家以为如何？"

嗣同一听，眼睛一亮，开心地说道："开垦洞庭湖，可比移民巴西和到东北去放牧要好。毕竟铁樵懂得农学，可以亲自指导。而这个南洞庭离长沙武昌都很近，可与江汉平原连成一片，土壤肥沃，气候适宜，可是种什么好呢？"

夏曾佑淡淡地笑问道："你们想得美，谁会把地卖给你们？你们有钱买吗？"

还是那瓢冷水，将几人的心又一次浇得透湿，一时间谁都没有作声，皆陷入了沉思。以东跑了进来，见屋子里几人一个个呆坐着，甚是惊讶："伯兄，刚才还议论热烈，这会儿都不说话，你们这是怎么啦？"

这时，王五告辞道："失陪各位仁兄，复生，我得回镖局办事了，你们继续聊吧！"

吴樵将他送出了大门，回到厅里，对众人说道："我们虽然一时无力推动维新变法的大局，但可从统一人们思想上用力，西方各国推行基督教，上下都信仰耶稣，思想一致，就行动一致。"

"铁樵讲得太对了，现在中国上下不通，乃至上下失调，各行其是，如此国家如何发展，如何对抗外国的掠夺？现在中国有儒、释、道三教，以何教来统一国人上下思想呢？是孔教，还是释家？"嗣同赞同之余，又抛出了自己的观点。

夏曾佑神情淡淡地说道："复生这个问题提得好，只是孔子之道已经不能胜任国教的重任了。国人心目中的儒教，已非孔子原创之孔教，而是其弟子子弓所传之一支，子弓传于荀子。李斯帝王之术就源于荀子，相其君以王于天下也。"

梁启超接过去说："穗卿仁兄，至于孔教，康师昔日指斥西汉末期的古文经学派领袖刘歆，为了帮助王莽篡位伪造经典，乃造成此后中国社会落后、混乱的罪魁祸首。由此，康师和你的观点不一致！我觉得康师的观点更在理。"

夏曾佑不服气了："世人信仰和尊奉的孔子之道、圣人之道，已被荀子、李斯、秦始皇所污染和败坏。历代继承的'阳儒阴法'的'秦人之教宗'，才是导致长夜神州之狱的根本原因。荀况才是导致各教尽亡、儒家大宗消失、儒家谬学大行其道的关键人物，而不是什么刘歆。"

嗣同看了看梁启超，又看了看夏曾佑，劝解道："两位别急着争执，上次我路过上海时，关于儒家学说，燕生也提出了自己的观点，不妨也听我转述。燕生认为长夜神州之狱应归罪于西汉的叔孙通、董仲舒及唐宋时期的韩愈、程颐、程颢等人。"

见他们三人眼睁睁地盯着自己，嗣同摆摆手说："你们别瞪我，我话还没说完。燕生以为真教则是未异化的孔子之教，以扶民为宗旨。到叔孙通曲学媚盗，孔学的教宗失去独立性，屈从于世法，但其他各家仍然独立。董仲舒罢百家，诸子才全屈从世法，然仍有贤人存于山林。韩愈排斥高隐，使山林中的教宗进一步丧失地盘。直到程颐程颢打着儒家道统的招牌，暗自篡改诸家的内容，才彻底毁灭了儒家教宗的生机。"

梁启超沉不住气了，站起来反驳道："什么荀卿以法乱儒，其门人李斯宗其说，远继管仲、商鞅而祸天下，焚书坑儒，以愚弄民众？这只是秦始皇为人残暴，采用极端手段，让天下读书人畏惧他遵从他，但最后他还是以儒家治国。”

夏曾佑则旗帜鲜明地强调：“荀子一家之学，千条万派，蔽以一言，不过曰‘法后王’与‘性恶’而已。惟法后王，故首保君权；惟人之性恶，故猜防御下。”

听到这里，梁启超拍着桌子反驳道：“穗卿兄，刘歆宣称他发现了《春秋左氏传》《周礼》《尚书》等诸古文本，成了古文经学派的代表。古文经学派认为孔子是述而不作的保守主义者，而康师认为孔子是托古改制的维新主义者，这才是真正的孔子之道。”

吴樵忙站起来劝解道：“说到底，先秦孔子之道才是真正的孔子之道。后世出现纷争，罪魁祸首倒在于秦始皇的焚书坑儒，也就没有今文经和古文经之争了。但我更倾向于康师的观点，世道在变，国家治理方式也应顺应时代而变。最终，君主时代应当让位给君民共主与民主时代。”

嗣同也紧跟着阐述自己的观点：“我自小就随瓣姜师、蔚庐师学习，二位老师一致推崇王船山之学。船山强调，天下唯器，有器就有道，没有器也就没有器之道。道不是永恒不变的，而是随着社会的改变而改变。道只有因时制宜，才能适应具体的器物世界。”

吴樵连连响应：“五百年来，真通天人之故者，船山一人而已。他的道器观和康先生的观点有同工异曲之妙。”

以东进来时，见四人还在争论不休，大声地嚷道：“都是大人，还在这里吵架，还为古人争执。肚子不饿吗，饭都摆上桌了，都吃饭去。”

吴樵笑骂道：“子发，你这小子，在座的都是你的兄长，都是当今难得的大才子，你在这里乱嚷什么。”

以东噘了噘嘴。吴樵转过身，特意做了一个夸张的邀请姿势：“各位仁兄，争执这么久，想必饿了，还请移步到膳厅，小酌一杯如何？”夏曾佑、嗣同和梁启超相视一笑，跟着吴樵前往膳厅。

一看到酒，夏曾佑就面带喜色，端起酒杯尝了一口道：“好酒，好酒，我看天下好酒都在四川、贵州了。来，来，铁樵、卓如你俩赶紧满上，复生少喝点，子发你不能喝！"

一桌人都笑了，吴樵端起酒杯道："我们父子来京城不是长住，没带家眷，也就没有好酒好菜待客。但心意是真诚的，还望各位仁兄尽情地喝酒吃菜。"

菜的味道也好，毕竟争论了一上午，也觉得有些乏力，众人放开来吃喝。酒足饭饱后，夏曾佑、嗣同、梁启超就告辞走了，四人约定明天去新会会馆，毕竟梁启超要离京了。

71

天刚破晓，吴樵就赶到了浏阳会馆。刚跨进后院，只见刀光剑影，一白一蓝两条身影打在一起，不可开交。吴樵惊得立住脚步，再也不敢往前，生怕惊扰了他们。忽地，打斗戛然而止，两人都稳住了脚步。嗣同一身白色练功服，抱拳拱手道："师傅，复生学艺不精，惭愧惭愧。"吴樵凝望着院子里的嗣同，但见金色的阳光笼罩着他，嗣同神采飞扬。吴樵热烈地鼓掌道："复生，好身手！让小弟心生无限向往。"

嗣同爽朗地笑道："铁樵早，我哪里承受得起你的夸赞，我比师傅差远了。"

王五一身蓝色功夫服，也神采奕奕地过来相见："见过铁樵公子，要不要也教你几招？"

吴樵忙摆摆手，笑道："谢过好汉美意，铁樵就是笨熊一只，哪比得上复生身如猿猴。"

听他这么一说，在场的人都笑了。

待嗣同洗过脸，换上浅蓝的长衫，邀请王五、吴樵一起匆匆用过早饭，才和吴樵一起去粉房琉璃街新会会馆。梁启超已经确定不日即将前往上海，加入汪康年的办报队伍中去。

今天又是大晴天，却有风沙，吴樵个子高大，特别怕热，边走边抱怨："这个鬼天气，还不到四月，怎么这么闷，真是不正常。"

嗣同习惯了京城的天气，笑道："铁樵，你们天府之国的夏天怕也是热得很，这还没到夏天你就受不了？我只是受不住这风沙。"

待赶到梁启超寓所，夏曾佑早就坐在那里喝茶，见他俩走了进来，一脸笑意："快来吧，卓如给你们泡好了新会的陈皮茶。"

"陈皮茶？太好了！用新会的茶枝柑做的陈皮，理气健脾、燥湿化痰、疏肝润肺，闻名天下，这时节喝再好不过。"嗣同忙端起桌上的陈皮茶就喝。

吴樵看了一眼那杯茶，色如琥珀，清亮通透，不觉喜欢，也忙喝了一口，赞道："卓如，你这茶气味清香，入口甘香醇厚，怎么往常到你这里，从来没喝过这么好喝的茶？"

梁启超笑了笑，没来得及回答。夏曾佑却抢着说道："新会陈皮茶，你看看这汤色，必是陈年好茶，卓如肯定要藏起来，哪里会经常泡给你等喝？"

见吴樵的眼神复杂地看着他，梁启超忙小心地笑着解释："穗卿说得对，年份短的陈皮茶汤色为青黄色，甚至青色，其味酸中带苦涩。因陈皮茶对咳嗽多痰等病症有一定的疗效，在我老家人人都爱喝陈皮茶。可路途遥远，我带得少，待不了几次客，抱歉！"

嗣同见此，忙岔开话题道："世人皆知瓷器是中国的特产，其实中国茶在西方国家也广受欢迎。特别在英国，不论男女老少，贫富贵贱都嗜茶如命，无茶不欢。俄国在汉口都建有茶厂，特别喜欢中国的砖茶。"

"复生所言极是，且由于英国地理位置独特，销往英国的茶叶价格比欧洲大陆的要贵。早在道光年间，因茶叶买卖使得英国白银大量流往中国，英国便无耻地将鸦片运到中国贩卖，换取白银，再用白银购买中国的茶叶，使得白银大量外流，严重动摇了我大清朝的根基。道光帝派林则徐到广州禁烟，并终止与英国通商，却导致了中英战争！"夏曾佑道。

夏曾佑平日里读书甚多，三言两语就将中英战争讲得脉络清楚。吴樵感叹道："古今中外，两国战争大多为利益所驱使。现在中国如此贫弱，一旦再有战争，只怕抵挡不住。"

"香帅办的铁厂也好，枪炮厂也好，虽说是新型工厂，但官场气息浓厚，亏损严重。要维新变法，绝不能换汤不换药。"嗣同想起洋务实业的局限，说道。

"嗯，如何做到换汤不换药？最重要的是要上下统一思想，之后推行具体举措，才畅通无阻。"梁启超也深有感触地说。

夏曾佑侃侃而谈："诸位，我们还是继续几天前谈到的宗教问题。中国人现行宗教主要有天师教、儒教、佛教、回教、基督教五种吧。盖儒教，虽名为中国之国教，然中国人并没有坚定地信仰它。不如改良孔教，择其本有者而表彰之，择其本无者而消除之。"

嗣同反驳道："孔教者，教育之教也，非宗教之教也。其为教，主于实行，不主于信仰！"

夏曾佑赶紧答道："也因此，要使上下一心，不可无宗教。惟有佛学可以抵制泥沙俱下的西方学说，保护中国传统文化精粹。而近来国家之祸，实由中国人太不明宗教之理之故所致。佛教精深，当别为一科学，以浅语蔽之，则诸家皆有我，佛教言无我而已。"

见三人仍盯着他，夏曾佑进一步解释道："至于佛之教义，经论所述，各各不同，今以慈恩宗之说为主。慈恩宗，又称唯识宗或法相宗，是由唐朝玄奘大师开宗、窥基大师助成的中土大乘佛教宗派。其宗穷究诸法之性相，认为人有质多（心）、末那（意）和毗若底（识）三心，而世间一切客观事物都是由人认识世界的生理功能识中的第八识所发现。"

"用佛教聚合离散的民心，使社会大众的理想信念趋于一致，以佛教改善颓败的风俗人心，以扭转不良的社会风气，从而使万马齐喑的政治风气得以改变。"吴樵也道，"但我更看重佛教主张'我不入地狱，谁入地狱'的'舍己身救众生'的救世思想。"

在佛学面前，梁启超确有一种面临大海的感觉，佛学无边无涯，深不可测。此时他疑惑道："佛教的救世思想与儒家的经世思想有相通之处，但我之前通读过法相宗，其佛理微妙玄通，深不可识。我们要倡导佛教，要人人能懂，更应倡导其于救世的实用精神，而不仅仅是参悟玄理，不然意义何在？"

嗣同说道："如果佛理太高深了，肯定不能推而广之。你们看西方信奉之《圣经》，可是用故事来讲道理，人人都能明白的道理。"

吴樵也道："关于用佛教来救世，之前龚定盦、魏默深等前辈都已经探索过，魏默深晚年归心佛教，融通诸宗，专志净土，寻求出世之要旨，编订刊刻

《净土四经》。"顿了顿，又说道，"法相宗富有睿智，拥有法如利剑的威力及锋芒，敢破敢立，能破能立，不惧邪魔与妖孽，但的确高深了，不利于民众理解其教义，又如何用之去统一思想？"

梁启超补充道："其实，魏默深很早就开始潜心禅理，道光八年他在杭州从钱居士学习《法华经》诸大乘，受益不浅。《法华经》宗旨便是宣扬济世，是大乘思想的集大成著作。大乘思想重视利他，倡导一切所学以利众生。魏默深追求经世致用的主张与大乘思想极相吻合，他走上了以佛法求世法的经世之路，即所谓经世佛学。"

他们三人就佛教佛理谈论，嗣同毕竟未曾深入研究佛教，他专注地倾听着，莫名地有了一种发现新大陆的兴奋，他深有感触地慨叹道："既然魏默深走的是以佛法求世法的经世之路，现在我们也可走他未竟之路。我真是孤陋寡闻，直至今日才发现佛学的大作用。你们赶紧推荐我好的佛经。"

梁启超笑道："复生，从来都是后来者居上。我可以肯定地说，一旦你入了佛理，比我们在座者都虔诚。我过两三天就要前往上海了，记得去岁我和康师一行前往西山朝佛，山麓的碧云寺很特别，是皇家寺庙。我们明天去看看如何？"

"那当然好。我平生最喜拔剑高歌，看遍天下奇景。"嗣同立即响应。

吴樵、夏曾佑也极为乐意，立即定好明天一大早就动身。考虑路途遥远，还是决定雇车前往。当天晚上，王五来了浏阳会馆，听说去碧云寺一事，也表示要一同前行。嗣同甚是高兴，让王五另外牵两匹马过来，他俩就骑马。

72

一大早，王五和伙计一人牵了一匹马一匹骡子，来到了浏阳会馆门口。嗣同已在等候，王五上前招呼："这匹枣色马，脾气还好，你平日不大骑马，就骑它吧。"他转头指着那匹黑色的骡子笑道："至于这头畜生，也只有我能对付它，它脾气既不好，跑起来时快时慢，真让人受不了。"

这时，罗成领着一辆马车过来了，吴樵、梁启超、夏曾佑也先后赶到。

王五骑上了骡子，扬鞭道："我先行一步，可不要小看了我这头骡子，小心跟丢了。"嗣同笑道："师傅不要太快，我功夫不如您，怕跟丢了。"一言未毕，黑骡已绝尘而去，众人也各上骑乘，迤逦而行。

西山，乃太行之首，京中百姓又称其为小清凉山，其状宛如腾蛟起蟒，从西方遥遥拱卫着京城，因此又有"神京右臂"之称。这天风和日丽，微风习习。这匹马真好，又快又稳，嗣同骑得很尽兴。但在半路上王五就不见了人影，嗣同不识路，只得回过头来等着梁启超他们，伴着轿子而行。原以为要走大半天，谁知半上午时分，马车就停住了，梁启超跳了下来。嗣同见此忙扣住马，问道："并没费多少工夫，已经到了？"眼前长松排闼，古意萧森，梁启超说道："这不就是碧云寺吗？"

寺前有一溪，溪水清亮可喜，过桥昂达山门。门前一对石狮，雕刻精美。山门庄严，有联云：人近云根辟地窄，为观山色放墙低。嗣同一行正要进去，只见一个瘦和尚上前，客气地合掌道："是不是谭、梁几位公子来了？王大爷早来了，请你们快进去，牲口交给贫僧，寺里有人能侍候。"嗣同就把马交给他，还特地交代要好生料理。

王五迎了出来，呵呵地笑道："几位赏光，我特地提前到，已经安排好了食宿。先喝杯茶，再走走看看。"嗣同等人谢过后，随他往里走。站在前院，但见寺门面对平野，三面环山，全寺依山而建，以排列在中轴线上的六进院落为主体，愈上愈高，直筑到山的半腰。远远看去，苍翠的松柏，掩映着红墙黄瓦的寺院，别具一番气象。

寺里的知事僧迎了上来，领着王五、嗣同一行走向南院，边走边一脸自豪地介绍说："这碧云寺，坐西朝东，是一座皇家供奉寺庙，相传为耶律楚材后裔耶律阿勒弥舍宅开山而建，始称碧云庵。明正德年间，御马监太监于经在寺后营建墓地扩建，改碧云庵为碧云寺。于经计划自己死后葬于此地，后因获罪未能如愿。到了本朝，乾隆帝对碧云寺大规模扩建，新建了罗汉堂、金刚宝座塔和水泉院。你们看，殿堂依山层层叠起，堪称西山最美的寺院。"

寺院环境清幽，有许多参天大树，大多为国槐、白皮树、七叶树和银杏，正是春深好时节，满目郁郁葱葱。

知事僧继续朝南院纵深处走去，走过高高的藏经阁时，介绍道："藏经阁下为罗汉殿，所列的五百尊罗汉塑像模仿杭州西湖净慈寺罗汉堂。每位罗汉的仪容姿态、穿着打扮都不一样，极其壮观。等会儿各位少大人可以去卜卜各自的本尊，看看运程如何？"

嗣同回道："倘能卜得本尊，倒能未卜先知，等会儿去瞧瞧如何？"众人一笑，继续朝前走。知事僧是心热嘴快之人，他指着寺庙深处说道："寺里有两处泉水，前有卓锡泉，寺后另有一泉，名为不老泉，泉下引水为方塘，下泻小石涧。泉边立金刚宝座塔，用石筑成，一共七级，依印度之须弥宝塔蓝图而建。可是寺里最值得一看的地方。"

众人抬头眺望寺的深处，王五说道："宝座塔自然要去，一路走得乏了，现在还是赶紧去喝杯泉水煮的茶。"

夏曾佑道："如此胜景之地，倘有美酒，就是神仙的日子了。等会儿我得找方丈参参禅。"他一脸神往，惹得众人都笑了。

说话间，来到了南院后院，这里很幽静，也招待平日上香留宿的香客。知事僧殷勤地将众人引至南侧三间客房前，说道："此三间上房，都是留给各位公子的，一切预备妥当，先请洗洗脸，喝喝茶，吃吃点心，午饭已经在准备，马上就好。"

一行人洗漱好，喝了杯茶，去正屋膳厅里吃过午饭，这才有了精神。嗣同提议道："穗卿兄要参禅，卓如、铁樵，我们去庙里瞧瞧如何？卓如在前带路。"吴樵走在后面，扭转头去看夏曾佑道："穗卿兄，还是我们一起去走走看看吧？"

夏曾佑坐着没动，连连摆手道："你们几个只管去，我最怕爬山了，我就在附近转转，然后去找方丈！"

三人就丢下他，来到碧云寺的大雄宝殿。殿堂高大威严，殿内菩萨金灿灿一片，正中端坐着释迦牟尼佛，好似在讲经说法，两旁分立迦叶尊者、阿难尊者，文殊菩萨、普贤菩萨则端坐两旁。大殿两侧排列有十八罗汉，四周墙上则画着悬山云海，气势磅礴。

大殿内安静清凉，檀香幽幽，嗣同一行虔诚地拜了几拜，方才来到院子里。嗣同长吁了口气说："大殿金碧辉煌，高大气派，怎么如此安静？都没怎么见香客来上香。"

吴樵笑道："复生，这可是皇家寺庙，一般香客怎能随意进来？"

梁启超附和道："毕竟是皇家寺庙，规模挺大，我们不如直接去寺后塔院，那五座宝塔可是最为独特之处。不过塔院在碧云寺最深处，请随我来。"

嗣同、吴樵跟着梁启超，朝寺院深处走去。塔有三层，而三层之上，前面两侧各有一座圆形喇嘛塔，后有五座密檐方塔，当中一大塔，四角各一小塔。吴樵不禁赞叹道："果然百闻不如一见，且不说宝塔造型别致，只看洁白的宝塔在青山绿树映衬之下，都不似凡世间的宝物。"

三人奔至塔院，原以为不能上去，守塔的僧人却没有阻拦他们。三人爬到三楼，抬头张望，但见蔚蓝的天空下，座座宝塔气势不凡，洁白无瑕，且遍布精致浮雕。再眺望来路，寺庙层层而上，红墙黄顶在绿树丛里熠熠生辉，微风吹来，只觉豁然开朗。

梁启超叹息道："去岁夏天，我和康师一同拜谒碧云寺，不想今日有幸和两位仁兄又来了。你们看看，这是什么？"说完，他变戏法似的，拿出几本小册子，还得意地晃了晃。

嗣同笑道："卓如贤弟真是有心人，给我看看，都讲了些什么？我等今日来碧云寺可不仅仅为了上香，需探求佛教如何观照众生，如何统一民众之思想。"

梁启超忙回应道："我当然明白我们的目的，我给你们讲讲康师曾经说过的三个悟道的故事，就是由小册子而起，故我印象很深刻，且由此可以观照悟道的不同方式。"见嗣同、吴樵都盯着他，他顿了顿道，"故事说，有三个得道的高僧在一起聊天，三人都有这样的体会，即苦读经书多年，修行多年，最后的悟道则只在一瞬间。由一件小事引起，突然间便像屋顶上的天窗被捅开了，整个儿都亮堂起来，一下子便什么都明白了。一个高僧说：'我苦读苦修不能悟道。有一天到河里去挑水，看见一个女人在河边洗衣服。那女人两只手上各戴一只银镯子，她不停地用手搓洗衣服，两个镯子不停地互相撞击，发出悦耳的声音。我突然想：这两个镯子戴在人的手上，怎么可以撞击成声呢？世上的镯子千千万万，为什么这两个镯子能戴在同一个女人的手上呢？还恰恰撞击成声！只有两个字：缘分。我就由这个因缘悟道了。'另一个高僧说：'我苦读苦修也不得悟道。有一年春天，我一早醒来，见满院子地上都是桃花花瓣，我扫了一个多时辰才扫干净。我边扫边想，这些桃花昨天还在树上开得好好的，怎么今天早上都零落了呢？昨天我还在想，今年桃子肯定会结得多，谁知还没过一天，希望就全落空了，都怪昨夜的一场暴雨。这风雨无端而来，吹得桃花纷纷坠落，改变了一切。我于此而悟道。我想我这是因无端而悟道。'另一个说：'我苦读苦修多年也不能悟道。有一天夜里，我回房间里睡觉。进门时，踩到了一只软绵绵的东西，低头一看，那东西裂开了，流出浓糊糊的一摊汁来。我想，一定是踩死了一只小老鼠，那浓糊糊的浆汁一定是小老鼠的内脏血肉。心里很不安，睡在床上，嘴里喃喃念阿弥陀佛，我一世不杀生，这次是误踩，小老鼠，我明天为你超度亡灵吧！不料刚合眼，便见千万只老鼠龇牙咧嘴吱吱地叫着向我奔来，好似要撕裂我。我吓得醒了过来，决定立即去掩埋死鼠，为它念经超度。我端起灯走到门边，低头一看，原来不是死老鼠，而是一只烂茄子，流出来的是茄子汁。我心里念道：阿弥陀佛，我这下无罪无过了。再躺下睡觉，风平浪静，什么梦也没有，一觉睡到大天亮，醒来后干脆把那只烂茄子扔到墙外去了。从此我悟了道。我这是因心而悟道！'"

嗣同似乎有所触动，忙问道："卓如，悟道竟然在一念之间？是不是太玄妙了？"

梁启超不以为然地说道："要说悟道，虽在一念之间，但也需苦学苦修多年，而我真正佩服佛家的是'因心悟道'这句话。世间万事万物，对人来说，实只一念之间而已：存之于心，则有事有物；不存于心，则无事无物。就拿今日大清国来说，真正是百病丛生，危险至极。忧国忧民之士心急如焚，眼见国家多难，求救亡图存之策，日思夜想，寝食难安。但同是大清子民，更多的人则熟视无睹，浑然不觉，当官的依旧养尊处优，贪污受贿，为民的依旧钻营谋利，苟且偷生。两者之差，唯在有心无心而已！"

吴樵又道："国家存亡，匹夫有责，但明白这点的又有多少人呢？不管他人如何，至少我们应该奋起倡导尽可能多的民众警醒起来。"

"对，管他有心无心，我们要尽力去唤醒那些还在酣睡的大清子民！但光求神拜佛可不行，光悟道也不行，还得以佛学的精神去团结民众。"嗣同附和道。

"如此一来，任重而道远。我不日即将南下上海，和汪穰卿一道投入办报事宜，用我手中的笔去唤醒那些还在睡梦里的大清子民吧！分别在即，不如以诗纪念。复生兄，你多年走南闯北，写过不少诗篇，今日面对如此胜景，不如来一首？"梁启超笑着对嗣同说道。

"刚刚我在墙上看到明朝大才子王穉登一首写碧云寺的诗，我念来听听：云中流下不胜清，石濑溅溅只自平。宛转浮杯人不醉，潺湲到枕梦难成。分厨已足千僧汲，出寺能为十里声。同是黄尘骑马客，与君相对濯冠缨。"嗣同叹道，"同是黄尘骑马客，与君相对濯冠缨。这句诗最是打动我，与其做一个无所事事的官，不如隐居在此寺庙里学佛念经，以寻找悟道的真谛。"

随后，他转过头来对吴樵说道："铁樵足智多谋，能言善辩，且学贯中西。平日里纵然遇到疑难问题，他都能巧思明辨，数语即能阐述明白。今日来此碧云寺，说不定会有惊人之句。"

吴樵连连摆手道："复生兄，你是诗词高手，就别为难我。你也知道，我平时就不好吟诗，猛然要我作诗，只有才思枯竭。"

嗣同见吴樵一脸苦相，蛊惑道："铁樵，写诗比你做几何证明题还容易呢，你就做一首试试，让我和卓如见识见识。"

吴樵看着一旁的梁启超，却见他一脸坏笑，甚是无奈，苦笑道："看来，今日你俩有意看我的笑话，好吧，我只好勉为其难了。"说完，他看看绿树丛里的寺庙，又抬头看看蓝色的天空，迟疑地吟哦道："一入禅林花木深，春风著意化诗心。白云白鸟相来去，青史青山自古今。"

待他念完，嗣同和梁启超不约而同地拍手道："铁樵，你的诗句真是妙极了，不写则已，一写则一鸣惊人，令人刮目相看。"

吴樵如释重负，笑道："都是复生兄强求，不然我哪里知道作诗。"

回到客房，三人见夏曾佑已经坐在正屋膳厅等候了，桌上摆好了满满一桌菜，还有一壶素酒，他正独自有滋有味地喝着。知事僧忙迎了上去，客气地招呼道："各位少大人，饭菜已经备好，赶紧用餐。这位夏施主和我们住持谈论了一下午，住持对夏施主佩服得很，特地安排一桌菜肴和素酒，招待各位少大人。"

嗣同三人笑着看了看夏曾佑，索性坐下来就吃，爬山爬楼也累了。席间，梁启超要夏曾佑交代下午与住持都聊了些什么。夏曾佑只顾喝酒，笑而不答。

是夜，微风轻拂，四周大殿屋檐下挂着的风铃清脆地鸣响，嗣同侧耳倾听，不久就睡着了，睡得极沉极香。第二天一大早，嗣同又在风铃声里醒来，佛号声悠悠而来，密密实实地萦绕在耳边。他从床上一跃而起，朝大殿奔去，但见大殿里檀烟袅袅，佛像前跪了一大片玄衣和尚，整齐地吟诵着经文，肃穆庄严，似有一种奇妙的魔力，使他内心安宁。

嗣同站在殿外，沉浸在佛音之中，有一种莫名的感动席卷而来。佛法无边无涯，佛法宁静祥和，给人慰藉，催人奋进。

73

梁启超离京后，大家好几天都怏怏的。想想吴樵一家、夏曾佑都会先后离开，嗣同更是心中不舍。这天不用去吏部签到，督促传赞温习功课后，嗣同就去伏魔寺找吴樵兄弟。夏曾佑、杨锐也在场，还有一位不相识的瘦子，正在吴樵家客厅谈笑。见嗣同来了，大家都站起来一一相见，以东则奔上前来拉住了他的手。吴樵招呼道："复生，正在说你呢，父亲已经觐见皇上了，我们一家和芸子兄计划后天离京！"嗣同一听，心里一紧，吴德潚先生已明确去衢州西安县担任知县，觐见之后，自会按例出京。

嗣同打起精神致贺道："恭喜叔父和铁樵，只是舍不得你们走。"

吴樵脸上也有不舍："复生，我们先去上海，再回四川达县老家一趟，今后我们也隔得不远，相互间来往的机会应该很多！来，我给你介绍一位奇人，这位是随公使龚照瑗出任中国驻英、法、意、比四国公使参赞宋育仁，表字芸子，也是我们四川老乡，富顺县人，与刑部刘光第裴村主事同县人。"

眼前那位瘦削的中年人身着普通的灰色长衫，眉毛粗重，双眼眼袋虽明显，目光却很犀利。嗣同早就多次听说过他的壮举，每每感慨不已：就在中日甲午战争爆发时，宋育仁正在伦敦，因公使龚照瑗回国述职，就暂时代任该职。获悉清军平壤溃败，黄海海战失利后，他情急之下产生了一个大胆设想，与使馆参议杨宜治、翻译王丰镐等人密谋，购买英国卖与阿根廷、智利两国的兵舰五艘、鱼雷快艇十艘，招募澳大利亚水兵两千人，组成水师，托名澳大利亚商团，以保护商队为名，自菲律宾北上直攻日本长崎、东京。澳大利亚为英国属地，商会本有自募水师保护商旅之权。

谋定之时，宋育仁一面报请朝廷批准，一面又与刘坤一、张之洞等人联系，以取得这些封疆大吏的支持。宋育仁还与美国退役海军少将夹甫士、英国康敌克特银行经理格林密尔等商定：由中国与康敌克特银行立约借货款二百万英镑，外加战款一百万英镑，以支付兵船购买费用及兵饷。重重努力后，所购舰只已备齐了枪弹武器，各级战斗人员也已经募集妥善，组成了一支有力的海军，准备交由英国军官、前北洋水师副提督琅威理率领。

当时已是炮械集结，整装待发了。因时间紧，清廷还未通过正式渠道获得宋育仁在欧洲的活动情况，此时公使龚照瑗查知此事，因惧宋育仁妄为生事电告清廷。清廷已决定和日本媾和，李鸿章坚决反对宋育仁等人的做法，慈禧也认为宋育仁"妄生事端"，立即下旨将购船募兵等事，一概作废，电召宋育仁速速回国。

现在有机会见到心目中的英雄，嗣同肃然起敬，忙作揖道："今日幸会芸子参赞，先生英雄壮举我已听闻多次，欲当面致意并请教，不想今日有缘一窥先生风采。"

宋育仁性情爽快，当即回道："幸会复生太守，我的行动已胎死腹中，徒劳无功而已，实在算不上什么壮举。"

"芸子仁兄，中日之战，不少将帅临阵逃脱，而兄远在海外，却费尽心力筹谋大事。即使未能成功，也怨不得你。"杨锐道。

"叔峤所言甚是。芸子仁兄的英雄行为，真令我等佩服。仁兄的大计若得遂所愿，我大清国何至于此？"嗣同言道。

宋育仁的脸上笼上了悲伤，缓缓地说道："可恨朝廷最终还是与日本签署了丧权辱国的《马关条约》，我因潜师谋废，功败垂成，只能暗自痛哭，望洋而叹。就在回国途中，我写成了《借筹记》，详详细细地记录了这事的经过，以表我壮志未酬之情。"

嗣同再次朝宋育仁作了一揖，满怀敬意地说道："芸子仁兄，盼有幸拜读《借筹记》，真切感受仁兄的种种努力。"

吴樵招呼大家坐下，说道："众位仁兄请坐，晚饭请各位至广和居喝几杯，以感谢这些日子的教导。"

谈没多久，见时间不早了，夏曾佑建议干脆移至广和居边喝酒边畅聊。一行人起身往外走，遇上匆匆赶来的汪大燮，人都到齐了，热热闹闹地去往对面的广和居。

菜丰盛，酒也宜人，嗣同、夏曾佑、汪大燮喝绍兴酒，几位四川人喝白干儿，席间吃得尽兴，喝得尽兴，说得也热闹。饭后，嗣同又邀众人至浏阳会馆聚谈。喝着嗣同带来的湖北红茶，众人又继续着席上的话题：即使分散各地，也要将维新变法事业继续下去，一定要互通声气。

夜色深了，众人渐渐沉默，"黯然销魂者，唯别而已矣"。见此，嗣同取来七弦琴，搁在膝上弹奏起来。一曲《高山流水》响彻会馆，众人心里又难过又欣幸。琴声一停，众人起身告辞。

次日一大早，嗣同晨练之后，从箱子里找到一把精致的小刺刀，这里他在上海时买的，心想送给以东小弟最好。他赶到吴樵父子寓所，正碰上吴樵、以东要出门，以东手里还拿着一只小小的布袋。以东一见嗣同，开心地笑了，嚷道："复生兄，我们正要去浏阳会馆和你正式道别，送你一套代数、几何书！"说着，扬了扬手里的布包，嗣同也笑了："我也正有一把小刺刀送你，你可插在靴子里，路上防身用。"

以东上前接过小刺刀，抽出一瞧，见刀刃闪闪发亮，棕色小皮套十分精致，心中喜欢，谢道："谢谢复生兄，山高水长，你我永不相忘，后会有期。"

吴樵也作揖笑道："复生兄，昨晚已经相互约好，都不相送，你我还是忍不过。请多珍重，我们会很快相见的。"

嗣同也道过珍重，怅然而归。

又过了十来日，夏曾佑也前往上海去了。原本热热闹闹的一众朋友，现在就剩下他一人，嗣同特别盼望吏部的指派能早日下来，他也要逃离这沉闷的京城。

忽一日，传赞带回了一道圣旨："谭传赞着外用。"浏阳会馆一时喜气洋洋，入京以来，传赞先是入监读书，四月初考试一过，现在又承荫外用。嗣同松了口气，总算是不辱使命，传赞经历了人生曲折，也终于走上了正路。能不能做官是次要的，至少得知道当前局势，非讲求维新变革不可。嗣同将传赞叫到书房，郑重地将《格致汇编》等书籍送给他，让他认真阅读，不然会落伍了。传赞答应着，在国子鉴读书时，也有年轻学子在兴致勃勃地讨论新学，他平时耳闻七叔与友朋们讨论新学，虽然知道些新名字，却依然插不上话。现在考试已过，正好开阔眼界。

嗣同得准备后天四月十八日的觐见，他一个候补知府，所谓觐见只是一个过场罢了。头天晚上早早躺下，到凌晨时他就起床了，穿戴好就匆匆出门。四处黑漆漆的，罗成提着灯笼在前面走，嗣同紧跟在后。一路上，不时遇见如他这般赶去觐见的官员，赶到东华门，便有太监来领着去养心殿偏殿候着。

屋子里已有不少人了，各自沉默地坐着，一片安静。有吏部官员接待安排，引嗣同找了地方坐下，一直等到半上午，不时有人出去，却依然没有轮到他。终于，奏事处太监在一长串名字后唱到他的名字，嗣同忙站起来随着众人朝养心殿走去。进得殿内，随众人跪下，嗣同大胆地抬头，看向年轻的皇帝。无奈离得太远，看不真切。大殿里一片肃静，只得低头随着众人一道磕头请安，一阵清晰可闻的咚咚之声响起。还未听清皇帝问了些什么，领衔者又如何回答，皇帝那边就说跪安吧。

嗣同赶紧起立，跟着后退至门口，转身退出。即使他是练武之人，此时膝盖都隐隐作痛，也不知那些六七十岁的大臣，天天都要跪拜，如何受得了。

嗣同左右瞧瞧一同觐见的官员，大都是候补官，也不相识。走在人群中，他仿佛待在行走的壁笼里，茫然而又孤独。临出门时，他又大胆回头，远远地看了一眼光绪皇帝。他仿佛在年轻的皇帝脸上，也看到了茫然和孤独。他听闻年轻的皇帝颇思振奋，但所有的大权都在慈禧太后手里。出得门来，嗣同站在院子里抬头看了看刺眼的太阳，恍然如梦。

74

吃过饭后，嗣同就告诉传赞，因浙江停止分发，他现在奉旨改发江苏候补知府，得前往江宁赴任。传赞致贺："恭喜七叔，江宁是六朝首都，有王者之气，七叔定有用武之地。这下祖父可安心了！"其他家人也一一上前致贺，嗣同对罗成说："让刘叔杨妈好好安排一下今晚的伙食吧，摆上我们带来的浏阳烧酒。"

嗣同回到书房，茫然与孤独缠绕着他。一个候补官员，又能干些什么呢？但渐渐地，重重的茫然与孤独之中，又生出一种希望。江宁成为他新的开始，至少他不再是一叶无处停泊的小舟，他逃离父亲后好歹有个去处了。他心绪渐渐好了起来，晚间王五、胡七都闻讯赶来。刘凤池和杨妈准备了很丰盛的一大桌子菜，众人很开心，嗣同也高兴地敬了大家几杯，很晚才散。

次日嗣同一起床，交代罗成打理出京的行装，雇好前往天津的船只。之后一连几天，他早出晚归各处辞行。有时，他带回几本书，或者几件首饰，或者几件衣料。罗成悄悄笑着和杨妈说："杨妈，别看七爷平日不理家事，倒也知道给夫人买些礼物。"见他一脸认真，刘凤池和杨妈都笑了。

这天傍晚，嗣同兴冲冲地从外面回来，见曾广钧正坐在会客厅里，忙上前作揖致歉道："重伯兄，不知大驾光临，有失远迎。我不日即将南下江宁赴任，这些日子正往各处辞行。正想这一两天去你处，不想你倒先来了。"

"复生仁兄，我已知道你分发江苏，今日特来致贺。江苏巡抚赵舒翘是正直之人，只是不知他于维新变法有何态度。"曾广钧也上前见礼。

嗣同将曾广钧引至书房，从袖袋里掏出一个靛蓝色布包，打开一看，竟是一串碧绿的佛珠，粒粒圆润，晶莹剔透。嗣同小心地拿在手上，说道："重伯，今日我去吴嘉瑞雁舟师处辞行，他陪我一起去琉璃厂淘宝，竟然发现了这串佛珠。雁舟师认真鉴定，确认是佳品。这串佛珠我要送给闰娘，我自己之前已买了一串，珠子比这串要大。这些日子我与卓如、穗卿及铁樵日日争论学问，始觉学习佛学的重要性。现在我已随雁舟师习佛呢。"

曾广钧接过佛珠一瞧，只觉绿得纯粹，粒粒圆润，想必不差，赞道："难得复生对夫人一片真心，此佛珠真心不错，一看就是好东西。"

嗣同笑意更浓："伯重兄，雁舟师出身于习佛世家，我因他而读些佛教经典，日益觉得佛学博大精深，有着积极进取的救世精神，且六经没有不与佛教相合的。他还教我打坐的方法，经过这些日子的练习，我已能打坐将近一个时辰呢。"

曾广钧不由对嗣同刮目相看："复生仁兄，没想到你在如此短的时间内就能精进至斯，值得我等好好学习。"

"雁舟师还告诉我，一旦悟道便不再迷惑，譬如矿石，未锤炼时看上去很普通，但经高温烈火锤炼，就会炼出真金。掌握了佛学的真谛，看问题就会更明白清醒。来日到了江宁后，我要去找当地有名的杨仁山先生继续学佛。"嗣同眼光灼灼，满是期待。

随后，两人交流了各自于佛学的感受，嗣同还特地演示了打坐的方法，曾广钧兴致勃勃地跟着练习，兴尽而返，相约有机会还是回湘省跟着陈宝箴巡抚推行新政。

天气越来越热了，四月二十三日这天傍晚酉时之后，嗣同赶至东单牌楼二条胡同翁府，应约拜谒翁同龢。二人书厅相见。翁同龢见嗣同身穿月白色长衫，颀长的身材，浓眉剑目，神情朗润，心想谭敬甫竟有生得如此英俊潇洒的儿子。翁同龢招呼嗣同坐下，问道："贤侄来京已经有段时日了吧？前几次你递名刺过来，正遇上老夫公务繁忙，今日才得闲和你见面，真是抱歉得很。令尊是老夫同年，他于朝廷忠诚可鉴，鞠躬尽瘁，身体可康健否？"

嗣同见他神情严肃，语气温和，忙站起来致谢道："中堂大人如此惦记家严，小侄甚是感激。家严虽公事繁重，近年来身体倒还康健。"翁同龢点了点头，关切地问道："此次分发江苏，可有什么想法？近来都读些什么书？"

嗣同也曾听说翁同龢颇思变法维新，不如趁今天这难得的机会表明心迹，直率地说道："自甲午之战后，有识之士痛定思痛，颇思变法维新。我也在寻求大清国强盛之路，近来反复阅读《泰西各国政要》《日本志》《格致汇编》等，愈觉非维新变法无以图强。"

翁同龢惊讶地看了看嗣同，凝神说道："不想贤侄涉猎如此广泛，他山之石可以攻玉，泰西各国及日本治国理念，倘根据大清国实情加以运用，也可成为救时良药。不过舆论未能尽孚，一时尚难以实行，我亦无能为力，自觉惭愧得很。国家大事，也绝不是仓促所能办成的，尚需加以郑重忍耐，一旦机会到来，自有水到渠成之时。好在圣心颇思振奋，或可人定胜天。"

嗣同眼前一亮，不觉喜形于色："中堂大人一身系天下安危，老成谋国，理当如是。不过机会稍纵即逝，甚望中堂出力担当，随时留意，奋力倡导。倘使上下坚定一心，重振国运，实为千秋功业。"

翁同龢脸色一滞，点点头道："甚是，甚是！"

续谈了数语，翁师傅手扪茶杯，客厅外家人就喊："送客。"嗣同起身告辞，翁同龢送出书厅。嗣同道："不敢当，万望大人止步。"翁师傅微笑，点了点头，回身进去了。

嗣同出了门，心想人说翁同龢是极明白之人，今晚一席话却令人不得要领，句句是实，又句句是虚，不觉长吁了一口气。

第十四章：办矿

75

端午这天，天气有些闷热，陈宝箴天刚亮就起来了，去后花园散散步，这是他之前在军队里养成的习惯。现在年纪大了，身子笨重了，不再打拳，就走走路，活动活动筋骨。陈三立每天也起床很早，父亲政务繁忙，历来都是他安排一应家事。

父亲或早或晚散步，他尽量陪侍在侧，聊聊家事，但大多数时候还是谈公事。他会积极为父亲建言，父亲也会认真倾听并采纳他的意见，就在赴任来湘之时，父子俩就明确了心志，扫除弊政，兴起人才。尤其是陈宝箴，六十五岁才得到执掌一方的巡抚之职，确有一种时不我待的紧迫感。在他看来，在湖南这一形胜之地，用心经营一番，完全可以为天下之先，足备非常之变。为此父子俩决计倾尽心血，早日浇开湖南富强之花。

但陈宝箴自去年就任，便值湖南遭旱灾，十三州县多达四五十万饥民，浏阳、醴陵、衡山等地最为严重。陈宝箴心急如焚，四处求援，好在直隶总督王文韶等援手相助，募到了几百万两白银，解了燃眉之急。

为大刀阔斧地兴办新政，臬司幕僚人选颇费了一番心思，陈宝箴整顿官场，从上至下换了二十余人，官员大都能诚恳办事了。值此时局艰难之际，国库空虚，应付灾情已是精疲力竭，想要筹办新政，更是需要钱。好在湖南土地奥衍多矿产，铜、煤、铅、磺、安的摩尼矿等尤为丰富，陈宝箴决计由此着手，打开一片新天地，乃于正月里具折开办湖南矿务，且很快获光绪帝批准。陈宝箴很受鼓舞，设立了矿务局，任命刘镇为总办，张通典、邹代钧为提调，湖南矿事就此推开。陈宝箴对于矿务总局高度重视，陈三立虽不谙矿务，仍然成为矿局内掌管大小事务的关键人物，廖树蘅被委以执掌常宁水口山矿务重任。

花园里，陈三立见父亲心事重重的模样，心疼地说道："父亲大人，今天端午，您不妨休息休息。自从到任湘省之后，您都没睡过好觉，更没好好休息一天。"陈宝箴点点头道："家务事都是你在打点，你辛苦了。我都好久没和孙子们一起吃饭了，这样吧，中午家人聚餐，多买些包子粽子，来碗红烧肉，让孩子们吃个痛快。"陈三立心里一喜，忙吩咐跟在自己身后的管家黄老伯去准备。

陈宝箴却想起什么似的，又对黄老伯道："老黄，晚饭有五六个客人，要多准备准备。"

陈三立问："父亲大人，今天有谁要来？"

陈宝箴笑道："就在昨天，先是苏畡的长子基植特地回来报告水口山情况，瓣姜先生也来了，我琢磨着，干脆将他们俩，还有定夫、伯纯及沅帆，加上修原，请来一起在府里晚餐。一则感谢他们为矿务所做的努力，二则现在矿务除煤炭外，还没有预期的收入，得好好商谈商谈。"

陈三立一听，脸上有了愧色："父亲大人考虑周详，我赶紧让人去知会他们，让他们下午早点过来，先谈公务再吃饭。"

陈宝箴点点头，陈三立正要去厨房，黄笃恭匆匆朝后花园赶来。陈三立道："修原兄，我去厨房有事，有劳你先陪父亲在后花园走走。"

黄笃恭与陈家有着深厚的渊源，是湖南湘潭菱溪人氏，世居马家河红花山，为县学廪生，后以道员留于江苏，遇缺即补知府。陈宝箴的夫人黄淑贞为江西修水双井黄氏，与湖南菱溪黄氏同为江西双井始祖黄玘之后代。因此，黄笃恭来投靠陈宝箴，陈宝箴赏识他有学识，留在府上参幕。陈三立与黄笃恭年龄相若，两人互为知己。

在后花园走了七八圈，额头上冒出微汗，陈宝箴便来到签押房，重又拿起书案上廖树蘅的信阅读起来，看着看着，陷入了深深的思索。湘中公项，经吴大澂征收军粮之后，各地积谷用尽，抚库银钱更是拮据得很。幸亏湘地矿产蕴藏丰富，已有几处采得好矿苗。现在先行开办煤矿，每年可获利数十万。再次第开办各矿，手里有了钱，就可接着开学堂、设公会、兴报馆、练营伍等，一步步推开来，湖南富强指日可待。念及此，陈宝箴眉头舒展开来了，转头瞧见黄笃恭正凝神静气地站在书案一旁，疑惑地问道："修原，今日过节，不是说让你先休息，晚间再来吗？怎么没有回寓所？"

黄笃恭恭敬地回道："右帅，我也算是夫人娘家侄子，今日留在巡抚署，也是来走亲戚，右帅总不至于多一餐饭也不招待？"

陈宝箴闻言不觉一笑，指着书案上的一幅地图道："那好，此图是沅帆昨天送来的，是全省形势图，将已知的矿产在图上标注了出来。你帮我挂到墙上去，让我好好瞧瞧。"

黄笃恭赶紧去挂，地图却有四五尺宽，他一人挂不了，正在着急时，陈三立端着一盅参汤走了进来，见他的窘态，甚觉好笑："修原兄，为了一幅地图你上蹿下跳，真够你忙乱的，等会儿让我来帮你吧。"随后，他将手里的参汤递给陈宝箴道："父亲，这是母亲给你煲的参汤，您赶紧趁热喝了。"

陈宝箴脸色温和，问道："伯严，你母亲今日感觉可好些？她自己身子不好，还顾着我。你赶紧和修原将地图挂好，我得好好看看。"

陈宝箴将汤喝完了，地图也挂好了。三人走到地图跟前，细细地观看起来。陈三立暗自赞叹邹代钧于地图绘制所作的改革。原本《湖南全省舆地图》十六册，已由湖南舆图局完成，可图中仍用"山形线"表示山脉。陈宝箴不满意，让邹代钧用中国舆地尺另外创制几张彩色《湖南全省地形图》，分挂在几大衙门及省矿务局里，如此看全省地形便了然于胸。

据他所知，就在去年春夏间，邹代钧在武昌任译书局海国地图的编辑，以发行股票的方式，在武昌发起成立地图公会。他用中国舆地尺，首创铜版印制中外彩色地图，质地优良，准确度高，轰动一时。此后，邹代钧为陈宝箴励精图治的精神所打动，由武昌返湘，被陈宝箴委以湖南矿务总局提调。来长沙时，他将地图公会也带来经营。

陈定箴目光盯在常宁水口山一带，深有感触地道："邹沅帆于地图绘制颇有造诣，这种彩色地图比旧式地图精确多了，且一目了然。你们看这是水口山，画得再明白不过。"

"嗯，父亲，矿场居钟、湘两水之间。钟水入湘之口，名菱源，宋时就设置了茭源银场监，在此炼银和提硫。离此地三里许，有龙王山，苏畡世伯来信说此山形势嵯峨，奇石错立。而水口脉络，由龙王山来，产矿之所曰余家田。纵横不过数十丈，其后左右略有小土山，左曰铜鼓造右曰锡坑，前有小港，直达溪河。历年山民都向町里开挖，山体受损严重，千疮百孔，积水淤集已成病弊。"

陈三立边指画边说，陈宝箴点点头，说道："苏畡是实诚人，他已年近花甲，本在玉潭书院当山长，不必在外奔波。我委以常宁水口山矿事，他虽从来没有接触过矿务，没有把握，却仍答应尽力去办。真是难得！现在水口山在他苦心经营下，已初见成效，他提出要采用明窿开采法，伯严、修原你们以为如何？"

"右帅，据我所知，现在盛杏荪的煤矿、香帅的马鞍山铁矿，尚须采取西法用钻机才能探明储量和矿脉所在。今水口山拟用老式明窿开采法，需用民工甚多，万一开挖下去没有矿砂怎么办？靡费银两可不少！"黄笃恭根本不顾一旁陈三立的暗示，快言快语地说道。

见父亲脸上严肃起来的神情，陈三立忙解释道："水口山矿场和他处不同，苏畡世伯在信里也说得明白。自宋朝起当地人就在此开采银矿，山体都遭到了破坏，他拟用老式明窿开采法，自有他的理由。毕竟我们没到现场，也不能妄下结语。"

陈宝箴看了看他们俩，锐利的目光仿佛要看穿他俩的心思，他记起廖树蘅赴水口山前夕，曾经和自己立下三个约定：请令矿务总局不要推荐人，不要从旁牵制，不要妄自猜测随意批示。有成效则是吾湘之幸运，没有成效自求处罚。

陈宝箴置身官场多年，早已明白用人不疑疑人不用的法则，何况现在急切盼望矿场获利之时，可不能乱了阵脚。他稳定心绪，回坐到书案前，缓缓说道："我们远在省城，水口山的情况都不了解，等基根来了再问个清楚吧。天下事亦有可为，虽湘中一隅，吾等尽力，力求有大起色！"说完这些，他话锋一转，对陈三立说道："伯严，近来孩子们的功课如何？新学学得如何？将他们叫到我书房来，我要考考他们。"

黄笃恭告退道："右帅，愚侄先行告退，去内院看看夫人。"陈宝箴点点头，待黄恭笃离开后，对陈三立交代道："矿务是当前重中之重，矿务办好了，才有资金办其他新政。你办矿要思虑周全，万不可鲁莽行事。再者，我现在年俸仅九千金，还不如鄂藩，家里人口众多，我知道你维持家事不易，但孩子们正是长身体之时，万不可短了他们吃食，教导更需抓紧。你先下去吧，让我安静安静。"

76

眼见早禾已经栽下去了，且长势良好，欧阳中鹄这才松了口气。趁县内已经安靖下来，他特地坐船来省城，昨天到达时已经是傍晚。名刺递进去，抚台大人陈宝箴差人吩咐，先暂时在巡抚署客房里住下来，好好休息，明日再深谈。许是累了，昨晚一夜好睡，今天一大早醒来时，窗外已经下雨了，欧阳中鹄的腿又隐隐地痛了起来。他不急着起床，就躺在床上想心事。

自去冬办赈，至今半年有余，他埋头在全县赈灾事务里。统率全县大小二百九十余团，他真是累得精疲力竭。腰腿最痛之时，也是办赈最紧要之时，他却无法行动，躺也不是，坐也不是。家人见他痛得厉害，吃药贴膏药针灸都没用，万般无奈只得找来鸦片镇痛。不想却由此上瘾，痛得受不了时还得抽上几口，心中万分懊恼。

身体上的疼痛尚可缓解，心里的创伤却久久难以愈合。或阳奉阴违或嚣张抗捐的各色人等，都令他这个书生备受折磨。

正想得入神，有人在敲门，开门一看是茶房送早点进来。茶房说，今天是端午节，抚台大人差人送信请瓣姜先生晚间到府上聚餐。欧阳中鹄吃过早点后，正想着到太平街上去走走，那里有多家浏阳爆庄，一则可以募捐，二则还有几张写捐者没有给票据。刚打开门，刘善泫、刘善涵两兄弟来了，二人手里还提着几样点心，见面便拜："瓣姜师，学生拜节来了。"

欧阳中鹄满心欢喜道："湘渠、淞芙你们兄弟来了，都没回浏阳过节？"刘善泫回道："瓣姜师，我已将家人接到长沙了，在这里赁了几间房。至于淞芙，他安家在南市街老宅，得武昌、浏阳、长沙来回跑。"

欧阳中鹄看了看刘善涵，关心地问道："淞芙，你这段时间都在长沙吧？质学社王晓夫夫子的事情处理得如何？豆豉号生意可好？《湘报》筹备情况如何？可不要太累，你又瘦了！"

刘善涵作揖道："感谢瓣姜师关心，豆豉号生意还行，《申报》尤其销得好。至于拟办《湘报》，只怕会落空，还是资金成问题，复生虽尽力帮我募股，但收获甚微。质学社王老夫子的事最为难办，我和佛尘都去请罪，甚至跪求谅解，但他的学生硬是不愿意，此次吾师倘方便还想拜请您出面劝解才好。"

欧阳中鹄忙安慰道："淞芙，我知道你和复生、佛尘志向一致，唯愿大清国维新变法速速成功，从此改天换地。但一口不能吃成一个胖子，只能一步步来。既然北京、上海等地都办了报纸，长沙有一天肯定能办起自己的报纸！我在长沙会待几天，办完事后我去劝劝王夫子。"

刘善浤也连忙站起来作揖，抱歉地说道："瓣姜师，我们兄弟父母去世早，感谢您对我们的关照和扶持。当初我让淞芙不要办质学社，他非得要办，说是要为浏阳培养矿务人才，不想竟惹起了事端。"

"难得淞芙一心为桑梓计，想着办质学社来促进浏阳矿务，谁知有些人竟利欲熏心，故意闹事。"欧阳中鹄见刘善涵神色黯然，忙为他宽心。

刘善涵听了，甚觉欣慰。想当初算学社办起来时，他深受鼓舞，便排除万难，牵头办起了质学社，计划以办矿来带动办学。山长王晓夫招商集股办煤矿乃光明正大之事，没想到澄市陶俊臣借分股之事散放流言，煽动众人驱逐王晓夫。山长王晓夫到任不过半月便狼狈逃离浏阳，其亲戚刘籓生及其门人何岳松义愤填膺，叫嚷着要上书学政江标，要求惩处带头人及随从者。刘善涵为此浏阳、长沙两处奔波疏通关系，实在是焦头烂额，有苦难言。

"今天端午不谈糟心事，难得您来省城，我们请您到火宫殿走走，看看戏，吃吃饭。"刘善浤也怕弟弟难过，赶紧转换话题。

"有戏看？我都好长时间没看戏了。好不容易饥荒过去了，是该唱唱戏驱驱霉气，不如我们早点过去。"欧阳中鹄颇感惊喜。

师徒三人赶到火宫殿时，正好大戏开场，是湘剧《穆桂英挂帅》。穆桂英扮相英姿飒爽，唱腔高亢婉转，欧阳中鹄听得入了神。刘善涵则看得情绪高涨，一个女人在国事危难之时都能上阵杀敌，作为男儿他都做了些什么？如此小小挫折就泄气吗？刘善涵脸色依然平静，眼睛却湿润了。

待看完戏后，正是午饭之时，刘善浍找了家熟悉的饭馆，所点的新辣椒炒肉、火焙鱼等菜，都是欧阳中鹄喜欢的。刘善浍又叫了几两店里的谷酒，笑道："瓣姜师，难得端午节在省城相聚，喝点酒如何？"

欧阳中鹄点点头道："再好不过，我这腿一到阴雨天就会痛，喝点酒压压痛。淞芙，上次复生写信来特别讲明，安的摩尼矿欧洲已挖尽，急需在中国觅取。英国公司托傅兰雅先生于上海多方求购，复生和他商谈再三，才答应每年可为浏阳包销八千吨，每吨给价四十元。当时他写信让你急往上海订立合同，我虽有心让你去，却绕不开省矿务局，还望你理解为师。"

刘善涵见哥哥刘善浍朝他眨眨眼，却依然回道："四月间，佛尘也已与马尚德医生议定，安的摩尼矿以每吨四十元内外，售与英领事贾礼士，不日将回浏处理。可前不久，我与佛尘去找过省矿务局伯纯、沅帆两位提调，他俩说右帅甚重此矿，意在五金之上，必须官办。如此一来，瓣姜师，是不是汉口之事也会不了了之？"

欧阳中鹄沉吟道："淞芙，我理解你们的心情，你们也是为了能将售卖安的摩尼矿之款项用于浏阳的维新之事。现在安的摩尼矿奇货可居，是定要开办的，黎少谷已将矿山批定。惟此时暂宜保密，恐传出去会带来种种不便，故我与少谷等都未声张。俟你与佛尘回浏阳，酌定章程，即行开办。省矿局有官办、官商合办及官督商办三种形式，据我观察，只怕抚台大人着力在官办。而我此次专程来省城，意欲进言抚台大人求得淮盐专岸，请设立'淮盐浏阳专岸'。一旦设立，有此项税收保障，办算学馆及开矿等诸事就不必发愁了。"

刘善涵还想说什么，刘善浍忙给欧阳中鹄满上一杯，敬道："之前的算学社开办，此次浏阳平稳渡过大灾，都赖瓣姜师全心全力经营，呕心沥血操劳。我们兄弟深表钦佩，敬您一杯！"

欧阳中鹄一饮而尽，叹道："但现在情况依然不乐观。当前米价高涨，卖主绝少，青黄不接一关未知如何过法。今年县中自清明后，阴雨兼旬，寒气凛冽，又加雨二次，麦实不充，乌雀争食，通算不及十分之二收成，仅足一月粮。豌豆尤歉，烂秧至再至三，徒费种子、种谷约二万石。茶以过时而老，至后售卖，连工本钱都得不到。山农所损至少三十万缗，故皆无钱去换米谷，或竟食粥。民不聊生，莫此为甚。好在省中没有断谷米来源，尽心力而为之，当可幸免浩劫。"

今年情况依然如此恶劣？刘善涵一呆，不安地问道："瓣姜师真是劳苦功高，不知浏阳可能幸免否？"

欧阳中鹄忙安慰道："总体情况还好，现在通盘估算，但使晴雨应时，四乡一律丰熟，无水旱虫伤之患，浏阳至少可缴还所借鄂款万金。若谷价不耗折，鄂款或可全部归还。"

刘善浤、刘善涵心里的担忧这才稍稍减轻。欧阳中鹄又长叹一声道："此次赈灾，辛劳不说，更是让我看清了世道人心。李勉林道员原本清廉之人，但此次数他捐钱最多，捐县赈六千金，族赈一千金，省赈一千金，听说最近又捐东乡赈五千金。其孙县试此次得了第一，这就是福报。前几天又特寄二百金为我家用，认为我办赈没有收入，无法顾及家中生活。"

刘善浤兄弟听了，不由动容，三人边吃边聊，欧阳中鹄有了些许醉意。刘善浤兄弟俩将他送回住处，才放心离开。

77

欧阳中鹄这觉睡得真是舒服，自从赈灾以来，他没吃过好饭，没睡过好觉，这两天终于能放心大睡了。他心满意足地起床，洗漱一番，才提着从家里带过来的一包盐蛋、一包皮蛋，还有一坛他泡了好几年的药酒，悠悠地朝巡抚署走去。

待欧阳中鹄由差人领着来到后院书房时，陈三立笑着迎了上来，恭敬地将他领了进去。一进门，欧阳中鹄但见老熟人张通典、邹代钧在座，还有几位却不认识。原本正热火朝天地与人聊天的陈宝箴忙站起来迎接道："瓣姜仁兄，可把你这位赈灾大功臣盼来了。来，来，快请坐！"

都半年未见了，今日一见分外亲切，欧阳中鹄顺手将布袋里的礼物递给陈三立，真诚地说道："这是我从浏阳带来的土产，这坛药酒是我自家泡的，泡了好几年呢，以谢右帅对浏阳赈灾的垂爱，还望笑纳。"

"瓣姜兄，你有心，我可真的不客气了！"陈宝箴笑着说。

待欧阳中鹄见过张通典、邹代钧坐定后，陈宝箴一一介绍在座的客人，矿务局总办刘镇、幕宾黄笃恭、廖树蘅之子廖基植。欧阳中鹄又与众人一一相见，脸上挂着温和的笑容，说道："幸会各位，右帅上任以来，推出不少利国利民的好举措，矿务是最重要的大业，有各位贤士恪尽职守，定能顺风顺水。"

"各位，这位瓣姜先生是欧阳圭斋之后，既是学问大家，又是坚忍切实之人。此次湖南遭灾十三州县，浏阳实在最重之列。醴陵、衡山赈灾皆无条理，醴陵尤其没有章法，通省大僚为其所苦。但瓣姜先生处处核实，又体谅公家，硬是领着浏阳渡过了危难。"陈宝箴真诚地赞道。

"右帅如此赞我，真令我惶恐之至。我是浏阳人，不能眼见民众陷于水火。吾乡至此最久者赈半年，所费皆取之于当地，约计十万余两，从未请省署协款。之所以有恃无恐者，因有鄂厘二万两、右帅特准借款二万两及筹备公谷五千石作银六千两。此两款借定时，即用以抵协款。虽然之前未一味请协款，最后还得有赖协款偿还借款。有劳右帅了。"欧阳中鹄赶紧表达感激之情。

"瓣姜先生满腔赤诚令我等感动，省署协款到位之事，皆已委任庄观察负责。至于水口山拟用老式明窿开采法，在座诸位意下如何？"陈宝箴看了看众人，脸露忧色。

张通典正要回答，黄老伯进来禀报道："老爷，菜已上桌，还请各位客人入席。"

陈宝箴忙招呼大家道："民以食为天，咱们先去吃饭喝酒，至于矿事，待饭后再议吧。"

陈三立早站在桌旁迎接大家，笑道："感谢各位替父亲大人分忧，今日谨遵父亲的吩咐，难得正值端午佳节，略备了几样小菜几杯淡酒，伯严谨迎大家入席。"

陈宝箴在主位坐定后，大家也纷纷入座，陈三立端起酒壶斟酒。陈宝箴见众人兴致颇高，甚为惬意，众人来敬酒时，他都抿上一口。待华灯初上，主宾尽兴，又都来到了前院书房，这里更为宽敞。

差人给在座各位奉上热茶。张通典人胖怕热，喝了几口，头冒大汗，陈三立打趣道："伯纯，到底胖子怕热，在座的唯你出汗最多。"

"伯严，你错了。我这不是怕热，而是心虚，怕等会儿右帅谈矿事时我出不了好点子。"张通典故意一副苦相道。

"才不怕你心虚，我偏偏要谈矿事。基植贤侄，令尊信上再三言明拟用老式明窿开采法，且不说西方各国，就国内各大矿，皆采用西洋采矿法，开暗洞采矿，为何你处独独固守旧法？万一一无所获如何是好？"陈宝箴目光如炬地看向廖基植。

廖基植暗暗为父亲叫屈。上次写信回来，论及明窿开采法，还得到了右帅父子的赞赏，怎么现在又如此质疑？父亲当初接到矿局要停止明窿开采法的通告时，甚是气闷，但也无奈，只得将矿场停工，派他回省城汇报。父亲曾经是陈家西席，两家一直有来往，右帅特别信任和看重父亲，父亲也因此感激右帅的知遇之恩，不顾已然五十七岁的年纪，远赴水口山开矿。无论如何得让右帅及在座的人明白父亲的赤胆忠心，想到此，廖基植站起来，深深地朝陈宝箴鞠躬道："感谢右帅对父亲的信任，父亲一直在竭尽全力找矿开矿，所幸现在已有可喜的收获。至于为何拟用明窿开采法，实在是事出有因。"说到这里，他顿了顿，见众人都在用心听，"早在北宋熙宁年间，水口山乡民见矿中含银，在龙王山一带竞相开采。明万历年间，水口山采矿工人已多达千余人，仍以提炼白银为主，其次是硫磷，对黑白铅矿石则弃之不用。山上之石为硫磺气所侵蚀，玲珑如太湖灵璧，颜色深黝。至于山腰石矿，历代山民胡乱挖矿，纵横穿凿，山体已遭到严重破坏。钻机开洞采矿，固然又快又好，实在不适用此处情况复杂的矿山。"

待廖基植说完，众人都陷入了沉默，陈宝箴更是思虑重重。廖基植猜不透众人心思，也不敢再说什么，就看着大家不作声。

"众所周知，五金之矿与石灰有别，近来右帅让我参与矿事，我阅读了不少开矿之专著。当今之世，中外早已很少采用此种显豁坦露之采矿法。水口山矿务局系右帅最早设定的省矿务局分局，牵系全局，万不可轻率从事。"黄笃恭打破了沉默，语出惊人。

张通典看了看他，见他脸上有隐约的得意，直言不讳地说道："荪畡兄不是轻率之人，向来行事沉稳，他采用明窿开采法，肯定经过了深思熟虑。我们都没去实地考察，不要妄下断语。"

"情况再复杂，不听从矿师建议，倒信任那些当地的老窿夫，难道他们说哪里有矿就一定有矿吗？难道旧式窿夫反强于当今矿师？当此国库空虚艰难之际，矿务何等重大，岂容视同瓦砾，肆意一掷？"黄笃恭毫不相让。

陈宝箴父子皆沉默不语，廖基植哪里见过此种场面，更是不敢言语。欧阳中鹄也暗自惊讶，但他不知晓实情，无从开口。眼见着张通典脸都红了，邹代钧担心他俩在陈宝箴面前起争执，连忙委婉地说道："荪畡兄一向谨慎，况且水口山矿场的确和他处不同，山体遭受了严重损害，不可一味遵照惯例。开矿之事重大，得亲临其境方可定夺。荪畡兄有此建议，必有把握不至于亏耗官本，有负右帅信任。"

廖基植此时赶紧表明心迹："右帅，自父亲到达水口山矿场，从不敢懈怠，反复亲临矿场实地察看，招集矿师及窿夫商议最佳开采方法。再三思虑，凭着对右帅的一片赤诚之心，只求矿场早日采到矿石，才确定此法。"

陈宝箴缓缓说道："此事事关重大，牵系全局，念及荪畡兄向来行事谨慎，我等不在矿场，也难以判定到底该采用何种方法更为适合。着沉帆提调不日前赴水口山察看情形，再予以定夺。此事就议到此，基植贤侄先去休息吧。"

见陈宝箴如此定调，黄笃恭绷着脸，满脸不服气，张通典、邹代钧则暗暗松了口气。邹代钧赶紧表态道："右帅英明，还请右帅放心，卑职一定不负重托，详查实情，再请右帅定夺。"陈宝箴微微颔首，廖基植趁机告退。

"瓣姜兄，浏阳安的摩尼矿经西人化验，都说品质极佳，且用处甚多，为五洲不可多得之矿。现在浏阳可曾开采？"陈宝箴转过头来询问欧阳中鹄。

"矿山已派人批定，但还未开挖。据复生在上海探明，未化之矿石每吨约值洋银四十元，已化之纯安的摩尼矿每吨约值三百余元。他已和英国人傅兰雅口头协议每年包销未化者八千吨。原本二三月间需派人到上海签订书面合同，但因省局没有具体意见，也就没去。"见抚台大人如此重视，欧阳中鹄据实回答。

陈宝箴此时脸上满是严肃，加重了语气："可我听闻谭复生已与傅兰雅私自签订了安的摩尼矿石销售合同，不客气地说，此举令本抚台甚为骇异。此矿于湖南矿务极为重要，省署拟尽快设立浏阳矿务分局，需得将此矿收为官办。"

欧阳中鹄心中一惊，赶紧回复道："右帅息怒，传闻不实，复生并没有与傅兰雅签订安的摩尼矿石销售合同。他也是为着打开湘省矿产销路，向傅兰雅推介了浏阳矿产，还望明察。"见陈宝箴脸色和缓了，欧阳中鹄暗自庆幸没有报告唐才常在汉口和贾礼士签订了买卖安的摩尼矿合同之事。可陈宝箴怎么知晓复生与傅兰雅商谈之事？看来暗中有多事之人。

"右帅、伯严，浏阳安的摩尼矿既然已由私人批定，且未探明储量如何，不如就来个官商合办。矿务局现在资金紧张，只要矿务总局严格管理，发挥民间资金力量，省局可以集中力量开挖大矿场，增款百万才会指日可待。这样做也符合省局章程。"张通典打破冷场道。

陈宝箴父子将矿务列入维新事业的头等大事，现在水口山矿场为开采方法陷入僵局，安的摩尼矿形势如此之好，应是又一生财之道，岂肯轻易放弃？陈三立看了张通典一眼，反驳道："伯纯，作为矿务局提调，你应将矿场进款作为头等大事。现在矿事方兴未艾，为防节外生枝，应以官办为宜。"

欧阳中鹄见抚台大人父子脸色难看，忙岔开话题道："矿产生利的确一本万利，我浏阳赈灾之所以成功渡险，也有矿产之力。当初浏阳南乡煤局因矿得利，每天可养两万多人，不然则去岁小年前后已无浏阳。赈灾局共收煤达三万多石，大窑铺销去三之一，佛尘、淞芙极力打开汉口销路，从南乡出渌口走水路至汉口，也获利不少，至明年春夏间必可销罄。"

陈宝箴一听，眼睛发亮："瓣姜仁兄真是赈灾有方，浏阳矿事大有作为，设立浏阳矿务分局之事宜提前。你老诚有方，我发文浏阳知县，就由你担任浏阳矿务分局总办。安的摩尼矿也赶紧收归官办。"

欧阳中鹄一听急了，忙推却道："甚谢右帅信任，但自此次办赈，性命已丢大半，实不堪重任了。如今青黄不接，赈务依然吃紧，我精力有限，不能兼顾，还请另选高明。再者，安的摩尼矿毕竟私人批定在先，采用官商合办更能服众。我有一事相求，请设立淮盐浏阳专岸，以此税收充实浏阳空虚的县库。"

"右帅贤明，现在也不清楚浏阳安的摩尼矿储量如何，倘果真私人批定在先，官商合办也未尝不可。瓣姜先生的建议值得信任，总局也好就此摸索官商合办及商办的规程。只是复生太守议定的价格太低，且销量不小，暂时不与傅兰雅订立合同为好。卑职建议省局委任曾昭吉赴浏阳专门负责提炼安的摩尼矿，以后由省局统一收购矿砂。"邹代钧一直静听众人言论，这才呼应张通典的建议。

"我看沅帆就是和稀泥，之前伯严就明确了所有矿场以官办为宜。什么摸索官商合办及商办的规程，有此必要吗？现在开滦煤矿、马鞍山铁矿不都是官办？我看官办最保险，也最好管理，至少可以防止贱卖矿产。"黄笃恭当即反驳。

欧阳中鹄脸上红一阵白一阵，欲言又止。张通典大概有些酒意，也不看陈宝箴的脸色，毫不相让道："修原兄，你可知道，不管是开滦煤矿还是马鞍山铁矿，都有朝廷在支撑。现在湘省国库空虚，用民间资金推进矿场开采，官商合办，双方赢利，岂不是好事？之前办矿章程里明明有官商合办及商办的条文！"

眼见张通典他们俩又要争执起来，欧阳中鹄甚是心焦，他实在不知黄笃恭什么用意，总是针对张通典，一时不知如何是好。陈宝箴这时却发话了："伯纯、修原，你们也不要争执了，此事下次再议。我看今天也晚了，都散了吧。"

一行人纷纷告退，欧阳中鹄临别时，陈宝箴特别握了握他的手，说道："瓣姜兄还在长沙待几天？回浏阳前我们再谈谈浏阳矿务之事。浏阳设立矿务分局，我考虑了很久，事关重大，他人我不放心，总办非你莫属。至于设立'淮盐浏阳专岸'一事，我也得让人去了解情况再说。"欧阳中鹄点点头道："深谢右帅看重，我也好好想想，临行前一定再来道别。"

临走头一天，欧阳中鹄前往巡抚衙门告辞。欧阳中鹄再三恳求，既然安的摩尼矿已经私人批定，不如先官商合办试试，陈宝箴说再让矿务总局商讨商讨。但浏阳淮盐专岸一事却行不通，一则审批权限归两江总督处，二则之前已获利之商人也不肯放手。欧阳中鹄闻言甚感遗憾。

78

嗣同在京城期间，沉入了佛学世界，还时不时地练习打坐。这可急坏了刘凤池，好好的年轻人，怎么就念佛打坐，只差没吃斋了。这天，见七爷快天黑了才回来，他悄悄地扯着罗成问："七少爷不时往庙里跑，回家来就念佛打坐，这可如何是好？"罗成笑了，安慰道："刘老伯，不用担心，七爷这是想学通佛学。他说佛学是中国的宝贝，能提振人心。"刘凤池这才明白七少爷不是要出家，才放心地去布置晚餐。

这天，嗣同先后收到欧阳中鹄、刘善涵等来信，安的摩尼矿已经黎少谷批定开挖，陈宝箴终于同意此矿"官四商六"官商合办。庄赓良观察以六百金交刘善涵入浏阳矿务商股，刘善涵与唐才常双双从省城回到浏阳办矿。陈宝箴催浏阳赶紧成立矿务分局，有意让欧阳中鹄主管浏阳矿事，但欧阳中鹄不太乐意，计划赈灾事毕，再一同辞谢。

看过这些信，嗣同既羞愧，又只能干着急，于浏阳的矿务无从着力，只恨不得即刻回到湖南，好好和朋友们一道为新政出力。

第十五章：出京

79

六月十八日这天一大早，谭嗣同出发前往江宁，王五、胡七一行依依不舍地送至通州码头。

船虽普通，但舱内干净整洁，小桌子上搁着一杯茶，青花瓷的茶杯，是嗣同随身携带多年的。嗣同看了一眼罗成道："你去歇会儿，这里离天津还远，至少得两天。要是以后铁路修好了，到天津就方便了，坐火车最多半天的工夫。"

"七爷，火车又是什么车呢？比船跑得快得多吗？"罗成满脸疑惑。嗣同笑而不答，摸出一本《新约全书》，这本书还是马尚德送他的。他近来用心读了不少佛学书，突然想与基督教比较比较，计划重读《新约全书》。还没读几页，竟然下起了雨，舱内光线很暗，嗣同干脆盘腿打坐。

嗣同的心绪一时却安宁不下来。一个候补官，别说他人，嗣同自己都看不起自己。他极愿回湖南参与维新活动，也极为赞同陈宝箴力图经营一隅为天下倡、立富强根基的宏愿。但父亲非得要他去江宁候补，长路漫漫，虽万般不愿意，他也得赶在本月底到江宁报到。他原本计划在上海多待一两天，去看看汪康年、梁启超办报的情况。可他接到欧阳中鹄的信后，改变了主意，他要在天津多待一两天，一则他听闻天津机器局所造枪支弹药远甚于湖北枪炮厂，更兼造入水船只，他要去实地看看；二则作为浏阳人，他要当面感谢李兴锐大人对浏阳赈灾慷慨解囊。

其实，李兴锐又何止是慷慨解囊，他一个人就捐了一万多金，长子李炳南又捐了两千金，他们父子俩于桑梓的一片冰心，甚是可钦可佩。得知欧阳中鹄一心办赈，担心他没时间挣钱养家，李兴锐还寄二百金给他家用。

嗣同还在四五岁时就见过李兴锐，那时李兴锐进京觐见，常到浏阳会馆，甚至干脆住在浏阳会馆，与谭继洵等浏阳京官们一起诗酒唱酬。他多次听父亲说起李兴锐的经历。当年李兴锐在家乡办团练，配合江忠源部镇压周围虞部太平军。曾国藩慕名将他招至军中，总管粮台，治湘军军需，驻安徽祁门大营。从此，李兴锐在曾国藩坐困江西与太平军反复拉锯的灰暗岁月，坚定地追随曾国藩，成为其最为倚重的幕僚之一。待湘军攻克江宁后，李兴锐自然得到重用，而今他正在长芦盐运使任上，已在天津六七年时间了。

渐渐地，他心绪安宁了，陷入一片纯明世界。他仿佛来到一处幽静的山林，山坡下有大片大片杂花盛开的草地，有微波荡漾的湖泊，微风吹过，花草幽香弥漫。

时间不知不觉流走，到午时了，船家安排好了饭菜。嗣同告诉罗成要在天津待几天，罗成喜道："七爷，你不是说要在上海多待几天吗？"

"上海和江宁隔得近，来往方便，离天津就远了，既然跑一趟，就好好看看那里的新奇世界。勉林世叔也是极好相处的人，和父亲情谊深厚。"嗣同转而交代道："小成子，这几天都没检查你的功课了，上次教你的那些字都知道写知道用了吗？"

罗成信心满满地回答道："七爷是干大事的人，我可要赶紧习字读书，今后才能帮得到七爷。"

嗣同拍了拍他的肩，哈哈一笑。

80

正是炎炎夏日午后时分，船到了天津紫竹林码头，嗣同见天色尚早，船一靠岸，就让罗成去雇了两个挑夫，将行李悉数移上岸。又雇了辆大马车，前往鼓楼东仓门口内长芦盐运使署。

汉口、上海及天津，都是第一批对外开放的口岸。紫竹林位于海河西岸，距天津老城东南城角四里许，之前仅仅是一个村庄，规模非常小。天津开埠后，英、美、法三国将位于城南的紫竹林村沿河一带划为租界地。英、法两国在海河岸边先后修建了六处石块和木桩结构的简易码头，成为外国在天津最早修筑的码头，俗称紫竹林码头。没想到此后几十年间，紫竹林一带码头林立，天津城市中心也由三岔河口转移到紫竹林。

站在岸上，但见沿河两岸泊了众多外国轮船，岸边西洋建筑林立，看来这里已成为各国仓储、货栈、工厂集中的区域，嗣同的脸色沉了下来。马车沿着紫竹林大街前行，沿街商铺林立，招牌各具特色，人来人往。马车只得缓缓而行，不时有西式人力车跑过，车上往往都是西装革履的洋人。倘是女子，更是装扮华丽，比湖北司门口更显繁华热闹。

从紫竹林到长芦盐运使署并不远。管家李伯领嗣同到后院书房门前，嗣同瞧见李兴锐正坐在书案前埋头阅看公文，头发已然花白，穿着简单的夏布长袍。李兴锐闻声抬头，嗣同恭敬地作了长揖："拜见世叔，问候世叔贵体安康。"李兴锐忙起身迎接，他身材高大瘦削，腰板却挺得笔直，温和地说道："难得复生贤侄来天津，一路辛苦了，先去休整休整，等会儿一起吃晚饭，好好聚聚。"嗣同再作揖谢过，随管家李伯退出书房，好友李昌淘已闻声赶来，真令嗣同喜出望外。

当晚，李兴锐特地为嗣同接风，嗣同诚心诚意地连敬三杯酒，感谢世叔心牵家乡灾情。李兴锐见嗣同一脸真诚，很是感动，将手中的酒一饮而尽，感慨地说道："想咸丰年间住浏阳会馆时，你还是满地打滚的小稚儿，一转眼就长成了长身玉立的男子汉。听正则说，你们一批年轻人在倡导维新变法，虽说祖宗成法不可变，但时代变了，西方各国欺压太甚，不变不行啊！"

嗣同听了，极感意外，心中感叹勉林世叔是从战场上下来的，且在天津为官多年，视野和胸怀更为宽广。一餐饭下来，宾主皆欢愉尽兴。散席之时，嗣同特地再次致谢，李兴锐眼里洋溢着赞赏，说道："复生，我是看着你长大的，在此地不必客气，多待几天。你和正则也是好友，就让他陪你到处走走看看。天津也是一个特别的地方，听说你想去参观天津机器局，你只管去，我明天上午就派人去通告一声。"嗣同大喜。

第二天一大早，李昌淘就陪着嗣同在天津城内外参观，先是去英法租界看了铁路、火车、铁桥及电报局等，与上海、汉口又是另一番情景。嗣同不得不叹息，中国的作坊里，是生产不出这些铁轨、火车及桥梁的。随后，二人去参观天津机器制造局西局机厂、轮船、船坞。西局设在城南海光寺，以制造军用器具、开花子弹及布置水雷用的轮船和挖河船为主，还制造过军舰、船舶，包括慈禧太后的游船。匆匆看过那些宏大而井然有序的厂局，嗣同时而兴致颇高，高声和李昌洉热烈讨论，更多时候则沉默不语。待从船坞出来，眺望着海湾停泊的船舶，他长叹了几声，感慨地说道："正则，上次你我一起去参观了汉阳铁厂，当时我以为铁厂就很了不起了。今日一见天津机器制造局，比铁厂先进得多，两者差距太大。那些西洋机器制造局比起国内的这些厂，制造技术无疑更为先进更为科学。中国人得醒眼看看这大千世界，不能再埋头于时文里了。"

天津城外有七八处炮台，最重要的是大沽口炮台。咸丰八年（1858年）夏，英法联军攻破天津大沽炮台，沿海河上行，盘踞在三岔河口一带。咸丰皇帝闻讯大惊，派大学士桂良、吏部尚书花沙纳赴天津谈判，在海光寺与联军签订了丧权辱国的《天津条约》。

念及这段屈辱的历史，嗣同满心愤慨，针扎般难受。但时间有限，两人商量后，决定直奔三岔河口炮台。这是李鸿章调任直隶总督后，命大名镇总兵徐道奎率水师营重修的炮台，所用优质青砖近于黑色，围墙的墙体抹以青灰，亦近黑色，俗称"黑炮台"。"黑炮台"和瞭望塔隔河而望，如同一座黑色城堡，蔚为壮观。李昌洉张望着黑炮台，面露困惑道："这么坚固和先进的炮台，怎么会被英、法等国一再击败？"嗣同沉着脸答道："大炮再先进，还需要一心为国的将士。朝廷一味自大，不思改革；军队一味懒散，贪生怕死；民众一味糊涂，麻木不仁，再坚固先进的炮台又有什么用呢？"

两人郁郁而返。

午饭过后，二人又前往位于法租界海河岸边的紫竹林教堂。此教堂又名圣路易教堂，出入教堂的人大多为有地位的中外教徒。李昌洉头天就找人疏通了关系，当地李姓教民特地来接待他们。嗣同感激地看了好友一眼。

教堂高大巍峨，气势雄伟，占地约有七八亩。李先生说，此教堂具有文艺复兴晚期建筑的典型风格，吸收了古希腊、古罗马建筑的因素，再饰以中华的传统砖雕，处处布局严谨，且活泼轻松。他们随李先生走进教堂内部，更感震撼，堂内陈设典雅别致，祭台两侧供奉着两尊圣像，一为法王路易九世，一为女英雄圣女贞德。两侧的半圆形拱窗，由菱形彩色玻璃拼成，阳光透过七彩玻璃投射在大堂内，使人仿佛进入了一个五彩缤纷的奇幻世界。

嗣同一路心事重重，出得门来再次张望一眼庄严雄伟的教堂，叹了口气："正则，不同的宗教有不同的教义，但我发现，不管是基督教还是佛教，都引导人们向上向善，慈悲为怀，也都宣扬爱与平等。佛教无疑更适合中国人，只是现在已然失去之前的教化作用，只引导人们一味烧香拜佛。"李昌洵点点头，嗣同却转头问："你知道天津的在理教吗？"李昌洵满脸疑惑，倒是一旁陪同他们的李先生说他知道，最近两三年天津当地民众纷纷加入在理教。此教讲求灵魂不灭、因果报应、生命轮回诸说，又严格戒烟戒酒，特别是戒鸦片烟，可省却许多闲钱。

还在京城时，嗣同就极力考求在理教，辗转找到他们的教书，却了无精义，只是选取佛教、回教、基督教之浅显易懂的教义而成。他们别有口传秘诀，但坚决不与外人说，嗣同也就无法获取。不想天津在理教更兴盛，嗣同岂有不去探求之理。直至很晚，嗣同才回到住处，罗成都去大门外守候几次了。

转天便是六月二十四日，天刚刚亮，嗣同就随李先生出门了，交代罗成检查好行李，他去去就来，还得赶上午十一点多的新裕轮船。眼见着太阳越来越高，罗成都将行李搬上马车了，七爷还不见人影，他正急得团团转，远远地见一个极像七爷的身影快步走来，却怎么穿着青色对襟衣衫？正在疑惑间，一旁的李昌洵笑道："复生，小成子急得就差没派人去抓你了，你怎么换了装束？"

说话间，嗣同已跳上了马车，招呼他俩道："赶紧上来吧，时间很紧了，边走边说。"

车厢里，嗣同告诉李昌洵，李先生有位伯父就是在理教教徒，昨天下午晚些时候嗣同就拜了他伯父为师，加入了该教。晚上还请师兄弟们见面，众人一起吃了晚饭，约定今早传授他教门口传秘诀。待他兴致勃勃地跑去，张师傅郑重其事地教他，竟然只是佛家的六字真言，令人失望极了。然而入其教者，几乎遍及直隶，真是太奇怪了。

李昌洵见他依然一脸疑惑和失望，甚觉好笑："复生，你做什么都太投入了，这些教派只是故弄玄虚而已。听小成子说，你还练习打坐，多读佛经不更好吗？"嗣同点点头，略有所悟。

临别在即，李昌洵看着嗣同消瘦的脸，千言万语不知从何说起，紧紧地握着他的手说："复生，我知道你志不在官场，唯愿继续深入研修西学，探求救国救民的好办法。"

嗣同看到了好友眼里的担忧，笑了笑说："正则，你放心。这小小的四品衔候补知府，怎能光宗耀祖、荣显谭家门楣？但我已三十二了，三十而立，我现在什么都没立。不如趁此次候补，寻找机遇，看能否在一地之内先推行维新事业。何况江宁距离上海不远，上海领西学东渐风气之先，我可以随时跑到上海学习。你我就此告别，多多珍重！"

81

从天津到上海，要在大海上走四天三晚。到达上海黄浦码头时，已是下午未时了。船一靠岸，嗣同就让罗成去找长发客栈挑夫，直接将行李送到客栈。

果然一到客栈门口，玄色对襟衣衫的伙计就笑着迎了上来："谭老爷，您来上海了，给您安排最豁亮的房间，快请进！"嗣同笑了笑，说："有劳了，还住上次的房间吧，靠里面清静。"伙计殷勤地将他们领到二楼靠内院的房间，笑笑退下去了。

茶房进来询问喝什么茶，要不要备点心。嗣同着急要沐浴洗头，让茶房赶紧去准备好热水。在船上不方便洗头，他头发浓密而厚实，天气闷热，又爱出汗，早就受不住了。嗣同沐浴完毕，这才觉得全身清爽了，接过罗成递来的白毛巾，使劲地擦头发。

嗣同要去找傅兰雅，问问安的摩尼矿合同到底订了没。他更想去找梁启超，看看《时务报》新报馆。

这时，茶房送来几碟点心和一份《申报》。嗣同打开报纸埋头看起来，突然大声地说道："太好了，卓如他们的《时务报》七月初一就要出版了，一个全新的时代就要来了！"说完他就站了起来，背着手在房间里急促地转圈，嘴里喃喃地说道："太好了，太好了……"又急切地对罗成说道："小成子，快帮我找长衫，我要去找卓如。"

"七爷，你头发还没干呢，现在就梳头，只怕将来会头痛。"罗成有些担忧，但还是找来长衫，又帮着他梳头。收拾停当，嗣同就带着罗成急急往外走，茶房追问道："老爷，晚饭时分了，这个时候还出去？要不要留晚饭？"嗣同边走边摆摆手。

"七爷，要不要叫车？"罗成紧跟其后，问道。

"这里到四马路很近，哪有必要坐车，走走就到了。"嗣同说。

四马路一如往昔，绚烂浮华，琼楼绮户连绵重叠。此时正是华灯初上之时，那些大小各异的店铺灯火通明，人来人往，还有隐约的丝竹声传来。嗣同很快找到四马路和望平路交汇处，这里就是时务报馆。只是一个普通的门面，三层楼，与旁边店铺没有什么不同。站在门前，嗣同张望着眼前普通的楼房，感慨万千：汪穰卿、卓如等还真是会找地方，在上海租界最热闹繁华、多书局报馆之地，找到这么个地方，真是独具慧眼。何况在此租界之地，只要有场所、资金、印刷机，连工部局的执照也不需要，也没有新闻审查，就可办起一份报纸，岂不是少了好多麻烦！

嗣同一脚踏进大门，一位年轻的伙计就迎上前来，礼貌地问道，语气里带着上海口音："老爷，您找谁？我们这里是时务报馆。"

"我们找卓如先生，他在楼上吗？"罗成从容地回道。

"马上就要出报了，卓如主笔忙得很，请随我上楼。"伙计边说边前面引路，嗣同满怀激动地跟上去。来到楼上，间间房里灯光明亮，就在打头的房子里，嗣同意外地看到了汪康年，蓬着头发，正和屋子的另一位年轻人交代着什么。他忙走了进去，兴奋地道："穰卿兄，你们的报纸过两天就要面市了，真是大快人意！"汪康年闻声抬头一看，眼前一亮，兴奋地说道："复生，你什么时候到上海的？你来得正好，来帮我们参谋参谋《时务报》的装订设计及所选文稿。"

"穰卿兄，你真是干了件漂亮的大事。一份报纸就是一块倡导新风尚的阵地。"嗣同目光灼灼，满脸真诚地赞道。

汪康年深有感慨地说道："复生，过去一年，我试图创办中国公会和译报，都不了了之。恰好香帅派我来接收上海强学会余款，处理善后事宜，我想不如趁此办一份新报纸。公度、卓如全力支持我，后来又有吴筱村、邹殿书也加入进来，捐钱的捐钱，出力的出力，报馆的选址、报纸的规格、印刷机器、人员、募款、报纸宗旨等很快就一一确定。再过两天新报就要面市了，后期资金虽然还没有着落，但先推出来再说。毕竟是旬刊，总会有回旋余地。"别看汪康年身躯瘦小，平日说话声音也低，气场却强大得很，嗣同暗暗称奇。

"穰卿仁兄，没想到你气魄如此之大，总理报纸要付出极大的艰辛，令我心生敬佩。复生有幸先睹为快，自是乐意效劳。你事情多，我不敢再烦扰了，先去卓如处看看。"

说完，嗣同匆匆出门，一旁的汪诒年愕然地看着他俊朗的背影，汪康年却见怪不怪地说道："复生是性情中人，我还没来得及给你俩介绍，他就跑了。等会儿有机会再说呀。报纸后天就要面市，还有好多事等着我们，刚才说到哪里了？"

他们兄弟两接着讨论事情，而嗣同由伙计领着来到了梁启超办公室。但见窗户洞开，梁启超正光着膀子坐在桌前，认真地阅读样报。嗣同有些意外，忍住笑，大踏步走进房间，招呼道："卓如贤弟，你可真是甩开膀子干大事，可否需要帮工？"

梁启超闻声回头一看，惊喜地丢下手里的样报，紧紧握住嗣同伸过来的手，哈哈一笑道："复生兄，你只说即日出京，可没说会来上海看我！"

"卓如，你们在这里干大事，我路过上海，怎舍得不来报馆？后天就要推出《时务报》第一期，让我先瞧瞧报纸的模样。"嗣同激动地说道。

"复生仁兄来得正好，看看我新写的两篇文章：一则是《论报馆有益于国事》，一则是《变法通议自序》。"梁启超拉着嗣同走向窗前，将样报塞给他。

《论报馆有益于国事》开篇就抓住了嗣同的心："觇国之强弱，则于其通塞而已。血脉不通则病；学术不通则陋；道路不通，故秦越之视肥瘠，漠不相关；言语不通，故闽粤之于中原，邈若异域。"随后几句话更是深深地震撼了他："上下不通，故无宣德达情之效，而舞文之吏，因缘为奸；内外不通，故无知己知彼之能，而守旧之儒，乃鼓其舌"。

嗣同看完，双眼熠熠发光，抬头对梁启超说道："卓如，你这篇文章既是公刊词，也是创办新学、报馆的宣言，是贯通中国最有力的工具，与国家的强弱直接相关——报馆愈多，其国愈强呀。"顿了顿，他继续兴致勃勃地说道："我更赞同你办报的理念：'议院之言论纪焉，国用之会计纪焉，人数之生死纪焉，地理之险要纪焉，民业之盈绌纪焉，学会之程课纪焉，物产之品目纪焉，邻国之举动纪焉，兵力之增减纪焉，律法之改变纪焉，格致之新理纪焉，器艺之新制纪焉'。如此办报，影响力惊人，也就能达到我们宣扬维新事业的目的。卓如，你的言语威力无比，读来似有浩荡之气在胸中冲撞。太好了，太好了！"

梁启超见嗣同满脸真挚，深受鼓舞，站起来朗声说道："复生兄，五洲之人，翘首期盼以观《泰晤士报》之议论，文甫脱稿，电已飞驰。弟每阅读《泰晤士报》，就被其议论所折服，弟期许自己能成为《泰晤士报》主笔式人物。"

"卓如贤弟，《马关条约》签订仅一年时间，你看看四马路歌舞升平的繁华，有多少人还记得不久前痛彻心扉的家国之恨？现在你作为《时务报》的主笔，手中的笔就是枪炮，就是刺刀，要轰炸陈旧落后的积习，要解剖国人的懦弱冷漠，惊醒他们奋起维新。"

梁启超听了，禁不住又上前紧紧地握住嗣同的手。嗣同按捺住内心的激动，又说道："卓如贤弟，维新变法，光鼓动官员还不行，要鼓动天下之士，鼓动天下之民，你这主笔可是责任重大。"说完，又去看《变法通议自序》。

阅毕，嗣同赞道："卓如，你真是妙笔如花，引人入胜，你那一连串天文、地理、生物学的例证表明'凡在天地之间者，莫不变'。看到此处，已经令我心动。你竟笔锋一转，猛地转到制度与传统，实在有力：故'上下千岁，无时不变，无事不变'。我相信不管是谁，看到此文都会懂得我大清国急切需要掀起维新变法的浪潮，将守旧陈腐冲刷干净。"

梁启超见嗣同在屋子里转来转去，扯住他说道："复生兄，我这篇文章只是一个开端，为了倡导变法，我将围绕变法，分十二个门类写六十篇相关文章，一一推出后，不仅让人们意识到变法，而且还将知道如何掀起变法。"

"太好了！卓如贤弟，你我的想法如此一致，我终于看到了一份真正的报纸！"嗣同又在屋子里急走起来。

转了一圈后，见梁启超无奈地看着他，嗣同停下来，笑道："卓如兄弟，我是被你的文章深深打动了。好了，我不再转了，就用心读其他文章，当好你这位大主笔的助手。"

82

嗣同果真安静阅读样报，一一读过论著、谕折、域外报译、京外近事等栏目，不时地与梁启超讨论与求证。终于，他放下报纸，由衷地赞叹："卓如贤弟，我深切地感受到你们在报纸编撰、思想、文风上的尝试，已经突破了宫廷的斗争、琐碎的社会见闻或对外部世界的简单介绍，而代表着你们对于朝廷变革的严肃观察，创造了一种关于大清国现时的陈述新方式，从中可以看到大清国的发展进程、大清国在世界各国中的位置，还有姿态鲜明的改革话语。真是太棒了，我相信此报定会掀起人们对维新变法的思考、讨论和攻击。"

梁启超听了，喜形于色地说道："复生兄，你如此说，于我是极大的鼓舞。这些天的争论及辛苦也值得了。"

直到这时，梁启超才觉察到肚子饿了，见嗣同兴致高昂的模样，问道："复生兄，你肚子饿吗？我饿得不行了，今天我还是中午时吃了些东西，连水都没怎么喝呢。"

嗣同愣了一下，这才意识到他们还没吃晚饭，原想来请穰卿、卓如几位吃晚饭，一看样报就什么都忘了。他转过头去找罗成，见罗成倚着门框睡着了，忙上前将他摇醒，责备道："小成子，都半夜了，怎么不提醒我们去吃晚饭？"

"七爷，见你们那么用心读报，讨论那么热烈，我不敢打扰你们。我肚子也饿坏了。要不我到街上去看看能不能找到吃的？"罗成道。见嗣同点点头，他转身就朝楼下跑去。

嗣同摇摇头，朝梁启超笑了笑道："卓如见笑了，小罗成胆子小，平时又一心听从于我，真是个憨包。"

很快，罗成跑上楼来，喜滋滋地说道："七爷，真是运气好，和门房伙计没走多远，就遇到一个馄饨挑子。我将他叫到了楼下，要不都下去吃上一碗，多少充些饥？"嗣同点点头，又朝门房伙计说："看看还有多少人没吃晚饭，都下楼去吃馄饨吧，我请客。"

大家都吃了碗热气腾腾的馄饨，只觉得人间美味不过如此。吃完后，汪康年就对大家说："子时都过了，既然样报都校正好了，都回去休息吧。明天正式开印装订，后天就可顺利面世了。"

念及明天还得去找傅兰雅，嗣同告辞道："穰卿兄，有幸目睹《时务报》第一期样刊，我为兄等热烈祝贺，我捐上一百金。待我在江宁安顿好，再来上海和兄等请教。"

梁启超心里的重担放下了，浓浓的睡意席卷而来。将嗣同和罗成送走，汪康年、梁启超都各自回办公室睡觉去了。

转天直睡至日头高悬，嗣同起床随便吃了点茶房送来的点心，就去格致书室找傅兰雅。格致书室的生意比往日更好了，不少年轻人在店里看书找书。嗣同就近问店里小伙计，傅兰雅先生可在此处。小伙计却一问三不知，这时一位身穿蓝色长衫的中年人走过来，却是经理栾学谦，热情地招呼道："谭先生，您找傅兰雅先生？他已经回美国探亲去了。还请您到里面贵宾室里说话。"

嗣同笑道："栾经理好，你可知道傅兰雅先生什么时候回上海？"

栾学谦是傅兰雅所请的经理，嗣同上次就和他打过交道，可别看他只是个大伙计，却毕业于山东登州文会馆，接受过严格的算学教育，还随傅兰雅在江南制造局翻译过西书呢。栾经理忙作揖道："在下不太清楚他何时会回，甚是抱歉。快请里面坐，喝杯清茶。"

嗣同随他走进贵宾室，坐定后，迫不及待地问道："今年二月来时，我和傅兰雅先生商谈了销售浏阳安的摩尼矿事宜，不知现在进展怎么样了？浏阳那边未能及时来签合同，也是事出有因！"

栾经理摇摇头道："谭先生，傅兰雅先生没和在下交代此事，在下完全不清楚。傅公子今天也刚好外出办事去了，晚上应该会回来。"

"栾经理，我等不及傅公子了，下午就得搭船前往江宁。过段时间会再来上海！"嗣同有些无奈地道，抬眼看了看店里满满的书架，问道，"有段日子没来了，店里有什么新书？"

"谭先生，新来的书不少，在下推荐《矿学》，还有《化学》，这些书相信您会喜欢，有助于了解矿务。"栾学谦想了想，建议道："在下马上替您找到这两套书，要不您自己再去看看，还喜欢什么书？"

嗣同点点头，忙起身前去外面书架上找书，看了一圈下来，才发现已过去一个多时辰了。好多新书他都喜欢，还为他的小侄子传炜找了几册动植物画本。栾经理笑着接过嗣同挑的一摞书，说道："谭先生真是爱书之人，在下倒忘了，这里还有本小书《治心免病法》，是傅先生去年翻译的，据说在美国引起了广泛好评。"

"太好了，我肯定买一本。你赶紧算一下总价，我得赶时间。"嗣同很爽快。

就在嗣同路过四马路时，远远地，从一个绸缎铺子出来的女子一眼瞧见嗣同，竟是包世贞。嗣同只顾赶路，包世贞忙带着随身丫环在后边追，日思夜想的人终于出现在眼前，她又惊又喜。追着追着，她却懊恼地发现，嗣同已不见人影了。她呆呆地站在路旁。听说他父亲让他去候补，是分发到浙江还是哪里？他黑了瘦了，一切可好？她真是恨自己，刚刚怎么不喊住他，又得隔多久才能看见他呀！真是无奈，她虽然再三告诉自己该放下他，可嗣同的一切总是令她牵念。

第十六章：候补

83

正是天气最热时，嗣同一行从上海乘坐江宽轮船，头天晚上的船，第二天半下午就到了江宁。这一路行来，嗣同坐了普通木船，也坐了外国轮船，不得不承认，外国轮船又快又稳，舱房里整洁又方便。嗣同暗自叹息，什么时候大清国才能制造如此先进的轮船呢？虽然在天津机器制造局参观了制船厂，但造船技术与英法各国的差距，就是他这个外行人看来，也是极大的。

因提前知道嗣同来江宁的时日，江南督销局总办杨鸿度早已派人候在码头了。嗣同和罗成正张罗着上岸，管家老杨就正好找寻到跟前。问候过后，一行人前往卢妃巷杨公馆。嗣同计划在杨公馆暂住"候差"，待安排差使后，再另租他处。

杨鸿度如此用心，令嗣同感动。说来也是父辈结下的情谊，到他们这辈虽不在一处，一旦相聚，也倍觉亲切。杨父杨昌濬昔日在兰州任甘肃布政使时，与谭继洵既是湖南同乡，又意气相投，交往密切。杨昌濬与刘坤一皆出身湘军，只是杨昌濬自幼家境贫寒，即使身处高位也耿直清廉，在官场上起起伏伏，现已卸任闽浙总督回长沙了。

天气晴朗，灼热的阳光照射下来，嗣同不愿坐在闷热的马车里，便大步流星地随马车前行。青石板铺成的街道上，乘轿子的、骑驴子的、坐马车的、步行的，人来人往；店铺里熙熙攘攘，叫卖声讨价还价声不绝于耳；茶楼门前挂着精致的灯笼，店内座无虚席，生意兴隆；酒楼上人声鼎沸，笙歌喧哗，随风飘来饭菜诱人的浓香……一路伴随着这些嘈杂的声响，嗣同只觉甚是辛苦，摇头苦笑：虽然国势堪忧，但这江南古都，依旧纸醉金迷……

来到杨公馆，刚下马车，杨鸿度就迎至前门。嗣同忙上前作揖道："彦槐兄，您太周到了，复生受之有愧。"杨鸿度是杨昌浚的长子，已年过五十，身材高大威严，满面温和地回道："复生，你是小老弟，一路辛苦了。敬甫世叔信里已将你托付于我，瓣姜师也来信嘱咐，我于情于理都要爱护你。让老杨伯安排你们先放好行李，收拾收拾，等会儿晚饭时为你接风。"

老杨领着嗣同来到公馆东侧二进跨院，院子不大，但收拾得清爽，院里植有一丛竹子，还有一棵大桂花树，树下绿荫满地，甚是凉爽。给嗣同主仆安排的是三间房，中间大房是书房兼会客厅，两侧一间为嗣同卧室，另一间小房子为罗成卧室，家具铺盖等均已安排妥当。老杨告诉他，老爷早早地安排家人打扫，亲自看过后，又添置了家具，这才放心。他还告诉嗣同，杨家家教甚严，老爷生活上简朴，只有一妻一妾，子女上进，妻妾和孩子们住主院三进。

天气实在太热了，待嗣同洗漱停当，老杨就来领嗣同主仆到主院后进。来到膳厅，杨鸿度微笑着相迎："复生，今天略备薄酒，就以家宴为你接风，犬子和西席先生作陪。"

"甚好，甚好！彦槐兄有心，满桌都是我喜欢吃的菜。"嗣同连忙谢道。

散席之后，杨鸿度还特地握了握嗣同的手，劝慰道："复生贤弟，我知道你才高有识见，我昔日也是从候补知府做起，做到今天的江南督销局总办。你别着急，先好好休整一二天，然后再到总督署、藩司署、江宁府等各处衙门走走。我会尽力帮你引荐，到时敬帅找岘帅通通关节，最慢到年底你的差事就明确下来了。"

"谢谢彦槐兄操心，拜请多多指教。既然决定来候补，我会耐心等候。"嗣同苦笑了几声，赶紧致谢。

84

回到房间，嗣同又是满头满脸的汗，赶紧让罗成预备热水沐浴，痛快地洗头洗澡，然后专心清点了所有书篓，将书摆至书柜里。他看到那些《矿学》

《化学》《天文学》等西书，心想：这些书籍算学社学生应该人手一册，现在算学社开办都快一年了，情况到底怎么样呢？上次瓣姜师写信来特别谈到了算学社的情况，说晏壬卿有教无类，学问精深，且杜门不出，极为精勤。然而教授二十名学生，颇为伤神，将来恐怕不免得疾，至少还得再延请一名教习。但现在经费有限，今后如何扩充算学社为算学馆，又如何筹措办学经费？

想到这里，嗣同紧紧地皱起了眉头，个人的力量毕竟有限，长此以往，终究不是办法。要是县里矿务分局经营得好，就不愁经费了。

维新事业太需要钱了，可钱从哪里来？各国在中国设立口岸后，划定租界，将本国的货物运到中国倾销，甚至直接在租界内开设工厂，用机器生产货物，直接卖给中国人。所赚的钱源源不断地运回本国，甚至还将中国的好东西也运回去。看来，西方各国设立租界，终归是与大清争利。

嗣同思绪万千，即使躺到床上，也辗转反侧，直至快天亮时才勉强入睡。

嗣同竟然睡到中午才醒，吃过饭后，只管整理他的书房，忙了一下午，将剑打理一番，又将琴弦调了一下，随手弹了一曲《潇湘水云》就黄昏了。这时杨老伯来请他去吃饭，说杨大人回府了。等嗣同赶到餐厅，饭菜已上桌，杨鸿度正在等他，嗣同忙上前作揖道："彦槻兄太客气了，你平日事忙，往后就不要管我了，就让罗成到厨房去端饭菜，我们在自己院子里吃就行。"

"复生贤弟，难得敬帅放心，让你住在我家。我还真怕委屈了你呢。我知道你是个爽快人，从明天起也就随你自己安排。万一我这边有客人来了，还得辛苦贤弟来撑撑场面相陪。"杨鸿度知道嗣同不愿拘束，只得答应他。

两人都不喝酒，边吃边聊，说到共同的恩师欧阳中鹄，又说到江宁的形势，杨鸿度叹了口气道："复生，你心里先要有底呀，江宁官场大都还务实，但比不上香帅开矿开工厂，也比不上右帅在湖南积极推行新政，更比不上上海领风气之先，都还是多年来的那一套，很是沉闷。"

嗣同心里一沉，江宁既还是老一套，只怕日子难过。但他还是故作平静地说道："谢谢彦槻仁兄指点，复生既然来此地，定会努力适应。"

"也不要着急，慢慢来，先去各衙门走动走动，等差事下来了就好了。有需要我的地方尽管直言。"杨鸿度善解人意。

吃过饭后，两人来到了书房，待佣人奉过茶后，杨鸿度就递给嗣同几张纸。嗣同接过一看，竟是他要拜访的藩司大人、江宁知府等人的籍贯、出身、性格及爱好等的介绍。

不等嗣同有所表示，杨鸿度笑着朝门口招了招手，走进来一个年轻的仆人。杨鸿度说道："都是自家人，不必客气。你初来乍到不熟悉此地，这是杨小金，要外出就叫他给你带路吧。"

嗣同忙致谢，杨小金退出去后，两人聊了些兰州旧事，嗣同就告辞回自己小院了。嗣同留心过杨鸿度的书架，不见任何格致学之类的新书，也就绝口不提起维新之事。

85

又休整了一天后，嗣同一大早就装扮好了，穿上了四品知府夏季官服，戴上篾底纱面夏季官帽，上有青金石顶戴。他的袍子外面罩着一件丝绸补褂，朝服的两侧各开着一个口子，前后补子则依照他的官品绣着云雁。补褂的外面，齐腰系着一根皮制腰带，上面挂着钱包和一些小袋，袋子里装着他的扇子、鼻烟，诸如此类。他最不喜如此郑重其事，也不配剑，毕竟不是在旅途。收拾好了，就叫上罗成和杨小金，坐上杨府早已备好的马车，先去藩司衙门。

来到藩司衙门，递上名刺。门房见他身着官服，倒是客气，问清了所办之事，领着嗣同来到前院经历司。刚好经历司经历、都事都在，嗣同一一作揖，说是江苏候补知府前来报到。坐在主位的经历示意都事接过嗣同递交的文书，漫不经心地说道："想必谭大人知道这候补的规矩吧？倘一二年能得个差事，就是大人运气好。藩司大人这几天有要事，过几天再说，届时会派人告知。"

嗣同见他一副不通融的模样，忍耐着作揖道："还请经历大人多关照，在下先告退了。"说完转身就退了出去。

都事看着嗣同的背影，感叹道："此位谭大人气势颇大，只怕也是高官之后。"

"整个江宁候补官多了去，这些公子哥儿们哪个气势不大？有本事就该走正途。要见藩司大人，撂他几天再说吧。"经历不以为然地说道。

嗣同自然不知经历、都事的真实想法，但此番软钉子已让他心中愤愤。走出藩司大门，见杨府马车还停在原地，便一言不发地坐上马车，调头直奔总督署。

两江总督署比湖广总督署更为高大气派，门前站了些卫兵，停了些轿子。嗣同让罗成在门外照壁处等候，杨小金和马车先回杨公馆。他将名刺投给了门房，很快有官差将他领进大门。远远地见大堂门外抱柱上金色的对联：虽贤哲难免过差，愿诸君说论忠言，常攻吾短；凡堂属略同师弟，使寮友行修名立，方尽我心。来到西侧一小厅里等候，已坐了好些人。他在靠窗的椅子上坐下，悄悄地打量一下周围，一个也不认识。不时有人进来，不时有官差进来领人走了，却总也轮不到他，嗣同只能耐心地等候，只觉得闷热异常，掏出小袋里的折扇扇了起来，想起刚刚看过的对联，说什么"凡堂属略同师弟"？说得真是冠冕堂皇，也不知是哪位两江总督所书。

渐渐地人少了，依然没有叫到他，想来总督大人没有时间接见他这位候补官。这时，一名官差走到嗣同身旁，面无表情地说道："谭大人，今日总督大人公事繁忙，你明天上午再来。"

嗣同早已不耐烦了，茶也未喝上一口，满面满身都是汗。未等官差说完，他就腾地起身，大踏步朝门外走去。

正午的太阳真是厉害，从总督署到卢妃巷有段距离，嗣同和罗成赶回杨公馆时已汗流浃背了。嗣同一进屋，马上摘掉官帽脱掉官服，洗脸擦汗过后才消停下来。好在厨房为他俩留好了午饭，嗣同坐下来吃饭时，才觉得胸中的气平了些。

第二天一大早，嗣同就出门了，盘算着早些出门，总会得到接见。未承想，又白白等了一上午。当官差告之他明天再来时，嗣同又是热得满头大汗，扬声抱怨道："这两江总督署到底是排场大，我已经闷坐了两个半天，连岘帅的影子都没见到！"在场的另外几个官员面面相觑，大概未曾见过如此大胆之人，敢在候见室里发泄不满。也有知情者悄悄地说道："听说此公为候补知府谭嗣同，其父是湖北巡抚，自然受不了如此冷遇。"另有人悄声地回道："神气什么？抚台公子算什么？也不过是候补官罢了。"嗣同的耳朵尖，听得清清楚楚，心里更是沮丧。正要朝往外走，一位中等个子着月白色长衫的中年人走了进来，儒雅而从容地朝嗣同作了一揖："见过谭知府，久闻大名，在下黄承乙，主持金陵洋务局，近日岘帅的确忙于南洋通商事务，明日上午你尽早过来，在下定在此恭候。"

嗣同已记起黄承乙也是纳捐出身，其家传五桂楼为浙东第二藏书楼，自幼即博览群书，以江苏通判候补入仕，但硬是从台湾县知县升至台东直隶州知府。嗣同赶紧止住了脚步，恭敬地回礼道："黄大人，是晚辈耐性不够，还望见谅。我明日一早再来，今日就告辞了。"

又是顶着大太阳赶回杨公馆，洗漱一番，匆匆吃过饭后，就睡了一觉。想想今日听到的那些议论，心里依然憋屈。乍来江宁人生地不熟，他好似被困在一张大网里，四处没有出路。他从墙上取下七弦琴，随性弹了一曲《高山流水》。当如水的弦音从指尖上流淌而出，流过他心坎，漫出书房，他焦躁的心绪渐渐安宁了。他安慰自己道："等差事明确下来后，就可如黄承乙一般以呈己志，好好干一番维新事业！"

第三天一大早，他先在院子里打了几路拳，大汗淋漓，浑身爽快。沐浴后，嗣同特意用心穿戴好，就赶往总督署。一跨进总督署大门，黄承乙就迎了上来，笑道："谭知府，果然到得早，岘帅正在西花厅，我们赶紧过去吧。"

嗣同回过礼后，就跟着黄承乙朝里走，来到西花厅，见一位穿着深蓝缎子便服戴着同色软缎子便帽的小老头正坐在椅子上，整齐的花白胡子，一副若有所思的模样。听到脚步声，老人看过来，嗣同只觉老人双目精光充盈，忙上前拜见道："晚辈谭嗣同，拜见岘帅。"

刘坤一仔细看了看嗣同，脸上有了微微的笑："好一个精神的小子，敬甫兄有福了。到江宁有好几天了吧？听说你涉猎广泛，尤喜西学，还在浏阳办了算学社？"

嗣同惊讶之余，有些摸不清眼前这位老人的态度，却也知道他的眼光辛辣，如实地回道："回世叔大人，晚辈眼见我堂堂大清国被洋人的坚船利炮所辱，甚感悲愤，决心好好探求富国强兵之道。至于算学社，还很小，只有二十人的样子，也是尝试培养算学人才！"

刘坤一又看了他一眼，道："年轻人有志气，你父亲也写信告诉我，你分派到了江苏，接下来你到各衙门走走，认识认识同道。只是江南候补官较多，光候补道员就有十多个，暂时没有世侄的位置。按照规定，署缺皆轮次办理，你先耐心等候。"说完，就端起了桌子上的茶杯。

官差见此，大声喊道："送客！"嗣同惊愕之余忙站起来告辞，刘坤一微微点了点头。走出西花厅，嗣同见院子里站着几位等候的官员，全都眼神怪异地看着他，便逃也似的朝门外走去。

天气虽热，但嗣同还得打起精神拜访各路大员。藩司衙门上次就已经报到了，虽经历说会安排拜见时间，只怕靠不住，不如自己去等候。藩司大人松寿为旗人，笔帖式出身，惯于在汉人面前摆架子。嗣同也是连去了三天，最后一天上午，等了好几个时辰，才在偏厅见到了藩司。松寿身材高大，满脸严肃，敷衍地问过他的经历，聊了两三句，就端茶送客。嗣同满脸臊红，走到大门外，眼见大街上热闹的景象，觉得自己俨然就是个笑话，如此刻板的官场他实在领教够了。

86

嗣同闷闷不乐地回到杨公馆，午饭也没吃就睡下了。接连几天的拜访，他只觉得身心俱疲，真不想再踏入官场半步。睡过午觉，杨鸿度叫杨小金来请他傍晚一起去游秦淮河，吹吹河风，消消暑气。罗成听了，高兴地对嗣同说："七爷，我们来江宁上十天了，除了天天去衙门，哪里也没去了。秦淮河的名声大，肯定好看得很。"

嗣同懒懒地说："此地是六朝古都，好玩的地方多着呢！可现在除了彦槻兄，我也没有其他朋友，游玩起来也没意思。"

罗成笑了笑，取下墙上的七弦琴，小心地擦拭起来。嗣同好奇地问道："小成子，你没事擦琴干什么？"

"七爷，我们带上琴去坐画舫，您就可以弹琴了。"罗成答道。

嗣同摇摇头不再理他，自顾自铺开纸，动手给闰娘写信，提笔写下"闰娘"两字，却一时不知从何写起。从二月初离开武昌，到现在都快五个月了，都不知道闰娘身体可好，卢氏姨娘有没有为难她。念及此，他长叹一声，定了定神，轻描淡写地写了些沿途见闻及江宁风物，还有自己的思念和牵挂。这时，杨小金来伺候出门。嗣同放下笔，换上一件月白色绸衫，脚蹬黑色平口布鞋，随手拿起一把折扇，就朝门外走去。罗成套好白绸琴套，提起布袋，装了些碎银子，紧随其后。

嗣同更愿意走路，但杨鸿度见暑气逼人，硬要他一道坐车。此去秦淮河还有些距离，巷道不宽，车行不快，罗成和杨小金在车后跟着并不吃力。

车行过江宁府衙门和城隍庙时，杨鸿度说道："复生，此处是昔日应天府旧署，我朝沿用为江宁府衙，洪秀全时被毁，后来才重建。现在知府为李廷萧，为人体察民情，常有善举。"嗣同看了看，发现此处离卢妃巷很近。车此时往东行，过奇望街，就驶上了条斜街，乃贡院西街。一出街口，下得车来，正好站在夫子庙前，夕阳西下，秦淮河波光粼粼，余晖静静地笼罩着岸上楼台、波上画舫，甚是美丽。时候尚早，画舫大都靠在岸边，偶尔有几只船游荡在河中心。船上笙歌已然袅袅唱响，隐约可见美丽的女子在船舱里演奏。

阵阵凉爽的风吹来，令嗣同畅怀。他听人说过，金陵城里的秦淮河，东水关到西水关，足足有十里之遥。每年四月半后，秦淮河沿岸的景致渐好。画舫箫鼓，昼夜不绝。

夫子庙大成门颇有气势，冠角龙脊，门前雄狮威风凛凛。杨鸿度时常来此地，此时一一为嗣同指点：宋代建成夫子庙，秦淮河成了夫子庙的泮池，又叫月牙池。河对岸有一排长达百多米的红墙照壁，照壁不远处便是文德桥，以儒家提倡的"文章道德"命名。桥朝向同子午线相一致，据说每逢十一月十五子时十分，皓月当空，凭栏俯视，在桥的两边，分别可以见到桥的影子，把河中的明月分成两半，这就是"文德分月"的景象。庙前东边立着飞檐翘角的奎光阁，阁高三层，为科举时贡院考生以茶会友之处。西边六角形的聚星亭，似乎是座两层的亭阁，其实只是双重飞檐制式，取意"群星聚集，人才荟萃"。

嗣同随着杨鸿度的指点，默默地看着，各处文庙大体结构差不多，只是此处夫子庙气势更是雄伟，规模更加宏大。杨鸿度说到这里，叹了口气说："该早些来，我们还可以到文庙里走一走。往里走，是孔庙的主殿大成殿，气势巍峨，重檐庑殿顶，屋脊中央有双龙戏珠立雕。大成殿前的丹墀是祭孔时举行乐舞的地方，正中竖立着孔子的青铜塑像，甬道两旁分班侍立着孔子弟子的汉白玉雕像。再往前走就是学宫，门外柏木牌坊题有当朝状元秦大士题写的'东南第一学'门匾。往后走，还有明德堂、梨音阁、尊经阁、青云楼、崇圣祠等。这些各地都是大同小异罢了。"

"彦槐兄所言极是，就是我们浏阳文庙也是不差的。昔日浏阳贤达邱之稑特地赴曲阜孔府学习，创制了一套祭孔古乐，连曾文正公都曾派人请浏阳乐师赴安庆教授呢。"嗣同道。

"浏阳人了不起，有创新精神。贤弟你不光自己研习西学，还在浏阳创设了算学社，可钦可敬。"杨鸿度由衷赞道，转而指着几十米开外的贡院道，"复生，你再看这边贡院，此贡院建于南宋乾道四年，当时还是县府考试的场所，至大清朝正名为贡院，光号舍就有两万有余，与北京顺天贡院并称为'南闱''北闱'。自明以来名气越来越大，唐伯虎、郑板桥、吴敬梓、翁同龢、张謇均出于此。"

嗣同瞧了瞧那黑压压一片屋顶，暗暗赞叹，又指着院中那座三层高的木楼问道："那是什么楼？"

"此楼正建于贡院中心，名曰明远楼，高三层，呈四方形，取'慎终追远，明德归原'之意。楼内有副康熙朝著名词人李笠翁所题对联，广为传颂：矩令若霜严，多看士俯伏低回，群嚣尽息；襟期同月朗，喜此地江山人物，一览无余。"

嗣同苦笑道："此联妙绝，真可谓写尽了士人应试时之恐慌，考中后之欣喜。前一句的感觉我可真受够了，可惜后一句再也没机会去体验了。"

杨鸿度笑了笑，见暮色已然苍茫，提议道："复生贤弟，天色已晚，我们先去雪园茶点社吃点东西，好早些去游河。"

一行四人来到雪园茶点社，上得楼来，靠里的小雅座布置得雅致简洁。杨鸿度甚为满意，又点了盐水鸭、鸭血粉丝汤、鸭油黄桥烧饼、麻油素干丝、状元豆和一壶绍兴老酒。

嗣同连忙说道："彦槐兄真是有心，可不要太破费，天气太热，你我随便吃点就行。"

杨鸿度笑道："复生不要客气，你来江宁都上十天了，今天才请你出来，既然来了这天下闻名的秦淮河，就要尝尝这里最有特色的佳肴。"

杨鸿度如数家珍地介绍道：金陵自古喜食鸭馔，盛行以鸭制肴，有"金陵鸭肴甲天下"之美誉。盐水鸭最为出名，肉质细嫩，味道醇厚，入口鲜美，肥而不腻，人人以为肉内有桂花香也。"鸭血粉丝汤是金陵最有名的小吃，由鸭血、鸭肠、鸭肝等加入鸭汤和粉丝制成，口味平和，鲜香爽滑。烫干丝和黄桥烧饼，都是当年这家茶点社始办人卞永生的拿手绝技。烫干丝切得细如针线，入口绵密柔韧；黄桥烧饼酥脆入骨，微微带着鸭油的咸香，色泽金黄，有"蟹壳黄"之美誉。

说话间，酒菜齐备。杨鸿度端起酒杯敬道："复生贤弟，你年轻气盛，才识过人，为兄自愧不如，祝你早日获得实差，一展宏图。"

嗣同甚为感激。杨鸿度夹一只小笼包放在嗣同碗里道："普通的小笼包一般都是肉馅，而这里的小笼包皮薄汁多，晶莹剔透，还加入蟹粉和蟹黄，蘸着醋吃，鲜美异常。你看这只只小笼包就像一个个可爱的胖娃娃，躺在小蒸笼里，煞是可爱。"

嗣同笑了，觉得有些酒兴的彦槐兄比往常可爱。杨鸿度又指着桌上那碟紫檀色的豆子说："这状元豆其实就是五香豆，松软不腻，咸淡适中，香气浓郁。这里有个典故，话说本朝早些时候有一位家境贫寒的母亲，精心将黄豆和五香配料加红曲酒煮熟给儿子当点心，让他用功读书，将来考取状元。这样简单而美味的食物成了陪伴和动力，后来她儿子果真考取了状元，这个小吃因此命名为状元豆。"

嗣同只觉得这菜肴点心都好吃，酒也醇香，他静静地吃着喝着，听着杨鸿度喋喋不休，竟有难得的温暖。待他俩吃饱喝足，走出茶社，天已黑透了，只见满河璀璨的灯火，只听到满河悠扬的笙歌。杨小金、罗成早候在岸边，将他俩迎上了一只精致的画舫。

87

蜿蜒贯穿于东水关和西水关之间的十里秦淮，是江宁城里最热闹繁华的河道，也历来是江南首屈一指的销金窟。沿岸绮靡浮华、酒色迷离，有豪奢的妓院、舒适的住宅、堂皇的酒楼和精致的戏楼。紧靠着秦淮河北岸，就是庄严肃穆的夫子庙和贡院，也许正是因为一班饱读诗书又自命不凡的学子们的热切参与，才使得秦淮河两岸平添了许多诗酒风流的奇异色彩……

长方形的蓝花幕布半遮着小船，四边围着疏疏的红色木栏杆。舫内挂着两只灯笼，正中搁一张矮方桌，桌旁有长条凳，桌上已摆了四碟点心，还有两杯热茶，香气袅袅。杨鸿度叫船娘再上一壶绍兴黄酒来，招呼嗣同喝酒，嗣同连连摆手，只管喝茶。杨鸿度笑笑，也不勉强，自饮自斟起来。外面悠扬的歌声传来，嗣同似有所感，坐到了方才摆好的琴前，边弹边唱，是昆曲《桃花扇》之《哀江南》：俺曾见金陵玉殿莺啼晓，秦淮水榭花开早，谁知道容易冰消！眼看他起朱楼，眼看他宴宾客，眼看他楼塌了！这青苔碧瓦堆，俺曾睡风流觉，将五十年兴亡看饱。那乌衣巷不姓王，莫愁湖鬼夜哭，凤凰台栖枭鸟。残山梦最真，旧境丢难掉，不信这舆图换稿！诌一套《哀江南》，放悲声唱到老。

一曲罢了，嗣同悄悄地擦拭着眼角的泪。杨鸿度有些许醉意，惊讶地问道："复生，你的昆曲竟唱得如此之好。"

"平生喜看戏，之前观赏昆曲《桃花扇》时，其间几段唱词印象深刻，就干脆学唱了几句！彦槻兄，这舫室内有些闷热，不如我们到船头吹吹风。"

两人来到船头，站立船头，船行缓慢，但见秦淮两岸金粉楼台，艳帜高举，画舫蔽河，笙歌盈耳，桨声灯影构成一幅幅如梦如幻的繁华。两侧不时有大小画舫穿行，眼见画舫上那些华服男子一个个美人在侧，兴致盎然地喝酒猜拳，嗣同眉头紧皱。再看了看远远近近的画舫，无一不是寻欢作乐的场景，更是莫名地悲哀，嘴里则喃喃地念叨着："商女不知亡国恨，隔江犹唱后庭花。"

"彦槻兄，是彦槻兄？快到我们画舫上来喝几杯。"隔壁一间华丽的画舫上，一干人正围坐喝酒，左拥右抱，莺莺燕燕闹成一团。一位红衣大胡子男子，一眼瞧见船头上的杨鸿度，大声嚷嚷起来。杨鸿度回过头说道："复生，那些都是我场面上的朋友，平时也常在秦淮河画舫上喝酒，要不你和我一起过去吧？人生难得几回醉，切莫辜负此良辰美景。"

"彦槻兄，我最不喜如此场面，也从不参与此种酒宴，恕不能从命。你自己去吧，我吹吹风就回府了。"嗣同不为所动，淡淡地回绝道。

那边红衣男子声声催促，画舫也一直没动，杨鸿度只得带着杨小金跳到了对方船上。嗣同对年轻的船夫说："摇快些，寻船少的地方走吧。"船夫听令加快了速度，将画舫摇至清静的地方，嗣同自在多了，不时端起桌上的酒抿上一小口。不知过了多久，见天上的月牙儿已浮到了半空，嗣同微微有些醉意。河上依然热闹，嗣同却让船夫靠岸，让罗成收起琴，下船悠悠而回。

接下来几天，嗣同每天上午还是打起精神，接连去了江宁府署、上元县衙和江宁县衙等处。江宁知府李廷萧挺客气，面容和善，言语温和。嗣同俊朗的形象、落落大方的举止，给李知府留下良好的印象。一开始，两人相谈甚欢，但当嗣同提起化学、电学等新学时，李知府则眉头紧皱，似有不喜。嗣同赶紧转移话题，请教此地有哪些大儒可以拜访。李知府提议他先去拜访钟山书院山长缪荃孙、文正书院山长蒯光典及尊经书院山长张謇，甘家津逮楼藏书丰富，也可去见识见识。

甘家藏书楼，嗣同还是第一次听说，三位书院山长却早已在湖北相识，不想却将在江宁古都相遇，笑道："谢谢知府大人指点。这几位山长可都是香帅中意之人，皆学问深厚，在下到时定要一一拜访请教。"

见李廷萧脸色已然正常，嗣同趁机告辞，匆匆而去。回杨府路上，他闷闷不乐的模样令罗成不知所措。他哪里知道，嗣同此时满心迷茫，他绝对没想到，江宁离上海如此之近，上海得风气之先，已有维新人士办的《时务报》，一切都欣欣向荣。但在此六朝古都，从总督到县令，都没有多少向往新学的心思，如死水般沉闷，更别说维新思想了。他极度失望，决计从明天开始，不再去各衙门，不如先去拜访大儒，至少可以探讨学问。

嗣同做事向来不拖拉，他当天就让罗成问好了甘家大院的位置，原来离秦淮河边夫子庙不远。吃过晚饭后，嗣同就随杨鸿度到书房，两人随意地聊聊天。自从上次秦淮之游后，杨鸿度真正领教了嗣同的倔脾气，暗自佩服嗣同的洁身自好。他想起老父亲杨昌浚，从没忘记他的贫贱妻子、他兄弟几人的母亲陈氏。老妻过世后的二十多时间里，杨昌浚虽荣极一时，官居巡抚、总督、兵部尚书，以至加封太子太保衔，却始终未续弦。他原以为像父亲这样的人实属少见，没想到年纪轻轻的嗣同亦对妻子如此情深义重，甚至不愿与那些秦淮女子同船。

想到这里，杨鸿度问道："复生，你什么时候接弟妹到江宁来？你独自一人太辛苦了，没人照顾你。"

嗣同苦笑道："闰娘独自在家比我更难，她要代我在老父面前尽孝，还要帮嫂嫂们照顾孩子。我下次回湖北就会将她接过来，还有仲兄留下的孤儿寡母。"

"泗生留下几个孩子？可惜英年早逝。"杨鸿度见嗣同还如此顾及兄弟情谊，甚为感动。

"仲兄生前对我极好，他去世了，我应当尽力照顾好嫂嫂和三个侄女侄子。到时我就要另外租房子，不能再打扰彦槻兄一家了。"嗣同的眼眶红了。

"复生，都是自家兄弟，别说两家子话。我家房子还是太小了，不然两家住在一起才好呢。你差事定下来后，我提前帮你留意打听合适的住处。"

"那再好不过了，小弟先在此谢过了。仁兄跟我说说甘家大院津逮楼吧，我明天想去拜访。"嗣同道。

杨鸿度点点头，娓娓道来：甘家大院规模庞大，历经甘家几代人建设而成。藏书楼津逮楼，是模仿宁波天一阁而建。《水经·河水》有"而世上罕有津逮者，因谓之积书岩"之语，"津逮"意指求知的入门之径，建楼者甘福以此为藏书楼命名。甘氏藏书，经甘国栋、甘福、甘熙祖孙三代的搜购，共藏各类古籍善本十余万卷，并辑成《甘氏津逮楼藏书目录》十六卷。

目录就有十六卷，该是多么大的规模。津逮楼藏书中便有极具价值的宋代赵明诚、李清照夫妇的《金石录》初刻足本。

嗣同听了，颇为神往。

88

又是一个响晴天，嗣同带着罗成、杨小金出门了，三人沿着内桥大街、府东大街，又转上奇望街，再往贡院西街，一路上但见商铺林立，一派繁华景象。路过状元境时，嗣同发现沿路书肆骈连，顿时来了兴致，催促他俩快点走，等会儿回程时就去逛逛书肆。

来到甘家大院，大门并不起眼，递上名刺后，就站在门口等。门前小巷很幽静，偶尔有人走过，嗣同真切地感受到甘家大院的深厚底蕴。他耐心地等候着，甘家当家人甘元焕正和当地几位名儒在客厅里鉴赏几本新收的古书。甘元焕从门房手里接过名刺，看了看说："浏阳谭嗣同，知府大人，想必学识深厚，快请快请。"这时，一旁的瘦老头开了腔："一个纳捐来的候补知府而已，我偶尔在杨公馆见过，人倒是长得很精神。来了没多久，就来拜访甘家大院，只怕是沽名钓誉。建侯兄你好歹也是中过举的，犯不着如此郑重其事。"其他几人也点头，甘元焕只得回头叫住门房，请访客改日再来。

门房去了这么长时间，告知嗣同改日再来，嗣同自然明白了几分。嗣同不觉苦笑，领着罗成二人朝状元境走去，但见街道两旁一面面或大或小的书铺招牌气象万千，堪称典范，雕工又好，看看就爽心悦目。天禄山房、聚文书店、保文书店、萃文书店、萃古山房……一路看来，兴趣盎然。

走了几家，嗣同发现江宁书肆和上海大不相同，上海格致类书籍多，而这里大都是唱本、话本、演义、画谱、琴谱等，更有些老版本的志书、史书等。嗣同看得兴致勃勃，买了《西厢记》《牡丹亭》《李香君》等唱本。那天在游秦淮河时，只记得《哀江南》唱段，这下可以好好练练《李香君》了。

待走出书肆时，见路边等着不少轮车，嗣同好奇地瞧了瞧。江宁城里的轮车真是一大特色，抬眼望去，轮车两边都坐着人，好比上海租界的人力车。不过人力车只能坐一两人，这轮车两边至少坐三四人。有车夫上前招揽生意："老爷，逛书肆累了吧，要坐车吗？可以坐你们三人，保证又平又稳，价钱公道！"见车夫期盼的目光，嗣同便点点头，三人坐上了轮车。轮车车轮比他在浏阳乡下看到的高车车轮还要高，想想也释然，浏阳的轮车用来运东西，这里用来坐人。回去走府东大街，最是繁华热闹的地方，嗣同见来来往往不少轮车，上面都坐了人，甚觉有趣。

好在并不远，到内桥时，要走上坡路了，嗣同赶紧让车夫停下。大热的天，车夫满脸大汗，嗣同不忍再坐下去。

89

嗣同看着桌上买来的书，回想今天拜访甘家大院的遭遇，挫败感又涌上心头。到江宁已有半个来月了，他四处拜访，不但上司冷淡，就连地方上的那些名儒都瞧不起他，此地之守旧、排外、沉闷已超出他的想象。晚饭也懒得吃，他干脆闭门不出，在房间里不停地踱来踱去。折腾到了后半夜，他心灰意冷地躺下，他到底为什么要候补呢？为君乎?为民乎?为友乎？终是茫然，他长叹一声，心想不如好好读书。

这段时间，他一直在阅读英人韦廉臣所著《古教汇参》一书，他发现书上所载古今中西之教凡数十种，各有教义，有的精深微妙，也有的荒谬不经。他还发现，许多教义有相同之公理：一曰慈悲，即儒家所倡导的"仁"。一曰灵魂，《易经》所谓精气为物，游魂为变也。言慈悲而不言灵魂，只能教贤者更加明智，却没有办法感化愚昧和顽固；言灵魂而不指出其荒谬，又不足以感化异域之愚昧和顽固。

念及此，嗣同深深地慨叹："士生今日，除却念佛持咒，又何由遣此黑暗之岁月？"还在京城时，夏曾佑就告诉他：到了江宁，就去找杨文会，他颇通佛学，还主持金陵刻经处，以弘扬佛法为己任。嗣同好似在周遭黑暗的世界里，看到遥远的天边绽放出点点曙光。到了晚间，杨鸿度叫他到后花园凉亭里乘凉，嗣同便赶了过去。凉亭桌上摆了些时令水果，却只有他俩，嗣同奇怪地问道："彦槻兄，今天没去应酬？也没叫朋友过来？"杨鸿度笑了笑："复生，你应该懂得我，老父教导甚严，我从小谨小慎微惯了，其实最讨厌出去应酬。"

凉风习习而来。两人聊到佛学的话题，嗣同感叹："佛学真是博大精深，有着自贵其心、积极进取的救世精神。"杨鸿度却叹息道："城里到处是寺庙，有名的栖霞古寺就坐落在栖霞山下，香客信众颇多，但信众求神拜佛只是求全家平安，求升官发财，最多相信因果报应，谁又会去探求佛理？"

嗣同沉默了一会儿，问道："听说杨文会先生熟读古今佛典，且主持金陵刻经处，广刻佛典，弘扬佛法。金陵刻经处在何处？"

杨鸿度答道："在花牌楼，门外还挂了金陵刻经处的牌子。我也听学佛的朋友说起他，他随曾纪泽、刘芝田出使过英、法等国，学贯中西，还精通测量及工程建设，是不可多得的人才。现在他一心向佛，搜集刻印经书，弘扬佛法。"

夜深了，两人才各自回房。嗣同思绪纷纭，想到了他远在武昌的闰娘还有家人，想到了他在京城认识的铁樵、卓如，想到了浏阳的瓣姜师、佛尘、淞芙，还有仅二十个学生的算学社。他突然觉得，在国难当头之际，所学皆虚，所愿皆虚，唯有佛学让他内心安定。这几天在反复阅读《治心免病法》一书，让他更加意识到心力的作用，唯有内心坚定发力，才能心想事成，好多郁积在内心的问题得以释然，更化解了从童年以来横亘在心头的死亡阴影。

再回头来看佛学，佛教积极入世、普度众生的精神与孔孟救世之深心惊人地一致，六经也与佛经深深契合。

嗣同心有所悟，他想要更深地领悟到心力的作用，想要拜杨文会为师，更深入地掌握佛学，以心力度自己，度一切苦恼众生。如此，同志者共同奋斗，就可以救大清国，就是那些极强盛之西方国家及地球上一切生命，皆可度之。

90

早饭后，见天气尚阴凉，嗣同带着罗成出门了。从卢妃巷前往花牌楼并不远，直走，在宰牛巷右拐前行，出了巷口就到了。

这是最热闹最繁华的地段，人来人往，熙熙攘攘。街面上各种店铺、摊点一家紧挨一家，街道却很窄，两辆轿子迎面而来，快要相遇时就得赶紧慢下来，以免相撞。嗣同很容易就找了金陵刻经处，大门并不张扬，门上有石额，题曰"金陵刻经处"。门侧挂了个木牌，题有"池州石埭杨公馆"。嗣同含笑叩门，小门开了，一位年轻人朝他拱手道："请问先生找谁？"嗣同忙将名刺递过去道："不知杨仁山先生在家吗？我特地前来向他请教！"年轻人客气地将他俩领到前院，自己前去通报。

很快，年轻人就笑盈盈地返回，将嗣同领往西院。院子入口植有两棵桂花树，还有一方清澈的池塘，池塘边上垂柳依依。池塘前有一排三间房子，白墙青瓦，一位身材高大的中年人站在门口等候，胸前还戴着一串佛珠。嗣同猜想此人便是杨文会，忙趋步上前，深深地作揖道："幸会杨先生，我是浏阳谭嗣同，表字复生，近日才来江宁候补。昔日在京城之际，吾师吴雁舟先生嘱我前来先生处请教。"

杨文会见嗣同身材颀长清瘦，身穿着宝蓝色长袍，腰侧还挎着一柄宝剑，神采飞扬，客气地回礼道："你是说雁舟兄？我早年在长沙时和他对谈过佛法，请教不敢，请进去喝茶！"

西厅书房里，幽幽檀香令暑气一扫而光。接过佣人奉上的清茶，嗣同悄悄地四处打量，窗边摆了靠背椅，书房中间是一张大书案，除摆了些经书，还搁着一盘长势良好的兰花。书案后面，靠墙都是书架，摆满了整齐的经书。布置虽然简洁，却清雅怡人。他看向坐在对面的杨文会，便触到他和善亲切的眼神。

杨文会此刻也在观察这位年轻清瘦的客人，一位候补知府竟然有如此昂扬而独特的气质。他经常会遇到热衷佛学的官员前来切磋，今天这位年轻人他之前从未听说过，但前来学佛便是难得，他询问道："不知谭大人为何要学佛？是潜心修习，还是只想了解佛学要旨？"

嗣同郑重地朝杨文会鞠了一躬道："仁山师，嗣同今日前来讨教，是真心讨教佛学之义理和精髓。在此国难当头之际，所学皆虚，所愿皆虚，中国人倘不发愿振作，将坠入处处挨打无以自救之地！当下唯有以佛学积极入世、普度众生的精神统一国人思想，去与黑暗守旧的势力搏一搏，让我们大中华自强起来！您以弘扬佛法为己任，是嗣同学佛最好的导师，还望您不吝赐教。"

杨文会点点头，说道："年轻人精神可嘉，志向远大，但学佛谈何容易。

当年我与众同道发起成立金陵刻经处，乃感于佛学已然没落，经典难行于世，民间一本正宗的佛经都难以找到，大多数老百姓所信奉的都是伪教。在末法时代，要复兴中国佛教，唯有先开智识，让人们认识到真正的佛教，认识到汉传佛教的义理和精髓，认识到佛教于人生和国家的意义。"

"前辈创立金陵刻经处，费尽心力搜集刻印佛教经典，宣扬佛教精神，此乃大功德，真是令嗣同钦佩得很，请允许我跟随您学习佛法教义。"嗣同越说越激动。

杨文会淡淡一笑："复生，这还得感谢你的同乡魏默深前辈，他之前撰写了《海国图志》，旨在唤醒国人。年老之后，他卜居金陵清凉山麓龙蟠里，皈依佛教，修习净土宗，对净土宗的《大乘无量寿经》《观无量寿经》《阿弥陀经》《普贤行愿品》，参会数译，删繁就简，订为善本，合为一集为《净土四经》。他才是真正做了大功德。"

"不知您如何看待《净土四经》？"嗣同请教道。

"魏默深前辈整理《净土四经》很有见地，净土宗为大乘八宗之一，乃我佛世尊别开方便，普度群生之法。即便不知其义旨深微，但能谛信奉行，自有开悟之期。"顿了顿，杨文会又强调道，"净土宗强调的是念佛法门，念佛成佛，一日念佛，一日往生，日日念佛，日日往生，以至无禅有净土，万修万人去。"

嗣同听了很受鼓舞，诚恳地问道："仁山师，看来要学佛，先得念佛，日日念佛，日日往生。您看我所读佛经并不多，先读什么佛经好？还拜请您多指点。"

杨文会想了想，建议道："我是先读马鸣菩萨《大乘起信论》，而后才读《法华经》《华严经》。好多佛经都深奥难懂，而《大乘无量寿经》简单通俗，持戒忍辱、发大意愿、精进不退、禅定智慧等内容，都讲得很透彻，是佛学入门的经典。我看你先读《大乘起信论》《净土四经》，之后再读《华严经》《楞严经》《成唯识论》吧。"

"感谢仁山师指点！刚刚我看到大厅里满墙的经书，可有您推荐的《大乘起信论》《净土四经》？"嗣同站起来致谢道。

杨文会站起来，说道："《净土四经》是我募资刻印的第一套佛经，那年我三十岁，也从此下定决心一生刻经，弘扬佛法。两年后，在赵惠甫、曹镜初、魏刚己、妙空法师等同道的支持下，成立了金陵刻经处。刻经处初设在鸡鸣寺北极阁，几经周折，才搬来花牌楼。但此处还只是租用，以后待我有了能力，还得建自己的刻经处。至于大厅里的经书，是我从日本和国内各地搜集而来，走，我带你去看看。"

嗣同随杨文会来到大厅，一排排经书新旧不同，封面颜色也不一样。但一本本都细致地编上了号，精心地排列着，如等候被检阅的兵勇，有沉静和隐约的勇气。嗣同暗暗叹服：仁山师搜集这些经书得费多少心血多少时间，甚至得花多少银子呀。杨文会好似看出他的心思，边走边指点着告诉他，都是些什么经书，来自哪里，大概内容是什么，如数家珍。最后，杨文会在末排书架前站定，深有感慨地说道："感谢佛祖让我拥有机缘搜集到这满屋子的经典，更要感谢日本僧人南条文雄对我的倾情帮助。他是日本净土真宗大谷派僧侣，我在英国认识他时，他与日本僧侣笠原研寿在英国牛津大学学习梵文。南条文雄学成回国后，我就写信给他，拜请他在日本代为寻找有关佛学的书籍。短短三年时间内，南条文雄就替我从日本寻觅回古代大德著述达二百三十五种、一千多册！"

嗣同心里满是感动，为了搜集这些大德经述，仁山师又何止花费了三年时间。从仁山师决心向佛时，就将自己交给了弘扬佛法的事业。自己虽说倡导维新变法，却缺乏像仁山师几十年如一日的坚忍精神。

嗣同接过《大乘起信论》《净土四经》时，满心敬意地朝杨文会作了个长揖，谢道："仁山师，今天是我来金陵最开心的一天，折服于您为弘扬佛法所做的种种努力。我一定会认真拜读，也拜请您允许我随时来向您请教。"

杨文会将嗣同送至大门口，真诚地说道："净土一门，以《大乘无量寿经》而发源，以《观无量寿经》而观想，导归于《阿弥陀经》之持名，最终圆融于《普贤行愿品》。你回去后用心阅读领悟，随时都可来我处对谈佛法。"嗣同拜谢告辞。

嗣同埋首读经，将自己的心得和疑惑一一记下，三天两头跑到杨文会处请教。杨文会点校经书再忙，也会放下手中的事情加以指点，嗣同总是乘兴而去，尽兴而归。他因阅读经书而充实喜悦，每天早晚也焚香打坐，涵养静心功夫。最令他欣喜的是，杨文会终于认可了他这个弟子。

91

已是七月下旬，这天嗣同早起，趁着天气还凉爽，来到了花牌楼金陵刻经处。门房见是他，恭敬地弯腰作揖道："谭大人早，仁山先生在深柳堂书室里。"嗣同谢过后，就朝深柳堂走去。

路过堂前小池塘时，嗣同见杨文会正站在门口，笑眯眯地看着他。嗣同也笑了，赶紧上前作揖："仁山师早！"杨文会边朝外走边说："复生早，用过早膳了吗？和我一起去吃？"

嗣同随老师朝前院走去，膳厅桌上有一碟包点一碟豆腐丝一碟蔬菜一碟煎蛋，桌边摆了两碗米粥。许是佣人见嗣同一起过来，早已布置好了。虽说没有半点荤食，但味道新鲜爽口。饭后，师徒俩朝深柳堂前的院子走去，院子并不大，但绿意盎然，生机勃勃，深柳堂之侧植有修竹，窗前一长溜月季花开得正是热闹。此时太阳高照，微风吹来，没有半点暑气。

杨文会穿着灰色布袍，可能是身高体胖，走了一会儿就满脸是汗。嗣同一袭月白色夏布长衫，同色绸裤，玉树临风般立在清爽的阳光里。杨文会看了他一眼，笑道："复生真是翩翩如玉，风华绝代。"

"仁山师可不要笑话学生。"嗣同有些不好意思，杨文会哈哈大笑。

进得东书房，嗣同先请老师坐下，自己站在一旁恭敬地问道："仁山师，学生读《华严经》中《普贤行愿品》时读到这首诗：往昔所造诸恶业，皆由无始贪嗔痴。从身语意之所生，一切我今皆忏悔。我是如此理解的，在过去的无量劫中，我们大都做过种种恶业，这些恶业皆是我们的贪嗔痴等恶习所造成的，也是因我们的身口意三业不清净感召而来。从今日起，每个人都要发心忏悔，既然罪从心起，就应由心忏悔。请问我们为什么会有贪嗔痴等恶习？"

杨文会点点头道："你的理解是对的，至于人们为什么会有贪嗔痴等恶习，一是因为我们深植凡夫秉性，往往下意识就造了诸多恶业；二是因为贪嗔痴难以降伏。即使发愿忏悔，除了诚心，还需力行。"

嗣同听了，点头称是。杨文会接着强调道："我们学佛者应以信、解、行、证为进路，也就是说，学佛的人必先有信心，继之以正确的解悟，和实践相配合，才能体证佛教的真理。你天资聪慧，这段时间来，所有解悟都很到位。但你要切记，一定要伴之实践。佛教各宗派，本不分高下，但于禅宗却要谨慎。盖他宗依经建立，规矩准绳，不容假借。惟禅宗不依经典，直指心性，绝迹空行，纵横排荡，莫可捉摸。故黠慧者窃其言句而转换之，粗鲁者仿其规模而强效之。"

听老师如此说，嗣同陷入了深思。这时，杨文会突然想起什么似的，说道："复生，我给你看些我从西欧带来的洋玩意儿，你肯定会喜欢。"

嗣同好奇地跟着他穿过厅堂，来到西书房，没想到这里又是一番景象，满屋子整齐的书柜靠墙立着，中间一张大书案，上面摆着些高高低低的模型及仪器。嗣同只认得地球仪，其他几个模型都为圆球形，却一个都不熟悉，问道："老师，侧边的圆球状模型都是什么？"

杨文会笑了，一一指给嗣同看，一一解说各自的用途，地球仪之外，还有天球仪、天文仪、天文镜、望远镜、经纬仪、温度计等。

看着这些精巧的仪器，嗣同有惊奇，有喜悦，更有失落。西方格致学发达，竟然早有如此众多的精密仪器。他盯着望远镜，迫不及待地想知道能不能看到北斗星、牛郎织女星，能不能看到天外之天。

见嗣同眼光灼灼，杨文会便知他这个徒弟的心思，说道："复生，天文镜最好在天气晴朗的晚上使用，现在这大白天阳光太厉害。我当年出使英法各国时，每到一地都会去详细了解各地格致学进展情况，购置了大批仪器，包括上千张仪器图、农学实物图。"

"老师，您真是太了不起了！"嗣同激动地朝仁山师作揖道，"我很想看看那些图纸。"

杨文会笑道："复生，不必性急，这屋子的书柜里装的都是我带回来的仪器、格致书籍和图纸，今后可以慢慢看。今天就先看看桌上的模型和仪器。"

那些仪器吸引了嗣同所有的注意力，接下来的日子，他跑金陵刻经处就更勤了。只要老师有时间，嗣同就会请求去观看那些仪器和图纸，每每都有收获的欢欣。但当由西方格致之学联想到当前中国现实时，他又痛彻心扉。

92

这天下午，刚刚下过一场雨，天气凉爽。嗣同从金陵刻经处出来，随手将手里的书包交给了罗成，沿着吉祥街往南缓缓地往卢妃巷方向走。今天学会了使用显微镜，观察了一只小蚂蚁，小蚂蚁竟比蚱蜢还要大。嗣同特别兴奋，步伐自在轻快。

路过钟山书院时，见一个熟悉的胖胖的身影正朝书院大门走去，忙定神一瞧，正是昔日武昌自强学堂教习缪荃孙，今日钟山书院山长。缪荃孙是江苏江阴人，曾任翰林院编修、清史馆总纂。在京任官之余，缪荃孙沉溺于金石，因家境一般，只能亲力亲为四处拓片。后因开罪徐桐，他于甲午年意外在翰詹大考中失利，被罚俸两年。年已五十的缪荃孙借口回家扫墓，去武昌投奔张之洞，并刻一小印，文为"以七品官归田"。去岁江南藏碑大家沈树镛旧藏散出，计三千六百多通，缪荃孙闻讯，硬是卖掉祖传田产全部购下，引得时人啧啧称赞。

张之洞对缪荃孙甚是赏识，还让他主修《湖北通志》，嗣同曾和陈三立一同拜访过他，见识过他的学问文章。见缪荃孙就要步入大门了，嗣同忙趋步上前，扬声道："缪山长，缪山长，您什么时候到了江宁？"缪荃孙闻声，转头见是嗣同，脸上有了喜色："谭公子，刚听闻您分发到了江宁，正要去找您，没想到今日在此相遇。我到江宁差不多半年了，香帅邀我至钟山书院主讲。"

武昌旧日相识，茫茫人海中，又在江宁街头遇见，可谓是他乡遇故知。嗣同欣然接受了缪荃孙的邀请，来到书院，但见树阴匝地，极为幽静，时有身着长衫的年轻学子来往，见到缪山长全都恭敬地站立，作揖问好，缪山长一一谦逊回礼。来到西侧一个小院，正屋便是山长室，中间为小小的会客厅，两旁为书房和卧房。

两人在书房坐定，嗣同见屋内虽陈设简单，但窗明几净，四处堆满书籍，感慨道："我听说钟山书院山长选拔极为严格，山长要具备文望、品望，年高而精明强固，足以诲人者为之。您学识过人，品高德勋，香帅识人甚深。"

缪荃孙忙摆手道："复生如此夸赞，真是令我羞愧。但我定不负香帅厚望，日后还得增加算学、格致之学，使学子们知晓当前新学和大势。"

嗣同连连点头，瞧见书案上搁着几本崭新的《时务报》，甚是高兴："缪山长，卓如竟寄了这么多《时务报》给你？"

缪荃孙笑道："《时务报》开创报业的新纪元，我等自是要全力支持。我让他们每期寄一百本过来，由我帮他们代销。现在已是二期了，竟然销得不错，就剩下这几本了，每天都有人来要。"

嗣同眼前一亮，赞道："缪山长，您如此助力，真令在下感动。当初创刊号付印之前，我得以先睹为快，卓如撰写的《论报馆有益于国事》《变法通议自序》真是发人深省，议到点子上去了。卓如以《泰晤士报》主笔式人物自况，我看他定能担纲此任。"

"天下兴亡，匹夫之贱与有责焉！穰卿、卓如都在为办《时务报》耗神流汗，我只是帮他们推销，自应不遗余力。第二期上卓如撰写的《论不变法之害》，气势恢宏，立场鲜明，语气激昂，读来真是痛快。"缪荃孙坦率地说道。

嗣同点点头，站起来朗朗而言："所谓新法者，皆非西人所故有，而实为西人所改造。改而施之西方，与改而施之东方，其情形不殊，盖无疑矣。况蒸蒸然起于东土者，尚明有因变致强之日本乎？"

缪荃孙不禁也站了起来，连连拍手："卓如写得痛快，我等看得更是痛快。《时务报》体例既精，样式亦雅致，必定会有越来越多的真心读者。随着此报推行，从此风气打开，中国士大夫渐变空疏之习，皆知讲求时务之日不远矣。"

嗣同神情慷慨，拿起《时务报》第二期，情不自禁地朗读起《论不变法之害》，缪荃孙则坐下来认真倾听。待嗣同读完，两人都陷入了沉默。

93

据张之洞的原先估计，建汉阳铁厂二百万两白银即已足够。但已过去六年了，新购设备及经营不善导致极大的浪费，汉阳铁厂的总支出竟高达五百余万两白银。燃料问题也始终未能解决，购置了两座铁炉，一座铁炉每年至少需焦炭三万六千吨。如今每年购进的焦炭包括开平一万四千吨，萍乡一万两千吨，郴州六千吨，只能勉强维持一个生铁炉的开工。当张之洞从两江总督任上回到武昌时，铁厂已经举步维艰，没有新的资金注入，随时都得熄炉停炼。朝廷对于汉阳铁厂耗用巨款，却依然是一副"烂摊子"，大为不满，上谕责备道：湖北铁政局经营数年，未著成效。即如快枪一项，至今尚未制成，着张之洞通盘筹划，毋蹈前失。

面对巨大压力，张之洞内心焦躁，但官款支绌，张之洞思虑再三，只好屈服。至光绪二十二年（1896年）四月，张之洞奏请以盛宣怀招商承接，将汉阳铁厂，包括大冶铁矿、江夏马鞍山煤矿，皆由官办改为官督商办。有关铁厂的情况，盛宣怀早已密切关注，特派亲信钟天纬定时向他秘密汇报铁厂情况，他对铁厂的窘局非常了解。但盛宣怀还是接办了汉阳铁厂，并改汉阳铁厂为总厂，将大冶铁矿隶属总厂，大刀阔斧地着手改造、扩充汉阳铁厂。

盛宣怀之所以接办铁厂，其实有他的如意算盘，且开出了他的条件：希望张之洞和王文韶二人联保，使他先出任铁路总公司督办，进而取得中国通商银行总董之位。兴办铁厂、铁路、银行，可谓互相关联：一则铁路总公司经办修筑铁路，可采用铁厂出产的路轨，保障铁厂产品的销路；二则利用兴办铁路总公司的经费，以预付铁轨款项的形式，为铁厂解决资金困局；三则举办银行，吸纳资金，为铁厂乃至修筑铁路解决资金后顾之忧，不至于向国外贷款。

不得不说，盛宣怀心思极为缜密，深知待他日身兼铁路、铁厂督办，非轨不能成路，非铁不能制轨，非焦炭不能炼铁，环环相扣，缺一不可。但接任铁厂以后，盛宣怀才发现马鞍山煤矿含磺过多，不适于炼焦炭，致使铁厂的焦炭供应严重不足。盛宣怀只得一面尽量购进外地和外国焦炭，一面派矿师在江西、安徽、湖南等省沿江近水地方勘探钻试。因湖北自兴国、广济上溯归、巴，所产烟煤俱不堪用，故在湖北周围发现合格的新煤源，就成为盛宣怀急需解决的问题，成为汉阳铁厂生死之关键。

当时可以向汉阳铁厂提供煤源的地区主要在湖南、江西两省。江西萍乡之煤质虽佳，但土法开采，运道艰阻，人力难施，实不是理想矿源。湖南素有"湘煤富甲天下"之称，盛宣怀在试用赣煤的同时，也把目光紧紧投向了湖南。上任伊始，盛宣怀就不断去函去电向巡抚陈宝箴发出吁请，希望湖南大力开采湘煤，以供急需："湘煤不得大举，鄂铁即不得多炼"，"湘煤为铁轨命根"，"铸铁日盼湘煤"，"铁厂望湘煤，如婴儿之望乳食"……

盛宣怀先注意的是郴州兴宁煤矿，后来有人送来宁乡苦竹寺煤样，经化验质量颇佳，极合炼铁之用，运道亦较郴萍近便，引起他的极大兴趣。时值五月，湖南从开平煤矿借邝荣光矿师，赴湘实地勘探后，认为宁乡煤矿不便使用机器，建议另找新矿。邝荣光此行意外发现了湘潭小花石煤矿，倘深挖则煤质更佳，极富开采价值，能解铁厂燃煤之需。他在勘查报告中指出：所勘煤矿，如宁乡、湘潭、清泉三属，究以湘潭之小花石为上。一则濒临大江，转输便捷；二则煤线现露，绵长约有十余里；三则能炼焦炭；四则磺少，每百分未及一分。

此时，湖南经济落后，经费拮据，而矿产极旺，有把握获利的矿产，以安的摩尼矿为最，硝矿次之，煤炭又次之。有识见者认为，湘省时事，尽在于矿，矿若兴旺，则百废俱举。陈宝箴也早早确定了以矿务带动其他新政的方针：先行开办煤矿，开办得好，当可岁获数十万；再次第兴办各矿，并铸钱，开学堂，设公会、报馆，练营伍。

湘省设立矿务局之初，全省上下一片欢腾。这边盛宣怀迫切希望湖南的煤矿开挖，那边陈宝箴迫切从矿产破冰。湘潭小花石煤矿便成了盛宣怀的首选目标。陈宝箴理解盛宣怀的难处，表示愿意积极合作。谁都以为湘鄂会结成合作伙伴，双双获利之时，湘鄂之间却因矿产而关系微妙起来。

七月底的一天，已是黄昏时分，唐才常随着一条运货船来到长沙城外的浏阳码头，船上装了几大木桶豆豉，正是妹夫刘善浤托他进的货，要送至太平街人和豆豉号。浏阳河里的水多，又顺风，躲在船舱里，时有凉风吹来，比在太阳下赶路舒服多了。唐才常身材魁梧，心忧浏阳的矿事，一路行来焦躁不安，在船上时起时坐。跑了四天，船才靠岸。

码头上有不少码头工，唐才常上前招了八个人，每两人抬起一只大木桶，沿着大西门正街前行。省城毕竟气象不同，街市热闹繁华，来到太平街口，沿街都是经营粮油、盐、南杂的店铺，人更是多。继续向北走，路过贾太傅大门口不远，便到了人和豆豉号，铺面窄小，旁边人和福油号却是高头大户。此时暮色已起，街上行人步履匆匆，人和豆豉号门口站着一个身着长衫的瘦高个年轻人。唐才常见是妹夫刘善泷，忙招手嚷道："湘渠，快叫人来接货。"

去年，嗣同、刘善涵和唐才常三人一起帮着欧阳中鹄赈灾，总算带领全县灾民渡过了难关。但随着灾情的逐渐好转，一个尖锐的问题摆在他们面前，就是如何解决开办新学诸事所需要的经费问题。欧阳中鹄等人认为盐事关系全局，主张申请设立淮盐浏阳专岸，却未能如愿。而嗣同则认为办矿较有实利，应当充分利用当地的矿产资源，设立矿务分局，与省城总局呼吸相通，且一切矿事皆归分局控制。

今年三月间，浏阳成立了矿务分局，欧阳中鹄主持，唐才常、刘善涵协助办理。欧阳中鹄为人正派，深孚众人之心，县里的矿事一时兴盛起来。刘善涵兄弟也有自己的煤井，黎少谷等人有安的摩尼矿，唐才常和嗣同还悄悄地合伙成立了一家煤庄，所收之煤经马尚德医生介绍，都卖到汉口去了。且如此一来，县矿务局收成日益见多，唐才常和嗣同还憧憬过，都可以用来办学、办团练，甚至于整治浏阳河道等等。

谁知湘省矿务官办政策愈演愈烈，新颁布的《湖南矿务简明章程》规定，硝、安的摩尼（锑）、别斯末斯（铋）、臬客尔（镍）等矿，均归官独办；金、银、铜、铅等矿，所出矿砂由官局收买，商民不得偷运私买，一律官运官销。随后，省里又明令专主官办，矿务总局垄断全省矿业的开采、转运和销售，不招商股。至于绅商旧开者改以归官，集资请开者悉为封闭。人们这才明白，所谓"商办"只是说说而已。

此时浏阳安的摩尼矿也无法避免官办的命运，黎少谷的私人矿山被查封，此事在浏阳引起了很大争议。唐才常只得站出来讲话，表态他赞成官办，认为硝矿、安的摩尼矿概归官办，名正言顺，不得议其操切。刘善涵却当场给他难堪，说自己主张商办，反对官办，如此才能调动商家办矿的积极性，采矿才能活起来。两人一时相持不下，不欢而散，没想到几天后刘善涵竟愤然辞职，一气之下跑到长沙来了。

此为前话。刘善泷来到唐才常跟前，接过他肩上挎着的布包，说道："佛尘舅兄，一路辛苦了，快进来歇歇，货让刘叔去接。"唐才常真是有些累了，点点头，随着刘善泷往里走。这是他第一次来到豆豉店，见铺面并不大，对着门口，摆着一列木柜台，柜台后摆着一只只高高低低的木桶，桶里装着各个等级的豆豉，弥漫着豆豉独特的清香。另有两个货架，一个货架上摆着一只只青花瓷坛，而另一货架则摆着一摞摞报纸和一些书籍。再往里，便是店员刘叔的住处，摆着两张床。刘善泫引他再往里走，来到一间小厅，桌子上已经点燃了油灯，摆好了饭菜，有三副碗筷。刘善泫笑着招呼他坐下，转身端来一杯凉茶给他，唐才常几大口就喝了个底朝天。

唐才常疑惑地问道："湘渠，怎么不见淞芙呢？他不是前一段时间就来长沙了吗？"

刘善泫当然已经知道他二人的争执，但他认为不存在谁对谁错，只是观念不同罢了，坦然地说道："佛尘，淞芙他已经回两湖书院了，我们家人希望他还是考个功名。他只是书生，空有一腔意气，还望你多担待。"眼里满是诚恳。

不得不说，刘善涵当着众人和他唱对台戏时，唐才常气得满脸通红，是欧阳中鹄闻讯赶来将他俩人扯开。后来他冷静下来，觉得淞芙书生意气重，也就没必要在意。此时，他笑笑说："我们还是好亲戚，只是意见不同，我不会计较的。"说着，他扯过一旁椅子上的布包，从包里拿出一双圆口布鞋，脸上满是笑："湘渠，你看，这是你老婆才难给你新做的布鞋。她说你在外不容易，不要只顾省钱，亏欠了自己。你放心吧，孩子们长得好，家里一切都好，只是有时间还是争取多回去陪陪他们。"

刘善泫接过崭新的布鞋，脸上溢满了温情："我也知道才难一人带着孩子不容易，可她总是不愿长住长沙，我只得舍命多挣些钱，让他们母子少受苦。今年报纸、豆豉生意都不错，总算多挣了些钱。说了不要总想着给我做衣做鞋，她偏不听，说什么男人的衣女人的脸！"

这时，刘叔走了进来，见他俩在看那双布鞋，笑道："货都收好了，天都黑了，你俩还在看什么布鞋，肚子不饿吗，赶紧吃饭吧。"

刘善泫忙将布鞋小心地放在旁边的柜子上，又随手拿起桌上的酒壶，给他们每人倒了一杯酒，道："佛尘，来，你一路操心了，我特地买来汾酒，你试试味道如何？"

唐才常也不客气，几人连干三杯后，话都多了起来，说着浏阳的赈灾，浏阳的算学社，浏阳的矿事，说着生意的艰难，人生的不易。

一夜无梦，第二天，唐才常和刘善泫匆匆吃过早饭就出门了，他们分别要去走几家浏阳人开在太平街、坡子街的爆庄，推销煤庄的煤。

等到夜幕降临，唐才常、刘善泫才先生后回到店里，两人脸上都有掩不去的倦色。喝酒时，唐才常告诉刘善泫，他跑了一天，还是有收获的，几家爆庄都订了煤，只是量并不大，比不得汉口市场。刘善泫安慰他道："佛尘，我们的煤质好，没有杂质，又耐烧，慢慢会越销越多。"唐才常本就是乐观之人，很快就忘却白天的辛苦，开心地喝起了酒。

94

第三天一早，唐才常直奔湖南省矿务局，还在三月底来省城时就去过，矿务局设在鱼塘街上湖北会馆隔壁，离太平街挺近。一路上，先走过西牌楼、八角亭、药王街，都是商业繁茂之地。清一色整齐的麻石路，店铺招牌各具特色，有粮行、油行、药房、绣庄、布庄、鞋店等。西牌楼因明代吉王府西门牌楼在此而得名，八角亭为红牌楼之北段，此处曾建有吉王府的一座八角亭。药王街则临街建有药王庙，一堵高墙，两边开有拱门，规模不小，也是著名的云贵会馆。毕竟时间还早，店铺才刚刚开门，行人不是很多，市面有些萧条。他暗自叹息，甲午战争失败，去年全省又闹灾，湘省民众的生活更为艰难了。现在陈宝箴推行新政，积极振作，才渐渐有了新气象。但唐才常百思不得其解，右帅见识超群，为何矿事要力主官办？

待他赶到矿务局时，时候不早了，他递上名剌，门房就将他引进西跨房，不想张通典、邹代钧两位提调都在。三人早在武昌就认识了，唐才常忙趋步上前，朝两位提调作揖问好。

"佛尘，快请坐，什么时候到的省城？我还想着要去浏阳一趟呢。"邹代钧忙招呼道。

唐才常笑道："在下前天晚间就到了，昨天走访了几家亲戚，这不今天一大早就过来拜见二位，在下在浏阳盼星星盼月亮没盼到你们，只好跑到省城来请。"

唐才常、邹代钧相视大笑，转眼见张通典却一脸严肃，没有半点笑意。邹代钧见怪不怪，唐才常内心疑惑，却又不敢冒昧相问，端起手边的茶杯喝了口茶。

"佛尘，你今日来矿务局，是不是有事相商？"邹代钧转移话题道。

唐才常感激地看了他一眼，点点头道："伯纯、沅帆，上次去武昌时，在下就听说盛杏荪业已主持汉阳铁厂，实行官商合办，急需湘省之煤。湖南煤矿之富众人皆知，为何右帅并不急于在全省开挖煤矿？"

邹代钧坦言道："湘省煤富，但均用土法开采，产量很低，要将其改造成为日产数百吨乃至上千吨的新型矿井，才能适应铁厂的需求。但湖南缺少技术人员、机器设备和资金，右帅一时施展不开手脚。"

"佛尘，沅帆其实没说到点子上，关键在于右帅与盛杏荪未达成共识。盛杏荪认为不用机器不能开至深处，不用西法不能安置机器，而不用矿师则机器、西法皆无从谈起。他又认为华人矿师人少质差，应当使用洋矿师。右帅因担心湘省排外情绪激烈，则坚持要用华人矿师。两人由此相持不下，乃至矿事受到了牵连。"张通典干脆打开天窗说亮话。

见唐才常一脸疑惑，邹代钧会意地点点头，补充道："就在五月初，右帅从开平煤矿借来邝荣光探矿，邝师在湘工作数月后，即请假回天津，中止了勘探。虽经右帅、盛杏荪屡请借调，但开平煤矿就是不愿放邝师再来，实在是害怕湘煤大举有碍开平煤矿。"

"见此，盛杏荪急了，多次提出派汉阳铁厂洋矿师赴湘勘探，但右帅对此心存顾虑，不肯轻易同意。时至八月，汉阳铁厂洋矿师赴萍乡煤矿考察，当地士绅立即张贴匿名告示，扬言洋人一到，巷遇则巷打，乡过则乡屠，就是一切护从、翻译之人皆在手刃必不放过之列。有鉴于此，右帅不得不谨慎从事。"张通典摇头叹息道。

唐才常此时才听清来龙去脉，看了看两位面露苦色的提调大人，也叹息道："邝师不来，洋人又难来，实在是无奈。于铁厂和煤矿都有损失，可另有良策？"

邹代钧苦笑道："盛杏荪如此关心湘省矿务，其目的是想控制湖南的矿产资源。他对湖南煤矿兴趣极大，提出请以煤矿归商办，愿先入股三十万。

右帅对此则存有戒心，留意防范，以一切俱由官办，不必别招公司为由加以拒绝。"

张通典也叹气道："右帅担心利权外流，力主矿务官办，结果使资金匮乏问题更加严重，导致因资本不足，不能用西法小试。我觉得右帅此举不妥，湖南矿务会因此大受影响。"

邹代钧忙解释道："右帅有右帅的理由，他还是动员了宝善成制造公司在宁乡清溪、湘潭小花石等地开挖了一些煤窑，供应汉阳铁厂。但湘省重五金轻煤炭的状况，使盛杏荪感到焦虑，他一再提醒右帅，倘湘煤举办还得拖延一段时期，鄂厂不得不另作他计，或于别处得煤。则来日湘煤无大宗可恃之销路，筹本则愈艰。"

说到这里，各人都陷入了思索。唐才常愕然地发现，上次春天来矿务局时，局里还洋溢着一片繁忙喜悦的气氛，这次却少有人来。

这时，有舆地图社的人来叫邹代钧，张通典和唐才常干脆随他一同前往。行不多远就到了，只是个小小的四合院，正面三间是邹代钧平时办公和开会的地方，东间则是校图的地方，书案上摆着地图，两边墙上挂着地图，真是地图的世界。

唐才常喜出望外，去看墙上那幅中国地图，嘴里喃喃地念叨着，——去寻找十八行省的位置：湖南、北京、山东、四川、江西……邹代钧、张通典却去校对湖南全省地图，不时小声地讨论着。

待邹代钧、张通典讨论完时，已是午饭时分，见唐才常还在研究墙上的中国地图，便叫他一起去吃饭。唐才常意犹未尽，叹道："沉帆，今天在你处看到新式的中国地图，疆域、边界、平地、湖泊河流、高原一目了然，我收获特别大，是你们制作的？"

邹代钧点了点头："原本舆地图社在湖北就成立了，现在听命于右帅，我就干脆搬到长沙来了，做到矿事和图社两不误！"

唐才常却转而又问起老话题："沉帆、伯纯两位提调大人，而今正当奋力讲求格致之学，我真不懂右帅怎么就不敢请洋矿师来！"

张通典摇了摇头，说道："盛杏荪并不是庸俗之辈，他讲求维新事业，且颇有实干精神。去年十月他成功奏请在天津开办了北洋西学学堂，于今年正式更名为北洋大学堂，聘请了美国教育家丁家立担任北洋大学堂总教习。随后，他又在上海创办了南洋公学。你们看，他的步子跨得比谁都大，右帅真该好好听听他的建议。"

邹代钧忙说道："伯纯，佛尘也不是外人，你如此说倒不要紧。隔墙有耳，倘是让黄笃恭等人听去了，只怕到时又有什么新的流言出来。伯严怪罪下来，咱们就更不好办事了。你我唯有负重前行，能尽力就尽力！"

唐才常悄然发现，张通典脸沉似水，忙找借口告辞。走在大街上，市声喧哗，他眼前却仿佛有一张大网，让他看不清形势，今后湖南矿事只怕前景不妙。倘复生得知这一切，怕也会和他一道叹息痛心，不知复生在江宁如何。

第十七章：拍照

95

七月下旬的江宁，天气更加闷热。一有时间，嗣同就钻研佛学。只是一旦将眼光投向现实时，他就如仙人困辱泥途，深愧不能与梁启超、汪康年诸君共事以成盛业，更是挂念浏阳矿事不能去怀。他便更觉闷热异常，无法在屋子里待下去。这天一大早，他找到杨鸿度，告诉他自己要去苏州一趟，拜访江苏巡抚赵舒翘，更要去上海一趟，为黄遵宪即日北上践行。

匆匆来到苏州，嗣同前往巡抚衙门求见，赵舒翘拨冗接见了他，颇为亲切随和。但嗣同也看得出赵舒翘只是将他当一般候补官看待，只知自己是湖北巡抚谭继洵的七公子，至于自己于时局有什么新见于变法有什么思考，根本就不关心不在意。嗣同原本对他还是有些好感，想赵舒翘在刑部任职时，顶住压力使得震惊朝野的河南"王树汶临刑呼冤案"平反，从此声震天下。苏州被列入通商口岸后，日本人接管时，他以岁课其租加以限制，并上书朝廷力主留民生计，保全厘金，减少损失。嗣同认为他是个关心百姓的好官，现在看来赵舒翘也有些眼光短浅了。

嗣同匆匆离开苏州，前往上海。

到了第三日，只见河水渐渐变为黄色，甲板上的旅客，倚栏眺望的渐渐增多。不多时，已到了招商码头，罗成招呼茶房将行李取出，雇了一辆马车，去往长发栈。

到了客栈，嗣同洗了脸，坐下来喝了口热茶。茶房问道："老爷，可要叫些点心？"嗣同道："在船上没吃好，来一点吧。这两天可有人来寻我？可有寄给我的信吗？"茶房道："有，有，我就拿来。"

茶房端来一碟点心，还拿来了名片和信件。嗣同接过来一看，原来是黄遵宪、梁启超、宋恕等人的名片，还有梁启超的一封信，约他倘于八月初七日到达上海，就去报馆找他，一起去张园赴宴，为黄遵宪饯行。

96

见天色不早，嗣同赶紧吃了些点心，让罗成留在客栈，自己唤了人力车，一直到了四马路时务报馆内。门房上楼去通报，他也跟着上楼，只听得里面有人说道："太好了，复生来了！"嗣同听到熟悉的声音，心下大喜，一步踏进办公室，梁启超早已迎了上来，笑道："复生兄真是来得及时，穰卿去武昌给香帅拜寿没回来，铁樵也在武昌。你先喝杯茶，略事休息，我们就去张园吧。"

梁启超忙了一阵，两人下楼，又叫上汪诒年，三人直奔张园。路上，梁启超对嗣同说："张园较之前几年名气更大了，已成为上海滩最新潮的私家花园。"

"张园这些年越来越兴盛，应是有其奇特之处吧。"嗣同感慨。

梁启超笑道："嗣同，租界的黄浦公园华人与狗不得入内，中国人就不要游公园了吗？张园可是我们自己人建的公园，不仅是中西合璧的新潮公园，园内照相、购物、吃饭、看戏、听书、喝咖啡、游园、游船等，全都尽善尽美。"

说话间，已能望得见张园大门口，车辆拥挤，三人进得大门来，但见华灯初上，园内游人众多，笑语喧哗，热闹得很。嗣同跟在梁启超身后走着，一路上不时得避让行人，来到那栋两层高的高大洋房跟前，有茶房在候着。等梁启超自报家门后，茶房应道："客官可是找梅州公度先生？请随我来。"

几人来到二楼走廊尽头一间小包房里。满屋子西洋摆设，在昏黄的电灯光里，华丽别致得很。黄遵宪闻声迎了上来，一把拉住梁启超、嗣同的手，招呼道："卓如、复生，可把你们盼到了，快快请坐。"随后又转身吩咐伙计，"客已到齐，赶紧上茶上菜。"

"见过公度兄，因兄长前往武昌给香帅拜寿，不能前来，还望见谅。"跟在两人之后的汪诒年上前行礼道。

"真是对不住，眼拙得很，刚刚没看见颂阁兄，快快请坐。"黄遵宪满脸窘色。

汪诒年忙摆摆手道："公度兄，我们都不是外人，今日我们几人特来祝贺你北上呢。"

众人入席，黄遵宪端起手里的酒杯道："我已买好了海晏轮船票，初十就将启程了，我先敬卓如、复生及颂阁，《时务报》就有劳各位了！"

在座各位将手里的酒一饮而尽，嗣同就笑道："公度仁兄勇气可嘉，尽力襄助《时务报》创办成功，现已出了四期，如平地响起了一声雷，引得各地仰望不已。连香帅都力推《时务报》，通饬湖北各署购阅。让我先敬你们三位有功之臣。"

梁启超也站起来敬大家，很谦虚地说："卓如有幸担纲《时务报》主笔，我将竭尽全力号召众人向西洋各国学习，推行维新变法，我也敬大家一杯！"

酒过三巡，黄遵宪放下酒杯道："现《时务报》规模大定，必可风行，且有穰卿、卓如等用心用力，我自是极为放心。自我从新加坡回国后，受香帅派遣，教案已一概办结。可开埠商务事却功亏一篑，甚为可惜。想我江宁、苏州、上海三地驰驱，半年奔走，提出呕尽心血之六条开埠章程，终至付于流水，实可痛惜。"

嗣同一听，放下了酒杯，看着黄遵宪消瘦的脸庞，忙询问道："公度兄，可否是《马关条约》里的苏州开埠之事？实情到底如何？"

黄遵宪一声长叹："《马关条约》许以苏州、杭州两处通商，朝廷命南洋大臣刘坤一督部。刘坤一委我为苏州开埠事宜委员，与日领事珍田舍已会议。珍田氏乃日本第一流外交家，又极为强势，要求苏、杭开埠，专界专管，由日本政府接收专管租界。为尽可能维护朝廷，我遍查日文、中文、英文《马关条约》，指出条约所评只许通商，并无一语许以苏州听日本政府自行管理，并以苏、杭腹地非沿海口岸可比为由，抵制日方的无理要求。珍田氏自是无法反驳，终于画押签字，我才松了口气。"

"公度兄已是竭尽全力了。"梁启超安慰道。

黄遵宪连连摇头，颇为伤感："可谁想到竟有人以流言蜚语中伤我，说我收受外国人的贿赂，为他人施行方便。日本政府却认为珍田有辱使命，大为震怒，将他撤回日本，且向我朝廷提出严厉抗议。"

嗣同、梁启超一听，心中悲愤莫名，嗣同叹道："真是岂有此理，真正为大局着想的人，反要蒙受不白之冤。"

黄遵宪朝嗣同拱了拱手道："知我者复生也。我受些委屈不要紧，可我与珍田商定的六条章程，已受到香帅等人的严厉批评。总署要我继续与日方谈判，我甚感此事难为，恰逢王文韶调我到天津海关任职，正好离开是非之地。"

还未等嗣同、梁启超有所表示，屋外传来"砰砰"响声，众人闻声走出房门，却见前方天空升起灿烂的焰火，一朵朵姹紫嫣红，争相绽放，园子里响起阵阵欢呼声，远处更有悠悠鼓乐声传来。嗣同几人无心观赏焰火，又走回包房。

之前他们仨你一言我一语，汪诒年插不上话，这会儿见三人都沉默不语，感叹道："难怪人们说张园娱乐项目丰富，在这里有茶座，可供品茗。有餐厅，供应中西菜点，承接各种宴会。还有焰火斗艳，有女子京剧班演出。"

见他们仨依然沉默，汪诒年也噤声了，气氛沉闷起来。梁启超打破了沉默道："公度兄也辛苦了，明日又有应酬，今日不如就此散了，公度兄好好歇息！"

甲午之难，还没过去多久，国人早已忘记了切肤之痛，处处歌舞升平。

97

第二天吃过早饭，嗣同带着罗成去往三马路。一路走来，街道上并不热闹，嗣同心想，这上海毕竟不同于他处，白天倒不怎么热闹，一入夜就处处电光明亮，人来人往，真是商女不知亡国恨。

来到格致书屋，又是栾经理迎了上来。嗣同站在书屋门口，急切地问道："栾经理，傅兰雅先生回上海了吗？可在书室？"栾经理摇摇头，遗憾地回道："谭先生，傅先生上次回美国加州奥克兰与妻儿团聚时，加州大学聘他担任东方语言文学教授。他念及已在上海生活三十五年，对妻儿照顾太少，现在得了这么个机会，就欣然应聘。"嗣同一听了，失落万分，确认道："傅兰雅先生从此不会回上海了？"栾经理点点头道："他已将此书室托付给在下，格致书院另有他人负责。傅兰雅先生把最好的年华献给了上海，翻译了那么多格致书籍，开办格致书室更是费尽了心血。"嗣同点头赞同："傅兰雅先生一直致力于在中国传播西方格致之学，他虽回国定居了，但我们不能忘记他对中国人的奉献，应对他满怀感激。"说完，两人都若有所思地看着书室里那一排排格致书籍，久久没有说话。

从格致书室出来后，嗣同穿过望平街，来到时务报馆，直奔二楼梁启超办公室。今天已是初九，明天报纸就得印出来。不想《时务报》刚刚出四期，就风行各地。梁启超正忙得团团转，见嗣同来了，忙揖了揖手道："复生兄来得正好，帮我看看这期样刊，我那篇《变法通议》之《论科举》更要仔细看。"

嗣同接过样报，浏览过其他文稿后，没发现什么不妥，便满怀期待地读那篇《科举论》。他一直主持废除时文，改革科举制度，以格致之学录取有用之士。他在浏阳举办算学社，就是为了践行自己的主张。读着读着，他情不自禁地拍案叫好，不得不承认，卓如比他思考更加深入，视野更为开阔。就在这篇《论科举》中，梁启超专门讨论了科举改革问题，且提出了上中下三策。

他长吁了一口气，心想此上中下三策真可谓思虑周全，也扎实可用。倘全国上下共同推进，何愁培养不了人才。当然最为彻底的办法，还是上策——合科举于学校：自京师以讫州县，以次立大学小学，聚天下之才，教而后用之。入小学者比诸生，入大学者比举人，大学学成比进士；选其优异者出洋学习，比庶吉士。其余归内外户刑工商各部任用，比部曹。庶吉士出洋三年，学成而归者，授职比编检……

他突然意识到，这其实是一套废科举兴学校的方案，除保留科举的各级科名外，科举实体已不复存在。他快步走到梁启超跟前，激动地说道："卓如，你这篇《科举论》真令我激情澎湃，欲罢不能，但我觉得还是写得有些保守。什么上中下三策，不如就写上策就好，大变则大效，小变则小效。"

梁启超正忙得一塌糊涂，见嗣同目不转睛地看着他，笑了笑道："复生，我知道你又要强调你的霹雳手段，我也巴不得全国上下来个霹雳手段，如此才可焕然一新。但太激烈了，报纸就会招来无妄的反对。为激励更多的人，只要有要变的认识就很好，即便是我提出的下策，倘能推行就是大的进展。"

见不时有人找梁启超商量事情，嗣同不再和他争论，再读《科举论》，他豁然有悟，无疑卓如的观点更适合现时中国的实情，自己还是太理想主义了。

待印工来取样刊时，已是黄昏。嗣同只觉肚子有些饿了，问道："卓如，你等会儿还要去印厂，不如我让罗成去聚丰园点几个菜来，你吃过再去？"梁启超心里一热，点了点头。嗣同转身写了一个菜单：炒虾球、黄焖鲈鱼、东坡肉、紫菜蛋汤、煎豆腐等六样菜，还有两客广东蛋糕、两客水晶馒头，让罗成去聚丰园叫来。

没多时，罗成与饭馆伙计一道将菜挑来了，打开食盒，在楼下小饭厅摆好，香气扑鼻。众人吃得极为尽兴。饭后，见梁启超、汪诒年还要忙，嗣同便告辞了。

回到客栈，茶房送进来一张名片。嗣同一看竟是宋恕，心下大喜，决定明天去拜访他。

98

宋恕家住四川北路三元宫附近，八月初九这天，嗣同赶到宋恕家时，有家人迎了上来。

站在大门口，嗣同再次打量着宋恕家简单的四合院，暗自感慨。宋恕弟弟将宋恕的财产都争占了过去。除了岳父不时的接济之外，宋恕只得在各地担任教习来维持生活。但宋恕没有因此而沮丧，依然坚持钻研学问，心忧天下，极为难得。

宋恕从东书房笑着迎了出来："复生，一路辛苦了，可把你盼到了。今天外面风冷，快进书房来坐。”

嗣同见宋恕穿着简单的深蓝色棉布长袍，脸上洋溢着发自内心的笑容，不由为他的安贫乐道所感染，上前作揖道：“燕生，别来无恙？又读了什么好书？”

“复生兄，一别经月，你的学问肯定精进了不少，今日我可得好好向你请教请教。”

走进宋恕的书房，嗣同瞧见书案上铺着一张大宣纸，写满了极其漂亮的隶书，笔墨饱满，很有力量。嗣同连连赞道：“燕生，你这字写得精神，这让我想起年初时你跟我说起的‘三始一始’！”

宋恕眼睛一亮，问道：“复生兄，还记得我的‘三始一始’？”

“怎么不记得。”嗣同一口气将宋恕的主张说了出来：“盖欲化文、武、满、汉之域，必自更改官制始；欲通君、臣、官、民之气，必自设议院始；欲兴兵、农、礼、乐之学，必自改试令始。至于三始之前，尚有一始，便是‘欲更官制，设议院，改试令，必自易西服始’。”

宋恕斟好一杯茶递到嗣同手中道：“复生兄，谢谢你的认可，让我以茶代酒，敬你一杯。”

嗣同接过宋恕手中的茶，爽朗地笑道：“燕生，你的观点说到我心里去了，只有效法西方，改革用人制度，推行议院民主，才得以除周后之弊，反秦前之治，塞东邻之笑，御西土之侮。”

“倘如此，则天悯中华，使东、西通，西之政学，渐闻于东，斯乃世运之转机，民生之大幸。”宋恕接着嗣同的话头说下去，叹息道，“可惜我的主张少有人赞同，有些人一旦听我说起更官制、设议院及改试令，就掩耳而走，甚至怒目而骂，以为荒谬之极，甚至给我扣上‘名教罪人’的大帽子。”

嗣同宽慰道：“燕生，你的苦恼我感同身受，去年我在浏阳兴办算学社也遭受了种种阻力。虽说你的主张在李中堂那里没有得到支持，但你们举办的申江雅集至少也集合了一批同志。”

“复生兄，说到这里，我可要给你介绍一位你我同志者，他是极力赞同维新变法的。他姓孙，名宝瑄，字仲玙，说来出身和你一样清贵，其父孙诒经曾是户部左侍郎，一度担任光绪帝师傅；岳父李瀚章曾为两广总督，舅父朱学勤更是同治朝长期任军机章京领班。自光绪十九年以来，他一直为工部散员，没有实缺。但他学问极好，且极为关注时事，也是申江雅集的积极参与者。"

"那可太好了，我们的力量又加强了。"嗣同满脸喜色。

"的确如此，且不说他家世显赫，当初中日争端一起，京城士大夫几乎皆强硬地力持战议，但仲玙兄弟和其他十二名浙籍京官联名上书恭亲王请求停战主和。他们十四人，不论从官职还是地位看，都显得势单力孤，惹得当时主战人士激烈反击。仲玙受到很大的压力，于去年春上携家人到沪，就住我家附近，在武昌路三元宫近旁。"宋恕言语间满是敬意。

正说得热闹，一位身体高大的年轻人走了进来，穿着一件雪青罗纺长衫，湖色熟罗的短夹袄，面如满月，满脸春风。宋恕忙迎上去："仲玙兄，正说你哩，快来，我给你介绍一位我极为敬重的兄长。"又转过头来对嗣同说道："复生兄，这就是我刚才和你提起的仲玙兄，乃胆识超群之辈。"

嗣同赶紧站了起来，朝孙宝瑄深深地作揖道："幸会幸会，刚刚还在仰慕仁兄，不想这会儿就得见君面，真是三生有幸。"

孙宝瑄见嗣同俊美的脸上眉浓如画，目似点漆，唇红齿白，风华绝代。他心想，此人气势刚强，特别那双眼睛，如同被千年冰泉浸泡过的黑宝石，明亮而犀利。他暗暗称奇，笑道："幸会幸会，燕生多次谈及复生兄大名，盛赞复生兄是英雄侠士，胆识超常。"

宋恕见他们二人互相赞美，甚觉有趣，忙招呼他们坐下。三人重新入座，宋恕对嗣同道："复生兄，昔日仲玙兄弟等浙籍京官上书主和，其志识在部属中胜沈子培、袁爽秋辈何止天壤。而你兴办算学社，也是颇有见识的壮举！你们往后都大可期望，是国家栋梁之材！"

孙宝瑄笑道："燕生，你涉猎广泛，乃旷世之大儒，值得我等钦佩。自上书后，我饱受诟议，未承想在你处竟获共鸣，令我深为感动。喜我有缘与你相距甚近，往来渐密，不时聆听你的教诲，令我获益良多。"

嗣同笑着建议道："我们还是别在这里赞来赞去，在浏阳唱莲花落的艺人才如此赞人赞物呢。话说回来，我倒觉得你们的申江雅集极好，七日一聚，清茶一盏，开怀畅谈。日后倘有可能，我也在江宁集合些同志，讨论学术及维新变法事宜，岂不是美事？"

宋恕、孙宝瑄连连点头。宋恕说道："自去年七月以来，雅集之所先在格致书院，现在在时务报馆。志趣相投，讨论起来也热烈，教育改良是我们讨论得最多的话题。"

"想当初我新来上海，只觉孤独无依，好在遇上你这么一位学兼内外别有抱负的大儒，还由此结识了一众好友，均学识扎实，且多有维新思想，对我脾性，而燕生风节为当今第一。"孙宝瑄感叹道。

宋恕淡淡地一笑，说道："仲玙兄，你主张立报馆和兴学堂，着力点在于开民智，你的观点和我俩不谋而合。想你去年还特地携《上李中堂书》和《光绪皇帝罪己诏》赴天津，力劝李合肥举起变法大旗。虽然李合肥没有理会你这位侄婿，我倒是特别佩服你的勇气与见识。"

说着聊着，不觉已是午时，家人进来通报："老爷，已经按您的吩咐准备好了午膳。"

三人来到膳厅，一见满满一桌子菜，孙宝瑄喜得两眼发亮，笑道："复生兄，今日可是托你的福，我可不客气了，让我先来一块红烧肉！"

宋恕大笑道："仲玙兄，你如此说，太不够意思。上次留你在我家吃饭，就没安排好菜招待你？"

孙宝瑄朝嗣同眨眨眼睛道："今日好菜有了，喝什么好酒呢？上次他说他家里有珍藏二十年的女儿红，快点拿出来，今日我和复生一见如故，总得有好酒助兴。"

很快，深棕色酒坛被搬上了饭桌，酒坛打开后，一股醇厚的酒香弥漫开来。宋恕手持酒杯，说道："今日我家蓬荜生辉，宋某略备薄酒，让我先敬两位贵客。"

孙宝瑄笑道："燕生，兄弟们一起喝酒，也这么酸溜溜的，还让不让我喝酒？"

三人相视大笑，席间甚是开心。待三人重新回到书房，一个个都有了些醉意，孙宝瑄的嗓门最大，笑声最响，嗣同都躲到略远处的那张椅子上。

偏偏孙宝瑄不安分，瞧见宋恕书案上的笔墨，嚷嚷道："燕生，我要写诗送你！"

宋恕一听，喜滋滋拿起几支笔递给孙宝瑄。孙宝瑄爽快地挑了那最大的一支，略为凝神，飞快地在宣纸上挥毫泼墨：

> 邻右宋荣子，平情查物理。
> 学术贯古今，理乱掌中指。
> 朝夕相过从，深谭无厌时。
> 疑难资启牖，愿奉以为师。

宋恕看罢，呆呆地站在书案前，动容说道："仲玙兄，你也太抬举我了。你我邻居时常在一起，我今日偏不给你写诗，我要给复生写诗！"

宋恕捡起一支他平日常用的毛笔，激情澎湃地伏身写了起来：《赠谭复生》

> 五十年来数壮夫，南州一郭圣人徒。
> 神交昔堕千行泪，声应今传万字书。
> 重障己空盈火后，至悲犹有屈风余。
> 洞庭如镜知何日？且喜湘阴道不孤。

嗣同早凑了过去，一句句大声念了一遍，笑道："燕生兄，这首诗是赞我的前辈郭筠仙，不算不算！"

宋恕笑着斜了一眼嗣同道："复生兄，我视你为神交知己，喜道不孤，你却故意为难我。好吧，那我再写！"说完，凝神片刻，又挥笔写道：

> 海外文明望九夷，书终秦誓岂先知？
> 微言孔去何曾绝，大义刘兴渐不支。
> 博士说行人尽婢，真儒身隐世无师。
> 因君感触平生怨，太息神州运若斯。

嗣同一见，宋恕再次阐发了对汉后正统儒学"阳儒阴法"的一贯批判，秦国用商鞅的法家思想行政统一六国后，儒家思想就再也得不到真正传递了。嗣同被深深触动了，笑道："燕生、仲玙，你俩都写了，现在轮到我了，我先给燕生写吧。"说完，嗣同埋头写了起来，孙宝瑄也大声吟哦着。

> 八福无闻道乃夷，悠悠谁是应先知？
> 君修苦行甘阿鼻，我亦多生困辟支。
> 兀者中分通国士，卑之犹可后王师。
> 虚空一任天魔舞，高语乾坤某在斯。

孙宝瑄刚刚念完，宋恕上前紧紧握住了嗣同的手："知我者，复生也。前路漫漫，我等真得做个苦行者。不过，我有个请求，待你回江宁，你好好将这首诗写在扇面上送我。你今天喝了酒，写得歪歪斜斜。"

"燕生，你放心，我一回江宁，第一件大事就是替你写扇面。不过，你好好看看你写的字，不也歪歪斜斜？"

孙宝瑄哈哈大笑，三人又相互打趣了一番，不觉就到了半下午。嗣同抬眼看了一眼窗外，惊讶道："什么时候下雨了，我还得回客栈，先告辞了。"

99

等回到客栈时，嗣同上身都淋湿了。他跳下车，刚好一阵寒风吹来，连打了几个寒战。罗成见了，忙道："七爷，河边上的风着实厉害，你先泡个热水澡吧。"嗣同点点头，自十二岁那年死里逃生，他虽然坚持练武，但身体到底受过重创，现在可是出门在外，千万不要受寒了。

偏偏事与愿违。虽然泡过澡，喝了姜汤，也发了些汗，但到了下半夜，他从梦里醒来，只觉头脑欲裂，口干舌燥。四周一片漆黑寂静，他摸索着找床前的鞋子，惊动了罗成。

嗣同振作精神，淡淡地道："罗成，我感了风寒，等天亮了你去药铺捡药吧，先倒杯温水给我。"

罗成担心不已，忙倒来温水，待嗣同喝过，就服侍他躺下，又绞来一条冷毛巾，小心地敷在他额头上。嗣同烧得糊涂了，时睡时醒。罗成却不敢睡，不时地替他换毛巾。好不容易天亮了，罗成让茶房端来一碗白米粥，嗣同好歹喝了些，吩咐罗成去中药铺捡药。至于方子，也是往常他发热时喝过的。

罗成走了，时候还早，他的房间偏于一角，甚是安静。嗣同一时间思绪纷纭，仿佛回到了他十二岁那年，初春时节，北方依然很寒冷，他独自躺在通州坐粮厅衙署后院，浑身难受，却一动不能动。他挣扎着想喊人，却硬是喊不出声。没有亲人的守候，没有亲人的呵护，他三天三夜昏迷不醒，滴水未进，在死亡的边缘徘徊。欧阳中鹄听闻他生病了，心急如焚地赶到他身边。当嗣同从昏迷中睁开眼，触到瓣姜师含泪的目光，冰凉的心霎时温暖，不由潸然泪下。欧阳中鹄紧紧地攥住了他的手，打发仆人尽快去请当地最好的医生，并为之熬药喂汤。人们断定嗣同万无活过来的希望，但欧阳中鹄坚决不放弃，细心地照料着他。谁也没有想到，他终于能吃些稀粥了，身体一天天好转，欧阳中鹄脸上才有了笑容。当他终于战胜了大病，一天天好起来时，悲痛欲绝地发现家中已面目全非，他最亲最爱的母亲、伯兄和二姐都永远离他而去，他陷入空前绝后的孤独中。就是从那时起，这么多年来，他在自己家里却如同寄人篱下，凡事都得自己扛。

嗣同很多年刻意不去回忆往事，也许是病了，又或许是离开闰娘久了，竟又忆及那些不堪回首的往事。他醒来时，屋子里一片安静。他闭着眼睛，心想罗成怎么还没回来。突然似有冰冷的雨点滴落在他脸上，他惊讶地睁开了眼，见到一双璀璨如流星般的眼睛正热切地看着自己。当眼睛的主人发觉他醒了，目光一变，迅速坐直了身子。他试着坐起来，却被一双玉手轻轻地按住了肩膀。嗣同惊讶至极，问道："晓澜……兄，你怎么知道我来上海了？"

"复生兄，你脸色不好，还是好好躺躺吧，我端些温水过来！"包世贞没有回答嗣同的疑问，见嗣同躺下了，这才去叫茶房弄些开水过来。

正在这时，罗成满头大汗地提着几包药回来了，嗣同介绍二人认识。

"小成子，你赶紧让茶房给复生兄煎药，我去西药房买些西药丸。出门在外，拖久了对身体不好。"包世贞转身出去了。嗣同浑身难受，却睡不着了，回忆起往日和包世贞在武昌结伴购书看戏的情景，悄然地叹了口气。他知晓包世贞对自己的情意，但自己不能辜负闰娘，也不能伤害一片赤诚的包世贞。

包世贞回来了，手里多了个提篮。她拿出一个小纸包，端着一杯温水，来到嗣同床前，温柔地说道："复生兄，先吃了这些西药片吧！"她小心翼翼地打开小纸包，是些白色的药片。在武昌时，家人生病了，马尚德医生也常开些西药片。嗣同努力坐起来，朝她笑了笑道："晓澜……兄，真是辛苦你了。我没事，你还是早些回家。"包世贞没吭声，只是红着眼小心地服侍他吃完药，给他盖好被子让他睡一觉，才退回窗前圆桌边坐下。

　　罗成进来说中药放在厨房熬，已交代人看着，等会儿再去端。包世贞一一交代了药片的服用时间及注意事项，又交代将提篮里那碗鸡汤去热一热。说完，她又来到嗣同床前，见他已昏睡，爱怜地看了看他，明亮的双眸流淌着爱恋、敬重、不舍，更有沧桑。罗成看出世贞爷对七爷的担忧与关心，甚为感动。

　　包世贞走出了房门，却无力再前行，她靠在墙上，默默地呼唤复生的名字，如同呼唤生命中最至爱的珍宝，小心翼翼地，充满深情，却又无限哀伤。她已为人妇，已为人母，除了遥望嗣同，又能如何？

　　嗣同睡醒过来，发了一身大汗，觉得轻快多了。喝过热鸡汤和中药，嗣同又睡了过去，梦里依稀又回到与包世贞相识的那一天。

　　到第二天一大早，嗣同醒来感觉好多了，早餐时还多喝了一碗粥。他匆匆穿好衣裳，罗成急了："七爷，你的病还没好，今天还在下雨，可不能出去，万一又沾染了寒气如何是好？"

　　"昨天卓如他们出新一期报纸，我去报馆看看就回，不用多长时间。"嗣同讨好地对罗成解释道。

　　"那不行，七爷你回床上好好躺着，报纸我等会儿去帮你拿来！"罗成守在门前，坚决不同意。

　　嗣同笑了笑，无奈地坐到床前，发现自己依然头重脚轻，只得摇摇头道："好吧，我听你的，你让茶房去煎药吧。"

　　这时，包世贞提着提篮进来了，后面还跟着个提着小药箱的高个子年轻洋人。罗成惊喜地迎上去道："世贞爷，你来得正好，我看七爷还有些发热，赶紧让医生瞧瞧。"

　　嗣同正歪在床上看书，包世贞见他脸色比昨天好多了，悄然吁了口气，关切地问道："复生兄，今日可好受些了？我将卡尔医生请过来了，让他好好替你检查检查。"

嗣同忙起身朝包世贞、卡尔作揖道："有劳晓澜兄、卡尔先生，我今天精神好多了，只是还有些头痛。"

卡尔医生为嗣同检查完身体，笑了笑说："没什么大问题，烧退了就好了。我再开些药，应该很快就会好。"

包世贞听了，脸上有了笑意，接过药方，向卡尔医生致谢，并将他送至门外。

100

果真，到这天傍晚，嗣同的烧退了，饮食如常，应是痊愈了。转天一大早，嗣同吃过早饭，坐在窗前看看书。快到中午时分，有人敲门，梁启超来了。

一见嗣同，梁启超关切地问道："复生，今天刚刚知道你生病了，真是担心，匆匆拿了新一期的报纸便过来看你。看过医生吗？"

嗣同边作揖边回道："谢谢卓如记挂，只是受了些风寒，服过药差不多全好了！来，让我看看新一期《时务报》。"

梁启超见他虽有些消瘦，脸色倒是如常，放心多了，将手里的《时务报》递给他。嗣同专心地浏览起来，连连赞道："卓如，这五期甚好，你这篇《论科举》最是精彩，你立了大功。"

梁启超谦虚道："复生兄过奖了。可喜的是，《时务报》刚刚五期，已经风行起来。穰卿兄刚从武昌回来，听闻香帅对《时务报》也赞不绝口，要求湖北所有衙署及书院都要订《时务报》，湖南巡抚陈右铭大人也紧跟其后，发动湖南订阅。"

嗣同一听，喜形于色，双眼熠熠发光，建议道："卓如，既然如此，我们要乘胜前行，我看《变法通议》接下来要将维新变法的领域一一论述，要让人们看到变法的紧迫性，思考和寻找变法的路径。"

"复生，你讲得太好了，我们得好好合计合计，接下来还要写哪些领域。

你也帮我出出主意。"梁启超深受鼓舞。

两人你一言我一语，越说越起劲，草草吃过午饭后，又接着商量。直至傍晚时分，梁启超才起身告辞。梁启超刚刚走，嗣同就接到了孙宝瑄派人送过来的信，一是问候他是否康复了，二是请他明天中午去一品香番菜馆用餐。都几天没出客栈了，想想明天又可以和朋友们畅谈维新之事，嗣同心情大好，当晚早早睡下。

一夜无梦，转天一觉醒来，嗣同隐隐听得大自鸣钟敲了九下。抬眼看窗外，天已大亮，阳光透过窗棂照到了圆桌上。嗣同连叫了几声罗成，没有人答应，嗣同先自起身，唤茶房打水擦脸。

待嗣同洗漱好，罗成回来了，手里还端着一碗热气腾腾的药汤。嗣同笑道："我的病都好了，不用吃药了，还是赶紧吃早餐吧。"

"不行，世贞爷交代过，今天还得吃药，要好彻底！"罗成一副认真模样。

嗣同忍住笑，连连点头："好，好，听你们的。我今天外出也不会喝酒，你放心。"

主仆两人相视一笑，嗣同发现罗成长高了不少，举止沉稳多了。茶房也正好送早点和清茶过来。忙忙地吃过早点，嗣同让罗成去唤一个剃头匠来，生病这几天都没洗头，他实在忍不住了。洗过头，梳了发辫，他这才觉得浑身上下通泰了。

一切都收拾好了，嗣同带着罗成出了客栈。太阳照在身上暖洋洋的，大街上人来人往，几家斋饼店更是打出了欢庆中秋的广告。嗣同有些疑惑，怎么街上的人比往常多了。罗成告诉他，明天就是中秋节，大家都出来买月饼。嗣同心里一涩，都中秋节了，每逢佳节倍思亲，回江宁后得找机会请假回武昌一趟。他脸上却不动声色，缓缓地朝前走。

一品香番菜馆也在四马路，离客栈不远。四马路乃上海的繁华之所，沿路皆茶室书楼，更有喝花酒之处。嗣同见时候还早，就拐进路旁一家笔墨店。店面不大，但整洁有序，随意看看，就知道那些笔墨文具都极好。他用心挑了几支墨，念及要给宋恕写扇面，又买了几个扇面。付了款，让伙计打好包，由罗成拿着，两人才悠悠地朝一品香走去。

站在一品香番菜馆门口，略略看上去，并不是特别出众，也只是二层洋房。不过吃西餐已经成为一种时髦，物以稀为贵。此番菜馆乃四马路上最有名的，据说常常客满，还未到午饭时候，已有不少衣着光鲜的男男女女纷纷而来。

101

伙计迎了上来，问清是到孙大人订的包间，将他两引至楼上第二十号房间。一品香分间设座，上上下下，共有三十余号客房，每个房间有编号。嗣同一进门，但见房屋雅洁，地上铺着深蓝色地毯，居中一张大圆桌，上铺华丽的深红色桌布，墙上还挂了些西洋画，只觉奢华又低调。再看靠左摆着一张长沙发，宋恕和孙宝瑄早到了，正坐在沙发上讨论什么。宋恕看见嗣同，忙站起来迎接，关切地问道："听闻复生兄生病了，恢复可好？"

孙宝瑄正在写请客票，也关心地凑上来道："昨天听闻你生病了，我和燕生都甚是担心，今日见你神清气爽，想必已经痊愈。穰卿兄刚刚从武昌回来，我已写好了请客票，差人去请卓如和穰卿过来。"

他们三人在沙发上重新坐下，伙计端上了一杯咖啡，嗣同瞧了瞧白瓷杯里黑色的汁水，笑道："燕生，这咖啡你可喝得惯？上次我在傅兰雅先生的格致书室时喝过，不想竟苦得很。"

宋恕道："之前我也喝不惯，现在好多了，且咖啡有个好处，特别提振精神。"

嗣同疑惑道："平日喝茶倒也提振精神，这咖啡可是煮的？"

宋恕和孙宝瑄见到嗣同天真的一面，全都笑了起来。宋恕将侍者喊来，让他领着嗣同去咖啡房里瞧瞧，还不忘交代："复生，百闻不如一见，我也是上次去看了他们的咖啡房，才知道咖啡如何煮泡。"嗣同忙兴冲冲跟过去。

嗣同回到包房时，梁启超、汪康年全都来了。梁启超关心地看了看嗣同，脸上满是开心："复生，你今天的气色好多了，你还是太瘦了，等会儿多吃些！"

嗣同感激地看了梁启超一眼，孙宝瑄站起来热情地招呼大家就座，他当仁不让地坐了主位，其他几个人都谦让起来。孙宝瑄笑道："大家都是朋友，随便坐吧。复生兄，你难得到上海，至于燕生、穰卿、卓如等，我们经常在一起吃饭，你就坐到我身边来吧。"

嗣同也就没有推脱，大大方方地坐到了孙宝瑄左手边，随后宋恕安排汪康年坐在孙宝瑄右手，梁启超坐在嗣同旁边，他自己则坐在汪康年下首。

侍者送上菜单，嗣同一看，才知晓这一品香竟是各人点各人的。那些菜名他大都有些陌生，也许做法也和往常不同吧。就在他踌躇之时，其他几人已一一向侍者报出菜名，孙宝瑄点的洋葱牛肉汤、腓利牛排、红煨山鸡、虾仁粉饺，宋恕点的元蛤汤、腌鳜鱼、铁排鸡、香蕉夹饼，梁启超点的虾仁汤、禾花雀、火腿蛋、芥辣鸡饭。汪康年犹豫了一下，说道："我干脆和燕生点一样的，正合我口味。"嗣同见大家都点了，大大方方说道："不怕各位笑话，我这是第一次吃西餐，都不知道什么口味好，就点鲍鱼鸡丝汤、炸板鱼、冬菇鸭、法猪排吧。另外还点一道点心，西米布丁。"末了，又加上一句，"没吃过西米布丁，试试味道如何。"

众人都笑了起来。梁启超看了一眼嗣同，只觉得他率真可爱："复生，你可是巡抚公子，什么山珍海味没吃过。"

嗣同道："卓如，我走南闯北多年，的确品尝过山珍海味。上次在天津时，正则说要请我去喝咖啡吃番菜，因时间太紧了没去成，不想今日终是了却心愿。这还得感谢仲玙兄美意！"

俩人正在说时，侍者又上前问用什么酒。孙宝瑄道："喝酒的人不多，别的洋酒太厉害，开一瓶香槟、一瓶啤酒够了。"

侍者答应，自去料理。嗣同问孙宝瑄："仲玙兄，这四马路番菜馆共有几家？"

孙宝瑄道："我来沪时间也不长，就我所知现在共有海天春、吉祥春、四海春、江南村、万年春、锦谷春、金谷春、一家春，连这一品香九家。另有广东酒馆带做番菜，其他外国人吃的真番菜馆，英界有大马路路宝德、泥城桥西塊金隆、五马路益田，法界有密采里。虽也有中国人去，却不甚多。"

嗣同笑道："仲玙兄真是消息灵通人士。之前在汉口在京城其实也有番家馆咖啡室，我都没有去过。不知路宝德等价目可与一品香一般吗？"

孙宝瑄道："这却不大相同，中国番菜馆是每菜价洋一角，也有一角五分的，也有二三角的。外国番菜馆是每客洋一元，共有九肴，吃与不吃，各随各便。"

嗣同点点头："看来，中西方风俗还是不同。"不知何时，外面早已是歌管杂陈，一片喧哗。嗣同脸露惊讶之声："据说西方人吃西餐静悄悄的，最多请人弹弹钢琴，中国人在番菜馆也要招妓侑酒吗？"

话音一落，他就走了出去，在二楼走了一圈，几乎所有包房都叫有妓女或唱曲或弹琵琶。路过隔壁房外，顺着门缝瞧了过去，见有红衣女子正在唱曲，唱得甚是清脆。略微听了一会儿，唱得倒好，只是有些浮夸了。女子曲子唱完，合席的人喝了一声彩。再瞧瞧，见在席三人，叫有六个出局，那唱曲的女子背着门，内中三个年纪俱约十八九岁，打扮得十分娇艳，品貌也似花枝一般出色非凡，正与客人你言我语，亲昵异常。一时间，他心里五味杂陈，愤愤地回到包房。

就在嗣同出去之时，孙宝瑄又拿起请客票，说道："上海人原本就热衷于叫局、吃花酒、打茶围，要不，我们也请几个来凑凑兴？穰卿兄，你点点，上海那些书寓你熟悉！"

"仲玙兄，我哪里有你熟悉，你这不是为难我吗？"汪康年笑道。

"仲玙兄，我看还是别请了，等会儿复生只怕连你这餐饭都不吃了，直接就走。"梁启超劝道。

见其他三人都盯着他，梁启超没好气地回瞪了他们一眼："你们看我干什么？虽说我和复生今年才认识，但我知道他绝不踏入烟花之地半步。在京城时有次喝得高兴，有人提议去窑子看看。复生当即拉下脸，独自走了。"

梁启超刚说完，嗣同就推门进来了，一阵阵欢声笑语也随之涌了进来。见嗣同脸色不好看，孙宝瑄悄悄地将请客票放下，关心地问道："复生，卓如正要去找你，就要上菜了。"回头催侍者赶紧上菜，看了看嗣同，不经意地说道："说来江宁有秦淮河，京城有八大胡同，而这沪上英租界内的四马路，更是高挑起风月无边的大旗。有人曾形容四马路的活色生香为世界之最：红窗窈窕，气现金银，碧玉玲珑，身含兰麝，固已极人生欢乐，尽世界之繁荣矣。"

嗣同脸色更难看了："好一个'固已极人生欢乐，尽世界之繁荣矣'。我看倒是'商女不知亡国恨，隔江犹唱后庭花'。现在国势危急，这些人连吃个饭都要叫局，莺莺燕燕一大堆，一个个醉生梦死。"

说话间，几位侍者上前，依着各人所点菜单，挨次将菜上来，满满当当摆了一大桌子。至于酒，一一问过，嗣同不喝酒，梁启超、汪康年喝点香槟，而宋恕和孙宝瑄喝些啤酒。

大家都有些饿了，孙宝瑄端着啤酒，站起来说道："难得今天好友聚在一起，敬大家一杯。"

大家都站起来了，嗣同端着一杯白开水，几只杯子很响亮地碰在一起。梁启超坐下来，笑道："西方人哪有这种碰杯的方式，就是各坐各位，提提酒杯，示意示意就行了。在座各位还标榜自己是维新人士，维新维新，就从吃饭开始。"

嗣同笑着接话道："卓如，我们要学西方也不是无所不包吧？重点要学格致学、制造技术等，这饮食习惯自小养成，难不成也要改变？你看这番菜馆的菜式，也根据国人的习惯进行改良了。"

宋恕点点头道："复生说得对，我们江浙一带吃辣椒少，而复生可能更喜欢吃些辣椒。西方有许多值得我们学习，比如格致学、学校制度、官制等，但也应分个轻重缓急。"

"燕生，我们《时务报》上期就有卓如的《论科举》一文，倡导大办教育，办好教育。"汪康年说道。

"我看了，写得好，读了痛快！"孙宝瑄赞道，"来，来，我敬你和卓如一杯酒，祝《时务报》越办越好。"

宋恕也点点头道："《时务报》如一缕春风，给这个污浊的社会送来清新气息。一定要抓住这个形势，不遗余力地继续倡导维新变法，让天下人都明白，中国倘不变法就有亡国的危险。"

"燕生，看报纸的大都是读书人，那些不看报纸的人如何改变他们的思想？上次在京城时，我就说过现在中国上下不通，乃至上下失调，各行其是，如此以往，国家如何富强起来，如何对抗外国的掠夺？现在中国有儒、释、道三教，以何教来统一国人上下思想呢？是孔教，还是释家？我倒极力赞成以佛教来统领众人思想。"嗣同抛了一个问题。

"复生，你这个问题提到点子上去了，我近来读书，发现格致之学多暗合佛理。我们要好好读读佛经，找到一条统一国人思想的道路出来。"孙宝瑄接过话题。

他俩的提议引起大家的兴趣了，梁启超说他老师康有为也是从佛学里吸取维新变法的启示，嗣同也谈到杨文会创建金陵刻经处，就是为了让佛学深入人心。这时，房间里几个人都置外面的喧哗而不闻，只管吃着聊着，时而皱眉，时而侃侃而谈，时而安静。那些侍者见他们说得起劲，心里甚是讶异，几个大男人聚在一起吃饭喝酒，还相谈甚欢，不像其他客人招妓陪酒，懂得寻欢作乐，真是怪得很。

讨论得正热烈时，汪诒年找来了，说馆里有事。这几人才如梦初醒，纷纷起身，嗣同趁机邀请大家道："明天我请大家再到一品香吃午饭，还请赏光。"大家高兴地答应了。

待嗣同回到长发栈，刚刚坐定，茶房送来一封信，拆开一看，是吴嘉瑞来上海了，就住在不远的同春客栈。他不由感慨，今天还在谈格致与佛学，这就来了个懂佛学的人，明日正好请他一起午饭。

102

第二天一大早，嗣同看到窗外明朗的天空，只觉身子极为畅快。他赶紧起床洗漱，接过罗成早早熬好的中药，一饮而尽。罗成笑着接过空碗道："七爷，这下应是全好了，得感谢世贞爷请了洋医生给您看病。"

"是的，得好好谢谢她，我要你昨天买的几包月饼，你挑两包送去吧。你知道她家住哪里？"嗣同问道。

罗成答道："我已经问过了，我赶紧送过去。"

嗣同想着时候还早，挑了一本杨文会送给他的佛经来读。

时近中午，嗣同让罗成带上四盒月饼便出发了。先去同春栈，吴嘉瑞正在房里边看书边等他，京师一别，又有几月时间未见，再见时两人都非常欢喜。原来此番吴嘉瑞将去贵州都匀任知府，顺路来上海、江宁拜会朋友，交流学佛心得，听说嗣同在此更是惊喜。嗣同让罗成奉上两盒月饼，恭敬地说道："雁舟师，是您将我领进佛学的大门，让我受益匪浅，今天是中秋节，弟子奉上月饼以表心意！"

吴嘉瑞忙高兴地收下，两人一起步行前往一品香。一路上，行人不多，店铺也大都没开门，看来大家都在家里过节了。来到了一品香，依然是昨日楼上的第二十号包间。汪康年和梁启超都到了，几人彼此在京城都见过，异乡相见，更觉亲切。一一坐定，罗成端上两大盘月饼，嗣同忙热情地招呼大家吃月饼。梁启超这才如梦初醒："我都忙糊涂了，今日竟是中秋，还是复生兄心细，都惦记着呢。"

嗣同道："卓如是不是昨晚又干了个通宵？"

"没办法，得早点将文稿都写好。现在大家对《时务报》如此看重，我们应当更加谨慎，昨晚我们都干了个通宵！"汪康年接着话题道。

正在这时，孙宝瑄风风火火走了进来，宋恕、胡庸也随后到了。嗣同迎了上去："仲玙兄、燕生兄、惟志兄，看来你们都是约好了。来，我给你们介绍吴雁舟太守，我的第一位佛学师傅，特地来沪上和各位切磋学问。"

吴嘉瑞站起来拱拱手道："复生太抬举我了，今日得识三位贤达，真是三生有幸。"

孙宝瑄、宋恕、胡庸忙上前一一见过，大家笑着推辞了一番，才一一坐定，嗣同招呼侍者来点菜，今天是中秋节，还特地点了葡萄酒。

各人的菜很快一一上来了，嗣同让侍者将房门关上，将那些欢歌笑语挡在门外，他们几人边吃边聊。

孙宝瑄笑着请教："雁舟师，您认为佛教最大的特色是什么？"

吴嘉瑞想了想道："各人的理解不尽相同，倘要我说，一在众生平等，二在慈悲为怀。"顿了顿，继续解说道，佛说"缘起性空，真如平等"，尽管世界千差万别，但世界的本原是平等的，即"真如平等"；尽管众生个体各异，但都具有大智大慧佛陀的资质，即"佛性平等"；众生在世间所做的一切都会得到响应，进而使现实的相发生变化，即"业报平等"。佛教所言之平等，是指一切现象均平齐等，无本性、本质的差别。佛教还强调宇宙间一切生命的平等，不仅强调人与人、人与其他生物的平等，甚至还强调人与佛的平等。

孙宝瑄赞道："雁舟师，佛学上强调的平等真是意义非凡，这与西方倡导的民主和自由可谓同工异曲。"

"而佛学强调的'慈悲'，就是儒家所倡导的'仁'，'仁者爱人'也！"梁启超也发表自己的意见。

宋恕却长叹一声道："可惜汉以后的儒学实为'阳儒阴法之学'，历朝历代莫不以法乱儒。而法家之政事，非治民也，乃克民也。自法家思想盛行，人们以古帝王为专制之治，以至造成神州长夜，文明退化。"

"《道德经》说：'我有三宝，持而保之，一曰慈，二曰俭，三曰不敢为天下先。慈，故能勇；俭，故能广；不敢为天下先，故能成其长。'而'慈'为爱天下百姓，以德报怨，修德于天下。以'慈、俭、不敢为天下先'的精神推己及人，世界将会变得非常美好。老子也是强调慈悲为怀呢。"胡庸兴致也来了。

谭嗣同听得连连点头，深有感触地说："其实在中国，儒、释、道三家早就杂糅为一体，可以归结到一个'仁'字上来。三家修身治国、天人合一、度化众生的理想，都是追求达到'仁'的境界。"

话匣子打开了，大家你一言我一语，兴尽而归。嗣同和吴嘉瑞走在后面，嗣同提议道："雁舟师，听说不远处的丹桂茶园有戏看，要不我们去喝喝茶看看戏？"吴嘉瑞自是答应，两人慢悠悠地朝丹桂茶园走去。

到了园门，两人进得门来，早有案目来问："二位是看正桌，还是包厢？"

嗣同问道："包厢可有全间的吗？"

案目道："全间倒有一间，只是位置偏了些。"

嗣同道："那就全间吧，位置偏些也无妨。"

案目领二人至楼上包厢，泡上茶来，另外装了四只玻璃盘子，盘中无非瓜子、蜜橘、橄榄及小月饼等物。案目随手送上戏单，两人接来一看，有《少华山》《状元谱》《跪地三怕》《珍珠衫》等。正演到《状元谱》，嗣同心里颇高兴，好久未曾看戏，很快便入戏了。

接下来是昆曲《跪地三怕》了。嗣同本来就喜昆曲，周凤林、邱凤翔又是昆班中的有名角色。这回凤林演的柳氏、凤翔演的陈季常，又是极拿手的戏文，处处能体会入微，神情逼肖，与京班各戏又是不同。嗣同暗暗赞美，罗成却走了进来道："七爷，天色已晚，要不要去吃些东西再来看戏？"嗣同听闻，抱歉地说道："雁舟师，只顾着看戏，竟怠慢了您，要不先去吃些东西吧。"

两人走出戏园，天已黑了，到宝善街春申楼各人吃了一盘肉丝炒面、十卷虾仁春卷，倒也饱了。来到街上，已热闹起来了，见还只有七点余钟，天气温和，嗣同询问道："雁舟师，时候还早，不如到大马路去走走？"吴嘉瑞答应道："大马路我还没去，去看看无妨。"

来到大马路上，但见电灯赛月，车水马龙，比往日日间更加热闹。二人沿途观看一回，不觉夜已深了。到了黄浦江边，抬头一见，但见幽蓝的天空上挂着一轮圆月，两人止住了脚步，静静地欣赏。嗣同有些伤感道："雁舟师，黄浦江上的秋月也令人感叹，令我想起了张若虚的诗句：江天一色无纤尘，皎皎空中孤月轮。江畔何人初见月，江月何年初照人？人生代代无穷已，江月年年望相似。"

吴嘉瑞笑了，回道："复生，不负韶华，只争朝夕。"

顿了顿，嗣同又说道："雁舟师，我近来读《治心免病法》，收获颇多，此书作者美国人怀特认为，一人实为两物，一为身而一为心，人身乃天为之，人心亦以天为之。因此，欲治身，必先治心，从而复心之原，以合天心。我读之惊喜，此书观点与中国佛家、儒家颇有相通之处，特别看重心力的重要性。"

吴嘉瑞点点头道："此书我还未曾读过，心力的确重要。当年湘军兵困江西，是曾侯最黑暗的日子，其父的去世更是雪上加霜。而他的好友左宗棠也到处骂他，令他威信扫地。曾侯因此病倒在家中，好友欧阳兆熊让我舅舅曹镜初给他看病。经过一番望闻问切，我舅舅得出结论：曾侯得的是心病，非药饵所能救。于是我舅舅在曾家的书架上取下一册《道德经》，劝他仔细阅读，并给他留下一句话：岐黄可医身病，黄老可医心病。认真研读《道德经》后，曾侯深悟以柔克刚的道理，从此内心强大起来，面对各种打击都能做到从容淡定，最终打败了太平军，赢得了胜利。"

"如此看来，心力的力量的确不可低估。古人曾言冬起雷，夏造冰，必为不可能存在的事，今西方人打破了这一说法。再过万万年，所谓格致之学，将不知会怎样神奇。然不论神奇到何地步，总是心力为之。现在中国大劫将至矣，亦人心制造而成也！西人以在外之机器制造货物，中国以在心之机器制造大劫。无术以救之，亦惟以心救之，缘劫既由心造，亦可以心解之也。"嗣同越说越激动，吴嘉瑞忙握了握他的手，他才渐渐平静下来。

103

八月十九日一大早，茶房送进来一封信，嗣同一看，是江宁杨鸿庆的信，催他回去，江宁藩司有意让他回湖北催饷。回头一看，到上海已十多天，和朋友们畅谈，你来我往，尤为愉快。倘趁回湖北之际，将闰娘、二嫂和侄女、侄子一起接至江宁，岂不是好事？如此一想，嗣同忙准备回程之事。

不觉忙到了中午，吴嘉瑞过来了，嗣同让茶房备了午膳送进来，四菜一汤，味道也不错。饭后，嗣同说起回程的事，吴嘉瑞说："复生既是有事，也不必等我，你只需提前告之仁山大师，我不日即将至江宁拜访他。"

饭后，两人朝时务报馆走去，刚刚走到报馆门口，见孙宝瑄也来了，三人相视一笑，门房伙计笑着将他们迎至二楼。梁启超、汪康年正坐在办公室里吃饭，见三人来了，站起来招呼，让门房将碗筷之类搬走，沏茶上来。一阵忙乱，吴嘉瑞、嗣同、孙宝瑄也不客气，就在旁边椅子上坐下。嗣同见梁启超满脸疲倦，关切地问道："卓如、穰卿，又是一晚没睡吧？"

梁启超道："谢复生兄关心，昨晚还是睡了的。这是第六期，大家都干得顺手了，你们来得正好，刚刚敲定了所有的版式，已经送到印厂去了。"

"穰卿真是拼命三郎，你看他连头都没梳，乱蓬蓬的。"嗣同笑道。

"卓如、穰卿辛苦，我和惟志也特地赶来看看，要不要帮忙呢？"宋恕人还在门外就嚷开了，迎着众人的目光，笑着和胡庸走了进来。

见众人关心的目光都转向他俩，梁启超很是感动，说道："穰卿经理报纸的各项事务，比我写稿校稿更累，他昨晚只眯了一会儿。"

"虽说卓如满腹新知，文思敏捷，下笔如有神，但撑起报纸这么多版面委实辛苦得很。"汪康年由衷地赞道。

众人也跟着赞了一回，嗣同站起来，提议道："穰卿、卓如，《时务报》风行天下，以振聋发聩的维新思想启迪众人，得到了来自社会各方的回应和支持，着实令人佩服！我明天就得回江宁了，今天难得都聚在一起，我请大家到光绘楼拍一个合影如何？"

"我赞成。难得这些天我们在一起畅谈格致与佛学，所获甚多。光绘楼离此地甚近，走路即到。"孙宝瑄随即响应，也站了起来。

"我还有事情要处理，头也没梳，就不去了。"汪康年不肯去。

"穰卿仁兄可是《时务报》经理，重量级人物，怎能不去？"嗣同忙上前扯住汪康年的衣衫。汪康年只得苦笑着随他一起往外走。

众人见此都笑了，纷纷走出大门，一同往东走。大概六七百米的样子，就到了四马路和四川路交叉口，抬眼便是光绘楼。

上得楼去，因照相间里先有人在那里拍照，必须略等一等。伙计领众人至隔壁一间会客室内坐下，问要拍几寸照片，是时装还是古装。嗣同道："我们几个大男人，拍什么古装、时装。你只管拿张仿单，再取几本裱好的样照来，让我们看看罢。"

伙计连连答应，遂到账桌上去取了一张仿单，又随手拿了三本样照交与嗣同。嗣同接来一看，见上写着，四寸起码三张一元，多印每张洋三角，西装半身四寸起码，每半打洋一元八角，一打洋三元，取回相底洋五角。如是等等。再看那着色仿单，不感兴趣，就去看那放大价目，十八寸每张洋七元，二十四寸每张洋十元，三十寸每张洋十五元，四十寸每张洋二十元，五十寸每张样三十元，六十寸每张洋三十五元，七十寸每张洋四十元，八十寸每张祥五十元，配架看色另议。

看完后，嗣同有了主意，回过头来征求众人意见："今日我们乃为着纪念，都各穿各衣，也不必着色；再者，一共有七人，太小了不行，太大了又不方便携带，我们就拍八寸半头如何？就是夹在书里也方便！"

众人点头，孙宝瑄仿佛刚刚发现嗣同着装分外洋气，打趣道："复生，你莫不是早就打好算盘要拍照？我们几人长衫的长衫，马褂的马褂，唯有你内着箭袖对襟开衫，外披白色大氅，真是神采俊逸，器宇轩昂！"

如此一说，大家的目光都落到了嗣同身上，果然见他眉目含威，神采飞扬。梁启超连连赞道："好一个翩翩佳公子。不过，复生都讲究惯了，今日还没配他那把宝剑呢。"

说笑间，摄影师早就给他们安排了位置，汪康年、孙宝瑄、宋恕、谭嗣同四人坐后排，梁启超、吴嘉瑞、胡庸三人坐前排。

嗣同忙抗议道："我不坐，我要站在雁舟师旁边，当他的护法。"说完，他左肩将白色大氅甩下，偏袒左臂，右膝单膝着地，双手胸前合十，神情肃穆沉静。

梁启超也提议："我们前排三人，都不用坐，既是信佛之人，都采用佛家姿势如何？"

说完，他踞坐于地，吴嘉瑞趺坐在地，胡庸也随意地倚坐。后面三人，却只管端坐。

姿势摆好，各人姿势皆不同，摄影师笑了，示意大家注意，就干脆利落地为他们拍好了照。嗣同付过账，将单子交给汪康年道："穰卿仁兄，单子给你，到时辛苦你来取一下照片。每人一张，倘是效果好，我再来加印吧！"

孙宝瑄问伙计，照片是否可以印字。一听伙计回答可以，他忙让伙计拿来笔墨纸张，就着外间的小桌子题写了一则偈语："众影本非真，顾镜莫狂走。他年法界人，当日竹林友。"

汪康年、梁启超早就下楼去了，大概对今日印报还有些不放心。宋恕、胡庸也嚷着要回去，孙宝瑄也就一路走了。与四人一一别过，嗣同回头看了看吴嘉瑞道："雁舟师，这些人真是跑得快，我明天就得启程，要不去格致书室看看如何？好买些新书回去。"

吴嘉瑞点点头，两人朝格致书室走去。

等傍晚回到客栈时，伙计告诉嗣同，有位包公子来过，送来一碗鸡汤。那一刻，嗣同内心真是万千感慨，只觉得自己愧对包世贞的深情厚谊，并决计不告诉她自己明日将回江宁。

第十八章：探亲

104

嗣同赶回江宁后，杨鸿度特地为他接风。两人喝酒之时，杨鸿度告诉嗣同："复生，岘帅可能会安排你任筹防局提调一职，正好趁此次派你回湖北催饷之际，将弟妹接过来，你独自在外确实孤单。"听着友人的肺腑之言，嗣同的眼眶红了，他压抑住内心的波动，实心实意地敬了杨鸿度一杯酒。两人喝着聊着，直至夜深才散。

当晚嗣同久久不能入睡，且不说杨鸿度的消息是否可靠，但父亲肯定会找岘帅帮忙，轮上实缺可能一时有困难，但安排差事应该没问题。现在差事已然落实，不必全靠父亲安排用度，就该将闰娘接到江宁来。这么多年来，他和闰娘聚少离多，留她独自应对卢氏，真是亏欠了她。这么一想，嗣同更睡不着了，他突然意识到，闰娘接过来了，不能再借住在杨府，还得去租房屋。对，明天就去打听哪里有房子租。但租在哪里好？就挑靠近筹防局的地方，且最好在秦淮河沿岸一带。主意打定，嗣同的心平静了下来，也就渐入梦乡了。

第二天一大早，嗣同匆匆赶往衙署销假，藩司大人倒还客气，果真让他尽早准备前往湖北催饷。嗣同赶紧答应下来，待出得签押房，便找人去了解情况。

原以为很容易，谁知跑了几天才弄明白了要催交的数目。办催交手续还得几天，嗣同连连叹气，心里暗想：一件如此简单的事情，都得来回跑几天，那复杂的事更是困难重重。中国真是积重难返，真得使用霹雳手段，来一场彻底的维新变法。

他转头又去看房子，上次和杨鸿度游秦淮河时，觉得贡院附近环境清幽，住家读书都好。他带上罗成，有时也叫上杨鸿度一起去那一带看房子。接连看了几天，有几家房屋位置都挺不错，只是价钱还谈不拢。

转眼就到了九月初八日这天，上午去租定了利涉桥附近的一栋小四合院，房舍周正，对岸不远处便是贡院，房东也极好说话。嗣同甚是满意，签好合约后，当即付了定金。到了下午，又带着罗成前往水西关接老师吴嘉瑞，头两天收到他的信，知他今日来江宁。没等多久，就在船码头接到了吴嘉瑞，却发现他行李极多。因着他将往贵州赴任，一路却还得谈佛论道，也真是难为他了。

江宁不比上海，没有人力车，只得请几个挑夫挑行李。等帮他在古钵营凌云栈安置好行李后，天色已晚了。嗣同在附近找了家环境清静的饭馆，又挑了间楼上的小包间，用心点了几样菜肴，让罗成去请杨鸿度过来。三人边吃边聊，甚为畅快。吃过饭，嗣同唤伙计将碗筷撤下，沏些热茶上来，伙计还端上了几碟点心。

三人喝着茶，聊着天，吴嘉瑞突然笑了起来，从口袋里摸出钱包，数出十五块钱递给嗣同，自嘲道："复生，我差点忘了，这是卓如给你的十五块钱，上次你帮他到金陵刻处买经书的钱及寄费。"

"卓如给多了，除开书价及寄费外，尚多四块六角呢。我一时不会到上海，这如何是好？"嗣同接了过去，为难地说道。

"听说卓如即将回广东探亲，不如暂存你处，下次到上海时再给他吧。"吴嘉瑞建议道，喝了口茶，转头从旁边小几上拿过他带来的布包，边打开边说道，"还忘了一件重要的事，上次我们在光绘楼拍的照片洗印好了，我走时穰卿托我转交给你。这是你的那张。"

嗣同惊喜地接过去，细细地看了起来，杨鸿度也赶紧凑过细瞧，连连赞叹道："拍得好，真是拍得好！七人各具情态，复生姿势最妙。如果说雁舟师是入正定菩萨，复生就是菩萨旁侍者，一脸郑重呢。"

嗣同满脸得意："彦槐兄真是火眼金睛，雁舟师是我学佛的第一位老师，我当然是雁菩萨旁侍者。"回过头来对一脸微笑的吴嘉瑞说道，"老师，之前在上海，我曾嘱咐光绘楼洗印照片时，倘效果好，就拜请他们将原玻璃片存留下来，以方便我买回来，随时晒印。现在效果这么好，我得赶紧给穰卿写信，恳求他务必赶紧替我买出来。”

嗣同又看了看照片，说道："我还得交代穰卿兄，让照相馆想办法将其他几人用纸隔开，将老师与我二人像另晒上一块小磁片，就洗印我们俩的相片，我想这应该很容易就能办到。当时也是太匆忙了，怎么就没想到单独和雁菩萨您拍一张呢。"

三人又欣赏了一会儿照片，才从饭馆里出来。嗣同、杨鸿度又将吴嘉瑞送至客栈门口，临别时，嗣同说道："雁舟师，您早点歇息。我后天就要前往武昌，明天早上我来接您去金陵刻经处如何？我已告之仁山师您会去拜访他。"

吴嘉瑞听了，有些遗憾道："复生，你既是要事在身，也就由不得你了。我原本还计划和你一道去武昌。"

至此，两人只得苦笑着摇摇头。

105

秋风习习，甚是凉爽。吃过早饭，嗣同向凌云栈走去，远远地，见吴嘉瑞身穿灰色长袍外套着件深蓝夹衫，手里抱着灰布包，站在客栈门口，正饶有兴趣地欣赏着旁边那棵高大的银杏树。银杏树满树金黄，小小的金黄叶片，不时如蝴蝶般飘落，树下金光灿烂。

嗣同走上前作揖道："雁舟师真是好兴致。昨天倒没注意到这棵漂亮的银杏树。"

"复生，我刚刚问过当地老人，据说早在六朝时，江宁就广植银杏树，大概寺庙里种植更多，待我找时间好好去寻访寻访。"吴嘉瑞答道。

"雁舟师，您还带着布包，还给仁山师准备了见面礼吗？"嗣同瞧见吴嘉瑞手里的布包，打趣道。

"复生，时候不早了，别贫嘴了，赶紧去金陵刻经处吧。"吴嘉瑞脸上有浅浅的笑。

嗣同指了指候在门口的马车，调皮地说道："弟子准备多时了，还请雁舟师上车，好让小徒护送老师去谈经论法。"

难得嗣同如此开心，吴嘉瑞看着他脸上明朗的笑，甚为慰藉，笑着登上了马车，师徒直往花牌楼而去。

还在巷口，但见高大的杨文会安静地候在金陵刻经处门前，嗣同开心地对吴嘉瑞说道："雁舟师，看仁山师对您多么看重，知道您要来，都提前在门口等候呢。"

吴嘉瑞点点头道："复生，说来我和仁山大师还是有渊源的。"

嗣同正在疑惑间，马车已到了刻经处大门跟前，他赶紧跳下车，回头去扶吴嘉瑞下来。

杨文会早迎了上来，吴嘉瑞也迎上前去朝他作了个揖，恭敬地说道："仁山师，晚辈可当不起您来迎。二十年前您到长沙时，我随舅舅拜见您，一转眼二十年都过去了！"

杨文会忙紧紧拉住了吴嘉瑞的手，感叹道："那一年我到湖南，受你舅舅曹耀湘兄的邀约指导长沙刻经处，还协助长沙传忠书局刻印《曾文正公全集》，在湖南待了八个月之久。你舅舅陪我游了南岳山，可现在他离世都五年了。"

见杨文会眼眶红了，吴嘉瑞更是难过，可惜舅舅满腹经纶，却天不假年。见两人说着说着就伤感起来，嗣同忙提醒道："两位老师，还是先进去说话吧。"

杨文会道："复生，实在是怀念老友，有请雁舟前往深柳堂书房。"说完，他在前面引路，吴嘉瑞随后，嗣同也赶紧跟上。

来到书房，吴嘉瑞看到书案上摊开的经书，猜想是杨文会正在编校的经书，称赞道："仁山师，我听复生说起，您花四五年时间从日本寻觅回来古代大德著述一千多册，且择其精要已开始陆续刊刻，真是大功德呀！"

"因为多年战乱，中国佛教经典大都已流失，而为倡导佛学，就必须正本清源，刻印经书自然成了不二法门。"杨文会深有感触地说道，"佛学博大精深，中国正当艰难之时，更是需要佛学撑起人们的精神世界。"

吴嘉瑞点点头："佛学能极大抚慰人们受伤的灵魂，乃疗救乱世之痛的良药。《妙色王求法偈》说：'一切恩爱会，无常难得久。生世多畏惧，命危于朝露。由爱故生忧，由爱故生怖。若离于爱者，无忧亦无怖。'"

"佛学洞察人世间的一切，把超脱生死和爱欲的精神修炼，比喻为第一等大事。"杨文会从容答对，"《心地观经》中说：'精勤修习，未当暂舍，如去顶石，如救头燃。'《法句经》中也说：'如河驶流，往而不返；人命如是，逝者不还。是日已过，命亦随减；如少水鱼，斯由何乐。当勤精进，如救头燃；但念无常，慎勿放逸。'"

"何为佛性？'无明实性即佛性，幻化空身即法身。法身觉了无一物，本源自性天真佛。'"见他俩你来我往，嗣同忍不住插话了。

吴嘉瑞说："弟子问佛祖：'您所说的极乐世界，我看不见，怎么能够相信呢？'佛祖把弟子带进一间漆黑的屋子，告诉他：'墙角有一把锤子。'弟子不管是瞪大眼睛，还是眯成小眼，仍然伸手不见五指，只好说我看不见。佛祖点燃了一支蜡烛，墙角果然有一把锤子。你看不见的，就不存在吗？"

杨文会说："寒山问拾得：'世间有人谤我，欺我，辱我，笑我，轻我，贱我，骗我，如何处置乎？'拾得曰：'忍他，让他，避他，由他，耐他，敬他，不要理他，再过几年你且看他。'"

杨文会微微闭着眼，吴嘉瑞也微微闭着眼，只管你一言我一句，看似答非所说，实则处处机锋，风起云涌。一旁的嗣同，不时看看这个，转头又看看那个，心绪随着他们的对话起起伏伏，时而豁然开朗，时而又陷入迷糊。

除了中午简单用过斋饭，两人又你来我往地对谈，直到暮色四合，两人才欣欣然站了起来。嗣同的内心也仿佛历经了重重波折，最后回归平静安定。那晚回到住处，他乘兴挥笔写下了四首《似曾诗》。写过后，他独自吟哦了一遍，又细细看了一遍，这才去洗漱。临上床时，他又吟哦了起来，当诵到第二首时，泪水忽地涌过脸庞。

　　　　文殊师利维摩诘，一一云中自出音。
　　　　各各分途戒定慧，亭亭三界去来今。
　　　　乾坤尚毁易何有，神鬼不知心所深。
　　　　愿为恒沙留蓺偈，依然建业暮钟沉。

第二天嗣同醒得很早，穿上练功服，在院子练了几路拳。一早晨的练习，练得大汗淋漓，只觉痛快极了。待他洗漱一番，穿上那套黑色箭服，再披白色大氅，还未佩上凤矩剑，吴嘉瑞却来了。嗣同慌忙迎了出去，吴嘉瑞正站在院子里，闻声回头瞧了瞧嗣同，暗自感叹：嗣同真长相俊美，脸部棱角分明，线条冷冽，弥漫着淡淡的书卷气，却又蕴含着疏离出尘。

　　"雁舟师，这么早，昨晚可休息得好？"嗣同上前问候。

　　吴嘉瑞浅浅笑了笑："昨晚回到客栈，想起有件要紧事未交代你，怕你早早地出发，一大早赶过来了。"

　　"快请里面坐，正好一起早餐。"嗣同恭敬地邀请，转而对罗成交代道，"小成子，你去大厨房看看，端些点心及清粥过来，另外煎两个鸡蛋，雁舟师在这里吃早饭。"

　　师徒二人在书房小圆桌前坐下。吴嘉瑞这才告诉嗣同："复生，从上海出发前一天，卓如特别来找我，托我转告你，他希望你为香港《民报》写连载文章，畅演佛学宗风，一则你下笔如有神，文采好，二则你近来钻研佛学颇有感悟！"

　　嗣同愣了，反问道："让我为《民报》写文章？卓如也太看得起我了。"

　　"复生，你可不要妄自菲薄。你肯定会写得很精彩。"吴嘉瑞鼓励道。

　　嗣同这才确认梁启超真的要他为《民报》写文章，一时间又惊又喜，习惯性地在书房里走来走去，无数个想法在他脑袋里掠过。见罗成端着一托盘早餐过来，吴嘉瑞笑着招呼道："复生，快来吃饭，小孩似的，等会儿你们还得去赶轮船呢。"

　　嗣同红了脸，不好意思地回到圆桌边坐下，抱歉地说道："让雁舟师笑话了，我虽平日也爱吟诗作对，倒还没在报纸上发表过文章呢。"

　　"既然现在报纸这么发达，就要争取在报纸上宣扬自己倡导维新的思想及见解，宣扬佛学统一世道人心的作用。这样影响到的人才会更多。"吴嘉瑞边吃饭边建议道。

　　嗣同点点头，想着要为《民报》写文章，内心隐隐地激越起来。

　　匆匆吃过早饭后，杨鸿度也带着家里仆人来了，还特地雇了一辆马车过来。罗成指挥仆人、车夫将行李装到车上，吴嘉瑞、杨鸿度随着嗣同来到大门外。嗣同一一告别，约定在武昌等雁舟师，这才登上了马车。

106

三天后，轮船就到达了汉口，真是快呀，从江宁到汉口，只要短短的三天，不得不承认洋轮远超木帆船。天淅淅沥沥下起了雨，江风生寒。嗣同任罗成请了几个挑夫将行李挑至摆渡码头，坐摆渡过江，在汉阳门外上岸。谭继洵得了信，早早地派卜三在码头上等。嗣同交代罗成去张罗行李，自己则朝城里走去。

自从年初离开武昌，而今大半年过去了，站在城门口，嗣同有一种恍然如梦的感觉。许是下雨，又近黄昏，大街上人并不多。嗣同深吸了口气，撑着棕色的油纸伞，踏着石板路上的落叶，大步朝巡抚署走去。那里有他的家人，有他的闰娘。

他来到后院门口，门房喜得忙给他开门。进得门来，闰娘带着杨妈果真正站在内门口等候他。见到闰娘消瘦的脸庞，嗣同的心一下酸涩了。

"复生，你可回来了，累了吧？"闰娘眼一红，忙迎上前来。

嗣同一把握住了她的手，冰凉的手再次灼伤了他的心。他歉意地说道："闰娘，我回来了，我不累，你倒是累瘦了。"

杨妈在一旁悄悄地擦眼泪，见两人站在门边不动，忙颤声说道："回来了就好，回来了就好，还是进屋去说话吧。"

嗣同牵着闰娘朝自己住的西院走去，谁知刚走进院子里，一位温婉漂亮的年轻姑娘迎了出来，见了他和闰娘也不回避，上前来行了礼，这才退到一旁。嗣同从没见过此女子，暗自诧异，悄然打量了一下：但见约莫十八九岁光景，湖蓝缎短夹袄，湖色熟罗长裙，梳着简洁的发式，黛眉弯弯，鼻梁下精致的小嘴粉如花瓣，精致的瓜子脸上不施一丝粉黛，白皙的皮肤如同上好的白玉一般。站在那里，如梦如幻的双目含笑地瞄了他一眼，忙低眉顺眼地站在一旁，温婉怡人。因不知是何方亲戚，也不好胡乱说话，嗣同点头还礼，和闰娘一起进了内室。嗣同将藏在身上的佛珠拿了出来，给她戴上。闰娘一身月白色短袄长裙，衬着那碧玉佛珠甚是好看。嗣同笑了，轻轻地将闰娘搂进了怀里，闰娘静静地依偎着他。漫长的思念终于不必再在虚空里飘浮，心终于填满了，闰娘却悄然泪下。

没过多久，罗成他们也回来了，将所有行李搬到了西院。闰娘趁嗣同不注意，匆匆擦干了眼泪，振作精神接过杨妈端来的热茶，强装欢颜地递给嗣同。嗣同沉浸在团聚的欢欣里，喝了几口热茶，交代闰娘如何分配带回来的礼物。这会儿他得赶紧带着给父亲和卢氏准备的礼物过去请安。

谭继洵刚从签押房回来，正满脸疲倦地斜靠在躺椅上，嗣同恭敬地上前见过父亲。一旁的卢氏笑道："我们的复生太守回来了，你父亲悬着的心总算踏实了，弟弟侄子们也有了好榜样。"

嗣同知道卢氏话里有话，并不理会，上前将礼物奉上，一一放在一旁的桌子上。他特意从眼镜盒里拿出金丝眼镜递给父亲，谭继洵愉快地接过戴上，随手从旁边拿起一张报纸看看，难得地赞了一句："戴着不松不紧正合适，比我之前的老花镜看字更清楚，买得不错。"

嗣同答道："这是儿子在上海大英马路上千挑万选的，父亲喜欢可太好了，还给您买了治咳嗽治头痛的洋药丸。"转眼见卢氏脸上有失落之色，又从那堆礼物里挑出项链盒，恭敬地递给卢氏道："姨娘，这是送您的珍珠项链，是上海当前的时兴货，也是在大英马路的百货铺里买的。"

卢氏打开一看，一串白色的珍珠项链优雅地躺在盒子里，颗颗晶莹圆润，富贵大方，胖胖的脸上这才有了笑："复生有心了，这洋货真喜人！"

嗣同没吭声，这时卜三进来禀告晚饭都准备好了。嗣同上前将父亲搀扶起来，三人一同往膳厅走去，远远地听到孩子们在大呼小叫。等谭继洵三人一走进膳厅，孩子们立即全都安静下来。很快，卜三指挥佣人摆上热气腾腾一大桌子菜，孩子们早已双目炯炯地盯着。嗣同看着这一幕，暗暗好笑，卢氏会当家理事，但她平日节省，大概家里很久没有这么丰盛的晚餐了。将父亲送至主位上坐下，嗣同随即坐在父亲的身边，他的侧边站着大侄子传赞。见嗣同坐下，传赞才礼貌地坐下。

谭家向来很讲规矩，平日大家庭聚餐时都得按序坐好。嗣同惊讶地发现，今日在自家屋子见到过的姑娘竟站在闰娘的身后不远，随着卜三几人一同忙碌，魏氏姨娘此时朝他意味深长地笑了笑。嗣同悄然地摇了摇头，转头为父亲夹菜上汤。谭继洵一开吃，大家都欢欢喜喜地享用桌上的美食。

吃过饭，嗣同又将父亲扶回了书房，传赞也跟了过来。偌大一个谭家，他们三人便是老少三代的主心骨。待舒服地坐了下来，谭继洵看了嗣同一眼，问道："复生，你到江宁候补都三个多月了，见过岘帅了吗？感觉如何？"

"回父亲大人，见过岘帅一次，待儿很温和。我在江宁以读书为主，暂时还没排上具体的事。"嗣同回道。

"不是说要任你为筹防局提调吗？江南筹防局总管长江江防，此差不错，你应好好办事才对。"谭继洵脸色暗了下来。

见父亲一脸忧心，嗣同只得点点头。不想谭继洵又转而问谭传赞道："潞生，你即日得北上了，现在准备得怎么样？"

"都准备好了，祖父大人只管放心。"谭传赞忙朗声回答，回头朝嗣同眨眨眼说道，"祖父大人，您年纪大了，复生叔又在江宁，我更愿意在武昌侍奉您。"

谭继洵听闻，苦笑一声道："好男儿志在四方，何况现在国家艰难，外患重重，内患日益加剧。今年湖北水灾严重，眼看着冬天要来了，多少人家要流离失所，陷入饥寒交迫之境地。"

祖孙三人聊了会儿当前的局势，临了谭继洵谆谆告诫道："复生、潞生，你们俩在外，都要守好本分，少掺和那些什么维新变法之事。今日复生刚回来，我也累了，你们早些回去歇息吧。"

嗣同和传赞便闻言告退。嗣同走出书房，借着屋内的灯光，见已然十七岁的嗣罔正站在院子里，笑嘻嘻看着他。嗣同走过去，拍了拍他的肩："秦生，一转眼就成大小伙子了，书念得怎么样？明年就该轮到你去赶科考了。我给你买的皮鞋喜欢吗？"

"七哥，你看，我都穿上了。"嗣罔抬了抬脚，黑皮鞋亮锃锃的。

嗣同哑然失笑："都快和我一样高了，还是小孩脾气，这么快就显摆了？"

"七哥，你刚回来可能不知道，你屋里那个阿娟是我娘给你挑的小妾，她长得美，又读过书，你肯定喜欢。"嗣罔放低了声音。

嗣同一愣，收起了笑，扯住嗣罔的手，问道："秦生，到底怎么一回事？

你赶紧告诉我实情。"

"哎哟，七哥哥，我的手被你捏痛了！我那天偷听了我娘和父亲在书房里说话，说什么要延续香火，得给你找个小妾。半个月前，知道你要回家，娘就派人去接来了阿娟，直接送到七嫂那里住下。"嗣同心无城府，一股脑儿说了出来。

难怪闰娘今日一脸悲情，嗣同这才如梦初醒，也不多言语，转身怒气冲冲地朝西院走去。来到卧房，见闰娘正坐在床边抹眼泪，嗣同心一软，忙趋步上前，一把拉起闰娘的手，急切地说道："闰娘，刚刚秦生告诉我，我才知道阿娟的事，你放心，我不会同意的。"

"复生，兰儿不在了，我吃了这么多年中药调理身子，依然迟迟不能生养。倘阿娟能生下一儿半女也是好的。"闰娘坐直了身子，擦干了眼泪，一把将嗣同的手拂开。

嗣同又紧紧拉住闰娘的手，柔声地说道："闰娘，我绝不会让你再受母亲当初受过的苦！"

闰娘一时不知如何应答，不知所措地看着嗣同俊美而冷静的脸庞。

"闰娘，你知道我是个很——"停顿了一下，嗣同继续说道，"木讷的一个人，我不太会表达自己的感情。也许我对你的态度不像别的夫妻那样亲昵，甚至让你觉得我有些冷淡。但是，请你相信我，我是真的在乎你，敬重你。"

闰娘不禁为之动容，一时间万千感慨涌上心头。

"你要相信，我绝对不会像父亲对待母亲那么对你，我和他不一样。我喜欢一样东西，就会喜欢一辈子。"

看他艰难地说出这几句话，闰娘更是感动，眼眶都红了。她伸手抚了抚他的脸，轻轻地将他微皱的眉头抚平，喃喃地说："复生，我知道，我明白。"

"真的明白？你今天的样子我很担心，真的。"

"闰娘让夫君担心了，是闰娘不好。"

"哎，我，我只是希望你过得开心！闰娘，我真心希望我的妻子过得快乐，而不是时时担心我会不会始乱终弃，会不会移情别恋。我们前面的路还很长，路上充满了坎坷和荆棘，需要我们携手共同走过去。如果没有你陪我一起走，我不知道将来会变成什么样子。请你信任我，把你的手交给我，不要处处忧心，不要惶恐不安。"

"复生……"闰娘颤颤地伸出手，放在他的手上，嗣同紧紧地握住。

"告诉我，你的手现在在哪里？"

"在夫君手中。"

"你握紧了吗？"

闰娘有些紧张又有些凝重地反握住嗣同的手："是，我握紧了。"

"好。"嗣同一脸郑重，一个字一个字地说道，"我们彼此握住了对方的手，以后的路，就让我们永远这样手握手走下去，永不松开，永不离弃。"

"永不松开，永不离弃。"闰娘重复一遍，抬起头，嗣同的脸上有温柔有鼓励也有期许，有她一直以来渴望的爱恋。

第二天天刚刚亮，闰娘醒过来一瞧，嗣同已经不在了。她想他大概打拳去了，自己真是运气好，遇到这么一位待她忠贞如一的好男人。他虽不得不经常在外奔波，但不管走到哪里，心里都会念着她挂着她，她还有什么不知足的。

待闰娘起床洗漱好，刚刚走出房门，见嗣同已让罗成端来早餐，在小厅桌上摆好了。嗣同朝她招招手，闰娘幸福地笑了。夫妻俩坐下来用早餐，你看看我我看看你，一脸的平和。吃过饭后，嗣同领着闰娘来到书房，指了指桌上新写的一幅字，一脸认真地说道："闰娘，我今天一大早写好了这首《三鸳鸯篇》，等会儿送给父亲，和父亲讲清我的立场！我会让罗成将阿娟送回城外的家，你给她备好二十两纹银和几件衣料。"闰娘满含深情看了嗣同一眼，点点头。

当嗣同转头赶往前院，谭继洵正要往外走，嗣同忙上前给父亲请安。见他手里拿着一沓纸，谭继洵猜到他有事要说，只得回身朝书房走去。嗣同忙跟了上去。等父亲在书案前坐下，他将手里的字幅打开，从容地递父亲。谭继洵接过去看了起来，脸色越来越难看，终于，将纸拍在书桌上，狠狠地瞪了一眼嗣同道："你卢姨娘好心给你找了个又清秀又通情达理的姑娘，你如此不识好歹，就不怕对不起列祖列宗？"嗣同不退缩，看了一眼气呼呼的父亲，索性说个明白："父亲，您已有好几个孙子了，今后还会有孙子的，只要父亲对得起列祖列宗就行。我不能忘记母亲当年的痛苦，我是坚决不娶小妾的。"谭继洵腾地站了起来，见嗣同正满面倔强地看着自己，又颓然地坐了下来，叹了口气道："你都三十岁的人了，随你吧，我不管你了，你走吧。"嗣同也不管父亲的脸色如何，转身离开了。

谭继洵却呆坐着，久久未动，那纸《三鸳鸯篇》赫然摆在桌上，刺痛了他的眼：

> 辘轳鸣，秋风晚，寒日荒荒下秋苑。辘轳鸣，井水寒，三更络纬啼井阑。鸳鸯憔悴不成双，两雌一雄鸣锵锵。哀鸣声何长，飞飞入银塘。银塘浅，翠带结。塘水枯，带不绝。愁魂夜啸缺月低，惊起城头乌磔磔。城头乌，朝朝饮水鸳鸯湖。曾见莲底鸳鸯日来往，忘却罗敷犹有夫。夫怒啄雌，雄去何栖，翩然归来，闯此幽闺。幽闺匿迹那可久，花里秦宫君知否？不如万古一丘长偕三百首。幽闺人去镫光寂，照见罗帏泪痕湿。同穴居然愿不虚，岁岁春风土花碧。并蒂不必莲，连理不必木。莲可折，木可劚，痴骨千年同一束。

107

当嗣同回到书房整理带回来的书籍时，杨妈领着魏氏姨娘进来了。见魏氏手里捏着一张纸，嗣同愕然问道："魏姨娘，可有什么事？"魏氏眼眶立马红了，将手里的纸条递给他道："复生，你可能还不知道，上个月武昌涨大水，霍乱流行，马医生救治病人时感染上了霍乱，未得及时治疗就过世了。他为我们谭家人治病尽心尽力，我想给他立碑……"

"什么？马医生离开人世了！老天真是太不长眼了，他母亲该会多么伤心！"嗣同跌坐在椅子上，潸然泪下。

魏氏姨娘止住哭声，问道："复生，你正好回来了，立碑之事就拜托你出面去办理。这几句话是我托程师爷拟好，想刻在石碑上，你看看适合吗？"

嗣同抹去眼泪，打起精神，喃喃地念出来："马先生为爱中国百姓朝夜奔驰，可惜善士早亡。上帝之旨也。马先生为我治病，不惜劳苦，因此痛之。立碑人谭抚台之侧室魏宝珍。"

嗣同点点头道："如此甚好，也难为姨娘了，我等会儿就去马医生墓地拜祭，也尽快安排人将碑刻好！"

魏氏点点头出去了，嗣同在书房里伤感了很久，才让闰娘替他找出件厚些的夹袍换上。他先去了签押房，见父亲正在处理公务，便没惊动他，悄悄朝候在门口的程颂万招了招手。两人一同来到院子里，程颂万这才惊喜地问道："复生，你什么时候回来的？在江宁一切可好？"

嗣同依然心绪沉痛："昨天才回来，我一切甚好。谢谢子大兄和泽生兄帮父亲分忧，你们辛苦了。今天早上我才知道马医生的事情，马医生那么健硕一个人，怎么说走就走了？"

程颂万的脸色凝重起来，一五一十地说起当时的情形：就在今年上半年，湖北及邻近省份由于前一年农作物歉收，发生饥荒，不少饥民涌到武昌城，等待赈济。谭抚台不辞劳苦地积极赈灾，马尚德医生和他的朋友传教士李修善都积极协助赈务。助赈期间，李修善感染了流行性伤寒病逝，马医生虽万分伤心，但并没有因此退却。至夏秋间，武昌又流行霍乱，马医生的救治工作更见繁重。八月十四日深夜，马医生也染上了霍乱，却无法在第一时间得到诊治。他的病情迅速恶化，延至第二天下午，即不治而逝。

说到这里，程颂万眼眶红了，颤声说道："马尚德医生来到武汉后，一心救治病人，去世时才刚刚三十一岁。他临死前，循道会传教士格治为他写遗嘱，只有简短的一句：我将一切留给母亲。他还托格治给他母亲带上一句话：告诉她，我为来中国而高兴。"

泪水再次滑过嗣同的脸庞，他握了握程颂万的手："子大兄，我去他的墓地看看，我们过一两天再聚谈。"

嗣同带着罗成先去了马尚德平日的工作室，一走进那间大医疗室，见正对着大门的墙上挂着一幅马医生的画像，桌上摆着一只香炉及几碟水果点心，香炉里燃着香烛。马医生脸上依然挂着平日温和的笑。嗣同抑制住满心的伤痛，上前点燃了三炷香，用心地拜了拜。新来的年轻医生告诉他，马医生安葬在汉口外国坟场里，还未来得及立碑。

告辞出来后，嗣同带着罗成来到汉阳门码头，坐着摆渡船到了汉口。原本天阴阴的，到了坟场时竟然放晴了。嗣同站在马尚德医生坟前，心里沉甸甸的，将带来的一大捧鲜花恭敬地摆在他的墓前。昔日的情景历历在目，不想今日却已阴阳两隔，他的母亲又该多么伤心，一时间悲从中来，眼泪再次滚滚而下。终于，嗣同强抑满心的悲痛，按中国习俗行了跪拜大礼，站起来对罗成说："我们去坟场外面买块好墓碑，请人将魏氏姨娘写的那几句话刻上！"

回到城里，见时间尚早，嗣同让马车驶往英国领事馆，想着要去拜访贾礼士先生。领事一见他就笑道："谭七公子，哦，不对，太守先生，好久不见，今天什么风把你吹来了！"

嗣同见他脸上纯净的笑，受到了感染，勉强笑道："领事先生，是西北风把我吹过来的，先生您依然风度翩翩呀。"

贾礼士将嗣同拉进会客厅里，由衷地道谢："太守先生，我得好好感谢你，唐佛尘先生从浏阳运过来的煤质量很好，比湖北马鞍山的煤好烧。"

"那太好了，还拜请领事先生今后继续关照。"嗣同闻之一喜。

"我听说浏阳还盛产安的摩尼矿，我这里也有销路，价钱公道合理。"贾礼士边说边瞧嗣同的脸色。

嗣同犹豫了一下，乃直言相告道："领事先生，上次我在上海遇到了傅兰雅先生，他也愿意包销浏阳安的摩尼矿。但湖南矿务局将安的摩尼定为官办，所有开采、炼制、运输及销售都得由省局负责，浏阳的安的摩尼矿都得运到省局，由省局专销。"

"原本陈右铭大人是极开明之人，怎么到湖南任巡抚后如此行事，也太独断专行了，这可对发展矿务没有好处。"贾礼士直言不讳地说道。

嗣同满脸苦笑，不知如何回答，只得沉默。贾礼士乃极有眼色之人，赶紧转换话题道："太守先生，此番前来可有什么事吗？"

"我刚刚去拜祭过马尚德医生，马医生为挽救中国人的生命而死，他是中国的好朋友！念及昔日我们三人在一起的情形，故特地来看望您。"嗣同内心依然抑制不住地难过。

贾礼士点燃了一支香烟，猛吸了几口道："马尚德医生为了救治瘟疫病人而献出了自己的生命，他是我们大英国的优秀男儿。他死了，我真心难过。"

嗣同点点头道："他的确是一位优秀男儿，今后有时间我会去拜祭他的。"

之后，两人聊了一下当前形势，嗣同才知道李鸿章已经和俄国签订了秘密和约，虽然不知道具体内容，总归也不是好事。贾礼士留嗣同吃晚饭，但嗣同还是告辞了，他要赶紧过河。

晚风吹得急，吹在身上有些冷。待天黑透了，嗣同和罗成才回到府上，觉得有些辛苦，早早地睡下了。

转天，嗣同醒得很早，起床后便朝府院后面的胭脂山走去。天刚刚亮，他站在山上极目远眺，前面是茫茫苍苍的青色屋脊，再远处便是浩渺的长江，江水如练，江上隐隐有白帆起伏。子在川上曰，逝者如斯夫！每每远眺长江，滔滔的江水总是令他感慨丛生。

他时而在山上踱着步，时而驻足眺望，从今天开始，他就要着手为香港《民报》写文稿了。香港已是一片思想开放的土地，不必顾忌内地阴森的重重禁锢。他想，只有深入地探究天性之根源，才能写出数千年之祸象，及今日扫荡桎梏、冲决网罗之必然。他内心激越，古今中外的种种学说思想，在他心中交汇奔腾，犹如百溪归大海，壮阔无边，波涛起伏，而大海就是博大渊深的佛学。

下得山来，嗣同奔至书房，他得好好梳理一下近年来自己形成的思想，趁此一一写出。想着想着，刚刚纷纭的思绪又茫然无绪，他坐不住了，在书房里踱来踱去。至午饭时分，闰娘给他送来食盒时，嗣同正愁眉苦脸地坐在书案前，摊开的本子上，依然了无一字。

"复生，别着急，你肯定会写得很好，慢慢来，还是先吃饭吧。"闰娘劝慰道。刚回来那个晚上，嗣同已经告诉她要为香港《民报》撰稿的事，她当时就特别自豪。

到了下午，闰娘来为嗣同沏茶时，见本子上已写了一个大大的"仁"字。嗣同脸上已有喜色。闰娘悄然退下，心里豁然一松。

嗣同一整天都待在书房，直至夜深才回内室。见闰娘还在灯下忙活，抱歉地说道："闰娘，都这么晚了，还没睡呀。"

闰娘笑道："复生，说来真是好笑，你在家的日子，你不来睡，我就硬睡不着。眼看着天气要冷，我前几天请裁缝替你做了几件夹袍和薄棉袍，正好理一理。"

嗣同笑了笑，催促着闰娘去睡。

一连两天，嗣同都在书房里苦苦冥想，本子上的字越来越多了，由"仁"，到"儒学""道家""佛学""基督教"，到"以太"，一种全新的学说正呼之欲出。

108

这天下午，嗣同收到了吴樵的邀请，请他到两湖书院附近怡春餐馆小聚，还让他叫上程颂万。都回来好几天了，竟没想到去拜访自己的结拜兄弟，此时此刻，他是如此急切地想见到吴樵，忙让罗成去请程颂万。

走着聊着，倒没耽搁时间，赶到怡春餐馆时，吴樵也刚刚到。见到有些消瘦的吴樵，嗣同上前一把抱住了他，问候道："铁樵，都这么久没见你，我还以为你这段时间在长沙，一切可好？"

吴樵也高兴地抱住嗣同，却埋怨道："复生，你倒好，回了武昌也不吱声，我今日上午才听说你回来了，至于长沙……"他苦笑了一下，"事情却不如我们之前的设想，竟无从措手！"

"真是兄弟情深，我们还是进包间里聊吧。"程颂万打趣道。

包房清静简洁，吴樵让伙计先上茶，随后就点菜，回过头来问嗣同："复生，你这段身体可好，可以喝些酒吗？要不我们就点女儿红，喝点黄酒对身体好。"

嗣同笑道："女儿红？我没问题，子大兄可是酒君子，喝得惯吗？"

"复生兄，我虽喜欢喝点酒，但不贪杯，也不讲究什么酒！"程颂万一脸向往。

酒上来了，三人边喝边聊天，嗣同忍不住询问吴樵："铁樵，右帅及伯严兄都有志于振兴湘省，矿务是他们筹集经费的重要渠道，应是特别看重，怎么会无从措手？"

吴樵苦笑道："当初矿务局章程出来，有官办、官商合办及官督商办，省局只应为全省矿务之总汇，起保存案牍、保护、指导作用。但现在恨不得全部矿产都采取官办，权与利皆归省局，却不知此系最不善之办法。"

"湖南矿务竟然全为官办？香帅应是特会办事之人，当初汉阳铁厂坚持官办，一直亏欠，且所炼之铁质量不高。今年四月香帅顶不住了，只得将汉阳铁厂等都转给了盛杏荪，实行官督商办，竟一下子就活了过来。"轮到程颂万也惊讶了。

"即使是官办，也有多种方式，不能一味收利于官。即便实行商办，倘一有抑勒压累，其危害也与官办相等。不管官办和商办，所获之利，除纳税外，应归各县兴办一切有益公事，比如举办学堂、团练、备荒、水利之类。总之要散利于民。"说到这里，嗣同干脆放下了酒杯。

"复生说得太对了，省局怎能事事把控，必须赋予县局以充分权利，至少办矿、售矿之权皆应由县局统揽。"吴樵道。

"我反对所有矿产都归为官办，办矿要准入商股，以联商民而鼓励矿务。当然，对商办也得加以限制，股份中商股最多只居十之三，利润分配时商股每年照本得二分或三分，如此自然可以防止一二家垄断。"嗣同说道。

程颂万此时端起酒杯道："复生、铁樵，你俩思虑周全，令我钦佩。来，我诚心诚意地敬两位一杯！"

嗣同饮尽杯中酒，长叹一声道："中国所以不可为者，皆因上权太重，民权尽失。官权近来虽有所抑制，却仍威压民众，昏暗残酷，就是小官吏也如此。故一闻'官'字，我心里就厌恶得很。"

吴樵赞同道："复生看问题总是一语中的！中国最大的问题，的确是上权太重，干什么事都施展不开手脚。至于复生所主持的'以一县之公利办一县之公事'，以此推进维新变法事项，只怕是难于实现。"

三人至夜深方散，回到家里，闺娘依然在等他。见嗣同满脸愧疚，闺娘笑了："复生，难得朋友们在一起畅谈，我等等无妨。今日傍晚时父亲大人让秦生来叫你去他书房，我就说你外出了，明天一早定去请安。"嗣同温和地点头答应。

许是矿务之事令他忧心，嗣同辗转反侧至深夜方才睡着。第二天一大早，嗣同就往父亲那里请安。谭继洵看了他一眼，放下筷子，说道："复生，湖北这边催款你不必担心，我让子大去抓紧办理。你则代我回浏阳一趟，家族今年要大祭，还有那些田土收租之事，你回去了也得认真过问一下。"

嗣同听了，并没有答话，眉头却皱得紧紧的。谭继洵见他如此神情，语气加重道："复生，这些事现在都落到你肩上了，你得上心才好。"

见父亲生气了，又剧烈地咳嗽起来，嗣同忙倒了半杯温开水，上前侍候他喝了。他压住万般无奈，问道："父亲，您只管放心，我让罗成去买船票，最快什么时候出发？"

见嗣同态度还好，谭继洵就摆摆手道："你也先去藩司衙门跑一趟，船票提前买好，至于带回浏阳的礼物，我会让你卢姨娘准备好。"顿了顿，却又说道，"泽生已调领武靖营，我这里人手紧张。听说张伯纯在湖南提调矿务，颇为艰难，问他是否有意任巡抚衙门总文案。"

嗣同甚为沮丧，但也只得退下，赶紧去准备回浏之事。刚好这天吴嘉瑞从江宁赶到了武昌，嗣同留他住在自己家，约定过几天再一同出发。

109

九月二十一日这天，晴空万里，就在上午嗣同他们动身之际，门房送进来一封信，是梁启超的。他即日将回广东探亲，又催嗣同赶紧为《民报》写稿，还寄来两本《西学书目表》。嗣同喜出望外，将两本《西学书目表》都收进了行李箱，他得送好友唐才常一本。吴嘉瑞此行前往贵州，虽与嗣同同行，两人过洞庭湖就得分别。

船顺长江南行，嗣同和吴嘉瑞特地定了一间包间，虽然天气冷了，躲在包间里倒也安静。吴嘉瑞见嗣同一副心事重重的模样，关切地询问为《民报》的文稿准备得怎么样。在老师面前，嗣同将自己的感悟一一说来：立一法不惟利于本国，必无损于各国，使皆有利；创一教不惟可行于本国，必合万国之公理，使智愚皆可授法。以此为心，始可言仁，言恕，言诚，言絜矩，言参天地、赞化育。以感一二人，而一二化，则以感天下，而劫运可挽也。

吴嘉瑞点点头，赞许地看着他，嗣同转而言及三纲五常。他强烈抨击起三纲五常中"君为臣纲"这一伦，说道："君主乃为天下人办事者，非竭天下之身命膏血，供其骄奢淫纵者也。为此，只有死事的道理，断无死君的道理。"

说到最后，嗣同长叹一声："老师，复生自发心学佛始，时有一种强烈的预感，感知自己生命所剩下的时日不多，虽然我正值盛年。这种念头常萦绕于心头，使得我决心更加勇猛精进地学习。我撰写此书便要打通诸子百家和东西方宗教，以《仁学》定名，如何？"

吴嘉瑞点点道："《仁学》为名，甚好。一个'仁'字，含义无限丰富。但复生还得更为积极，留得青山在不怕没柴烧，凡事朝前看，总会有福报。"

到第二天下午，船已至洞庭岸边，吴嘉瑞郑重地握了握嗣同的手道："前路漫漫，多多珍重！"两人乃依依惜别。

接下来的路程很顺畅，从长沙大西门码头上岸，嗣同与罗成直奔太平街，就在西牌楼附近找了家旅馆。这家躲在热闹街市里的旅馆，好友刘善泑专门推荐过，客房陈设雅致干净，饭食也精致。嗣同慕名而来，旅馆是个四合院式，中间院子为小花园，他挑了间后进的大房间，走进去一看，甚是满意。嗣同洗漱一番，换了件灰色夹袍，这才觉得浑身清爽。

吃过午饭，嗣同休息了一下。一觉醒来，嗣同觉得一路来的疲劳已荡然无存，忙让罗成叫来理发师为他编好发辫，又换上一袭湛蓝色底起团花的长衫，这才直奔鱼塘街的湖南省矿务局。

还在江宁，嗣同就接到欧阳中鹄、唐才常谈论湘省矿务及浏阳矿事的信函，已在信函里讨论过两个来回了。之前，刘善涵主张矿务商办，唐才常主张官办，他的两位好友为此闹了意见。而嗣同研究比较中西国情多年，认为应当重视和发挥地方开明士绅的作用，从而主张绅办。浏阳县矿务局就是以士绅为主，才办得有成效，他因此更坚信了办矿最好走绅办之路，希望他俩能够放弃争执，共襄矿事。而说到底，他的绅办之路，其实就是商办之路。

嗣同清楚地知道，之所以有官办、商办之争，根子还在湘省矿务局。他所认定之事，必据理力争，既然回到了湘省，干脆赴矿务局看个究竟。

来到矿务局，递过名刺后，门房老头就将他引至会客厅室。还在门口，嗣同就听见屋子里有人在争论，但见会客厅已有四五个人，除了张通典、邹代钧之外，还有两位衣着体面的中年男人，却不相识，两人皆一脸怒容。

张通典原本一脸不高兴，抬头瞧见嗣同微笑着站在门口，眼睛一亮，忙迎上前去："复生太守，什么时候回的长沙？真是稀客，快请进来坐。"

邹代钧忙转头一瞧，果真是嗣同，也忙站起来相迎。

嗣同客气地拱手："两位仁兄好，在下今日上午方到长沙，略事休息，就特地来拜会两位老友。"

见嗣同客气地朝对面两位客人作揖，张通典忙为双方介绍，是来自宁乡苦竹寺附近的邓姓煤矿老板，兄弟俩经营着一家煤矿。两位邓姓老板勉强挤出几丝笑容，朝嗣同点了点头。就在嗣同愕然之间，却见穿酱色长衫略为年长的邓姓老板嚷道："我们兄弟俩辛苦好几年，眼见着才赚些钱，省矿务局却要收为官办，也太欺侮人了！"

邹代钧脸上挂起了笑，好言劝道："邓老板，哪里是矿务局收归官办，还是商办，你们的股份不动，到时一样可以分红。"

"省矿务局派人来管理，还要交钱到省局，这哪里是商办，分明是收归官办。不如省局干脆按价出钱，将煤矿收了去。"穿明蓝色长衫年轻些的邓姓老板也站了起来，边说边气呼呼地往外走。

年长的也往外走，不客气地嚷道："省局太不讲理了，我们要去找巡抚大人，巡抚大人不是倡导兴办矿事吗？"

邹代钧急了，回过头对嗣同说道："复生，对不起，你先和伯纯聊聊，我得去追他们。"

眼见着他们三人匆匆离去，嗣同皱起了眉头，张通典叹了口气说道："伯严听信他人建议，为了便于管理，竟将全省所有矿产一律收归官办。宁乡此处煤矿为邓氏兄弟出资挖煤，刚刚才见成效，自然不乐意官商合办，更不乐意收归官办。"

嗣同没想到省局官办与商办之争如此激烈，疑惑地问张通典："伯纯兄，我在武昌就听说过，你坚决主张矿局要商办，沅帆兄意见又如何呢？"

张通典满脸苦笑，摇了摇头道："复生，当初右帅父子力邀我和沅帆回湘办矿，我们也是受右帅精神感召回湘襄助，眼见矿务一律官办，受限颇多，矿务收效不尽如人意，心下甚是焦急。我力求改变被动局面，多次向伯严直言矿务办理不善，力请将矿务公司改归商办，否则绝小民生计，而徒为洋人守财也。黄修原等人趁机诬陷于我，伯严竟置多年友情不顾，偏听偏信，令我极为寒心。"

嗣同依然不解："伯纯兄，你与右帅父子多年情谊，旁人哪能离间得了呢？"

张通典一脸愤怒，伤感不已："先是有人造谣说我与沅帆私分公款八千串，随后黄修原又声称我四处宣扬右帅私以万金入火柴公司生息，还称我密藏伯严与别人的通信以作要挟，更有人在一旁煽风点火，右帅父子也对我误会渐深，只怕我无法在长沙久待了！"

嗣同这才确知传言为真，连连叹息："不想湖南矿务总局矛盾已趋于激化，闹得如此不可开交，实在对兴办矿务不利。"

见张通典依然一脸痛苦，嗣同念及临行前父亲的交代，悄然问道："伯纯仁兄，此次临来长沙时，家父就交代我，让我征求你的意见，可否愿意去湖北，担任湖北巡抚署总文案？"

事情太出乎张通典的意料，他一时不知如何作答，呆呆地看了看嗣同。嗣同正要进一步询问，邹代钧匆匆地跑了进来，抱歉地说道："复生兄，让你见笑了。为了矿务的官办与商办，近来真是意见纷纭，谣言四起，乃至不时闹出纠纷，于矿事实在大不利，甚是无奈！"

"沅帆兄如何看待此事，商办好，还是官办好？"嗣同直截了当地问道。

邹代钧摇了摇头道："中国之事就是难办，湖南原本就经济拮据，为了尽快谋求矿务成效，当然商办更好。可伯严一意官办，伯纯因与之争执，现已处境尴尬，我等又能奈何？只好莫衷一是！"

嗣同见他俩相顾无言，不由心下黯然，他实在不明白，陈三立乃颇有识见之人，怎会大事糊涂，一味坚持矿务官办？

"复生兄，刚刚去巡抚署，伯严兄得知你回长沙了，甚是高兴。特地让我邀请你，等会儿至又一村后面的洞庭春为你接风！"邹代钧差点忘记了晚餐之事，见张通典沉默不语，转过头对他说道，"伯纯兄，你也要一起去呀。"

嗣同突然想起什么似的，扯着邹代钧往外走："沅帆兄，我明天就要回浏阳，你的舆地社有没有世界地图、中国地图及湖南省地图？赶紧帮我找几张，我要带回浏阳，让算学社学员都学会看地图，至少要知道世界地理格局。"

两人赶至邹代钧办公室，竟然找到了一张世界地图和一张中国地图，却没有湖南省地图。嗣同已经很高兴了，将地图小心地卷起来，和张通典、邹代钧一道往洞庭春而去。

洞庭春闹中取静，陈设雅致，陈三立酒菜安排得当。本是好友相聚，但没喝几个来回，嗣同实在忍耐不住，慷慨陈言自己的绅办主张，坦率批评湖南矿务办理不善，应尽快改章，以发挥矿务为湖南筹措改革资金之作用。陈三立听后脸都黑了，内心更是波动剧烈，嗣同的话令他想起了张之洞办厂建矿的成效，的确是投资巨大而收效甚小。张之洞虽三令五申严加监督，也不见好转，据说弊病甚多。张之洞虽联手盛宣怀，但还是迟迟不肯改为官商合办，他根本不相信唯利是图的商人能办好大厂矿。他陈三立又何尝相信那些商人能办成矿务之事呢？但现在湘省矿务的确迟迟未能产生成效。

席间气氛甚是微妙，张通典低头沉思，一旁的邹代钧却急得连连朝嗣同使眼色。嗣同就当没看见，见陈三立沉默着，仍滔滔不绝说了起来："我研究比较中西国情多年，发现两者之间有一个最大的差别，那就是中国办事只用官方的力量，而西方办事善用民间或说商家的力量。有些事，如纳粮、征税、审案、练兵等，非官方不可；但许多事，尤其是洋务实业，还是以商家主办为好，如此便可克服官府办事常见的贪污、推诿。为此，我以为湘省的矿务，交给商家办，官府可课以重税，或在常税外再额外缴一笔钱给官府办公共事业。若纯由官办，举目所见，鲜有成功者。"

张通典、邹代钧听后，暗暗在心里为嗣同喝彩，又为他捏了把汗，悄悄地瞧了瞧陈三立的脸色。陈三立仍不愿意轻易接受嗣同的看法，他紧绷着脸，拍了拍衣袍，缓缓地说："复生太守，你刚才说的这番话，也算是一家之言吧！你没有办过矿，怎知办矿的难处？"嗣同一时语塞。

陈氏父子办矿，的确也是殚精竭虑。湖南之所以有新政气象，就赖于有陈氏父子。湖南新政之缘起，也是基于陈宝箴对"国势不振极矣，非扫弊政兴起人才，与天下更始，无以图存"的时局忧虑。但陈宝箴以兴起人才为根基的政治思想，大有其道统薪传之深意在，绝不仅限于应付世变之救亡图存，这也就决定了陈三立所认定的理想的政治改革，只能是一种渐进式的革新。但即使是这种渐进式革新，在湖南也算得是平地惊雷了。

　　陈宝箴将矿务置于推行新政首位，会同地方官一起维持全省矿务。为确保这一项新政事业能顺利地推行下去，陈氏父子必须慎之又慎，尽量避免任何可能出现的纰漏而贻人口实。正是出于如此考虑，陈三立才坚持步步为营，不敢贸然将矿务在短时期全盘商办。应该说，陈三立在这一问题上的态度和立场，确实更加稳妥，付出的代价也更少。

　　嗣同并不明白陈三立的良苦用心及长远考虑，两人好像也少了从前那种毫无生分、透彻沟通的心境，加之嗣同心直口快，陈三立脸上有些挂不住了。既是话不投机，这酒就无法再喝下去了。陈三立不再掩饰自己的不满，借口还有事，匆匆退席。嗣同眼睁睁地看着陈三立扬长而去，他真是未曾料到，昔日好友竟隔膜至此，与去年在鄂时议论明通相反，一点也不理解自己的好心，双双不欢而散。

　　来到店外，冷风吹来，嗣同打了个寒战。嗣同朝张通典、邹代钧苦笑了一下，挥手告辞。临行前，他悄然地对张通典说道："伯纯兄，我刚刚的提议，还望郑重考虑，等我从浏阳回长沙，就一起出发前往湖北吧。"

　　这天一大早，嗣同与罗成正准备出发，却见张通典匆匆赶来了。嗣同自是明白张通典的心意，两人相对无言。良久，张通典艰难地开口道："复生，我昨晚整夜无法入眠，思虑再三，承敬帅看得起我，我愿意和你一起前往武昌。"

　　嗣同不知从何说起，只紧紧地握住张通典的手。嗣同未曾想到，他拜访湖南矿务总局的结果，一是和陈三立由此交恶，二是张通典为陈氏父子所不容，直接被排挤出总局。

110

　　走在回浏阳的路上，但见田野上有不少农人在忙碌，有的在收割稻谷，有的在挖红薯，还有的挑着一担担油茶果回家。罗成上前询问一位坐在路边休息的老农今年收成如何，老农面露喜色，说吃饱饭没问题了，再也不用担心挨饿了。

嗣同听了，心里很是舒畅。两人于第二天中午到达浏阳城北门口时，徐老伯远远地瞧见嗣同的身影，就迎了上去，欢天喜地地将他迎进了家。巧嫂子赶紧打热水来让七少爷洗把脸，罗成娘也热泪盈眶地迎了出来。待嗣同洗了脸，热腾腾的饭菜早已摆上桌，嗣同的心霎时被踏实的温暖填满了。

吃过饭，嗣同略事休息，就提着礼物往欧阳中鹄家里赶去，也不知瓣姜师近来身体怎样。谁知刚到门口，家人就告诉他，欧阳先生病倒在床。欧阳自耘迎了出来："复生兄，什么时候回浏阳的？前几天父亲还在念叨您呢，您在江宁可好？"

嗣同急切地问道："力耕兄，恩师身体如何？可请郎中把过脉？"

"复生兄只管放心，家父只是之前赈灾太累，腿痛得厉害，已经请郎中扎过银针，好多了。"欧阳自耘安慰道。

嗣同要进内室探视，欧阳中鹄早已闻声斜靠在床头，嗣同抢步上前，一把握住了老师的手。

嗣同眼眶一红，说道："瓣姜师，学生来看您了。"

欧阳中鹄打起精神，微微一笑，宽慰道："为师没事，老毛病了，很快就会好，你只管放心！"

"老师赈灾时太费心力，乃至留下隐疾，您可要好好休养。我从上海带来了几帖西洋膏药，您贴上试试看。"嗣同边说边从随身布袋里掏出个盒子来，恭敬地递了过去。

欧阳中鹄由衷地谢道："有劳复生记挂。你这次在浏阳待几天？让力耕带你去看看算学馆的师生吧。"

嗣同一听转忧为喜，和欧阳中鹄、欧阳自耘，及刚闻声而来的黎尚雯讨论起算学馆的事情来。

又谈到矿事，嗣同说起省里因矿务官办及商办之争，张通典与陈三立不和。再言及唐才常与刘善涵所争执之事，亦为矿务官办与商务。在座众人皆纷纷叹息，嗣同却充满信心，对欧阳中鹄说："虽有举便多阻滞，然皆不足虑也。诸事有瓣姜师坐镇，怎么会不成功？还拜请老师多多辛苦，力争浏阳矿事有所成就。"

待吃过晚饭，嗣同回到家时，大兄嗣棨已在家候他多时。嗣同只得转而振作精神，和大兄商讨起冬至家族大祭之事，还约定转天去梅花巷谭家祠堂看看。这一忙就忙了三四天。诸事稍缓，他就叫罗成去告诉欧阳自耘、黎尚雯等当天下午就去算学馆。

刚吃午饭没多久，欧阳自耘、黎尚雯就带着小立袁来了。几人直奔算学馆，走至文庙后奎文阁前坪，瞧见满坪的大樟树，一棵棵苍翠蓬勃，嗣同赞叹道："好一坪大樟树，满眼绿色，远离喧嚣，真是治学的好地方。"

欧阳自耘、黎尚雯点头称是，晏孝儒山长闻讯领着一群青年学子迎了出来。嗣同还是第一次见他，但见他一袭灰色长袍，约莫五十岁上下，个子不高，浑身透着儒雅淡定的气息，目光坚定。一行人将嗣同迎至了教室，室内窗明几净，二十来张课桌摆放整齐，人人皆已坐定，人人课桌上摆了不少课本。嗣同一瞧，是《算学》《光学》《舆地》等等，心下大为满意，转头称赞："晏山长治学严谨，教导有方，嗣同叹服！"

晏孝儒谦逊地笑了笑："复生太守游历北京、上海及江宁各地，见多识广，且深谙西方格致之学，今日还望您为学生们说说外面的局势。"

嗣同正有此意，忙让罗成将特意带来的世界地图、中国地图张贴在教室前方，慷慨激昂地宣讲世界局势、中国局势，只听得学生们热血沸腾。坐在教室后面的晏孝儒、欧阳自耘、黎尚雯也受到了感染，小立袁跑到前面，饶有兴趣地看着那两张大地图。

临走前，嗣同望着晏孝儒，双目灼灼地说道："壬卿山长，这些学生就拜托您了。此次在下来去匆匆，下次我们再认真探讨教学事宜。需要什么教学用具，您尽管开个单子，在下筹备齐了就寄回浏阳。"

"复生太守尽管放心，在下愿竭尽全力，不负使命！"晏孝儒满脸郑重，将嗣同一行送至文庙侧门处才站住脚。

到傍晚，嗣同特意邀请邹明沅、欧阳自耘、黎尚雯等几位同道一起晚餐，朋友相聚，喝得痛快。席间，嗣同说起要请一位师爷同赴江宁，邹明沅忙接话道："复生仁兄，我这里倒有位好人选，乃浏阳城黄徵颖初。他今年初寡母病逝，眼下独自度日。他虽出身贫寒，却治学勤勉，满腹经纶，乃至纯至孝之人！"嗣同一听，不觉心动，让邹明沅代请他于明日来家见见面。

第二天早饭过后，黄徵就前来拜访，嗣同将他请至书房，二人畅谈，彼此欣赏，嗣同也不再犹豫，当即决定聘他为自己的师爷。

没过几天，嗣同等不及家族大祭，就带着黄黻、罗成启程，前往武昌。到达长沙后，又约上张通典，就马不停蹄地直奔湖北。

111

到了武昌之后，嗣同先带张通典去见父亲。谭继洵见张通典果真来了，甚是高兴。

嗣同见此大为放心，退出来就忙去找吴樵，此行于湘省矿务有太多困惑与迷茫。谈起湘省矿务，吴樵免不了也是一番感慨，但对当前局面也甚是无奈。喝过闷酒，沉默了好一阵，两人转而谈论农学，吴樵才有了兴致。他依然憧憬着能开垦洞庭之南的淤积土地，进而开办农场，召集贫民进行大面积垦殖，以提高粮食产量，造福于一方民众。嗣同深以为然，心情略为好转。

嗣同又专程前往两湖书院，很久未曾见到刘善涵，很有些挂念。还在浏阳时，欧阳中鹄就怀疑刘善涵插手浏阳安的摩尼矿私运一事，乃托嗣同顺便询问。嗣同虽不以为然，但总得回复瓣姜师。来到两湖书院，刘善涵高兴地将嗣同迎至书院旁边一家小茶馆。谈及浏阳矿事时，刘善涵坦陈当日因矿事和唐才常争执，很是泄气，自己已很久不曾过问浏阳矿事，近来发生的私运一事丝毫不知情。见他一脸坦诚，嗣同坚信另有他人图谋私利。

两人又聊了些别的事，刘善涵表示原本近日预备前往上海购买印刷用的铅子，谁知股份难招，只得作罢。嗣同心里一动，连忙询问："淞芙，我此次将携闰娘及二嫂一家前往江宁，想聘请你随同前往，教授小侄传炜启蒙如何？"

刘善涵低头不语，过了好一会儿，才说道："感谢复生兄抬爱，但我依然有志于办报，且我已开始在人和豆豉店售报，行势很不错。"

"淞芙，传炜都快八岁了，我一时找不到合适人选，你暂且帮帮我。一旦你要办报，随时可以抽身。"嗣同向来敬重刘善涵治学严谨、见识宏阔，诚恳地说道。

刘善涵见他一脸热切，也就不再犹豫，答道："好，我当不遗余力。"

嗣同大喜，端起手里的茶杯敬道："那就此说定，你赶紧着手准备准备，过几天就要出发了。"

至十二月初十，天欲晴未晴，寒风凛冽，嗣同偕闰娘、二嫂黎氏、侄子传炜、侄女裕英及黄徵、刘善涵、罗成等人，坐上张之洞特意安排的"楚材号"兵轮，出发前往江宁。四日后，风雨交加，兵船被迫搁浅，阻于九江。嗣同倒不着急，与黄徵、刘善涵喝茶聊天，望见窗外的庐山，为其气势所撼，挥笔作七律一首：

> 我与黄刘共三笑，匡庐使者近如何？
> 欲回飞瀑千年后，奈此狂澜九派多！
> 道术将为天下裂，云山况是客中过。
> 无端却到坳堂上，空复将军下濑戈。

一旁的刘善涵读过，被嗣同的豪情深深触动了，提笔和诗：

> 不信庐山真面难，迷离云树镜中看。
> 烟发洲渚仙心幻，砥柱江河道力艰。
> 策世有官休瓠落，救贫无术况年残。
> 讲经幸赴同舟约，门外飘萧雪正团。

三人皆笑，只觉风雨中的庐山更为动人，齐齐眺望窗外的风景。

好在天气很快好转，接下来旅程甚是顺意。至腊月十七日，嗣同一行初抵江宁城外，继续沿秦淮河进城，走走停停，饱览胜景，于两天后方才上岸，入住东关头新租公馆。

就在当天晚上，夫妻俩忙到很晚才上床睡觉，闰娘欢喜地说道："复生，我们终于有了自己的家了！"

嗣同也感慨万分："闰娘，好好休息，新年就快到了。"

第十九章：宴饮

112

光绪二十三年（1897年）的大年初一，长沙城大雪纷飞，大街小巷迎春的爆竹声响成一片。家家户户门前张灯结彩，大门两边贴上红艳艳的春联，小孩们兴奋地堆雪人打雪仗，热闹地嬉戏着。

天刚刚亮，鞭炮的轰鸣声里，陈宝箴一大家子欢欢喜喜地坐下来吃早餐。陈宝箴欣慰地看着满桌的儿孙们，尤其是长子陈三立，这么多年来随侍身旁，家里家外劳心劳力，真是劳苦功高。父亲慈爱的目光如冬日和煦的阳光拂过，陈三立心里一暖，忙站起来为父母夹菜，没想到父亲早已夹了一片腊肉放至他碗里。父子俩相视一笑，家人们也全都笑了起来。

早饭后，陈宝箴去府衙开新年团拜会。从去年开始，赈灾取得成功，铸钱、矿务、机器、火柴、电线等维新事业渐次取得了成效。今天的新年团拜会，避免之前大小官吏登门拜年的繁文缛节，开创新年新气象。

陈宝箴六十有五才得执掌一省，时不我待的使命感萦绕在心，抓住一切时机广招天下贤士。陈宝箴来湘已一年有余，维新事业大放异彩，下一步开发民智更是迫在眉睫。他立下宏愿，要团结湘省各界人士，在此内忧外患之际艰难前行，创一番伟业。

能坐上百人的大客厅里，满是欢声笑语，气氛喜庆而热烈。尽管长条桌上只摆了些点心，各人面前也仅清茶一杯，但在座的都是湘省各界头面人物，自感无上荣光。官员有抚、藩、臬三台，与抚台平行的有驻防将军、提督、学政，下属有分守道、分巡道、海关道、管河道、督粮道、盐法道等，还特别邀请了绿营总兵祝松林。新年伊始，万象更新，众人都身穿簇新官袍。当然，最为显眼的要算中丞大人的二品珊瑚顶暖帽，锦鸡补服。受此邀请的社会贤达、学界名流、商界能人，个个裘衣长袍，温文儒雅，喜气洋洋。

陈宝箴满面春风地向众人作揖："新年伊始，万象更新，今日是大年初一，特地邀请各位同人及社会贤达欢聚一堂，共度新春佳节，由衷祝愿大家新春吉祥如意，在新的一年里为维新事业大展宏图，为三湘四水谋求福祉！"

大客厅里响起了阵阵热烈的掌声，陈宝箴笑着说道："既受命来湘，鄙人不敢有负皇恩，也不敢欺世盗名，力推新政离不开诸位同人、社会贤达的关切与支撑。过去一年里，我们的维新事业有了良好的起步，但还远远落后上海、天津、湖北等地，还需下大气力追赶。我们在办学、机器制造、航运、电报甚至铁路上用力，困难还很多，鄙人倡议大家共同为三湘事业而奋斗！鄙人具体说说来年我们要办的大事！"

说到这里，陈宝箴慢慢地收起了笑容，郑重地咳了一声，声音洪亮地一一说到具体事宜，越说越激昂。随着他慷慨的话语，众人眼前展现出办学、机器制造、航运、铁路的蓝图，好多人为之动容，但也有人悄然地撇撇嘴，嘴角边牵起讥讽。

接着，学政江标站起来呼应陈宝箴，讲述了改革校经书院及课吏馆的举措，话音刚落，大客厅里又是阵阵掌声。随后，陈宝箴分别请朱昌琳、王先谦、黄自元、张祖同、蒋德钧、熊希龄等社会贤达发言，几人言语慷慨，满是新年佳节的恭贺之词，及对维新事业的美好憧憬，大家又是一番激动。座中高大健谈、充满激情的熊希龄令人印象尤为深刻，这位从湘西凤凰县走出的年轻人，正值二十多岁的青春年华。他刚刚担任翰林院庶吉士，却不愿意在沉闷的翰苑做平庸词臣，也不愿在湖北营务处碌碌无为，得知家乡的巡抚有心维新，便回湘积极参与新政。

墙壁上的西洋钟正打正午十二点，府衙勤杂差役赶紧撤下果盘茶杯，给每人上了一个大拼盘，里面搁着一块麦面煎饼，配有芹菜炒鸡丁、韭菜炒蛋、冬笋炒腊肉，一小碗萝卜炖筒子骨汤。大家一看，知是出自周制的"春酒"，甚觉新鲜。唐《四时宝镜》记载有吃春盘的习俗，吃春饼寄意春耕时节，芹菜寓意耕劳勤作，韭菜象征长久富贵，冬笋则指节节兴旺。

在一阵欢乐的二胡声里，陈宝箴笑着端起了酒杯，客气地给大家敬酒，酒的清香弥漫在大客厅里。

113

午宴后，陈宝箴特地在小会客厅里接见了岳麓书院山长王先谦，两人聊了很久。

九百年来，岳麓书院一直为杏坛楷模，弦歌不绝，且以其独特的优势酿就了人们所敬仰追随的湘学，熏陶化育了成千上万的三湘士子，形成一派独具特色的湖湘风尚。岳麓书院对山长择人甚严，非做过大臣或在学术界有着大影响的人不可。王先谦三年前担任岳麓书院山长，既是因他翰林出身，做过江苏学政、国子监祭酒，曾因直谏慈禧太后而享誉士林，更因他是一位以著作等身扬名的大儒。他从四面八方延聘不少名流来书院任教，又整饬教规，严督学生，把岳麓书院治理得有条不紊，名气更盛。

王先谦归乡后，在长沙城荷花池盖了一座雅致的花园住宅，园里种了许多葵花和竹子，名为"葵园"。至于为何取名葵园，即葵花永向阳，寓意归隐林下者心中永远有庙堂。葵园虽没有侯门那种富丽堂皇，却也实用精致，弥漫着书香。王先谦收藏了许多图籍，在葵园著书立学，海内称之为"通儒"。他自己曾写诗赞葵园："野步栖亭稳，江城隔岸通。东坡诗境里，来往一帆风。"世人称他为"葵园先生"。

王先谦除了做学问、教学生外，也唱湘剧，生活十分从容优裕。光绪初年，他与叶德辉等倡办票友班，名流如王闿运、杨恩寿、郭嵩焘、皮锡瑞、易顺鼎、李寿蓉等，多于撰述之暇，乐此不疲。或为制曲，或为正音，或撰台联，或作考证。每逢喜庆，聚会亲朋，以此侑觞，一时蔚然成风。

王先谦做官做得久，朝中故交不少，省中大吏又多属后进。回到故里，他不甘寂寞，时与当地官府通声气，关说人情，请托词讼。一时门庭若市，声势煊赫，俨然成了湘中一位豪绅，他心里暗自得意。

见陈宝箴对于湖南兴办实业持鼓励和支持态度，王先谦认为机会来了，就在去年夏天，联络黄自元、张祖同等人，着手集股创办湖南宝善成机器制造公司。王先谦等人雄心勃勃，想把它办成一个综合性的实业公司，包括开采煤矿、制造火药，还要建立发电厂、纺织厂、铸币厂、春米厂、榨油厂、洋烛厂、东洋车厂等。初时拟官商合办，但陈宝箴哪里有钱拨付，王先谦等人只得将公司改为官督商办，他王先谦出资一万两，发动商人陈文玮集资五千两，计一万五千两，至去年十月得以先行筹办。王先谦担任公司经理，聘请曾在山东机器局、四川机器局做过技术工作的湖南人曾昭吉为工程师，下设总稽查和总核账各一员，分别负责厂务和财务管理。

刚开始时，王先谦派人到上海购置了小马力锅炉一具，刨床、车床各一台，拟上马电汽灯、东洋车、制辫机等项目。由于资金太少，经营也不在行，公司举步维艰，发展甚慢。到去年冬，王先谦、张祖同、蒋德钧、熊希龄等人向陈宝箴申请三万两白银的资助。陈宝箴在申请报告上批道："公极则私存，义极则利存。"这两句带有多重涵义的批语，使王先谦等人极不高兴，以为未办事而先受申斥，一气之下遂改为少用公款，而多用民间资本。

再开会商议时，蒋德钧提议：宝善成机器公司目前致力于牟利，不太合乎他们创办公司时的宗旨，不如由公司来创办一所新式工艺学校，招收二三十名学生学习制造，聘请一位通重学、机器等技术的教习主理。王先谦和熊希龄等人一听，纷纷赞同。于是赶在年前，由王先谦领衔，张祖同、汤聘珍、熊希龄、蒋德钧等依次署名，具文申办工艺学堂，并上报了巡抚陈宝箴。这一计划与陈宝箴的思路不谋而合，陈宝箴随即批示："公司学堂归并办理"，并亲自将学堂命名为时务学堂。一番商议后，推举蒋德钧拟写《请设湖南时务学堂公呈》和《开办湖南时务学堂简明章程》。蒋德钧办事效率高，很快就写好了。

陈宝箴约王先谦详谈，即为此事。小会客厅里陈设简洁，却也是一色整齐的紫檀木家具，博物架上也放置些珍贵的花瓶、砚台、玉质摆件之类，清淡的檀香绵绵而来。王先谦环视客厅，暗自感叹了一番，这屋子的陈设还是上任巡抚吴大澂布置的，没想到陈宝箴半点没有变动。王先谦被陈宝箴的清廉深深打动，虽对请求下拨经费被驳回一事耿耿于怀，但对陈宝箴自上任以来的种种作为、所带来的新气象还是颇有好感。

陈宝箴走了进来，笑道："葵园山长久等了，鄙人上任一年多来，公务繁多，无暇上贵府拜望，甚是抱歉。今天借团拜之便，特地留山长一叙，还望不吝赐教！"

"中丞大人客气了！"王先谦放下茶碗，摇着硕大的脑袋，胖胖的脸上满是笑容，道："在下自卸任回乡后，先后主讲长沙思贤讲舍、城南书院、岳麓书院。虽然近期在岳麓书院也进行了些课程改革，但依然不尽如人意。举办机器公司以来，更觉旧学无益于济世，急需兴办新型工艺学堂，与诸生讲解制造之理，实地学习操练，培养出实用人才。"

"好，好。"陈宝箴微笑着点头道，"山长不愧为湖南士林魁首，通学先锋！山长率先举办机器公司，更是顺应时代潮流，乃识时务之俊杰。"

王先谦谦虚地说道："承蒙大人夸奖，湖南之事，风气难开，我等自然应该响应中丞大人的号召。但凡办矿办学办机器等有益于湘省诸事，都应合时而上。只是中丞大人提出的时务学堂，教员生员都有限，经费更是无从筹措，怕是难以开办！"

听到此处，陈宝箴收敛了笑容，低头沉思了好一会儿，才缓缓说道："世变日深，需才孔亟；求才之道，立学为先。本抚台倒是有一个办法使学堂不但能办下去，而且还可壮大，不知山长能否接受？"

"开民厂以造机器，设学堂以造人才，兴国保邦，莫急如此。还请中丞大人明示，只要有利于湘省，我等唯马首是瞻。"王先谦颇感好奇。

陈宝箴喝了一口茶，道："之前刑部左侍郎李端棻上《请推广学校折》，主张自京师以下及各省州县皆设学堂，甚得圣上赞同。湘省也应顺应形势，筹办新式学堂，以培养办矿办厂等所需人才。我主张学堂改民办为公办。"

王先谦道："愿闻其详！"

"可以仿效盛杏荪在上海所办南洋公学，采用新式教学，不但学习中学经典，还要学习西方先进的学术思想、科学知识，乃至制造技术。从湘省矿务余利中拨款以充常年经费，不足之处再号召士绅捐助，不知尊意如何？"

"中丞目光深远，我等谨遵钧命。"

"湖南是鄙人的第二故乡，在此几度沉浮，感情至深。此次身负皇命来湘，忝为管宰，唯恐有负三湘父老众望。办学之事尤为重要，本抚台会督促学政江标办理，他颇有思想，又能实干。"

就王先谦而言，他原本是想借助陈宝箴倡议办厂办新学来标榜自己，且能得到官费赞助，不想陈宝箴却要将时务学堂收为官办，不由有些悻悻然。现在陈宝箴既然另有计划，只得勉强接受，姑且应承下来，再走一步看一步吧。

　　待王先谦告辞，陈宝箴觉得乏了，让人去签押房拿来些公文，他就在此批阅，交代莫让旁人来打扰。长沙城一到冬天就湿冷异常，陈宝箴批阅公文后，又默默坐在炭火边深思，天早已不知不觉暗了下来。

　　这时陈三立敲敲门进来，恭敬地说道："父亲，晚饭已备好了。"

　　"好，一年到头，难得一家子聚在一起吃几餐饭。趁着过大年，我们家也热闹热闹。"

　　父子俩回到后院膳厅时，一大家子包括几个亲戚，都已候在那里。见孩子们欢天喜地地围了上来，陈宝箴脸上满是慈祥的微笑，拉拉这个的手，摸摸那个的头，意外摸到六岁的陈寅恪满头大汗。陈宝箴疑惑地问道："寅恪，你怎么满头大汗？"

　　陈寅恪扑闪着大眼睛，开心地说道："祖父大人，我们几个人下午在后花园捉迷藏，可好玩呢！"

　　"开心就好！你们快去洗洗手来吃饭，看你们祖母都准备了什么好吃的。"陈宝箴目光中充满溺爱。

　　待一家人团团坐定，热腾腾的饭菜也端上了桌，陈宝箴却发现夫人竟然没来。他朝身旁陈三立望了一眼，陈三立忙凑过来，小声地说道："父亲大人，母亲有些咳嗽，她说就不来膳厅吃饭，在房里吃些。"

　　陈宝箴一听，眼眶红了，念及今年是大年初一，忙稳住情绪，招呼家人吃饭，还特地为孩子们夹了些梅菜扣肉。陈家家风极为严谨，饭席上无人说话，连孩子们都规规矩矩地吃饭。陈宝箴心里不顺，草草吃过饭后，就直奔内宅。

　　还未进卧房，陈宝箴就听到了夫人的咳嗽声，心里一阵阵愧疚和难过。自从黄氏嫁到陈家就没享过一天清福，生儿育女，相夫教子。不管在义宁老家竹塅，还是随之在外，都荣辱与共，从无怨言。侍奉公婆她是好媳妇，照顾丈夫她是贤妻，教育儿女她更是慈母。近五十年的风雨人生，夫人全身心扑在这个家上，无怨无悔地为他操持着这个家……

　　"夫人，今日感觉可好些？鸡汤可否喝过了？"看着夫人满头的银发，憔悴消瘦的脸庞，陈宝箴满心酸楚，走到夫人身边，握住夫人的双手。

黄氏夫人正坐在窗前的椅子上，旁边的小桌上搁着半碗鸡汤。看到丈夫脸上的关切之情，她站起来迎接，安慰道："老爷，我好多了，你不必忧心于我。你平日公务繁忙，今天是大年初一，就早些歇息吧。"

陈宝箴盯着夫人的双手，更是羞愧万分，别人家的夫人都身穿绫罗绸缎，养尊处优，有谁知道他家夫人指粗茧厚，手背红肿，甚至还有冻裂的伤口？他家人口众多，就靠他的俸薪过日子，他又从来不会贪半点不义之财，连年节都从不收受同僚属下的红包礼金及礼物，日子自然过得紧巴巴的。可黄夫人从来没有半句怨言，迫于家计维艰，不管搬迁何处，她的纺纱车和织布机总要随身带上。一年四季全家人的衣着，大都是她纺织缝制，偶尔有媳妇在一旁帮忙。就在昨日大年三十，她都忙碌到深夜，谁劝都不行，直至全家人今天要穿的新衣都缝制好了才歇息，闹到今天咳嗽又加重了。

黄氏夫人见丈夫眼眶红了，反过来拍拍他的手，缓缓说道："老爷，你我都一把年纪了，称得上夫妻举案齐眉，儿孙满堂，家庭和睦。我没有任何遗憾，我唯一放不下的就是老爷啊……"

"夫人，你是家里的主心骨，你可要好好养身子，这家里可少不了你。我知道，你的病都是太累导致的，是我关心不够，我愧对你呀。"陈宝箴望着夫人那失去光泽的眼睛，泪光闪闪地说道。

"老爷，你可不要这么说，为妻一个大山里出来的妇道人家，得你看顾，受封一品诰命夫人，已是心满意足。再说你官封二品，不像其他老爷三妻四妾，在满朝文武大臣里恐怕都是绝无仅有，你说我不是洪福齐天吗？"

陈宝箴心里万分酸涩，抚摸着夫人手上的冻疮，浑浊的泪水抑制不住地滴落在她的手背上，宽慰道："夫人，从今天起，你再也不要太操劳了，慢慢调养身子。"

黄氏夫人点点头，坐直了身子道："老爷，虽然我不闻国事，但也知道朝廷现在的状况。你是直性子，又一心为国为民，更是比别人来得辛苦！来日功成身退，你我不如回老家颐养天年。我还真怀念我们在桃里的那段日子。"

"我明白，但暂时还做不到。"陈宝箴心情沉重地说，"为社稷计，为苍生计，我做不到苟且偷生。但今后，我会争取每日多陪陪你。"

114

当天，王先谦从巡抚衙门出来后，回到家后坐立不安，只觉压力甚大，踱了一会儿，一声不吭地朝外走。家人跟了上来，关切地问道："老爷，这个时候了，要到哪里去？"王先谦头也没回，说道："去程初将军家拜年。"可刚刚走到门口，迎面来了陈家小厮。接过帖子一看，是邀请葵园山长明日至陈家晚宴，一起迎春。王先谦笑了笑，说道："感谢你家将军如此客气。你先进来坐坐喝杯茶，我还要你带信回去。"

陈海鹏接到王先谦的回帖，对前来拜访的蒋德钧说道："少穆兄，葵园山长有趣，和我想到了一起去了。明天初二，又是立春，早就想着邀请宝善成机器公司几位同人来喝酒迎春。我都派小厮送过帖子了。"

"还是程初兄想得周到，大家定然很高兴来你家吃新河鸭，只是秉三贤弟去醴陵省亲去了，要过一段时间才回来。"蒋德钧赞道。

"下次秉三兄弟回长沙，我再请大家喝酒吃鸭子，还多些聚会的理由。"陈海鹏笑道，"来，来，都半下午了，少穆你不要急着走，我们来喝酒！"

蒋德钧知道陈海鹏豪爽大方，虽是武将出身，倒也喜欢附庸风雅，两人边喝边聊天。后来，又来了几位拜年的亲戚，喝得更热闹了，至晚方散。

陈海鹏，善化县河西望城坡人，承先祖遗风，成为湘军将领，后来从江南福山镇总兵位上退下来，回到长沙，安家于开福寺旁边。陈海鹏喜吟诗，光绪十二年（1886年）他与湘湖之地有名的学士、高僧成立了碧湖诗社。王闿运为社长，社员有陈三立、郭嵩焘、笠云禅师、八指头陀等。但陈海鹏根底甚浅，文学素养不高，不时会闹些笑话。陈海鹏热衷于交友，家里时常高朋满座。他在与碧浪湖相通的新河水域养鸭成群，人称"鸭将军"。家养群鸭肉嫩体肥，宾客食后无不赞美，以至时人有"欲吃新河鸭，先交陈海鹏"之戏语。

蒋德钧昨晚回去后，念及陈海鹏要请宝善成机器制造公司的同人吃饭，计划着趁机讨论时务学堂之事。蒋德钧到底是湘军之后，身材魁梧，声音洪亮，曾任四川龙安知府。在任十一年，他清廉勤敏，政声卓著，为士民拥护，后因父丧返湘守制。湘抚陈宝箴创设矿务总局之时，听闻蒋德钧的才干，特地将他招到身边。蒋德钧亲见陈宝箴父子一心推动湖南维新事业，深为折服，积极投身于王先谦牵头的机器制造公司。

当天晚上，蒋德钧竟有些辗转反侧。举办新学甚是紧迫，但他最关心的还是钱从何处来。湖南矿务也是刚刚起步，哪里有收益拿出来办学？他还有一层忧虑，湘省绅权甚重，右帅办矿办厂办电等等事，都依靠些有头有脸的士绅，将来办学办航运办报等，少不得也要依靠他们。要是士绅不拥护，又当如何呢？

115

第二天吃过午饭，蒋德钧见阳光尚好，决定慢慢走路去陈家。出了湘春门，房屋少了，路两旁大片大片绿油油的菜地，隐隐有早春的气息。路上有打春牛的，牛前有引路的，身后跟着披蓑衣戴斗笠执牛鞭的农人，手里真的牵着一只壮实的水牛，水牛头上还缠着红艳艳的绸子，还有两三个打锣的，后面跟着叽叽喳喳瞧热闹的小孩。蒋德钧见了，深受鼓舞，春天是如此美好。

蒋德钧来到陈家，门房将他领进后花园的兰亭，但见王先谦、汤聘珍、张祖同已到了，他忙上前拜年。刚刚坐下，正待致以问候，陈海鹏领着黄自元进来了。黄自元身着黑色貂皮袍子黑色皮帽，衬得那灰白色的长胡须格外显眼，人也显得很精神。他出身名门望族，家里不仅有良田千顷，更藏得万卷图书。他于同治八年（1869年）中榜眼，授翰林院编修，先后历任河南道、陕西道监察御史、宁夏知府。甲午战争爆发，黄自元被召回湖南，调赴吴大澂军营。战败后，他就卸职回长沙了，从此不再涉足官场，只管在家写字。黄自元的书法博采众家之长，卓然自成一家。黄自元曾奉诏进宫为光绪帝生母书写《神道碑》，他跪地悬腕写来，其字秀雅美观，工整亭匀，深得光绪帝的赏识，当即赐以"字圣"称号。自此，他"书名满天下，妇孺皆得知"。

在座的几人忙站起身来，恭敬地向黄自元作过揖，众人边喝茶边聊天边隔着玻璃欣赏着园子里的景致。此时，陈海鹏又领着朱昌琳老夫子来了。老夫子一袭灰色貂皮袍子黑色皮帽，高大瘦削，满面红润，双目炯炯有神。蒋德钧忙随着大家站起来，眼前这位长沙城首富虽然看上去极为和善，也不事张扬，但浑身上下洋溢着一股不言自威的气势。更何况他老当益壮，积极支持陈宝箴大人的维新事业，投入几万银钱将官钱局建了起来，大大缓解了湖南新政资金困境。众人脸上满是尊敬之色，一一上前和他见过，请他坐在上位。

见众人都已坐好，陈海鹏郑重其事地说道："众位贤达驾临，寒舍真是蓬荜生辉！受葵园山长所托，晚饭前先议议机器制造公司和时务学堂之事。今日申时立春，等会儿开福寺里还有好节目，到时主持会派人来知会我们。"

王先谦站了起来，持重地看了在座众人一眼，恭敬地朝朱昌琳打了个拱，才缓缓道："今天是正月初二，也是立春之日。一年之计在于春，自去年起，众人就开始商议办学办航运甚至办铁路，今日雨人前辈也来了，您是久经沙场的老将，还请您老人家指点一二。"

说完，王先谦朝朱昌琳又是一拱手。朱昌琳忙摆摆手道："葵园山长太抬举我了，在座的众位都有功名在身，不如鄙人只是一位白衣商人，承蒙大家看得起，甚是感动。但无奈鄙人年岁已高，精力有限，上次秉三提议我等各管各事，鄙人觉得甚好，如此才能有条不紊。"

"鄙人也赞同雨人前辈提议，鄙人在外游宦多年，去年好不容易从山东布政使任上回到桑梓之地，正欲颐养天年，但既是振兴湘省之事，理应献计出力，诸如机器公司、湘鄂行轮之事我会尽力而为！至于办学、铁路之事，还得靠秉三、少穆等年轻一辈。"汤聘珍坦诚地说道。

"雨人兄说得在理，鄙人认为机器公司平日有葵园山长就可以了，有什么大事我等再一起商议。至于其他事务，鄙人也不懂，不好瞎掺和。我虽主讲湘水校经书院，平时住在远郊高桥甘草坑，进一趟城也不容易。"黄自元旗帜鲜明地表态了。

陈海鹏招呼家人再添茶水，也表态道："在座众位都是通达文墨之人，我一介武夫，更比不得雨人前辈在生意场上叱咤风云，鄙人唯葵园山长马首是瞻。机器公司之事随时听从召唤，其余时间我已答应了八指头陀，帮他监修庙宇！"说完，他就往厨房去了。

蒋德钧用心倾听着。张祖同也站了起来，声音洪亮地说道："各位同人，我也说几句，鄙人三弟从京城写信回来，不时告诫我，要为家乡建设多尽心力。去年十月底，右帅与香帅奏请在湘省安设电线，得旨谕允。现右帅委鄙人领其事，再过两天正月初四就正式开工，重任在肩，鄙人得全力以赴，无法分神参与其他事情。"

王先谦长叹一声道："全国现只湘省未安电线未通电报，其他行业湘省也大都落后。湘人自当直面现实，不遗余力地跟随右帅去推动维新事业。"

蒋德钧此时见机说道："方才各位前辈都发表了意见，还在去年年底，秉三已经和诸位前辈商量过了，认为筹办公司与时务学堂等事，应该各有人专司其责，已推汤藩司、雨人前辈负责湘鄂行轮之事，推葵园山长兼领宝善成机器公司及时务学堂，秉三本人专办时务学堂之事，由我协助他。不知前辈们意见如何？"

众人大都点头称是，王先谦却咳了几声道："鄙人有个不成熟的建议，因鄙人还得主讲岳麓书院，职责重大。而举办时务学堂，右帅意欲采用新法新课程，鄙人已年近花甲，心有余而力不足，不如将时务学堂与宝善成机器公司分开办理，由秉三贤弟专办学堂，有少穆贤弟协助更是万无一失！"

"葵园山长如此提议也甚是在理，待鄙人先禀明右帅同意，然后禀明秉三兄知晓，再确定如何？"蒋德钧只得先如此表态。

在座的诸位皆点头称是。这时陈海鹏瞧了瞧窗外，天色已不早了，一面叫人将墙上的灯都点上，一面叫人赶紧上菜。随后，他周到地安排大家桌前就座，朱昌琳、王先谦坐了上位，其他人都一一坐定。没多大工夫，满满一桌子酒菜齐备，陈海鹏站了起来，端着酒杯笑道："今日立春，鄙人有幸邀请到各位来寒舍迎春，祝愿大家新春吉祥，祝愿湘省维新事业大获成效！"

大家都知道陈海鹏为人豪爽大方，桌上的菜肴既丰富又美味，席间气氛甚是热烈。

几杯酒下肚，众人脸色红润，说话声音也大了起来。这时众人才知道朱昌琳从今年起将捐款招民导浏阳河水入北湖，再与湘江接通，使之成为一条新河。届时两江汇合处，水面深广，有利于商船停泊。在座众人肃然起敬，蒋德钧激动地端起酒杯盛赞道："前辈满腔爱民之情令我等敬爱，疏浚北湖和浏阳河可是一项大工程，花银至少得上十万计数！"

蒋德钧此言将席间气氛推至高潮，众人纷纷来敬朱昌琳，惹得他连连摆手，谢道："老夫也只是为桑梓之地尽心力，诸位不必如此，一则担不起各位盛情，二则不胜酒力了！"众人哪里肯听，最后达成一致意见，敬的人喝一杯，朱昌琳则喝一口，如此闹了一阵才罢休。

几轮敬酒下来，众人畅快无比。一位和尚走了进来，来到陈海鹏身旁，悄言了几句，喜得陈海鹏大声嚷道："来，来，咱们最后来杯祝福酒，戌时快到了，开福寺打平安醮，住持叫咱们去看浏阳桶花，这可是难得一见的花火，真真美不胜收！"

"桶花？前几年老夫家除夕夜也放过，可花费了老夫百多石谷子呢。烟火绽放之时，但见千万红鱼迅疾跳跃于云海之内，乃天下奇观，值得一瞧。"朱昌琳笑着朝各位作拱道，"老夫既是瞧过，今日不胜酒力，就不陪各位观赏桶花了，容老夫先行告退。"

大家纷纷离席，将朱昌琳送至大门口，目送他坐轿离去，便转头往开福寺走去。知客僧将王先谦一行迎至大殿前台左侧，大殿里灯火辉煌鼓乐齐鸣，院子里站了不少香客，只剩下中间通道及空地。知客僧悄悄地告诉他们："辛苦各位前辈在此等候，大殿里打醮要刚好卡在立春时结束，然后院子外就放爆竹，院子里就会点燃桶花，还有舞龙舞狮呢！"

此时，蒋德钧再定睛细看，就在院子平地正中，立着由三根约十来米的大杉树扎成的三脚架，一只圆筒倒吊在三脚架顶端。大殿里鼓乐声更猛烈了，又忽地戛然而止，正在人们愕然时，便听见寺门外响起阵阵猛烈的鞭炮声。院子里有人点燃了大桶的引线，响起了嗖嗖之声，一只只小纸炮掉到地上，边燃边旋转起来，如发光的老鼠在地上到处乱窜，吱吱乱叫。那桶花绽放着，绽放着，在一束束灿烂的烟花里，突然蹦出八个人形，就是人们熟悉的"八仙过海"，八仙凭空而来，又蹈虚而去。正惊愕着，突然现出一条横幅，红底金字：天下太平，吉祥如意。正在人们赞叹之时，桶花竟层层绽放，直至放了十八层，最上层又冒出一幅"唐僧取经"的画面，又一一在花火里消散了。

大家都看呆了，过了好一会儿才齐声喝彩。

略微安静了一会儿，院子中央又烟火大发，声如雷霆，火光冲上半空，绽放出大朵大朵的红花。这里刚停，院外阵阵爆竹响起，嘹亮的鼓乐声里，忽地冲进一条飞舞的金色长龙。十几个汉子举龙，在爆竹炸响里跳跃奔跑，好似游走于天庭，勇猛威武。所有的人都好似痴迷了，眼见着金龙舞动跳跃一番，又腾云驾雾走了，刚刚兴奋的鼓乐也齐齐停住。

　　终于恋恋不舍地散了，蒋德钧也是第一次见识如此神奇的浏阳桶花，爆竹炸响里的金龙更是令他振奋。回城的路上，他坐在轿子里，酒气上来了，头脑却更为清醒。他想，他们的维新大业不就是腾云驾雾的龙吗，唯有奋勇腾跃，才能排云而上……

第二十章：办报

116

一晃眼就正月十五元宵节了，湖南学署衙门早早地打开了大门。唐才常、蔡钟濬、杨毓麟几个年轻人带着些衙役，搬了几箱爆竹，一个个喜气洋洋地盯着远远的路口，手里还举着一支点燃的线香，只等龙灯来。

还在年前，学政江标就写信叫唐才常过年后赶来长沙，一则备考今年的拔贡试，二则他将着手创办《湘学新报》，需要人手帮忙。唐才常甚是感激学政大人对自己的看顾，常言道三十而立，可他都立了什么？功名且不说它，志同道合的师友办报的办报，写书的写书，都在为唤醒国人而忙于维新事业。而他呢，之前办煤矿办安的摩尼矿，可也不成什么气候，聊以谋生而已。他是多么渴望投身到维新事业之中，在禀明父亲后，于正月初六匆匆赶来长沙。

既是冬天，浏阳河不通航，就翻越蕉溪岭，走北乡赶往长沙。天气很冷，唐才常背着简单的行李，辛苦赶路，到初八午饭前终是赶到了。前年浏阳举行岁试时，因办算学馆的事，唐才常和刘善涵、罗棠等人上书学政江标大人，竟博得了学政大人的赏识。见识了学政大人的学识风采及胆识，特别是推崇新学的举措，唐才常等人由衷地佩服。

江标莅湘后，便以阐发新学为第一要务。仅仅一年多后，湖南学风大变，士子无人不知研求新学为当务之急，一改埋头八股的旧习，以期有为。因江标命题喜牵涉洋务，故毁谤他的人颇多，他却不为所动，更加下力气推行实学、新学。

现在学政大人召唤，唐才常惊喜万分，一路上心绪激越。唐才常到达学署衙门时，江标去和陈宝箴汇报校经书院改革事情去了，特地让王绍经等候他。他们在浏阳时已经认识了。王绍经四十来岁的样子，行事稳定从容。待一同来到学署侧院住处时，唐才常惊喜地发现，这个小四合院很精巧，天井里几盆兰花长得很精神。想想今后一走出房间，就能见到那些兰花，心里真是美极了。

房间里虽只有几件简单的家具，但很整洁。唐才常就带了些平日衣物及所读之书，王绍经又忙去找来被褥。唐才常一再道谢，王绍经笑了："佛尘，不要太见外了，今后我们就是兄弟了。大家一起努力，帮助建霞大人将报纸办起来才好！"唐才常连连点头，回道："小鹤兄，你只管放心，承蒙建霞大人看重，我定尽心竭力。"

就在他们聊得热闹时，又走进来一位瘦高个年轻人，看了看唐才常，问道："小鹤兄，这位气度不凡的仁兄，可是才气飞扬的浏阳唐佛尘仁兄？"

唐才常见年轻人身材瘦削，一身湛蓝色长袍套着深蓝底团花短马褂，戴一顶黑色瓜皮帽，面目清秀，正一脸调皮地看着他。王绍经忙笑着介绍："笃生，你眼力不错，佛尘未来之前，我就已经给你介绍过他了。现在你既已见到真人了，我还得专门介绍介绍你了。"说完，他朝唐才常点点头，指着眼前这位年轻人说道，"杨毓麟，字笃生，长沙高桥人，少时即好学深思，先后在岳麓、城南、校经三书院求学。他是读书种子，遍览文史典籍，留心经世之学，尤其注重时事。"

杨毓麟脸红了，不好意思地说道："小鹤兄，你太抬举我了。不过，在下深受建霞大人教诲，深知非改革不足以图存。"

唐才常连连点头，笑道："笃生果是痛快之人，之前拜读过贤弟的《江防海防策》，贤弟敢于直言朝廷中的投降派贪生误国，字里行间的满腔爱国赤诚真感人至深。"

"佛尘兄在浏阳与复生太守合力办算学社，开创一时新风尚，更令人折服。至于此文，则是愚弟在校经书院上学时所写，彼时我军接连失利，举国痛苦不堪，乃提笔直抒心意。"杨毓麟连忙谦虚地回应，随后长叹道，"我们泱泱中华真当奋起自强，决不能被他国所欺侮。至于我辈，功名不重要，重要的是能不能为国分忧出力！"

一番话说得唐才常、王绍经连连点头。王绍经说江标大人决心整顿校经书院和筹办《湘学新报》，特地让唐才常、杨毓麟及蔡钟濬等前来参与。唐才常、杨毓麟听后，都在对方脸上看到了振奋与信心。此时，天色向晚，管家来唤他们去正院膳厅，才知江标已回衙署，备好饭食为唐才常等人接风。

三人忙至膳厅拜见，唐才常悄然发现，江标虽比之前瘦了些，但很精神很气派。江标身后还跟着一位矮个子年轻人，很壮实，目露精光，朝他们三人点头致意。待一一坐定，唐才常这才知道后者是湘西蔡钟濬。见他们已相互认识了，江标端起酒杯道："今天是大年初八，就将各位请来学署，为着本学政要改革校经书院，要办《湘学新报》，需要在座各位献计出力。来，来，先敬大家一杯！"

唐才常等深深感动了，觉得江标真是太看得起他们几人，除了王绍经，他们几位都是他岁试时选拔的廪生，是他们几人的恩师。

117

吃过饭后，众人随着江标来到小书房，江标说道："佛尘、笃生、春生，按照常规我在学政位上即满三年，在此之前我还有两件大事要办，一是整顿校经书院，二是创办《湘学新报》。故现在虽还是大正月，就找你们几位来学署帮忙！我先谈谈设想，你们几位在小鹤的指引下，商讨出改革校经书院及筹办《湘学新报》的具体举措，春生主要总理《湘学新报》，而佛尘、笃生则负责报纸撰稿及编辑。事在人为，现在我就具体讲讲这两项大事的当前设想。"

"之前浏阳成立算学馆专习算学一事，在江苏或许不算什么，华蘅芳若汀、华世芳若溪等几位兄长就是算学专家，但在湖南，却是标志着学风转变的关键性事件。多次中外战争的屈辱战败，很多读书人已领悟到了西方科技，尤其是算学的作用，都已懂得洋人制造机器、火器等及行船、行军，无一不自天文、算学中来。

"而八股帖括如此误国误民，中国非变革教育以自强不可。为此，我越发清醒地意识到，要传播西学，系统地培养新学人才，得从学校的改革入手，这也是我能力所及之事。虽说湖南的岳麓书院和石鼓书院都是千年学府，培养过无数的人才。但如果我选择这两所千年学府改革，动静太大了，思虑再三，还只能选择素有经世致用学风的校经书院。"

江标看了看眼前几位青年才俊，继续说道："校经书院昔年由湖南布政使吴荣光借岳麓书院西斋创办。几经发展，迁建于长沙湘春门外，正式更名为校经书院，且将书院分为经义、治事二斋，专课全省通晓经史、熟习掌故之士，大大发展了通经致用的学风。"

"再者，现在全国各地风气渐开，广东、福建、香港、上海、汉口、天津等地都开设了报馆。而湘省报馆欠缺，为此早在去年八月，我下决心创办一份新报，定名为《湘学新报》。此报将以《时务报》为榜样，旨在讲求中西有用之学，使民众周知世界局势，破除成见，以达到倡新学、开民智、育人才、图富强的目的。但纵观当下中国各地报馆，言政者多，言学者少，《湘学新报》应专从讲求实学起见，不谈朝政，不议官常，以讲求学术为其宗要。

"以上两项均已取得巡抚大人支持，但现在得尽快拿出整体方案，这段时间你们几人的主要任务就在此。"

说到这里，江标扫视了他们几位一眼，对王绍经说道："小鹤，以上两事由你牵头，辟出一间专门的办公室，你们几人商讨具体举措，还可叫上校经书院山长一起起草。十天之内拟出办理方案，届时我将召集省内名流一同商讨。"

昏黄的灯光下，江标双眸闪亮，神采飞扬。

江标说完，现场一片沉默。江标不以为意，笑了笑："在场除了小鹤外，怕都是第一次听我的想法，一时还反应不过来。这样吧，辛苦小鹤将之前准备的北京同文馆，湖北两湖书院、自强学堂，南洋公学等学堂的课程设置，及各地报纸样报，分发给几位阅读。先各人充分思考，我一有时间就会过来听你们的设想，和你们一起讨论。我要去给母亲请安了，告辞。"

众人起身恭送学政出门，一回到住处，唐才常感慨地说道："建霞大人对母亲真好。"

王绍经连连点头道："建霞大人三岁丧父，是母亲和外祖母拉扯他长大，在培养他进学上更是竭尽全力。建霞大人也积极上进，不负母亲大人培育之恩。"

见唐才常等人一脸关切，趁着酒兴，王绍经兴致勃勃地讲述了江标母亲的故事。三岁时，江标父亲就去世了。又遭太平军战乱，母亲华氏举家避难于无锡荡口娘家。江标八岁时，母亲开始教他四声、唐诗，课五言七绝。母亲为教育儿子们多有长进，专门请人挑两只大筐，沿街搜讨读书人家的废纸残书，挑回家供儿子们挑拣阅读。江标十分欢喜，从中甚至能挑拣到质量上乘的古籍与碑拓，其爱好古籍收藏即由此开始。后来，江标二十四岁后开始宦游生涯，在湖北、山东、广东各地游幕，母亲殷切挂念，几乎每月一封家书，告诫儿子爱护身体，谨慎处世。

"难怪建霞大人如此敬重与孝顺他的母亲。"听到这里，唐才常由衷地赞叹道，"建霞大人的母亲真是闺阁奇女子，有胆识有见识。"

王绍经笑了笑，继续说道："建霞大人不仅有位好母亲，还有好舅舅呢。建霞大人自幼读书于娘舅家，其大舅父华翼纶赞卿先生文风宏肆，工山水画，笔力豪迈，备受时人称道。华家藏书甚富，建霞大人得以博览群书，又受华若汀、华若溪二位表兄影响，不光中学深厚，书画皆佳，还对算学等西学特别感兴趣。大人得中进士后，以散官授翰林院编修，特地至京师同文馆学习外务。后来，建霞大人赴日本考察，就专程去参观大阪劝业博览会、东京雕刻博览会，携回了不少古籍书画呢。"

说到这里，王绍经慨叹了一声："建霞大人学识极为广阔，继承了乾嘉以来的西学中源论，认为凡西人近日之绝技，皆为中国往哲之遗传。他曾经和在下强调，欲合中西为一学，则异柯同本，异派同源，并非舍己以从人，背师而他学。"

唐才常点点头，振奋地说道："各位仁兄，能参与到建霞大人的大事上来，在下真是三生有幸，定会竭尽全力。"其他三人皆点头呼应，又聊了一阵才各自回房。

从第二天起，他们几人就信心百倍地着手制订校经书院改革方案，草拟《湘学新报》报馆章程。令唐才常没想到的是，他们几人竟天天为此争辩不已，甚至大吵了起来。江标隔一两天就叫他们几个去书房商讨，慢慢就商定了《湘学新报》以校经书院名义举办，而校经书院主要在于改革书院课程，以经学、史学、掌故、舆地、算学、辞章为主课，由此也确定《湘学新报》栏目与书院相对应，也设六类。

校经书院及《湘学新报》具体筹办草案及章程整理出来了，江标看过后，沉吟了很久，让唐才常他们抄录几份出来，第二天要用。明天不就是元宵节吗？

长沙城里，最早从正月初五开始，龙灯就开始摇头摆尾上街，或行游乡村田间地头。到正月十五元宵佳节，龙灯狮舞便热闹到了顶点。他们几人没等多久，只听见南门口方向传来鼓乐之声及激越的鞭炮声，王绍经赶紧令衙役们将一箱箱爆竹都打开，只等龙灯一来，就点燃爆竹往龙身上丢去。

唐才常抬头眺望，但见青石板巷道两侧蜿蜒着青砖黑瓦的高门大屋，屋门前、阁楼上站满了人。此时，激越的鼓声响起，彩旗飘至跟前空地，一列整齐的打着赤膊穿着红色灯笼裤的青年汉子头缠着红布，举着一条绘满鳞片、高昂着头的金色长龙，在领龙人的指引下，大吼着奔至空地，长龙欢快地舞动起来。金龙的指挥手举一根金色棒子，棒头顶着一颗圆珠引领巨龙，舞龙汉子左右跳跃如入无人之境，如痴如醉地舞动着长龙。一时间，炸响着的鞭炮如雨点般飞向翻腾的金龙。金龙在绵绵弥漫的硝烟里，跃动，起伏，飞腾，好似自天而降，在似凡似仙的境界里腾云驾雾。四周的人越聚越多，大声呐喊助兴，衙役们则卖力地将点燃的长挂鞭炮往飞舞的龙身上抛去，一挂挂鞭炮在半空中爆裂。

衙役将一挂挂爆竹点燃，争先恐后地丢向舞龙的年轻男子。炸裂的爆竹冲到舞龙者的胸前背后，火花在飞舞狂溅，汉子们不但不逃避，反而兴奋地大喊大叫，龙灯亦舞得更加热闹，甚至进入癫狂之态。

舞龙汉子手擎龙灯狂舞，越舞越勇，身手活泼矫健，绝不拖泥带水。静似花团锦簇，动如天马凌云，花样新奇，多姿多彩。低时，效仿龙游浅水，曲折蠕行。高时，则若排风驭气，摘星抹日。

突然，吼声喊声鞭炮声响至高潮，龙好似要飞腾而去，已然冲出了鞭炮密不透风的围攻，锣鼓霎时悄无声息。围观者眼睁睁地看着金龙如流星般消失不见，再回头看青石板上厚厚的红通通的鞭炮屑，恍然如梦……

到了下午，太阳出来了，冬日的阳光里闪烁着淡金色的光芒。街上商铺都开门了，人们涌上街头，满面喜色。小孩子特别惦记味道甜美的元宵。但令大人小孩子都惦记的却是花灯，最有名的莫过于长沙下江商帮在坡子街举行的十美图灯会，湖北帮在鱼塘街举办的彩龙船灯会。

118

午饭时，杨毓麟提议道："佛尘，今晚坡子街有花灯，我们去瞧瞧吧？"

唐才常之前在浏阳、成都观赏过花灯，不知长沙城里的花灯如何，见杨毓麟一脸的神往，笑道："好吧，不过今晚建霞大人请客。他有心听听葵园山长对整顿书院及办报的意见，得等客人们散了才能去。"

杨毓麟点点头道："那是自然，我们不如现在就去办公室准备一下资料，等会儿建霞大人要看。"

唐才常答应着，率先往外走。

半下午时分，去学署大书房前，唐才常特地溜到衙署花园去瞧了瞧，小池塘一侧的几棵红梅悄然开放了。他满怀欣喜地走至树前，淡淡的梅香飘来，令人心旷神怡。他心想，要是复生看到这几棵红梅该有多好，复生最是性情之人，面对如此美景，说不定就会抚琴抒怀。而他坐在一侧，边品茶边聆听，岂不是美事？也不知复生在江宁境况如何。去年年前他将夫人闰娘及二嫂一家接至江宁安家，随行的还有淞芙、颖初，应是比往年热闹。唐才常吁了口气，赶往大书房。

大书房在衙署第三进东侧，还在院子里，杨毓麟正往这边张望，见唐才常不紧不慢地走着，就急忙朝他招手。唐才常加快了脚步，还未至跟前，杨毓麟就低声地对他说："佛尘，你跑到哪里去了？建霞大人请的客人都到了。刚刚小鹤兄已经将我们商定的书院整顿方案及办报方案都一一详细陈述了，就等你我进去将各位前辈的意见记录好，待来日修改时参考。"

唐才常笑了笑，并不答话，脚步不停，和他一同走进了书房里。江标和王先谦坐在主位上，王绍经站在江标身边，手里捧着一沓资料。两旁还坐着四人，除了葵园山长外，唐才常都不认识。江标招手道："佛尘、笃生，快来，我给你们介绍在座的各位前辈，都是鼎鼎有名的高人。"

王先谦任江苏学政时，亲点江标为优贡第一名，有师生之谊，在湘自然多有来往，江标经常会请教葵园山长，葵园山长还曾为江母祝寿。左边方面大耳的张祖同，其兄为广东学政张百熙，脸上有隐隐的骄傲。再一边为正值盛年的叶德辉，唐才常不由多看了两眼，见他衣着阔绰，却又瘦又黑，脸上有痘瘢。

叶德辉二十一岁中举，七年后才科举如愿，且未能入翰林院。对别人属于正常，自负如叶德辉，却甚是失落。朝考后以主事用，签分吏部，人称"叶吏部"，在他人是尊称，在他则是调侃和嘲讽。干了不到一个月，因长子五岁而殇，叶德辉便乞养回籍。其父本是商人，在当时长沙黄金地段——坡子街，拥有一间旺铺，叫做"叶公和"酱园，生意一向兴隆。叶德辉衣锦回乡，做起生意来更胜父亲一筹。弃官从商，在当时实在是一桩很出格之事。不过，他学问非常出色，长于经学，精于版本目录学，喜藏书、编书，以刻书闻名。叶家原先略有藏书，叶德辉则俨然以湖南第一藏书家自居，常常在饭桌上送书，所赠书籍全都是自己著述和刊刻的。不仅省城的名绅大儒争相与之交结，就连湘省巡抚大人也不敢忽视。

唐才常见他恃才傲物的模样，只觉和他之间有遥远的距离，只是客气地致意。

右上首为蒋德钧，听闻巡抚大人对他极为器重，特地请他来协助赈灾办厂办学。到底任过一方知府，蒋德钧办事稳重有章法，唐才常看向他的目光里满是敬佩之情。最末的熊希龄应是比他还年轻，早已站起来了，身材高大，气宇昂扬，主动向唐才常致意道："佛尘兄，您是复生至交，今日得见，甚是欣幸！"

唐才常上前道："岂敢岂敢，秉三兄是人人称赞的翰林，且是巡抚大人力邀回湘兴办新政的栋梁。今日得见，是我莫大的荣幸。"

江标笑道："各位贵客，自甲午一战后，朝政积重难返。当今圣上虽亲政有年，奋发欲有所作为，无奈牵掣甚多，不能有所展布。鄙人早就下定决心，到了湘省之后，定要尽力网罗和培养人才，以解君忧。一直计划改革校经书院课程，却拖至今日还未施行，今日特请各位来学署商定此事，还请多多赐教。"

"建霞大人先自捐养廉银，为校经书院筹集经费，又以湖南学租每年拨银五百两用以扩大招生、维持日常教学,实乃善举,令人叹服不已。"张祖同连连称赞。

"由于校经书院不重时文,要靠季课来保证学习效果。但说到底,这也只是权宜之计,最重要的还是要根据当前需求来造就人才。刚刚已经和各位汇报,校经书院借鉴北京同文馆教学,将设立经学、史学、掌故、算学、舆地、辞章六科。"江标再次强调道。

"建霞大人思虑周全,但叶某觉得还是葵园山长的岳麓书院才有千年书院风范,才是道学正统。校经书院人数不足,其实也不必下如此大力气。"叶德辉谁也不看,自顾自地说道。

唐才常一听,不由莫名惊诧,心想叶吏部果然自视甚高。这时,王先谦不紧不慢地说道:"我倒觉得学政大人顺应时势改革校经书院,是件大好事。今年大年初一抚台大人就特地和鄙人谈起办理时务学堂之事,但一时半会儿还难以发挥培养新型人才的作用,改革校经书院不失为一种好办法。"

江标听言,为之一喜,忙点头道:"书院还将内设算学、舆地、方言学会,以长沙郑溁教方言、巴陵傅鸾翔教算学、新化晏忠悦教舆地,黄陂许兆魁任算学总教委。大家都知道,此几人均为一时之选。"

"建霞大人既然都筹划好了,还要我等多言什么。鄙人刚刚听说大人还将拟办《湘学新报》,动静还是蛮大!"叶德辉说完,眼睛只管盯着江标。

江标见怪不怪:"叶吏部所言非虚。本学政见近来经解诸书,汗牛充栋,家法师法,聚讼纷纭,或主素王改制之说,以明孔教真派,似于时事有裨,然言之未免过激。为此,《湘学新报》将极力提供实学,不讲经学,尽量避免激烈言论以触时讳,且已得到右帅首肯。"

王先谦看了江标一眼,赞许地说道:"康长素设立的强学会早已被封,而香帅平生最恶公羊之学,每与学人言,必力诋之,以为乱臣贼子之资。《湘学新报》采取不干预政治问题的立场甚好,若校经书院成为集学堂、学会和报纸于一体的维新阵地,岂不是美事!"

"《湘学新报》设立于校经书院内,定为旬刊,每册约三十页。配合校经书院课程,除报首登载谕旨及有关新学的章奏外,所刊的内容多为史学、掌故、舆地、算学、商学、交涉等。"一旁的王绍经补充道。

"建霞大人思虑周全，特别是商学、交涉两门，在与西方各国打交道时大有用处，凡事以理服人以理相争，才有章法。将来时务学堂在课程设置上也得注重于此。"熊希龄思虑深远，此时也说出自己的看法。

　　一旁的蒋德钧连连点头："昔日曾侯还特地遴选三十多名幼童至美国学习，陆续学成归来后，有矿师有外交家有铁路工程师有化学家等等，皆为国家之栋梁。人才培养还得靠学堂培养，而报纸则开拓视野启迪心智。建霞大人此举功莫大焉。"

　　"现在书院都请到了理想的老师，只是不知《湘学新报》预备怎么办？《申报》大体上以新闻为主，《时务报》好发维新议论，现在长沙城就能买到这两种报纸，《湘学新报》还得另辟新路。"王先谦缓缓地建议道。

　　江标见王先谦一脸郑重，忙笑道："老师在上，学生也和同人们反复讨论过，已拿出了一个方案，拜请您帮我们斟酌斟酌：史学专论世界各国兴衰沿革史；掌故讨论新政；舆地传授地理知识；算学讲解代数、几何等数学浅理；商学评述中外商务贸易；交涉介绍外交常识。每期还将开辟《书目提要》栏目，广泛推介记载西方历史的译著和书籍，又大量刊载校经书院、校经学会的讲稿、课卷，选登有关变法的奏疏、章程和消息，也会转载其他维新派报刊的重要文章。我们暂时只想到这些，不知在座各位还有何高见？"

　　众人听了，陷入了沉思。叶德辉看了看江标和他身旁的唐才常等三人，眼里充满不屑，发问道："建霞大人，这报纸看来是要培养上知天文下知地理的新型人物，不知主笔是谁？请来了什么高人？编辑班底何在？"

　　江标神秘地笑道："叶吏部，这下本学政可要卖个关子，暂时不想公开，要到报纸面世那天才将谜底揭晓，不鸣则已，一鸣惊人！"

　　江标擅长旧学，叶德辉与之既是同乡，学术兴趣也相近。江标抵任后，叶德辉赠其纸扇，特在扇上题字："佣书卖字总寒酸，太息沿门托钵难。散尽千金仍作客，更无书札到长安。"自谦自嘲之下，是财富的自雄和对权力的漠视，颇堪玩味。此时江标如此回答他，他也就自嘲地笑道："既然建霞大人如此保密，我等就等着看一出好戏吧。"

　　见叶德辉言语出格，熊希龄心里不适，忙岔开话题道："建霞大人，兵马未动，粮草先行，办报可需要大笔经费，不知款项从何处来？"

江标明白熊希龄的担忧，笑而不答。王绍经解释道："各位大人都清楚，湘省财政吃紧得很，当前哪里有钱来专门办报。为此建霞大人决意先拿出俸银支撑，且在省内各地及上海、汉口、武昌设立分销处，待办出影响来，收回成本也就有望了。"

王先谦看了看江标，心里暗自着急，他太知道眼前这位学生了。江家原本清寒，又不善理财，起居服饰，常如富贵家气派。加之江标对于金石器物、书画古籍爱之甚深，收藏宏富，已花费颇巨。现在一大家子就靠他的俸银过活，迫于生计，常以珍藏易米。见江标一脸平静，王先谦叹了口气道："建霞大人，办报最费钱财，我等再找机会和右帅建议，还是要拨些款项过来才好。"

江标听出王先谦话里的关切，忙站起来恭敬地谢道："感谢老师关心，老师积极响应右帅，为湘省维新事业奔走，湘省机器制造兴衰就在老师身上，我等以您为榜样，定然办好《湘学新报》，让他人也识见我湘人的水平！"

唐才常深深感动了，满怀敬意地打量着江标，心想，湘省士人何其有幸，能得如此学政大人，其学识深厚，胆识超群，且勇于任事。唐才常不由想起昨晚在小书房议完事后，江标特地将他和杨毓麟留了下来，再次交代他俩好好温习，以应今年三月十五日的拔贡试。当时出得门来，他俩却依然忐忑不安，拔贡生考试要求之高、选拔之严，近乎苛刻。非得家世清白、一表人才者，否则即便是才高八斗，也只得去考选举人、进士或其他贡监生，而不能够考拔贡。拔贡每十二年才选拔一次，而且每州、县只一名。但既然大人如此高看他俩，他俩定要拼却全力去应拔贡试，更要相帮着办好报。

119

众人议罢，来到膳厅，桌上已摆好满满一桌子菜，众人陆续坐下。不等江标招呼，王绍经早已为众人各斟了满满一杯绍兴黄酒，白色的酒杯里盛满琥珀色的黄酒，散发着诱人的馥郁芳香。众人便知今日这酒非同一般。

席间觥筹交错，推杯换盏，气氛热烈。唐才常喝着醇厚的绍兴黄酒，诸般滋味齐齐涌向他的舌头，在舌头上翻滚着拥挤着交融着，令他应接不暇。坐在他身边的杨毓麟悄悄地扯了扯唐才常的衣角，低低地笑道："佛尘，你这是第一次吃建霞大人家的酒席吧？别光顾着喝酒，来，来，我夹几样无锡菜给你，你好好尝尝，真是难得的美味。"

唐才常吃了脆皮银鱼，那鱼体态饱满，色泽奶黄，外脆里嫩，鲜美异常。他吃了酱排骨，肉质酥烂，入口即化，且骨香浓郁，汁浓味鲜，咸中带甜。他又吃了糟煎白鱼，色泽光亮，鱼肉鲜嫩，实在回味无穷。杨毓麟见唐才常已喝得满脸通红，那双大眼睛已染上浅浅的醉意，醉态可掬，甚觉好笑。这时，王绍经又一一给众人奉上了一碗白嫩嫩的汤圆，一股幽幽的桂花香袭来。唐才常一口吞了一个汤圆，只觉满口清香。

叶德辉邀请大家道："坡子街火宫殿今日有花灯，吴棠《潭州竹枝词》曾赞曰：'新年无处不龙灯，锣鼓沉沉瑞彩腾。彻夜喧阗看未足，人山人海拥千层。'盛情邀请在座诸位前去赏看，鄙人是主事之一，得先行一步了！"

叶德辉这席话早惹得众人向往异常，也随之离席。王绍经、唐才常及杨毓麟早就约好了今晚去街上看花灯，待江标回后院，三人直奔坡子街去。

元宵节处处欢腾，千门万户，狭巷通衢，男男女女，老老少少，熙熙攘攘。来到大街上，但见灯火辉煌，夜色如昼；童子挑着各种寓意吉祥的彩灯，燃放烟花；货郎车上摆满了孩子们喜爱的玩具和零食，惹得孩童们手举铜钱笑着闹着前来购买；而最精彩的，还是这天晚上的龙灯，大街小巷不时有龙灯舞过，锣鼓鞭炮震天响起。

这天晚上的龙灯，意为神龙收水，各寺庙都于该晚表演舞龙，一直要闹到东方发白方告休息。唐才常几人直奔坡子街火宫殿，坡子街上更是人涌如潮，好不容易挤进院子里，却只能远远地欣赏挂在四周廊上的《十美图》。那些大大小小精致的花灯，姿态各异，惟妙惟肖地仿画了唐伯虎的十美图，内燃香烛，藏住烟火，映得那些美人飘飘欲仙。

人太多了，又太吵了，唐才常只觉得头昏脑涨，与杨毓麟匆匆朝回走。街上人太多，走走停停，花了不少时间。

熊希龄和蒋德钧为着时务学堂筹款心忧，没有心情去看花灯，直接回了小东街蒋公馆。熊希龄刚从醴陵回来，之前蒋德钧将筹款信函寄往各处，仅湖北布政使王之春捐购书款两千两银圆。他俩会同上海道刘麒祥合捐两千两，用于购买江南制造局译书。到目前为止，个人捐助仅此而已，之后大概也没什么指望了。可相对于时务学堂所需的巨额经费来说，无异于杯水车薪。

书房里安静极了。末了，两人打起精神来，熊希龄说道："少穆兄，刚才雨珊兄向我透露，湘省督销局尚有未收的加价湘省盐厘一项可以想办法，每年补收此项，应有银一万四千余两。"

蒋德钧一听，喜形于色，拍了一下椅子扶手道："太好了，太好了！明天就面见右帅，禀请右帅予以支持，答应将此款项用于创办时务学堂。"

熊希龄受到感染，也喜得连连拊掌，建议道："少穆兄说得有理，但先不宜惊动督销局，以免将此款移作他用。倘得右帅同意，我俩就迅速奔赴南京，向岘帅请拨此款。如何？"

蒋德钧连连点头，唤管家拿酒来。两人听着外面的鞭炮声，饮至夜深才散。

第二十一章：看灯

120

这个年于嗣同来说，有着特别的意义。这是他独自安家后的第一个年，和闰娘、二嫂一家，还有淞芙和颖初、罗成等在一起，欢欢喜喜过了个热闹年。

闰娘将家里布置得清爽整洁，又挂起红灯笼，贴上了红窗花，里里外外喜气洋洋。大年三十晚上，大家和和美美地围坐在膳厅大餐桌边，满满一桌子菜，嗣同还特地开了一坛陈年女儿红，酒香四溢。罗成放了一大挂浏阳鞭炮，轰鸣的鞭炮声里，人人脸上都露出了舒心的微笑。传炜欢天喜地地拾了几个未曾燃过的小鞭子，笑嘻嘻地跑进来。小侄子圆溜溜的大眼睛及满足的神情，像极了逝去的仲兄嗣襄，嗣同禁不住又高兴又酸涩。

按浏阳规矩，大年三十是要守岁的。吃过饭后，嗣同就和淞芙、颖初一起回到书房。刘善涵、黄微已津津有味地吃起冻米糕，嗣同急道："刚刚吃过饭，喝过酒，现在又吃冻米糕，真服了你们！"说完，自己也拿起几片冻米糕吃了起来，点头赞道："今天的冻米糕比往年更好吃，还是家乡的味道好！闰娘真是有心！"

闰娘走进来，见嗣同三人正在有滋有味地吃冻米糕，哑然失笑。刘善涵、黄微忙站了起来，闰娘道："今天是大年夜，你们兄弟好好聊聊，我只是来告诉复生，等会儿二嫂会带着侄子侄女进来！"说着，闰娘递给嗣同两封红包和一包布料，对嗣同说："复生，这两封红包是给裕英姐弟的，布料给大嫂！"

还未等嗣同答应，又递给他一沓红包，说道："这些是给传炜的老师和你的师爷，还有小成子他们几位的！"

嗣同笑了，赶紧给刘善涵、黄徵一人一封红包，笑道："你俩可是府上的先生，小小心意，还望笑纳！"说完，还故意眨了眨眼睛，惹得大家都笑了。二嫂带着裕英、传炜来热闹了一阵子后去后院了。

书房里终于安静下来，嗣同说道："淞芙、颖初，在此辞旧迎新之际，我们兄弟就好好畅谈一下各自来年的想法吧！"

"那我先说吧。去岁我想办《湘报》未能招到股，我今年想回长沙销售《申报》《时务报》，还想找机会办刻书社。上次在上海时我特地去过格致书室，那些西学书籍于国人大有裨益。复生，你上次不是给我们看过卓如整理出来的《西学书目表》吗？就是很好的刻书指南！"刘善涵缓缓地说道，眼眸闪闪发光。

见嗣同和刘善涵都看着自己，黄徵略为思索，开口道："感谢复生兄看得起我，招我为师爷，我将尽力而为。至于其他，老母逝去后，我只觉茫无所依，还在收拾心情。"

嗣同安慰他道："颖初，瓣姜师称赞你治学严谨认真，我年后上任还得依赖你的帮衬。"

嗣同看了看两位好友，感慨地说道："何其有幸，能拥有你们这些好友，来年我有三重愿意，一则尽快将《东海褰冥氏三十以前旧学》四种全部刊印，之前承淞芙整理校刻的《寥天一阁文》与《莽苍苍斋诗》已经刊印了，承佛尘整理校刻的《远遗堂集外文》与《石菊影庐笔识》年后尽快石刻刊印；二愿《仁学》顺利完成，我现在已经完成三十来章了，计划最多写五十来章，到时还拜托颖初帮我抄写校对；三愿我能回湖南参加维新事业，为桑梓献计出力是我平生所愿！"

刘善涵、黄徵听了，感动得站了起来。刘善涵朝嗣同拱手道："复生兄胆识超群，令我等敬佩万分，我等自然极愿协助你实现愿景。"

看着两位好友满面的诚挚，嗣同忙朝外唤道："小成子，拿女儿红和酒杯来书房，我还得和淞芙、颖初喝上几杯！"

罗成进来张罗，三人又坐下喝酒。没过多久，罗成又端了三碟菜肴，笑道："少夫人叫厨房备了些下酒菜，叫你们慢慢喝呢。"三人愉快地喝酒吃菜，讨论起嗣同在写的《仁学》。

刘善涵极喜喝慢酒，放下酒杯道："复生兄，这几天反复读《仁学》前面十数篇，正在领悟'以太'的妙处。'以太'不生不灭，是世界上万事万物之源。"

嗣同将杯中的酒一饮而尽，快意道："知我者，淞芙也。简单地说，自然界和人类社会的一切现象，都从以太派生出来，'以太'与'仁'互为表里互为体用，'仁'以通为第一要义。"

刘善涵点点头道："如此一来，打破了'四不通'，而代之以上下通、中外通、男女内外通和人我通'四通'。"

"淞芙读得真仔细，理解透彻！让我敬你俩一杯！"嗣同哈哈地笑了起来。

黄徵见他俩说来说去，竟然插不上话。说到底，他一直和母亲偏居于浏阳，虽说他打小起就勤奋向学，也学得满腹经纶，可毕竟视野狭窄了。因父亲早逝，他和母亲相依为命，靠母亲给人纺纱生活。他暗地里发誓一定要好好读书，以求出人头地，让母亲过上好日子。后来，他果真中了秀才，可就在去年，因无钱请医生，眼睁睁地看着母亲生命垂危而束手无策。

他真是痛恨自己无能，连医生都请不起，害得母亲丢了性命。正好嗣同回浏阳招聘幕僚，业师欧阳中鹄推荐了他。许是有缘，嗣同许他以丰厚的薪金，对他信赖有加，带他同来到这古城。来江宁这么多天，他天天为嗣同校订誊抄已完成的《仁学》篇章。一一抄来，他诚惶诚恐，这才知道平日所学与嗣同相比，不啻相差十万八千里。

嗣同见黄徵陷入了沉默，拍拍他的肩道："淞芙、颖初，我们仁聚在一起过大年，我再敬你们一杯，祝我们今年一切吉顺，心想事成！"

炉火正旺，他们的心也暖融融的。

121

大年初一，清脆的鞭炮声在寂静的清晨竟如此动听。嗣同醒了，躺在床上听了听远远近近传来的鞭炮声，转头看了看闰娘，闰娘正深情地看着他。他展颜一笑，转身抱了抱她，说道："闰娘新年好，夫君虽然不能给你大富大贵，但会好好珍惜你。"闰娘会心地一笑，紧紧地抱着嗣同，温柔地说道："复生，能嫁给你是我此生的福气。你再睡会儿吧，我先起床给你准备各处拜年的礼物。"

嗣同忆起昔日新婚时节的幸福温馨，那时他俩住在甘肃藩司衙门憩园的小平房里，小桥流水花木，景色优美，夜深人静之时还能听到黄河的滔滔之声。园子里一树树牡丹绽放时更是美丽，姹紫嫣红。在窗前的小圆桌前，他读书写字，闰娘则为他做新衣。那真是美好的时光，所幸这么多年过去了，两人依然在一起。

当嗣同再次望向窗外时，天已大亮，他赶紧起床，穿上闰娘为他备好的湛蓝色缎子棉袍。嗣同刚刚洗漱好，裕英带着传炜来拜年。姐弟俩都穿了新衣服，模样甚是喜人。

待吃过早饭，嗣同便出门拜年，罗成挑着礼物跟在他身后。嗣同先去拜见了刘坤一，还特地代父亲向他致意。刘坤一脸色和善，亲切地和他交谈了几句，微笑着告诉他，年后马上安排他差事，只管用心做事。嗣同出得总督衙门，略犹豫一下，便决计藩司、臬司衙门也不去了，直接赶往杨家。杨鸿庆见他来了，忙迎上前去："复生，几天不见，怪想念你的。来，来，我们兄弟中午好好喝一杯！"嗣同忙奉上礼物道："感谢彦槻兄的照顾和接济，些许礼物不成敬意，还望笑纳。"杨鸿庆笑道："你我是好兄弟，不必见外，咱们还是好好喝一杯吧。"说完，拉着嗣同的手往膳厅走去，二人喝得十分痛快，告辞时嗣同已是满脸通红，醉眼蒙眬了。回到家里，嗣同连晚饭也没吃就躺下了。

第二天一大早，嗣同记起昨日杨鸿庆的劝告，还是决定去筹防局曾广铨总办家去拜年，毕竟很快就要在他手下办事。曾广铨倒挺客气，脸上一团和气。之后，嗣同急急赶往金陵刻经处，他很敬重仁山师，特地从浏阳带了一方精致的菊花石砚台。待进得大门，嗣同熟门熟路地朝杨文会的书房走去，门虽是开着，却不见人影。正在疑惑间，杨自超来了，嗣同问道："葵园兄，给你拜年了！怎么不见仁山师？"

杨自超笑了："复生兄，新年吉祥！父亲自年前到现在，一直待在仪器库房里，整理从英法等地带回来的仪器和图纸，也不要我们帮忙，说是怕头绪纷乱！"

"之前见过老师书房里的地球仪、天球仪及显微镜，竟然还有仪器库房？赶紧带我去见识见识。"嗣同迫不及待地说道。

仪器库房就在书房后面的小院里，杨自超边走边介绍道，东厢房三间是西洋仪器库房，西厢房是历年的雕刻印板，而三间正房则珍藏着历年来收集整理的各类经书，有的已经翻刻，可仍有半数以上没有付梓。

东厢房已经打通成一大间，那一排排木架子上，摆放着各式各样的西洋仪器。杨文会正站在后排架子前端详眼前的仪器，嗣同忙上前行礼道："仁山师，大过年的，都舍不得歇息一两天，竟还在整理仪器。"

杨文会转身见是嗣同，脸上满是笑："复生来得真巧，你看这间大房间里，不光木架上摆满了仪器，桌上也摆满了，甚至地上都摆了不少。我一直没抽出时间整理，年前我终于下定决心要理一理。忙了上十天，终于有些眉目了。"

嗣同饶有兴趣地盯着架子上的那些仪器，能说得上名称的实在太少，转头央求道："仁山师，这些仪器我大都没见过，不如您就教我认认眼前的这些仪器吧。"

杨文会笑了笑道："好吧，这么多仪器，有些是重复的，有些还没整理出来。你也不可能一下子都认齐，只能慢慢来。当然，有些你见过了，但这会儿再从头认一次吧。"

随着杨文会的指点，嗣同一一认识：显微镜、天文镜、子午仪、经纬仪、纪限仪、叠测仪、半圜仪、十字仪、象限仪、地平仪、测向仪、罗盘、行船纪里轮、陆地纪里轮、华氏寒暑表、水银风雨表、空气风雨表、燥湿表、量风器、量雨器、量潮器……

师徒俩正兴致勃勃地一一识别眼前的仪器，杨自超走进来禀报道："父亲，钟山书院山长缪荃孙、金陵商务局委员刘世珩二位来拜年，我已引他们在书房里稍候，父亲是不是过去见见？"

杨文会点点头道："肯定得出去见礼。复生，我们改日再来认这些仪器。"

师徒俩忙出了东厢房，前往书房。嗣同早认识缪荃孙，来江宁后已有来往，刘世珩也已匆匆见过一面，只未及深聊。但他知刘世珩之父刘瑞芬勤于治学，曾出使英、法、德、比四国，人称"刘钦差"。刘瑞芬家教甚严，刘世珩自幼聪颖，年十三即补贵池诸生。受父亲影响，刘世珩喜文学，尤工词曲，中举后即授江苏候补道，以校刻传布古书为终生追求。且其家藏图书极多，藏书处有赐书台、宜春堂、聚学轩，另有专门收藏戏曲善本的凤梦楼、暖红室。嗣同期盼着日后能和这位公子有深入的交往。

两位客人作揖行礼，缪荃孙哈哈笑道："仁山大师大过年不舍得休息，都在忙着整理仪器？"

杨文会笑道："两位大年初二就光临寒舍，老夫感激不尽。年前恰好将所有搜集到的经书整理一新，上海一所办新学的学堂要买些西洋治学仪器，我便趁机整理整理。"

主客四人刚刚坐下，门上有人来报，尊经书院山长蒯光典稍后来访。嗣同早在武昌就听说过蒯光典的大名，不久前，杨文会特地在他面前谈起过蒯光典的学识及为人，其学识深厚，气节更是为人称道。嗣同甚是仰慕，不想今日相遇，心里暗自庆幸。

此时，刘世珩由衷地感叹道："礼卿山长识见非同一般，是在下敬重之人！山长曾为翰林院检讨，为京朝官十余年，与同僚交往或与后进论学，皆以学问、文章、气节为先。甲午兵事起，上书言事，谓议和、速战皆非所宜，应做持久战准备，当以练兵、强国为先，并陈以改革图治之方，却不受重视。海战败后，时局已不堪，他不欲居京，遂请假南归。"

杨文会点头道："聚卿眼力不错！礼卿兄南归之时，香帅正代理两江总督，乃邀其入幕府，主机要章奏。至岘帅回任两江总督时，又慕名聘其主讲尊经学院。"

嗣同正听得入神，蒯光典步履从容地来到了书房，众人忙起身相见。嗣同抬头瞧去，见他年约四十岁，身穿天蓝缎子灰鼠长袍，外罩天青缎子灰鼠马褂，头上戴一顶建绒镶边缎子顶的瓜皮帽儿，足蹬三套云元缎京鞋，品貌轩昂，举止儒雅。

刘世珩待蒯光典坐下，笑着招呼道："礼卿山长，鄙人和筱珊山长在来的路上还在商议，来仁山师处拜过年后，就去尊经书院拜年，不想竟在这里就见着了。"

"仁山师刻经处乃是宝地，在此相见更好。"蒯光典答得痛快，众人都笑了起来。

喝过几口茶，刘世珩又深有感触地说道："仁山师精研佛学，广布佛经，又精通西洋仪器，是我等学习的楷模。现在西方各国莫不讲求科学，我们改革图治就应从讲求科学开始。刚才在下进门时听见仁山师说在整理西欧测量仪器，在座又有几人懂得科学仪器使用方法？"

"聚卿贤弟忧国忧民，器识深虑，加之立志校刻传布古书，也为我等钦佩不已。"嗣同赞道。

"在下虽志在校刻传布古书，但西欧各国制造技术实在惊人，也想探求一番。"刘世珩回道，转而朝杨文会温文尔雅地笑了笑，道，"仁山师，什么时候您也让我们见识见识那些宝贝仪器？"

嗣同点点头："聚卿贤弟所言甚是，仁山师的那些宝贝仪器极为罕见，不过光是见识见识还不够。刚刚礼卿山长提及没有几人懂得科学仪器使用方法，不如我等向仁山师讨教，先学会使用那些仪器。"

"复生兄所言极是，我们一起拜仁山师为师！"刘世珩急切地建议。

蒯光典也感慨道："我昔日在会典馆时，以新式测绘法规定凡例格式，且对各省地图亲加审核，精密准确前所未有。但我后来发现，还是西欧各国测量方法更为科学快捷，测量所得数据更为精准。"

此时，嗣同站了起来，看了看在座的各位道："既然现如今仁山师家里那些仪器还没卖掉，不如我等再号召几人一起来学习测量，然后分组试着测量江宁周边的地形地貌，再一起协作绘制江宁地形图！"

刘世珩拍手称快道："太好了，不如集合同道中人，成立金陵测量会，一旦有了成果就大为倡导和推广，也让大家更加体会到西欧各国讲求科学技术的重要性。"

缪荃孙一直没吭声，一副若有所思的模样，此时缓缓地说道："学习仪器测量方法当然好，我也愿意和你们一起学习，但成立学会是不是太招人侧目？"

杨文会、蒯光典一听都沉默了，嗣同笑道："筱珊山长思虑周全，我倒觉得不必太过担忧，人们一听是测量学会，便明白此学会以探求新学为追求！"

刘世珩赞同道："测量学会，一听就是讲测量，明白透彻得很，不必过于顾虑。"

杨文会点点头，又摇摇头道："凡事预则立，不预则废。如果要消除人们的疑虑，不如复生动手拟定《章程》，拟好学习仪器使用的方式、方法及任务。大家一起讨论确定后，公开发布让人知晓，也就避免了人们的误会。"

其他四人连连称是，这时杨自超手里端着一只木托盘走了进来，是一壶酒、几只酒杯及一碟油炸花生，在窗前的小方桌上一一摆好。杨文会连忙招呼道："难得各人有心，大过年来寒舍拜年，不如我们边喝边聊！"

在座五人你一言我一语，一旁杨自超也随时补充一二句。嗣同拿来纸笔，不时写上几句，又提问几句。一壶酒很快喝完了，杨自超又去添上一壶，讨论越来越热烈，竟持续到傍晚，几人在杨家吃了晚饭才散。

当走出大门，凛冽的寒风迎面吹来，嗣同越发清醒。他急急地回到家里后，直接走进了书房，抑制住满心兴奋，挥笔草拟《金陵测量学会章程》。罗成进来催了好几次，嗣同都不肯去睡，忙到鸡叫头遍方才回房躺下。

122

自从大年初二在金陵刻经处商定成立金陵测量会，嗣同就肩负起拟定测量会章程的重任。一连半个月，他不时跑到刻经处，师徒两人再一一确认库房里存有的仪器，一起讨论需要练习测量的项目及方式方法，直至改定，列为练习仪器、专精一门、测立距、测平距、分测、会测、绘图、定尺、日记、著说十条。

元宵节悄然而至，天放晴了。

一大早，嗣同走进了书房，瞧见窗前琴几上的蕉雨琴，今天是元宵节，就抚一曲《桃源春晓》吧，以提醒自己要珍惜光阴，砥砺前行。清脆的琴声响起，昂扬的斗志自嗣同内心深处升起，愈升愈高，伤感却莫名地涌起。至曲末，泪水抑制不住地滑过脸庞，他便默默地坐在琴几前。

听着书房的琴声，刘善涵和黄微走了进来。只见八扇碧棂窗齐齐而开，阳光透过窗棂，映得紫檀边嵌玉围屏上的每行字都分外明亮。屏前摆着一张梅花式朱漆小几，几上放着一把古琴。嗣同身着灰色棉袍，安静地坐着，穿窗而过的阳光，将他的长发染成金色，周身散发出淡淡的忧郁和孤寂，还有淡淡的希冀。

刘善涵瞧见书案上那沓厚厚的稿纸，问道："复生兄，又在忙着撰写《仁学》？"

嗣同点点头："淞芙，《仁学》上篇我已写了二十七篇，颖初都帮我抄好订正了。正在写下篇，已写了十来篇了！"

"我已读过上篇《二十七界说》，'仁'以通为第一义。以太也，电也，心力也，所以通之具。且'以太'是构成万物的本质，充满天地宇宙之间。不知我这样理解对不对？"

"太对了！以太本身是不生不灭的，宇宙天地间万事万物，只有变易，没有存亡；只有聚散，没有生灭。万事万物不是静止的、停顿的，而是不断运动、变化和发展的。天不变道亦不变，其实是错误的。我们年轻人就应该行动起来，适应时代的发展，参与到维新事业中去。"

刘善涵深有感触："复生兄，你总是我们中那个最先觉悟的人。但是要进行维新事业何其艰难，之前我筹办《湘报》未能成功，想在浏阳筹办矿务分局也失败了，真不知今后我能干什么。"

嗣同热切地看着刘善涵道："淞芙，只要我们大家齐心协力，只要我们坚持推动维新事业，就会有成效的。我们办的算学社不是挺好吗，瓣姜师还将之扩展为算学馆。汪穰卿、梁卓如的《时务报》不是影响越来越大吗？《湘报》虽说没办成，但佛尘他们不是在办《湘学新报》吗？"

刘善涵却道："《湘学新报》虽说马上要面世了，全国各地办的报纸也越来越多，但我还是觉得香帅在湖北办铁厂、枪炮厂、织布局更有实绩，脚踏实地更为重要。"

嗣同见一旁的黄徵欲言却止，问道："颖初，你怎么一直不说话，你的看法如何？"

"复生太守，我不如大人和淞芙前辈想得深刻，只能跟着学习。近日觉得汉字太难学了，如果简单一点，让西方人都能看懂，自然就能知晓中国人的学识并不输给他们！我详细研究了蔡锡勇所著《传音快字》，试着在该书基础上编成《传音快字简法》，看能不能改革汉字，使之简略些。"黄颖初鼓足勇气说道。

嗣同和刘善涵都定睛瞧着黄徵，黄徵难为情地低下了头。嗣同哈哈笑了起来："颖初真是可塑之才，没想到你来江宁才一个月，就有如此创举，甚好，甚好！"

这时，罗成笑嘻嘻地用托盘端着三碗热气腾腾的汤圆进来了，说道："七爷，这可是少夫人现做现煮的汤圆，还特地放了桂花馅呢！"

嗣同招呼刘善涵、黄徵两人吃汤圆，说这一年都会圆圆满满，心想事成。

嗣同吃了一颗，赞道："好吃，好吃，有浏阳汤圆的味道。听说元宵灯会不错，小成子，让少夫人早些备晚饭，饭后一起去夫子庙赏花灯去！"

罗成高兴地答应着。刘善涵放下手里的碗，缓缓地说道："复生兄，之前答应你来江宁给传炜授新课时，就讲明了，我还得尽快回长沙。既然不能办报，我还是想办法将刻书局办起来！"

嗣同面露难色："淞芙，我很能体谅你的苦衷，要不你再坚持一个月，一则下月初要到上海送父亲去京城述职，二则还得尽快为传炜另请一位塾师，一时还没有理想的人选。"

刘善涵见嗣同一脸为难，只得勉强道："好，我再坚持一个月，至于人选，复生你不觉得浏阳邱惟毅不错吗？邱家家学深厚，惟毅为人豪迈，文采斐然。"

"嗯，去岁回浏阳时，和惟毅在瓣姜师家里有幸交流过，那就写信回浏阳相邀试试看。颖初，你帮我拟写一封信吧。"嗣同赞同道。

刘善涵、黄徵正准备退出去，嗣同却长叹了口气，幽幽地说道："淞芙说得对，要进行维新变法，就要脚踏实地去干！但现在要干些事又何其艰难，我上次与伯纯、铁樵商议于汉口开设《民听报》，拟定专门为商人报，连目录都设计好了，还撰写了集股章程。然而多日来我四处活动游说，竟不能招一人，集一钱，有人反而笑话我无事生非。金陵六朝帝都，百姓见识仍如此短浅，难道我们的计划真的要落空？"

见嗣同一脸沮丧，刘善涵忙宽慰道："复生兄，国事不见其好，反倒比战前还坏。你我既已尽人力，也只得听天命，说不定铁樵他们在武汉能招到股，武汉风气比江宁开通！"

嗣同苦笑着送二人出门，接着修改昨晚刚写的《仁学》草稿。

匆匆吃过晚餐后，天色还早，嗣同就拉着传炜的手，和刘善涵、黄徵一起站在大门边，等候闰娘、黎嫂及裕英。他们要一起去观灯。

东关头就在秦淮河边上，离夫子庙也不远。闰娘出来道："复生，嫂嫂说裕英婚期将近，她还有好多针线活，就不去了。至于裕英，快出嫁的姑娘还是别去抛头露面为好。"嗣同皱了皱眉头道："闰娘，你去和嫂嫂说，裕英就该趁出嫁前去看看花灯，我们在门口等裕英。"

闰娘答应着进了内院，没多久，牵着裕英的手走出来了。裕英穿着桃红短棉袄和桃红裙子，脸白嫩嫩的，如一朵含苞待放的莲花，娴静而美好。嗣同欣慰地笑了，说道："我们的裕英真好看，可以和花灯媲美了。"裕英羞涩地笑了。

没想到江宁的元宵夜竟如此热闹，秦淮河里满是画舫，画舫上挂满灿烂的花灯，满河里流淌着灿烂的灯光，不时随水荡漾，丝竹声声入耳，真是"万千灯火不夜天，疑是瑶池在人间"。秦淮河两岸店肆林立，家家都张挂着五颜六色的彩灯，人头攒动，摩肩接踵，吵吵嚷嚷，置身其间只觉得人世间的繁荣胜景莫过如此。

远远地，就见夫子庙前那花灯的世界，最中央立着闻名遐迩的鳌山巨灯，散发着璀璨的光芒。传炜大声喊了起来："快看，快看，前面有盏花花的大灯！"一行人都笑了起来，加快了脚步，直奔巨灯。好不容易来到跟前，只见巨灯之上绘有好看的戏剧人物，女人婀娜多姿，男人玉树临风，还有山石亭台等物，是《牡丹亭》里的场景，嗣同甚感亲切，正待细看，闰娘却扯了扯

他的衣袖，原来罗成已背着传炜走到旁边那几排花灯跟前去了，嗣同只得紧紧
跟上。绘有龙凤、大象、麒麟、骏马、兔子、松鼠、狮子、寿鹤的彩灯栩栩如
生，更有宫灯、走马灯、纱灯等各式彩灯，令人眼花缭乱，怪不得传炜感兴趣。

　　人潮涌来涌去，随时都会冲散他们一行人。嗣同再也顾不上观赏花灯，转
头照看传炜、闰娘和裕英。待走出人群，站在花灯场外休息时，众人早已累得
满头大汗。

　　看过花灯，一行人还不尽兴，又走进店铺欣赏字画，评头论足；或在摊位
上把玩瓷器，讲价还价……嗣同对乐器也很感兴趣，看过几床七弦琴，最后挑
了一床给传炜，但传炜却吵着买了一只小兔子花灯。闰娘细心，到首饰铺给二
嫂买了一只银簪子，给裕英买了一只漂亮的金簪子。

　　直至夜深，一行人才回到家里，个个腰腿酸痛，眼睛却是亮的。临睡前，
嗣同特地打来一盆热水，说今天走了太多路，让闰娘泡泡脚。闰娘心里暖极
了，什么痛都跑走了。

123

　　二月初四一大早，陈宝箴就带人出发，巡视各地营防。陈三立将父亲一行
送至大西门码头，码头一带船桅林立，宽阔的湘江之上船来船往。陈宝箴登上
小火轮，火轮劈波顺水朝南疾驶，船头涌起层层浪花。不管是岸上人，还是驾
舟的船夫，见到这种铁壳怪物，无不注目惊讶。

　　陈宝箴站在船头，张望着越来越远的长沙城。虽已立春，但风依然很冷，
扑打在脸上。他的头脑很清醒，于湖南他有特殊的感情，他愿为这方土地倾尽
全力。如果和小火轮比，舢板船便如一头倔强的牛，只管埋头缓慢前行，不肯
抬头看看这个世界。陈宝箴感谢盛宣怀送他小火轮之余，又联想到西洋的先进
与发达，落后的中国怎能不挨打，怎能不吃败仗而割地赔款？湖南好多偏远山
区还是刀耕火种的原始状态，遑论泱泱华夏又有多少地方贫穷困苦……

　　毕竟上了年纪，这一个多月来，他忧心夫人的病，尽可能地陪伴她，又操
心于全省新政，种种难题一股脑儿涌来，竟有"心在天山身老沧州"之感。他

进舱休息，倚枕听着机器轰鸣和隐隐的浪涛声，不禁叹道："国事如此，时不我待，唯有尽忠尽责，解民之苦。此番南下巡防兵营之后即大举推动矿务、机器制造，改革学堂，力推新政！"

二月初四这天，嗣同一大早就换好官袍，前往筹防局拜见总办曾广铨及同事诸人。这个提调职位并不如他的意，但只能硬着头皮先接下来，当几个月再说，不然父亲那关都过不了。一旦找到机会，他早晚都得辞职。他甚至觉得郑孝胥的洋务局提调、刘世珩的商务局委员都比他更实在，可干些实事。他情愿冲在前面，而不愿躲在后面无所事事。

曾总办很是客气，只说局里还少一位文案，问有没有合适的人选。嗣同当即推荐了黄徵，说他年少才高，颇有见识，且踏实肯干。曾总办自然应允，只说明天带来衙门见见，好接手干活。

嗣同回到家里，将筹防局将聘黄徵为文案人员的消息告诉了他，黄徵很是感激。

待到下午，郑孝胥带着好友顾云来祝贺，没多久，缪荃孙和徐乃昌来了，刘世珩和茅谦也来了，书房里热闹了起来。嗣同让闰娘端些花生米、豆腐干等吃食，再将家里珍藏的女儿红拿出来。几人围坐在书房里，边喝酒边聊天。茅谦是第一次来谭宅，他出身书香门第，对天文历算颇有研究，此时悄然打量书房：书架上有书，琴几上有琴，墙上得体地悬挂着几幅字画，书案一侧墙上还挂着一柄与众不同的宝剑。书房布置不奢华，简约而又雅致。那幽幽檀香特别纯正，一缸炭火红通通的，房间里温暖怡人。

坐在书房里，喝着醇厚的女儿红，众人很是惬意。茅谦打量着嗣同，如此俊朗儒雅的年轻人，便如夜空里最耀眼的那颗星。这时，刘善涵、黄徵走进了书房，嗣同忙站起来，将在座各位一一介绍给他俩。两位年轻人恭敬地一一问候。嗣同微微笑道："各位仁兄，难得大家来到寒舍，今晚就拜请各位留下来，尝尝浏阳风味吧。"

嗣同从黄徵手里接过一沓小册子，恭敬地递给跟前的缪荃孙，再一一发给在座的客人。众人瞄见小册子封面上的"金陵测量会章程"，兴致都很高涨。

"真是难为复生兄了，上次我们几人一议，你倒真拿出章程来了。我们得好好将测量会办下去，才不负复生仁兄辛苦一场。"刘世珩快人快语地赞道。

嗣同忙朝众人拱拱手道："国事如此，唯有维新变法，方能救国救民于水火。组建测量会，也是倡导一种务实科学的精神，但愿星星之火从此燎原！嗣同于测量也是门外汉，拜请各位多提宝贵意见。"

书房陷入了安静，只听见沙沙的翻动纸页之声，众人认真地埋头阅读章程条目。

刘世珩看得最快，他抬起头来，一脸兴奋，朝着嗣同竖起大拇指："复生真是奇才，思虑周全，这是我第二次认真研读章程了，再也提不出什么意见。既然测量最佳时间在午时前后，又选在金陵刻经处，倘要在刻经处用餐，建议大家都要交伙食费。仁山师要支撑一大家子，又要花钱刻书，实在太不容易。"

缪荃孙点头道："聚卿的意见太好了，我也建议大家都要交伙食费。章程我也研读过好几次了，已经甚为周详！"

"鄙人向来以为，内修吏治，外讲商务，寓兵于商，非变今法不可。成立测量会意义重大，但我可能得随薛福成大人出使法意等国，即日将赴上海，此次鄙人无缘参与。"郑孝胥一说完，众人都疑惑地看向他。这位江宁洋务局提调，往日最是激烈地倡导维新变法，今日怎么舍得放弃测量会？

"苏戡贤弟时间上不凑巧，参加不了测量会，但鄙人定要参加。要维新变法，吾辈不能只吟诗作对下棋弹琴写写画画，而要主动地掌握西洋技术。"顾云平素与郑孝胥关系最善，诗文俱佳，且一手好丹青。他看了一眼郑孝胥，胖胖的脸上堆满了笑容，说完将杯中酒一饮而尽。

茅谦是上次在金陵厘金局委员徐乃昌家宴上时，方才识得嗣同，为他的学识风采及讲求维新变法的言论所吸引。昔日在京城时，康有为联合各省举人上书请求拒和、迁都、变法，他不但签了名，还参与了初稿的拟订。他平日衣着整齐，行事严谨，此刻却激动地站了起来，直抒心意道："在下年轻时就师从杨履泰学习算术、天文，昔日在湖南参幕期间，对三湘水利进行了考察研究，写了《论湘皖水利》一文，并曾远游河北、河南、安徽等地作水利考察，深刻地认识到测量的重要。在下去年方才从镇江移居江宁，有幸识得在座各位，今日有机会学习测量，定要申请加入！"

徐乃昌也连连表态要加入测量会。见徐乃昌坚决的神情，一旁的刘世珩、缪荃孙相视一笑。徐乃昌与刘世珩为郎舅之亲，年纪虽轻，却已中举，且和刘世珩意气相投，致力藏书甚早，誓以藏书、著书、校书、刻书为职志。昔日年方二十的徐乃昌，在京师琉璃厂与缪荃孙相遇，以弱冠能谈书论艺而与缪氏定交。

嗣同看了看大家，脸上的笑意更浓郁了，情不自禁地站了起来，慷慨陈言："复生非常感谢各位对测量会的认可，维新变法需要大家共同努力，需要大家身体力行地去推动。再告诉各位一个好消息，《知新报》已在澳门创刊，上海《时务报》的主笔梁卓如等为撰述，此报也是张扬维新变法的一张报纸，和《时务报》南北呼应，于我辈来说真是大快人心之举。"

大家见他脸上由衷的喜色，也深受鼓舞。徐乃昌满脸向往："如此说来，鄙人倒真想先睹为快！"众人一听，全都笑了。

议毕用餐，宾主尽欢。

送走客人后，嗣同和刘善涵、黄徵又回到了书房，三人喝酒并不多，但都有了些醉意。

刘善涵看了看嗣同和黄徵，问道："复生，今晚大家兴致颇高，但一想到《湘报》招不到股，《民听报》也招不到股，我就高兴不起来。按理说《民听报》种种设计周全，列为三宗十目，名宗下设纪、志、论说、子注，形宗下设图、表、谱，法宗下设序列、章程、计。涵盖甚广排布科学，且定为商报也合乎中国当前形势需要，怎么就招不来股？"

嗣同也唉声叹气起来："有什么办法？武昌招不到股，江宁招不到股，甚至写信给汪穰卿请求他在上海招股也没招到。看来，《民听报》只能胎死腹中，中国办事就是困难重重！"

"复生太守、淞芙，我也是看不懂。上次你们说罗振玉于去年冬发起成立农学会，创立了《农学报》，还要将黎少谷那篇《浏阳土产表》推荐到《农学报》上发表，而佛尘来信说《湘学新报》马上要面世了。这两张报，一张探索'兴农救国'的道路，一张探讨实学种种，并不是猎奇之报，怎么就可以顺利面世？"黄徵满脸疑惑。

嗣同陷入了沉思，刘善涵想了想，说道："办报而言，经费很重要。没有经费便是巧妇难为无米之炊。中国自古重视农业，历来推崇以农为本。到了现在，中国的农具、耕作方式、种植观念、管理方式都陈旧落后了，在上海创办《农学报》，介绍国外的先进农业经验、实用生产技术、优良品种，自然呼应者甚众。我要去上海一趟，将上海最新创办的报纸卖到长沙去。"

嗣同点点头道："淞芙分析得有道理，上海得风气之先，人们观念更为开放，而武昌、江宁、长沙闭塞多了，湘省更是闭塞。二千年来之政，秦政也，皆大盗也；二千年来之学，荀学也，皆乡愿也。决不能再如此下去，要去唤醒国人冲决重重网罗，比如利禄俗学比如辞章考据，比如君主伦常。"听他直指君主伦常，且声音越说越高，刘善涵惊愕地看着他，黄徽更是满脸骇然。

嗣同见他俩久久没有回话，心知自己的思想在他俩看来过于大胆，不由黯然，站起来说道："今天太晚了，咱们还是早些睡，明天还有明天的事。"

124

嗣同了无睡意，躺在床上辗转反侧，长吁短叹。闰娘睡意蒙眬地问道："复生，可是哪里不舒服？""没有，闰娘你好好睡吧！"嗣同回道，只得按捺着不再翻身。他的内心却翻腾不已，金陵测量会接下来该怎么开展活动，《仁学》接下来该怎么写呢？他看了看窗外，窗外黑漆漆的。快天亮时，他才昏昏入睡。

到第二天半上午嗣同才起床，刚刚走进书房，罗成就来传报：刘世珩大人来了。嗣同一愣，心想昨晚才一同吃过晚饭，怎么今天又来了？忙让罗成请他来书房。

"聚卿兄这么早特来寒舍，不知有何指教？"嗣同站在书房门口迎接。

刘世珩神情认真，说道："复生兄，鄙人昨晚回去后，再次拜读你拟就的《金陵测量会章程》。真是思虑周全，令鄙人佩服得五体投地，岂敢有何指教。"

"聚卿兄过奖了，还要大家一起完善。更重要的是，得择日宣告测量会的成立，也得赶紧组织大家学习测量技术！"嗣同建议道。

刘世珩点点头道："复生兄说得有理，鄙人正有意请测量会同人到家里聚会，趁此宣布测量会的成立可否？"

嗣同眼睛一亮："聚卿兄有心了，如此甚好，只是事不宜迟。"

"至于时间，鄙人得先去仁山师处，看他的时间来定。"刘世珩又道，"复生兄，到当前为止，是不是有徐乃昌、缪荃孙、蒯光典、茅谦、顾云表态愿意加入金陵测量会？"

嗣同颇为踌躇："聚卿兄记得很清晰，只是鄙人觉得只有我们区区八九人，力量还是小了，得广而告之，有更多的人加入才好。"

"复生兄说得太对了，可是这是在江宁，不是在上海，吾辈凡事只得徐徐图之。"刘世珩也有忧虑。

嗣同和刘世珩一同去见杨文会，三人商议定于大后天设晚宴于刘府，正式宣告测量会的成立。

二月十一日一大早，嗣同就握着宝剑来到院子里，但见东方隐约已有霞光。昨晚，风雨不止，测量会同人在刘世珩家聚会，就在酒席上，杨文会宣告了测量会的成立。众人喝了不少酒，还饶有兴趣地欣赏了刘世珩的不少藏品，并约定今日上午十点钟开展测量会第一次活动。

一套剑舞下来，嗣同浑身舒畅，用过早点后，就带着黄微、罗成前往金陵刻经处。跨进深柳堂中堂，见一张长条桌上面铺着白布，依次放着天球仪、地球仪、显微镜。杨文会正坐在桌边调试显微镜，闻声抬头，笑道："复生，来，我教你如何调节显微镜，等会儿人多。"

嗣同上前，按着杨文会的指导灵活地调试仪器，一时转动转换器，一时转动底部的反光镜，通过目镜，看到白晃晃的一片，惊讶地询问为何如此。杨文会却不言语，随手将一块小玻璃片放至载物台上，玻璃片上撒了些白白的面粉。嗣同疑惑地看了看他，杨文会说："复生，现在用压片夹压住玻璃片，使得玻璃片上那些面粉正对通光孔的中心。"

嗣同随着他的指导，调试镜筒缓缓上升，直到看清面粉为止。很快，嗣同惊奇地叫了起来，说道："老师，您这面粉是哪里来的？有不少虫子在动！"杨文会笑而不答，让他再略微转动偏下处细准焦螺旋，嗣同更是惊讶："老师，那些是什么虫子？竟然看得如此清晰，似有三几尺大，看上去好好的面粉，竟然吃不得了。"

杨文会笑了笑，伸手将玻璃片取下，放到显微镜旁边的木盘里，又从里面重新拿起一片干净的玻璃片，往上面滴了一滴清水，对他说道："复生，你再按刚才的方法调整一下镜筒，看看清水里有什么没有。"嗣同调整镜筒去看玻璃片上的清水，很快抬起头来，一脸惊骇："仁山师，清水里有好多虫子在动。那些虫子如蝎如蟹，皆有三四尺大。"

杨文会点点头道："这就是显微镜的奇妙之处，原本显微镜早在康熙年间时，就由欧洲来华传教士带来了中国，作为贡品进了皇宫，落到王公贵族手里，成了他们把玩的洋玩意儿。乾隆帝就曾写过一首《咏显微镜》。"

嗣同长叹道："我上次在上海傅兰雅处就见过显微镜，只是没来得及用它观察物体，今日才得以体察其奥秘！想显微镜进入中国已然二百多年，却没有被用于正途，没有用来造福于中国人，真是可惜可叹。"

此时，缪荃孙、蒯光典、徐乃昌、茅谦先后进来了，各自去端详桌上的显微镜、天球仪、地球仪等。茅谦对这些仪器有所知晓，缪荃孙、蒯光典上次也在此见识过，徐乃昌却是第一次见到如此神奇的仪器，满心好奇，忙向嗣同请教。

嗣同也让徐乃昌先观察面粉。徐乃昌惊得大叫起来，引得缪荃孙、蒯光典、茅谦好奇不已，全都站至徐乃昌身后，恨不得取而代之。徐乃昌稳稳地坐着不动，等着嗣同给他换上滴水的玻璃片，随着嗣同的指引操作，看后更是脸色大变，从椅子上直直地跳了起来嚷嚷道："真是怪事，肉眼看到好好的面粉、干净的清水，里面竟满是虫子，也不知我们平时都吃了多少不干不净的东西！"

缪荃孙不相信，反问道："积余，好好的面粉里竟有虫子，别是眼睛发花吧？"

"筱珊仁兄，倘不相信，不如您自己来看。以前我读出洋大臣志刚写他在纽约见识过显微镜，看到了面糊里的虫子，我还不相信呢。看来还是我孤陋寡闻了。"徐乃昌叹道。

"鄙人也读过志刚的那段记录，他当时还颇有所悟呢。他曾记录道：'人在镜前观之，则陈面糊中，有寸许至尺许大之虫，或蜿蜒而行，或蠕蠕而动。盖一切食物及汤水中，皆有生机之动，动而为生物居其中。故冷水及隔宿有汤水之物，皆不可食。'"不知何时走进来的刘世珩补充道。

"我前几天读《时务报》，记得康有为也曾写过：'因显微镜之万数千倍者，视虱如轮，见蚁如象，而悟大小齐同之理。'看来其言不假，来，来，积余，让我也来看看那些面粉里和清水里的虫子到底是什么样的。"缪荃孙今天也颇有兴致。

在场的人都笑了，缪荃孙虽然戴着眼镜，也没有妨碍他看到面粉里和清水里的虫子，看后也是连连感叹。

随后刘世珩、茅谦、黄徵等都依次看过，任谁都一脸惊奇。随后，大家又看过天球仪和地球仪，天球仪上绘有八十八个星座、古中国二十八宿及赤道、黄道、赤经圈和赤纬圈等几种天球坐标系的刻度等。地球仪上的七大洲四大洋，又一次成功地惊到了众人。末了，杨文会招呼大家到隔壁书房里坐下，众人一心只想讨教解惑。杨文会却笑道："各位，今日大家所见，还是最为常用的仪器！现在时间也不早了，不如先去膳厅用餐。"

嗣同站起来道："各位同人，已经定稿的《金陵测量会章程》等会儿发到各位手里。我这里讲清几个事情，还请各位理解和配合：一是先将诸位收藏的各类仪器凑集于仁山师贵宅，每日一聚。每日上午九、十下钟到，下午一、二下钟散。惟历时既久，须备便餐一顿及茶水等项，愿入会者，请先交自身一月伙食钱十元。仆从等须自给钱，令在外买熟食充饥，尤应戒令安静毋哗。二是演习虽只一月之久，约定除供茶水之外，不用点心，便餐亦宜极从俭约。倘若入会人数过多，则应分日轮班聚集，每日一班，班以七八人为度。三是各种仪器皆已演习精熟，则各择其性近而喜习者，别为专门之学，庶几精益求精。届时各占一门，暂勿贪多。"

嗣同讲到这里，黄徵已将章程一一发到众人手中。杨文会朝嗣同眨了眨眼睛。嗣同会意地笑道："既然各位同人都已拿到了章程，我就不多说了，各位暂将一月的伙食费交给颖初，倘时间延长再补交。金陵测量会从今日起正式启动，愿各位同人同心协力，坚持不懈，学有所成。"

"复生兄所言甚是，我等定会珍惜这难得的机会，广开眼界。等下午散后，我请各位同人在秦淮河游船上用餐。酒已备好，船也已租定！"蒯光典迫不及待地宣布道。

众人一听，更是情绪高涨，用餐之前均将一月的伙食费交付给黄徵。杨文会真是用心之人，饮食清淡雅致，大家边吃边聊，甚是尽兴。

午饭后，大家重新回到深柳堂，随着杨文会来到西书房，两侧柜子里满是仪器，琳琅满目，大小不一。大家随着杨文会的指点，一一认清了二十来种测量仪器。

125

春天的脸说变就变，时而天晴，时而下雨。这几天，金陵测量会各位同人都坚持到刻经处集合。嗣同更是劲头十足，所有仪器，他全认清了，还一一掌握了使用方法，连带黄徵都收获不小。

这天傍晚，天降大雨，嗣同在书房里写《仁学》，黄徵在另一侧为他抄写前两天所写的文稿，并用心地校勘润饰。听闻刘善涵从上海回来了，嗣同、黄徵迎了出去。刘善涵已换过衣服，手里提着两个纸盒子。一盒是给闰娘、黎嫂及孩子们带的吃食，一盒是给嗣同和黄徵的《时务报》《申报》及几本新书，还有汪康年给嗣同的一封信。刘善涵家境拮据，平时都很节省，却舍得买这么多礼物，嗣同心知他的诚意，感谢道："淞芙一路辛苦，何必破费买这些东西，多谢了。"

刘善涵知道嗣同心痛他多花了钱，也甚是动容："复生，承你多日关照，我却无以为报。老母在堂、孩子年幼，我不敢再拖延，即日便回浏阳了。"

"淞芙，你终于要回浏阳了吗？虽不舍，却不敢拦你。"嗣同心里充满了焦急和不舍。见嗣同伤感的模样，刘善涵有些为难。

罗成端着一托盘茶水和点心走进书房，见嗣同三人都围坐在书案旁边，桌上灯光明灭，屋里气氛沉闷。嗣同喝了几口茶，开口打破沉默："淞芙，你虽不日就将离开江宁，但说不定我们很快又能在长沙见面。我写副联语相赠吧！"

嗣同略略思考，点好墨，提笔写就。刘善涵默默地看了一遍，大声道："道行孤乘莽眇鸟，声疑同订盱呼鸟。知我者，复生也。"

"淞芙，你德行纯真，持重稳健，且极有孝心，我甚是理解你。改革虽不能激进，但已时不我待。时局之危，何曾有危于此时者乎？图治之急，何曾有急于此时者乎？"嗣同坦率地说道。

"复生，你说得极有理！但变法要讲究时机，时机一成熟，则一切顺理成章。"刘善涵坚持自己的观点。

黄徵见他俩一来一回说得热闹，暗想淞芙已经买好了到武昌的船票，届时还不知何时方能相见呢，忙插话说道："复生太守、淞芙仁兄，离别在即，不如畅谈昔日友情、来日期许！还望复生太守也赐我墨宝！"

嗣同欣然点头，再铺开一张宣纸，挥笔写下：去天尺五城南杜，如月之初江夏黄。

黄徵看后甚是喜悦。再扭头去看，嗣同写得兴起，又为唐才常写联语："皇皇思作众生眼，板板知为上帝形。"

嗣同放下笔，对刘善涵说道："淞芙，自在武昌结识你以来，你帮我甚多。你要离开，我真舍不得，也不知我们何时才能相见。佛尘的联语就辛苦你带给他。"

刘善涵答应道："复生兄，你就放心吧。我从江宁到武昌，最多待两三天就会回长沙。佛尘是在长沙城里和建霞大人一起筹办《湘学新报》吗？"

嗣同虽信任刘善涵，可也知他还是保守了。倘是唐才常在此，肯定会坚定地站在他一边，共同去筹划维新变法事业。但刘善涵是如此真诚地待他，平日交往之余，还用心帮他收集和整理诗稿。念及朋友的前程，他担忧地问道："淞芙，你是继续两湖书院的学业，还是先回浏阳？"

"我不打算再去两湖书院肄业了，暂时也不打算去应试，就直接回浏阳。老母在堂，却不能尽孝，甚是惭愧。"刘善涵眼眶红了。

嗣同也伤感道："淞芙，我们始终是好兄弟，你有什么困难只管说，但凡我能帮到一定会尽力而为。"

刘善涵道："复生，我知你是真汉子，为朋友两肋插刀。你不必太担心我，此番回湘省，将和兄长用心经营人和豆豉店。这次到上海我预订了《申报》《时务报》，还有即将上市的《知新报》《农学报》，将来还可销售更多报纸！也打算和兄长一起办艺芳书社，刻印些湘省难以买到的科技书籍，到时少不得拜请你帮忙。"

"太好了，你们兄弟真是令人敬佩。从来不惧困厄，凡事自力更生，积极向学上进，值得我等学习。"嗣同由衷地赞道。

"复生如此夸我，令我羞愧。你上忧朝廷下忧百姓，在浏阳帮着瓣姜师赈灾开矿，还积极牵头算学社，现在又在操持测量会，更别说一直孜孜不倦地博览群书！"刘善涵动情地说道。

"复生太守学贯古今中西，的确是我辈学习的楷模。近来抄写《仁学》，受教颇多，好多言论是我辈所不敢想不敢言的，真乃石破天惊之作。"一旁的黄徽说道。

"国家兴亡，匹夫有责，我也是尽一个读书人的本分，谁也不会愿意当亡国奴，唯奋起努力抗争。"嗣同忙打断他俩的话头，转而建议道，"淞芙，你上次说想看看我的镌刻图章，难得今日有时间，我拿出来请你们评点评点。"

"太好了，复生镌刻功夫了得，我辈能见识见识自是运气。"刘善涵一喜。

罗成将盛有图章的黑色木盒搬了过来，印泥也拿了过来，还在书案上铺好了宣纸。刘善涵对这只长方形的木盒甚是熟悉，别看小，却有四层小抽屉。

嗣同笑了笑道："既然淞芙想看，不如逐一盖印出来，更能真切地感受，需要修正的地方也一目了然。"

罗成将木盒头两层抽屉拉开，嗣同将图章蘸上印泥，依次一一盖印出来。刘善涵、黄徽站到嗣同身边，认真地瞧着，一一欣赏：谭嗣同著，复子艺文，楚天凉雨之轩，松言室，同，嗣同，寥天一阁，莽苍苍，谭嗣同作，复，寸碧岑楼，石菊影庐，夷白。算一算，有十三枚，各具情态，甚是别致。

罗成又将第三层抽屉拉开，是几枚长形印章；第四层抽屉里的四枚印章形状不一。嗣同一一将印章盖印在纸上，刘善涵、黄徽默默地欣赏，越看越叹服。有长方形者九枚：吾谁与玩此芳草，同治四年生，嗣同印，太华峰尖见秋隼，通眉生，海枯石烂，同，复子；另有一枚横式，中镌一"同"字，两旁镌"复子"二字，一翻一正，体势微衰，如鸟张翼。又有形体残裂者二：一枚曰"抱残守缺"，另一枚，态度肃散，边角类上等矿石，曰"谭嗣同儶书之印"。还有一枚如铜钱之轮廓，中刻"检点自己"，边周刻"子丑寅卯辰巳午未申酉戌亥"十二字。

刘善涵细细瞧着宣纸上的印章，一枚枚姿态各异，生动别致，有二十余枚之多。黄徵是头次看到这些印章，心里叹服复生太守的多才多艺，复生太守会弹琴，会舞剑，会唱曲，竟然还会治印。平日里，复生太守念叨世间技艺尽量多学习，他还以为只是说说而已，却原来并不是虚话，更不是大话。

嗣同甚是愉悦，心里一动，提笔在纸上题了几个字："廖天一阁印录"，略略思索，又乘兴题写了一段跋语。

嗣同将印录推至刘善涵跟前道："淞芙，离别在即，就将此《廖天一阁印录》送给你，不知你可喜欢？"

刘善涵大喜过望："谢谢复生相赠，我无比喜欢！今后我虽不能陪在你身旁，却见字如面。我还有一事相求，还请你为我书斋'蛰云雷斋'镌刻一枚石章，我不在乎石头是否珍贵，只求为你所刻，就喜不自禁了！"

嗣同点头道："明日我就刻好给你。时候也不早了，你旅途劳顿，快请休息吧。"

126

回到房间，刘善涵依然沉浸在刚才的惊喜里，连连赞叹嗣同治印无师自通，却没有得到黄徵的回应，回头见黄徵正坐在书案前发呆，疑惑道："颖初，你在想什么呢？你怎么了？"

黄徵迟疑了一下，回道："淞芙兄，我今日真是大开眼界了，复生太守真是与众不同，锐不可当。他推荐我去筹防局当文案，可他自己却已几次三番递上辞呈，不知何意？"

"复生的才气和锐气，我等皆难望其项背。他是文武全才，尤通西学，区区筹防局提调，岂能成全他的抱负？"刘善涵道。

"淞芙，可复生太守实在太胆识超群，敢说敢做敢写，竟然说荀子是几千年大盗，甚至斥责三纲五常之荒谬，我实在有些担心！"黄徵满脸忧色。

二人均有同感，如此一想，更是无法入眠，一直折腾到三更，二人才迷迷糊糊睡着了。

翌日，谭嗣同将自己关在书房忙活，到下午让罗成叫来刘善涵、黄徵。刘善涵接过那枚方形青色的图章，感动得一塌糊涂，只觉握着图章的手心已是一片灼热。

"淞芙，仔细看看，可否喜欢？这枚石头还是我当年在陕甘道上无意中拾得。"嗣同笑道。

刘善涵眼眶湿润了，谢道："复生兄真是有心了，从今往后，我写诗题款就不用愁了。"

黄徵也道："复生太守，这块青石选得好，很有西北汉子的味道，配上苍劲有力的刻划，虎虎生威！"一句话，说得在场的人都笑了。刘善涵说道："来而不往非礼也，让我以诗谢复生兄！"

刘善涵在书案前站定，略微思索，再提笔时，已满目清明，挥笔写道："医无闾产珣玕琪，罽宾犹重碧流离。贲然一物来天上，吻合冥冥谁与期。"

嗣同摇摇头，笑道："淞芙，也太抬重此物了，何谈物来天上。"

刘善涵也不作答，又写了一首诗："吐气山川舒以长，崇朝普遍几沧桑。到门乞得恒河水，胜似琼英万斛浆。"

一口气写了四首，刘善涵放下了手里的笔，目光炯炯地瞧着嗣同和黄徵。嗣同欣慰地瞧着他，写出如此超迈气势诗句的人，就是眼前这个身穿一袭蓝色旧长衫神采飞扬的年轻人，谦和谨言不事张扬的刘善涵！